W0373761

CÓMO llamarte AMOR A GRITOS

ALINA NOT

CÓMO LLAMARTE AMOR A GRITOS

CROSS BOOKS

CROSSBOOKS, 2023
infoinfantilyjuvenil@planeta.es
www.planetadelibrosjuvenil.com
www.planetadelibros.com
Editado por Editorial Planeta, S. A.

© del texto: María Pascual Alonso, 2023
© Editorial Planeta, S. A., 2023
Avda. Diagonal, 662-664, 08034 Barcelona

Primera edición: marzo de 2023
ISBN: 978-84-08-26904-5
Depósito legal: B. 3139-2023
Impreso en España

El papel utilizado para la impresión de este libro está calificado como papel ecológico y procede de bosques gestionados de manera sostenible.

La lectura abre horizontes, iguala oportunidades y construye una sociedad mejor.
La propiedad intelectual es clave en la creación de contenidos culturales porque sostiene el ecosistema de quienes escriben y de nuestras librerías.
Al comprar este libro estarás contribuyendo a mantener dicho ecosistema vivo y en crecimiento.
En Grupo Planeta agradecemos que nos ayudes a apoyar así la autonomía creativa de autoras y autores para que puedan seguir desempeñando su labor.
Dirígete a CEDRO (Centro Español de Derechos Reprográficos) si necesitas fotocopiar o escanear algún fragmento de esta obra. Puedes contactar con CEDRO a través de la web www.conlicencia.com o por teléfono en el 91 702 19 70 / 93 272 04 47.

Nota de la autora

Esta primera parte de *Cómo llamarte amor* no es una novela romántica. Entre estas páginas vas a encontrar una historia dura acerca de una chica que cae, como podría caer cualquiera, en una relación tóxica en la que los patrones de celos, posesividad y abusos se confunden con amor. No he pretendido en ningún momento romantizar este tipo de relación ni estas actitudes y espero que eso se transmita del modo en que yo quería.

Esta es la historia de Haley y, por ello, es ella quien la narra. Al estar narrado en primera persona podemos encontrar acciones, afirmaciones y pensamientos fruto de su estado emocional en dicha situación que en ningún caso se pretende que sean tomados como ejemplos de lo que debería ser una relación o como definiciones del amor. Esta novela incluye ciertas escenas de abuso emocional en la relación de pareja que podrían afectar a la sensibilidad de algunas lectoras, os pido que seáis cuidadosas si puede afectaros la representación cruda de una relación tóxica.

Si alguna vez piensas como Haley acerca de tu pareja, la relación o sobre ti, por favor, apóyate en la gente que te quiera bien y aléjate de ello. Quiérete y cuídate mucho.

Y recuerda que el verdadero amor de tu vida siempre serás tú.

A aquellas chicas a las que alguien dejó sin fuerza para gritar.
Todas somos vuestra voz.

Prólogo

Es la última vez que te escribo. Ni siquiera sé dónde estás, qué haces, o qué es lo que estás pensando. No lo sé, pero sé que no debería querer saberlo, así que me esforzaré hasta conseguirlo. Pondré todo de mi parte hasta que tú me des completamente igual. Hasta que ya no te piense más.

Vaya desastre somos tú y yo, ¿no? Ni siquiera en este momento quiero aligerar mi parte de culpa. Sé que la tengo. Me dejé enredar en tu hilo hasta que me tejiste una camisa de fuerza. Me lie en tu telaraña hasta que llegaste y me devoraste entera. Podría haber salido de ahí desde el principio. Podría haber huido la primera vez que se activaron las sirenas. Sí. Eso lo sé. Y por eso, al final, la culpa ha sido mía. Porque me anclé a tu cuerpo y me aseguré muy bien de que tú tampoco pudieras soltarme.

¿Y cómo no hacerlo si contigo todo se siente tan intenso que era imposible no volverse adicta? Adicta a tus besos, a tus dedos y a tu lengua. Adicta a tu ceño fruncido desde por la mañana y a tus sonrisas perezosas de medianoche. Adicta a tus luces, a tus sombras y a tus demonios. Puede que lo sea para siempre. Dicen que quien ha sido un adicto una vez es un adicto toda la vida. Por eso espero que no nos volvamos a encontrar.

¿Te acuerdas de aquel atardecer en Santa Bárbara? Así de feliz

deberías ser siempre, amor. Con el viento despeinándote y llevando tu risa a todas partes. Con tus manos en mi cintura y tus labios en mi cuello. Con nuestras voces gritándole al océano que nos amamos más allá de lo posible y que por eso siempre podremos con todo.

Contigo he volado tan alto como nunca creí posible, y he descendido a los infiernos tantas veces que ya he memorizado el número de escalones hasta el punto más bajo. Dicen que el amor saca lo mejor y lo peor de nosotros.

Quizá por eso, a pesar de todo, yo siempre te llamaré amor.

1

Me pongo en pie y aplaudo hasta que me hago daño en las palmas de las manos cuando la directora dice el nombre de mi mejor amiga y ella se pasea por el escenario con su mejor pose de estudiante modelo. Me busca entre las caras de la gente y me lanza una sonrisa antes de bajar la escalera y volver a juntarse con los alumnos que abarrotan el acto de graduación del instituto. No puedo creerme que estemos ya aquí; que esto se haya acabado. Puede que vaya a echarlo de menos un poco. Y a ella voy a echarla de menos a rabiar.

—¡Señorita graduada, bienvenida al mejor verano de tu vida! —exclama al llegar a mi altura.

Los birretes vuelan por los aires. Pega un salto a mi lado y me rodea los hombros con un brazo, para zarandearme, y yo río.

—Hannah Roberts, aquí tiene su diploma —imito el tono de voz de la directora. Luego giro el cuerpo para interpretar el papel de mi amiga—: Oh, gracias. Gracias a todos. Sé que me echaréis de menos, sobre todo los tíos del equipo de fútbol. ¿Qué? ¿Cómo dices, Harriet la empollona? Sí, has oído bien: ¡voy a ir a la Universidad de Dartmouth! Sí, tía, es de la Ivy League. Soy insultantemente inteligente además de la tía más buena del instituto y un auténtico...

—¡Cállate! —exclama entre risas—. Familia a las tres.

Me giro hacia la derecha, siguiendo sus indicaciones en lenguaje militar, solo para comprobar que tiene razón. Ahí están mis padres y los suyos, su hermana y mi hermano. Y, detrás, el resto de la familia.

—No me puedo creer que hayan venido todos, te lo juro. Un poco más y tienen que fletar un autobús desde Sacramento.

—Eres la mayor —me recuerda, con una sonrisa divertida—. A la graduación de mi hermana vino hasta mi tío Paul desde Argentina. La mía es solo un poco más de lo mismo.

Nuestras madres son las primeras en interceptarnos y abrazarnos como forma de dar la enhorabuena. Yo enseguida me escabullo y me dejo estrujar contra el pecho de mi padre. Con él siempre he tenido una relación más especial. No creo que a mamá le siente mal, o eso espero. Siempre dice que papá me tiene a mí y ella tiene a Liam, así que hay equilibrio en casa.

—No puedo creerme que ya hayas terminado el instituto, pequeña —murmura papá—. Tienes a tus abuelas llorando como un par de tontas.

Suelto una risita y me aparto para mirarlo a la cara. Sus ojos verdes también están empañados.

—Tú eres peor que ellas. Y ya no soy tu pequeña.

Se lleva una mano al pecho y hace una mueca.

—Te encanta romperme el corazón.

Se inclina para besarme la frente mientras murmura algo así como que están muy orgullosos de mí.

—Yo estoy que no quepo en mí de gozo. —Oigo a mi hermano. Cuando lo miro, me dedica una sonrisa burlona—. Estos ojos llorosos pueden parecer el resultado del aburrimiento extremo y el exceso de bostezos, pero no te engañes, Haley, es puro orgullo de hermano.

—Sé que en el fondo me amas. Ya llorarás lágrimas amargas cuando me vaya a la universidad.

—Amargas como el chocolate del que haremos la tarta para celebrar que te largas por fin.

En el fondo nos llevamos bien. Y sé que va a echarme de menos, aunque no lo diga. Solo soy dos años mayor que él y, a veces, hasta nos servimos de tapadera con mamá y papá. Hannah y Elizabeth no son así, creo que porque Liz es la hermana mayor perfecta que todo el mundo odiaría tener. Cuando tu hermana mayor jamás les ha dado un disgusto a tus padres es más difícil ser una adolescente rebelde.

Paso de las tonterías de Liam para dejarme abrazar por la madre de mi mejor amiga. Vanessa es prácticamente una tía para mí. La conozco desde que nací, o incluso desde antes, y viven a apenas veinticinco minutos en coche de nuestra casa. Puede que ella y mi madre se pusieran de acuerdo para tenernos a Hannah y a mí a la vez. Supongo que estaba condenada a ser mejor amiga de esa descarada reina de la belleza, pero no me quejo. Si hubiera podido elegir, también la habría elegido a ella.

He pasado por brazos de abuelos y tíos y hasta por los de mi prima Alice cuando por fin quedo frente a frente con mi primo Simon. Si Hannah es mi mejor amiga medio loca, Simon es mi mejor amigo perfectamente cuerdo y sereno. Y, con perdón de Hannah y mi familia más directa, diría que es probablemente mi persona favorita en el mundo. Tiene cuatro meses más que yo y llegó a la familia justo una semana antes de que yo naciera. Mis tíos lo adoptaron cuando sus padres biológicos lo dejaron al cuidado de los servicios sociales porque eran demasiado jóvenes e inexpertos para hacerse cargo de un bebé con «necesidades especiales». Simon es sordo de nacimiento, pero, aparte de eso, sus necesidades son exactamente iguales a las de cualquier chico de dieciocho años, eso está claro.

«¿Te ha gustado la ceremonia?», le pregunto en lengua de signos.

«Estás muy guapa», responde, con una sonrisa tierna.

Nuestros padres han cerrado toda la planta baja de un restaurante en San Francisco para que mi familia y la de Hannah puedan celebrar juntas nuestra graduación.

Allí, ella le está contando a Simon lo mucho que va a molar irse a Dartmouth a estudiar Empresariales, y él rebate que los números son aburridísimos y que se queda sin dudarlo con su carrera de Historia en la Universidad de Sacramento.

Dejo de prestarles atención cuando oigo mi nombre al otro lado de la mesa. Mi madre le está explicando a mi abuela por enésima vez por qué voy a irme a Los Ángeles a estudiar en vez de hacerlo en Berkeley, bien pegadita a las faldas de mamá.

—No te preocupes tanto, Julia. Tenemos ojos y oídos por toda California, en Massachusetts, Illinois, Florida, Nueva York, Oregón y parte del extranjero —bromea mi padre—. Estará controlada.

—¿Vas a fiarte de que la vigile un Sparks? —inquiere Vanessa maliciosamente.

Mi madre casi se atraganta con el vino cuando se echa a reír ante eso y el gruñido que suelta mi padre en respuesta.

—No hace falta que la vigile nadie —asegura papá—. Pero, en cualquier caso, he hablado con Jayden para que esté atento por si ella necesita algo. El chico es mi mejor opción, confío en que los genes de su madre han evitado que sea tan tonto como su padre.

Hannah me toca el brazo y, en cuanto la miro, dibuja una sonrisa traviesa. Niego con la cabeza y pongo los ojos en blanco. Simon enseguida empieza a preguntar qué pasa y mi amiga solo signa «Jayden» y los dos se ponen a dibujar corazones por debajo del mantel.

Jayden Sparks es el hijo mayor de unos amigos de mis

padres. Tiene dos años más que yo y puede —y *solo puede*— que babeara un poco por él cuando cumplí los quince. Fue un verano confuso. Hannah ya había empezado a salir con chicos, Simon tonteaba con una compañera de clase y yo sentía que tenía que empezar a interesarme por alguien para no quedarme fuera de sus temas de conversación. Jayden tenía casi diecisiete, era rabiosamente guapo, y fuera a donde fuera no paraba de encontrármelo. Fue mi cuelgue durante ni más ni menos que un intenso mes y, justo antes de que él se volviera a Los Ángeles, lo olvidé besando a uno de los mejores amigos de mi primo.

En realidad, ya apenas me acordaba de su existencia.

—Has dicho catorce veces el nombre de Jayden desde que hemos salido de tu casa, le deben de estar pitando los oídos.

Hago una mueca de asco y abandono mi vaso rojo después de que un chico choque conmigo en medio de la fiesta de fin de curso y derrame dentro parte de su bebida.

—Catorce veces lo he dicho, y tú las estás contando —acusa Hannah al tiempo que me clava un dedo en el costado. Salto a un lado para evitar las cosquillas—. Además, no he dicho nada. Solo pongo en perspectiva el amplio mundo de posibilidades que se abren ante ti cuando te vayas a Los Ángeles.

Busco con la mirada algún botellín de cerveza sin abrir en la mesa que tenemos detrás, pero nada, no hay suerte.

—Un amplio mundo de posibilidades que no incluyen a Jayden Sparks.

Hannah da un sorbo largo a su vaso y me lo tiende al verme sin bebida.

—Jayden Sparks —repite prácticamente gimiendo—. Suena sexi.

—¡Para ya! —pido, sin poder evitar echarme a reír—. En serio, estás enferma. Lo conoces desde que naciste, exactamente igual que yo. Es como..., yo qué sé, incesto o algo parecido.

—No fui yo la que se pasó un verano entero comiéndoselo con los ojitos, Haley —me recuerda, por octava vez en el día de hoy—. Ya sabes que yo siempre he sido más de Seth que de Jay, de todas formas.

—Estás mal de la cabeza.

Si vamos a empezar a meter en el juego a todos los hijos del grupo de amigos de nuestros padres, voy a necesitar un par de cervezas más. Avanzo entre la gente y mi amiga me sigue, riéndose de mí.

—No seas tonta, yo siempre he buscado las pollas fuera de la familia —asegura, sin molestarse en moderar su tono de voz para que no la oiga todo el mundo hablando con esa boca tan sucia que tiene—. Pero resulta que, ¡sorpresa!, ninguno de ellos es familia de verdad.

Me giro para encararla en medio de la pista de baile improvisada que han montado en el salón del capitán del equipo de fútbol.

—Seth es prácticamente mi hermano y creía que tú decías que yo era prácticamente tu hermana.

—Por eso no voy a acostarme contigo.

—Eres imposible.

—Vale, puede que lo de Seth haya sonado un poco raro —admite—. Pero Jay no es Seth. Jayden y Luke son, en todo caso, primos lejanos. De esos de ver solo en Navidad. Vaya, ni eso, porque dime: ¿cuánto hace que no lo ves? ¿Desde la última vez que te mojaste las bragas del bikini mientras lo veías lanzarse de cabeza a la piscina de su abuela? No podemos comparar. Yo creo que está fuera de los límites de lo prohibido y muy dentro de los límites de lo *follable*.

—¡Hannah!

—Muy dentro, tía. —Hace un círculo con el índice y el pulgar y pasa una y otra vez dos dedos de la otra mano por el hueco.

—Deja de meterme malas ideas en la cabeza.

Me persigue de nuevo sin dejar de carcajearse. Llegamos hasta la cocina y un par de defensas nos vitorean y empiezan a apartar a la gente para conseguirnos cervezas frías de la nevera.

—Ahí viene tu *fullback*, bombón Parker —se burla uno cuando ya llevo cuatro chupitos y estoy tratando de decidir si debería frenar para no acabar entrando a gatas en casa de los padres de Hannah. No sería la primera vez. Ni la primera vez que nos pillan, tampoco.

Levanto la vista y lo veo. Jake, mi exnovio, mira a todas partes, como si estuviera buscando a alguien. Sé que es a mí. No sé si me apetece enfrentarme a esto ahora, pero tengo el juicio nublado por el alcohol y Hannah ya me está diciendo al oído las guarradas que debería hacerle.

Maldita mala influencia.

—Una última noche, chica, dale al pobre diablo algo que recordar cuando te vayas a Los Ángeles y no pueda buscarte en las fiestas esperando que estés tan borracha que acabes haciéndole una mamada.

—Cállate.

—Tú misma. Yo me voy con Holden a ya sabes qué en ya sabes dónde. Ten, usa un condón —advierte, y mete algo en el bolsillo trasero de mi minifalda—. Si te aburrías con él en la cama, díselo y punto. A lo mejor lo solucionáis.

—Sabes que no es solo por eso.

—Eh, folla y deja follar, amiga —recita, en voz más alta, y los chicos aplauden al oírla—. ¡No te vayas sin mí!

—¡No te vayas tú sin mí! Duermo en tu casa y no tengo llaves.

Ya no me contesta. Desaparece de la mano del corredor. Estoy segura de que él quiere algo más que ese rollo de amigos con derechos que se traen desde hace casi un año, pero Hannah siempre ha tenido muy claro que pasaba de novios.

—Hola —saluda Jake mientras se apoya en la encimera justo delante de mí—. He estado buscándote.

—Estaba por aquí.

—¿Te apetece algo de beber?

—No me conviene beber más por el momento.

—Ya. Pues ¿salimos a tomar un poco el aire? —propone entonces.

—Vale, sí. Aire. El aire está bien.

Me sujeta por el brazo con delicadeza cuando casi pierdo el equilibrio al girar demasiado rápido sobre los talones. Creo que me he pasado con los chupitos.

Me suelto de su agarre y camino hasta apoyarme en la barandilla del enorme porche. Jake siempre se ha portado muy bien conmigo y aun ahora, después de romper, sigue haciéndolo. A veces me da mucha rabia que eso no sea suficiente para mí.

—¿Estás bien?

—Claro —suelto una media verdad—. ¿Y tú?

—Ya sabes que no —responde con un repentino arranque de sinceridad.

Parece que no he sido la única que se ha tomado unos chupitos.

—No vamos a hacer esto otra vez. Llevamos así un mes entero —suspiro, y paseo las uñas pintadas de granate por el borde de la madera.

—Dime lo que quieres de mí, Haley. Es que no me estás dando ni una sola opción. Después de año y medio me dices que se acabó y ya está, y no hay nada que yo pueda hacer. No puede ser. Tiene que haber algo. Sabes que te quiero...

Estoy demasiado borracha para tener esta conversación. Para *volver* a tener esta conversación.

—No tienes que hacer nada. Esto no funciona así. No quiero cambiarte.

—Tampoco te gusta mucho cómo soy, por lo que parece —acusa, con esa expresión atormentada que me araña el corazón. Lo último que quería era hacerle daño, pero aquí estamos—. Hace dos meses me querías y ya no. ¿Qué ha pasado? Estábamos bien.

Me aparto de la barandilla y doy dos pasos a un lado y a otro retorciéndome las manos mientras intento controlarme para no gritar. Nunca se cansa de escucharme decir lo mismo y, lo que es peor, nunca se cansa de rebatirlo.

—Estábamos bien —repito lo que ha dicho—. Sí, estábamos bien, pero es que yo no quiero estar bien. No, claro que quiero estar bien. Quiero estar bien, pero no quiero estar *solo* bien, ¿lo entiendes? Quiero... Mira, sí, te quiero... te *quería*, pero es que hay algo que no siento, hay algo que se nos escapa y no sé... Quiero encontrar... necesito... un poco de emoción —termino, y clavo las pupilas en las suyas.

—¡Emoción! —exclama—. ¿Qué significa eso? Si quieres emoción, vámonos a hacer paracaidismo, o parapente, o... No puedes querer a alguien y dejarlo porque necesites un chute de adrenalina.

—No es eso. Nos falta algo aquí, Jake. ¿Es que tú no lo notas? ¿Es que no piensas que tiene que haber algo más?

—Yo no necesito nada más.

—No estoy enamorada de ti.

Deja caer los hombros en cuanto las palabras impactan contra las neuronas que aún le quedan sobrias. Estudia mi cara con el movimiento de sus pupilas hasta conseguir ponerme nerviosa.

—¿Desde cuándo?

Me encojo de hombros. No quiero decir que probablemente desde nunca, porque me niego a hacerle más daño del que parece que ya le he hecho. Pero esa es la verdad. Al principio pensé que sí, que eso de pensar tanto en él y de encontrarlo tan guapo y tan encantador y de que se me aceleraran las pulsaciones cuando nos acercábamos el uno al otro era lo que se suponía que había que sentir. La verdad es que todavía no sé si lo es. No me parece suficiente. No me parece que sea solo esto sobre lo que los grandes artistas escriben canciones de amor, hacen películas dramáticas o crean libros que te hagan soñar. No puede ser solo por esto. Tiene que haber algo más.

—¿Sabes, Haley?, creo que a lo mejor buscas algo que no existe. Todas esas películas que os encantan a Hannah y a ti, todos esos libros que te tienen despierta hasta la madrugada..., eso no es la vida real. Por favor, no pierdas algo de verdad por perseguir una fantasía absurda. Tenemos todo el verano por delante. No hagas esto ahora, aún tenemos tiempo. Y te prometo que voy a ser todo lo que quieres que sea.

Da pasos tímidos al tiempo que habla, recortando la distancia que nos separa. Cuando está pegado a mí me pone una mano en la mejilla y la acaricia con el pulgar.

—Sabes que esto no va a funcionar —murmuro, mientras el alcohol hunde en oleadas mi fuerza de voluntad.

—Hal, por favor...

Me pongo de puntillas para cubrir su boca con la mía. Él pone los labios inmediatamente en marcha y me besa como siempre. Como cada maldita vez. Es agradable, y familiar. Besa bien, suave y firme. Pero no me hace sentir mariposas, ni me nubla los sentidos, ni me corta la respiración.

Aun así, entrelazo nuestros dedos para poder tirar de su mano de nuevo hacia el interior de la casa. Cruzo la cocina sin mirar para nada a los chicos, y él me sigue dócilmente, sin preguntar dónde quiero ir. Parece que los defensas del equipo sí que me leen el pensamiento porque empiezan a jalearnos y a decir tonterías cuando asumen que vamos a buscar una habitación vacía.

De madrugada, ya en su casa, Hannah entra en la habitación de puntillas, descalza, dando saltitos sobre la madera del suelo hasta llegar a la cama y colarse bajo las mantas a mi lado.

—¿Te lo has follado y has salido corriendo? —vuelve a preguntar, como si no hubiera interrumpido nuestra conversación hace un momento para ir al baño.

—Es que no he sentido nada, tía. Necesito saber que hay algo más ahí fuera para mí, esperando. Necesito saber que no es solo así, que no es solo esto. Tiene que haber más, ¿no, Hannah?

Mi amiga se incorpora a mi lado y me aparta el pelo de la cara para poder verme.

—¿Algo como qué? ¿Orgasmos múltiples? ¿Tíos que te follan duro y te quitan el sentido? Ya te digo yo a ti que sí que los hay —insinúa, pícaramente.

—Quiero decir en el amor, no en el sexo. Algo de verdad, intenso y que arrasa con todo. ¿Crees que existe lo de las mariposas en el estómago, lo de las pieles de gallina, los impulsos eléctricos al rozarse y todo eso? ¿Los fuegos artificiales cuando haces el amor con alguien?

Hannah se encoge de hombros como toda respuesta.

—¿Eso es lo que estás buscando tú?

—No lo sé. Supongo... Conocer a alguien y que te vuelva la vida del revés, ¿sabes a qué me refiero?

Mi amiga apoya la cabeza en mi hombro mientras asiente lentamente.

—Creo que sí, tía. Pero ¿sabes qué? Deberías tener cuidado con eso porque, cuando el mundo se vuelve del revés, las cosas que estaban en el suelo nunca van a volver a caer en el sitio exacto en que estaban antes. Y... se te subirá la sangre a la cabeza —añade, con una risita.

La empujo con el hombro, pero no se aparta de mí. Hannah la profunda solo suele aparecer durante unos segundos escasos cuando está borracha. Y he oído muy bien lo que acaba de decir.

Me encantaría que sus palabras no hubieran sonado como una profecía.

2

Miro alrededor al parar el coche frente a la entrada de la residencia, y mi padre, que ha hecho el viaje hasta aquí conmigo para ayudarme a instalarme, me dedica una sonrisa de ánimo antes de apearse. No quiero ponerme dramática, pero al cosquilleo de emoción que siento en el estómago se está sumando un pequeño nudo de pánico en el centro del pecho. ¿Voy a estar bien lejos de casa?

Antes de ayudar con las maletas le escribo un mensaje a Hannah para decirle que ya estoy en Los Ángeles y que le seguiré informando minuto a minuto de cada novedad. Me contesta enseguida:

> ¿Y Jayden? ¿Ya lo has visto? ¿Está bueno?
> Necesito que me lo cuentes TODO.

No le contesto. Voy a castigarla con indiferencia por preguntar precisamente *eso* antes que ninguna otra cosa.

Después de pasar por un edificio anexo con el cartel de RECEPCIÓN y conseguir las llaves de la que será mi habitación, subimos cargados hasta la segunda planta. La puerta está abierta. Dentro hay una chica alta, con las piernas larguísimas, la piel de ébano y una melena oscura de rizos descontrolados. A su lado, un hombre grande y corpulento, que debe de ser su padre, está preguntando dónde quiere que le deje las maletas. Ella se vuelve hacia mí y me dedica una sonrisa cálida de dientes perfectos que me hace relajarme al instante.

—¡Hola! —saluda—. ¿Vas a vivir aquí?

—Eso parece.

—Soy Tracy.

—Haley.

Nuestros padres están dándose un apretón de manos y hablando entre ellos.

—Aún no he elegido cama —me cuenta mi nueva compañera—, estaba esperando. ¿Qué me dices? ¿Tienes preferencia por algún lado del cuarto?

—No, ninguna. Elige tú.

—¿Te importa que me quede el lado derecho? Puede que sea un poco maniática con el *feng shui*.

Me río con ella y me siento cómoda.

—Perfecto. Todo tuyo.

—Gracias.

Nos sonreímos de nuevo y nuestros padres se meten en la conversación. Sus consejos para nosotras son bastante parecidos y las dos intercambiamos miradas y algunos gestos de exasperación mientras nos los van dando, retroalimentándose entre ellos.

El padre de Tracy es el primero en irse, y debe de ser media tarde cuando mi padre sale al pasillo para responder a una llamada de teléfono, justo cuando yo estoy colgando las últimas prendas de ropa en mi lado del armario.

—Lo que me hizo decidirme por esta residencia fue que era la única que tenía baño en cada habitación —reconoce Tracy, al salir del nuestro.

—Lo sé. Lo mismo me pasó a mí.

Es bastante pequeño, aunque con todo lo necesario: tiene inodoro, lavabo y una pequeña ducha en la que seguro que resulta difícil girarse sin inundar el suelo, pero es mejor que nada.

—La cocina común está bastante bien, está al final del pasillo. Luego te acompaño a verla, si quieres —se ofrece ella.

Oigo la voz de mi padre, relajado, bromeando con alguien. Cuando aparece en el marco de la puerta abierta no está solo. Tiene la mano sobre el hombro de un chico joven, más alto que él, que también parece cómodo con las confianzas.

—Mira, Haley, Jayden se ha pasado a saludar.

No me ha hecho falta más de una décima de segundo para reconocerlo. Claro que no, lo conozco de toda la vida. Tiene el pelo castaño, rebelde y desordenado. Sus ojos parecen dorados cuando me recorren curiosos de arriba abajo. La mandíbula es angulosa de una forma dura y definida, y adivino un amago de hoyuelo en su mejilla izquierda cuando me regala una sonrisa leve pero sincera.

—¿Qué tal, Haley? Cuánto tiempo —saluda, y da unos pasos hacia mí.

Mi primer impulso es retroceder para ganar distancia, pero no quiero quedar en evidencia delante de mi compañera de habitación. Y, sobre todo, delante de mi padre. Así que me aguanto cuando el olor penetrante de una colonia intensa me golpea los sentidos al tenerlo a un solo paso. Tiene que inclinarse para depositar un beso suave y claramente desinteresado en mi mejilla, porque es bastante más alto que yo.

—Sí, un montón.

—Hola, soy Jayden, un amigo de Haley —se presenta a mi nueva amiga, con una sonrisa que demuestra que sabe lo guapo que es.

Apenas escucho la conversación cordial que mantienen, porque eso de que es amigo mío me resulta una afirmación muy cuestionable.

Mi padre le da una palmada en el hombro.

—¿Vives muy lejos de aquí? Tu padre me dijo que estabas compartiendo piso con un amigo, ¿no?

—Sí. Está a unos veinte minutos. No queríamos irnos muy lejos del campus, pasamos más tiempo en la facultad que en casa.

—Entonces ¿no te va mal enseñarle todo esto? A veces hace demasiadas preguntas, pero te doy permiso para mandarla callar si ya no puedes más —bromea.

Yo suelto un bufido bajito, indignada, pero la risa de Jayden tapa por completo el sonido de mi queja.

—Lo recordaré. Será un placer ser su guía del campus y, si se pone muy pesada, exigiré que me pague las molestias en café y todo arreglado.

El muy descarado me guiña un ojo cuando dice eso.

—Eh, chaval —llama mi padre para que mire su cara y no la mía—, café sí; guiñitos no.

Jayden suelta una risita de nuevo, tomándose todo a la ligera.

—No te preocupes, Cam, cuidaré de ella como cuidaría de mi hermano. Para eso está la familia.

Mi padre le dedica una sonrisa llena de afecto.

—Sabes que no le confiaría su bienestar a nadie más —deja claro, con una especie de advertencia divertida en su tono de voz.

Carraspeo, para que se den cuenta de que estoy aquí y que están hablando de mí como si fuera una mascota a la que dejar con alguien de confianza en vacaciones. No me hacen ni caso y siguen centrados el uno en el otro, como si no existiera.

Tracy coge su bolso y dice que va a dar una vuelta y a comprar algunas cosas en el supermercado más cercano. Y yo me quedo aquí sin tener oportunidad de unirme a esa conversación que parece que es solo cosa de dos.

No me da tiempo a lamentarme mucho porque, entonces, oigo la conocida voz del amigo de mis padres, y Tyler aparece en la puerta.

Tras un rato de conversación y continuas bromas, el padre de Jayden anuncia que ya es hora de que me dejen volar libre y mi padre se vaya con él a su casa. Creo que es buena idea. No es que esté deseando que se marchen, o perder de vista a mi padre, pero en algún momento tengo que quedarme sola, terminar de acomodar mis cosas y empezar esta nueva vida. Y mi padre no tiene que estar aquí para que eso pueda pasar.

—Vale, mini Ash —habla Tyler conmigo, y sonríe al ver que hago una mueca ante el mote—, voy a llevarme a tu padre porque es muy pesado y no te está dejando vivir tu vida tranquila. Tienes mi teléfono, ¿verdad? Si necesitas cualquier cosa, aunque sea la mayor tontería del mundo, me llamas. Y yo te pasaré con Sue que es mucho mejor resolviendo tonterías que yo —bromea—. Quédate tranquila, pórtate bien y, sobre todo, pásalo bien.

—Gracias, Tyler —digo, y dejo que me dé un abrazo.

Mi padre se acerca y yo tengo que contenerme para no poner los ojos en blanco al ver cómo me está mirando. Espero que no vaya a ponerse sentimental por dejarme aquí.

—Papá, voy a estar bien —aseguro, abrazo su cintura y apoyo la cabeza en su pecho. Me acaricia el pelo suavemente y me besa la coronilla como toda respuesta—. Vete y no te preocupes por mí. Voy a terminar de instalarme y a cenar con Tracy.

—Muy bien. Llama luego a tu madre, ¿vale?

—Que sí —suspiro.

Asiente y recoge la única bolsa que ha traído él entre tantas cosas mías, para poder pasar la noche en casa de sus amigos.

—¿Y tú qué vas a hacer? —pregunta Tyler a su hijo—. ¿Has venido andando? ¿Te llevamos a algún sitio?

—Sería un detalle.

—Mañana podrías recoger a Haley y traerla a casa, así comemos todos juntos antes de que se vaya Cam, ¿os parece?

Tengo que mostrarme de acuerdo porque estaría feo decir que no a una invitación como esa.

Salen por la puerta y el encargado de cuidar de mí y mostrarme el campus se asegura de que mi padre no lo mira antes de guiñarme el ojo, con una sonrisa socarrona en la cara, y dejarme sola en el cuarto.

Tracy vuelve cargada con una bolsa del supermercado y una caja enorme de *pizza*. Qué suerte la mía, porque me muero de hambre y ella dice que la ha comprado para las dos. Cenamos en el cuarto, sentadas en el suelo, cada una con la espalda apoyada en su cama. Me cuenta que es de Bakersfield, que está a poco más de dos horas de aquí, y que su novio, Aaron, en principio debería haberse venido con ella para empezar la universidad, pero que ha tenido que quedarse en casa, trabajando, para echar una mano con la economía familiar y poder ahorrar para sus estudios. Yo le hablo de mi casa, de mi familia y de mi perro, *Ron*. También de Hannah. Acordarme de Hannah me lleva a mandarle un par de mensajes resumiendo el encuentro con Jayden, solo para que no me odie.

Mi compañera de cuarto ya ha ascendido a la categoría de potencial amiga cuando la cena acaba. No se nos agota la conversación y seguimos sentadas en el suelo durante muchísimo tiempo con la caja de la *pizza* vacía entre nosotras.

Las dos nos sobresaltamos al oír una llamada a la puerta. Nos miramos en silencio por un segundo. ¿Estaremos haciendo demasiado ruido? Miro el reloj, aún es pronto para que algún vecino venga a quejarse porque no lo dejamos dormir.

Soy yo la que se acerca a abrir y, cuando lo hago, me sorprende ver a Jayden Sparks frente a mí. Ya tiene la sonrisa en la cara, como si la llevara preparada para cuando mis ojos la encontraran.

—Jayden, ¿qué haces aquí?

Su sonrisa se ensancha y se le marca el hoyuelo de forma evidente, atrayendo toda mi atención.

—He prometido a tu padre que te enseñaría el campus y las cosas importantes de la vida universitaria. Parada número uno —dice, y levanta un dedo ante mi cara—: las fiestas. Voy de camino a una y opino que deberías venir conmigo.

Estoy a punto de protestar por ese tono de «no te lo estoy preguntando, ya está decidido» y, entonces, me guiña el ojo. Otra vez.

3

—¿Te importa si vamos en mi moto?

Espera, ¿ha dicho moto? Corro tras él para intentar ponerme a su altura, pero sus zancadas son exageradamente amplias. Me encantan las motos. Quiero decir, que me encanta que me lleven en moto, porque no es como si mis padres me fueran a permitir tener una propia. Me tiende uno de los cascos que reposan sobre el asiento.

El trayecto dura apenas siete minutos y yo disfruto del ruido y la velocidad. Jayden conduce rápido, zigzagueando entre los coches, pero no me siento insegura en ningún momento durante el recorrido. Me agarro a la parte trasera del sillín y no a su cintura siempre que puedo, porque este tipo de contacto me resulta un poco incómodo entre nosotros, no sé por qué.

La fiesta es en una residencia de estudiantes bastante parecida a la mía, solo que aún más grande. La entrada principal está abarrotada de gente, igual que el pequeño jardín que rodea toda la parte delantera del edificio. Suena música desde el interior, tan alta, que da la impresión de que el altavoz esté en medio del jardín, y todo el mundo lleva vasos rojos de plástico en la mano. Tampoco es que sea diferente de cualquier fiesta de instituto en la que haya estado antes.

Jayden me coge el casco de la mano sin decir ni una palabra cuando yo me lo quito y me agacho para comprobar el estado de mi pelo en el retrovisor de la moto. Echa a andar sin esperarme. Me apresuro a seguirlo porque no me apetece quedarme sola sin conocer a nadie y absolutamente sobria. Lo de ser la más sociable de las fiestas lo llevo mejor después de la segunda cerveza.

Si el exterior está concurrido, el interior está imposible. Me pego a la espalda de mi acompañante mientras él se abre paso prácticamente a empujones entre la masa de cuerpos que abarrota el vestíbulo. Llegamos hasta el pie de la escalera y Jayden se vuelve para mirarme. Odio andar detrás de alguien como un cachorrito porque no conozco a nadie más. Tengo ganas de desinhibirme y que algunos dejen de ser desconocidos.

—Voy a guardar los cascos en la habitación de un amigo. —Es lo que dice, en vez de algo mucho más interesante y divertido—. Tardo menos de un minuto. Espérame aquí.

—¿Por qué no puedo ir contigo?

—Porque no. Espérame aquí —repite. Sube un par de escalones, pero enseguida se para y se gira a mirarme otra vez—. Haley, va en serio. No te muevas —advierte, como si acabara de leerme el pensamiento.

Tengo que esforzarme al máximo para no poner los ojos en blanco. Le ha faltado decir algo como: «Tu padre me matará si te pierdo en una fiesta». Se ve de lejos que se ha tomado en serio el título de «guía y protector». No me da tiempo a decir nada. Tampoco importa. En cuanto desaparece escaleras arriba, doy media vuelta sobre los tacones e intento alcanzar a ver dónde puedo conseguir una bebida. Me abro paso entre dos grupos de chicas que se están esforzando en gritar para hablar entre ellas. Creo que el volumen de la música supera todos los posibles límites legales.

—¡Alerta! ¡Chica sin bebida en la sección seis!

Cuando me vuelvo hacia el chico que ha gritado eso, otro aparece a su lado con un vaso de plástico rojo sobre el que inclina una botella de vodka barato y me lo tiende en cuanto lo llena hasta la mitad. Me regala una sonrisa, además de un vaso de alcohol.

—«Ni una chica sin bebida», es el lema de la fiesta —dice—. Hola, soy Sean.

Me tiende la mano y yo le devuelvo la sonrisa y se la estrecho. Tira de ella para llevársela a los labios y deposita un beso suave en el dorso. Me aparto y hago un gesto de reproche, enarcando una ceja.

—Haley, y tengo fobia a los gérmenes —bromeo.

—Entonces, te he hecho un favor dándote un vaso lleno del mejor desinfectante que existe.

—Gracias, Sean. No había pensado en sus múltiples utilidades.

Estoy a punto de dar un sorbo a mi vodka recién adquirido y empezar fuerte la noche cuando una mano salida de la nada me arrebata el vaso en un solo segundo. Me giro sorprendida y un poco molesta y me encuentro con los ojos color miel de Jayden juzgándome en silencio.

—Eh, ¿qué pasa? —saludo, con una sonrisa inocente.

—Regla número uno de las fiestas universitarias —habla con los labios prácticamente pegados a mi oreja—: Nunca aceptes bebidas de desconocidos.

Le devuelve a Sean su vaso, y luego me agarra la muñeca y tira de mí para arrastrarme con él mientras se abre paso entre la gente hacia el otro lado de la fiesta. Me vuelvo para dedicarle al pobre Sean una mirada de disculpa. Enseguida lo pierdo de vista. Jayden no afloja el paso hasta que entramos en una sala enorme llena de neveras y armarios. Hay unas cuantas personas preparándose bebidas o charlando entre ellas, aprovechando que el lugar es mucho más tranquilo que de donde venimos. Aquí puedes moverte y hasta hablar sin miedo a estar afónico por la mañana.

—¿Qué bebes? —pregunta Jayden.

Me suelta la muñeca y me cosquillea la piel al perder el contacto.

—Lo mismo que tú. —Finjo el máximo desinterés, para no oír la voz de Hannah en mi cabeza diciendo eso de que este tío está muy dentro de los límites de lo «follable».

Se mueve como si supiera perfectamente dónde encontrar cada cosa y prepara dos vasos de vodka con limón. Miro la bebida y lo miro a él, sin intención de cogerla.

—Regla número uno de las fiestas universitarias: no aceptes bebidas de desconocidos.

—¡No jodas! —exclama, con una risita—. Yo no soy un desconocido. Mis padres me llevaron a verte al hospital el día que naciste. Acepta la bebida o pasa sed esta noche, enana, a mí me da lo mismo.

—A mí no me llames enana —advierto, y le pego en el hombro con el puño cerrado al tiempo que le arrebato el vaso con mi bebida de la mano.

—Perdona. ¿Qué es lo que te molesta del mote? Es una forma cariñosa de referirse a los niños. Y, por órdenes de tu padre, parece que ahora soy tu niñero, ¿no es así?

Suelto un gruñido, pensando en algo ingenioso e insultante que responderle, pero no se me ocurre nada. Doy un sorbo a mi bebida para calmar la irritación que eso me produce.

—Oye, te he invitado a una fiesta, te he dado una vuelta en mi moto, he pasado por alto el hecho de que has ignorado deliberadamente lo que te he pedido y te has largado tú sola por ahí sin esperarme ni medio minuto, te he salvado de unos tíos que a saber qué habrían puesto en ese vaso y te he preparado una bebida. ¿Crees que sabrás dar las gracias y relajar ese culo apretado dos segundos? Sé que he dicho que estaré pendiente de ti, pero no soy el chivato de tu padre y tampoco tengo por qué hacer esto si no quiero.

Tiene razón. Mierda, odio que la gente tenga razón cuando eso implica que no la tengo yo. Espera...

—¿Acabas de decirme que relaje mi culo apretado?

Suelta una carcajada y niega con la cabeza, como si me diera por imposible, antes de llevarse su vaso a los labios e inclinarlo tanto que parece que haya acabado con todo de un solo trago.

—Voy a necesitar otro de estos, si eso es lo único con lo que te has quedado de todo el discurso.

—Vale, agradezco que me hayas invitado a la fiesta.

—¡Bien! ¿Ves? No ha sido tan difícil. Creo que tú y yo vamos a llevarnos bien, enana.

Choca su vaso contra el mío, con una sonrisa traviesa. Abro la boca para protestar, pero alguien me interrumpe.

—¡Sparks! —dice un chico que aparece a nuestro lado y choca la mano con él—. He visto tus cascos en mi cama, ¿has venido con Tanya?

—No, con una amiga —responde, y me señala con la cabeza—. Esta es Haley y acaba de llegar de San Francisco.

—Oakland —corrijo, pero creo que no me oye ninguno de los dos.

—Va a estudiar en la uni... ¿Qué vas a estudiar? —me pregunta directamente.

—Biología.

—Eso —dice, como si ese dato no fuera completamente nuevo para él—. Es la hija de unos amigos de mis padres. Haley, este es Cole, mi colega que vive aquí.

Nos saludamos brevemente, porque el amigo de Jayden parece más interesado en charlar con él que en hacerlo conmigo.

—Haley —llama mi atención poco después—, ven, vamos a buscar a unos amigos que quiero presentarte.

Asiento y lo sigo de vuelta al apogeo de la fiesta. Esta vez no me agarra para movernos entre la gente y yo trato de permanecer pegada a su espalda para no perderme y proteger mi vaso de empujones, todo al mismo tiempo.

Esos amigos a los que quería presentarme parecen muy contentos de verlo, o puede que solo estén bastante más borrachos que nosotros. Se trata de su compañero de piso, Niall, y la novia de este, Brittany. Los dos me incluyen enseguida en la conversación y charlan conmigo, y yo empiezo a relajarme rápidamente, entre la gente agradable y el vodka.

No habrán pasado más de veinte minutos, y Brittany me está contando que estudia segundo de Periodismo, cuando otra persona se une al grupo acercándose a Jayden por la espalda y le tapa los ojos con unas manos de manicura perfecta. Es una chica alta, con un vestido negro muy bonito, y el pelo largo, oscuro y brillante.

—Mmmmm, Natalie..., no, espera, Beth..., no, no, ¡Cassandra!

—Idiota —responde ella, y él se parte de risa, antes de volverse a mirarla.

Sí, creo que esta chica debe de ser Tanya.

—No sabía que venías —dice Jayden.

—No venía, pero he cambiado de idea.

—Genial. Mira, esta es Haley...

Me presenta de nuevo y yo me dedico a saludar y a volver a repetir las mismas palabras, preguntas y respuestas que en las presentaciones anteriores. Me gusta conocer gente nueva, pero me agobia un poco que sea tanta, tan seguido. Acabas aburriéndote de contar de dónde eres y qué demonios haces tú aquí.

Tengo que reconocer que Tanya parece agradable y me da

la impresión de que está muy integrada, aunque Britt me cotillea en voz baja que Jayden y ella no son *exactamente novios* sino algo mucho más indefinido. Apenas escucho cuando ellos se ponen a hacerse bromas los unos a los otros, en parte porque la música está muy alta y en parte porque me siento excluida de su dinámica de grupo. Me acerco a Jayden para decirle que voy al baño y él me señala la dirección en la que lo encontraré. Por lo menos no se ha ofrecido a acompañarme, eso sería demasiado raro.

Me abro paso entre la gente hasta encontrar el lugar. Hay varios cubículos dentro del baño de las chicas, pero están todos ocupados, así que me toca esperar antes de que sea mi turno. Cuando salgo tengo que dar un pequeño rodeo porque atravesar el centro de la estancia es una tarea complicada y la gente ya empieza a estar demasiado borracha para apartarse a un lado cuando se lo pides. Camino en paralelo a una mesa donde hay platos semivacíos con un montón de *snacks* diferentes. No he llegado a recorrer ni la mitad del camino de vuelta cuando alguien se me planta delante.

Lo primero que veo es el brazo que ha apoyado en la mesa, cortándome el paso. Está cubierto con un tatuaje en tonos oscuros que representa un lobo aullando en medio de un bosque. Levanto la vista para tener una imagen más completa del lienzo. Es un chico de pelo negro corto y desordenado, con un *piercing* en la ceja izquierda y la sombra de una barba descuidada oscureciendo su barbilla. Sus ojos son grises, apagados, y tiene ligeras ojeras alrededor. Va vestido completamente de negro y en el otro brazo, el derecho, más dibujos de vegetación y unos cuervos sobrevolando el conjunto. Lleva brazaletes de cuero negro en ambas muñecas, de esos con tachuelas y pinchos de metal.

—Hola.

Su voz es muy ronca y tengo que esforzarme para oírlo,

pero no dice nada más. Sus ojos permanecen atentos a mí, estudiando mi cara una y otra vez, y echando algún que otro vistazo poco disimulado más abajo también.

Soy incapaz de apartarme. Sus ojos me mantienen clavada en el sitio, esperando algo más por su parte. Se me disparan las pulsaciones cuando mueve el cuerpo y queda aún un poco más cerca. Huele a tabaco mezclado con una colonia atrayente. Me tiemblan las piernas y tengo que esforzarme para que no se note. No sé qué me pasa. Ni siquiera es tan guapo como otros chicos que me he cruzado en la fiesta. No es ni de lejos tan guapo como Jayden. Pero posee un atractivo tan magnético que al instante sé que resultaría inútil intentar luchar contra ello. Bajo la mirada de sus ojos a su boca y puedo notar perfectamente el momento en que él hace lo mismo. Tiene los labios carnosos, de un rosa que contrasta con el halo de oscuridad que envuelve el resto de su rostro. Parecen suaves, blanditos..., *besables*. ¿De verdad estoy pensando esto? Cada pequeño detalle en él grita «peligro». Nunca he sentido debilidad por la imagen de chico malo, sino todo lo contrario. Pero ni una sola célula de mi cuerpo es capaz de ponerme en movimiento.

Roza mi antebrazo con la punta de los dedos. Casi puedo ver cómo salta la chispa entre nuestras pieles cuando me da calambre. Aparto el brazo de golpe. Él curva los labios en un amago de sonrisa que no llega a terminar de formarse y no se refleja en sus ojos.

—Eh, aquí estás —dice Jayden, al aparecer a mi lado de repente.

Me pasa un brazo por la espalda y me pone la mano en la cadera para empujarme hacia su cuerpo en actitud protectora. El desconocido y él intercambian una mirada en la que la tensión podría hacer saltar los plomos de todo el edificio al completo.

—Styles —vuelve a hablar, en una especie de saludo que suena más bien como una advertencia.

—Sparks.

Jayden vuelve a mirarme y relaja la expresión. Me ofrece un vaso que lleva en la mano izquierda, mientras la otra se mantiene firme en mi cadera.

—Te he preparado otra.

La cojo y creo que intento dar las gracias, pero no encuentro la voz. En cuanto la tengo, tira de mí y me mueve para ponerme al otro lado y hacerme avanzar, interponiendo su cuerpo entre el mío y el del desconocido. Avanzo por inercia y porque él no me suelta hasta que llegamos con sus amigos.

Bebo y miro a todos lados buscando un chico de negro con los ojos grises que sé que no debería querer volver a ver.

4

—Haley, despierta. Jayden está abajo.

Me incorporo de golpe en la cama, sobresaltada por las palabras de Tracy. ¿Qué hora es? El movimiento brusco provoca que un dolor agudo se me clave en las sienes y me martillee la cabeza.

Me ducho en tres minutos exactos, con el agua bastante más fría de lo que me resulta agradable, para ver si así me despejo. Salgo envuelta en la toalla, con el pelo mojado y sintiéndome algo mejor. Me pongo unos vaqueros cortos, unas zapatillas blancas y una camiseta negra que anudo en su parte baja a la altura de la cinturilla del pantalón y que deja uno de mis hombros al aire para que se vea el tirante granate del sujetador y parte del diente de león que Hannah y yo nos tatuamos a juego antes del verano.

—¿Te apetece que demos una vuelta para conocer los alrededores cuando vuelva de la comida? —propongo.

—Perfecto. Aquí estaré.

Cojo el bolso y estoy a punto de salir, pero me arrepiento al instante. Salir sin ni siquiera un poco de rímel en las pestañas no es propio de mí. Me aplico lo mínimo para no sentirme tan desnuda.

—¡Te veo luego!

Tracy se despide, pero casi ni la oigo porque ya he cerrado la puerta y estoy corriendo hacia las escaleras.

—Buenos días. ¿Se te han pegado las sábanas?

Giro la cabeza hacia el lugar de donde proviene la voz. Jayden está apoyado de medio lado sobre el sillín de su moto, con un cigarrillo en los labios, y me tiende uno de los cascos. Lleva una camiseta gris de algún grupo de música que yo no conozco, vaqueros negros y las mismas zapatillas de ayer. En cuanto cojo el casco él se quita el cigarrillo de la boca y expulsa el humo antes de apagarlo contra la acera. Saca unos caramelos de menta y se mete uno en la boca antes de ofrecerme el paquete.

—No, gracias.

Se encoge de hombros. ¿Por qué él está como si hubiera dormido ocho horas, tomado un desayuno completo y bebido dos litros de agua?

—Alguien tiene una mala resaca, ¿eh? —Se ríe entre dientes.

—¿Y tú qué? ¿Por qué estás tan contento?

—¿Por qué no? He madrugado, he ido al gimnasio a quemar las toxinas y he venido a buscarte. ¿Podría tener una mañana más perfecta?

—¿Al gimnasio? ¿En serio?

Lo miro como si fuera un bicho raro.

—Sí, el ejercicio ayuda. Deberías venir conmigo algún día a darle al saco. ¿Nos vamos? Tenemos un buen rato hasta allí.

Cuarenta minutos exactos es lo que nos cuesta llegar hasta la entrada de la casa de sus padres. Cuarenta minutos en los que a mí me da tiempo a volver a ser persona, más o menos. Pero también a darme cuenta de que Jayden no solo va al gimnasio cuando tiene resaca, porque agarrarme a su torso por necesidad cuando íbamos a toda velocidad por la interestatal me ha permitido hacerme una idea de lo trabajado que está.

Mi padre y Tyler están en el jardín, jugando al fútbol americano con Luke.

—¿En esa cosa has traído a mi hija hasta aquí? —Es lo primero que dice papá, que señala la moto como si fuera una bomba a punto de explotar.

—A ver en qué tonito le hablas a mi hijo, Parker —corta Sue al aparecer desde el otro lado de la casa, descalza y con una camiseta larga de Los Ramones como toda indumentaria. Sonrío al verla. Siempre me ha encantado el estilo tan *punk* de esta mujer—. Mira que te quedas sin comer.

Mi padre y Tyler se parten de risa, sin tomarla en serio. Jayden sonríe mucho al cruzar la mirada con su madre.

—Hola, mamá —dice, y se agacha para abrazarla con fuerza y deja que ella le revuelva el pelo y le bese la mejilla un par de veces.

—Hola, cariño —responde, en el mismo tono. Cuando acaba con él me mira a mí y pone los brazos en jarras con una amplia sonrisa—. Pero, bueno, señorita, ¡qué mayor estás!

Es mi turno de dejarme abrazar y besar.

Luke tiene casi catorce años ahora y está muy cambiado desde la última vez que lo vi. Nos saludamos con un abrazo corto y luego pasa de todos nosotros y se aleja para recoger la pelota de fútbol, como si la reunión familiar no fuera con él. Se parece bastante a su hermano, pero tiene el pelo más oscuro y los ojos avellana.

Un maullido en la distancia nos hace prestar atención a los límites del jardín.

—*¡Piezas!* —llama Jayden, contento de ver a su mascota—. ¡Hola, chica!

Se trata de una gata carey de pelo semilargo, salpicada

de colores blanco, marrón y negro. Tiene la mitad de la cara negra y la otra mitad marrón y blanca lo que le da un aspecto totalmente único. Por eso Luke quiso llamarla *Piezas*, porque dijo que parecía un puzle mal montado. La gata corre hacia nosotros y él se agacha para recibirla. Cuando está llegando desacelera el paso y se acerca perezosa, haciéndose la digna. No termino de entender del todo a los gatos. *Ron* estaría pegándome lametones con las patas en mis hombros hasta tirarme al suelo. Pero *Piezas* se hace la indiferente hasta frotar la cara contra el brazo de Jayden y dejarse mimar un poco.

—Hola, guapa —la saludo yo también.

Ella me huele y se mueve prudente a mi alrededor antes de terminar frotándose contra mi pierna.

—Le gustas —dictamina Sue, con una sonrisa—. Venga, vamos a poner la mesa en el porche y a sacar algo de picar antes de la comida. Jay, por favor, saca unas patatas fritas de la cocina y dale a Haley lo que ella quiera de beber.

Jayden enseguida se pone en pie, atrapa a la gata entre las manos y la pone contra su pecho, llevándola adentro con él.

—¿Vienes? —habla conmigo, por encima del hombro.

Piezas suelta un maullido, como si también me invitara a acompañarlos.

Lo sigo hasta la cocina a través del recibidor y del salón. Hay fotografías enormes de las colecciones más famosas de Sue decorando las paredes.

Jayden abre un par de armarios altos de la cocina, para sacar varias cosas de picar, con *Piezas* aún contra su pecho frotando la nariz constantemente contra la oreja del chico. Él abre la nevera, saca un botellín de agua, y me lo ofrece.

—Gracias.

Sonríe con superioridad, como si supiera que eso era justo lo que necesitaba.

—¿Sabes?, me gustas más cuando eres educada. —Suelto un suspiro exasperado—. De nada.

—¿Sabes? A mí me gustas más cuando tienes la boca cerrada.

—Sí, algo había notado. —Abro la boca inmediatamente para contestar, pero me estampa a *Piezas* contra el pecho antes de que pueda hacerlo—. Sujétame a la gata para que pueda llevar todo esto fuera, por favor.

Da dos pasos atrás y recoge todo ese montón de comida que ha sacado para el aperitivo.

—Eres insufrible, ¿lo sabías?

—Me han llamado cosas peores —asegura, tras una carcajada. Vuelve la cabeza para mirarme—. Pero me gusta más cuando lo dices tú.

Me guiña un ojo y se va.

Fuera todos están relajados y felices, charlando, comiendo y con copas en la mano. Apenas me prestan atención cuando ocupo un asiento a la sombra, a un lado de la mesa. Aprovecho el momento para consultar el móvil. Hannah me ha mandado una foto de su enorme desayuno. Mi primo Simon pregunta cómo me va. Mi hermano ha enviado una foto de *Ron* dormitando hecho un ovillo sobre mi cama.

Parece que alguien te echa de menos.

(El perro. Yo no.)

Sonrío y tecleo una respuesta rápidamente.

Yo también echo de menos a alguien.

(Al perro. A ti no.)

Salgo de la aplicación de mensajería y miro por unos segundos la foto que tengo de fondo de pantalla. Somos Hannah y yo, con unos pijamas de esos de cuerpo entero de animales. El suyo es un oso y el mío un koala. Y las dos estamos con las capuchas puestas y sacando la lengua a la cámara. La echo de menos un montón.

—Eh, mira, una osa y una bebé koala. Qué monas.

Bloqueo el móvil de golpe cuando oigo la voz burlona de Jayden.

Se deja caer en la silla que hay a mi lado. Se coloca bien las gafas de sol sobre los ojos y da un sorbo a un vaso de refresco.

—¿Qué pasa, Jayden? ¿Saliste anoche de fiesta? —pregunta su padre.

—Papá, por favor, ¿por quién me has tomado? Me ofende que lo preguntes.

—Eso es que sí —ríe Sue.

Jayden sonríe de medio lado, marcando mucho su hoyuelo, y no lo niega.

—¿Qué tal está Niall? —se interesa Tyler.

—Como siempre.

—¿Y Asher? ¿Cómo está? —pregunta su madre.

Tal y como pronuncia el nombre de ese chico, ya sé que es porque algo pasa con él.

—No sé. Hace mucho tiempo que no lo veo —murmura de mala gana.

—¿Por qué no?

—Porque no, mamá —gruñe, con una expresión que deja muy claro que no quiere seguir con esta conversación—. Él tiene cosas que hacer, yo tengo cosas que hacer y no coincidimos.

La explicación no es muy buena, pero Sue no insiste.

—Haley, ¿qué tal está Hannah? Ya está en Dartmouth, ¿verdad?

—Sí, se fue hace un par de semanas.

—Ah, ¿no os he contado lo de estas dos con sus cambios de *look* y sus tatuajes? —añade mi padre por mí.

Pongo los ojos en blanco y suelto una risita.

Cuando están totalmente enfrascados en su conversación, Jayden se inclina un poco hacia mí para hablarme en voz baja:

—Le caíste muy bien a Britt. Normalmente es muy tímida y le cuesta hablar con la gente, pero ha dicho que contigo es fácil y que quiere que te invite a todas las fiestas.

Lo miro para ver si está hablando en serio o si va a salirme con alguna de sus tonterías.

—A mí también me cayó bien, es muy maja.

—Guay.

—Sí, *guay* —repito.

—A Niall también le has caído bien.

—Entonces ¿le he caído bien a todo el mundo menos a ti?

Se recuesta contra el respaldo del asiento e inclina la cabeza hacia la mía, con media sonrisa engreída tirando de la comisura de sus labios.

—Voy a retirar lo de antes. Me gustas más cuando eres guerrera y respondona.

Eso último lo dice en un susurro en mi oído y a mí me da un escalofrío al sentir su aliento cálido y me echo hacia un lado. Le pego en el brazo con el puño cerrado, con fuerza. Se lo merece. Pero él solo ensancha su sonrisa y me pellizca en el costado, haciéndome saltar ante las cosquillas.

—Eh, esas manos encima de la mesa, jovencito.

Creo que me tengo que poner roja cuando mi padre interviene en tono de broma.

Jayden se queda sentado a mi lado toda la comida, pero respeta mi espacio personal y apenas vuelve a hablarme. Los adultos se encargan de llenar los silencios y de mantener un tono distendido. Yo me dedico a charlar con Luke, que se sienta a mi otro lado. Me cuenta que le encantan los cómics y los videojuegos y enseguida descubrimos que estamos enganchados a la misma serie de zombis y empezamos a comentar los últimos episodios.

Sue se asegura de que me quede claro antes de marcharme que el cuarto de invitados está reservado para mí y que puedo quedarme con ellos siempre que quiera. Es agradable saber que tienes un sitio al que poder acudir y ser bien recibida. Mi padre me achucha mucho y me hace prometer que me portaré bien y que no me olvidaré de llamar cada día y que, si lo necesito, lo diré enseguida y él conducirá a toda velocidad todos los kilómetros necesarios para llegar hasta mí.

Y da un poco de vértigo, pero siento que voy a estar bien aquí.

5

Veo a Brittany enseguida en cuanto entro en la cafetería para nuestra cita del desayuno el jueves por la mañana. Ella levanta un poco el culo de la silla y estira mucho el brazo para hacerme señas y asegurarse de que la he visto. Sonrío y me acerco hasta la mesa que ha cogido para nosotras.

Me apetecía mucho este desayuno con ella. Estoy contenta porque Tracy y yo nos llevamos genial, ya he hecho un amigo en clase, un chico llamado Mark, con el que he congeniado de maravilla desde el principio y, si este desayuno va bien, Britt y yo tenemos intención de seguir quedando.

—¡Hola! —exclama ella, con una amplia sonrisa—. Me he sentado para no quedarnos sin mesa, pero si prefieres otra podemos cambiar.

—No, está bien así. ¿Qué te apetece tomar? Voy a pedir.

Elige tomar un *mocha* y, en mi camino hasta la barra, me dejo arrastrar por la tentación y decido pedir lo mismo. Además, hemos quedado en compartir también un pedazo de tarta, porque Brittany me ha asegurado que es deliciosa y ¿quién puede decir que no al chocolate?

Solo hay otra persona en la cola y, en cuanto ha pedido, se aparta a un lado para esperar y yo ocupo su lugar. Pago con la tarjeta, aunque sé que Brittany va a protestar cuando le diga que hoy invito yo. Así tenemos una excusa para quedar otro día y que sea ella la que me invite a mí. En dos minutos, el pedido anterior sale al mismo tiempo que otro más, que debía de ir justo delante. Se me acelera el corazón cuando oigo a la camarera gritar el nombre de quien ha encargado ese café para llevar.

—¡Styles!

Miro alrededor, pero no lo veo por ninguna parte. Sin saber por qué, estoy como un flan. Me cosquillea el estómago y me tiemblan las piernas.

—¡Styles! —vuelve a llamar la camarera, y a mí me dan ganas de decirle que se calle porque, si él aparece y lo tengo cerca otra vez, podría sufrir una taquicardia.

¿Quién pide un café para luego largarse sin recogerlo?

Me sobresalto cuando ponen una bandeja ante mí con una porción de tarta y un café en un vaso de cartón que lleva escrito mi nombre. Vale, solo queda el otro *mocha* y podré volver a la mesa con Britt, a salvo de taquicardias y reacciones corporales absurdas.

Siento su presencia. Su olor a tabaco y colonia masculina penetrante me llega en una oleada. Un brazo tatuado aparece en mi campo de visión para coger el café que esperaba abandonado sobre la barra. Me roza al apartarse, y tengo la impresión de que ha sido a propósito. Esta vez no hay electricidad estática haciendo saltar la chispa, pero yo siento la corriente recorrerme todo el brazo e inundarme el pecho. Me aparto y me atrevo a levantar la vista para buscar sus ojos. Esos iris grises están clavados en mí. Tiene una sonrisa tirando de la comisura de la boca que no llega a terminar de formarse, como la última vez. Va vestido de negro, y lleva un gorro del mismo color, a pesar del calor de los primeros días de septiembre, que deja escapar unos cuantos mechones en la frente. No sé cuánto tiempo pasa con los ojos clavados en los míos hasta que habla, pero para mí podrían haber sido siglos o solo una décima de segundo. ¿Qué es lo que me pasa? ¿Y por qué tengo tantas ganas de volver a tocarlo? Me centro en sus labios cuando habla, y eso es mucho peor.

—Hasta luego... —Desvía la vista un momento hasta el vaso que espera en mi bandeja—. Haley.

Para cuando soy capaz de mandar las señales a mis cuerdas vocales para hablar, él ya se ha ido.

—Aquí tienes, Haley.

Me sobresalto cuando la camarera deja el otro café en la bandeja.

Mis constantes vitales van volviendo a la normalidad al llegar a la mesa. Me siento rápidamente frente a Brittany, para que no note que aún me tiemblan las piernas.

¿Quién es ese tío?

—¿Has pagado ya? ¿Cuánto te debo?

—Nada, invito yo. Invitas tú la próxima vez y así estamos en paz —pacto cuando está a punto de protestar.

Sonríe y coge uno de los cafés para quitar la tapa.

—¿Cómo ha empezado tu vida universitaria? ¿Te está gustando?

Me relajo hablando con ella. Jayden tenía razón, parece una chica muy tímida. Se sonroja con facilidad y no se atreve a interrumpirme, aunque tenga algo que decir, y no levanta la voz en ningún momento. Pero se interesa por mí y contesta a todas las preguntas que le hago, y, además, tiene una forma de hablar muy dulce y escucha como si lo que le cuentas fuera lo más interesante del mundo. Conforme pasan los minutos y vamos enlazando temas de conversación, noto cómo ella también se va relajando a mi lado y mostrándose más abierta y confiada.

—Oye, Britt —me decido a plantear lo que llevo pensando desde que me he sentado a la mesa—: ¿Tú sabes quién es un tal Styles?

—¿Styles? —repite—. No, no me suena.

—Estaba el sábado en la fiesta. Es un chico con un *piercing* en la ceja y un montón de tatuajes.

Mueve los labios apretados a un lado y otro como si eso la ayudara a pensar.

—Creo que sé de quién hablas, pero no lo conozco. Solo de verlo en las fiestas. ¿Por qué? ¿Qué pasa con él?

Niego con la cabeza, quitándole importancia.

—Nada. Es solo que me lo he cruzado un par de veces y me dio la impresión en la fiesta de que Jayden y él no se llevaban muy bien.

—Pues no sé qué decirte, no me suena haberlos oído hablar de él.

Cambio de tema para desviar la atención y que no le dé por preguntar luego a su novio o a Jayden sobre el misterioso chico de ojos grises.

—Vaya, voy a tener que irme. —Caigo en la cuenta al mirar mi reloj.

—Sí, yo también.

—¿Repetimos desayuno la semana que viene? He estado organizando mi horario y los martes y jueves no entro hasta las nueve. ¿Qué te parece cita de desayuno los martes y los jueves como tradición oficial?

Sonríe y me contagia el gesto. Brittany me cae muy bien y me gusta hablar con ella y, por lo que Jayden dijo, no parece que tenga muchas amigas. Me gustaría cambiar eso.

—Yo entro a las nueve todos los días, así que me parece genial.

—¿Te importa si invito a mi compañera de habitación alguna de esas veces? Creo que te caerá bien.

Parece contenta con la idea y caminamos juntas hasta el punto en que nuestros caminos se separan.

—Oye, Haley —me llama cuando estoy a punto de irme—, no te he preguntado si vas a la fiesta mañana por la noche.

—¿Qué fiesta?

—La fiesta de principio de curso, en la playa. Se hace todos los años. ¿Jayden no te lo ha dicho con lo que va él alardeando de ser el mejor guía del campus? —se burla de su amigo. Niego con la cabeza—. Ven, será divertido.

Mientras camino hacia clase pienso que Jayden no es el único habitual de las fiestas que es probable que esté por allí. Y tampoco al único al que quiero ver.

Mi mente se pasa toda la mañana reproduciendo la forma exacta en que ha sonado mi nombre en la voz rota del misterioso chico de los ojos grises. Y, cada vez que vuelvo a oírlo, me da un escalofrío, de esos agradables, por la espalda.

6

La playa ya está a reventar de gente cuando mis dos amigos y yo llegamos. Mark nos ha invitado a pasar un rato antes por su casa, un piso compartido con dos chicas que él dice que son muy raras, pero que se largan todos los fines de semana, así que está encantado con su habitación de alquiler. Tracy, para decir que no le van mucho las fiestas, está totalmente desatada. Y parece haber encajado muy bien con Mark.

Britt me ha mandado un mensaje hace diez minutos para decirme dónde estaban, pero, con toda la gente que hay aquí, dudo que encontrarlos vaya a ser sencillo.

—Oye, tu compañera de cuarto es genial, pero está muy borracha —me dice Mark en tono confidencial, arrastrando mucho las palabras.

—Sí, menos mal que tú no.

—¿Cómo es ese Jayden al que estamos buscando? —pregunta él, y estira el cuello para buscar entre las caras de la gente.

Sé que van a decir algo que no deben. Porque Tracy le ha contado a mi amigo todos los detalles de mi historia con Jayden. Me refiero a *todo*. Hasta el cuelgue que tuve por él a los quince años. Detalles que antes Hannah le había contado a ella, claro.

Llamo a Britt y tengo que taparme el otro oído con la mano cuando descuelga.

—¡Haley! ¡Hola! —chilla, al otro lado de la línea—. ¿Dónde estáis?

—Pues... no lo sé muy bien. El Uber nos ha dejado al final de un aparcamiento enorme y... creo que al otro lado está el parque de atracciones del muelle.

—¡Vale! ¡No os mováis! ¡Vamos nosotros para allá!

Cuelga antes de que me dé tiempo a darle más indicaciones.

—Dice Britt que los esperemos aquí —comunico a los otros dos.

—Genial. —Mark se sienta en la arena y vuelve a inclinar su botella.

Habrán pasado diez minutos cuando Tracy levanta el brazo para señalar entre la multitud.

—¡Ahí está!

Sigo la dirección en la que apunta su dedo y lo veo enseguida. Es algo más alto que mucha de la gente que hay por aquí así que no resulta tan difícil localizarlo. Siento una calidez extraña en el pecho cuando lo veo avanzar en nuestra dirección. Oigo a Tracy darle detalles a Mark para que sepa quién es.

—¡Ay, mi madre! —grita él cuando lo ve por fin—. ¡Está buenísimo!

Me coge del brazo y tira de mí hasta hacerme caer de culo a su lado en la arena.

—¡Ay!

No se arrepiente. Me abraza por el cuello, para retenerme.

—¿Seguro que no es gay?

—Creo que no, tiene una especie de amiga con derechos —lo desilusiono.

—Vaya. Me aseguraré, por si acaso —planea, pícaro.

Se pone a cuchichear con Tracy y yo aprovecho para librarme de su abrazo y volver a ponerme en pie. Enseguida veo a Brittany correr hacia mí y, cuando llega a mi altura, me echa los brazos al cuello, con mucho entusiasmo, y tengo que esforzarme para que no nos haga perder el equilibrio a las dos.

—¡Haley!

Miro detrás de ella. Mis amigos ya se han puesto de pie para saludar al resto y están ahí haciendo las presentaciones, sin necesitarme a mí de relaciones públicas. Además de Niall y Jayden, han venido Tanya y el amigo de Jayden de la residencia en la que estuvimos el fin de semana, Cole.

Brittany se pone a charlar con Tracy, o más bien Tracy con ella, pero Britt está borracha y eso la hace muy sociable, así que ahí están las dos, como si fueran amigas de toda la vida. Creo que están hablando de mí, pero me parece bien. Soy su nexo de unión y quiero que sean amigas, de modo que dejaré que me utilicen para romper el hielo. Busco a Jayden con la mirada y veo que está hablando con Cole, mientras Mark parece estar contándoles algo muy gracioso a Niall y a Tanya. En cuanto veo que Cole se aleja unos pasos en dirección a la orilla, aprovecho el momento y me acerco a Jayden, poco a poco.

—¿Cómo estás?

—¿Qué tal?

Hablamos los dos a la vez y sonreímos al quedarnos callados cuando cada uno intenta dar pie a que sea el otro el primero en hablar.

—¿Cómo ha ido tu primera semana? —Acaba siendo el primero en preguntar.

—Bien. Bastante bien. Tengo dominado el horario de clases. Tracy y yo hemos terminado de equipar la habitación, y ya tengo dos amigos borrachos. —Señalo con la cabeza donde están Mark y Tracy.

Se ríe bajito.

—Dos amigos borrachos. Eres buena, a mí me costó casi un año conseguir eso —bromea—. Sigo disponible, si necesitas que te enseñe la ciudad. Haré el esfuerzo de no ser...

—Un pesado —completo en broma.

—Un pesado —repite, y se nota que se está aguantando la sonrisa.

—Insufrible —añado.

—Sí, insufrible.

—Un pesado insufrible —recalco, para que le quede claro que ese es el concepto completo.

Pone los ojos en blanco.

—Un pesado insufrible —recita—. ¿Algo más?

—De momento no.

—¿Amigos?

Me tiende la mano como manera de sellar el trato. La cojo y se la estrecho. Y él aprovecha para tirar de mí y pasar una pierna tras las mías y hacerme perder el equilibrio, asegurándose de que mi caída al suelo sea suave.

—Perdona, por favor. Tenía que ser insufrible por última vez.

Le tiro un puñado de arena y eso solo lo hace reír aún más. Me tiende de nuevo la mano, y yo dudo un segundo antes de aceptar la ayuda. Me pone en pie de un solo tirón y mi cuerpo queda muy cerca del suyo. Pone la otra mano, con el vaso, en la parte baja de mi espalda para ayudarme a mantener el equilibrio. Me quedo colgada en sus ojos puede que por un segundo entero, y luego aparto la mirada y doy un paso atrás.

Y cerca de la orilla, lo veo. Ese chico vestido de negro, con los brazos tatuados y un aura de peligro tan estremecedora como atrayente. Tiene los ojos clavados en mí, en nosotros. Y, en cuanto ve que ha captado mi atención, se mueve como un fantasma y desaparece entre la gente.

—Tengo que ir a hacer pis —informo a Tracy y a Britt, cuando llevamos más de una hora aquí, bebiendo, bromeando y riendo.

Parece que mis dos amigas se llevan muy bien, y lo mismo pasa con el resto. Cole es muy divertido, y Niall, un auténtico encanto. Tanya es superagradable. Y Mark lleva ya un rato desplegando todos sus encantos con Jayden.

—Ve a la orilla y hazlo ahí, te aseguro que la gente no se molesta en ir hasta los baños —me dice Cole.

No he sido tan discreta como yo creía al hacer mi comentario.

—Mejor, así no habrá cola —respondo, con una sonrisa de medio lado.

—Deberíamos darnos un baño —dice Tanya.

—Tía, ¿no acabas de oírme decir que todo el mundo está meando en el mar?

—Somos jóvenes, estamos borrachos y esto es la maldita playa de Santa Mónica, ¡deberíamos nadar desnudos!

Tengo que reírme al ver que varias personas se vuelven a mirarla cuando dice eso último demasiado alto.

—Ni de broma. —Me sorprende la voz de Jayden, en un tono firme y serio—. Aquí no se va a bañar nadie de noche y borrachos. Y menos con la corriente que hay hoy.

Lo miro. Tiene el ceño fruncido y el cuerpo erguido en una postura que deja claro que no piensa permitir que nadie le lleve la contraria. Niall se acerca y le pone una mano en el brazo. Y él hunde los hombros lentamente y sacude la cabeza hacia los lados.

—Vale, policía de la diversión, no te pongas nervioso —se burla Tanya.

Yo localizo la hilera de urinarios portátiles a unos cuantos metros de aquí y echo a andar por la arena en esa dirección.

—¡¿Quieres que te acompañe?! —grita Tracy a mi espalda.

—¡No, tranquila! ¡Vuelvo enseguida!

Espero que estén medianamente limpios, aunque no tengo muchas esperanzas. Me abro paso entre la gente que abarrota la playa y enseguida decido que es mejor caminar más alejada de la orilla, donde hay menos densidad de borrachos. Paso por detrás de una torre de vigilancia de los socorristas. Tardo un rato, porque no todo el mundo está haciendo pis en el mar, al parecer, y emprendo el camino de vuelta por el mismo sitio por el que he venido. Cerca del paseo marítimo, donde no hay casi gente.

—Eh, guapa, ¿dónde vas tan solita?

Una voz masculina me sobresalta, y me tenso cuando lo oigo venir detrás de mí. Ni siquiera me vuelvo, sigo andando y cambio el rumbo para volver hacia la gente.

—Espera, no tengas tanta prisa.

Esas palabras tienen en mí justo el efecto contrario y aprieto más el paso. No llego muy lejos antes de que me alcance y me coja del brazo. Lo sacudo para liberarme y lo oigo soltar una risita.

—Déjame en paz —exijo al encararlo.

Es un chico fuerte y está, obviamente, borracho. Me suelta el brazo, pero avanza, y yo retrocedo torpemente por la arena hasta que me atrapa contra el pie de una torreta.

—Venga ya, llevas esos pantaloncitos, te paseas por aquí... Conozco a las chicas como tú.

—No, no me conoces de nada y me visto como me da la gana, imbécil —rebato, al tiempo que lo empujo con todas mis fuerzas.

Pero no consigo moverlo. Aún se acerca más y noto el movimiento agitado de su pecho rozando el mío. No voy a poder quitármelo de encima, es mucho más grande que yo. Mi mente echa humo intentando encontrar la manera de salir de esta, y rápido.

Y, entonces, se aparta. No. *Lo apartan*. Una sombra negra aparece de la nada y le pega un empujón que está a punto de hacerlo caer al suelo. Cuando enfoco la mirada, soy capaz de reconocerlo. Es *él*. Lo sujeta por el cuello de la camiseta y lo estampa con un golpe seco contra una de las vigas, cerca de mí.

—¿Qué te pasa, hijo de puta? —gruñe el borracho, como si no fuera consciente de que era él quien me estaba acosando y, por tanto, quien más se merece el insulto.

—¿Qué te pasa a ti? —ruge el otro, con la voz rota tan amenazadora que me da un escalofrío—. Lárgate de aquí si no quieres que te reviente la cabeza.

Lo suelta, pero, antes de que el otro pueda reaccionar, le pega un puñetazo en plena mandíbula que lo tira al suelo. El borracho retrocede, moviendo torpemente los brazos y las piernas, y luego consigue ponerse de pie y sale corriendo.

El misterioso chico de ojos grises se vuelve para clavar esas pupilas llenas de sombras en mí.

—¿Estás bien, Haley?

Mi nombre en ese susurro ronco me acaricia los oídos y me acelera las pulsaciones mucho más de lo que ha conseguido hacerlo el miedo que acabo de pasar. Se acuerda de cómo me llamo. Sabe quién soy.

—Sí —consigo decir con un hilo de voz.

Se acerca y su cuerpo queda muy cerca del mío, aún apoyado contra la madera. Su mirada me recorre como si estuviera tratando de asegurarse de que sigo de una pieza. Asiente y se gira para alejarse sin decir nada más.

—Gracias. —Vuelvo a hablar a su espalda. Gira la cabeza solo un poco y enseguida sigue andando—. ¡Eh, espera! ¿Cómo te llamas?

Se gira despacio y quedamos frente a frente. Permanecemos en silencio un par de segundos. Luego esboza media sonrisa, que es más de lo que ha llegado a hacer hasta ahora, y a mí me aletea el corazón al ver lo bien que le sienta. Parece más joven cuando relaja el gesto.

—Creía que habrías leído mi vaso —suelta, como sin darle importancia.

—En el vaso ponía Styles, pero ese no es tu nombre.

—Así me llama todo el mundo.

Pienso que esa voz le tiene que rascar la garganta cada vez que habla.

—Yo no soy todo el mundo —me atrevo a decir.

Sonríe un poco más y da un paso hacia mí, pero luego frena de nuevo y me contempla a tan solo medio metro de distancia.

—De eso ya me he dado cuenta —murmura, como para sí mismo, y a mí me da un vuelco el estómago—. Styles es mi apellido.

—¿Y tu nombre?

—Daryl. Pero nadie me llama así desde hace años —confiesa, con una mueca torcida, como si le doliera haberlo dicho en voz alta.

—Daryl.

Da el paso que quedaba entre nuestros cuerpos, brusco, de golpe, pero no siento la necesidad de apartarme, sino todo lo contrario, así que nuestros pechos quedan a un centímetro escaso del otro y puedo notar el ritmo de su respiración y el latido acelerado de su corazón. No es tan alto como Jayden o Mark y eso me permite sostenerle la mirada de forma más cómoda.

—Dilo otra vez —pide, en un murmullo—. Suena bien cuando lo dices tú.

—Daryl —repito despacio.

—Haley —dice él, tan cerca que siento su aliento, mezcla de tabaco y algún licor dulce, sobre mis labios.

Siento la imperiosa necesidad de estirarme y besarlo. De probar esos labios rosados y comprobar si son tan suaves como parecen. Empiezo a levantar los talones para ponerme de puntillas, un poco más y me fundiré con él...

—¡Haley! —Oigo la voz de Mark, a gritos, cerca de aquí.

Giro la cara en un acto reflejo. Siento frío cuando Daryl Styles se aparta de mi lado y, cuando me vuelvo a buscarlo, su figura ya se está confundiendo con la multitud.

7

Esta mañana no me apetece ir a clase. Tracy tiene que repetirme tres veces que llegaré tarde si no muevo el culo y, cuando consigo despegarme las sábanas y meterme en la ducha, ella ya ha salido para la Facultad de Enfermería. Siempre se va más temprano que yo. No sé por qué le gusta llegar a clase con tanta antelación.

Anoche salí a cenar con Mark y otros compañeros y volví tarde. Pero mi madre siempre me machaca con eso de que el que sabe trasnochar tiene que saber madrugar, repitiendo las palabras de mi abuela, solo porque así se cree que suena más a madre que cuando me dice que salga con mis amigos y lo pase bien. Así que hago el esfuerzo, para que mis padres sepan que agradezco que me paguen los estudios e inviertan en mi futuro, y decido no perderme ni la primera hora.

Me visto, me maquillo solo un poco y me hago una coleta alta, para no tener que pelear con mi pelo. Con el sueño que tengo, no tengo fuerzas para pintarme una fachada de aspecto perfecto hoy. Un vestido bastante *hippy*, botines y la chaqueta de mi hermano del equipo de béisbol del instituto, que le robé del armario antes de mudarme, combinan a la perfección con mi ánimo de esta mañana.

Han pasado tres semanas desde la fiesta de inicio de curso en la playa. Con la llegada de los últimos días de septiembre las mañanas son más frescas, así que me ajusto la chaqueta de mi hermano mientras camino hacia el coche. Suelo ir andando, pero si lo hago hoy no voy a tener tiempo de ir a por un café y lo necesito mucho.

En mi nueva rutina, desayuno con Britt todos los martes y jueves. Los martes se nos une Tracy, que también tiene libre la primera hora. Y cada martes y jueves Styles está ahí. Se pone en la cola a la vez que yo y siempre me deja pedir primero. No es muy hablador. Normalmente solo dice «Buenos días, Haley», a pesar de que cada día le hago una pregunta nueva que él suele responder con media sonrisa enigmática. Siempre viste de negro. Siempre lleva esos brazaletes con tachuelas en las muñecas. Siempre pide café solo. Y siempre procura rozarme como si no fuera consciente de que lo hace. Yo pregunto de dónde es, o qué estudia, o cuándo es su cumpleaños, o si tiene alguna mascota. Y él recoge su café y se va sin dar respuestas.

Por otro lado, está Jayden. Nos vemos bastante. Y tres semanas siendo amigos nos han llevado a conocernos mejor. Ahora ya sé que estudia Ingeniería de Materiales, que tiene una beca de investigación de prácticas en el laboratorio de la facultad y que le encanta lo que hace. Hemos hablado mucho de su familia y de la mía, de sus amigos y de los míos, de nuestras mascotas, y de un montón de tonterías sin importancia. Eso último es mi tema de conversación favorito. Jayden hablando de estupideces es Jayden en estado puro.

Y hay algo que últimamente flota entre los dos y no sé muy bien cómo explicar. No soy tan inocente, así que me he dado cuenta de que me mira... mucho. Y, creo que, aunque no soy consciente la mayor parte del tiempo, yo también lo miro a él. Las bromas y los piques han pasado a ser algo más que eso. Pero me parece que ninguno de los dos estamos convencidos de que ir un paso más allá sea una buena idea.

Me pongo a la cola en la cafetería y miro a todos lados, esperando ver a un chico vestido de negro con los ojos grises. Es más tarde de la hora en que suelo venir con las chicas, así que puede ser que ya se haya ido, ¿no? Me regaño a mí misma porque eso me decepcione tanto.

—Buenos días, Haley, qué raro verte un viernes, ¿qué te apetece hoy? —pregunta la camarera.

Es agradable que ya me conozcan y que sepan que me encanta que me echen unas virutas de chocolate en el café, pida el que pida, y cosas así. Me hace sentirme en casa. Me hace creer que de verdad este es mi sitio, aunque parezca una tontería.

Le doy los buenos días y la llamo por su nombre, Ronda, antes de decidirme por un *latte* para llevar y nada de comer, solo por hoy, porque no tengo tiempo.

Camino hacia la salida cuando la puerta se abre y entra alguien que me hace pararme en seco. Es Jayden. Me ve enseguida y se le forma una sonrisa muy amplia que marca su hoyuelo.

—Buenos días.

Veo que, inmediatamente, sonríe a alguien detrás de mí y guiña el ojo, travieso. Ronda, la camarera, le devuelve el saludo con la mano alzada y la oigo decirle a su compañero:

—¡Nene! Prepárale un *espresso* al ingeniero guapo, por favor.

—¿Conoces mucho a Ronda?

Se encoge de hombros, mientras me observa como si quisiera evaluar mi reacción.

—Es una vieja *amiga*. —Por el tono, ya sé a qué clase de «amiga» se refiere—. Y vengo a menudo a tomar café.

Intento permanecer inexpresiva, pero creo que se da cuenta de cómo me sienta el comentario porque sonríe de medio lado y alza las cejas.

—No te pongas celosa, enana, hace un par de años de eso, ya no nos miramos de la misma forma.

—Deja de llamarme enana y de ser tan...

—Insufrible —completa él, divertido.

Hago amago de marcharme, pero me retiene poniendo las manos en mis caderas. Intento ignorar el cosquilleo que me recorre toda la piel de la zona en la que me toca, incluso con el vestido de por medio.

—¿Me esperas y te acompaño a clase? Tengo un rato —dice como si no acabara de hacerse el chulito y burlarse de mí—. Necesito un café, estamos en medio de un ensayo de un nuevo material aislante y he tenido que venir al laboratorio a las seis porque los tiempos son ajustados. Ahora tengo casi una hora hasta que complete la siguiente fase.

—Vale.

—¡Jay! —llama la camarera.

Él me sonríe a mí y luego se da mucha prisa en acercarse a la barra para pagar y recoger su café antes de volver a mi lado.

—¿Qué tal la cena de anoche? ¿Se os hizo muy tarde? —pregunta mientras caminamos, despacio, rumbo a mi facultad.

Le hago un resumen de cómo fue mi noche y él me cuenta que estuvo en casa con Niall y con Britt, que pidieron comida china y que vieron una película malísima sobre una invasión extraterrestre. Luego dice que estoy invitada a cenar en su casa y ver una peli malísima con ellos cuando quiera, pero que se reserva el derecho a elegir él si será comedia o *thriller*. Me hace reír, pero creo que también me pongo roja al pensar que esa invitación suena un poco a cita.

Estamos quejándonos sobre el día tan largo que vamos a

tener hoy, exponiendo cada uno las razones de por qué su situación es peor y haciéndonos reír el uno al otro, cuando lo veo y se me corta del todo la risa. Es Daryl. Camina por el lado opuesto de la calle. Lleva el gorro y una chaqueta negra descuidada que no le había visto antes. Tiene un café en una mano y una enorme cámara de vídeo en la otra. Cruza su mirada con la mía. Me da la impresión de que está a punto de dedicarme una de sus sonrisas ladeadas, pero entonces se fija en Jayden, que camina a mi lado, y frunce los labios endureciendo la expresión. Ninguno de los dos paramos o disminuimos el paso, aunque no dejamos de mirarnos mientras nos cruzamos. Me vuelvo a mirarlo un par de veces mientras se aleja y él hace lo mismo.

—Tienes que estar de broma —gruñe Jay a mi lado—. Dime que no lo conoces de nada y que no has vuelto a verlo desde la noche de la fiesta. —Paro en medio de la calle cuando él lo hace—. ¡Haley, no te acerques a ese tío!

Que me grite sin ningún motivo solo consigue cabrearme.

—¡¿Perdona?! ¡Puedo acercarme a quien me dé la gana!

—Voy en serio. Ese tío es un problema y no quiero que te metas ahí...

Ha bajado mucho el tono de voz y sus ojos han pasado de furiosos a suplicantes.

—Dime de qué lo conoces y qué tienes contra él.

—No necesitas que te dé ninguna explicación. Vas a mantenerte lejos de él y punto.

—Mira, Jayden, métete en tus asuntos, ¿quieres?

Echo a andar. No lo oigo venir detrás y, cuando llego a la puerta de mi facultad, me doy cuenta de que no ha tenido en ningún momento la intención de hacerlo.

Paso todas las clases enfurruñada y sin apenas responder a las preguntas de Mark.

—Jayden acaba de escribirme para preguntarme a qué hora sales de clase —me susurra Mark en medio de nuestras prácticas de laboratorio de la tarde, mientras mira con disimulo el móvil, que tiene encendido en el bolsillo de la bata.

—No se te ocurra contestarle —siseo.

—Claro que no —dice, en mi mismo tono, y empieza a teclear a toda velocidad.

Y ya sé que le está dando a Jayden todos los detalles de mi horario de hoy, mi agenda de la semana, y puede que hasta mandándole un croquis de en qué aula estamos. Maldito traidor.

Cuando salimos de la práctica ahí está, frente a la puerta, apoyado en la pared con aire inocente.

Me sonríe, como si intentara disculparse solo con eso, y da dos pasos hasta quedar frente a mí. Me cruzo de brazos, en espera de lo que tenga que decir. Mark me pellizca la cintura.

—Hablamos luego, Haley. Hasta luego, bombón —le dice a él, coqueto.

—Hasta luego, guapo —responde Jayden con una sonrisa de medio lado.

Vuelve a quedarse serio cuando me mira a mí y nos quedamos solos.

—Lo siento, ¿vale? —dice al final—. No he cambiado de idea con respecto a él, ni lo voy a hacer, pero siento haberte gritado. Tienes razón en que no puedo decidir por ti.

—No necesito que me cuides ni que me protejas y, si tienes algún problema con ese tío, no me metas a mí por medio. Si es un asesino o un camello, dímelo. Pero no me exijas que te haga caso sin darme ni una explicación. Dame la explicación y deja que yo decida lo que hago.

Suspira, derrotado. No parece muy contento con cómo está yendo la conversación.

—No quiero hablar de esto hoy. Y no quiero que estés cabreada conmigo. He venido a ofrecerte una tregua. ¿Me dejas invitarte a tomar algo para compensarte?

Luce su mejor expresión inocente. Y está mono.

—A la mínima tontería me largo —aviso en broma.

—Me parece justo. —Sonríe y casi me contagia, pero me aguanto lo mejor que puedo—. ¿Qué vas a hacer este fin de semana?

—Jayden ha dejado a Tanya.

Me aparto bruscamente para mirar a Britt sorprendida, al borde de la poza natural ante una de las cataratas de Falling springs, tratando de analizar por qué me dice eso y por qué utiliza precisamente ese tono. Mis ojos vuelan de los suyos al lugar donde Tanya está tomando el sol, ajena a nuestra conversación. No parece que nada haya cambiado en el modo en que se relaciona con Jayden o con cualquiera de sus amigos, aunque lo cierto es que nunca los he visto hacer nada en público que pudiera hacer pensar que estaban juntos.

Luego elevo la mirada para buscar a Jayden unos metros por encima de mi cabeza. Está con los chicos, bromeando con Mark mientras parecen estar decidiendo quién de ellos saltará primero al agua en el idílico lugar al que nos han traído de excursión. Recorro su torso con los ojos una y otra vez sobre la tinta que le marca la piel del costado derecho. Las letras que se dibujan en cuatro líneas son lo primero que ha captado mi atención, pero antes he visto que tiene otro tatuaje más, uno más grande y más colorido que le ocupa un cuarto de espalda, en la zona del omoplato izquierdo. Y ese parece ser una chica bajo el agua del mar, subiendo hacia la superficie agarrada a una tabla de surf. Pienso en los versos de su costado:

Never love
anybody who
treats you like
you're ordinary

—¿Qué? ¿Que la ha dejado? No sabía que fuesen novios.

—No, claro que no. Ya sabes lo que quiero decir —suspira Britt—. Le ha dicho que no quiere seguir acostándose con ella, vamos, que no quiere hacer más lo que estaban haciendo; que quiere que sean amigos y punto. ¡Yo qué sé! Exprésalo como quieras. El caso es que fueran lo que fueran, ya no lo son.

Así que ha dejado de hacer lo que quiera que estuviera haciendo con Tanya, y diría que ha tonteado bastante conmigo últimamente. Creo que lo mejor que puedo hacer dadas las circunstancias es descubrir qué pasa con nosotros dos.

Me lanzo al agua sin decir ni una palabra más y nado hacia la otra orilla, por el lado por el que puedo acceder a la subida hacia la roca.

—Haley, ¿dónde vas? —Oigo a Britt llamarme a mi espalda, pero no respondo.

Niall ya ha saltado y Mark está a punto de hacerlo cuando llego hasta ellos.

—Eh, Haley, ¿saltas de mi mano? Siempre he dicho que si tenía que morir joven me llevaría a alguien conmigo —bromea mi amigo.

—Iré detrás de ti —prometo, al tiempo que le dedico una mirada de súplica para que me deje a solas con Jay.

—Ah..., vale. Encantado de haberos conocido. Muere joven, deja un cadáver bonito —recita, dramático, antes de correr hacia el borde y saltar al agua.

Jayden y yo nos miramos en silencio durante unos segundos. Sus ojos recorren mi cuerpo con mucho detenimiento, como si yo no fuera capaz de ver ese repaso tan descarado que me está pegando, pero supongo que yo tampoco me quedo atrás. Cuando nuestros ojos se encuentran, mi corazón acelerado sufre un repentino parón.

—¿Sabes qué? —consigo hablar tras tragar saliva y humedecerme los labios con la lengua—. Me he fijado en tus tatuajes, y ahora quiero saber qué significan.

La comisura de sus labios se estira de forma perezosa hacia la izquierda, marcando el hoyuelo.

—¿Así, sin ofrecer nada a cambio?

Doy un paso hacia él. Puedo notar el calor que emana de su torso.

—Pon un precio.

Sus ojos pasan de los míos a mi boca y yo tengo que contener el impulso de pasarme la lengua por el labio inferior para provocarlo. No voy a jugar tan sucio delante de nuestros amigos.

Aparta la mirada, dibuja una sonrisa traviesa y me tiende la mano.

—Salta conmigo.

—¿Qué?

Eso sí que no me lo esperaba. A lo mejor no se me da tan bien lo del juego de la seducción como yo pensaba.

—Vamos —insiste, sin apartar la mano y con los ojos brillándole divertidos—. ¿O es que te da miedo?

Suelto un bufido indignado y su sonrisa se ensancha.

—A mí no me da miedo nada.

—Perfecto. Pues vamos allá.

Cojo la mano que me ofrece y mi estómago da una especie de salto cuando sus dedos se cierran en torno a los míos, cálidos, fuertes y seguros. Nos sostenemos la mirada de manera casi desafiante, pero con un brillo de complicidad abriéndose paso a través de la superficie.

—Tres... dos...

—Uno —termino por él, y tiro de su mano cuando echo a correr hacia el borde medio segundo antes de que su cuerpo se ponga en marcha.

Saltamos juntos y no nos soltamos hasta que llegamos al punto más bajo de la inmersión. Luego, subimos cada uno por nuestra cuenta hasta alcanzar la superficie y poder volver a respirar.

—Buen salto, Parker —dice, mientras se acerca nadando lentamente.

—Ojalá pudiera decir lo mismo, Sparks. Me ha parecido que dudabas.

—Ah, eso es porque estaba preocupado por tu integridad física.

—Preocúpate por la tuya, que ya me cuido sola.

—Sin duda. Y al preocuparme por la tuya me preocupo por la mía, de una forma egoísta me conviene bastante que estés a salvo. Si hoy te pasara algo, tu padre me mataría.

Me aparto, impulsándome hacia atrás. Me siento decepcionada por esa insinuación que reduce todo lo que pueda haber entre nosotros a la nada. Como si quisiera darme a entender que ni siquiera somos amigos. Que solo estoy aquí porque mi padre le encargó que cuidara de mí.

Le salpico con un montón de agua directa a su cara y luego me alejo nadando hacia el lugar donde Mark se ha tumbado al sol junto a Tanya.

—¿Qué te pasa? ¿Estás enfadada?

Abro los ojos de golpe cuando la voz de Jayden me habla en susurros al oído. Acaba de arrodillarse a mi izquierda, mientras tomo el sol boca abajo en la toalla de Mark. Me muevo para alejar sus labios del lóbulo de mi oreja.

—No me pasa nada. Apártate, me estás tapando el sol.

Pero no lo hace.

—Ven conmigo, quiero enseñarte algo.

Levanto la cabeza de la toalla para dedicarle una mirada incrédula. ¿Es que no pilla las indirectas o qué? Se pone de pie de un salto y me tiende la mano, ignorando todas las señales de hostilidad que no paro de mandarle.

—Vamos, va a ser solo un momento. No muerdo.

Me trago un gruñido, solo para no darle la satisfacción.

—Qué pena para ti que yo no pueda decir lo mismo.

Me da la impresión de que se le colorean las mejillas. Me levanto desechando su ayuda e ignoro la mano que aún me ofrece.

—Ponte las zapatillas, hay que andar un poco —aconseja en cuanto recupera la compostura y su pose habitual de chico seguro de sí mismo.

Obedezco en silencio, aunque no sé muy bien por qué. Me pierde la curiosidad.

Lo oigo decirle a Niall que volvemos enseguida, pero creo que nadie más nos está prestando atención. Camino en silencio siguiendo sus pasos durante un par de minutos, alejándonos del resto y adentrándonos entre la vegetación.

—Ven. Es aquí.

Se gira para mirarme y me quedo muda cuando nuestros ojos conectan. Me coge de la mano y me dedica una sonrisa tímida.

Nos adentramos en una cueva. Y enseguida Jayden suelta mi mano y señala a su alrededor.

Estamos en un círculo abierto en el interior de la montaña. La luz del sol se cuela desde lo alto de las paredes que nos rodean y las aguas que discurren bajo la roca forman una pequeña poza justo en el punto en el que estamos. Un claro en medio de la montaña... debajo de la montaña, más bien. Un remanso de paz.

—Vaya.

Veo con el rabillo del ojo cómo Jayden sonríe satisfecho. Da un paso a la izquierda, y se sienta en una roca. Lo sigo como si aún siguiera anclada a su mano y me siento en la roca de al lado, alzo la cara y cierro los ojos para absorber los rayos de sol que penetran entre las altas paredes.

—No sé muy bien por qué te has enfadado conmigo esta vez, pero...

—No soy una cría, Jayden —dejo claro, porque me da la impresión de que necesito aclararlo.

—Evidentemente —se limita a contestar, a media voz.

—Pues si es tan evidente, deja de comportarte como si fuera tu hermana pequeña y me estuvieras haciendo de canguro el fin de semana.

—Yo no estoy...

—Creo que me debes la historia de tus tatuajes —corto, sin dejar que llegue a negar la evidencia.

Relaja los hombros y se pasa una mano por el pelo, antes de asentir. Levanta el brazo derecho para dejarme ver bien esas letras que lleva marcadas en la piel.

—Es Oscar Wilde —informa acerca del poema—. A mi madre le encanta y ha sido el mejor consejo que me ha dado nunca sobre relaciones, así que me apetecía tatuármelo.

—Me gusta —admito, casi en un susurro.

Estiro la mano con la intención de rozar la tinta con la punta de los dedos, pero me arrepiento enseguida cuando me doy cuenta de que Jayden acaba de ponerse tenso, en guardia, en cuanto ha sentido la proximidad. Me muevo para situarme tras él y mirar su espalda. No me había equivocado en mi primera apreciación, el tatuaje que lleva en la parte superior izquierda es una chica emergiendo de la profundidad del mar, agarrada a una tabla de surf. Es todo en tonos grises y azules excepto la parte superior del bikini, que es de colores brillantes. La reconozco como la chica que aparece a su lado con neopreno y haciendo muecas a la cámara en la foto que lleva como fondo de pantalla en el móvil. Ni siquiera me doy cuenta de que he estirado el brazo y las yemas de mis dedos recorren las líneas de la tabla de surf, hasta que noto la piel de Jayden erizándose bajo mi contacto y se aparta con una especie de estremecimiento.

No debería tocarlo sin su consentimiento.

—Perdona —susurro al instante, avergonzada.

—No. —Gira la cara para mirarme de medio lado y puedo ver que está serio, pero sus ojos centellean en una mezcla de sorpresa y curiosidad—. Es que nadie me toca nunca ahí, pero puedes... Tú puedes, si quieres.

No digo nada, pero me tiembla el pulso y mi estómago ha dado media vuelta cuando vuelvo a estirar el brazo y pongo la mano sobre su piel.

—Es la chica de tu fondo de pantalla.

—Sí.

Su respuesta es tan solo un monosílabo ronco y un poco roto, que no sé muy bien cómo interpretar. Debe de ser alguien muy importante.

—¿Era tu novia?

—¿Novia? —repite, y suelta una risita—. No, no era mi novia, qué va. Mi mejor amiga desde el jardín de infancia, mucho más como una hermana. Sarah —pronuncia su nombre con una ternura que me pone la piel de gallina—. Sí, éramos ella, Asher, Niall y yo desde siempre hasta acabar el instituto. Y si Asher te oyera decir eso de si era mi novia, se reiría a carcajadas. Ellos dos se enamoraron a los tres años, aunque esperaran al florecimiento de sus hormonas para ir todo el día enrollándose por ahí.

Me muevo de nuevo para poder mirarlo de medio lado, desde una posición más cómoda, pero él no me devuelve la mirada. Tiene la vista perdida en los destellos de los rayos de sol en el agua. Recuerdo que su madre le preguntó qué tal estaba Asher, el día que estuvimos comiendo en su casa, y él dijo que hacía tiempo que no lo veía.

—¿Y qué pasó?

Jayden niega con la cabeza en un movimiento casi imperceptible y no dice nada.

—Jay...

—Sarah murió hace un año y medio —dice en apenas un hilo de voz—. Tuvo un *accidente* mientras hacía surf.

Se me encoge el corazón. ¿Qué se supone que debes decir o hacer cuando alguien te cuenta algo así? Mi primer impulso es darle un abrazo, pero no estoy muy segura de que vaya a ser bien recibido.

—Lo siento —digo, con un nudo en la garganta.

Sacude la cabeza, como si eso lo ayudara a salir del peso de la nostalgia que se estaba volviendo densa a nuestro alrededor. Gira la cabeza y me mira, forzando media sonrisa.

—Está bien, es... Ha pasado mucho tiempo. Dicen que ni se enteró y surfear era lo que más le gustaba en el mundo, así que...

Cojo su mano sin pararme a pensar y entrelazo nuestros dedos.

—¿Y tú haces surf?

—Hace mucho que no.

Ya. Por cómo lo dice me imagino cuánto es ese mucho. Un año y medio, seguramente.

—Siento haber sacado el tema.

Él aprieta mi mano un poco más fuerte y busca mis ojos.

—No importa. De vez en cuando, sienta bien decirlo en voz alta. Y tú puedes hacer todas las preguntas indiscretas que quieras.

Sus ojos bajan de los míos a mi sonrisa en cuanto la captan. Estira la mano, y yo cierro los ojos y vibro en un estremecimiento cuando su pulgar recorre en una caricia muy suave mi labio inferior.

—¿Tienes más preguntas, bebé koala?

Sus ojos parecen más oscuros y puedo ver una sombra de duda cruzarlos. Es imposible no captar la lucha entre el deseo y el sentido común que se está librando tras sus pupilas.

—Sí. —Me armo de valor antes de decirlo en voz alta—: ¿Por qué parece que te estés conteniendo conmigo?

Nos sostenemos la mirada durante un par de tensos segundos. Luego, aparta los ojos de los míos y sacude la cabeza, como si acabara de darse cuenta de que la situación se le está yendo de las manos.

—Deberíamos volver ya. Los demás querrán regresar a casa antes de que se haga tarde.

Siento la frustración haciendo un nudo con mi tripa, y el peso de la decepción anclado en el pecho. ¿De verdad no tenía tantas ganas de besarme hace dos segundos como las tenía yo?

Se aleja antes de darme opción a réplica y yo me pongo en marcha también y lo sigo a una distancia prudencial. No parece que tenga ganas de charla. De hecho, no vuelve a hablarme ni a acercarse a mí y apenas me dirige una mísera mirada en el tiempo que tardamos en recoger todas las cosas y emprender el camino de vuelta a la furgoneta de Cole.

Él sabrá qué es lo que le pasa. Y creo que yo también lo sé.

Lo que le pasa a Jayden Sparks es que tiene miedo de que, si pasa más tiempo a mi lado, no sea capaz de contenerse.

8

El jueves por la mañana entro en la cafetería cuando pasan nueve minutos de las ocho. Me dirijo directamente a la mesa de siempre y, como imaginaba, Brittany ya está ahí.

—Perdona, me he dormido. —Dejo la carpeta y un libro gordísimo que cogí prestado de la biblioteca sobre la mesa.

—No te preocupes. Pero me parece que no soy la única a la que has hecho esperar.

Hace un gesto disimulado hacia la barra. Daryl Styles está allí de pie con los ojos clavados en mí. Miro de nuevo a mi amiga y le sonrío con picardía.

—Ya voy yo a pedir —me ofrezco, como cada martes y jueves.

—Sí, ya me lo imagino —responde con sorna—. Anda, ten.

Me tiende un billete, porque hoy le toca pagar a ella, y yo lo cojo y le guiño un ojo antes de alejarme.

—Buenos días. —Le dedico a Styles solo media mirada desinteresada.

—Buenos días, Haley. ¿Lo habitual de los jueves? —pregunta Ronda, que marca el pedido en el ordenador incluso antes de que se lo confirme.

Él se mueve hasta quedar a mi espalda.

—Alguien va con retraso hoy. ¿Una mala noche?

Su voz ronca se proyecta en mi oído. Giro la cara y respondo solo con media sonrisa enigmática, como siempre suele hacer él.

La verdad es que he pasado una mala noche, sí. Anoche le envíe un mensaje a Jayden —otro mensaje más, quiero decir—, y ni siquiera se ha dignado a contestar. A ver, no soy tonta, sé cuáles son las señales que indican que un tío pasa de ti y estas están bastante claras, pero es que también recuerdo lo que vi en sus ojos en aquella cueva y no me puedo creer que sea tan cobarde como para haber salido corriendo por un poco de tensión sexual no resuelta. Le envié un mensaje para preguntar si no creía, igual que yo, que lo mejor y más maduro era quedar a tomar algo y aclarar el tema. Ni siquiera ha sido capaz de responder.

Así que, bueno, supongo que es hora de pasar página. Él se lo pierde.

—Styles, ¿lo de siempre?

La voz de Ronda me hace ser consciente, de repente, de que él está aún un poco más cerca de mí y que su pecho roza mi hombro con cada una de sus inspiraciones. Suelta un monosílabo afirmativo en respuesta y luego se mueve para rodear mi cuerpo y plantarse frente a mí.

—¿Ya se te han acabado las preguntas?

—Aquí tienes. —Ronda llama mi atención al empujar una bandeja con dos cafés y un pedazo de bizcocho hacia mí.

—Gracias —le digo a ella. Y, después, clavo los ojos en ese color gris que me persigue atento—. A lo mejor ya me he aburrido de que no respondas ninguna.

Veo que Ronda deja su café solo —*Styles* escrito con rotulador negro en el borde— junto a mi pedido y saco mi lápiz de ojos del bolso, en un impulso repentino, y escribo mi número de teléfono en el cartón. Se lo estampo en el pecho y él lo sujeta con una mano, sin dejar de observarme con media sonrisa de esas que parece que le duele esbozar.

—Que tengas un buen día, *Styles*.

Una vez sentada en el taburete alto de la mesa, frente a mi amiga, intento alejar de mi mente a los dos tíos que la ocupaban hace tan solo un minuto.

—Oye, ¿qué haces este fin de semana? Tracy se queda y no viene Aaron, ¿te apetece un plan de chicas?

—¿Incluimos a Mark?

—Mark siempre está invitado si le apetece —confirmo con una sonrisa divertida.

—Perfecto, entonces sí.

Es sábado por la noche y estamos en casa de Mark, con la música muy alta y bailando por encima de los sofás del salón, bebiendo y brindando. Mark y Brittany están compartiendo una botella de vodka que había a mitad y que han mezclado con naranjada, y ahora mismo la utilizan de micrófono mientras cantan muy alto una canción de desamor, poniéndole una cantidad de sentimiento directamente proporcional a lo mucho que desafinan, y Tracy se mantiene fiel a su tequila con limón. Por mi parte, acabo de terminar la cuarta cerveza y mi vejiga lo nota.

—Voy al baño. ¡No cantéis a Sinatra sin mí!

Voy riendo por el camino al oír a los tres empezar a entonar *New York, New York* en cuanto salgo del salón.

Al volver ahí siguen, con la misma energía con la que los había dejado y un par de centilitros más de alcohol en las venas.

Consulto el móvil al pasar junto a la mesa donde lo había dejado y ver que parpadea la luz. Se me pasa por la cabeza la idea fugaz de que podría ser Jayden, pero la desecho enseguida, ya hace tres días desde mi último mensaje. Es un número que no tengo agendado. Y el mensaje solo dice: «Hola».

Escribo un «Hola» y le doy a enviar. La foto de perfil es de un botellín de cerveza artesana, lo que tampoco me da demasiadas pistas.

¿Sabes quién soy o le das tu número de teléfono a muchos desconocidos?

Sonrío al leer su nuevo mensaje y respondo rápido:

Tú no eres un desconocido del todo, Styles.

Vaya, ahora soy Styles... Creía que era Daryl para ti. ¿Cuándo hemos perdido esa confianza?

La confianza hay que ganársela día a día y tú no has contestado ni una sola de mis preguntas.

Día a día. Muy bien. Que así sea, Haley.

Sonrío confundida al ver que se desconecta de la conversación. Y luego niego con la cabeza y dejo el teléfono a un lado, cuando mis amigos empiezan a preguntar con quién hablo y por qué no vuelvo a unirme a la fiesta.

Así que alejo cualquier otra cosa de mi cabeza que no sea la letra de las canciones que no paran de sonar desde los altavoces del ordenador de Mark. Recuerdo fugazmente el miedo que me daba irme sola a un sitio nuevo, y la cantidad de veces que me pregunté si haría amigos pronto. Me hace muy feliz darme cuenta de la suerte que he tenido al encontrarme con estas tres personas.

Tanto el martes como el jueves de la semana siguiente, Styles se muestra exactamente igual de esquivo cuando nos vemos cara a cara en la cola de la cafetería. Pero cada día, pasado un minuto exacto de la medianoche, me manda un mensaje.

Los Álamos, Nuevo México.

Imagen y Sonido, último curso.

29 de agosto.

Tuve un pez a los once años.

Negro.

Prefiero el metal, pero no le hago ascos al rock ni al punk.

He pasado una semana completa recibiendo cada día un mensaje de Daryl Styles y cero mensajes de Jayden Sparks. Y yo no he escrito a ninguno de los dos. Pensé que, si no respondía los mensajes de Styles, se cansaría y me hablaría en la cola del café, pero él ha seguido manteniendo su sonrisa enigmática y sus escuetos mensajes de medianoche. Admito que me gusta recibirlos. Y más ser consciente de que recuerda cada una de las preguntas que he ido haciéndole en nuestros encuentros.

Así que el domingo no le doy demasiadas vueltas antes de responder:

Enhorabuena, te has ganado la vuelta de la confianza..., Daryl.

—Buenos días, Haley.

Giro la cara al instante al oír esa voz ronca a mi espalda.

—Buenos días, Daryl.

Miro sus labios al captar algo de movimiento. Es una de esas medias sonrisas que nunca llegan a terminar de formarse para dibujar una entera. Y también veo que tiene un corte en el labio inferior.

—¿Qué te ha pasado ahí?

Levanto la mano hasta casi la altura de su barbilla, pero me arrepiento antes de llegar a hacer ninguna tontería.

—¿Sabes? Creo que ha llegado un punto en nuestra relación en el que debería ser yo el que haga las preguntas —suelta, con un deje divertido en su voz, aunque se mantenga totalmente serio—. Es tu turno.

Me vuelvo hacia Ronda rápidamente, y ella me mira exagerando una mueca de impaciencia ante mi tardanza en pedir. Lo hago de carrerilla repitiendo lo de cada martes y luego ese chico que viste de negro de pies a cabeza y que acaba de soltarme lo que podría ser la frase más larga que he oído salir de su boca desde que nos conocemos, hace su pedido también. Pone una mano en mi cintura en cuanto termina de elegir su café —solo, como siempre—, y a mí se me corta de golpe la respiración y solo puedo llenar de aire mis pulmones de nuevo cuando me empuja suavemente haciéndome dar dos pasos atrás y él avanza justo esa distancia, para despejar la zona de pedidos, y deja de tocarme, quedando los dos frente a frente.

—Pues tú dirás cuál es la pregunta.

El *piercing* de su ceja llama mi atención al moverse cuando él las alza, en el gesto más expresivo que lo he visto hacer en todo este tiempo. Parece divertido ante mi actitud segura y también curioso mientras su mirada penetra y explora la mía.

—¿De dónde demonios has salido tú, Haley Parker? —Es lo que pregunta, con la voz una octava por debajo de su grave tono habitual, lo que casi me hace difícil escucharlo.

—¿Cómo sabes mi apellido?

Sé que lo mejor para mantener una conversación no es contestar una pregunta con otra, pero estoy completamente segura de que yo no le he dado esa información.

—Creía que habíamos quedado en que ahora era yo el de las preguntas. —Se pasa la punta de la lengua por el corte del labio.

Y a mí casi me dan ganas de hacer lo mismo.

—Yo no he quedado en nada.

—Mejor. A mí tampoco me gustan las reglas.

Es un chico malo de manual. De película. De novela romántica juvenil. De esos que a mí no me gustan. De esos por los que siempre me dedico a enfadarme con las protagonistas tontas que se enamoran de ellos pensando que los van a hacer cambiar, aunque ellas no puedan —ni seguramente *quieran*— escuchar mis consejos. De esos que acaban cambiando por amor y hacen suspirar a la mayoría de las lectoras, aunque yo tenga claro que en la vida real la cosa *nunca* acaba así. Y por eso no entiendo por qué me tiemblan un poco las rodillas cuando sus ojos se clavan en los míos por unos segundos más de lo socialmente aceptado para un desconocido. No sé por qué me parece tan irresistible ese aspecto de rebelde problemático, su ropa negra y sus brazos tatuados con esos brazaletes siempre cubriéndole las muñecas. No sé por qué tengo ganas de deslizar la lengua entre sus labios y descubrir su sabor.

—Que tengas un buen día, Daryl —consigo murmurar antes de dar un paso a un lado y rodear su cuerpo para alejarme en dirección a la mesa donde esperan mis amigas.

9

—¿Tienes planes este fin de semana? —pregunta Britt al sentarse frente a mí en la cafetería.

Creo que es la primera vez que llego antes que ella y ya he pedido y pagado nuestras consumiciones, así que alargo el brazo para acercarle su café.

—Mark tiene una cita mañana por la noche y Tracy se va a casa hoy porque su hermana pequeña actúa en un recital de *ballet* mañana, así que soy toda tuya.

—Espera, ¿una cita con quién? Y, ¿qué hermana: la pequeña mediana o la pequeña pequeña?

Le quito la tapa a mi café para que se enfríe un poco más rápido y soplo un par de veces para acelerar aún más el proceso.

—Un chico que ha conocido en una *app* de ligar. Y la pequeña pequeña, Mary, la de seis años.

—Por Dios, dile a Mark que ni se le ocurra quedar a solas, que elija un lugar público.

Suelto una risita y asiento.

—Sí, ya se lo he dicho. ¿Qué quieres hacer el fin de semana?

—Ah, no lo sé. Lo que quieras, pero *algo*. Niall se va mañana con un grupo de compañeros a acampar en no sé qué cima perdida y montar los telescopios para algún rollo de fenómeno astronómico que sucede cada mil años y está intentando convencerme para que lo acompañe. En serio, Haley, lo amo con locura, pero ni siquiera por él sería capaz de pasarme un fin de semana entero oyendo hablar de los misterios del universo y durmiendo en el suelo. Le dije que tenía planes contigo; ahora necesito tener planes contigo de verdad.

Me río y me escondo tras mi vaso para no sentirme culpable por hacerlo ante la mirada suplicante de cachorrito que me está dedicando.

—Oye, haberlo pensado antes de echarte un novio astrónomo —me burlo—. Está bien, mañana por la noche hay una fiesta en la fraternidad de Cole, ¿te apetece que vayamos? Y el sábado por la tarde podríamos ir a una obra de teatro en la calle que hacen unos alumnos de arte dramático, vi los carteles ayer.

Britt sonríe ampliamente y da un par de golpecitos en la mesa con la palma abierta para mostrar su nivel de emoción ante nuestros nuevos planes.

—¡Sí quiero! ¿Cómo te has enterado de lo de la fiesta?

—Ah, tengo mis contactos —alardeo distraídamente mientras me vuelvo en mi asiento justo a tiempo para ver a Styles entrar en la cafetería. Hoy me he adelantado bastante—. Un momento, ahora vuelvo.

Me levanto de un salto y me acerco hacia el mostrador. Está haciendo su pedido de café solo tras haber dirigido una mirada rápida hacia mí y la mesa que dejo atrás.

—Buenos días —saludo con una sonrisa—. Perdona —me disculpo al estirarme y rozar su pecho con el brazo para coger un par de servilletas.

Me mira como si supiera que no las necesito, pero no dice nada. Tarda un par de segundos en hablar.

—Hoy has madrugado.

—Sí, mi compañera de cuarto ha puesto tres alarmas y ya no había manera de volver a dormir.

—¿Vendrás mañana a la fiesta?

Me encojo de hombros.

—Aún me lo estoy pensando.

Doy media vuelta, me alejo y lo oigo refunfuñar a mi espalda.

—Así que tienes tus contactos, ¿no? Ya veo... —murmura Britt.

Como la primera y última fiesta a la que acudí en esta fraternidad, la música está demasiado alta y la planta baja llena de gente cuando Brittany y yo llegamos a ella.

—¿Ves? Venimos muy tarde —se lamenta.

—A las fiestas no se puede llegar pronto, eso es de empollones, perdedores y pardillos. Solo está permitido llegar pronto a una fiesta si la organizas tú o alguna de tus amigas más íntimas.

—Vaya, eras la reina del instituto, ¿no?

—Claro que no. Yo era la mejor amiga de la reina —corrijo, divertida—. Anda, vamos.

Tiro de su mano para abrirnos paso entre la multitud en dirección a la cocina.

Oigo a Britt detrás de mí pidiendo disculpas en voz muy alta cada vez que empujamos a alguien para avanzar.

Intentamos hablar por encima de la música mientras vamos vaciando nuestro primer vaso de bebida, hasta que nos vemos obligadas a desistir para no quedarnos afónicas y nos dedicamos a bailar y beber, un poco más desinhibidas con cada trago que damos.

Durante los primeros veinte minutos, más o menos, me

dedico a mirar alrededor de tanto en tanto esperando encontrarme con los ojos grises de Styles en cualquier momento. Pero no lo veo por ninguna parte. Después, decido que prefiero pasarlo bien con mi amiga a estar pendiente de si aparece o no un chico, y lo aparto de mi mente.

—¡Por el éxito de la hermana de Tracy en su recital y por la cita de Markie! —propone Britt a voz en grito, cuando tenemos una nueva bebida en la mano.

Me río mientras choco el borde de mi vaso de cartón contra el de ella y luego las dos damos un sorbo largo.

—Ay, mierda, ¡la cita de Mark! Voy a comprobar que sigue vivo.

Busco el móvil y tecleo como puedo:

¡%Aun sigues vizvo????

Britt y yo en festa...

[Foto]

En este momento me parece que salimos espectaculares en el *selfie* que acabo de mandar. Miramos atentas la pantalla hasta que vemos que Mark está escribiendo y las dos pegamos un gritito.

Sigo vivo.

Deberías dejar de beber ya.

—¡Está vivo! —chilla Britt.

Nadie nos hace ni caso, así que ni siquiera estamos dando el cante. Nos sujetamos la una a la otra para no caer cuando ella tropieza con un vaso vacío que hay en el suelo. Y al levantar la vista veo a alguien que me llama la atención.

—Eh, mira —la señalo—, ¿no es esa Tanya?

Mi amiga vuelve a recuperar del todo el equilibrio —o todo el equilibrio que le queda, al menos—, y mira hacia donde yo le indico. Hay un par de personas por medio, pero sí, ahí está ella, con un vaso en la mano y riendo de algo que alguien le dice al oído.

—¡Sí! ¡Anda! ¡Y ese es Cole!

Mi amiga tira de mi mano para hacerme avanzar entre el gentío, pero las dos frenamos en seco y nos quedamos con la boca abierta, paralizadas, cuando vemos a Tanya y a Cole besarse en la boca con ganas.

Nos escondemos detrás de un par de tíos enormes. No me caigo al suelo por los pelos, arrastrándola conmigo, pero sí que derramo parte de mi bebida en la falda de mi vestido y en el suyo. Ni siquiera eso nos importa. Esto es muy fuerte.

—¡Qué fuerte! ¿Tú sabías que había rollito entre esos dos?

—¡Ni idea, tía! —responde, mientras los espiamos entre la gente—. ¡Si me lo cuentan no me lo creo! No hace ni un mes que lo dejó con Jayden, y Cole es tan amigo de los chicos...

—¿Sabes qué te digo? Que hace bien. La vida es muy corta para andarse de luto por relaciones que no iban a ninguna parte. ¡Espero que echen un polvazo esta noche!

—¡Calla! —me pide ella que baje la voz—. Vaya, tienes razón. ¡Que echen un polvazo!

Nos da un ataque de risa que nos cuesta parar, seguramente debido al efecto del alcohol recorriendo nuestras venas.

—Creo que están lo bastante ocupados como para que no os tengáis que preocupar por esconderos para espiarlos.

Me giro de golpe, sobresaltada, cuando me habla al oído. Mi movimiento brusco casi me hace perder el equilibrio, pero Styles me sujeta por el codo con una mano mientras su otro brazo se atreve a rodear mi cintura y me acerca a su cuerpo.

—No estamos espiando a nadie —me defiendo, aun sabiendo que no lo engaño.

—Ya. —Se inclina para acercar los labios a mi oreja y me estremezco cuando rozan mi lóbulo al hablar—. Me alegro de que hayas venido, Haley. Y también de que te hayas puesto este vestido para hacerlo.

Cierro los ojos por un segundo y me muerdo el interior del labio cuando siento mi cuerpo reaccionar a sus palabras y su tono de voz.

No me da tiempo a decir nada porque, antes de que pueda hacerlo, él se aparta.

—Sigue pasándolo bien. Es estimulante ver cómo lo haces.

Estimulante. Yo podría decirle un par de cositas que sí que son *estimulantes*. Pero se pierde entre la gente igual de rápido y sigiloso que ha aparecido.

Britt tira de mi brazo y yo vuelvo la cabeza para mirarla, aún un poco aturdida.

—Haley, no me gusta ese chico —dice, insegura, como si no supiera cómo voy a tomarme esa confesión.

Me contengo para no poner los ojos en blanco.

—No te preocupes, no tengo planes de casarme con él. Y, lo creas o no, ya es un poco tarde para entregarle mi virginidad, así que creo que no hace falta que mantenga intacto mi honor —bromeo.

—Sí. Ya. —Parece que cede, pero veo perfectamente en sus ojos castaños que no está nada convencida.

No sé cómo podría hacerle ver de verdad que no tiene que preocuparse por nada. Styles es el tipo de chico con el que se tiene sexo casual y poco más. El tipo de chico con el que te diviertes y ya está, sin ataduras, sin dramas y sin comeduras de cabeza. Sin preocupaciones. Y no hay duda de que despierta algo en mí..., aunque solo se llame deseo.

—¡Britt! —El saludo entusiasmado acaba de golpe con la conversación. Las dos levantamos la vista a la vez para encontrarnos a Cole de frente—. ¡Ah! ¡Hola, Haley! No sabía que estabais aquí. Qué bien que hayáis venido. Iba a la cocina a por algo de beber, ¿necesitáis...? —No termina de preguntar porque antes se fija en nuestros vasos casi llenos del todo—. Veo que no. Tanya está ahí mismo, seguro que se alegra de veros. Yo vuelvo ahora.

Nos dedica una sonrisa sincera y sigue su camino hacia la cocina. Nos miramos entre nosotras y nos encogemos de hombros. Brittany me coge la mano para hacerme avanzar hacia la ex*loquesea* de Jayden. Y yo creo que Tanya tiene mejores cosas que hacer en esta fiesta que alegrarse de vernos, a pesar de lo que haya dicho Cole, pero me dejo llevar.

—¡Chicas! —exclama, en cuanto nos ve, y se adelanta para darnos un abrazo a las dos a la vez—. No sabía que veníais. ¿Estáis las dos solas? Cole acaba de ir a por algo de beber.

No me gusta esto de cortarles el rollo, pero sería peor decirles que mejor los dejamos solos, porque no sé si a ellos les importa o no les importa que nosotras sepamos lo que acaba de pasar.

Así que ahí nos quedamos bebiendo, bromeando, riendo y bailando con ellos.

—Voy al baño —anuncio cuando ya he perdido la noción del tiempo.

Mi vaso de bebida ya está vacío y Cole lo coge de mi mano para dejarlo sobre una mesa cercana.

—¿Quieres otra de lo mismo?

—No. No, mejor que no. Creo que tengo que parar un poco.

Brittany se mueve hacia mí dispuesta a acompañarme a donde vaya.

—No, tranquila, quédate. Va a ser solo un momento. Vuelvo enseguida.

Me escabullo entre la gente antes de que mi amiga pueda protestar. La cola de chicas que esperan su turno es larguísima. Tanto, que sale de la zona de los baños y se extiende unos cuantos metros más.

Tiene que haber un baño arriba. Y seguro que no soy la única que lo ha pensado, pero creo que todo irá mucho más rápido allí.

Las escaleras están llenas de gente, algunos sentados dando tiempo a que les baje el pedo y poder mantenerse en pie, otros conversando, y unas cuantas parejas de todas las orientaciones sexuales y combinaciones raciales dándose el lote y entorpeciendo mi avance. Tengo que ir haciendo zigzag por los escalones. El pasillo está bastante más despejado y yo me muevo despacio, mirando las puertas que se extienden a uno y otro lado para ver si doy con el aseo. La mayoría están cerradas y tienen números a los lados, lo que las identifica como dormitorios, y unas cuantas tienen prendas de ropa colgadas de la manilla de la puerta, así que mejor no molestar. No me hace falta indagar mucho más para descubrir dónde está lo que busco cuando doblo la primera esquina. Hay un par de chicas esperando, apoyadas en la pared y hablando entre ellas. Así que me acerco y me sitúo al lado de la última, para esperar mi turno.

Ha sido una buena decisión y eso que Hannah diría que la Haley borracha nunca toma buenas decisiones a no ser que le haga caso a ella. El baño de arriba es más bonito y está mucho menos concurrido que los de abajo. Voy a traer a Britt aquí la próxima vez.

En eso voy pensando en mi camino de vuelta, cuando me lo encuentro.

—Eh —saluda, apoyado en el marco de una puerta abierta.

Freno mi avance y lo miro.

—Eh, Styles.

—¿Te has aventurado hasta el piso de arriba para intentar cotillear en mi cuarto?

Doy unos pasos decididos hasta plantarme justo delante de él y alzo las cejas como petición de permiso para pasar.

Se mueve a un lado para despejarme el camino.

La habitación es grande, hay una sola cama doble en el centro, dos mesillas con la superficie repleta de cosas, un armario abierto en el que se ve un montón de ropa de color negro desordenada, un trípode sin cámara en una esquina, un par de botas militares tiradas por el suelo y un póster antiguo de *Led Zeppelin* en la pared.

Se coloca detrás de mí y cierra la puerta despacio. Mi corazón va a mil por hora y trago saliva como puedo, con la superficie de la piel vibrando por las ganas de ser acariciada. Estoy a punto de volverme para enfrentarme a él, cuando siento cómo posa las manos en mis caderas. El contacto es delicado y no entiendo cómo puede aguantar y hacerlo así, cuando yo estoy deseando ser de todo menos cuidadosa cuando le muerda la boca.

—Me estás volviendo loco, Haley —susurra en mi oído.

Intento darme la vuelta, pero sus dedos se me clavan en la carne y sus caderas se adelantan para pegarse a mí. Doblo mis esfuerzos y mis ganas y consigo moverme hasta girar y mirarlo de frente. Mi movimiento ansioso coincide con el suyo y sus manos vuelan veloces, de las caderas a los lados de la cabeza. Nuestros labios se tocan impacientes cuando ninguno de los dos estamos ya luchando por mantener las formas. Y, joder, sí, los suyos son suaves y saben a tabaco, a cerveza y a algo un poco más dulce, son firmes y carnosos y jugosos y, definitivamente, *besables*. Meto la lengua en su boca a la primera oportunidad y pego nuestros cuerpos tanto como puedo, dejándome abrasar por el calor que desprende. Mis manos se aferran al cuello de su camiseta, para tirar de él y no dejarlo marchar. Me dejo llevar mientras se mueve, arrastrándome, y termina por pegar mi espalda a la pared y apretarse contra mí, atrapándome. Su lengua jugando con la mía termina por completo con mi escasísimo autocontrol y siento los pezones endurecerse contra su pecho y la humedad en la ropa interior. Su mano izquierda se enreda en mi pelo y la derecha lucha con el borde inferior de mi vestido hasta acariciar la piel de mi muslo justo por debajo de la tela. Suelto un gemido en su boca. Y quiero mucho más.

Se separa de mis labios unos milímetros escasos para coger aliento y jadeamos los dos a la vez para suplir la falta de aire de los minutos previos.

—Llevo fantaseando con hacerte gemir desde el puto primer momento en que te vi —murmura en ese tono ronco que hace tensarse mi bajo vientre.

—Pues todavía no has oído nada.

Su mano aún acaricia, amasa y pellizca la piel de mi muslo en el límite con la nalga, y está consiguiendo ponerme muy impaciente.

—Quería tenerte justo aquí.

Pongo una mano en su pecho y lo empujo hacia atrás.

—¿Por qué no para de decirme todo el mundo que no me acerque a ti?

Sonríe de medio lado, en un gesto pretencioso, y clava sus pupilas en las mías con intensidad.

—¿Y qué dices tú?

—Me gusta formarme mi propia opinión.

—Investiga cuanto quieras hasta que puedas formarte una opinión firme —tienta, travieso.

Me estiro hacia él para pasar la nariz por el borde de su mandíbula y morder el lóbulo de su oreja.

—Espero que una opinión no sea lo único firme que piensas ofrecerme.

Vuelve a pegarme a la pared por completo y toma las riendas de la situación mordiéndome el labio inferior y explorando mi boca con la lengua ávidamente mientras pega sus caderas a las mías sin ningún cuidado, para demostrarme que sí tiene algo firme que ofrecer.

Su mano aprieta mi nalga y, con la otra busca mi pecho para acariciarlo por encima de la tela del vestido. Vuelvo a gemir y adelanto las caderas para frotarme contra él, totalmente fuera de mí.

Unos golpes fuertes en la puerta nos hacen parar. Él pone cara de cabreo. Tres segundos y los golpes vuelven a repetirse.

—¡Styles! Oye, sal ahí fuera a encargarte de tu mierda, que no soy tu puto criado.

—Joder —murmura.

Me aparto, escapando de la prisión que formaban la pared y su cuerpo, y me estiro bien el vestido, al tiempo que me paso la lengua por los labios, sin dejar de mirarlo y sin que él deje de observarme a mí.

—Mejor dejo que te encargues de lo que sea. Suena urgente.

Me peino con las dos manos y, cuando considero que mi aspecto debe de ser lo suficientemente decente, abro la puerta de un tirón y salgo al pasillo. Ahí está quien nos ha interrumpido.

—Una gran fiesta, Sean —digo, mientras él me observa sorprendido—. Pero aquí hay una chica sin bebida.

Le dedico una sonrisa antes de seguir mi camino.

10

—Creo que es hora de irnos —informo al tener que sujetar a Britt cuando tropieza.

Hace hora y media que he vuelto del piso de arriba y ni ella ni yo hemos bebido ni una copa más..., pero probablemente ese es el problema. Porque, en vez de más vodka con naranja, nos hemos dedicado a beber chupitos de todo lo que Cole nos ofrecía.

No he vuelto a ver a Styles. Supongo que habrá estado muy ocupado con lo que quiera que fuera su «mierda».

—Sí, vámonos —cede mi amiga enseguida—. Quiero tomar el aire y echarme un poco. Luego podemos volver.

—Sí, claro —le sigo el juego—. ¿Te vienes, Tanya?

Ella me mira y luego mira a Cole de reojo por tan solo una décima de segundo, como si así yo no fuera a darme cuenta.

—Eh, no. Yo me quedo.

—Vale. Pues pasadlo bien. —Le dedico una sonrisa pícara—. Hasta luego, chicos. ¿Dónde está Britt?

Me doy prisa en caminar hacia la salida para alcanzarla, mientras los dos me dicen adiós entre risas. Vale, estoy borracha. Pero es que Britt está más borracha que yo.

Por suerte, la encuentro enseguida, en cuanto cruzo las puertas abiertas y salgo al exterior. Está plantada en medio del jardín, hablándole al micrófono del móvil.

—¿Qué haces?

—Niall me ha mandado un mensaje para ver cómo lo pasábamos hace un montón de horas y no le había contestado.

Su teléfono empieza a sonar y las dos nos sobresaltamos.

—¡Es él! —se emociona como si le acabaran de decir que ha ganado la lotería—. Hola, cariño.

Se aleja caminando por el jardín y yo le dejo intimidad, pero no le quito ojo de encima por si se cae de culo sobre los arbustos. Nunca se sabe.

—Y Cole y Tanya se estaban enrollando. ¡Te lo juro! —La oigo hablar, todo lo discreta que le permite el alcohol—. Haley también los ha visto. No me lo estoy imaginando. ¿Qué? ¿Cómo vamos a volver a casa? No lo sé... ¿Andando?

Se gira a mirarme y yo me acerco hasta ella para resolver este pequeño conflicto.

—Pediré un Uber.

—Oye, tranquilo, Haley lo tiene todo controlado. ¿Qué? No...

Se sienta en un escalón y habla un poco más antes de colgar.

—Niall dice que no nos movamos de aquí.

Me siento a su lado. Apoya la cabeza en mi hombro y yo la rodeo con el brazo y le acaricio el pelo.

—Ya. Mejor esperamos a que el aire fresco te serene un poco. No queremos que vomites en el Uber y me hagan pagar el doble. Luego pido uno, ¿vale?

—Vale.

Nos quedamos ahí, soltando tonterías, durante un rato. El rato que le cuesta a un coche llegar hasta la fraternidad y parar delante de donde estamos. No me hace falta mirarlo dos veces para darme cuenta de que es el coche de Niall. Y tampoco me hace falta mirar demasiado para reconocer al conductor.

Jayden se baja y se acerca hasta nosotras con una mirada entre divertida y reprobadora.

—Mira a las chicas que no tienen edad para beber —suelta, burlón.

Aparto la mirada en cuanto sus ojos color miel establecen contacto visual con los míos. No estoy en condiciones de enfrentarme a las pullas de Jayden como si no hubiera pasado nada entre nosotros en las últimas semanas. Bueno, claro, es que no ha pasado *nada* entre nosotros en las últimas semanas.

—¡Jay! —saluda mi amiga borracha, con una emoción opuesta a la mía al verlo—. Eh, ¿qué haces aquí?

Se me escapa una sonrisa de medio lado ante la ingenuidad de su pregunta. Vale, es obvio que está demasiado borracha para ser racional. Jayden lleva un pantalón de deporte y una camiseta descolorida de los *Rolling Stones*, y su pelo está lo suficientemente revuelto como para que solo eso, con el conjunto de su cara aún somnolienta, me dé la certeza de que Niall lo ha llamado y lo ha sacado de la cama para enviarlo en nuestra busca.

—¿Qué hago aquí? Tu novio me ha despertado para advertirme de que me cortará las pelotas si no te rescato y te llevo a tu residencia sana y salva. —Intenta que suene a broma, pero intuyo que la anécdota se aproxima bastante a la realidad—. Anda, vamos, os acerco a casa.

Extiende la mano para agarrar la de Britt y ayudarla a ponerse en pie. Yo me aparto ante su cercanía y soy consciente de que mi gesto no le pasa desapercibido. Hace una mueca leve que da a entender que no le hace ninguna gracia que yo actúe como si tuviera alguna enfermedad contagiosa de lo más asquerosa. Que se joda. Él ha estado haciendo lo mismo conmigo durante semanas.

Brittany parece bastante conforme con la situación y se pone en pie y se agarra a su brazo para que la ayude a caminar hacia el coche.

Yo, por mi parte, me pongo en pie y voy tras ellos solo hasta la acera. Luego, me aparto unos cuantos pasos emprendiendo el camino hacia mi residencia y saco el móvil para pedirme un Uber. Una tiene su orgullo y mi amiga ya está a buen recaudo.

—¿Dónde vas? —oigo a Jayden decir con ese tono autoritario en su voz que me saca de quicio y vuelvo la cabeza porque sé al instante que habla conmigo.

Está intentando abrocharle el cinturón a Britt en el asiento de atrás, pero tiene los ojos clavados en mí.

—Pido un Uber y me voy a la residencia —explico, altiva.

—No digas tonterías, yo te acerco. No me cuesta nada.

—¿Seguro? —ironizo, sin dejar que mis ojos se fijen en los suyos—. Da igual si te cuesta o no. No quiero que me lleves.

—Haley...

Se nota que está esforzándose mucho por mantener suave y cordial el tono de su voz y que está buscando las mejores palabras para poder razonar conmigo. Pero es que no quiero ser razonable. Paso de ser razonable.

—¡Haley! —me grita Brittany—. ¡Sube y deja que nos lleve, no me obligues a bajar!

Lucha con Jayden para intentar apearse del vehículo. Suelto un suspiro largo y molesto y camino haciendo mucho ruido con mis tacones, hasta abrir la puerta del copiloto de un tirón y montarme con malos humos. Cierro de un portazo, sin tener en cuenta que el coche de Niall no tiene la culpa de nada de esto. Tengo que volverme en el asiento y hacer lo que puedo para ayudar a Jayden a abrochar el cinturón de mi amiga de una vez. Me abrocho el mío cuando el insufrible ese se monta a mi lado, tras el volante, y bajo la ventanilla en cuanto nos ponemos en marcha.

Britt se encarga de llenar los silencios, soltando alguna que otra tontería de borracha que termina por hacerme sonreír. Noto los ojos de Jayden desviándose constantemente de la carretera para capturar esas sonrisas cuando se me escapan.

Estoy a punto de protestar cuando toma un desvío a la izquierda y comprendo que planea dejar a Britt antes que a mí. Termino por morderme la lengua porque, si lo que busca es estar a solas conmigo, a lo mejor es que piensa darme de una vez una explicación para su indiferencia.

—Voy a asegurarme de que no se mete en ninguna habitación ajena —habla por fin, cuando ha parado el coche delante de la puerta de la residencia de mi amiga—. Por favor, espera aquí y no te escapes, ¿quieres?

Me limito a soltar un gruñido y giro la cara, para mirar por la ventanilla y continuar ignorándolo. Oigo cómo para el motor y saca la llave, como si no se fiara de dejarlas puestas por si decido darme a la fuga con el coche de su amigo. Ayuda a salir a Britt y le habla en tono suave y casi tiene que cargar con todo su peso mientras la novia de su amigo, ya medio dormida, trata de caminar dando traspiés. No tarda demasiado en volver.

Ahora que estamos solos, el ambiente se torna aún más enrarecido. Apoyo el brazo en el hueco de la ventanilla abierta y reposo la cabeza encima para que el aire me golpee la cara a medida que avanzamos por las calles desiertas de la zona universitaria. Jayden no dice nada. Viajamos en silencio y sin mirarnos ni de reojo hasta que enfila mi calle y para ante la puerta. Pone el freno de mano, pero no para el motor.

Me estiro para recuperar el bolso de debajo del asiento y pongo la mano en la manilla dispuesta a salir.

—Gracias por traerme —murmuro de mala gana.

—Haley.

Detiene en seco mi amago de abrir la puerta en cuanto pronuncia mi nombre. Y yo no puedo evitar girarme en el asiento para mirarlo. Clava los ojos en los míos y me da la sensación de que los dos nos quedamos sin palabras al mismo tiempo. ¿Es que no lo ve? ¿Es que no lo siente? Aquí hay algo y huir y evitar hablar de ello no lo hace menos real.

—No me gusta que estés tan cabreada conmigo —dice en un hilo de voz.

—No estoy cabreada contigo. Tú has elegido alejarte y yo no pienso perseguirte. Solo me jode porque pensaba que eras de otra manera, pero, en fin, de eso no tienes la culpa.

—¿Y cómo soy?

La pregunta es desafiante y por eso sé que le ha dolido. Pero no pienso callarme.

—Un acojonado.

Aprieta la mandíbula y ese gesto hace que se le marque el hoyuelo. Cierra los ojos por un segundo y luego los abre de nuevo y los clava en los míos, decidido.

—No puedo darte lo que quieres.

—Lo que quiero —repito—. Lo que *yo* quiero. Ni siquiera tienes idea porque no me has preguntado lo que es. Y, de todas maneras, y solo para que quede claro, no es lo que *yo* quiero, es lo que queremos *los dos*. El problema es que te da miedo admitir que aquí está pasando algo, que podría haber algo entre tú y yo.

—Es complicado.

—No soy tu hermana pequeña.

—No te veo como a una hermana pequeña —desmiente al instante. Y luego gruñe y niega con la cabeza—. Pero es que tal vez debería...

Se queda callado y por unos segundos nuestros ojos juegan a desafiarse para ver quién de los dos es capaz de batir el récord de intensidad en una sola mirada. Él se rinde primero, pero, en vez de levantar la bandera blanca, lo que hace es bajar la mirada a mis labios y tragar saliva como si le costara hacerlo. Me inclino hacia delante y me acerco, porque estoy harta, porque quiero todas las cartas encima de la mesa, porque siento que no puedo hacer otra cosa que ceder a la atracción, y porque estoy borracha. Se aparta en el último segundo y mis labios se estrellan contra el borde de su mandíbula, en vez de contra los suyos.

No es capaz de volver a mirarme a los ojos después de eso. Y yo pongo el punto y final que está empeñado en escribir.

—¿Sabes qué, Jayden? Yo no pierdo el tiempo con cobardes.

Me bajo del coche y cierro de un portazo, sin que ninguno de los dos diga adiós. Luego me quito los tacones y subo las escaleras manteniendo toda mi dignidad, aun con los zapatos en la mano. No me vuelvo a mirar atrás ni cuando cierro la puerta principal detrás de mí.

11

—¿Haley? —Mi mejor amiga responde en un tono muy prudente, desde el otro lado del país, tras solo un par de tonos—. Son las putas cinco de la ma... ¿Estás bien? ¿Qué pasa?

Miro el reloj que Tracy colgó en una de las paredes e intento calcular la diferencia horaria entre California y su puñetera y lejana universidad, pero no estoy como para ejercitar las matemáticas ahora.

—Jayden me ha hecho la cobra —suelto, sin saludar, sin dar más explicaciones y sin disculparme por llamarla a las cinco de la mañana, hora de allí.

—Perdona, ¿qué has dicho?

Estoy a punto de repetírselo cuando la oigo soltar una risita.

—Vete a la mierda, te he oído reírte.

—Vete a la mierda tú —replica sin disimular la risa ya—. Me estás llamando en plena madrugada para contarme que Jayden te ha hecho la cobra. Esperaba que fuera algo importante, como que has perdido una pierna o que te has follado a un famoso. Yo estaba a un paso del buen sexo y he dejado todo para atender tu urgencia. Soy la mejor amiga del mundo y me merezco las risas, por favor, repítemelo.

Suspiro al tiempo que pongo los ojos en blanco, como si pudiera verme. Pero, dadas las circunstancias, supongo que se lo ha ganado.

—Jayden me ha hecho la cobra —repito, con el mismo tono exacto que he usado antes.

Tengo que apartarme el móvil de la oreja cuando sus carcajadas amenazan con dejarme sorda.

—Tampoco tiene tanta gracia. —Pero me contagia la risa y me siento mejor.

—Sí, sí que la tiene. Y ahora necesito todos los detalles.

—¿Qué pasa con tu conquista de la noche? ¿No estabas tan ocupada? ¿Y con quién y por qué estás a punto de tener sexo a las cinco de la mañana?

La oigo tapar el micrófono del teléfono para decirle algo a alguien en susurros y luego oigo que se mueve a algún otro sitio y cierra una puerta.

—Te lo he contado todo por mensajes —me informa con voz de paciencia—. Es mi futuro marido y, como comprenderás, necesito saber que somos sexualmente compatibles antes de fijar la fecha de la boda.

Creo que se refiere a un chico al que lleva comiéndose con los ojos desde hace días en la biblioteca, como toda una acosadora.

—No quiero entretenerte, entonces.

—Pues cuéntamelo rápido —me da la solución.

Le hago un resumen de mi noche, para ponerla al día de todo lo que ha pasado con Styles y de ese último momento con Jayden. Mi amiga escucha y suelta alguna que otra pregunta de vez en cuando, hasta que termino de hablar.

—Voy a darte un consejo, tía: un clavo saca otro clavo —recita, tranquilamente—. Si Jayden no tiene cojones, fóllate a ese tío siniestro de los tatuajes y pasa página.

—Jayden ni siquiera es un clavo. No ha sido para tanto. Si acaso, es solo la puntita de un clavo.

—«Solo la puntita» también es follar, Haley Parker —se burla en un tono muy pícaro.

—Dios, Hannah, eres una pervertida —protesto, pero solo consigo hacerla reír—. Anda, ten cuidado y usa un condón.

—Sí, mamá.

—Gracias por estar incluso en plena madrugada, tía.

—Siempre, tonta —responde cariñosamente—. Te quiero.

—Y yo a ti. Llámame mañana para contarme si al final hay boda.

Cuando nos despedimos y colgamos, veo que tengo un montón de mensajes. La mayoría son de Hannah contándome lo del chico ese con el que dice que se va a casar. También hay un par de mi primo contándome algún detalle más de la chica que le gusta, tal y como le he pedido que hiciera. Mark manteniéndome al tanto de su supervivencia. Mi hermano me ha escrito para decirme que se ha encontrado a mi ex y que iba de la mano con una chica. Y, además, tengo un mensaje de Styles de hace veinte minutos.

¿Ya te has ido de la fiesta?

Es el único al que decido contestar ahora.

Sí, ya estoy en mi residencia, a punto de irme a la cama.

Joder, no. Deberías estar en la mía.

Supongo que ha sido un lugar correcto, momento equivocado.

Tengo un montón de momentos y cualquiera de ellos me parecerá adecuado. El sitio no importa en absoluto.

Me gusta improvisar.

Improvisemos entonces.

No respondo. De repente, estoy muy cansada. Me desmaquillo y me lavo los dientes antes de irme a dormir.

Mañana será otro día. Y Jayden Sparks ya no va a estar en él.

—Tenéis una pinta horrible, pero no tanto como en la *selfie* que me mandasteis anoche.

Ese es el saludo de Mark cuando llega al lugar donde Britt y yo hemos quedado con él para ver la obra de teatro en la calle que le comenté a la rubia el jueves. Llega el último, pero hay que perdonárselo porque va deslumbrante y las dos necesitamos todos los detalles de a qué se debe esa cara de felicidad. Nos da un beso en la mejilla a cada una, exagerando el sonido, antes de hacer un gesto que nos mete prisa para ir a buscar el mejor lugar desde donde ver el espectáculo.

—Parece que tu noche sí fue buena —observa Brittany, señalándolo—. Y la mía debió de serlo a juzgar por mis lagunas.

Me rio y entrelazo mi brazo con el suyo para avanzar juntas hasta el lugar donde nos lleva Mark.

—Tranquila, no bailaste encima de ninguna mesa.

—¡Qué pena! —interviene nuestro amigo—. Si llego a estar allí con vosotras ya os digo que tú bailas encima de una mesa —señala a Britt—; tú haces un baile sexi con una silla

—sigue conmigo—; y yo le hago un bailecito sensual en el regazo a uno de los Bruins.

No especifica el deporte.

—Seguro que tú ya le hiciste un bailecito sensual en el regazo a uno de los Bruins —me burlo, al recordar que su cita de anoche juega al baloncesto.

—No, eso lo reservo para la segunda cita. —Me guiña un ojo y Britt y yo nos reímos al verlo.

—Así que va a haber una segunda cita —canturrea Britt, cuando por fin paramos en el sitio que a nuestro amigo le parece más adecuado para ver la obra—. Cuenta.

Mark se planta delante de las dos y coge aire para empezar a relatarnos su cita de anoche.

La obra de teatro en la calle resulta ser todo un éxito y nos hace reír bastante, pero ni Britt ni yo tenemos demasiadas ganas de alargar la salida cuando Mark nos propone cenar juntos. Brittany dice que está demasiado cansada y necesita irse a dormir pronto. Y yo digo que mañana debería madrugar para ponerme al día con los informes de las prácticas de laboratorio, cosa que es cierta, aunque en realidad lo que no me apetece es un interrogatorio de mi amigo el cotilla y terminar contándole todo lo que pasó en la fiesta y después de ella. Se lo contaré en algún momento... solo que no ahora mismo. Lo último que me apetece en el día de hoy es volver a oír el nombre de Jayden.

Una vez en la residencia, intento tomar la decisión de qué cenar. Estoy casi convencida de prepararme algo en la cocina común cuando el móvil vibra con la entrada de un mensaje.

¿Tienes hambre?

¿Es que me lee el pensamiento? ¿Y qué quiere decir exactamente esa pregunta? ¿Es una invitación? Quería quedarme en la residencia tranquila esta noche, lo juro, ese era mi mejor plan. Pero es que leo su nombre en la pantalla y ya me cosquillea el cuerpo.

¿Qué?

Mi corazón se desboca cuando veo la llamada entrante. ¿Qué me pasa? Solo es un tío de usar y tirar. Y es que ahora mismo tengo muchas ganas de usarlo. Me siento con las piernas cruzadas bajo el cuerpo y me aclaro la garganta antes de descolgar.

—Hola.

—Hola, Haley —responde esa voz ronca tan condenadamente sexi—. Estoy en el coche esperando mi turno para coger algo de comida basura para llevar. ¿Has cenado?

Sonrío y me muerdo el labio.

—No, no he cenado. Y me encanta la comida basura. ¿Llamabas solo para darme envidia?

Oigo una risa queda, corta, al otro lado de la línea.

—¿Cuál dirías que es tu número favorito del uno al doce?

Me aparto el teléfono de la oreja para mirar la pantalla, como si solo con eso pudiera transmitir mi confusión.

—Aaaamm... El nueve —decido decir, sin pensarlo demasiado.

—Interesante. Vale, buenas noches, Haley.

Estoy a punto de decir algo más cuando los tonos que me llegan desde el otro lado de la línea me dan a entender que él ya ha colgado.

Me dejo caer de nuevo de espaldas sobre el colchón de mi cama. Está claro que a Daryl Styles le gusta jugar. No es que eso suponga un problema... A mí también me gusta.

Cerca de veinte minutos después, el móvil vuelve a emitir la larga vibración que indica una llamada. *Styles.*

—¿Quieres saber si me gustan las trufas de cacao de postre para comerte unas a mi salud? —Es lo que digo en tono burlón al descolgar.

—El postre lo pones tú. Baja. Estoy en tu puerta.

—Espera, ¿qué?

—No espero. Tengo el motor en marcha. Cinco minutos, Haley, o me como tu menú número nueve de camino a la fraternidad.

Vuelve a colgar sin darme posibilidad de réplica y suelto un gruñido molesto ante su actitud. ¿Quién se ha creído que es? Aun así, me levanto de un salto de la cama y busco algo decente que ponerme. Me cambio hasta la ropa interior por el conjunto más sexi que puedo encontrar en el cajón de la ropa limpia y luego me visto con una minifalda plisada y una camiseta negra de tirantes finos. Me calzo las sandalias con cuña y me meto al baño para ponerme algo de rímel y peinarme. Para cuando termino con todo eso ya han pasado más de diez minutos. Que espere.

Localizo enseguida un Chevrolet Camaro de color negro mate con el motor y las luces encendidas. Me acerco despacio, para dejar claro que él no manda en esto.

Sus ojos grises me reciben clavándose en los míos en cuanto abro la puerta del copiloto y me monto sin dudar. Está serio y no suaviza la mirada ni aun cuando yo sonrío a modo de saludo.

—He dicho cinco minutos. La próxima vez no pienso esperar.

—¿Quién ha dicho que vaya a haber una próxima vez?

Devuelve la vista al frente mientras sus labios se curvan en un amago de sonrisa. Quita el freno de mano y pone el coche en marcha antes de responder:

—Solo para que lo tengas claro, voy a avisarte desde ahora: cuando acabe esta noche suplicarás que haya una próxima vez.

Un escalofrío directo a mi bajo vientre hace que me mueva inquieta en el asiento de cuero. Es la amenaza más excitante que he oído en mi vida.

—No soy muy de suplicar.

—Eso ya lo veremos.

—Amenazar a una chica no es una buena táctica. Creo que el flirteo no se te da muy bien.

Suelta una especie de risa ronca.

—Tengo otras virtudes. Y tampoco quiero ligar contigo. No eres para nada mi tipo.

—Entonces ya tenemos algo en común, porque tú tampoco lo eres.

Si la tensión sexual fuera energía eléctrica, las chispas entre los dos podrían incendiar el coche.

—Tú y yo no tenemos nada en común. Pero eso no significa que no podamos compartir algo.

Aparca el coche a un lado, en uno de los aparcamientos vacíos y escasamente iluminados del campus. Suelta mi cinturón de seguridad y entonces me doy cuenta de que él no llevaba puesto el suyo. Se inclina sobre mí y yo me encojo. Emana calor y huele a esa mezcla de colonia y tabaco que ya me resulta agradablemente familiar, pero está invadiendo mi espacio vital. Coge la bolsa con la comida y se aparta.

—Podemos empezar por compartir la cena —propone, tras sacar la primera hamburguesa de la bolsa—. Número nueve. Espero que hayas elegido bien.

La cojo y la desenvuelvo con cuidado para ver si de verdad el azar ha acertado por mí. Tiene buena pinta, por suerte.

—Me has comprado una hamburguesa.

—Y patatas y un refresco.

—¿Y tú qué bebes?

—Cerveza.

—¿Es legal?

—Cumplí los veintiuno hace un mes.

Lo miro con curiosidad mientras da un enorme bocado a su comida.

—¿Qué esperas a cambio de esta cena?

Gira la cabeza y se apoya en el respaldo del asiento para poder mirarme.

—Solo que me cuentes algo de ti que yo no sepa.

Me gustaría poder decir que la conversación con Daryl es fácil y fluida a lo largo de todo lo que dura nuestra cena, pero me cuesta mucho conseguir que me cuente por qué estudia Imagen y Sonido y que le gustaría hacer documentales algún día. Dice que se hizo su primer tatuaje con dieciséis años, pero que aún tengo que ganarme el derecho a verlo, y me deja con la intriga cuando advierte que no quiere hablar para nada de su familia.

Recoge todos los cartones y papeles que han quedado al acabarse la comida y los tira hacia la parte trasera, dejándonos a los dos de frente y sin nada que se interponga entre nuestros cuerpos.

—¿Por qué no me has invitado a cenar como una persona normal en vez de colgarme dos veces el teléfono?

Niega con la cabeza y pone una mano en mi nuca para acercarme de manera brusca.

—Se acabaron las preguntas —murmura sobre mis labios antes de morderme el inferior.

Recibo su boca con ganas cuando se inclina sobre mí y cubre toda la mía. No es nada delicado; me besa como si le pudiese el ansia de tenerme y eso me gusta. Me excita. Sabe bien y pone la cantidad exacta de lengua en cada roce para mantener mi cuerpo a la espera de más.

Paseo los dedos entre su pelo y tomo el control de nuestro contacto, marcando el ritmo de nuestros labios e incorporándome en el asiento para pegarme más a su cuerpo. Sus manos se deslizan despacio por cada rincón de mi anatomía que queda a su alcance, hasta terminar levantándome la falda y pegándose a la piel de mis nalgas.

—¿Te quedaste con ganas de más anoche? —susurra en mi oído.

—Has dicho que se acabaron las preguntas.

Paso la lengua por el lóbulo de su oreja. Él sube una de las manos hasta mi pelo, para sujetarlo y obligarme a mirarlo. Con la otra me da un azote suave en la nalga como castigo a mi burla.

Se lanza de nuevo contra mis labios y, en cuanto consigue retomar por completo el control de la situación, suelta mi pelo y mete la mano bajo mi camiseta. Me suelta el sujetador a una velocidad impresionante y luego dedica toda su atención a acariciarme hasta lograr hacerme gemir. Intento contener mis expresiones vocales, solo para no darle la satisfacción, pero enseguida tengo que rendirme a la pérdida de control. Sobre todo, cuando sustituye el jugueteo de los dedos por los labios y la lengua estimulando mis pezones, con la camiseta arremolinada sobre mi pecho de una manera bastante poco decorosa. Claro que el decoro no podría importarme menos ahora mismo.

—Te gusta esto, ¿verdad, Haley? —pregunta en un susurro ronco al colar la mano bajo mi falda.

Me limito a soltar un gemido entrecortado en respuesta, cuando me acaricia por encima del tanga que he elegido precisamente para este momento.

—Dilo —exige, apremiante.

—Sí.

—Sí, ¿qué?

—Sí que me gusta.

—Sí. Ya lo sé. —Levanto las caderas para permitirle resbalar mi ropa interior por mis piernas hasta quitármela—. Claro que te gusta. Mira qué mojada estás...

Lo beso en los labios con necesidad mientras sus dedos se pasean por todos mis pliegues y finalmente se hunden en mi interior. Su boca ahoga mis gemidos y su lengua acariciando la mía está consiguiendo volverme loca. Creo que sabe bien lo que hace. Sabe cómo hacerlo.

—¿Quieres que pare? —pregunta de pronto, burlón.

Agarro su muñeca con fuerza para impedir que la aparte.

—No. No pares.

—Vas a tener que aprender a pedir las cosas por favor.

Suelto su muñeca para poner la mano sobre la cremallera de sus pantalones. Está tan excitado como yo. Duro y grande. Perfecto para lo que tengo en mente.

—Te lo voy a pasar por hoy. Pero la próxima vez no voy a ser tan bueno contigo.

Acomoda la postura para tocarme mejor e impide que yo siga tocándolo a él. Cierro los ojos y me dejo hacer, moviendo las caderas por puro instinto al mismo ritmo en que él hunde los dedos en mí una y otra vez, llevándome al límite. Utiliza la otra mano para volver a sujetarme el pelo en la nuca y tirar con fuerza de él, exponiendo mi cuello al antojo de sus labios.

—Vamos, nena —dice en un murmullo tremendamente erótico—. Córrete en mi mano.

No puedo aguantar mucho más sin que mi cuerpo le entregue lo que está pidiendo. Le revuelvo el pelo, me aferro a sus hombros y creo que hasta le muerdo el cuello, sin controlar para nada el volumen de mis gemidos y sin sentir vergüenza por ello, mientras uno de los orgasmos más intensos que puedo recordar me sacude por entero.

El corazón me va a toda prisa y siento las mejillas ardiendo. Daryl se limpia la mano en mi falda y yo ni siquiera tengo fuerza para protestar. Apuesto a que ni la mejor droga del mercado de contrabando sería capaz de hacerme sentir así.

—Vístete —me ordena.

—¿De qué vas?

—Haley, soy un capullo, eso tenlo claro. Pero soy un capullo que puede hacerte sentir muy bien y esto ha sido solo una pequeña demostración. Si lo quieres, te lo daré. Solo intenta no colgarte de mí... Eso nunca le ha salido bien a nadie.

Recupero el tanga y me lo pongo rápidamente.

—No sé quién te has creído que eres, Styles, ni quién te crees que soy yo. Yo nunca me colgaría de alguien como tú. Y no necesito que nadie me haga «sentir bien». Gracias por la cena y por el orgasmo, ha sido un placer hasta que has abierto la boca.

Tiro de la manilla de la puerta y la abro de golpe antes de agarrar el asa del bolso y bajarme decidida. Me parece oírlo soltar una risita justo a mi espalda.

—Vamos, nena, ¿adónde vas? Te acerco de vuelta.

—Vete a la mierda. Y no me llames nena.

—Me estás poniendo más cachondo con ese jodido carácter. Venga, sube al coche.

Ni siquiera contesto. Cierro de un portazo y echo a andar hacia la salida del aparcamiento que queda más cercana a mi residencia. Oigo el sonido de la ventanilla al bajar, a mi espalda.

—La próxima vez recuerda suplicar si quieres que te haga correrte hasta que pierdas el sentido.

Estiro el brazo hacia atrás para mostrarle el dedo medio de mi mano derecha, sin volverme a mirarlo. Su risa ronca me acompaña hasta que estoy lo suficientemente lejos.

Me cuesta unos quince minutos llegar a la residencia, pero, por lo menos, hace buena noche. Es un completo imbécil, aunque lo que me ha hecho ha sido... Creo que no me importaría repetirlo. Total, para lo que quiero hacer con él ni siquiera necesito que me caiga bien.

Su coche está delante de mi puerta. Y él está de pie en la acera, apoyado en la puerta del conductor y fumando un cigarrillo. Nuestras miradas se cruzan por un segundo y yo aparto la mía enseguida, sin dejar de caminar hasta dejarlo atrás.

—Eh, Haley, no ha sido para tanto. Me gusta esa mala hostia, ¿sabes?

—¿Qué haces aquí?

Se le escapa una de esas medias sonrisas que parece que le duelen y la disimula dando una calada larga.

—Quería asegurarme de que llegabas bien.

Pongo los ojos en blanco y le doy la espalda de nuevo.

—Buenas noches, nena. Ha sido todo un placer. Ya sabes lo que tienes que hacer si quieres repetir.

Me quedo parada un momento, con la puerta entreabierta y las mejillas ardiendo de rabia, pero no me doy la vuelta.

—Tendrías que suplicar mucho para eso —digo por encima del hombro.

Luego entro y dejo que la puerta se cierre tras de mí con un golpe sordo.

12

El viernes por la tarde Tracy y yo volvemos a la residencia después de salir a comprar. Hemos quedado dentro de un par de horas para cenar con Britt y Mark. Y, de pronto, sin previo aviso, él aparece. Su coche está en la entrada y él, apoyado sobre la carrocería, fumando un cigarrillo, con ese aire de chico malo. Mi corazón se acelera cuando clava su mirada en mí y soy consciente de que no voy a poder ponerle a Tracy ninguna excusa convincente que justifique esto.

—¿Qué hace ese tipo por aquí? —pregunta mi amiga, suspicaz, como si me estuviera leyendo el pensamiento.

—Eh..., creo que viene a verme a mí.

—¿A ti? ¿Y por qué?

—Hola —saluda Daryl, sin mirar ni por un solo momento a mi acompañante.

—Hola —respondo, insegura.

Tracy no dice nada, pero noto su mirada clavada en mí, plantada de pie a mi lado, seguramente esperando que me libre rápido de él y le dé una buena explicación.

—Vamos a dar una vuelta. —Señala el coche con la cabeza y tira la colilla al suelo—. Sube.

Dudo un momento, sobre todo porque eso no ha sonado

para nada como una invitación, y porque sé que Tracy espera que lo mande a paseo, pero es que sé lo que me espera si subo a ese coche y, joder, tengo muchas ganas de hacerlo.

—Haley.

Mi amiga me llama. Me vuelvo a mirarla.

—Oye, te veo luego en la cena, ¿vale? Luego os lo cuento todo.

—¿Vas en serio?

—Nena —llama Daryl, con la puerta del conductor abierta.

—Te lo explico luego —insisto.

Me doy la vuelta sin esperar la respuesta y me monto en el coche.

Daryl se acomoda tras el volante sin decir nada. Y aún sigue en silencio cuando arranca y conduce alejándonos a los dos de aquí.

—¿Por qué has venido a buscarme? —pregunto cuando llevamos unos cinco minutos de camino y soy consciente de que vamos rumbo a su fraternidad.

Me mira de reojo por unas escasas décimas de segundo y vuelve a centrar su atención en la carretera. Estoy casi convencida de que ni siquiera va a contestarme, cuando habla:

—Porque llevo una semana entera cachondo por tu culpa y creo que ya es hora de que nos dejemos de tonterías. ¿Te parece bien que nos dejemos de tonterías, Haley?

Se me tensa el bajo vientre cuando mi cuerpo capta al instante lo que eso significa.

—Me parece bien que nos dejemos de tonterías siempre que lo pidas por favor. —Le dedico una sonrisa engreída que le hace desviar la vista de la carretera de nuevo.

Noto que se esfuerza para no dejar que se dibuje la suya.

—¿Sabes qué? El que suplique antes pierde.

—Me parece un trato justo.

No tardamos en llegar y él coge mi mano y tira de mí sin delicadeza para arrastrarme al interior y escaleras arriba camino a su habitación. Por suerte, no nos cruzamos con nadie hasta llegar allí.

Cierra la puerta con pestillo. Me giro hacia él cuando lo siento acercarse por mi espalda.

—¿Y ahora qué...?

Empiezo a preguntar, pero no puedo terminar. Él tiene otros planes para mi boca, y el primero de ellos es fundirse con la suya. Me parece bien. Ninguna objeción. Pongo las manos en su cuello y él cuela las suyas bajo la chaqueta que llevo y mi camiseta, acariciando la piel de mi cintura. Me deshago de la chaqueta en cuanto puedo, para estar más cómoda, y él se encarga de quitarme la camiseta a la menor oportunidad. Da un paso atrás para contemplar mi cuerpo semidesnudo y se quita su propia camiseta de un tirón, dejando su torso al descubierto.

Más tatuajes. Eso es lo que descubro bajo una de esas camisetas negras que siempre lleva. Eso es lo que esconden. Más tatuajes. Los que decoran los brazos suben hasta los hombros sin dejar apenas un centímetro de piel al descubierto. Tiene una fecha en números romanos grabada sobre el pectoral derecho y, sobre el izquierdo, el mismo día y el mismo mes de diez años después. El veintinueve de agosto. Más abajo, sobre el vientre y ocupando casi todo el espacio disponible desde el estómago hasta la ingle, una imagen de la Muerte en pie sobre las letras *Carpe diem*. Un poco siniestro.

—Se ve que eres un chico muy alegre.

Se nota que está fuerte, aunque no tiene los músculos definidos. Es delgado y fibroso, con la piel pálida en aquellos puntos en los que no la ha cubierto con tinta oscura.

—¿Cuántas veces voy a tener que decirte que te calles?

Doy un paso hacia él, y pongo una mano sobre su pecho acariciando la tinta de esas fechas que le decoran la piel.

—¿Qué significan estas fechas?

Me sorprende mucho que esté dispuesto a contestar.

—Mi fecha de nacimiento —dice, al tiempo que yo recorro con la yema del dedo su pectoral derecho. Luego paso al izquierdo—. Y el día que murió mi madre.

Levanto la mirada para clavarla en sus ojos, cuando lo oigo decir eso. No cambia para nada su expresión, como si acabara de decir «el día que me compré el coche» o alguna cosa igual de insustancial.

—Lo siento —murmuro.

—No te he traído aquí para hablar, Haley —me recuerda, impasible—. Lo único que quiero escucharte decir es «por favor, fóllame» y «gracias».

—No flipes. El primero que suplique pierde.

—Me va a encantar hacerte morder el polvo —murmura, burlón.

Me pongo de puntillas para besarlo en la boca y rodeo su cuello con los brazos para colgarme de su cuerpo. Sus manos trabajan ágiles para desabrochar mis vaqueros y en cuestión de segundos los dos estamos en ropa interior y su cuerpo está sobre el mío en la cama.

No paramos de tocarnos, besarnos, lamernos y mordernos por todas partes, sin ningún tipo de control, y me gusta poder dejarme llevar por completo sin sentirme insegura por si él piensa que lo que hago no es propio de mí. De hecho, lo mejor de todo es que me da igual si lo piensa. Así que hago lo que me pide el cuerpo cuándo y cómo me lo pide el cuerpo y me siento bien.

Vibro en anticipación cuando Daryl se desliza hacia los pies del colchón y arrastra mis braguitas con él. Hace rato que el sujetador se ha perdido en algún lugar del suelo de su habitación y no lo echo para nada de menos. Mi amante se mete entre mis piernas y me lame los muslos, muy lentamente, torturándome. Sé lo que pretende, y tengo que concienciarme para ser fuerte y no ceder a los chantajes. Me niego a suplicar o, al menos, no seré yo quien lo haga primero. Pero el primer contacto de su lengua con el punto más sensible de mi cuerpo ya nubla del todo mis sentidos. Gruño frustrada cuando se aparta para hacerme sufrir.

—Daryl...

—Sí, nena. Di mi nombre —susurra, y estira los brazos para manosear mis pechos.

—Sigue.

Lo oigo soltar una risa ronca y satisfecha.

—Lo haré si eres educada.

—No pienso arrastrarme por esto.

—Muy bien.

Cede enseguida, con total tranquilidad, pero en vez de seguir proporcionándome el placer del buen sexo oral, vuelve a colocar su cuerpo por completo sobre el mío y me besa el cuello. Intento fingir que me da igual, solo para que no disfrute el haberme dejado con las ganas. Acaricio su erección, colando la mano en la única prenda de ropa que todavía lleva puesta, y él se desnuda en tiempo récord tirando los calzoncillos al montón de ropa que ya se acumula en el suelo.

Abre un cajón de la mesilla y saca un preservativo. Rasga el envoltorio enseguida para sacarlo y poder ponérselo.

—Ya estoy harto de gilipolleces. Voy a follarte.

Me muerdo el labio y me trago un ronroneo de satisfacción al escuchar eso. Me inmoviliza con el peso de su cuerpo mientras cuela una mano entre mis piernas para tocarme con los dedos.

—Espera —pido cuando acomoda su postura y parece dispuesto a penetrarme inmediatamente. Busca mis ojos y el *piercing* de su ceja se eleva cuando el gesto de su cara me invita a hablar para expresar mi queja—. Me gusta arriba.

—No me jodas. Me gusta tener el control —expresa su

opinión, totalmente igual y, por lo tanto, irónicamente, contraria a la mía.

—A mí también.

Lo empujo con las dos manos y, a pesar de lo que ha dicho, no opone resistencia y se tumba de espaldas sobre el colchón, para que me siente a horcajadas sobre él.

—Vamos a dejar las cosas claras —avisa mientras lo hundo despacio en mí—, te dejo llevar el control solo por esta vez.

—Lo que tú digas.

Me muevo sobre él buscando mi propia satisfacción, mientras él se encarga de preocuparse por la suya. Y eso es perfecto. Me dejo llevar y pierdo totalmente el control, olvidándome de todo el resto del mundo, mientras el placer me recorre por entero y me entumece los sentidos. Cómo me gusta esto. Siento como si no hubiera follado de verdad nunca antes. A lo mejor es cierto. A lo mejor es la primera vez que estoy follando y nada más. Libre. Y es lo mejor que he hecho nunca.

Mi orgasmo precede al suyo, pero no se alejan mucho en el tiempo. Cuando me dejo caer a su lado en el colchón, satisfecha y relajada, tengo los músculos agarrotados. Él también está envuelto en sudor, con los tatuajes brillantes, y respira pesadamente por la boca mientras trata de recuperar el aliento.

Se incorpora poco después, sin ni siquiera mirarme. Se sienta al borde del colchón, dándome la espalda, y se quita el condón y saca unos pañuelos de papel de la mesilla, para poder limpiarse. Observo el movimiento de sus hombros y su espalda mientras lo hace. Tiene otro tatuaje ahí. Es tan grande que le cubre la espalda por completo. Es un ángel. Tiene rasgos masculinos y músculos marcados, con las rodillas y un puño en el suelo, como si acabara de aterrizar. Las alas —negras— desplegadas, y una expresión desafiante en el rostro. Es hermoso. Y un poco sobrecogedor también.

Me pasa el paquete de pañuelos. Saco uno para poder limpiarme.

—¿Qué significa ese tatuaje de tu espalda?

Se gira para mirarme. Recorre todo mi cuerpo desnudo con la vista.

—¿Sabes lo que es un ángel caído?

—Expulsados del cielo por rebelarse contra Dios.

—Bueno, algunos fueron expulsados porque eligieron la lujuria —me cuenta.

—Vale, diría que te pega bastante.

Vuelve a tumbarse sobre el colchón, de medio lado y con el cuerpo vuelto hacia mí. Utiliza el dedo pulgar para rozar mi cuello, mi clavícula y luego bajar bordeando mi pecho y terminar acariciándome el pezón muy suavemente. Juguetea con él mientras mi cuerpo empieza a reaccionar. Los pezones se me endurecen al instante, los impulsos eléctricos se suceden entre mis piernas y mi respiración se hace más pesada.

—¿Quieres más? —pregunta, de una manera muy sensual. Asiento lentamente con la cabeza—. Entonces tú también eliges la lujuria.

Su dedo resbala por mi cuerpo y recorre toda mi línea alba muy despacio, hasta meterse entre mis piernas. Suelto un gemido cuando lo hunde en mí. Cierro los ojos y me dedico solo a sentir.

—La primera vez que te vi no hubiera apostado a que eras tan guarra, Haley. Tienes pinta de buena chica.

Abro los ojos para dedicarle una mirada contrariada y le pego en el brazo para que deje de tocarme.

—¿De qué vas?

—¿Qué te pasa? —responde en el mismo tono molesto que he utilizado yo—. Joder, no lo digo a malas, no te lo tomes así. Lo digo en el sentido cachondo. Me gusta.

—Bueno, pues a mí no me gustan las implicaciones de esa palabra, ¿vale?

—Tranquila, te gustará cuando te la diga al oído en el momento adecuado, ya lo verás —asegura, pícaro—. Ahora, ¿qué tal si, solo como parte de esta tregua que parece que hemos firmado hoy, ninguno de los dos suplica, pero los dos obtenemos lo que queremos? Es una oferta limitada, asegúrate de aprovecharla.

No respondo con palabras. Me incorporo para poder acomodar mi postura y aprovechar la oferta.

Pierdo completamente la noción del tiempo, entre su placer y el mío, totalmente aislada del resto del universo. Una cosa nos lleva a la otra y terminamos follando otra vez, de manera brusca, salvaje y liberadora, con él llevando el mando de la situación.

—Mierda, se ha hecho muy tarde —protesto, al ver que hace ya media hora que debería haberme encontrado con mis amigos.

Recojo la ropa del suelo a toda prisa.

—Sí, mejor que te vayas.

Lo miro con cara de pocos amigos al oír el tono en el que lo dice. Como si después de usarme le molestara mi presencia.

—Espero que para la próxima vez aprendas a ser un poco menos borde —gruño, ya vestida, al ponerme las zapatillas.

Cojo la chaqueta y ya estoy lista para marcharme.

—¿Qué próxima vez? —pregunta, burlón y desagradable—. Ya sabes dónde está la puerta, ¿no?

Me mira alzando la ceja del *piercing*, y con gesto impaciente. Abro la puerta del cuarto de un tirón y salgo al pasillo, cabreada.

—Buenas noches —casi le grito, sin mirar atrás—. Gilipollas —añado en voz más baja, pero segura de que también ha podido oírlo.

13

—Halloween es mi fiesta favorita del año.

—¿Más que la Navidad? —pregunta Daryl, que aparta la vista solo un segundo de la carretera para mirarme con un amago de sonrisa divertida. La controla bien, como siempre.

—Mucho más que la Navidad.

—Yo odio la Navidad.

No sé por qué eso no me sorprende.

—Tú lo odias todo.

—Sí. Todo menos follar contigo —responde, sin inmutarse y atento a la conducción.

No digo nada. No sé muy bien lo que significa. Daryl y yo llevamos ya dos semanas diciendo que no habrá próxima vez cada vez que nos acostamos. Pero siempre la hay. A veces hasta dos o tres seguidas. Y luego otra más. Lo hemos hecho prácticamente todos los días, desde aquella primera vez en su fraternidad. Sobre todo, es allí donde nos vemos, pero también lo hemos hecho en mi residencia, el fin de semana pasado cuando Tracy no estaba. Y en su coche. En el mío. En el baño de su facultad. En el laboratorio de la mía. Creo que cada vez es mejor y me deja aún con ganas de más. Y de momento ninguno de los dos ha tenido que suplicar.

Eso sí, él lleva el mando la mayoría de las veces, le cuesta bastante ceder el control. Pero tengo que reconocer que ese papel de seudosumisa que quiere que adopte no se me da mal del todo. Y me pone un montón. Opino que todavía tenemos que seguir con este rollo durante un tiempo más, aunque solo sea para que pueda perfeccionarlo.

Al principio creo que decíamos en serio que no se repetiría. Pero cada vez que nos cruzábamos la atracción era insoportable. Insostenible. Por el bien de los dos se hizo evidente que debíamos dejarnos llevar y resolver la tensión sexual. Ahora lo seguimos diciendo, eso de que no habrá próxima vez, pero creo que ninguno de los dos lo pensamos de verdad. Además, las primeras veces no hablábamos demasiado, pero en los últimos días he notado un cambio en él. No sé muy bien qué le pasa, está más comunicativo. No mucho si lo comparamos con cualquier persona normal, aunque un montón teniendo en cuenta cómo es él. Está más suave conmigo, y responde a la mayoría de mis preguntas. Claro que no he hecho ninguna que sospechara que no fuera a querer contestar. Por si acaso.

Y, por si eso fuera poco, hoy se ha ofrecido a acercarme a la residencia en coche desde su fraternidad después de habernos pasado la tarde en la cama. Nunca lo había hecho antes. Y es raro, pero está bien. No me apetecía volver caminando.

—¿Vas a disfrazarte?

—Claro que no —responde, altivo—. No voy a ir a una estúpida fiesta de Halloween.

Me giro en el asiento para poder mirarlo, pero él finge no darse cuenta.

—Las fiestas de Halloween son mis fiestas favoritas.

—Estúpida —me insulta, aunque no suena como un insulto, en realidad.

—Idiota. ¿Cómo no vas a ir a la estúpida fiesta de Halloween? La estúpida fiesta de Halloween es en tu fraternidad.

—Todas las fiestas son en mi fraternidad. Hay fiesta todos los jueves, viernes, sábados y hasta algunos domingos. Creo que puedo pasar de la de Halloween.

Ya estamos en la calle de mi residencia, y en menos de un minuto para el coche delante de la puerta principal.

—Entonces, supongo que no habrá próxima vez en la fiesta de Halloween —imagino, en tono lastimero.

Él me mira serio.

—No va a haber próxima vez —advierte, y yo pongo los ojos en blanco—. Estás cogiendo demasiada confianza, Haley. Y yo no soy un tío en el que confiar.

Me suelto el cinturón de seguridad y recupero el bolso de debajo del asiento, dispuesta a marcharme. Es insoportable cuando empieza con eso, como si de verdad creyera que yo puedo sentir algo por él.

—Vale —cedo, como si me diera completamente igual si esto no vuelve a repetirse jamás—. Pero..., Styles, ¿podemos echar un polvo en la fiesta de Halloween si prometo no enamorarme?

—No voy a ir a la fiesta.

—Perfecto. Te veo mañana en la fiesta.

—Haley...

Enreda una mano en mi pelo y tira de mí hasta unir nuestros labios. Vale, esto no es normal. Nosotros nunca nos besamos como despedida. Nosotros solo nos besamos como paso previo al sexo.

—Buenas noches —dice, cortante, y aparta la mirada cuando separa nuestros labios.

Creo que ni respondo. Me bajo del coche y me voy directa a la puerta de entrada sin mirar atrás.

Llego a la habitación subiendo los escalones de dos en dos. Aquí están Brittany y Mark, con Tracy; las dos chicas sentadas en la cama de mi compañera de cuarto y mi amigo sobre la mía. Los tres se ponen de pie al verme aparecer. Eso no me gusta. Están serios y está claro que me esperaban.

—Eh..., hola —saludo, prudente—. ¿Qué pasa? ¿Qué hacéis todos aquí?

—¿Hay otra forma de verte? —gruñe Mark entre dientes, y Britt le da un golpe suave en el costado para que se calle.

Tiene razón. Llevo dos semanas bastante a mi bola. Sé perfectamente lo que piensan de este rollo que me traigo con Styles, y no necesito oírselo decir. He estado intentando evitar las críticas. Así que ahora les cuento pocas cosas de lo que pasa en mi vida. Sobre todo, porque lo que hago últimamente es follar con un tío que a nadie le cae bien.

—No es para tanto —trato de restarle importancia.

—Sí, claro que sí. Esto es una intervención —anuncia Tracy.

—Venga ya.

Cruzo la habitación en dos zancadas largas, tiro el bolso a los pies de la cama, y me siento con las piernas cruzadas bajo el cuerpo.

—Haley —habla Mark como portavoz—, queremos que vuelvas. No nos importa lo que hagas o con quién, somos tus amigos. Pasar de nosotros está muy feo por tu parte.

Britt se acerca y se sienta a mi lado.

—No nos importa con quién te acuestes —matiza—. Lo que nos importa es que te alejes de nosotros por eso.

—Yo no me estoy alejando por... —empiezo a justificarme—. Lo siento, supongo que tenéis razón.

—Sí, claro que sí —opina Tracy —. Últimamente solo apareces por aquí para dormir.

—El jueves pasado pasaste de nuestro desayuno —me recuerda Britt.

—Me quedé dormida.

—Ya solo te veo en clase —aporta también Mark—. No vamos a juzgarte, si es eso por lo que parece que ya no quieres hablar con ninguno de nosotros.

Dicen que nosotros mismos somos nuestro peor enemigo. Puede que sea verdad. Me he alejado de mis amigos y ni siquiera les he preguntado qué es lo que piensan de verdad.

—¿Podemos volver a la normalidad? —pide Britt—. ¿Podemos volver a tener a nuestra amiga?

—No diremos ni una palabra sobre ese tal Styles, y tú tampoco tienes que contarnos nada si no quieres —interviene Tracy.

—No hay nada que contar. No quiero que penséis lo que no es. Es solo sexo y nada más. No tenéis que preocuparos.

—Eso es mucho decir —masculla Mark—. Dejemos todo eso a un lado y dinos si vas a venir con nosotros mañana a la fiesta de Halloween.

Frunzo el ceño. Claro que voy con ellos a la fiesta de Halloween, ¿por qué no iba a hacerlo? Ya habíamos quedado en disfrazarnos juntos aquí, todos excepto Britt que va a disfrazarse con Niall. Y no he querido preguntar si eso significa que Jayden también va. Hace tres semanas que no sé nada de él.

—Claro que voy con vosotros. Habíamos quedado en ir juntos, ¿no?

—Perfecto. Entonces, hablemos de los disfraces —decide Tracy.

Y así, con mi tema favorito del mes, dejamos atrás cualquier mal rollo que haya podido surgir entre nosotros en las últimas semanas.

—¿Ni siquiera vas a hablar con él? ¿Ni un «hola» ni nada?

Me giro sobresaltada cuando oigo hablar a Britt. Aparta

su atención de las bebidas para mirarme con una ceja alzada y luego vuelve a centrarse en su tarea, inclinando una botella de vodka, como si no hubiera hablado.

—¿Con quién? —Me hago la despistada.

Pone los ojos en blanco. Cierra la botella y la deja en su sitio antes de dar dos pasos y sacar una de refresco de la nevera más cercana.

—No sé qué ha pasado con Jayden y contigo, porque tú no me lo has contado y él tampoco, pero él me pregunta mucho por ti y tú no me preguntas nada por él, así que tengo que asumir que la que está cabreada eres tú.

—No. Yo no estoy cabreada.

Aprieta los labios, seguramente para tragarse una mueca de disgusto, y luego me mira a los ojos al tiempo que me tiende uno de los vasos.

—Entonces dale las buenas noches y no hagáis de esto un drama para todos los demás.

Hemos debido de tardar mucho en llegar a la fiesta si a Britt ya le ha dado tiempo a beber el alcohol suficiente como para ser capaz de decirme algo así. Pero probablemente tenga razón. No estoy enfadada con Jayden. Llegamos a un punto en que cada uno quería seguir un camino diferente y eso nos alejó, pero no hay ningún motivo para que nos llevemos mal.

—Ya. Es verdad. Tienes razón. Pero primero vamos a beber y a bailar, que esto es una fiesta.

Eso es suficiente para alejar el tema y que Britt se olvide de lo que pasa o no entre Jayden y yo. Volvemos con el grupo. No veo a Styles por aquí, pero tampoco me extraña. Él mismo dijo que no iba a venir, y lo prefiero. Esta noche quiero estar con mis amigos.

Al final, es Jayden quien tiene que acercarse. Aprovecha el momento en que Tracy y Britt van juntas al baño para plantarse ante mí y darle una palmada en el hombro a Mark. Mi amigo capta enseguida el mensaje y se da media vuelta para decirle algo a Niall e iniciar una conversación con él. Y yo dejo de bailar y alzo la mirada para encontrarme con esos ojos color miel.

Lleva media cara cubierta por una máscara blanca, viste ropa elegante y una capa negra. Tiene el pelo peinado hacia atrás y media sonrisa cordial marcando su hoyuelo en la mitad no oculta de su cara.

—Hola —dice, en un tono que pretende ser neutro, pero que puedo adivinar un poco precavido.

—Hola.

—¿Cómo estás? Hacía un montón que no te veía.

—Sí, ya ves, la última vez era una universitaria borracha y ahora soy una niña fantasma —bromeo.

—Me he perdido grandes cosas —me sigue el juego.

Nos sonreímos y eso ya me parece todo un paso adelante entre nosotros.

—Y tú ahora eres el Fantasma de la Ópera, aunque solo me sorprende lo de la ópera, la verdad —lo pico, y él suelta una carcajada al oírme.

—Menos mal, he tenido que explicárselo a todos los demás, aquí nadie tiene cultura de musicales. Oye, sé que a lo mejor las cosas están demasiado raras entre nosotros y no sé si pretendías evitarme toda la noche, pero ¿crees que podemos dejar pasar esto y firmar una tregua?

Me encojo de hombros.

—No hay que firmar nada, nunca hemos estado en guerra, ¿no? Todo bien, en serio.

Recorre mi rostro con la mirada como si intentara ver lo que pienso más allá de mis palabras. Pero estoy siendo sincera. Lo que hubiera entre él y yo ya no existe. Dejamos pasar la oportunidad.

—¿Amigos? —propone, y me tiende la mano.

—Vale, amigos —confirmo, con mi mano en la suya.

—¿Sigo siendo insufrible?

Sonrío al oírlo y pongo los ojos en blanco.

—Ya te digo.

Se ríe a carcajadas y yo niego con la cabeza y aparto la mirada.

Es entonces cuando lo veo. Creía que había dicho que no iba a venir a la estúpida fiesta de Halloween, pero ahí está. Daryl está solo, vestido de negro como siempre, con un vaso en la mano. Se lo lleva a los labios cuando nuestras miradas se encuentran. La suya es fría y no parece muy contento de verme. Cuando se da la vuelta para alejarse entre la gente, veo que, aunque no lo parezca, sí se ha disfrazado: lleva unas enormes alas negras a la espalda.

—¿Qué tal te va todo? ¿Las clases? ¿La vida por aquí?

Jayden vuelve a captar mi atención, ajeno a lo que estoy pensando.

—Todo bien. ¿Y tú?

—Todo bien. Y, oye, a pesar de todo..., sabes que si necesitas algo puedes contar conmigo, ¿no? Lo que sea cuando sea, no dudes en llamarme.

Escondo la mirada.

—Sí, claro.

—Mi madre dice que va a cambiarme por ti como hija, que vas a verlos más a menudo que yo —cambia de tema.

En los dos fines de semana pasados conduje hasta su casa para comer con ellos, y quedamos para tomar un café el martes por la tarde, aprovechando que ella tenía algunas cosas que hacer en la ciudad. Me gusta estar allí, su casa es como un oasis de paz y desconexión y, además, prometí prestarle un libro a Luke así que tenía que ir a llevárselo. El hermano de Jayden y yo hemos hecho buenas migas, y me divierto pasando el rato con él. Así que coger el coche y conducir hasta allí para comer o cenar con esa familia, o simplemente para pasar el rato, se está convirtiendo en una costumbre que me gustaría mantener. Allí no saben nada de que existe un tal Styles, y eso me da un respiro.

—Ya. Pues seguro que es verdad. Deberías pasar a verlos más. Te echan de menos.

En cuanto lo digo, me muerdo la lengua. No tengo derecho a decirle a Jayden lo que debe hacer. No debería meterme ahí. Por suerte, no parece que le ofenda mi atrevimiento.

—Sí, ya lo sé —se limita a decir con un deje de melancolía en la voz.

Me quedo con la duda de si pretendía añadir algo más, porque Brittany y Tracy aparecen de repente a nuestro lado, y mi compañera de cuarto me rodea el cuello con un brazo antes de robarme mi bebida. Para cuando consigo que se comporte, Jayden ya no está pendiente de mí. Está con Niall y Mark riéndose de algo que ven en el móvil del primero. Y, cuando miro un poco más allá, veo que Cole y Tanya se están besando sin ningún disimulo. Por su falta de discreción, debo imaginar que Jayden ya lo sabe.

Me escabullo del grupo cuando nadie me está prestando atención y me paseo por toda la fiesta en busca de unas enormes alas negras. Me cuesta encontrarlo. Está hablando con ese chico que va siempre con Sean. Me acerco por su espalda y acaricio las plumas de esas alas de atrezo tan logradas. Son suaves.

—Creía que no te ibas a disfrazar.

Se gira hacia mí y me clava los ojos. Esa es la forma más adecuada de expresarlo porque, si las miradas matasen, la suya acabaría de pegarme veinte cuchilladas.

—Parecías tan estúpidamente entusiasmada que decidí darle una oportunidad.

Pero su tono es frío y cortante.

—Y veo que no estás muy satisfecho con la experiencia.

Aprieta los labios y frunce el ceño. No sé cómo no tiene ya marcas permanentes entre las cejas, se pasa todo el día con el ceño fruncido y esa cara de enfadado.

—Trevor, lárgate —ordena a su acompañante sin ni siquiera mirarlo.

El chico obedece al instante.

Da un paso hacia mí, pero no retrocedo. No habla, gruñe. Y no entiendo ni una palabra. Al mismo tiempo me sujeta con firmeza de la cintura, con las dos manos, y pega mi espalda a la pared más cercana, atrapándome contra ella. Su cuerpo y esas alas que sobresalen por encima de sus hombros me impiden ver nada más. La fiesta ya no existe. Ahora todo parece fundido a negro, excepto por el brillo de su *piercing* y el rosa de sus labios.

—¿De qué os conocéis Sparks y tú?

Estoy a punto de poner los ojos en blanco. Así que es eso. Dos machitos que se odian y yo en medio. Lo que me faltaba.

—Venga ya. No quiero saber nada de vuestras movidas.

—¿Qué te ha contado de mí?

Estudia mi cara con mucha atención tras hacer esa pregunta, como si no quisiera perderse nada de mi reacción.

—No me ha contado nada. Así que, si hay algo que contar, cuéntamelo tú.

Esconde la mirada y no responde.

—¿De qué lo conoces?

—Sus padres son amigos de mis padres. Y mi amiga es novia de su amigo. Y...

—Y él quiere meterse en tus bragas —completa Daryl por mí.

Suelto una risita incrédula.

—Sabes que mis bragas son muy pequeñas para cubrir a

un tío de más de uno noventa —bromeo, pero él permanece serio—. Te aseguro que eso no es así. Y, si lo fuera, no es asunto tuyo. Tú y yo no estamos saliendo, Styles.

Hace una mueca, como si solo la mera mención de una relación ya le provocara una reacción alérgica.

—Claro que no estamos saliendo. Ni lo vamos a hacer. Pero mientras folles conmigo no puedes follar con otro tío, y menos con ese tío.

Que alguien me diga lo que no puedo hacer es una de las cosas que más me cabrean.

—¿Perdona? ¿Que no puedo hacer qué? —Echo chispas por los ojos—. ¿Quién te has creído que eres y qué te crees que soy yo? Haré lo que me dé la gana con quien me dé la gana. Y, si tienes un problema con eso, el tío con el que no puedo follar eres tú. Apártate.

Lo empujo con fuerza, pero no se mueve ni un milímetro.

—Quiero que folles conmigo. No quiero que folles con otro —lo expresa de otra manera.

Pero ya es tarde para eso.

—Ya no quiero follar contigo.

Golpea la pared con las palmas de las manos, atrapándome entre ellas, y baja la cabeza.

—¿Estás segura?

Yo no dudo, pero mi cuerpo sí. Me cosquillea el estómago cuando sus labios se acercan hasta casi rozar los míos. Se me aceleran el pulso y la respiración y puedo notar cómo se humedece mi ropa interior cuando pega sus caderas a las mías y noto la firmeza de su erección. Está excitado... y yo también.

Me besa. Rudo y exigente. Y yo respondo igual. Sin delicadeza. Pone las manos en mi cuello, con los pulgares acariciando la línea de mi mandíbula de una forma mucho más suave a como se está expresando el resto de su cuerpo. Y yo pongo las mías en sus muñecas. Bueno, en sus brazaletes. Creo que no se los quita nunca. Nos besamos ansiosamente durante un par de minutos, sin importar quién esté alrededor o quién pueda vernos. Tampoco puedo pensar en eso. Los dos besamos, mordemos y lamemos mientras sigue aumentando el calor entre nuestros cuerpos.

—Ven aquí.

Se mueve para anclar un brazo en mi cintura, me refugia bajo esa ala de ángel caído que le ha dado por vestir, y me empuja a través de la sala hasta una puerta doble cerrada. Mete un código en el teclado numérico que hay a un lado. Me suelta una vez que estamos dentro, pero solo para cerrar bien y echar el pestillo. Ahora nadie nos va a molestar.

Daryl no me deja preguntar. Pone las manos en mi culo y me acerca bruscamente a él, moviendo las caderas para asegurar la fricción de nuestros cuerpos, y busca mis labios. Me arrastra hasta la mesa, me sienta en ella y me separa las piernas para colarse entre medio. Hay demasiada ropa entre los dos y creo que él piensa lo mismo porque no tarda en levantarme la falda.

—Sí, definitivamente has elegido la lujuria.

—Tú también —responde.

Tira de mis piernas y me baja de la mesa con brusquedad. Me sujeta por el pelo con una mano mientras la otra mueve mi cadera para obligarme a girarme. Empuja mi espalda para que mi pecho se apoye en la mesa. Esto es lo más excitante que he hecho en mi vida. Y me encanta. No puedo ni quiero parar. Él tampoco. Me baja las braguitas con una mano, de un solo tirón, y luego mete esa mano entre mis piernas haciéndome gemir descontrolada. ¿Por qué tiene que saber tan bien dónde, cuándo y cómo tocarme? Eso se lo pone muy difícil a mi autocontrol. Me lleva al límite con los dedos, pero frena cuando estoy a punto de explotar de placer.

—Daryl...

—Di que no vas a follar con él y te daré lo que quieres.

Intento girar la cabeza, pero reafirma la sujeción de mi pelo y me pega un tirón, para mantenerme en la misma postura.

—No voy a follar con él. —Total, es la verdad. Tampoco iba a hacerlo de todas maneras.

Oigo la cremallera de sus pantalones y pronto lo siento colocarse entre mis piernas.

—Espera, no tenemos preservativo.

—Tranquila, no voy a correrme dentro.

Me penetra de un solo golpe de cadera, sin esperar mi respuesta. Yo suelto un jadeo ahogado seguido de un gemido muy alto y cierro los ojos dispuesta a sentir. Me suelta el pelo y la mano se desliza hasta mi cuello. Rodea mi garganta y me obliga a incorporarme poco a poco de nuevo, hasta pegar la espalda a su pecho, sin salir de mi interior.

—Di que no vas a follar con nadie más. —Me embiste con fuerza.

Me muerdo el labio y no respondo. No hasta que él para, dejándome con ganas de más. Está jugando conmigo. Y está ganando.

—No voy a follar con nadie más.

Menos mal que la música de la fiesta está tan alta que es imposible que nadie oiga mis gritos de placer. Es probable que mañana esté afónica y no va a importarme en absoluto. Sigue penetrándome desde atrás, una y otra vez. Estoy a punto de correrme y lo necesito. Entonces frena su movimiento y sale de mi interior.

—Daryl —gimo en protesta.

—¿Qué?

Va a conseguirlo todo esta noche. Cualquier cosa que quiera de mí. Y lo sabe. No va a dejar pasar la oportunidad.

—Vamos.

—¿Qué?

No puedo más. Él gana.

—Por favor —pronuncio por fin.

Puedo oír su gruñido de satisfacción. Vuelve a penetrarme, profundo, y se inclina sobre mí para hablar contra mi oído:

—Has perdido, nena.

Sí, tiene toda la razón.

Cuando vuelvo a buscar a mis amigos, veo que Jayden es el único que ya no está con ellos. Mark me dedica un par de miradas bastante expresivas. Britt y Tracy son más prudentes e interactúan conmigo como si nada. Pero es Niall el que me deja claro que no he sido para nada discreta.

—Espero que sepas dónde te estás metiendo, Haley. Supongo que no soy quién para decirte nada, pero, por favor, ten cuidado con ese tío, ¿vale? —Estoy a punto de abrir la boca para protestar, pero él sigue hablando sin darme tiempo—: Jayden ha salido a fumar... hace como media hora. Lo digo por si quieres ir a hablar con él.

No es ni de lejos un comentario casual. Y ese «si quieres» suena bastante más como un «deberías». No creo que tenga que darle explicaciones a nadie, y menos a Jayden Sparks, pero, aun así, no sé por qué, me alejo del grupo y salgo por la puerta acristalada que da al jardín de atrás para ir a buscarlo.

No me cuesta encontrarlo. Veo cómo da una calada concienzuda a un cigarrillo casi consumido y expulsa el humo muy lentamente. Debe de llevar unos cuantos. Me acerco despacio y me siento a su lado sin pedir permiso. Me mira durante un solo segundo antes de devolver la vista al frente y apurar el cigarrillo. Se ha quitado la máscara y la tiene sobre una pierna. La cojo y le doy un par de vueltas en las manos mientras reúno coraje y pienso qué debería decir.

—Niall dice que llevas fumando un montón de rato, ¿estás bien?

Aplasta la colilla contra el cemento mientras niega con la cabeza, con los labios apretados, pero ni siquiera me mira.

—Prefiero no hablar, Haley. Seguro que voy a decir algo de lo que me arrepienta.

—Espero que no te creas que puedes decirme con quién puedo o no puedo acostarme, tú también —gruño en respuesta.

Gira el torso hacia mí y me echo hacia atrás para ganar distancia.

—Por supuesto que no. Pero hemos quedado en ser amigos, y como amiga esperaría que tuvieras en cuenta mis consejos.

—Ah, pero ¿tú aconsejas? Pensaba que solo sabías dar órdenes —salto a la defensiva.

Se suelta la capa y me sorprende echándomela por encima. No me había dado cuenta de que estaba encogida por culpa del frío. No hace ningún comentario, y yo tampoco le doy las gracias.

—Sí que quiero darte un consejo —habla muy calmado, a pesar del tono en el que se estaba moviendo nuestra conversación—: Ten mucho cuidado, por favor. Y, cuando te haga daño, no te olvides de que tienes gente en la que apoyarte, ¿quieres? Llámame a mí si lo necesitas, pase lo que pase, sea para lo que sea. Estaré pendiente del teléfono.

Sus ojos permanecen perdiéndose en los míos por un par de segundos. Y yo no encuentro palabras. No se me ha pasado por alto que ha dicho «*cuando* te haga daño» y no «*si* te hace daño».

—¿Te importa decirle a Niall que me he ido a casa? —dice de repente, y se pone en pie—. Buenas noches, Haley.

Se aleja a grandes zancadas y con el paso firme. Me pongo en pie y su capa resbala de mis hombros y cae al suelo.

—¡Jay!

Lo llamo porque dejar esto así me parece absurdo y dramático. Pero no frena y ni siquiera se vuelve a mirarme.

Así que yo recojo su capa y su máscara y vuelvo a entrar en la fiesta.

14

He quedado con Mark en menos de una hora para ir al partido de baloncesto de su ligue y que me lo presente y no encuentro mi tarjeta de la universidad. Si no la presento junto a la entrada, no me van a dejar pasar.

¿Y si está perdida en algún lugar entre todo ese desorden que Styles tiene en su habitación? Es solo una de las múltiples posibilidades, pero cualquier escenario que implique que Mark no me odie merece la pena ser explorado.

He intentado llamar a Daryl y ni siquiera daba señal. Así que aquí estoy sin haber sido invitada y sin anunciar mi visita. Me cruzo con un par de chicos, pero ni me miran. Supongo que están acostumbrados a que gente que no vive aquí se pasee por los pasillos.

La puerta de su habitación está cerrada y estoy a punto de llamar con los nudillos cuando oigo ruido en el interior. Suena como un terremoto.

—¿Daryl?

La única respuesta es el estruendo de algo haciéndose pedazos.

Doy un paso atrás y contengo un respingo al escucharlo. ¿Es que nadie está oyendo esto? ¿Nadie piensa acercarse a ver qué ocurre? Insisto en mi llamada, sin otra respuesta que el crujido de una madera astillándose.

Vale, ya está. He intentado ser educada y es obvio que no da resultado. Es el momento de pasar a la acción. Empujo la puerta. Me recibe un ordenador portátil volando hacia mí que se estrella contra el marco de la puerta y cae al suelo en unas cuantas piezas.

Styles ni me ve. O eso creo. Está solo, con el rostro enrojecido y el cuerpo temblando de rabia mientras da grandes zancadas de un lado a otro del cuarto arrasando con todo lo que encuentra a su paso. El suelo está lleno de cristales, de plástico destrozado y de papeles hechos trizas. La sábana que cubre los pies de la cama deshecha parece rasgada de lado a lado. La estancia huele a alcohol, tabaco y, sobre todo, a marihuana. La pared donde se apoya el cabecero de la cama está manchada de un líquido ambarino y los restos de la botella que lo contenía cubren de vidrio el suelo y la mesilla.

La puerta se cierra a mi espalda y doy unos pasos prudentes hacia el chico fuera de control que ha provocado todo esto.

—Daryl.

Se gira de golpe hacia mí y me quedo clavada en el sitio, sosteniendo su mirada llena de sombras. Tiene los ojos rojos y respira tan fuerte que parece que el pecho le va a estallar.

—Haley, lárgate de aquí —dice entre dientes.

Está borracho.

—¿Se puede saber qué te pasa? ¿Qué estás haciendo?

Vuelve a darme la espalda, de manera brusca, y golpea la pared con el puño.

—¡Daryl! ¡Para!

Pero él vuelve a hacerlo. Una vez, y otra, y, luego, otra más. Hasta que el blanco de la pintura se tiñe con el rojo de la sangre de sus nudillos.

—Daryl. ¡Daryl! —grito con todas mis fuerzas mientras

agarro su brazo derecho con ambas manos y tiro de él hacia atrás.

Me estremezco cuando cede y quedamos frente a frente. Está fuera de sí. Agarra mi muñeca con tanta fuerza que suelto un quejido, me clava una mano en la cintura, y me empuja hasta estrellar mi espalda contra la puerta cerrada. Duele, pero no lo demuestro.

—Tú no pintas nada aquí.

—¿Qué es lo que te pasa?

—Tú y yo no tenemos nada que ver. Eres una jodida ilusa, de una puta familia perfecta, y no puedes entender absolutamente nada.

—Que no vivamos la misma situación no significa que no puedas explicármelo —rebato, y busco sus ojos, desafiante. Estoy segura de que ni siquiera me ve.

—Odio tu puta familia. Odio todas las putas familias. Quiero que salgas de aquí.

Me suelta la muñeca para golpearse la cabeza con la palma de la mano, con fuerza. Tengo que sujetarle el brazo para conseguir que deje de hacerlo.

—Yo quiero que dejes de hacerte daño.

Estrella su boca con la mía, pillándome desprevenida. Mi cuerpo tiembla, igual que lo hace el suyo, cuando me rodea con los brazos y me pega a él de una forma en absoluto delicada. Mi parte racional no tiene nada que hacer con la manera en que el resto de mi organismo reacciona, despertando un millón de sensaciones que sé seguro que no debería sentir con un chico como él y menos en una situación como esta. Sabe mucho a alcohol, pero no puedo estar del todo segura de que sea eso y no la manera en que su lengua reclama mi boca lo que hace que me llegue a marear.

Cada músculo de su cuerpo me transmite necesidad. Daryl Styles *me necesita*. Y no creo que el sexo vaya a solucionar lo que lo ha llevado a este punto, pero si es lo único que yo puedo hacer por él... que así sea.

Me arrastra hacia la cama, hasta que tropiezo con el somier y caemos sobre las sábanas que él ha destrozado. Su manera de besarme es más exigente que nunca y llega un momento en que no sé si el sabor metálico en la punta de la lengua se debe a su sangre o a la mía mientras nos mordemos los labios sin ningún cuidado. Tengo que ayudarlo a quitarme los pantalones, arrastrando la ropa interior con ellos, después de que él se desprenda de su ropa. No se molesta en quitarme la camiseta. Ni el sujetador. Los aparta, arremolinando la tela en mi cuello, y me pellizca con fuerza los pezones al tiempo que me penetra de una sola embestida. Gruñe en señal de disgusto cuando paseo los dedos entre los mechones de su pelo, y me aparta las manos con brusquedad. Las sujeta con una sola mano mientras la otra se ciñe a mi garganta. Creo que esto le sirve para sentir que es él quien tiene por completo el control, así que sencillamente me dejo hacer.

—No te corras dentro.

No sé si me oye, pero, aun así, se retira a tiempo y eyacula sobre mi vientre, con un gemido ronco. Se deja caer a un lado enseguida. La ropa que aún tengo puesta me molesta, así que me la quito y tiro de la sábana partida en dos, para taparnos.

Me sorprende que Daryl se mueva despacio hasta pegar nuestras pieles, como si gravitara hacia mí. Envuelve mi cintura con los brazos y me hace cosquillas con la nariz al esconder la cara entre mi pelo. Enseguida me encuentro abrazándolo, y acaricio su espalda con las yemas de los dedos, recorriendo mentalmente los trazos de su tatuaje.

—Odio cómo me haces débil. —Su voz, especialmente ronca, hace que me pregunte si está llorando.

—Tú lo odias todo.

Deposita un beso suave en mi hombro.

—Odio todo excepto a ti.

No contesto a eso. Él tampoco dice nada más. En solo un par de minutos su respiración se vuelve más regular y profunda, y su brazo se relaja aumentando el peso sobre mi cintura.

Mi corazón da un salto asustado cuando soy consciente de cómo estamos ahora mismo. Y, peor, de cómo eso me está haciendo sentir. Creo que me gusta este chico. O sea, *me gusta*. Quiero abrazarlo. Quiero besarlo. Quiero ser la única capaz de hacerlo sentir bien. Quiero que me necesite. Quiero que *me quiera*... Tengo que salir de aquí. Ya. Ahora. Colgarme de Daryl Styles es la idea más estúpida del mundo. Es problemático. Es inestable. Es un idiota la mayor parte del tiempo. Aunque... ahora no es así. Tan vulnerable, tan intenso, tan en mis manos. *Tan en mis brazos*.

Ni siquiera debería estar aquí. Debería estar en el partido de baloncesto, ahí es donde debería estar.

Aparto el brazo de Daryl con cuidado y me escurro hacia el otro extremo del colchón, para poder levantarme sin molestarlo. Suelto una maldición en voz muy baja cuando me clavo un trozo de plástico en el pie. Tengo mucho cuidado de vigilar dónde piso hasta llegar al lugar donde he dejado el bolso. Aún puedo llegar a tiempo de ver el partido. Voy a mandarle un mensaje a Mark para decirle que voy ahora mismo para allí y...

—¿Haley?

La voz adormilada de Daryl interrumpe todas mis buenas intenciones.

—Estoy aquí.

—¿Te vas? No quiero... ¿Puedes quedarte un rato? —Parece tan desesperado por no estar solo que me licua el corazón.

—Sí. Sí, no te preocupes, aún no me voy.

Tecleo un mensaje para Mark a toda velocidad, en el que pido disculpas unas cuantas veces porque me ha surgido algo que me hace imposible ir. Sé que no le va a sentar bien y lo entiendo, pero no puedo dejar así a Daryl.

—Ven aquí.

Daryl se estira y enreda sus brazos en torno a mi cuerpo para hacerme caer junto a él.

—¿Quieres contarme qué te ha hecho tu cuarto para destrozarlo así?

—No, no quiero.

Me frustra su respuesta. No creo que sea el momento para insistir, así que nos quedamos en silencio durante un par de minutos.

—He hablado con el abogado de mi abuelo —dice de pronto—. Ahora que tengo veintiuno dice que ya puedo disponer de la herencia que me dejaron mis padres.

Tiene la vista clavada en el techo y yo me permito recorrer su perfil con la mirada una y otra vez. Es guapo. Creo que cada vez que nos acostamos me lo parece un poco más.

—¿Por qué te ha enfadado tanto?

—No quiero ni un puto dólar de ese cabrón —gruñe.

Gira la cara para mirarme mientras dice eso.

—¿Qué te pasó con tu padre?

—Haley, no quiero hablar —advierte en un tono muy serio y firme, que no admite discusión.

—Puedes contármelo.

—No quiero contártelo.

No puedo argumentar nada en contra. Yo ni siquiera debería estar aquí. Nosotros follamos a menudo y ya está. No hay nada más entre él y yo.

Pasamos mucho rato en silencio, con las yemas de mis dedos perfilando una y otra vez el tatuaje de su brazo. Creo que él está dormido, y fuera, al otro lado de la ventana, ya hace tiempo que se ha fundido el último resquicio de sol. Quiero quedarme, pero me parece que es hora de irme.

Está claro que Styles no piensa lo mismo porque cierra los brazos con fuerza y me retiene cuando empiezo a moverme despacio.

—No te vayas. —Lo oigo decir, tan bajito que por un momento pienso que he debido de imaginarlo.

—Es tarde.

—Quédate.

Me acaricia despacio y el roce tosco de sus brazaletes consigue ponerme la piel de gallina.

—Quédate —repite—. Por favor.

Se me encoge el estómago y me cosquillea todo el cuerpo cuando oigo esa súplica transmitirme su vulnerabilidad al oído. ¿Cómo podría decirle que no ahora?

Puede que fuera yo la primera en suplicar en el sexo, eso es verdad. Pero, en este momento, abrazados en su cama entre la penumbra del anochecer, me da la impresión de que el que verdaderamente acaba de perder en nuestro juego es él.

15

—¿Qué se supone que hay que hacer cuando hay una conexión emocional pero el sexo es una mierda?

Sostengo el móvil entre la oreja y el hombro mientras cierro la puerta con llave. Echo a andar mientras respondo a Hannah.

—Seguramente sea más fácil enseñarle a Logan lo que te gusta en la cama que encontrar esa conexión que los dos parecéis tener en un tío que te empotre como a ti te gusta sin que tengas que darle instrucciones.

Llego tarde a la fiesta de cumpleaños de Jayden. Soy oficialmente lo peor. En realidad, es culpa de Tracy por estar este fin de semana con su novio en casa de un amigo de Aaron que vive en la ciudad. Si ella estuviera aquí, me habría metido más prisa mientras me vestía y maquillaba, y ahora no tendría que ir acelerada mientras trato de gestionar a distancia la crisis existencial de mi mejor amiga que acaba de descubrir, por primera vez en sus dieciocho años de vida, que un chico puede hacerle sentir algo más que una mera atracción sexual. Logan es ese que bautizó como su «futuro marido» hasta que fue lo suficientemente importante como para que las dos empezáramos a referirnos a él por su nombre de pila. Yo no me lo esperaba, y Hannah creo que mucho menos. El sexo entre los dos fue desastroso, según ella, pero a él le gusta muchísimo mi amiga y a mi amiga le gusta muchísimo él... no solo físicamente. No sé si mis consejos le servirán, lo que me ocurre a mí es todo lo contrario: tengo sexo más que fantástico con alguien inaccesible emocionalmente. Me parece que estoy mucho mejor que ella.

—Puede que tengas razón —admite—. Vale, ahora tengo un nuevo propósito en la vida, Haley, voy a convertir a Logan en un *empotrador*. Y voy a empezar esta misma noche.

Suelto un par de carcajadas. Me cierro la cremallera de la cazadora con una mano, como puedo, porque la noche no es precisamente cálida a mediados de noviembre, pero no detengo mi paso. Seguro que han llegado ya todos menos yo.

—Sería un proyecto muy noble si lo hicieras por el bien común, pero me parece que esto es solo y exclusivamente para tu propio beneficio.

—Claro que sí, como vea a alguien acercarse a él, le saco los ojos —bromea, y yo río—. ¿Y tú qué? ¿El malote misterioso no te ha reclamado para su exclusivo uso y disfrute esta noche?

—Lo haces sonar como si pagara por mi compañía.

—Claro que sí, te paga con un buen polvo y tú le correspondes con la misma moneda, yo diría que es una transacción ventajosa para ambos —responde, pícara.

Lo bueno de esto es que Styles no es lo suficientemente importante como para que lo llamemos por su nombre.

—No he sabido nada de él en las últimas cuarenta y ocho horas. Le gusta desaparecer y hacerse el interesante.

—Mientras tú también sepas hacerte la interesante, no importa. ¿Te va a durar mucho? ¿No lo has exprimido ya?

—No tiene nada de malo tener un *follamigo*, Han. Tú tuviste uno en el instituto y yo nunca cuestioné si deberías dejar de acostarte con Holden si no querías nada más.

—Claro. Pero es que tú y yo no nos parecemos tanto, Haley. Tú siempre has sido una romántica. Después de cortar con Jake dijiste que no pensabas dejarte enredar con alguien a no ser que te hiciera sentir algo... ¿Te está haciendo sentir algo?

Me quedo callada por un par de segundos porque me desorienta su pregunta. Sobre todo, porque trae de vuelta sensaciones y emociones que me empeño en enterrar cada vez que afloran a la superficie.

—¿Quién? —me hago la despistada.

—Tu chico malo.

—No.

Hannah se queda callada al otro lado.

—No lo sé —digo—. Yo qué sé. Es un capullo y es un borde con todo el mundo y lleva la palabra «problema» escrita en la frente, tía.

—¿Pero?

Esta vez soy yo la que me quedo callada, mientras lucho con las palabras que quieren salir de mi interior.

—Es que en realidad no es así, es solo lo que quiere que la gente vea. Cuando estamos solos es diferente.

—No jodas, Haley —suspira—. Tú no vas a salvarlo.

—¿Qué? No, claro que no. Es solo que conmigo es diferente.

—Me suena lo que oigo.

—Oye, voy en serio, no te estoy soltando el cliché de una película romántica.

—Ten cuidado.

Pongo los ojos en blanco, aunque no pueda verme.

—No pienso enamorarme de Daryl.

—Entonces no lo llames por su nombre cuando hablas conmigo. Soy peor que tus padres, a mí solo puedes presentarme novios formales.

—Que te den —gruño, y ella ríe—. Creo que tienes mejores cosas que hacer esta noche que meterte en mi vida amorosa.

—Vale, hablamos mañana. Y, Haley...

—¿Qué?

—No intentes comerle la boca a Jayden otra vez.

Cuelgo sin decir adiós y lo último que oigo son sus carcajadas.

Es Niall quien me abre la puerta del piso, y me sonríe de manera muy sincera al tiempo que me invita a pasar.

—Puedes dejar la chaqueta y el bolso en mi habitación, por ser tú voy a perdonarte el dólar que les estoy cobrando a los demás —bromea.

Miro a todas partes mientras me adentro en la casa. El pasillo es corto y forma una L hacia la izquierda. A la derecha hay una puerta que no me cabe duda de que es el salón en el que están todos reunidos. Justo enfrente está la habitación de Niall, y hacia la izquierda...

—Ahí está el baño —señala mi anfitrión la primera puerta a la izquierda que se encontraría tras el giro.

Hay otra puerta cerrada al fondo. La habitación de Jayden.

—Y aquí es la fiesta.

En realidad, apenas es una fiesta, pero los pocos que están hacen bastante ruido. Britt y Mark están al otro lado de la sala, hablando entre ellos, en lo que parece ser la puerta que da a la cocina; Tracy y Aaron brindan con Cole sentados en la esquina que conforma la pieza más larga del sofá, Tanya está hablando con un chico que no conozco, y Jayden, al otro lado de las puertas de cristal que dan acceso a una pequeña terraza, fuma un cigarrillo con otro desconocido para mí.

—¡Haley! ¡Llevamos una hora esperándote para pedir las *pizzas*! —Es el amable recibimiento de mi compañera de cuarto.

Eso consigue que todas las miradas se centren en mí, y en solo unos segundos Tanya ya está intentado crear orden en el caos para poder apuntar qué ingredientes queremos cada uno para pedir la cena. Niall me presenta a los desconocidos, compañeros de Jayden del laboratorio. Cole me saluda chocando el puño y Britt me da un abrazo corto antes de irse corriendo al baño. Mark se limita a mirarme de lejos y mover la cabeza, y me parece que ya es lo más amable que he conseguido de él en toda la semana. Es un tipo duro y parece ser inmune a mis disculpas, por muchas veces que se las haya repetido.

Dejo de preocuparme por Mark en cuanto Jayden se me planta delante con una sonrisa.

—Las apuestas estaban siete a dos a que no venías.

—Pues espero que hayas ganado pasta —respondo, y me estiro para darle un abrazo breve que él corresponde al instante—. Felicidades.

—Gracias. ¿Quieres una cerveza?

—Sí, claro.

Me acerco insegura hacia Mark en cuanto Jayden va a la cocina. Mi amigo aparta la mirada tras lanzarme la última llena de rencor.

—Hola. —Gira la cara para mirar hacia la terraza, como un niño enfurruñado—. Oye, Mark, vamos, no seas crío. Me he enterado de que estás muy cabreado, ¿vale? Lo creas o no eso me ha quedado muy claro durante toda la semana.

—Ah, bien. Entonces no hace falta que te diga que eres lo peor. Eso ya lo sabes.

—Sí, eso ya lo sé —suspiro en tono dramático—. Y tú sabes que lo siento y te he explicado lo que pasó y te he jurado que no volverá a pasar y, aun así, sigues haciéndote el ofendido como si te hubiera pegado un tiro en el pie.

Se gira de golpe para mirarme.

—Lo siento —repito—. La cagué y soy lo peor y te di plantón y no debería haberlo hecho. —Asiente con cada cosa que digo—. Pero no puedo vivir sin ti, así que quiéreme otra vez, ¿vale?

Me mira de arriba abajo como si lo estuviera sopesando según mi aspecto de hoy.

—Bueno, vale. —Me rodea los hombros con un brazo—. Total, te echo de menos y los dos somos idiotas, y no tengo más amigos en clase. Pero si vuelves a darme plantón te mato.

—Me parece totalmente justo y nada exagerado, así que acepto —bromeo.

Jayden se une a nosotros para pasarme la lata de cerveza que había ido a buscar para mí.

—¿Ahora resulta que la quieres con la de cosas feas que has estado diciendo de ella toda la noche? —se burla.

Mi amigo suelta una carcajada.

—No metas cizaña, bombón, yo nunca diría cosas feas de Haley por mucho que la odie: hay que mantener a tus enemigos cerca.

—¡Oye, yo no soy tu enemiga!

—Ahora mismo no, cariño, ahora mismo no —me consuela Mark con unos toquecitos en la cabeza, mientras Jay se parte de risa.

Nos unimos al grupo y charlamos con cervezas en la mano hasta que llegan las *pizzas*. Luego cenamos. Y después jugamos a un par de juegos de mesa. Tracy y Mark son excesivamente competitivos y Aaron nos cuenta las mejores anécdotas de su novia ante las derrotas. Para cuando damos por terminados los juegos me duele la mandíbula de tanto reír.

Jayden se levanta cuando empieza a sonarle el móvil. Se va hacia la terraza, para poder contestar tranquilo.

—Es Asher. —Lo oigo decirle a Niall antes de salir fuera.

No debería cotillear, pero no puedo evitar mirar continuamente de reojo hacia la terraza. Se pasea de un lado a otro y no parece del todo cómodo. Tras solo un minuto de conversación ya se está encendiendo un cigarrillo. Y creo que no llega a un minuto más lo que tarda en colgar. Pero no vuelve adentro de inmediato, a su fiesta, sino que se sienta en una silla de espaldas al interior.

A lo mejor le viene bien la compañía. Le daré un rato más y, si no vuelve, saldré a ver si va todo bien.

Consulto el móvil y veo que tengo tres llamadas perdidas. Las tres de Daryl. Ningún mensaje. Hoy no puedo, así que ya hablaré con él mañana. Reviso mis redes sociales rápidamente y comparto un par de historias que han puesto mis amigos de la fiesta en la que estamos.

Luego salgo a la terraza y carraspeo para llamar la atención de Jayden.

—¿Puedo? —Señalo la silla vacía a su lado.

—Faltaría más.

—¿Todo bien? Llevas mucho rato aquí fuera.

—Estaba cronometrando cuánto eras capaz de resistir sin venir a curiosear —me pica, con una sonrisa de medio lado.

—Ya ves que no mucho.

Se ríe, pero solo de manera breve.

—Me ha llamado Asher y no... Normalmente no hablo mucho con él ya —me cuenta, sin que tenga que sonsacarle la información con malas artes como siempre tengo que hacer con Styles. Ojalá la comunicación con él fuera tan fácil como puede serlo a veces con Jay.

—¿Por qué no? Sois amigos desde siempre, ¿no?

Asiente.

—Sí, pero Sarah era mi mejor amiga, pasábamos un montón de tiempo juntos. Y era su novia así que también eran como un tándem indivisible... bueno, su *exnovia* al final —corrige, y lanza un pequeño suspiro—. Supongo que le recuerdo demasiado a ella, y él me recuerda demasiado a ella también a mí.

—Si son recuerdos bonitos no deberíais evitarlos tanto.

—Tienes razón, pero ninguno de los dos estamos preparados aún para que no duela. —Hace una pausa y luego niega con la cabeza—. ¿Por qué te estoy contando esto? Estamos de celebración, es mi cumpleaños... Vamos a por otro par de cervezas.

Asiento y me muerdo el labio, mientras pienso en qué más puedo decir para animarlo. Los ojos de Jayden se apartan de los míos y se clavan en mi boca, poniéndome muy nerviosa al instante.

Me incorporo de golpe.

—Vamos. Te estás perdiendo tu propia fiesta.

Me levanto sin darle opción a replicar y sin esperarlo.

¿Habrá vuelto a pensar Jayden Sparks en besarme?

16

Daryl no aparece por la cafetería a su hora habitual en toda la semana. Tampoco contesta a mis mensajes. Además, este fin de semana no vamos a poder vernos porque voy a Sacramento para el puente de Acción de Gracias. Los Sparks también van a pasar la fiesta allí, así que viajaré con ellos en coche.

El viernes insisto de nuevo:

> Hace mucho que no sé nada de ti, ¿todo bien? Si no quieres que nos volvamos a ver podrías decírmelo en vez de dejarme pensar que has muerto devorado por un coyote.

Tarda un par de horas en contestar.

> Ningún coyote se atrevería a acercarse a mí. Esta tarde estaré en la fraternidad. Pásate.

Después de una semana sin saber nada de él, dice «pásate», como si nada.

Son más de las siete cuando atravieso el portón principal siempre abierto de la fraternidad. No lo he avisado de que venía y no habíamos concretado ninguna hora, pero ha dicho que estaría.

Llamo con los nudillos a la puerta cerrada de su habitación.

—¡Pasa! —lo oigo gritar.

Entro y cierro. Me mira por un solo segundo y luego devuelve su atención a la pantalla de su ordenador nuevo. Tiene la cámara de vídeo sobre el trípode y un montón de cables unen los dos aparatos.

—Eres tú. No sabía si vendrías.

Tiene un cigarrillo a medio fumar a su lado, apoyado en el borde de un cenicero, y lo coge para dar una calada.

—Bueno, pues he venido, así que ahora ya lo sabes.

—Vale.

Doy un par de pasos hacia él, pero freno antes de llegar a su altura. Vuelve a ser el Styles borde y ni siquiera sé por qué.

—¿Te pasa algo?

—No sé, Haley —habla sin mirarme—. ¿Qué podría pasarme?

—Tú sabrás.

Esta vez sí me mira. Empuja hacia atrás la silla en la que está sentado y apaga la colilla, aún sin consumir, en el cenicero.

—Creía que nos estábamos entendiendo.

—La que no te entiende soy yo. ¿Estás enfadado?

—Precisamente contento no estoy de que el sábado me ignoraras para pasar la noche en la fiesta del puto Sparks —gruñe.

Así que es eso. Pongo los ojos en blanco.

—¿Tienes cinco años? ¿Qué te pasa? Resulta que el «puto Sparks» es amigo mío y celebraba una fiesta por su cumpleaños a la que por supuesto fui. No te ignoré, estaba ocupada. Lo creas o no, mis fines de semana no consisten en esperar sentada a que a ti te apetezca aparecer, así que si te vas a cabrear cada vez que tengas ganas de echar un polvo y yo no quiera o no pueda ya tenemos un problema.

Se levanta y se me planta delante.

—El problema no es que no pudieras quedar conmigo. El problema es que estabas con él.

Lanzo un bufido y doy un paso atrás. Menos mal que aún ni he dejado el bolso, porque me voy ya mismo de aquí.

—¿Quién te crees que eres? Eres un tío con el que follo de vez en cuando, tú no me dices a qué fiestas no puedo ir, o con quién no puedo estar, y muchísimo menos de quién puedo ser amiga. Y, además, no tienes ningún derecho a enfadarte.

Me doy media vuelta, con toda dignidad, para enfilar mi camino a la puerta y salir. Tengo el pomo en la mano cuando él grita a mi espalda.

—¡Y si quiero tener el puto derecho, ¿qué pasa?!

Me quedo parada, porque si hay algo que no me esperaba para nada es precisamente esto. Me giro para mirarlo de nuevo. Tiene el ceño muy fruncido y la mandíbula tensa.

—¿Qué has dicho?

—¿Qué pasa si quiero tener el puto derecho de enfadarme cuando te vea con ese gilipollas? ¿Qué pasa si quiero poder estar celoso cuando se te acerque otro tío?

—¿Celoso? Pero ¿de qué hablas?

—No quiero que te tenga nadie más.

Se me acelera el pulso mucho más de lo que debería. Esto está mal. No quiero que pase esto. Debería luchar contra esto. Contra cómo me hace sentir. Esa frase está mal por muchas razones. Pero mi cabeza no puede pensar tanto.

—¿Estás loco? —Es lo único que soy capaz de decir.

—¡Joder! —grita, exasperado—. ¡Sí, estoy loco, Haley! ¡Lo estoy! ¡Y tú eres una niñata!

—Y tú, un imbécil —se la devuelvo al instante.

—¡Pues vale! Pero no quiero que seas la niñata de otro.

—¡Deja de decir eso! ¡No soy un objeto!

—¡Dios, nena! ¿Puedes parar de replicar y retorcerte como una tigresa acorralada? Me pones de los nervios.

—¡Tú me pones de los nervios! Eres...

No me da tiempo a pronunciar ninguno de los insultos que estaba a punto de soltar, porque da una sola zancada larga hacia mí y pega nuestros cuerpos, atrapa mi cara entre las palmas de las manos y me besa con pasión. Siento algo vibrar entre los dos, envolviéndonos, y no sé si es su cuerpo el que tiembla, si es el mío, o si son los dos. Le devuelvo el beso con furia cuando su lengua arrasa mi boca y hace cosquillear todo mi interior. Mis manos recorren sus costados y se cuelan bajo la camiseta negra para acabar arañando su espalda sin ningún cuidado.

—Me pones muy cachondo —murmura.

Suelto un gemido cuando clava los dientes en mi cuello.

—Y yo te pongo muy cachonda a ti —sigue hablando, muy seguro de sus palabras.

Y tampoco es que yo esté ahora mismo en posición de rebatirlas.

Me sujeta las muñecas a la espalda, con una sola mano, me obliga a girar el cuerpo y se pega a mí por detrás. Casi ni me entero cuando suelta el cierre de mis vaqueros, tan rápido como lo hace, y cuela los dedos en mi ropa interior.

—Claro que sí —susurra en mi oído—. Mira esto...

No para de tocarme y yo no quiero que pare. La ropa nos estorba demasiado, así que nos deshacemos de ella. Me guía hasta tumbarme en la cama boca abajo y me sostiene los brazos por encima de la cabeza, pegados al colchón. Se coloca encima y solo se aparta para buscar en el cajón de su mesilla. Lo oigo abrir el envoltorio de un preservativo con los dientes. Gimo demasiado alto cuando me penetra, y él suelta un gruñido justo a la vez.

—Me encanta esta postura. —Sale de mi interior para volver a penetrarme de golpe otra vez—. ¿Te gusta?

—Sí —respondo en un suspiro.

—¿Sí?

—Sí...

—¿Quieres que te folle?

—Sí.

—Pídemelo, nena.

Intento resistirme a decirlo, porque una pequeña parte de mí me está advirtiendo de lo que él está haciendo, de lo que siempre hace conmigo... Utiliza el sexo para conseguir de mí lo que quiere. Pero no importa cuando lo que quiere va a llevarme a mí a un buen orgasmo.

—Fóllame, Daryl.

Me agarra el pelo y me muerde el hombro mientras cumple todos mis deseos. Los dos sudamos, gemimos y gruñimos. Y me da igual porque ahora no puedo ser racional. Estoy totalmente a su merced.

—Quiero que seas tan mía como lo eres cuando follamos, nena.

No puedo contestar. El orgasmo sacude mi cuerpo y me deja la mente en blanco.

Pasamos un rato muy largo en silencio después del sexo. Yo estoy tendida de medio lado, mirando hacia la ventana, de espaldas a él. Lo oigo respirar pesadamente, recuperando el aliento. No sé muy bien lo que ha pasado, estábamos discutiendo y él no paraba de decir locuras y cosas absurdas, y ahora estamos desnudos sobre su cama, agotados y satisfechos.

Noto cómo se mueve detrás de mí. Su calor se transmite a mi piel a medida que se acerca, hasta que pega su cuerpo al mío con un brazo rodeándome la cintura. Me besa el hombro sobre el tatuaje. Le aparto el brazo y me incorporo.

—Haley.

—Tengo que irme.

Recojo mi ropa interior de suelo y me la pongo, en silencio y sin mirarlo.

—¿No quieres quedarte?

Me estoy poniendo la camiseta cuando oigo su pregunta. Suena muy vulnerable. Pero es que él sabe sonar muy vulnerable cuando quiere.

—¿Por qué quieres que me quede? Por la mañana querrás que desaparezca, o desaparecer tú —le recuerdo amargamente.

Doy saltitos para encajar los vaqueros en las caderas.

Él se tapa los ojos con un brazo, desnudo y completamente a mi vista.

—Odio ver cómo te vistes.

—Tú lo odias todo.

—¡No! Eso es lo que no entiendes, Haley, que lo odio todo menos a ti. Quédate.

Niego con la cabeza mientras me calzo sin soltar los cordones de las zapatillas. Me acerco hasta los pies de la cama y le pego en la pierna, para que la aparte y poder sentarme ahí, cerca de él.

—No voy a quedarme. Y no sé qué te pasa, pero para ya, ¿vale? Esto iba muy bien, ¿por qué quieres estropearlo? Vas a decir que quieres que me quede para luego decir que quieres que me vaya, y vas a decir que quieres tener derechos, para luego decir que no quieres saber nada de mí.

Se incorpora.

—Mierda, voy en serio, Haley.

—¿Sí? Pues olvídalo. No funcionaría.

Me levanto y recojo la cazadora y el bolso del suelo.

—¿Y por qué no?

—Porque no nos conocemos, Daryl. Y es imposible conocerte. Te cierras en banda cada vez que me acerco. No quiero que me vuelvas loca.

Me mira con esos ojos atormentados, y con aspecto de perro abandonado.

—Podemos conocernos —propone, inseguro.

—Vale. Muy bien. ¿Vas a contarme por qué te volvió loco recibir una herencia? ¿Me cuentas por qué te pones tenso con el tema de tu familia?

Aprieta los dientes. Los oigo chocar desde donde estoy.

—No quiero hablar de eso —sisea, molesto.

Asiento. No tenía ninguna duda de que esa iba a ser justo su reacción.

—Y por eso esto sigue siendo solo sexo —sentencio—. Para «tener derechos» hace falta algo más.

Tiro del pomo de la puerta, pero Styles salta de la cama y se pone delante para impedirme salir.

—Podemos empezar solo porque te quedes a dormir, ¿no?

—No voy a quedarme a dormir, Daryl. En serio, tú lo que quieres es sexo en exclusiva y eso ya lo tenemos. No le des vueltas. No tiene que haber nada más. Por favor, déjame salir.

—Pues no me vale.

Sus ojos grises se clavan en los míos y parece muy decidido. No sabe ni qué quiere, de verdad. Y me da rabia, porque está consiguiendo que yo también me plantee cosas que sé que son muy mala idea.

—Déjame salir.

—Si te vas ahora no voy a volver a follar contigo, Haley.

Esto es increíble. ¿Me está chantajeando? Empujo su cuerpo para intentar apartarlo a un lado.

—Muy bien. —Abro la puerta y salgo al pasillo.

Me voy poniendo la cazadora en el camino hacia la escalera.

—¡Tú te lo pierdes, ¿sabes?! ¡En la vida te ha follado nadie como yo, y no lo van a hacer, nena! Ya volverás a suplicar.

Hago oídos sordos a su rabieta. Ojalá todo el que esté en la maldita fraternidad también esté haciendo lo mismo, porque el muy idiota está dando un espectáculo. Empiezo a conocer sus prontos. Pero, por suerte, ya no voy a tener que soportarlos más.

17

La casa de mis abuelos es una locura en el día de Acción de Gracias. Igual que lo es en Navidad, en Año Nuevo y en las celebraciones de cumpleaños. Simon y yo nos hemos escondido en un rincón, para poder ponernos al día tranquilos sin padres ni hermanos cotillas. Mi primo está enamorado. Ella se llama Erin y está aprendiendo lengua de signos desde que lo conoció. Y ni siquiera se han dado un beso aún, pero si ahí no hay amor yo me bajo de la vida, de verdad.

El móvil empieza a vibrar en el bolsillo trasero de mis vaqueros y me apresuro a sacarlo. Seguro que es Hannah.

Se me sube el corazón a la boca cuando compruebo la pantalla. Lo siento latir en la garganta como si de verdad hubiera abandonado mi pecho. De repente hace mucho calor en esta casa, ¿no? El identificador de llamadas dice *Styles* mientras el aparato sigue vibrando impaciente.

—Eh... Voy a sacar a los perros un poco antes de la cena —digo, para que nadie empiece de pronto a preguntarse dónde me he metido y vengan a interrumpirme.

Están demasiado entretenidos para estar pendientes de mí. Solo mi primo me lanza una mirada intrigada antes de que me escabulla hasta el jardín de atrás con mi mascota y la suya.

—¿Hola? —respondo, insegura.

El viernes dijo que si me marchaba no iba a volver a pasar nada entre nosotros. Y yo me fui. No debería estar llamándome. Pero, por mucho que me pese, me moría de ganas de oír su voz.

—Haley —murmura con la voz aún más ronca de lo normal—. Haley, Haley...

—Daryl, ¿qué pasa? ¿Estás bien?

—*Daryl* —imita mi forma de decirlo—. Me encanta cuando dices mi nombre así. *Daryl.* No dejo que nadie me llame así, ¿sabes? No. Porque lo odio. Pero, joder, Haley, no lo odio para nada cuando lo dices tú.

—Estás borracho —suspiro.

Miro el reloj. Debería estar con su familia, a punto de cenar para celebrar Acción de Gracias, ¿no? Pensé que habría ido a Nuevo México a pasar el puente con sus abuelos. Pero no creo que esté con sus abuelos si está así de borracho cuando ni es la hora de la cena.

—Te echo de menos.

Me tiemblan las piernas cuando lo oigo. Me siento despacio en el escalón que baja del porche. Tengo que apartar a *Ron* suavemente cuando viene meneando la cola para poner su cabezota en mi regazo, buscando mimos.

—¿Me has oído? —vuelve a hablar.

—Sí. Sí, te he oído.

Lo oigo respirar. Me da la impresión de que espera algo más por mi parte.

—No te lo crees. —Suelta un gruñido frustrado.

Me muerdo el labio. ¿Qué se supone que tengo que hacer ahora?

—No lo sé. No sé si me lo puedo creer.

—Mierda, nena, no sabes lo que me has hecho. —Parece enfadado de repente y no tengo ni idea de por qué, así que dejo que siga hablando—. Me has jodido, Haley, me has... No puedo parar de pensar en ti. Ahora ya no me vale cualquiera, las demás no son tú, y yo no paro de pensar en ti. Y echo de menos tu boca y las jodidas cosas maravillosas que haces con ella. No estoy hablando de preguntar, pero, hostia, hasta eso lo echo de menos. Pregúntame lo que quieras. Tendrías que estar aquí. Quiero tenerte. Quiero besarte. Quiero follarte. Hasta quiero hablar contigo. Joder..., di algo...

No para de desvariar y arrastra las palabras, pero ahora ya las tengo dentro. Invadiéndome, intoxicándome, echando raíces en mi cerebro para no dejarme pensar más allá.

—Ya lo hemos hablado —consigo decir, a media voz.

—No. No lo hemos... No lo hemos hablado. Tú lo has hablado y tú lo has decidido. Tú has decidido que no merezco la pena —concluye amargamente.

Araño la tela de los vaqueros compulsivamente para lidiar con estas emociones indescifrables. Me duele oír eso.

—Yo no dije eso. No buscamos el mismo tipo de relación.

—¡Yo no sé lo que busco! Sabía lo que buscaba y lo que quería hasta que apareciste tú. Ahora, de repente, solo quiero que seas mía. Pon las condiciones.

—¡Las condiciones son que no quiero que hables de mí como si fuera una mascota! —Me levanto y paseo por el jardín, alterada—. «Quiero tenerte.» «Quiero que seas mía.» Las cosas no son así.

—Dios, te mordería la boca ahora mismo. Me vuelves loco cuando te cabreas así.

—Esto no nos está llevando a ninguna parte.

—¡Espera!

Suena un tanto desesperado, así que no cuelgo. Tampoco digo nada.

—Quiero que me conozcas —susurra—. Quiero responder tus estúpidas preguntas. Quiero explicarte quién soy y que me digas que, a pesar de todo, te gusto. Necesito que me veas.

—Solo dices eso porque estás borracho.

—Quiero que vuelvas.

—No sé por qué haces esto.

Me interrumpe antes de que pueda poner fin a la conversación:

—Estoy solo en Acción de Gracias con una botella de tequila. Se han ido todos. No queda nadie en toda la fraternidad. Solo yo. Pero la única persona en el mundo que me gustaría que estuviera aquí eres tú, Haley.

—¿Por qué no te has ido a casa?

—¿A qué casa? —rebate con una risita irónica.

—Seguro que tus abuelos querían verte.

—Claro que sí, siempre dicen que quieren. Pero saben que no puedo ir allí.

—¿Por qué no?

Suelta un gruñido muy grave y sé al instante que ya he preguntado demasiado. Dice que quiere que lo conozca, pero no quiere contarme nada más.

Oigo un golpe fuerte y me aparto el teléfono de la oreja, sobresaltada.

—¡Joder! —grita, y entiendo al instante que está golpeando algo—. No puedo... Me cuesta mucho hablar de esto. No es fácil. Es... No soy capaz de decirte muchas cosas sobre mí. No puedo ahora. Necesito tiempo.

No puedo obligarlo a contarme nada y tampoco quiero hacerlo.

—Vale. Oye, tengo que colgar, mi familia me está esperando para cenar.

—No lo entiendes, Haley —dice, derrotado—. No es fácil decir algunas cosas en voz alta.

—No pasa nada. En serio, Daryl, da igual. Oye, tengo que irme, de verdad. Siento que esto se haya complicado, pero yo no puedo implicarme más.

—Nena, no... Escucha...

—Adiós, Styles.

Corto la llamada, porque si no lo hago así, de golpe, sé que esto solo va a terminar por confundirme aún más. Por marearme. Y por arrastrarme a sitios donde mi cabeza dice que no debo estar. Daryl Styles es muy tentador para mí y no termino de entender por qué. No sé qué hacer con todas estas emociones nuevas. Ni con la piel que se me eriza cuando oigo sus susurros roncos. Ni con el temblor en las piernas cuando dice que me echa de menos. No lo sé, y eso me asusta.

¿Está pensando en mí como yo pienso en él? ¿Está sintiendo cosas tan absurdas como las que estoy sintiendo yo? Lo peor es que nunca lo sabré. Lo mejor es que sé positivamente que no saberlo es lo que me va a salvar de perderme en un laberinto del que quizá luego no pueda salir.

Me levanto y guardo el móvil, respiro hondo para poner mi mejor cara, llamo a los perros e intento dejar todo esto atrás, para poder centrarme en disfrutar de la cena de Acción de Gracias en familia.

Simon me coge del brazo y prácticamente me arrastra hasta el porche delantero cuando hemos acabado de cenar.

«¿Qué te pasa?», pregunto, porque durante los últimos veinte minutos ha estado bastante ausente en la mesa.

«¿Quién te ha llamado antes?» Evita mi pregunta con otra. Aparto la mirada y él se inclina a un lado para volver a entrar en mi campo de visión. «¿Styles?»

Hace una mueca al ver mi expresión. Me ha dejado muy clara su opinión sobre lo que tengo con Styles. Y no se limitó a decir: «Ese chico no me gusta para ti», como hacen todos los demás. Él me dio una explicación detallada, punto por punto, de por qué no era una buena idea. «Aparece y desaparece cuando quiere como si fueras un *self-service*»; «Te hace sentir mal de pronto con comentarios estúpidos sobre tu aspecto o tu actitud»; «Es violento con el mobiliario y consigo mismo»; «Tiene un grave problema emocional con el que no sabe lidiar y del que ni siquiera puede hablar». Desde el punto de vista racional comparto su visión, pero a un punto de vista meramente racional le falta todo lo otro: la parte emocional. La conexión. La química. La intensidad. Y entre Daryl y yo hay bastante de eso. De hecho, irracionalidad es básicamente todo lo que hay.

«Tranquilo. No creo que vuelva a hablar con él.»

Mientras no seamos capaces de comunicarnos y entendernos, buen sexo es todo lo que ha habido entre nosotros.

«Me gustaría creerte», dramatiza.

«¿A ti qué te pasa?»

Baja la mirada y se contempla las manos por unos segundos antes de volver a mirar mis ojos.

«Ya sabes que últimamente las reuniones familiares me dan qué pensar.»

Le doy un apretón suave en el tobillo, como apoyo. Simon lleva cosa de un año haciéndose muchas preguntas sobre sí mismo. Sobre quién es de verdad. Al cumplir los cuatro meses se formalizó su adopción, y desde entonces ha sido parte de la familia. Pero sabe que hay alguien más por ahí. Alguien que luego no quiso o no pudo hacerse cargo de él.

«Si quieres buscarlos está bien, Simon. Yo te ayudaré. Estaré contigo.»

Lo abrazo con fuerza para sellar esa promesa.

La luz del móvil parpadea cuando me meto en la cama.

Hay dos mensajes nuevos de un mismo contacto.

Styles.

El primero es una foto. Y el segundo dice: «Esto es quien soy». Pulso sobre la foto impaciente, para conseguir que se descargue y abrirla para verla a pantalla completa. El corazón me golpea el pecho como si esto fuera una de las noticias más importantes de mi vida. Como si fuera el sobre de mi carta de aceptación de la universidad. O el resultado de una prueba clínica importante. Una sentencia de vida o muerte.

Es una noticia de un periódico local *online*. Lleva fecha de hace once años. Del 30 de agosto. Se me ralentizan los latidos y creo que es porque a mi corazón le cuesta trabajar ahora. Me pesa como si se hubiera vuelto de piedra y la gravedad tirara de él intentando arrancármelo del pecho.

EXMILITAR MATA A SU MUJER Y SE SUICIDA
DELANTE DE SU HIJO DE 10 AÑOS

El suceso ha conmocionado a la pequeña localidad, donde ambos eran muy conocidos.

Daryl. Era ese niño de diez años al que la noticia no pone nombre, ni rostro, ni dolor. Pero los tiene. Los sigue teniendo once años después. *El día que murió mi madre. No quiero ni un puto dólar de ese cabrón*. No debería haberle presionado. Claro que es difícil contar algo como esto. Debe de ser como revivirlo. Ver las miradas de lástima en la cara de la gente; las muecas de espanto.

De golpe, entiendo muchas cosas. Él destrozando su cuarto tras recibir la noticia de la herencia. Lo de que odia a todas las familias. Y que mi familia es perfecta y por eso no puedo entenderlo. Él diciéndome que no quiere hablar de la suya. Todas esas preguntas que yo me moría por hacer y que estaban vetadas. Y ahora... Ahora me lo ha contado. A su manera. Porque no ha sido capaz de hacerlo mirándome a los ojos. Y creo que lo comprendo. Porque está asustado. Porque tiene miedo de que esto cambie la forma en que yo lo veo. Porque lo último que necesita es otra mirada de lástima.

«Quiero que me conozcas. Quiero responder tus estúpidas preguntas. Quiero explicarte quién soy y que me digas que, a pesar de todo, te gusto. Necesito que me veas.»

Tecleo una repuesta, con los dedos temblorosos.

Te veo. Y aún me gustas.

18

Veo el Camaro de Daryl parado frente a la puerta de la facultad cuando salgo de clase el primer día tras las vacaciones.

Me mira cuando subo a su lado. No dice nada. Solo se inclina y me besa en los labios. Sonrío cuando se aparta. Es raro, pero creo que me gusta. Tengo la fugaz sensación de que podemos ser como una pareja normal.

—¿Adónde quieres ir?

Pienso rápido. En realidad, mi cuerpo quiere ir a su cama. Pero, si hacemos eso, significará que nada ha cambiado y este reencuentro con besos incluidos no tendrá ningún sentido.

—A la playa.

Arranca y conduce despacio y en silencio, sacándonos del campus. Se desvía hacia el norte y sigue la carretera de la costa hasta la playa de Topanga.

—¿Damos un paseo? —propongo, en cuanto ha aparcado y estamos frente al mar.

Asiente dócilmente antes de bajarse del coche. Avanzamos hasta pisar la arena. Hace frío hoy. Lo prefiero. Me encanta pasear por la playa en invierno, cuando está desierta y la arena está fresca.

—¿Recibiste mi mensaje?

Daryl no se ha quitado las botas. Camina a mi lado a pesar de que desentona del todo en este lugar, con toda esa ropa negra y sin descalzarse.

—Sí que recibí tu mensaje —confirma.

Doy una zancada larga para plantarme delante de él y me giro para mirarlo de frente, cortándole el paso.

—Lo siento muchísimo. —Empieza a negar con la cabeza, pero me estiro para coger su cara entre las manos y obligarlo a mirarme—. Siento que te pasara eso y que hayas tenido que vivir con ello. Pero no define todo lo que eres.

Aparta la mirada y se libra de mis manos, para contemplar el mar.

—Es lo único que he sido para todo el que lo sabe durante muchísimo tiempo.

—Pero yo no soy todo el mundo —repito lo que le dije una vez.

Clava sus ojos en los míos de nuevo.

—Sí, ya me he dado cuenta —dice exactamente lo que respondió entonces.

—No tenemos que hablar de ello si tú no quieres. Pero, si quieres, podemos. —Se limita a asentir una sola vez para dejarme claro que lo ha entendido—. Que la vida se haya portado mal contigo no significa que tú tengas derecho a portarte mal con todo el mundo, así que corta ese rollo y deja de enfrentarte a todo como una mofeta asustada, lanzando peste por ahí.

Frunce un poco el ceño ante mi acertada comparativa. Pero luego recorre mi cara con la mirada y suaviza mucho su expresión.

—Haley, lo siento —dice a media voz, como si le costara—. No sabía que esto iba a ser así. Yo creía que eras solo una más y resulta que tú no eres para nada como las otras chicas.

Siempre he odiado esa expresión. *Eres distinta a las demás*, como excepción a la maldad generalizada de todas las mujeres. *Todas están locas menos tú. Tú eres especial.* No, qué va. Quien dice eso va a pensar lo mismo de ti dentro de nada. Y todas las chicas son diferentes de otras chicas. Cada una, única. Cada una, especial. Así que, por lo general, cuando oigo algo parecido se me encienden todas las alarmas. Pero ahora Styles sigue hablando y a mí no me ha dado tiempo a procesar la información.

—Me gustas mucho. No se me da demasiado bien eso de no ser un capullo, ¿sabes? Pero si hay alguien en el mundo por quien quiera intentarlo es por ti. Si quieres ayudarme con eso..., estaría bien.

No sé qué decir. Suena bien. Y dice que le gusto. Por lo que sé hasta ahora, él jamás se ha dado una oportunidad a sí mismo. Y siempre he pensado que todo el mundo se merece una. Así que puedo equilibrar las injusticias y dársela yo. Eso no me ata de por vida a una sola decisión. Si la cosa va bien, los dos saldremos ganando. Y si no funciona siempre estaré a tiempo de retirarme.

Necesito permitirme descubrir si las cosas demasiado intensas que empiezo a sentir, aunque no quiera, merecen tanto la pena como para dejarse llevar. Dicen que si algo te da miedo hay que hacerlo, aunque lo hagas con miedo, ¿verdad? La cabeza me advierte que esto es al noventa y nueve por ciento una apuesta suicida, pero ¿qué pasa si en el otro uno por ciento está lo que llevo buscando toda la vida? Lo de los libros y las películas, lo que es mucho más grande que tú y te supera y te vuelve la vida completamente del revés. Lo que le pregunté a Hannah si ella creía que existiría. ¿Y si existe y resulta que es esto? ¿Y si es el principio de una historia que recordaré toda la vida?

¿Qué tengo que perder?

Sus ojos grises están suplicando una oportunidad. Y yo tengo una oportunidad para dar.

Me pongo de puntillas para unir nuestros labios suavemente. Pone inmediatamente una mano en mi nuca y profundiza el beso, suave y dulce, como nunca me había besado.

—Vamos a ver dónde nos lleva esto —propongo—. Sin presiones y sin prisas. Vamos a conocernos.

Me mira igual que me mira *Ron* cuando tengo un trozo de comida en la mano, como si estuviera dispuesto a hacer cualquier cosa que yo le pidiera con tal de conseguirlo. Daryl parece dispuesto a hacer cualquier cosa que yo le pida con tal de conseguirme.

Me da la sensación de que ahora mismo soy yo la que tiene todo el control. Y mientras tenga el control esto no puede salir mal.

—Y ahora, ¿qué hacemos? —pregunta, inseguro, con las manos en los bolsillos, como si a partir de aquí necesitara que lo guíe yo.

Finjo pensarlo durante unos segundos.

—Ahora podría hacerte un montón de preguntas y tú podrías responderlas —digo, solo con la intención de molestarle.

Frunce los labios, desaprobando mi maravillosa idea, y a mí se me escapa la sonrisa porque esa es precisamente la reacción que esperaba. De pronto da un paso amenazante al frente y se abalanza sobre mí cogiéndome por la cintura y levantándome en el aire mientras yo suelto un grito de sorpresa, seguido de un montón de carcajadas. Me río tan alto que creo que las pocas personas que hay paseando por la playa se vuelven a mirarnos. Styles camina hacia la orilla cargando conmigo y amenaza con tirarme al mar. Y yo aún me estoy riendo cuando por fin me suelta. Alzo la vista para observar su cara y lo veo... Madre mía, Daryl Styles está sonriendo. Eso es una sonrisa. No una a medias, ni una que controle justo a tiempo de no exhibirla demasiado. Es una sonrisa de verdad.

—Espera, esto no puede ser real. ¿Estás sonriendo, Daryl? ¿Es eso una sonrisa?

Intenta borrarla, pero no puede.

—Cállate —dice, en lo que intenta ser un gruñido que no le sale demasiado bien.

Y como no me callo, me calla él. Cubre mi boca con la suya y rodea mi cintura con los brazos, para pegarme a su cuerpo. Yo pongo inmediatamente las manos en su cuello y acaricio despacio su piel.

Siento, por un instante, que estoy en la cima del mundo. La playa es diminuta y nosotros estamos muy altos, por encima de las nubes, haciendo invisibles a todos los demás. El cosquilleo en mi estómago es semejante al roce de las alas de unas cuantas mariposas, y hasta me cuesta no sonreír, aunque tenga los labios ocupados.

Ojalá esto pudiera durar.

Ojalá no acabara de meterme en la boca del lobo.

Ojalá esto no hubiera sido la peor decisión de mi vida, pero en el fondo, muy en el fondo, sé que lo es. Una parte de mí mucho menos racional se encarga de tapar eso rápidamente, de atar y amordazar a esa vocecita que siempre avisa cuando ve el peligro. Ya no puedo oírla y hay algo que grita mucho más fuerte. Y creo que es algo parecido a la felicidad.

La felicidad son pequeños instantes. A veces duran un día, a veces un solo minuto. Y este minuto, pase lo que pase, lo es. Sea lo que sea lo que haya pasado antes y sea lo que sea lo que vaya a pasar después, seguro que cuando algún día me pidan que recuerde momentos en los que he sido realmente feliz este beso en la playa va a ser uno de ellos.

Y lo único malo es que los momentos fugaces de felicidad pueden ser adictivos. Y, si lo son lo suficiente, puedes sentir que lograr solo uno más de esos podría compensar un montón de ellos infelices. Eso es lo peor de la felicidad.

19

A la mañana siguiente llego pronto a clase. Dejo mis cosas en el asiento al lado del mío, para reservarlo para Mark. Mi amigo llega cuando el profesor ya ha entrado, y yo me apresuro a quitar la mochila para que pueda sentarse.

Me sonríe y se inclina para besarme en la mejilla, mientras saca su carpeta y me roba un boli del estuche que he dejado sobre la mesa.

—¿Qué tal ayer? ¿Fue bien la tarde? —pregunta en un susurro.

Lo miro de reojo. Ni me está mirando, como si fuera una pregunta de mera cortesía.

—Sí, bien, gracias.

Noto cómo me mira insistentemente de reojo. Yo me dedico a poner la fecha en la hoja en blanco que tengo delante y numerarla y poner en la parte superior el título del tema. Le devuelvo la mirada cuando he hecho eso y él no disimula esta vez.

—¿Qué? —siseo, impaciente.

—Tracy dice que ahora vas en serio con Styles.

—Qué rápido vuelan las noticias —digo entre dientes—. Nos estamos conociendo.

—Creía que era solo sexo.

—Era solo sexo. Ahora ya no. Mejor hablamos después, ¿vale?

—Sabes que es muy mala idea —sigue, como si no me hubiera oído.

Me da rabia que lo diga tan seguro. Lo miro, echando chispas por los ojos.

—No, no sé si es muy mala idea. Y tú tampoco lo sabes, porque no lo conoces. Yo no sé si la gente me gusta o no hasta que la conozco, así que voy a darle la oportunidad. Siento mucho no tener vuestra capacidad de calar a las personas, ya que, al parecer, lo habéis condenado desde el primer día. Yo necesito más tiempo y se lo pienso dar, os guste o no.

—Eres muy libre de equivocarte —concede, como si me perdonara la vida.

Suelto un suspiro molesto. Creo que va a decir algo más, pero le lanzo una mirada furibunda que lo calla al instante.

—Cállate, por favor, que estamos en clase.

Aprieta los labios en una mueca, pero ya no dice nada más.

Daryl me manda un mensaje a media mañana.

> Quería pedirte que nos viéramos esta noche, pero me ha surgido algo. ¿Me haces hueco mañana? Tengo muchas ganas de verte.

Me trago la sonrisa, para que Mark no haga muchas preguntas.

> Voy a consultar mi agenda y te aviso. ¿Piensas invitarme a dormir?

Y mientras escribo recibo otro mensaje que me sorprende. Esta vez de Jayden.

> ¿Tienes plan esta tarde? ¿Te apetece que nos tomemos algo? Tengo que hablar contigo.

Miro a Mark con el ceño fruncido. Él también está con el móvil y levanta la mirada y pone cara de extrañeza al ver cómo lo miro.

—¿Qué pasa? —Se hace el inocente.

—¿Qué le has dicho a Jayden?

Ni siquiera intenta negarlo:

—Yo no conozco a Styles. Pero conozco a Jayden y me fío de su criterio, si lo odia estoy seguro de que tiene una buena razón. Y sé algo más y es que Jayden se preocupa por ti mucho más que ese tío, te pongas como te pongas.

En cierta manera, tiene razón. Sé que Jayden se preocupa por mí. Y también sé que odia a Styles. Pero es que sus razones, sean las que sean, no tienen nada que ver conmigo.

—Eres un chismoso.

—Lo sabías cuando me pusiste el cartel de mejor amigo para siempre en la frente.

Pongo los ojos en blanco. No me apetece tener una charla sobre mi vida amorosa con Jayden Sparks. Sobre todo, porque él no tiene nada que decir ni que opinar al respecto. Pero también me acuerdo de cómo hemos estado en nuestros últimos encuentros: llevándonos muy bien. Así que no tiene nada de malo que quedemos, y yo podré dejarle claro dónde están los límites y hasta dónde voy a permitir que él o cualquiera de nuestros otros amigos se metan en mi vida. Recibo un mensaje de Daryl:

Pienso invitarte a dormir, pero podemos no dormir, si lo prefieres.

Me cosquillea el bajo vientre y guardo el móvil antes de ceder a la tentación de contestar a eso.

Estoy deseando que llegue mañana.

Jayden se sienta frente a mí, con nuestras dos bebidas en la mano, y empuja la mía hasta ponérmela delante.

—¿Qué tal la vuelta? ¿Ya se te ha pasado la nostalgia por el hogar?

—Nada de nostalgia, estoy bien. —Me hago la dura—. Pero no hemos quedado para hablar de eso, así que ve al grano, ¿qué te ha chismorreado Mark?

Se recuesta en el asiento y da un sorbo, sin despegar sus ojos de mí.

—Mark es un poco cotilla y absolutamente nada discreto —dice en tono burlón—. Dice que Styles y tú habéis pasado de un rollo a salir en serio.

Nos sostenemos la mirada, pero no consigo descifrar qué quiere decir la suya, porque su expresión se mantiene bastante más relajada de lo que yo esperaba.

—Hay alguna inexactitud en esa afirmación, pero tampoco puedo llamarlo mentiroso. Di lo que tengas que decir, suéltame todo el discurso de que debería alejarme y vamos a pasar página, por favor. No quiero pelearme contigo por esto, Jay.

Sacude la cabeza.

—Yo no voy a decirte lo que tienes que hacer. No eres una niña y tampoco eres estúpida. Me parece que eres perfectamente capaz de tomar tus propias decisiones.

Parpadeo un par de veces seguidas, incrédula.

—Sí que has madurado rápido en los últimos tres meses.

Sonríe de medio lado.

—No es eso. Mira, cuando llegaste apenas nos conocíamos y tu padre me pidió que cuidara de ti, así que intenté advertirte de ciertas cosas como si fueras una niña bajo mi responsabilidad. Pero soy muy consciente de que eso no es así, Haley. No voy a decirte que estar con él me parece la peor idea del mundo, aunque me lo parezca, porque yo tengo una visión de las cosas y tú tienes otra y no puedo asumir que mi experiencia con él en el pasado sea la verdad absoluta. Es tu vida y es tu decisión. Lo único que voy a hacer es estar aquí y decirte que puedes contar conmigo. Nunca vamos a estar de acuerdo en esto, pero yo voy a respetar lo que tú quieras hacer siempre que me prometas que vas a tener cuidado y que vas a pensar en ti primero, ¿vale?

No me esperaba esto. Es fácil ver que tiene dudas. Sus ojos dicen que él no decide por mí, pero que me estoy equivocado tanto que le gustaría poder hacer algo para frenarme. Agradezco que no lo diga en voz alta.

—Solo estoy conociendo a una persona que también está interesada en conocerme a mí. Si descubro que hay una buena razón para no darle esa oportunidad saldré de ahí, Jay. Es todo el cuidado que puedo tener.

Asiente lentamente.

—Seguiré estando aquí —promete.

—Deja de decir eso así, en plan apocalíptico.

—Solo te pido que no te alejes. Que él y yo no nos caigamos bien no quiere decir que tú y yo no podamos seguir siendo amigos, ¿no?

No parece seguro de que pueda ser así.

—Claro que no. Me da igual que os améis u os odiéis mientras no me metáis en vuestras movidas.

—Vale, que no se te olvide.

Me inclino sobre la mesa, para acercarme más a él.

—Jay, si tienes que decirme algo sobre Styles, lo que sea, dímelo ahora, ¿está bien? Ahora es el momento. Luego no voy a escucharte —advierto.

Aparta la mirada. Incluso parece pensárselo, pero finalmente niega con la cabeza. Vuelve a clavar los ojos en mí.

—Tú has elegido estar con él y yo no tengo derecho a intentar hacerte cambiar de opinión. Ojalá salga bien. No quiero que nadie te haga daño.

—Voy a estar bien.

—Sí. Solo una cosa más...

Empieza muy seguro, pero se deshincha enseguida.

—¿Qué?

Levanta la mirada y clava sus ojos en el centro de los míos.

—¿Te has enamorado de él?

La pregunta impacta en mi pecho como un proyectil. Me pego al asiento, como si la onda expansiva me empujara. Me tiemblan las manos, pero le sostengo la mirada.

—No lo sé —respondo a media voz.

Mis palabras son esas, pero se transforman en un «sí» al llegar al interior de cada uno de nosotros. Lo veo en sus pupilas y lo siento dentro de mí. Su expresión no cambia, aunque sus ojos dicen que eso ha dolido. Y, no sé por qué, a mí acaba de dolerme también.

20

La música suena tan alta aquí como si estuviéramos en plena fiesta. Se supone que es allí donde íbamos a estar a esta hora, pero, en cambio, seguimos atrapados entre sus sábanas, enredados uno en el cuerpo del otro y sin que ninguno de dos haga ni un solo esfuerzo por escapar.

Deberíamos habernos quedado en mi residencia, si al final no íbamos a bajar a la fiesta, y así estaríamos más tranquilos y no habría nadie intentando entrar aquí pensando que esto es el baño, ni aporreando la puerta y gritando el nombre de Styles, como si no se hubieran dado por enterados ya ese maldito Trevor y el pesado de su amigo Sean de que Daryl no tiene ganas de contestar porque tiene cosas mucho mejores que hacer. Como utilizar la lengua para hacerme explotar de placer, por ejemplo.

Lo malo de que haya una fiesta es eso, sí. Pero lo bueno es que no tiene que preocuparnos ser ruidosos. Si nos hubiéramos quedado en mi cuarto eso podría haber sido un problema. A veces me cuesta controlarme y lo admito. Además, a Daryl no le gusta estar allí.

Se deja caer a mi lado, jadeando, después del orgasmo. Me giro para acurrucarme de medio lado, vuelta hacia él, y mirarlo. Tiene una mano sobre el pecho y, al ver su brazalete, me pregunto si habrán quedado marcas de esas tachuelas en mi piel. Me he acostumbrado tanto a que siempre los lleve que ya ni lo noto. Me mira y me dedica una sonrisa perezosa, de esas que solo se le forman cuando está relajado a mi lado y que son leves pero perfectas.

—Deja de mirarme.

—¿Cómo podría? Tu cara postorgasmo es digna de admirar.

—Cállate y ven aquí.

Dejo que me rodee con el brazo y me pegue a su piel. Apoyo la cabeza sobre su pecho. La música a todo volumen de la fiesta retumba en su interior y me hace difícil relajarme con el ritmo de su corazón.

—De tu pelo postpolvo ni hablamos, claro.

—¿No crees que estoy perfecta para bajar a la fiesta?

Noto en su pecho una risa breve.

—Estás perfecta si quieres que todo el mundo sepa que te han follado muy bien.

—Bueno, no te crezcas, que tampoco me has follado tan bien.

Gira de golpe el cuerpo hacia mí y me aplasta con su peso, haciéndome reír y protestar al mismo tiempo.

—¿Cómo? Creo que no te has enterado bien, nena. ¿Voy a tener que hacerlo otra vez?

—A lo mejor —provoco.

—Dame un minuto.

Vuelve a tenderse en el colchón, esta vez de lado y sin dejar de abrazarme, y yo me incorporo para mirarlo desde arriba con una sonrisa burlona.

—Estás cansado, ¿eh?

Sonríe y estira un brazo para apartar mi pelo, que cae sobre su cara.

—Eres demasiado joven para mí —bromea.

—Ya veo. Tendré más cuidado contigo la próxima vez.

Empuja mi nuca suavemente para hacerme bajar la cabeza y besarlo. Nos interrumpen unos golpes en la puerta... otra vez. Me aparto, pero sigue sujetando mi pelo y no me deja ir muy lejos.

—No. Que les den.

Admito que esto se nos ha ido de las manos en tan solo una semana. Y que lo de ir conociéndonos «sin presiones y sin prisas» ha quedado relegado al olvido. No nos hemos acordado de ir despacio para nada. El sábado pasé la tarde y la noche en su cama. También buena parte del domingo. Quedamos el lunes. Dormimos juntos el martes. Nos escapamos entre clases para ir a la playa el miércoles. Y también pasé la noche del jueves en esta habitación. Y ahora es viernes y vuelvo a estar aquí y, si mañana no tuviera una cena con mis amigos en casa de Mark, que quiere presentar oficialmente a su novio, me quedaría todo el fin de semana sin echar de menos la luz del sol. Ni siquiera necesito comer.

—Daryl, voy a tener que ir al baño en algún momento, ¿sabes?

—Ya irás luego, nena, ahora tienes que quedarte aquí conmigo.

Me coge una mano y la pone en su pelo, esperando que lo acaricie como a él le gusta.

—¿Sabes eso que haces de ir de duro por la vida cuando en realidad eres un peluche? Ya nunca más va a colar conmigo.

—Contigo me da igual. —Hunde la nariz en mi cuello.

Sonrío y sigo jugando con su pelo.

—¿Has pensado en hacerte más tatuajes?

—Sí, claro.

—¿Dónde? Ya no te caben.

—Tengo mucha piel todavía. —Se aparta para mirarme—. Podría ponerme «nena» aquí. —Señala su nalga derecha y yo le doy una palmada suave—. Y tú podrías ponerte «Daryl» justo aquí. —Cubre mi pecho con una mano.

Lo aparto de un manotazo.

—Creo que no.

—Deberías tener un nombre para mí, ¿sabes?

Alzo una ceja al mirarlo.

—Yo te llamo nena. Y tú a mí me llamas por mi nombre. Eso no es especial.

—Nadie te llama por tu nombre aparte de mí, así que yo diría que sí lo es. —Pone cara de no estar muy convencido y yo hago una mueca—. ¿Cómo quieres que te llame? *¿Nene? ¿Cariño? ¿Bombón?*

—No te lo estás tomando en serio.

—Claro que sí, *mi amor*. —Me separo de él para poder vestirme e ir al baño.

—Eso me gusta.

Me vuelvo a mirarlo, ya sentada en la cama. Está ahí, con la cabeza apoyada en la almohada y sin perderse ni uno solo de mis movimientos.

—¿El qué?

—Que me llames amor.

Sonrío de medio lado, sin tomarlo del todo en serio. Me levanto y doy un paso en busca de mi ropa interior.

—Haley, creo que me estoy enamorando de ti.

Me quedo ahí de pie, desnuda, mirándolo en silencio. ¿Qué? Mi corazón galopa como nunca antes y me cuesta respirar mientras siento la piel chisporrotear. ¿Ha dicho lo que yo creo que ha dicho?

Se incorpora y se apoya en un brazo para mirarme mejor.

—¿Y sabes qué más creo? —Tiende una mano hacia mí.

Me acerco. Despacio y sin palabras.

—¿Qué más crees?

Le brillan mucho los ojos cuando los clava en los míos.

—Que tú también te estás enamorando de mí.

Hace poco más de una semana habría pensado que ojalá no fuera cierto. Pero es que ahora pienso todo lo contrario. Que sí. Que ojalá lo sea. Que lo es.

Nos besamos despacio, con ternura.

—¿Tienes que ir al baño? —pregunta, cerca de mi boca.

—Sí, *amor* —respondo, burlona.

—¿Vas a darte mucha prisa?

—Sí.

—Buena chica.

Le pellizco el brazo, a modo de castigo por felicitarme igual que yo felicito a mi perro. Y luego me levanto y por fin consigo vestirme para ir al baño.

Voy flotando en una nube mientras avanzo por el pasillo, y seguro que Daryl tenía razón y mi pelo es un desastre y tengo el maquillaje fatal y cara de tonta. No me importa. Me encanta el nuevo Daryl; quiero decir *el verdadero*. El que no deja ver a nadie excepto a mí. Y no pensé que pudiera sentir tanto por él así, tan rápido, pero sé que no quiero salir de esta burbuja. A ser posible nunca, por favor.

Vuelvo hasta su cuarto con algo dando saltos en mi interior. Llevo dos días en su cama, ¿por qué sigo emocionada como si hiciera tiempo que no lo veo? No voy a buscarle explicación. Voy a disfrutarlo y ya está. Voy a volver ahí y voy a saltar sobre él y voy a decir tonterías y a llamarlo *amor* hasta que consiga arrancarle una sonrisa de verdad. Ese es ahora mi superpoder, y nunca he tenido ninguno del que me sintiera tan orgullosa.

Pero, cuando entro en su cuarto, él no está aquí.

Bajo las escaleras y me meto de lleno en la fiesta. Como siempre, la fraternidad está llena de gente y no me parece tan divertido que cuerpos sudorosos me empujen a cada paso cuando estoy completamente sobria.

—Oye, chica sin bebida, ¿es que nunca te he dicho cuál es el lema de la fiesta?

Sonrío levemente a Sean.

—Por mucho que me pongas una bebida en la mano, nunca estaré a la altura, me llevan bastante ventaja.

—Y, si no es para que yo me encargue de que nunca te falte una bebida, ¿para qué has salido de la cueva? —pregunta burlón.

—¿Dónde está Styles? ¿Lo has visto?

Niega con la cabeza, pero no me lo creo.

—No, pero ¿qué más da? Te has encontrado conmigo y soy mucho más divertido. Y, además, ahora que estás con él eres la nueva chica vip de las fiestas de esta fraternidad y puedes pasar a la sala privada donde tenemos todo lo mejor. ¿Por qué no te la enseño?

—Puede que luego, ¿vale? —Me da la impresión de que sabe dónde está Styles, solo que no me lo quiere decir—. Antes voy a ver si lo encuentro por aquí.

Esquivo su cuerpo y paso de largo.

—¡Haley! —oigo a Sean llamarme, pero lo ignoro.

Voy hasta la cocina, pero nada, aquí tampoco está. Luego vuelvo a recorrer parte del salón y tampoco. Y, finalmente, salgo por las puertas abiertas de cristal hacia el jardín de atrás. Aquí también hay mucha gente, y eso que la noche es bastante fría. A ellos les da igual, claro, porque el alcohol los calienta lo suficiente, pero a mí se me pone la piel de gallina y me acuerdo del jersey y la cazadora que he dejado arriba pensando que no me harían falta. Aun así, avanzo entre la gente, buscando a un chico que vaya vestido de negro y tenga cara de que se lo han follado muy bien.

Por fin lo veo, a unos cuantos metros, con un par de chicos. Está de espaldas, tampoco lleva chaqueta, y va en manga corta. Veo cómo choca la mano con uno de los chicos y luego se la lleva al bolsillo, guardándose algo.

Estoy a punto de llegar a su altura cuando los otros dos se van y él se gira. Me ve y se queda rígido, como si acabaran de pillarlo haciendo algo que no debería estar haciendo.

—Haley, ¿qué haces aquí?

Da un paso adelante, me clava los dedos en el brazo y me empuja de vuelta hacia la puerta. Sacudo el brazo con fuerza.

—¿Yo? ¿Qué haces tú aquí? He vuelto del baño y te habías evaporado.

—Tenía que ocuparme de unos asuntos. Vuelve arriba. Iré enseguida.

Niego con la cabeza.

—¿Que vuelva arriba y te espere? ¿Qué estabas haciendo?

No dice nada, pero tampoco hace falta.

—Resulta que eres un puto camello.

No puedo decir que no dé el tipo. Pero de verdad no me esperaba esto. Porque no pega para nada con lo que yo conozco de él. Con eso que solo él y yo conocemos. Y, si me decepciona así, es porque ya me había creado demasiadas expectativas.

—No soy un puto camello —sisea, molesto—. Estoy ayudando a un colega, y te lo explicaré después, nena, pero ahora no. Joder, vete arriba, confía en mí, ¿vale?

—¿Que confíe en ti? —replico con ironía—. Debes de estar de broma.

—¡Dios! —Vuelve a acercarse y me agarra del brazo para hacerme avanzar—. ¿Por qué lo haces todo tan difícil? Vete arriba. Ya. Y ponte algo, hostia, vas por ahí provocando a todo el mundo.

Tira del escote de mi camiseta para subirlo. Le pego en el brazo y me revuelvo.

—¡Suéltame! ¿De qué vas? Espero que tengas una buena explicación, pero, aunque la tengas, tú no vas a darme órdenes.

Me aparto de él y camino hacia el salón de la casa, tan cabreada que mi interior bulle de rabia.

No sé si viene detrás, pero creo que no. Cruzo la estancia tan rápido como puedo, dispuesta a subir a recoger mis cosas y largarme. No tengo por qué aguantar esto. Y haber sido tan encantador durante la última semana que me haya hecho desear pasarme todo el día a su lado no compensa que se porte así conmigo. Ni una sola vez. Ni por un solo segundo. Yo no soy la clase de persona que aguanta que su pareja le diga lo que tiene que hacer o cómo tiene que vestir.

Estoy a punto de alcanzar el pie de la escalera cuando veo a Sean. Y entonces cambio de idea, porque tampoco soy quien se deja amargar la noche por un idiota cualquiera. Y yo jamás le he dicho que no a una fiesta, ¿verdad?

—Oye, Sean, he cambiado de idea. ¿Tú podrías conseguirme una bebida?

—Oh, Haley, ¡puedo y debo! Acompáñame, tengo justo lo que necesitas.

Lo sigo entre la gente hasta una puerta que hay bajo la escalera. Como el despacho en el que Daryl me metió en la fiesta de Halloween, tiene un teclado numérico y exige una contraseña para poder abrir. Sean acierta con los cuatro números a la primera y empuja la puerta para dejarme pasar primero.

—Bienvenida a la sala vip.

Hay unos cuantos sofás a un lado, rodeando una mesa baja repleta de vasos de plástico y botellas de alcohol, un mueble bar contra la pared y una mesa de billar al otro lado de la estancia.

Reconozco varias de las caras. Está Trevor y otro par de

chicos con los que suelo coincidir a menudo cuando atravieso el vestíbulo al venir a ver a Styles. Hay cuatro chicas a las que también he visto mucho por aquí, en las fiestas y a diario. Y tres tipos más a los que no conozco. Uno de ellos se acerca hacia nosotros con una sonrisa encantadora.

—Vaya, hola, ¿qué tal, guapa? ¿Por qué no nos conocemos? Soy Ezra.

Sean lo empuja con el hombro, con una risita, y lo aparta de mí antes de que yo tenga ocasión de decir nada.

—Ni se te ocurra. Es la chica de Styles, tío.

—Ah, mierda —reacciona el otro al instante, como si estuviera deseando que la tierra se lo tragase para no tener que pedir clemencia—. Perdona. Buen rollo.

Se aleja andando hacia atrás con las manos en alto.

Me sienta fatal eso de «la chica de Styles». No, yo no soy de nadie. Y, además, tengo nombre. Pero no digo nada porque, la verdad, no me apetece tener que lidiar con babosos ahora y parece que eso ha surtido un efecto mágico a la hora de apartarlo de mí.

—Esos son los chicos —me va informando Sean mientras me lleva hasta el mueble bar y me prepara una bebida—. Trevor, Michael y Josh. Ya conoces a Ezra, por desgracia —bromea—, y aquel es Daniel, y ese, Hunter. Las chicas son Brooke, India, Lara y Hope. Se pasan todo el día por aquí.

Me pasa mi vaso, ya listo, y se prepara otro para él, mientras sigue dándome algunos datos inconexos de las personas que están en la sala con nosotros.

Paso un buen rato sentada en uno de los sofás, charlando con Sean. Soy consciente de que alguno de los chicos está pendiente de mi escote, pero lo ignoro. Soy solo carne nueva en su sala vip.

Acabo de dar el primer sorbo a mi segunda bebida cuando la puerta se abre para dar paso a alguien. Es Styles. Y trae a una chica colgada del brazo que le dice cosas al oído con una sonrisa traviesa. Él me mira directamente a mí, sin molestarse en apartarla. Y sus ojos parecen bastante furiosos y me dicen que no debería estar aquí. ¿Sí? Pues que le den. Que le den, sí, pero me duele el corazón y me arden las tripas de rabia viendo a esa chica aferrada a él.

—Esa es Maddie —me dice Sean en voz baja—. Y siento decir que creo que no va a caerte bien.

—¿Qué tal, tío? —pregunta Trevor al recién llegado—. ¿Todo bien?

Solo entonces él despega la mirada de mí para centrarse en el resto de los presentes.

—Sí. Todo bien. Todo controlado.

Su respuesta suena muy tranquila y muy serena. Y yo no entiendo cómo puede estar así después de haberme dicho, hace una hora, que se está enamorando de mí para a continuación portarse como un auténtico gilipollas y aparecer con otra chica del brazo. Esto es increíble.

Pero no seré yo la que se marche de aquí llorando. Esa no soy yo.

Ese tal Daniel, o como se llame, le hace una seña a Daryl para que se aparte con él a un rincón. Maddie lo suelta y se reúne con el resto de las chicas, que están juntas en otro sofá.

Veo con el rabillo del ojo cómo Styles pone una bolsa pequeña delante de Daniel y la aparta cuando este hace amago de cogerla. Finalmente, se la da, acompañada de una advertencia. No puedo verlo bien desde aquí. Pero tampoco me hace falta para adivinar que es cocaína.

Luego vuelven con los demás y él se pasea alrededor del grupo, sin quitarme la vista de encima.

Veo de reojo cómo le hace una seña a Sean, para que se acerque a hablar con él. Se sitúan a mi espalda y Daniel se les une, aunque nadie lo haya invitado. Creo que Daryl piensa que desde aquí no puedo oírlos, pero los oigo.

—¿Por qué cojones la has traído aquí?

—Oye, tío, relájate, no pasa nada —responde el otro—. Es maja, me cae bien. Solo la he encontrado por la fiesta y la he invitado a una copa, ¿preferirías que la hubiera dejado por ahí para que la encontrara cualquier otro?

Él gruñe como toda respuesta.

—¿Qué pasa? ¿Es tu chica, tío? —pregunta Daniel.

—Es una chica a la que me follo. Llámalo como quieras.

Su respuesta es tajante y a mí se me clava como una decena de cuchillos. *Una chica a la que me follo*. Me gustaría volver a ser solo eso. Y que nunca hubiera habido nada más.

Me trago el nudo de la garganta, ayudándome de un buen sorbo de alcohol. Sé que tengo que salir de aquí antes de que alguien tenga otra oportunidad para humillarme más. Antes de que *él* tenga la oportunidad de volver a humillarme así. Pero no quiero que sepa que lo he oído. Me terminaré la copa y me iré. Sí. Eso es lo que voy a hacer. «Mantén la dignidad y la cabeza bien alta, Haley, no se merece saber que tiene la capacidad de hacerte daño.»

Busco entretenimiento en la conversación con el chico que está sentado a mi lado, Hunter. Es tatuador y hablamos sobre eso un buen rato mientras noto los ojos de Styles atravesándome desde diversos ángulos.

—¿Es ese el único tatuaje que tienes? —Señala mi hombro.

—Sí, solo este, de momento.

—¿Puedo verlo?

—Claro.

Me aparto el pelo y le doy la espalda.

—Está muy bien perfilado, ¿dónde te lo hiciste? Estas líneas tan finas son difíciles de lograr así de nítidas...

Pone un dedo sobre mi piel. No llega a ser ni un segundo y, de repente, todo es revuelo a mi alrededor. Me vuelvo sobresaltada para ver a Styles retorciéndole la muñeca y a Hunter aullando de dolor. Todo ocurre muy rápido mientras los demás se abalanzan sobre ellos para separarlos.

—¿Qué coño haces?

—¡Styles, suéltalo, joder!

—Suéltame, gilipollas. —Ese es Hunter.

—Ni se te ocurra tocarla —advierte Styles, sin aflojar.

Me pongo delante de él para empujarlo.

—Daryl, ¿qué te pasa? ¡Suéltalo! ¿Es que estás loco?

Lo suelta, sí, pero a mí me taladra con la mirada.

—Que te jodan.

Se va hacia un lado, destilando rabia, hasta dejarse caer al borde de un sillón.

Hunter se frota la muñeca aún dolorida y se va a otro sofá, lejos de mí.

—Vamos a calmarnos —pide Sean—. Venga, una ronda de chupitos para todos para mejorar los ánimos.

—Yo mejor me voy.

Ya está. Es así. Esto ha sobrepasado un límite. Pero entonces oigo a hablar a Styles entre dientes y me da muchísima rabia:

—Sí, mejor. No vayas a coger frío.

Me mira directamente el escote, dejando claro, no solo para mí sino para todos, que le parece poco adecuado que lleve esta camiseta. Me hace sentir como si fuera desnuda.

—¿Sabes qué? —Me vuelvo hacia Sean—. Que me tomo ese chupito antes de irme.

—¡Claro que sí! —anima él.

El pobre intenta por todos los medios que la situación deje de ser tan incómoda, pero no creo que haya mucho que pueda hacer. Me sirve un chupito de tequila a mí primero, y luego va repartiendo el resto. Styles se lo bebe de un trago, sin dejar de mirarme, y le quita la botella de las manos para ponerse otro más. Yo me bebo el mío también de una sola vez y sin dudar, dejo que el líquido me queme la garganta y me caliente el pecho a su paso.

Luego recupero mi vaso. Sé que está deseando que me largue. Y yo no quiero concederle ni un solo deseo.

Las conversaciones van volviendo a la normalidad, pero yo permanezco callada, tomando mi bebida a pequeños sorbos. Y entonces veo a Maddie acercarse hasta él y sentarse en su regazo, coqueta, y acercar la boca a su oreja. Él no hace nada para apartarla. Al contrario, le pone la mano en el muslo sobre la piel desnuda que el vestido no llega a tapar.

Se acabó. Ya he tenido suficiente. Y hasta me da igual que al largarme todo el mundo sepa que lo hago porque me duele lo que veo. No pienso volver a ver a esta gente en mi vida. Que piensen lo que quieran.

Las voces se acallan y creo que todos me miran cuando me pongo de pie. No importa. Me voy decidida hacia la puerta, sin despedirme de nadie. Oigo un «uh» burlón de algunos de los chicos, pero los ignoro. Abro de un tirón y solo giro la cabeza cuando estoy fuera, por un segundo, antes de cerrar de un portazo. Daryl se ha levantado y la chica hace equilibrios en el borde del sillón y no se ha caído al suelo de milagro. Creo que él dice mi nombre, pero no me quedo.

La fiesta aún está en pleno apogeo aquí fuera. No me paro a contemplarla. Subo las escaleras lo más rápido que puedo y voy hasta su habitación para recuperar mis cosas. Hay una pareja heterosexual follando sobre la cama cuando entro. Eso es lo que pasa por no cerrar las puertas con llave en una fiesta. Los ignoro. Rebusco entre todo el desastre del suelo hasta recuperar el bolso, la cazadora y el jersey. Me los voy poniendo en el camino de salida. No me encuentro con Daryl. Ni siquiera se ha molestado en venir detrás de mí.

Respiro en cuanto piso la calle y siento como si llevara varios minutos sin hacerlo. Tengo que inhalar dos grandes bocanadas para llenar los pulmones de oxígeno. Y, cuando estoy lo suficientemente lejos, me pongo a llorar. No me detengo y no me molesto en intentar secarme las lágrimas, dejo que corran por mis mejillas mientras camino sola, taconeando, en mitad de la noche, camino de la residencia.

Me cruzo con un par de chicos que van hablando demasiado alto entre ellos. Ni siquiera me miran y, sin embargo, me cierro la cazadora a la altura del pecho y subo del todo la cremallera. Veo la mirada de desaprobación de Daryl y, por un momento, me siento como si él tuviera razón. Como si yo tuviera la culpa de que me miren las tetas, como si estuviera mal que me ponga una camiseta con escote.

He sido una estúpida, creyéndome todo lo que él me ha estado vendiendo la última semana. Pensando que por fin lo veía tal y como es. Sintiéndome especial porque él hubiera decidido mostrármelo a mí y solo a mí. Pero él solo se estaba divirtiendo conmigo, para ver hasta dónde podía llevarme. Y lo peor es que me duela tanto, porque significa que el lugar hasta el que ha podido llevarme ha sido demasiado lejos. Todos me lo advirtieron, y yo no quise escuchar.

Me he convertido en la chica que llora por el chico malo en las fiestas.

21

—¡Aaron, en serio, es un pato! ¿Es que no has visto un pato en tu vida? —Tracy gesticula violentamente y solo le falta maldecir.

—Te juro que no he visto un pato como ese en mi vida, preciosa —responde su novio, y todos los demás reímos.

Yo tampoco he visto un pato como ese en mi vida..., si eso es lo que es.

La cena en casa de Mark ha ido muy bien, y Matt, ese chico que juega al baloncesto, nos ha gustado. Ya hemos pasado al momento de los juegos de mesa y, como estamos rodeados de parejas, Jayden y yo hemos formado equipo. Uno desastroso. Él hace dibujos muy elaborados para mi entendimiento y yo hago dibujos muy simples para el suyo. Tampoco íbamos a ganar, de todas maneras. Tracy y Mark matarían por jugar la final, así que más vale apartarse de su camino. Es lo que hacen Niall y Britt: retirarse de la competición tras nosotros, por su propio bien.

Mark no parece tan estresado como Tracy por la victoria, pero creo que eso es solo porque todo este espectáculo que hemos montado en la cena es para que Matt se crea que es el tío más maravilloso del mundo y no puede estropearlo ahora tirándole el rotulador a la cabeza por no saber que una claqueta, una especie de montaña con el borde señalado por una flecha y una cara en plan *El grito*, de Munch, significa *Vértigo*, película de cine clásico.

—Por el bien de su amistad, deberían dejarlo en tablas —me susurra Jayden, sin que sea del todo una broma—, pero creo que todos sabemos que ninguno de los dos piensa renunciar a la victoria.

—Está claro.

—¿Estás bien?

—Sí.

—Haley...

—Cállate y apoya mi fachada de chica dura en silencio, ¿quieres?

—Vale.

—Te tomo la palabra.

Me acerco más a él en el sofá y apoyo la cabeza en su hombro, porque, la verdad, ahora mismo necesito un poco de cariño de amigo y el resto de los que tengo están muy ocupados.

—¿Qué haces?

—Te he tomado la palabra.

Emite una queja divertida. Y luego mueve el brazo y me rodea los hombros para permitirme acomodar la postura.

—Hemos perdido por tu culpa —lo acuso, en broma—. Ganar a estos dos monstruos competitivos era el sueño de mi vida.

—Lo siento. He pensado que te daba igual y que eres de las que creen que lo importante es participar.

—No piensas para nada en mí, Jayden Sparks —protesto, divertida.

Dobla el codo para revolver suavemente los mechones de mi pelo con la yema de los dedos.

—Créeme que sí que pienso en ti, enana. Pienso demasiado en ti.

No digo nada. Me quedo ahí, en silencio. Y dejo que sus dedos en mi pelo me ayuden a sentirme un poco mejor.

Aaron y Tracy se ofrecen a acompañarme hasta la residencia antes de irse juntos hacia la casa de su amigo, donde se quedan los fines de semana que él viene.

Todo parece estar tranquilo y en silencio. Vacío..., si no fuera por esa figura sentada en los escalones que llevan a la puerta principal. Me cuesta solo unos pasos más reconocerlo. Es Daryl, y mi corazón se desboca y me empiezan a sudar las manos. ¿Qué hace ahí? Mira en nuestra dirección y, cuando me ve, intenta levantarse, pero tropieza con el escalón y vuelve a caer sentado.

—Vaya —suspira Tracy al verlo—. Te acompañamos arriba, Haley.

Suena más como si la decisión estuviera tomada que como un ofrecimiento, pero, aun así, tengo que intentar rechazarla.

—No pasa nada. Podéis iros, chicos, en serio. Hablaré con él dos minutos y lo mando a su fraternidad. Está bien, todo bajo control.

—No. Ni de broma —dice Aaron—. Nos quedamos hasta que se haya ido. Está completamente borracho, míralo.

Niego con la cabeza.

—Por favor. Marchaos, en serio. Tengo que hablar con él. No va a hacerme daño, Tracy —aclaro, indignada, al ver cómo me mira—. No pasa nada, es solo Styles.

Sigue dudando, pero parece que cede.

—Llámame si me necesitas.

—Tranquila.

Aaron y ella se alejan de la mano, aunque los veo mirar hacia atrás un par de veces.

—Haley —dice Styles cuando me tiene delante.

—¿Qué haces aquí?

—Lo siento. —Me mira como un cachorrito.

—Vete a casa, Daryl.

Subo los escalones despacio, dejándolo atrás.

—Te quiero, nena. Y ni siquiera sé cómo se hace. Pero tú eres la única que me ha visto, eres la única que me ve. No podría con nadie más. Eres la única que puede enseñarme cómo hacer esto bien.

Me vuelvo a mirarlo.

—No me quieres. Apenas me conoces. Ni siquiera te importo, porque no se trata así a alguien que te importa.

Intenta ponerse de pie otra vez. Tengo miedo de que se caiga escaleras abajo hasta la calle, pero consigue mantener el equilibrio.

—Sí que te quiero —repite—. Soy tuyo, nena, del todo, haz conmigo lo que quieras.

Se acerca hasta donde estoy y se arrodilla ante mí. Me coge las manos para ponerlas sobre su pelo.

—Llámame amor —suplica en un sollozo—. Por favor, llámame amor y quédate conmigo. Eso es lo único que tienes que hacer y yo haré lo que sea, lo que quieras, cualquier cosa que me pidas. Te lo juro. Solo quédate conmigo.

Estoy a punto de ablandarme, pero lo aparto despacio y doy un paso atrás.

—Estás borracho y ni siquiera sabes lo que dices. Vete a casa, por favor. Si lo que quieres es que hablemos, lo haremos cuando estés sereno.

Lo oigo sorber por la nariz. Se levanta y me mira, muy cerca de mí. Se inclina hacia mi boca y me besa, torpe. Sabe a tabaco, a alcohol y a desesperación.

—No. Tienes que irte.

Parece completamente derrotado, con las mejillas húmedas, los hombros caídos y ese aspecto sombrío que siempre lo acompaña. Da un paso atrás. Y entonces veo su Camaro en el aparcamiento de la residencia, cruzado, ocupando dos plazas.

—¿Es que has venido conduciendo?

—No pasa nada. Tengo el coche aquí mismo.

—Podrías haberte matado.

Suelta una risa irónica. Me rompe el corazón lo que veo en sus ojos.

—¿Y a quién le importa? A nadie le importaría si yo desapareciera, Haley. Daría igual.

—Pues claro que no. A tus amigos les importaría...

—¿Qué amigos? Solo hay dos tíos con los que no me llevo a matar y ninguno de los dos es mi amigo. Somos colegas porque nos interesa, pero no les importo una puta mierda y ellos tampoco me importan una puta mierda a mí.

Me muerdo el labio para que su dolor no se me meta dentro.

—¿Y tus abuelos qué? ¿Tampoco les importas?

—Mis abuelos están hartos de mí. Se quitarían un peso de encima si estuviera muerto.

—No digas eso.

—Es la verdad.

Aparta la mirada y noto que le tiemblan los hombros como si fuera a romperse en sollozos de un momento a otro. Cojo su cara entre las manos y lo obligo a mirarme.

—A mí me importaría si te pasara algo, ¿vale?

—¿De verdad?

Se me inundan los ojos, como los suyos, cuando lo oigo preguntar eso con la vulnerabilidad de un niño asustado. Asiento con la cabeza.

—Claro que sí.

Estira el brazo y me acaricia el labio inferior con el pulgar, torpe.

—Haría cualquier cosa para que te quedaras a mi lado, Haley. Te juro que nadie va a apartarte nunca de mí. No, porque haré todo lo que quieras.

—No quiero que me arrastres contigo, sea cual sea el infierno en el que estés.

—No voy a arrastrarte conmigo —promete—. Voy a salir de aquí para poder estar contigo. Y si tú me ayudas, saldré más rápido.

Estudio sus ojos, dudando.

—¿No soy solo una chica a la que te follas?

Veo cómo le cambia la cara.

—No tenías que haber oído eso —dice, como si le doliera.

—Yo no tenía que haberlo oído porque tú no tenías que haberlo dicho.

—Soy gilipollas. Es que... no puedo decir que estoy loco por ti y que soy un peluche cuando estoy contigo —utiliza mis palabras—. No puedo, porque van a buscar la manera de joderme. Ellos no lo van a entender. Es imposible que lo entiendan. Tiene que ser solo nuestro. Tuyo y mío.

—Te lo cargaste todo en un segundo.

—Lo sé. Joder, lo siento. Ya has visto mi peor versión, nena, ayúdame a encontrar la mejor para ti, ¿vale?

Me está enredando, y yo cada vez puedo pensar menos. Daryl Styles está solo y muy perdido. Ahora solo me tiene a mí. Y si no lo hago yo, ¿quién va a ayudarlo?

—No quiero que vuelvas a hacerme daño —digo, a media voz.

—No —promete, con sus ojos en los míos—. No lo haré, nena. Tú vas a llamarme amor y yo voy a aprender a quererte bien. Voy a quererte bien, te lo juro.

¿Es así como tiene que ser el amor? ¿Es esto? Explotar de felicidad antes de que te rompa y te haga llorar para luego volver a reconstruir los pedazos y poder empezar de nuevo.

Eso es lo que cuentan las grandes historias de amor. Siempre son drama. Siempre tragedia. ¿Tiene que ser tan intenso que ni siquiera te deje pensar? Estoy casi segura de que sí. Por eso siempre se habla de las locuras que se hacen por amor. A lo mejor nunca es fácil al principio, porque dicen que nada que merezca la pena de verdad lo es.

Me besa, suave pero impaciente. Y yo le devuelvo el beso también.

Lo creo. Porque sentir las cosas tan fuerte tiene el riesgo de llevarte de un extremo al otro; de la felicidad al dolor. Pero sentir tan intenso es adictivo y yo ya no puedo parar. Lo creo porque necesito creerlo.

Lo creo porque *quiero* creerlo.

22

Miro a mis tres amigos alternativamente, en espera de que me expliquen de una vez a qué viene esta encerrona que me están haciendo un martes a primera hora antes de tener que ir a clase. Que Britt y Tracy estén aquí desayunando conmigo es lo normal de cada martes, pero que Mark haya salido de la cama antes de lo previsto —incluso aunque hubiera sido un solo minuto antes— es una señal iluminada con luces de neón de que están tramando algo.

—Venga, soltadlo de una vez, ¿qué pasa?

Mark actúa como portavoz:

—Este viernes es la fiesta de Navidad del campus, ¿te acuerdas?

—Me acuerdo.

Puede que esté un poco distraída últimamente, pero tampoco llego al extremo de no saber cuándo son las fiestas. El martes ya empezamos las vacaciones y este viernes hay una fiesta en el recinto de la universidad. Un comité especialmente designado para la ocasión se ha encargado de organizarlo todo, y nosotros solo tenemos que preocuparnos de acudir y pasarlo bien.

—Niall y Jayden no van a venir, alguien ha organizado

algo mejor y más desenfrenado a lo que solo están invitados unos pocos elegidos —me cuenta Britt.

—Hemos pensado que, como vamos a estar los cuatro, es la ocasión perfecta para que traigas a Styles y nos lo presentes —termina Mark.

Dejo el vaso de café sobre la mesa cuando el aire de los pulmones se me corta de golpe a medio soplido. Tiene que ser un malentendido.

—¿Perdona?

—Haley —habla Tracy—, llevas tiempo diciendo que lo hemos prejuzgado sin conocerlo, y puede que tengas razón. Es obvio que es importante para ti. Queremos darle la oportunidad de conocerlo para poder cambiar de opinión.

—Sí —corrobora Britt—, somos tus amigos y lo que es importante para ti es importante para nosotros, así que tráelo a la fiesta y vamos a empezar de cero, ¿vale? Te juro que nos portaremos bien.

—Me portaré bien —puntualiza Mark.

Incluso él sabe que es el que tiene más papeletas de decir algo fuera de lugar.

—No sé si es buena idea —empiezo, mientras pienso en una buena excusa.

—¡Haley, que me voy a portar bien!

Ya... lo creo. Pero no sé si Daryl lo hará. Las fiestas no nos sientan bien. Hace dos semanas ya que lo pillé vendiendo cocaína en su fraternidad y que, además, se portó como un capullo. Luego volvió arrastrándose y suplicando y desde entonces estar con él ha sido cada día mejor. Ha respetado el ritmo que yo he marcado y todas mis exigencias, y se ha abierto mucho más, incluso en cosas que dolían. Todo es perfecto cuando estamos solos... y solo cuando estamos solos. Cuando hay gente alrededor no sabe cómo actuar y siempre está a la defensiva. Y lo entiendo, porque es muy inseguro, pero aún se me hace difícil saber cómo ayudarlo a controlar eso. El fin de semana pasado volvimos a pelearnos. Porque él se vuelve idiota cuando sus colegas están delante. Y porque sus celos cada vez que un chico se me acerca me asfixian un poco.

—Bueno..., le preguntaré —cedo, sin comprometerme demasiado.

No sé si es buena idea, pero si consigo que venga y se comporte, habremos ganado mucho. Necesito que mis amigos dejen de odiar al chico del que estoy enamorada. Y necesito que él me demuestre que le importa.

—Es muy tarde, nena.

Es lo primero que dice en cuanto me abre la puerta de su cuarto. Hago una mueca y agarro el cuello de su camiseta para obligarlo a bajar la cabeza y poder besarlo. Me devuelve el beso, pero sigue sin parecer muy contento.

—¿Dónde has estado?

Pongo los ojos en blanco. Dejo la mochila en una silla y me quito los botines antes de sentarme en la cama.

—¿Me vas a hacer un interrogatorio?

—Voy en serio —gruñe al sentarse a mi lado.

Acomodo la postura y lo miro a los ojos, con cara de circunstancias, como si esto fuera un interrogatorio de verdad.

—He pasado la tarde con una amiga de mis padres que es fotógrafa y me ha dejado acompañarla en una sesión que ha hecho por la ciudad, hemos ido a...

Estoy a punto de relatarle maravillada todos los rincones desconocidos para mí que Sue me ha mostrado hoy, pero me interrumpe antes de que pueda hacerlo.

—¿Quién? ¿La madre del puto Sparks?

Para una vez que me escucha tuvo que ser el día que le

dije que conocía a Jayden porque sus padres y los míos son amigos.

—Bueno, sí, pero además de madre es fotógrafa, ¿me estabas escuchando?

—Joder, Haley —masculla, se echa hacia atrás y se mesa el pelo, molesto.

—Joder, Haley, ¿qué?

—Joder, Haley, sabes que no soporto que te acerques a ese tío. No sé si es verdad que eres tonta o solo te lo haces, pero es la única explicación que encuentro para que no veas que lo único que quiere de ti es follarte. A no ser que lo sepas y te dé igual, porque tú quieres follártelo también.

Por un par de segundos ni siquiera sé qué decir. Esto es tan surrealista que me cuesta asimilar que acabe de decir eso de verdad. Y entonces me doy cuenta de que, en realidad, no tengo que decir nada.

Me levanto de la cama y me muevo rápido para volver a calzarme. Él se planta de pie delante de mí cuando aún estoy con el primer botín.

—¿Qué haces? ¿Dónde crees que vas?

—Lo que has dicho es tan ofensivo que ni me voy a molestar en responder, Daryl.

Termino de calzarme y cojo la chaqueta en un brazo y me cuelgo la mochila al hombro.

—Apártate —exijo.

—No. ¿Has estado hoy con él?

Lo fulmino con la mirada, pero no cambia para nada su expresión.

—No.

—¿Quieres follar con él?

—¡No! —grito, desesperada—. Esto es ridículo, ¿es que no lo ves? Si tan seguro estás de que él quiere acostarse conmigo y yo quiero acostarme con él, ¿no crees que lo habríamos hecho ya? Pero resulta que no. Resulta que yo estoy aquí contigo, aguantando todas tus mierdas y, aun así, te crees con derecho a hablarme así. No voy a quedarme aquí sentada mientras te dedicas a tirarme encima todo ese veneno que tienes dentro. No tengo por qué hacerlo. Así que aparta, porque voy a salir de aquí.

Paso por su lado y me sorprende que no intente agarrarme o detenerme. Abro la puerta de un tirón y salgo al pasillo, camino de las escaleras. No tardo mucho en oírlo venir detrás, así que acelero el paso.

—¡Haley, vuelve aquí!

No me detengo. Llego al vestíbulo y soy vagamente consciente de que hay más gente, pero no me fijo en ellos. Siento a Daryl justo detrás, casi alcanzándome, y de repente algo cambia y le hace frenar la marcha. Porque alguien se ha puesto en su camino.

—Eh.

Me giro inmediatamente cuando oigo la voz de Jayden, en un tono de advertencia que nadie podría pasar por alto. Le ha cortado el paso y están frente a frente, midiéndose con la mirada. Mierda.

—El que faltaba —escupe Daryl, y me lanza una mirada a mí, como si tuviera yo la culpa de que Jayden esté aquí.

—¿Hay algún problema? —pregunta Jay con los hombros en tensión.

—Tú empiezas a ser uno, sí —responde el otro.

—¿En serio? Porque me ha parecido que estabas persiguiendo a una chica que huía de ti.

Tengo que hacer algo antes de que se maten. Porque me temo que un solo paso en falso podría acabar mal.

Cole está a un lado y parece totalmente dispuesto a intervenir si ve a su amigo en problemas. Pero es que al otro lado están Trevor y Sean y dudo que ellos fueran a quedarse atrás.

—Tú métete en tus putos asuntos —masculla Daryl.

Avanzo hasta ellos y lo empujo para que dé un paso atrás, pero no se mueve.

—Vamos, ya está bien —intento tranquilizarlo. Me vuelvo hacia mi amigo—: No pasa nada, Jayden, de verdad, ha sido una tontería.

Sus ojos recorren ansiosos mis facciones como si estuviera tratando de asegurarse de que estoy diciendo la verdad.

Me giro hacia Daryl enseguida.

—Oye, Daryl, vamos —hablo, suave, en tono conciliador.

No se relaja. Ni siquiera me mira. Así que pongo las manos en sus mejillas para obligarlo a centrarse y mirarme a los ojos. Están oscurecidos, llenos de rabia y de odio, pero veo mucho más detrás de todo eso. Porque lo que más abunda en la mirada de Daryl es la inseguridad. Detrás de toda la fachada, aun en esta situación, puedo ver al niño asustado que solo quiere que la persona a la que ama no se vaya de su lado. Y puedo entenderlo, en cierto modo. Está tan celoso de Jayden porque realmente tiene miedo de perderme. Y si quiero que eso quede atrás, que deje las inseguridades y que pueda confiar del todo en mí y sentirse seguro y a salvo a mi lado, no puedo irme ahora. Tengo que estar de su lado. Tengo que demostrarle que lo elijo a él.

—Venga, relájate, ¿vale? Tranquilo. Vamos a hablar. No me voy, me quedo aquí para que hablemos, ¿te parece bien?

No dice nada, pero cede a mi empuje y retrocede un par de pasos.

Jayden sigue ahí, alerta, preparado por si necesito que intervenga. Intento sonreírle para dar a entender que puede estar tranquilo, pero creo que no me sale bien.

—Haley, puedo acercarte a donde quieras, si lo necesitas —ofrece.

—No. Tranquilo. Me quedo.

No parece en absoluto convencido de que eso sea una buena idea, pero da un paso atrás y deja caer los hombros. Asiente una sola vez y luego da la vuelta, dispuesto a marcharse con Cole.

Daryl me pasa un brazo por los hombros, reclamándome, y vuelve a hablar para decir la última palabra antes de que esto termine.

—Sí, tranquilo, Sparks, no te preocupes. Que por follar conmigo no se muere nadie.

Y eso es como gasolina para la llama de rabia que había en el interior de Jayden. Se vuelve de golpe y se abalanza hacia él, pero Cole es rápido a la hora de sujetarlo.

Me alegro de que lo haya hecho, porque el resto de los chicos ya se estaban poniendo en guardia también.

—Eh, tío, déjalo. Vamos, Jay, no merece la pena —le va diciendo su amigo mientras lo empuja hacia la puerta.

Jayden parece ceder, poco a poco, pero, antes de marcharse, señala a Daryl con un dedo, a modo de advertencia.

—Como le hagas daño vas a arrepentirte, ¿me oyes?

—Qué miedo —se burla mi chico antes de que los otros dos salgan del edificio.

Lo miro. Sigue pareciendo furioso y respira agitadamente, como si así, con cada espiración, fuera soltando pedacitos de ira.

—Te portas como un capullo.

Pero, aun así, me marcho escaleras arriba hacia su habitación y no a mi residencia, que era la idea inicial.

Viene detrás de mí, en un silencio que augura una tormenta, y cierra la puerta de la habitación y se apoya en ella en cuanto estamos dentro.

—No vamos a discutir por esto ahora —digo.

No porque piense dejar pasar todo lo que ha sucedido en tan solo unos minutos, no. Pero es que hay algo que necesito aclarar primero; algo que debería haberle preguntado hace tiempo y aún no me he atrevido a hacer. Y cuando ha dicho eso... ¿De verdad ha dicho lo que yo creo que ha dicho? ¿Se refería exactamente a lo que creo que se refería? «Por follar conmigo no se muere nadie.» Eso es un golpe muy bajo.

Y ahora no puedo retrasarlo más.

—Sí, claro que vamos a discutir por esto.

—Sí, claro que sí —me muestro de acuerdo con esa parte—, pero no ahora.

Me sostiene la mirada, desafiante.

—¿Es que va a haber un mejor momento? —se burla.

—¿Qué problema tenéis vosotros dos? ¿Tiene algo que ver con Sarah?

Le cambia la cara en una décima de segundo. Veo cómo se queda lívido. Apoya la parte de atrás de la cabeza contra la madera de la puerta.

—¿Qué te ha dicho él?

—Él no me ha dicho nada. Por eso necesito que me lo cuentes tú.

Se acerca despacio hasta la cama. Se sienta en el suelo, con la espalda apoyada en el colchón y las piernas dobladas, y apoya los codos en las rodillas.

—No estoy orgulloso de lo que pasó con Sarah, Haley —confiesa, a media voz.

Ha cambiado por completo su actitud. Ya no parece cabreado, ni altivo. Ni rastro del capullo integral que se ha estado paseando por ahí con su cuerpo en los últimos veinte minutos. Ahora el chico inseguro ha ocupado todo en su lugar.

—Por favor, cuéntame lo que pasó.

Me acerco y me siento a su lado.

—Te dije que a nadie le había salido bien lo de enamorarse de mí, nena.

—¿Ella se enamoró de ti?

Me mira solo por un segundo.

—Fui a por Sarah porque el puto Jayden Sparks me había levantado una tía en una fiesta y quería vengarme. La había visto más de una vez por ahí, con él, y pensé que estaban liados, así que decidí ir a por ella. Tampoco fue muy difícil, la verdad. Era la típica chica que necesitaba que alguien le diera un poco de emoción. Había estado toda su vida saliendo con el mismo chico, protegida por todos a su alrededor, haciendo siempre lo que debía, siendo la niña buena. No fumaba, apenas bebía, y te aseguro que nadie se la había follado bien de verdad. Así que solo tuve que darle un poco de caña y dejarla con ganas de más. Enseguida la tuve donde quería. Fue tan fácil que casi fue decepcionante. Y resulta que no era la chica de Sparks, pero era su amiga y me di cuenta de cómo le puteaba verla conmigo, así que me sirvió. Fue divertido un tiempo porque ella era prácticamente virgen en todo: hicimos muchas guarradas, le di tabaco, alcohol, marihuana... Le encantaba la maría, aunque le sentaba muy mal —recuerda, en tono neutro—. Pero ella se pilló. Yo nunca le di esperanzas, Haley, te lo juro: le advertí que era solo sexo y que nunca iba a haber nada más, pero la tía perdió la puta cabeza. Dejó a su novio, se piró de su casa... yo qué sé, se le fue la olla. A sus amigos no les parecía bien lo que estaba haciendo, así que diría que la dejaron bastante tirada. Se le estaba yendo de las manos y para mí ya no era divertido, así que le dije que ya no quería tener nada con ella. Insistió unos días, luego desapareció. No sé qué estuvo haciendo y la verdad es que ni me importaba. Y, unas dos semanas después, volvió a aparecer y me dijo que estaba embarazada. Había intentado tantas cosas para que volviera con ella que, de verdad, no la tomé en serio. Pensé que era mentira. Se largó.

No volví a verla más. Como un mes después me enteré de que había muerto. Un accidente de surf o algo así, creo.

Me cuesta encontrar algo que decir. Daryl tampoco parece tener prisa por escuchar lo que opino. Es demasiada información, así, de golpe.

Guardo silencio mientras lo proceso todo. Si es verdad que le advirtió que no era nada serio, no fue culpa suya que ella decidiera dejarlo todo por algo que no tenía ningún futuro. Ella tomó las decisiones. Él no la obligó a nada. Si es tal y como me lo ha contado...

—Nena, dime algo...

—¿De verdad fue así?

Se gira hacia mí para buscar mis ojos y parece bastante desesperado porque lo crea.

—Te lo juro. Eso fue todo.

—¿Estás seguro de que no le hiciste pensar en ningún momento que podía haber algo más que sexo?

Niega con la cabeza.

—No, no lo hice. Siempre fui claro con lo que había. Pero de verdad que perdió la cordura.

Perdió la cordura. Qué expresión más adecuada. Sí. Porque se hacen locuras por amor.

Me froto la cara con las palmas de las manos, pensando. No sé qué le sucedió realmente a Sarah. Solo sé que era la mejor amiga de Jayden, que llevaba toda la vida saliendo con Asher (pero era *su exnovia ya al final*, según las palabras del propio Jayden) y que, según me dijo Sue una vez, nadie sabe lo que le pasó ese último año en el que todo cambió mucho. Cambiar mucho es la perfecta definición de dejar a tu novio, largarte de tu casa y quedarte embarazada del chico problemático que pasa de ti, supongo.

—Vale —suspiro por fin—. Ha sido un día muy largo, Daryl, voy a echarme un rato, ¿vale?

Me mira con los ojos llenos de dudas.

—¿No quieres que vayamos a cenar?

Niego con la cabeza.

—No. No tengo hambre.

Se queda callado, sin dejar de observarme. Me quito la ropa, excepto la camiseta, y me cuelo bajo las sábanas. Empieza a dolerme la cabeza.

Daryl no se ha movido del suelo. Y sigue sin hacerlo durante un rato más.

—Haley —me llama en voz baja.

—¿Qué?

—¿Piensas que fue culpa mía?

Sé exactamente a lo que se refiere. Suena muy inseguro y muy vulnerable, y da la impresión de que mi respuesta a eso es lo más importante en su mundo ahora mismo.

—No —susurro—, claro que no fue culpa tuya.

—¿Estás segura? A veces yo pienso que lo fue.

Creo que está llorando. Me incorporo para mirarlo. Sigue en la misma postura, con la cabeza entre los brazos.

—Ven.

—¿Qué?

Se vuelve hacia mí, confundido.

—Ven aquí.

Se acuesta a mi lado solo con la ropa interior. Rodeo su cuello con los brazos. Se aferra a mi cuerpo enseguida, como si necesitara mucho este abrazo.

—No fue culpa tuya —le digo al oído.

—Gracias —murmura.

Nos quedamos en silencio durante varios minutos, escuchamos la respiración del otro y se acompasan nuestros latidos, con los pechos pegados por completo. Mis dedos juegan con su pelo y los suyos me hacen cosquillas en la cintura, bajo la tela de la camiseta.

—Si me pongo así de gilipollas con el tema de Sparks es porque tengo miedo de que te des cuenta de que él merece más la pena que yo —susurra de pronto, sin previo aviso.

Intento apartarme para mirarlo a la cara, pero aprieta su abrazo para impedirlo. No se atreve a hablar de esto de otra forma. Lo pillo.

—Estoy aquí contigo, Daryl.

—Lo sé.

—Tienes que confiar en mí. Jayden es solo un amigo y no va a ser nada más que eso. Y antes de que lo digas —me adelanto cuando oigo cómo coge aire para replicar—, él no quiere nada conmigo, pero es que, aunque lo quisiera, yo quiero estar contigo, así que eso no va a pasar, ¿vale? Su familia es como parte de mi familia. Su madre y yo nos llevamos muy bien; Sue se ha convertido en alguien muy importante para mí desde que estoy aquí, y eso no tiene nada que ver con él, ¿está bien? No soporto que te pongas así. Cuando te sientes inseguro siempre acabas atacándome a mí y no es justo.

Me besa el hombro, muy suave, y habla contra mi piel.

—Lo siento, nena. Ya lo sé. Es que no soporto la idea de no tenerte... de que estés con otro. No soporto pensar en otro tocándote, simplemente no puedo. Y cuando me siento así, me duele tanto que solo puedo sacarlo haciendo daño. Es como creía que se hacía. Es lo que he visto siempre. Pero no quiero que a ti te duela. No quiero hacerte daño.

Sé que está llorando por el tono de su voz y porque noto la humedad en el punto en que se apoya su mejilla.

—Vale —murmuro. Lo aparto con cuidado de mí, para unir mi frente a la suya—. Vale. Aprenderemos a manejarlo, ¿está bien?

Asiente con la cabeza, sin pronunciarse con palabras. Luego roza mis labios con los suyos con dulzura.

—Te quiero —susurra.

Y, de repente, siento que es justo lo que necesito decir yo también.

—Te quiero.

Vuelve a besarme. Despacio, sin prisa. Y nuestros cuerpos se pegan aún más por pura inercia y terminamos por tener que deshacernos de la ropa. Y creo que es la primera vez que no follamos duro. Creo que es la primera vez que nos lo tomamos con calma, que vamos despacio, que nos acariciamos y besamos transmitiendo lo que sentimos y no solo lo mucho que nos deseamos.

Es la primera vez que hacemos el amor.

23

—No quiero ir —protesta, como si tuviera cinco años en vez de veintiuno, tumbado sobre mi cama mientras yo me arreglo para salir.

—¿Por qué no?

Entro en el baño para maquillarme, en ropa interior.

—Esto es una gilipollez; tus amigos me odian.

Asomo la cabeza por el umbral de la puerta abierta. Ahí sigue, con los brazos detrás de la cabeza, sin más camiseta que la tinta de sus tatuajes.

—Eso no es así —suavizo la realidad—. No te conocen, y tú no los conoces a ellos. ¿Cómo sabes si te odian si no os conocéis?

Suelta un gruñido y dobla una pierna para acomodar su postura.

—Tu compañera de cuarto me mira como si fuera a sacar una navaja y robarle el bolso en cualquier momento.

—Se llama Tracy.

—Pues qué bien —suelta, indiferente—. La rubia no se atreve ni a mirarme.

—Se llama Brittany.

—Genial. Y ese tío me habría pegado un tiro cualquier

día cuando paso a recogerte por la facultad si no fuera demasiado marica para saber empuñar un arma.

—Se llama Mark, y ese es el comentario más homófobo y cavernícola que he oído en mi vida —añado, con cara de pocos amigos.

—¡Venga ya, Haley! Vamos a quedarnos aquí. O, mejor, vayamos a la fraternidad y vamos a pasarnos todo el fin de semana en la cama. Esa fiesta va a ser una mierda y lo sabes.

Con la actitud que tiene hoy, sospecho que sí, que esa fiesta va a ser una mierda, pero no por la fiesta en sí.

Es el último fin de semana que paso aquí antes de las vacaciones de Navidad así que lo de pasarnos todo el tiempo en la cama me suena muy tentador, pero he quedado con mis amigos en la fiesta y Daryl prometió que vendría y que se portaría bien. Aunque creo que cuando lo prometió estaba seguro de que al final podría librarse y no le gusta que yo no esté cediendo en eso.

Britt y Tracy llevan todo el día por ahí. Mark ha cenado con Matt y algunos amigos suyos y se nos iba a unir más tarde. Y Daryl y yo... Daryl y yo ya deberíamos estar allí, pero, por supuesto, echar un polvo en cuanto ha aparecido en mi cuarto ha sido algo de primera necesidad, así que ahora debería estar dándome prisa en arreglarme para salir y no discutiendo con él.

—Por favor, esto es importante para mí, ¿vale? No estaremos mucho rato. Te los presento, nos tomamos algo con ellos y luego nos vamos donde quieras. Hazlo por mí. —Hago pucheros—. No va a ser la tortura que piensas.

No dice que sí, pero tampoco que no. Suelta otro gruñido frustrado. Me lo tomaré como un «de acuerdo».

Vuelvo a posicionarme frente al espejo con todos mis básicos de maquillaje. Daryl no tarda en asomarse a la puerta y apoyarse en el marco, para mirar mi reflejo en el espejo.

—Estás mejor sin maquillar.

—Sí, claro —lo dudo con una risita.

—Lo digo en serio. Me gustas más sin tanta mierda en la cara.

—Mi religión me prohíbe ir a una fiesta con la cara lavada —bromeo.

Se cruza de brazos y endurece su expresión, sin dejar de observarme. Menudo día tiene.

—Te maquillas demasiado.

Se aparta molesto y vuelve al cuarto, después de lanzarme eso en un tono desagradable. ¿Qué narices le pasa ahora? De verdad, es demasiado intenso, demasiado sensible. Hay días en que es muy difícil adivinar qué puede hacerlo saltar. Hay que andarse con pies de plomo con él. Lo miro en cuanto salgo del baño. Está de pie, apoyado en el escritorio. Me sostiene la mirada.

—¿Se puede saber qué te pasa?

—Te he dicho que me gustas más sin maquillaje, ¿por qué tienes que pasarte media hora pintándote la cara en el baño? ¿Quién quieres que te vea?

Pongo los ojos en blanco y le doy la espalda.

—No quiero ni necesito que me vea nadie. Me maquillo porque así me gusta más a mí.

—A ti —escupe, burlón—. Tú no te vas mirando la cara por la calle, Haley.

Aprieto los dientes, pero me contengo antes de decir nada. Sé que cuando está así es inútil intentar razonar con él y, además, si nos ponemos a discutir ahora va a tener una buena excusa para librarse de venir a conocer a mis amigos. A lo mejor es eso lo que está buscando.

Y lo siguiente sobre lo que tiene que opinar es mi ropa, claro. En cuanto saco la minifalda y la dejo sobre la cama, se separa del escritorio y se acerca.

—No te piensas poner esto, ¿verdad? —pregunta. Me cruzo de brazos y lo miro en silencio, esperando que se responda él solo—. Ya puestos mejor ve en bragas... o con ese tanga que llevas para que todos los tíos puedan verte el culo sin que tengas que inclinarte.

—Tienes muchas ganas de discutir hoy, Daryl, pero te advierto que yo no.

Me pone la minifalda encima de la cabeza, y yo me la quito de un manotazo y se la lanzo a la cara. Sonríe de medio lado, como si mi reacción le pareciera muy graciosa.

No quiero discutir, de verdad. No, porque mis amigas ya me han escrito para preguntar dónde estamos y, si ahora les digo que no vamos, no le van a volver a dar esta oportunidad. Es importante para mí, necesito que la aprovechemos.

—¿Sabes qué? Ahí tienes mi armario. Elige tú lo que me pongo hoy.

Se acerca enseguida y empieza a curiosear entre mi ropa.

—No es que haya mucho donde elegir que no sea digno de la foto de perfil de una web de citas, pero, en fin —dice, con la cabeza metida en el ropero.

Lanza sobre mi cama unos pantalones vaqueros y un jersey, con cuello en pico pero bastante cerrado.

No digo ni una sola palabra mientras me visto. Esto no está bien. Él tiene uno de esos días en que se odia y odia todo. Uno de esos días que me da la impresión de que cada vez son más. Y yo siento una opresión en el pecho, que no me deja respirar con la facilidad que debería. Pero me aguanto y sigo adelante como si nada, porque si ahora discutimos sé que aún me sentiría peor.

Me calzo con unas botas de cuña baja y, por lo menos, a eso no le pone pegas.

—¿Podemos irnos ya?

—Sí —dice, de mala gana.

Apenas hablamos por el camino. Va enfurruñado todo el tiempo, con las manos en los bolsillos y dando patadas a cada cosa que encuentra por el suelo. Estamos en la puerta principal de acceso cuando me planto delante y agarro las solapas de su cazadora para que me preste atención.

—Daryl, por favor, sé que no te apetece hacer esto ahora, ¿vale? Lo sé y lo siento. Pero es *muy* importante para mí. Son mis amigos y necesito que os llevéis bien. ¿Puedes, por favor, por favor, por favor, ser tan encantador como tú sabes ser cuando quieres e intentar pasar un rato agradable con ellos? Te juro que no estaremos mucho. Una hora, ¿vale? Una hora y nos vamos. Solo eso. ¿Puedes? ¿Puedes portarte bien por mí?

Pasa la mirada de uno a otro de mis ojos y espira ruidosamente, cambia su expresión enfurruñada por una mucho más suave, y hasta se le curvan los labios y da la impresión de que me mira con cariño.

—Dios, nena, qué dramática eres —suspira. Me aparta un mechón de pelo de la cara para colocarlo detrás de la oreja y asiente—. Vale, está bien. Seré bueno.

Sonrío y se inclina para besarme la sonrisa brevemente.

—Gracias. Te prometo que luego te lo compensaré —aseguro, pícara.

Cojo su mano y tiro de él.

—Joder, estoy deseando que se pase esta puta hora —dice, en mi mismo tono.

Enseguida llegamos al lugar de la fiesta. Hay abetos, zonas de nieve artificial y un montón de decoración navideña. Me encanta.

Creo que a Daryl no tanto, porque tiene cara de que lo están arrastrando al infierno, pero, cuando me ve mirarlo, fuerza una sonrisa.

—¡Haley!

Tracy me ha visto desde lejos y está saltando y moviendo el brazo para que pueda localizarla. Miro hacia allí y ella y Britt parecen estar pasándoselo en grande, en una caseta donde la gente juega a lanzar gorros para intentar encajarlos en unas cabezas de cartón de Papá Noel. Mark aún no está por aquí.

Bueno, pues vamos allá.

Tiro de la mano de Daryl y él se deja arrastrar dócilmente, siguiéndome los pasos. Mis amigas me reciben con entusiasmo y las abrazo a las dos antes de hacer las presentaciones. Veo que ellas se esfuerzan por sonreír y ser amables. A él lo presento como Styles, claro, porque no quiere que nadie en el mundo le llame Daryl... excepto yo. Y él, aparte de saludar educadamente y no soltar ningún comentario borde, no hace gran cosa por dejarse conocer. Supongo que mientras no se porte como un capullo o meta la pata ya me vale.

—¿Queréis algo de beber? —ofrece Daryl—. Venga, os invito.

¿Hola? ¿Quién es este tipo sexi y amable y qué ha hecho con mi novio? Le dedico una mirada intensa y muy agradecida y él hace una mueca, como si ser un caballero fuera completamente lo suyo y no tuviera importancia.

—Voy contigo y te ayudo —anuncia Tracy, cuando las tres hemos hecho nuestro pedido.

—Eh, sí, claro —acepta, mucho más inseguro que ella.

Le lanzo a mi amiga una mirada furibunda, pero ella me dice «relájate» moviendo los labios y se va detrás de él.

—Ha venido, y eso ya es un punto —me tranquiliza Britt—, y si me trae una bebida y encima la paga él, le doy dos puntos más.

—Veo que te sientes generosa hoy.

—Claro que si mata a Tracy por el camino voy a tener que quitarle uno de los puntos.

—No seas tonta. —Suelto una risita—. ¿Dónde está Mark? ¿No debería estar ya aquí?

—Sí, y tú deberías haber llegado hace una hora, pero ya sabes... el amor —se burla.

Enseguida están de vuelta con nuestras bebidas y Daryl me tiende la mía con una sonrisa leve.

—Ten, nena.

—Gracias —digo, y me estiro para darle un beso corto. Me lo devuelve, aunque parece incómodo.

Luego miro a Tracy. Hace un gesto disimulado con la mano que quiere decir que ha ido «más o menos» y supongo que eso ya es mucho tanto para ella como para él.

Pasamos un rato aquí, bebiendo y charlando, sin tocar temas personales —por si acaso—, y manteniéndonos en la comodidad de los temas banales, como la decoración de la fiesta. Hemos descubierto enseguida que todo lo que nos entusiasma a nosotras de la Navidad es justo lo que Daryl odia, así que hasta ha llegado un punto en que mis amigas le tomaban el pelo con eso y él casi se reía. Eso es bueno. Eso es ir por el buen camino.

Y entonces aparece Mark. Sonríe cuando me ve, y hasta tengo dudas de si ha reparado en que Daryl está a mi lado.

—¿Has visto la nota que nos han puesto en el trabajo de botánica? —pregunta, y yo le devuelvo la sonrisa porque sí, la he visto—. ¡Eres una empollona!

Me abraza y me levanta en el aire, como modo de celebrar nuestro notable. Lo cierto es que sé hacerlo mejor que eso, pero no he estado muy centrada para un sobresaliente en las pasadas semanas.

Y entonces no sé lo que pasa. No lo sé, porque pasa muy deprisa, y solo sé que algo me aparta y yo mantengo el equilibrio a duras penas y que luego Daryl le está dando un empujón a Mark, que no lo tira de culo de milagro, y que mis dos amigas se meten en medio para protegerlo mientras gritan y arman mucho jaleo.

—Pero ¿qué demonios te pasa? —protesta Mark.

—¿A mí? —rebate Daryl, agresivo—. Piénsatelo bien antes de tocarla.

Y yo reacciono por fin para ponerme ante él y pegarle un empujón fuerte que lo aleje de mis amigos.

—¿De qué vas, Daryl? ¿Qué te pasa? ¡¿Eres idiota?! —grito, mientras le pego en el pecho.

No puedo creerme que esté haciendo esto, de verdad.

Clava sus ojos grises en los míos, fulminándome con la mirada.

—Ah, ¿tengo que dejar que todo el mundo vaya por ahí abrazando y tocándole el culo a mi novia?

—No me lo creo, te lo juro —mascullo, más decepcionada que enfadada.

—¿En serio? —oigo gritar a Mark detrás de mí.

—Mark, cállate, anda —murmura Britt—. Vámonos.

Giro la cabeza para mirar a mis amigos. Ahí están los tres, ellas delante de Mark, como si fueran suficiente garantía para evitar que salga herido si Daryl quisiera pegarle una paliza. Me están mirando a mí, no a mi novio, *a mí*. Y los tres tienen la misma expresión. Pero ahora no es el momento de pararme a analizar lo que me están diciendo con ella.

—No —digo tras las palabras de Brittany—. No. Nos vamos nosotros.

Empujo a Daryl para apartarlo aún más de ellos.

—¿Qué? —oigo que pregunta, como si le sorprendiera que yo tome esta decisión.

—¡Nos vamos! —le grito como advertencia.

Ni siquiera dice adiós. Da media vuelta y echa a andar por el mismo camino por el que hemos venido, sin esperarme.

Me vuelvo hacia mis amigos. Creo que se tienen que dar cuenta de que se me están llenando los ojos de lágrimas.

—Lo siento mucho, chicos —me disculpo por él—. Joder, lo siento, de verdad.

—Haley... —empieza Mark, y me pide con la mirada que no me vaya con él.

—Deja que se vaya, Haley, y tú quédate —sugiere Tracy.

Niego lentamente con la cabeza.

—¿Estás bien? —pregunto a Mark. Asiente una sola vez—. Lo siento.

Me voy antes de que ninguno tenga tiempo de contestar.

Alcanzo a Styles cuando ya ha dejado atrás al mogollón de gente. Me mira de reojo por un momento, pero yo no me atrevo a mirarlo. No, porque siento tanta rabia, tristeza e impotencia, que si lo miro voy a ponerme a llorar.

—No hagas como que estás más enfadada que yo —gruñe.

No respondo. Lo adelanto en unas cuantas zancadas furiosas.

—Haley.

Me coge del brazo con fuerza, clavándome los dedos a través del abrigo, cuando lo ignoro. Me hace girarme para enfrentarlo.

—¿Por qué has hecho eso? No tenías ningún motivo, no sé ni qué ha pasado ahí. Me prometiste que ibas a intentar esto, Daryl. Me prometiste que no ibas a ser un gilipollas con ellos porque sabes que esto era muy importante para mí.

—¿Me estás vacilando? ¿Qué es importante para ti? ¿Que te toquen el culo en las fiestas?

Sacudo el brazo con rabia para que me suelte.

—¡Ni siquiera me ha tocado el culo! —grito, exasperada—. Es mi amigo y me estaba dando un abrazo. Y no puedes actuar así.

—Me da igual que sea tu amigo y me da igual que sea el tío más gay del mundo, no quiero que te toque nadie más que yo, ¿me oyes? ¡Me pone enfermo! Y no voy a permitir que nadie toque lo que es mío.

—¿Tuyo? —replico, y la voz me tiembla porque estoy al borde de las lágrimas.

—Sí, ese culo es mío, nena.

—¡No! ¡Este culo es mío, joder!

Me carga sobre su hombro y me lleva hasta uno de los laterales del edificio que hay en la entrada principal del campus, donde la gente no pueda vernos. Le pego con los puños cerrados en el hombro y en la espalda, pero ni siquiera parece que lo note. Me deja en el suelo, atrapa mi cuerpo contra la pared del edificio y yo le dedico una mirada furibunda.

—Eres una fiera, nena, ¿quieres dejar de pelear? Me sacas de quicio, te lo juro —dice, pero veo una sonrisa de suficiencia tirar de la comisura de su boca, como si supiera que me tiene controlada—. No te preocupes, ya te recordaré cómo somos tú y yo luego en la cama, para que veas lo mía que eres.

Cierro los ojos y niego con la cabeza, cuando veo lo poco que le importa todo lo que acaba de hacer. Ni siquiera está pensando en lo que dirán de él mis amigos, o en cómo me siento yo con todo esto. Le da igual.

—Era lo único que te había pedido, Daryl. Lo único. Y tú lo has jodido. Te importa una mierda lo que quiero o cómo me siento.

Se echa hacia atrás, como si acabara de tirarle un jarro de agua fría a la cara.

—¿Por qué le das la vuelta a todo? Haley... Joder, ¿estás llorando? ¿En serio?

Intento dejar de hacerlo, pero no puedo. Siento que el corazón me pesa en el pecho, y me cuesta respirar. Ahora mis amigos ya tienen lo que querían: ya tienen un motivo más que perfecto para no darle otra oportunidad. Y supongo que él también tiene lo que quería, porque así nunca más le pediré que los vea. Y aquí estoy yo en medio mientras, por mucha rabia que me dé, lo único que hago es buscar algo que lo justifique. Quiero estar de su lado. Y ahora mismo no sé cómo.

Noto las lágrimas, gruesas, resbalando por las mejillas.

—Deja de llorar —exige—. Nena, deja de llorar, tampoco ha sido para tanto. Estás exagerando las cosas. Mierda, para ya.

Me pasa un brazo por los hombros y me mueve para pegar mi espalda a su pecho, sujetándome contra él. Y con la otra mano saca el móvil y abre la aplicación del espejo, para ponérmelo frente a la cara.

—Mírate —ordena—. Mira cómo estás. ¿Ves como no tenías que ponerte tanto maquillaje?

Tengo el rímel corrido y marcas negras me surcan las mejillas. Afloja la presión de su brazo para pasarme el pulgar por el labio y desdibujar el color del pintalabios.

—Mira qué guapa vas ahora —se burla.

Lo aparto de un manotazo.

—Oye, ven aquí.

Lucho con él todo lo que puedo hasta que finalmente me rindo y dejo que me abrace. Estoy cansada. No puedo pensar. Escondo la cara en su pecho, entre los pliegues abiertos de la cazadora, y dejo que su mano me acaricie el pelo suavemente, sin decir ni hacer nada. Él tampoco dice nada por un rato muy largo.

—Quiero irme a casa —murmuro por fin, cuando las lágrimas han dejado de salir.

—Vale. Vamos a por el coche y vamos a...

—No —corto. Lo aparto de mí—. No quiero ir contigo. Me voy a la residencia.

Vuelvo a pasarme el dorso de las manos por las mejillas y

echo a andar hacia la salida del campus. Me sigue en silencio. Noto su presencia detrás de mí, pero lo ignoro.

Cuando llego al edificio empiezo a subir los escalones y oigo su voz justo detrás:

—¿De verdad no vas a venir conmigo? —pregunta, con el típico tono de quien sabe que ha hecho algo mal. Ni siquiera me vuelvo—. Antes has dicho que vendrías a dormir conmigo.

—Y tú has dicho que me querías y que te importaba, y que ibas a intentar llevarte bien con mis amigos por mí. Así que los dos hemos dicho cosas, y ahora los dos las podemos retirar.

Saco las llaves del bolso y subo hasta la puerta.

—Nena...

Entro y cierro antes de que tenga tiempo de decir nada más.

No debería sorprenderme. Lo que Daryl y yo tenemos es así. Él no sabe gestionar ciertas cosas. Y yo no puedo evitar que me duelan, aunque intente entenderlo. Estar con él es como una montaña rusa, y no sé si es precisamente la parte mala la que hace que la buena sea tan buena. Las peleas con él son horribles y devastadoras, pero las reconciliaciones son tsunamis de felicidad y fuegos artificiales de pura pasión.

Y me cuesta encontrar la balanza para medir si las dos cosas se compensan.

24

Al día siguiente estoy haciendo la maleta para largarme cuando se presentan aquí todos los refuerzos tras un único mensaje de Tracy reclamándolos.

—¿Qué crees que haces? No te puedes ir. ¿No te acuerdas de la práctica *obligatoria* del lunes? —Es lo primero que dice Mark al entrar por la puerta.

Britt me abraza directamente, sin decir nada.

—Me da igual la práctica, ya me inventaré algo —le quito importancia—. Quiero irme a casa, chicos. Estoy... Necesito tomarme un respiro.

Se sientan los tres en la cama de Tracy para observarme meter cosas en la maleta sin ningún orden, pero sin criticarme por ello. Son un público entregado.

—Ah, sí, eso. Normal. Porque tu novio es un gilipollas —suelta Mark, sin paños calientes.

—Mark... —lo regaña Britt.

—No, si tiene razón —suspiro—. Chicos, siento muchísimo lo que pasó ayer.

—Tú qué vas a sentir —lo rechaza Tracy—. ¿Acaso fuiste tú la que casi le da una paliza a Mark?

—¿Paliza? Lo hubiera aplastado solo con este dedito —se jacta, y clava dicho dedo en la mejilla de Tracy.

—Mira, chico, eres alto, pero muy enclenque —lo hace de menos. Luego vuelve a mirarme a mí—. No fue tu culpa. Pero empezará a serlo si no lo mandas a la mierda.

Escondo la mirada y me muerdo el labio. La verdad es que ya me esperaba que dijeran algo así. Porque me imagino en su lugar y yo sería la primera en decirlo. Pero es que yo no estoy en su lugar, y ellos no están en el mío.

—Ese chico no está bien de la cabeza, Haley —aporta Britt, tímida—. No es normal cómo reaccionó ayer. Lo sabes, ¿verdad?

Vuelvo a alzar la mirada. Los tres esperan expectantes mi respuesta.

—No. Ya sé que no es normal que alguien reaccione así. Pero es que no sabéis... Vosotros no sabéis todo lo que ha tenido que pasar. Ha tenido una vida muy dura.

—¿Esa es la excusa que te pone para comportarse como un capullo? —pregunta Mark, irónico.

—No, es la verdad. Sé que a veces reacciona exageradamente y no sabe controlarse. Porque le cuesta mucho manejar ciertas emociones, ¿vale? Pero si supierais todo lo que yo sé de él, entenderíais muchas cosas.

—¿Y qué va a pasar el día que reaccione así contigo? —plantea Tracy.

La miro como si se hubiera vuelto loca. ¿Qué dice? No, está claro que no tienen ni idea de quién es Daryl, de cómo es, y mucho menos de por qué es así. Pero yo sí. Yo *lo entiendo*. Y puede que él tenga razón. Puede que los demás nunca vayan a entender lo nuestro. Puede ser que todos vayan a estar en contra porque no lo entienden. Y está bien, supongo, porque, al final, es solo nuestro.

—No, eso no va a pasar —respondo convencida—. Conmigo no es así. Conmigo es diferente.

—Haley, ¿tú te estás oyendo? —suspira Britt.

—Ten cuidado. Tienes que ver dónde te estás metiendo —advierte Tracy.

Vuelvo a mi tarea de hacer la maleta, como si no la hubiera oído. Estoy harta de que todo el mundo me diga que tenga cuidado. ¿Por qué no me pregunta nadie qué siento por él? ¿Por qué nadie me dice nunca que le advierta a él que tenga cuidado conmigo? Podría romperle el corazón. Estoy bastante segura de que el suyo es más frágil que el mío.

—¡Oye! Deja de ignorarnos. Y deja de hacer esa maleta, no vamos a dejar que te vayas —informa Mark, en broma.

—Eso. Quédate. Es sábado, podemos hacer un montón de cosas —anima Britt.

—Necesito alejarme un poco y pensar —digo, sin dejar mi tarea.

Mark se levanta y se planta a mi lado en un segundo. Me pone las manos en los hombros y me obliga a parar y mirarlo.

—Aléjate y piensa aquí con nosotros. Venga, cojamos tu coche y vámonos por ahí a pasar el día, sin rumbo fijo. Sé que te gustan las aventuras.

—¡Eso! —apoya Britt la idea.

Sonrío levemente, cuando la idea empieza a calar en mí. Me vendría bien un día por ahí con ellos. Apagar el teléfono y perderme en un viaje por carretera con mis amigos. Necesito reírme como ellos consiguen hacerme reír, después de tanto llorar últimamente.

—Vale.

Los tres tontos se ponen a saltar y vitorear y a abrazarse entre ellos y a abrazarme a mí, como si nuestro equipo acabara de ganar un premio, hasta que consiguen hacerme reír.

Nos pasamos el día en la carretera, eligiendo destino sobre la marcha según van surgiendo las indicaciones de los carteles, y paramos a visitar todos los puntos que nos parecen interesantes, mientras bordeamos la costa. No me importa llevar yo el coche, porque me encanta conducir, y no paramos de reír y bromear todo el tiempo, hablando siempre cada uno más alto que el otro para hacernos escuchar. Les contamos a gritos nuestras aventuras a Niall y Jayden a través del móvil de Britt cuando su novio la llama para ver qué hace y si quiere que se vean. Paramos a ver mansiones desde las verjas, a pasear por un bosque de árboles altísimos, y terminamos viendo atardecer en una playa al sur. Y lo mejor es que no pienso en nada que no sea aquí y ahora en todo el día.

Estoy cansada pero feliz cuando Tracy y yo volvemos solas a la residencia. Enciendo el móvil por fin y me voy a los escalones de la entrada para llamar a mis padres y decirles que sigo viva, mientras ella habla con Aaron. Daryl ha llamado tres veces. Ha mandado algún mensaje, también.

Nena, ¿dónde estás? Tengo que hablar contigo. Siento lo que pasó ayer, soy idiota.

Por favor, llámame.

Pero no lo llamo. Porque creo que sigue siendo válida la conclusión de que darnos unos días nos irá bien a los dos para saber dónde estamos y adónde queremos ir.

Es ya de madrugada y estoy durmiendo cuando me despierta la vibración del teléfono en la mesilla con una llamada entrante. Es un número desconocido. Me levanto de la cama y me meto en el baño, con la puerta entornada, para no molestar a Tracy.

—¿Hola?

—Haley, ¿eres tú? —dice una voz que me suena familiar—. Soy Sean.

Se me acelera el corazón y tengo que sentarme en la taza del váter para escuchar lo que viene después. ¿Por qué me llama Sean? ¿Es que a Daryl le ha pasado algo?

—¿Sean? ¿Qué pasa? ¿Va todo bien?

—Es Styles —dice lo que yo más temía escuchar.

—¿Qué pasa? ¿Qué le ha pasado? ¿Está bien?

—Sí, está bien. Lo está..., de momento. El muy capullo está sentado al borde de la azotea con una botella de tequila. Está muy borracho. Y no quiere hablar con nadie..., excepto contigo.

—Voy para allá —digo, sin darle tiempo a ninguna explicación más.

Me visto lo más sigilosamente posible para no molestar a Tracy. Escribo una nota para ella iluminándome con la luz de la pantalla del móvil, por si cuando despierte aún no he vuelto. Solo digo que he tenido que ir a la fraternidad de Styles por una emergencia y que no se preocupe, que estaré de vuelta en cuanto pueda.

Creo que es la primera vez que salgo por esta puerta sin maquillar. Así que al final Daryl lo ha conseguido.

Cuando entro en el edificio, aún queda un puñado de gente de la fiesta que haya habido aquí esta noche. Está todo hecho un desastre. Sean aparece a mi lado enseguida.

—Haley.

—¿Dónde está?

Me hace un gesto con la mano, para invitarme a seguirlo, y subimos cuatro tramos de escaleras hasta llegar a la puerta que da al exterior de la parte más alta del edificio. Está ahí, de espaldas a mí, sentado en el pequeño muro que rodea la terraza con las piernas colgando sobre el vacío.

—Haz algo con él, por favor. Como tengamos un borracho que se ha tirado de la azotea no nos dejarán volver a celebrar una fiesta jamás. Os dejo, ¿vale?

Sean no espera mi respuesta antes de desaparecer. Ya veo que en el fondo Daryl tenía razón. No les importa si a él le pasa algo o no. Lo único que les preocupa es que por culpa de un escándalo se les acaben las fiestas de los fines de semana.

Doy un par de pasos hacia el exterior, acercándome prudente a su espalda. Hace bastante frío esta noche, pero él está en manga corta, como si ni siquiera lo notara, y tiene una botella casi vacía en la mano.

—Daryl —digo, en un tono de voz bajo y suave, para no sobresaltarlo.

Gira la cabeza enseguida, rápido, y me da un vuelco el estómago al pensar en él cayendo al vacío.

—Haley —murmura—. Nena, lo siento.

—Vale. Pues ven y dime que lo sientes aquí. ¿Qué haces ahí? Por favor, baja, vamos, no quiero que te hagas daño.

Suelta una risa irónica y vuelve a mirar hacia el frente.

—Tranquila, solo estoy tomando el aire. He subido aquí a pensar.

—¿Pensar? —repito, incrédula—. Piensa con los pies en el suelo, ¿quieres?

Balancea la botella de tequila adelante y atrás, estirando el brazo hacia la nada. Luego abre la mano y la suelta, y yo doy un respingo al verla desaparecer. Enseguida se oye el estallido del vidrio al chocar contra el suelo.

—¿Por qué has venido? No querías venir, ni hablar conmigo.

—Podemos hablar ahora, pero vas a tener que bajar de ahí para eso.

Vuelve a mirarme y yo me muerdo el labio porque está

tan borracho que cualquier movimiento en falso podría hacerle perder el equilibrio.

—Solo quería hablar contigo, pero no tenías que haber venido.

—Tal vez no. Pero estoy aquí, amor.

Niega con la cabeza varias veces y cierra los ojos, como si le doliera lo que acaba de escuchar.

—No tienes que llamarme amor. Yo no sé lo que es el amor. Aléjate de mí, Haley. Aléjate, va en serio. Rompo todo lo que toco.

Me pongo a su lado y le tiendo la mano.

—Yo no me rompo tan fácilmente.

Apoya las manos en la superficie del delgado muro y gira el cuerpo hacia mí. Se tambalea y creo que hasta suelto un grito, pero logra mantener el equilibrio.

—¿No ves que acabo haciéndole daño a todo el mundo?

Está enfadado, y sé que no es conmigo.

—A mí no quieres hacerme daño.

Hay pocas cosas que tenga tan claras como esa. Lo último que quiere es hacerme daño y por eso esta noche se odia más que nunca. Parece tan perdido que me encoge el corazón. Y está solo. Muy solo. Porque no sé el tiempo que lleva subido a ese muro, corriendo el riesgo de caerse al vacío, pero no había nadie intentando ayudarlo hasta que he llegado yo. Incluso Sean, que me ha llamado, estaba en la fiesta y no con él mientras esperaba a que yo llegara. Tengo que hacerlo yo. Tengo que ser la que sea fuerte y lo mantenga a flote. Estamos solos los dos en esta barca y él no puede hacerlo, así que es a mí a quien le toca remar.

—No quiero hacerte daño —asegura, desolado—. Por eso tienes que irte.

—Bueno, ya está bien. No me voy a ir, digas lo que digas. Si tú no bajas aquí conmigo, voy a subir yo ahí contigo.

Aparta la mirada y hace un movimiento de cabeza que me da a entender que no cree que sea capaz. Así que pongo las manos en el borde y me impulso para subir al muro.

—¿Qué haces, nena? No... —empieza a protestar, y pone una mano en mi brazo para intentar bajarme.

Si me empuja va a caerse él, así que lo cojo de la mano y la sujeto con fuerza, mientras mi otra mano se aferra a su brazo, para darle a entender que no lo voy a soltar. Se impulsa hacia atrás, alejándose de la caída. Acabamos los dos en el suelo, golpeándonos el costado. Se mueve torpemente para apoyar la espalda contra el muro y yo repto hasta abrazarme a su torso y apoyar la cabeza en su pecho. Su corazón late despacio. Supongo que es lo que tiene el alcohol: te quita el vértigo.

—No quiero hacerte daño —repite.

Me aparto y pongo las manos en sus mejillas.

—No vas a hacerme daño.

Niega con la cabeza, pero parece mucho más triste que antes.

—Tampoco quise hacerle daño a Sarah.

—Yo no soy Sarah, y esto es diferente.

—Deberías alejarte de mí ahora que aún puedes.

Aumento la presión de las palmas en sus mejillas.

—No. Ya no puedo. Ya no puedo alejarme de ti, amor. Olvídalo. No voy a irme.

Pone una mano en mi nuca y me acerca. Nos besamos desesperados y ansiosos. Como si tuviéramos poco tiempo.

—Vamos a tu cuarto —susurro, a escasos milímetros de sus labios—. Hace frío aquí. Vamos dentro, ¿vale?

Asiente, pero no se mueve. Me pongo de pie y tiro de su mano.

—Tus amigos van a intentar alejarte de mí. Me odian. No quieren que estés conmigo. Van a intentarlo hasta que te convenzan. Y tú los vas a escuchar —divaga.

—No, yo no voy a escucharlos —me sorprendo diciendo—. Esto es solo nuestro, ¿te acuerdas? Los demás no lo entienden, pero eso da igual.

—No lo entienden —repite.

—Claro que no. Vamos, ven conmigo.

Cede por fin a la tracción de mi mano y se levanta para luego seguirme al interior. Tardamos un rato en bajar la escalera hasta la primera planta, pero conseguimos llegar hasta su cuarto. Cierro la puerta por dentro y lo ayudo a llegar a la cama.

—Bebes demasiado, Daryl.

Suelta una risita.

—El alcohol me ayuda a pensar.

—No. Yo creo que no piensas.

Se gira y se pone de medio lado.

—No te vayas —pide, en un hilo de voz.

—No me voy.

Mueve un brazo, para buscarme por la cama, como si no fuera consciente de que estoy de pie a su lado. Me descalzo y me quito los vaqueros antes de tumbarme con él.

—Nena.

—Estoy aquí. —Me acerco para que pueda abrazarme.

—Eres lo único que tengo —murmura—. Eres lo único que quiero.

No dice nada más.

Distingo el cambio en su respiración cuando se queda dormido. Y yo me quedo aquí, mirando sus rasgos en la penumbra del cuarto, acariciando su cara con la yema de los dedos.

No puedo irme. *No quiero* irme. Él me necesita y yo lo necesito a él. Necesito al Daryl al que me ha acostumbrado en los mejores días. Al que me sube hasta el cielo solo con un beso. Al que me hace volar tan alto como nunca me creí capaz. Olvidarme de todo. Flotar por encima del resto del mundo. ¿Cuántas personas encuentran algo así en su vida? ¿Cómo podría dejar escapar esa clase de felicidad cuando sé que está ahí al alcance de mis dedos? Nadie dijo que ser feliz fuera fácil. Ni que las cosas que merecen la pena pudieran lograrse sin esfuerzo. Y es bien sabido que el amor y el dolor son solo dos caras de la misma moneda.

Solo tenemos que aprender a hacerlo bien. Y eso podemos hacerlo juntos.

Se mueve para acercarse más a mí. Contengo un quejido cuando su brazalete se me clava en la piel de la cintura. Esas malditas tachuelas. Intento quitárselo, para que no acabe por hacerme una herida en la piel, pero no soy capaz de abrirlo. Me estiro para encender la luz. A él ni le molesta, sigue durmiendo como si nada. Y por fin consigo deshacerme del dichoso brazalete.

La tinta del tatuaje continúa por la piel del dorso que quedaba tapada, pero la parte interna de su muñeca no tiene tinta. Tinta no; lo que tiene son cicatrices. Me quedo parada mirando esas marcas en su piel pálida. Son muchas, aunque solo un par parecen profundas, y el resto son multitud de lo que en su momento debieron de ser cortes superficiales. Le quito el otro solo para encontrar lo mismo. Paso la yema de los dedos con cuidado por encima de las zonas levemente más abultadas que conforman las cicatrices.

Joder, Daryl.

Dejo los brazaletes sobre la mesilla y vuelvo a apagar la luz. Lo abrazo contra mí y dejo que murmure cosas ininteligibles contra la piel de mi cuello.

Y yo me quedo aquí, despierta y sin parar de pensar, hasta que la luz del sol empieza a colarse por la ventana al amanecer.

Daryl no ha parado de moverse en toda la noche, aun sin llegar a despertarse. No creo que haya conseguido descansar cuando abre los ojos lentamente y me encuentra ahí, frente a él. Se le dibuja una sonrisa tenue y perezosa.

—Te gusta mucho mirarme, nena —me acusa, con la voz especialmente ronca.

Se mueve, para rodearme con los brazos, y entonces abre los ojos de golpe y vuelan directos a una de sus muñecas desnudas. Su mirada recorre a tanta velocidad el camino a la superficie de la mesilla, con parada en mis ojos, que no me da tiempo a decir nada. Se incorpora sin ningún cuidado y recupera los brazaletes, pasa por encima de mí y baja al suelo. Se los pone mientras se aleja y apoya la espalda en la pared, sentado en el suelo, bien lejos. Me mira como un animal herido.

—Sal de aquí —me ordena en un siseo.

—Daryl...

—¡Vete! —grita esta vez.

Y no parece que vaya a ser capaz de razonar en los próximos minutos... quizá horas. Así que me levanto y me visto en silencio antes de abandonar el cuarto y dejarlo solo.

Me había contado muchas cosas sobre él últimamente y solo había un tema sobre el que se negaba hablar: su padre. Pero creo que no, que en eso estaba equivocada: los temas sobre los que Daryl Styles no está dispuesto a hablar son dos.

25

Mamá está leyendo un libro en el sofá cuando salgo de mi cuarto y me asomo al salón, a ver qué hace.

Llevo mucho rato pegada a la pantalla del portátil en una llamada con Simon. Sí, nos vimos hace tres días, en Navidad, pero no hemos parado de hablar desde entonces porque mi primo le está dando muchas vueltas a lo de su familia biológica. Su hermana ha estado comiendo con ellos en casa hoy y han hablado de ello. Decirle a Alice que se siente así ya es un paso gigante para él y por eso creo que esta vez va en serio y que va a empezar a buscarlos. Además, Alice lo ha apoyado totalmente y le ha dicho que cuente con ella para cualquier investigación que necesite llevar a cabo. Mi prima estudió arquitectura, pero siempre dice que su otra gran opción era criminología así que le encanta eso de desentrañar misterios.

En el fondo, a mí me está viniendo bien tanta charla con Simon porque centrarme en sus dramas me obliga a dejar los míos de lado. Ya es domingo y llevo en casa —entre Oakland y Sacramento y vuelta a Oakland otra vez— desde el martes. Y también llevo una semana entera sin saber nada de Styles.

—¿Ya has terminado de hablar con Simon por tercera vez hoy?

Mi madre pone el marcapáginas antes de cerrar el libro y lo deja a un lado para prestarme la máxima atención.

Hace un rato que papá y Liam han salido a correr con *Ron*, así que estamos solas. Me acerco hasta el sofá, me siento a su lado y apoyo la cabeza en su hombro. Sé que le tiene que parecer raro que esté tan cariñosa, pero no se ha quejado. Cuando estaba aquí todos los días nos peleábamos sin parar, pero desde que me fui a la universidad he empezado a apreciar mucho más esto de tenerla cerca. Me besa el pelo y luego apoya la mejilla en mi cabeza.

—¿Qué pasa? ¿Va todo bien?

—Sí. Bien —respondo vagamente.

—Si es ese chico de Los Ángeles el que te tiene suspirando por las esquinas puedes decirlo, no voy a cotillear más de lo estrictamente necesario —bromea.

Sonrío, solo porque sé que no puede ver cómo lo hago.

—Y si no eres nada cotilla, ¿cómo sabes que hay un chico en Los Ángeles?

—Bueno, porque yo también he tenido dieciocho años y he suspirado por un chico por las esquinas.

Me aparto un poco para mirarla a la cara, y pongo una mueca de disgusto.

—Papá no es un chico, es papá —protesto.

—Ahora es papá, cuando teníamos dieciocho era un chico que me hacía suspirar —me cuenta, con una sonrisita—. Además, el que sí que es muy cotilla en esta familia es tu hermano y dice que tienes novio.

Suelto un bufido indignado cuando la oigo decir eso. Maldito Liam.

—Odio a ese niño.

Mamá se ríe.

—Así que es verdad. Tienes novio y no me has dicho nada.

—Ni siquiera sé si es mi novio. Es... complicado.

—Cariño, no tienes que tener claro con dieciocho si quieres pasar el resto de tu vida con otra persona. Eso casi nunca pasa. Solo dedica tu tiempo a quien te haga sentir bien y te trate como te mereces. Lo demás ya llegará. No tienes que reservar tus emociones ni tus «te quiero». Puedes encontrar mucha gente por el camino que los merezca durante algún tiempo, aunque no sea para siempre. Lo importante es que lo sientas ahora. Y, aunque odio de verdad tener que decir esto y convertirme en mi madre por un segundo, lo importante también es que tengas sexo seguro. Y que cuides de tu cuerpo y de tu corazón y se lo entregues solo a quien vaya a cuidarlo como tú.

No necesito una charla sobre sexo con mamá. Ya tuve bastante cuando empecé con Jake y se hizo bastante obvio que tarde o temprano iba a perder la virginidad con él. Ahí ya tuve suficientes charlas de sexo para toda la vida. Y lo peor fue que papá también intentó darme una.

Como si de un milagro salvador se tratara, oigo el sonido de una llave en la cerradura y enseguida *Ron* entra trotando alegremente, con la lengua fuera, para saludar antes de ir a la cocina a beber agua.

—Esta conversación no ha existido —me susurra mamá, cuando las voces de mi padre y mi hermano llenan el recibidor.

—Ya. Ojalá.

Se ríe con mi respuesta.

Me alegro de nos hayan interrumpido, porque creo que de no ser así podría haber acabado contándole cosas que no quiero contarle, al menos de momento.

Aunque ya no vuelve a preguntarme por Daryl, no puedo evitar pasarme el resto de la tarde pensando en lo que ha dicho. En eso de que dé mi corazón y mi cuerpo solo a quien vaya a cuidarlo como yo. ¿Cómo sé quién va a cuidarlo? Sé que Daryl quiere hacerlo. Sé que quiere aprender a «quererme bien». Pero mientras llegamos a ese punto... ¿qué va a pasar con mi corazón? ¿Cuánto estoy dispuesta a aguantar para conseguir llegar hasta ahí? Y lo más importante, ¿llegará alguna vez? Dicen que el amor lo puede todo, ¿no es así?

Me despierta la vibración del móvil sobre la mesilla de noche.

Styles.

Descuelgo enseguida, despierta de golpe.

—Daryl —digo, en un susurro.

Tarda unos cuantos segundos en decir algo. Segundos en los que solo oigo su respiración, pausada y tranquila, al otro lado de la línea.

—Te quiero.

Cierro los ojos mientras sus palabras inundan todo mi cuerpo y me llenan de una sensación cálida y reconfortante. Tengo ganas de llorar y sonreír a la vez, como una demente.

—Yo también te quiero —correspondo en voz bajita.

—¿Cuándo vuelves? Necesito verte.

Me gusta oírlo tan sereno. Suena sobrio y tranquilo, como si decir cosas como que me quiere o me necesita ya no le costara tanto como antes.

—Aún falta una semana para eso. Oye..., siento mucho lo que pasó. No quería invadir tu intimidad ni obligarte a hablar de cosas de las que seguramente no quieres hablar. Yo... fue...

—Da igual. No quiero estar sin ti, Haley. Y si para estar contigo tengo que enseñarte hasta la última de mis cicatrices, eso es lo que quiero hacer.

—Y yo quiero besarlas todas. Eso no va a borrarlas, amor, pero las besaré hasta que dejen de doler, si tú me dejas.

—Te echo tanto de menos que me siento patético. Quiero verte.

Sonrío.

—Una semana —repito—. Creo que nos vendrá bien tomarnos esta semana para pensar en cómo queremos que sea esto de ahora en adelante.

—Yo no tengo que pensar nada. Te lo he dicho, ya está pensado: quiero estar contigo. Voy a estar contigo. El resto del mundo puede irse a la mierda.

—Ya lo sé —lo tranquilizo—. Y yo quiero estar contigo y voy a estar contigo, amor. Pero no puede ser como lo hemos estado llevando hasta ahora, ¿vale? No podemos estar peleando cada fin de semana, no podemos pasar del amor al odio cada diez minutos.

Lo oigo gruñir bajito, como siempre hace cuando no está de acuerdo en algo.

—Así somos nosotros, nena. Me vuelves loco y me cabreas a veces, pero sé que me moriría sin ti. No voy a permitir que nada nos separe, ¿me oyes?

—Solo te pido que nos demos esta semana para poder empezar a construirlo bien cuando vuelva. ¿Puedes hacer eso, por favor? ¿Puedes pensar en esto durante esta semana hasta que nos volvamos a ver y darme tiempo para que lo piense yo?

Gruñe otra vez. Así que creo que no está muy de acuerdo. Pero ha dicho que no quiere estar sin mí. Y está dispuesto a hacer cualquier cosa. Y el control por el que parece estar luchando todo el rato está en mi mano ahora.

—Vale —dice por fin.

—Vale —repito, mucho más suave que él—. Te quiero. No me asustan tus cicatrices.

Se queda en silencio por unos segundos, y se me acelera el corazón pensando que ya he metido la pata.

Pero habla antes de que me dé tiempo a preguntar si sigue ahí:

—Deberían. Pero me alegro de que te creas tan valiente.

—Soy valiente. Y soy dura.

—Espero que lo seas. No pienses demasiado, ¿vale? No quiero que cambies de idea.

Estaría hecha de piedra si pudiera alejarme de él.

—No voy a cambiar de idea.

—Bien —dice.

Aunque no parece muy convencido.

—¿Esto significa que ya vas a responder a mis mensajes?

—Seguramente sí —responde, y no sé si está de broma o de verdad aún no lo tiene claro—. Te dejo dormir, nena.

—¿Me llamas mañana?

Espero que no sea consciente de cuánto *necesito* una respuesta afirmativa.

—Claro.

Respiro y sonrío cuando lo oigo decir esa única palabra, pero con total convicción.

—Buenas noches, amor.

—Buenas noches, nena.

Y, cuando cuelgo, abrazo el teléfono y me siento tan feliz que me cuesta volver a dormir.

26

Encuentro a Hannah enseguida, en cuanto llego a la calle que me ha indicado. Está sentada en el parque, justo frente a las famosas casas de colores. Me acerco hasta ella y me dejo caer a su lado.

He venido a toda prisa en cuanto he recibido su mensaje. Sus padres acaban de decirles que se van a separar y, por lo que veo, ella no se lo ha tomado muy bien.

—He intentado llamarte, pero no parabas de comunicar —digo, a modo de saludo.

Mira el móvil que tiene en la mano y asiente.

—Estaba hablando con Logan.

Ha llamado a Logan para esto. Eso empieza a parecer bastante una relación seria. Me estiro hacia ella y la abrazo, apretando la mejilla contra la suya.

—¿Estás bien?

—Pues no lo sé. Pensaba que las cosas iban bien..., no sé..., como siempre. Mi padre se va en cuanto pase Año Nuevo. No entiendo nada, tía. ¿Y ahora qué?

Sé que es una pregunta retórica, pero, aun así, me siento mal por no tener una respuesta que ofrecerle.

—Pero ¿os han dicho algo más? ¿Ha pasado algo?

—Dicen que no ha pasado nada y que van a seguir llevándose bien, pero que desde que ninguna de las dos estamos en casa se han dado cuenta de que a lo mejor ya simplemente estaban juntos por inercia. Quieren darse un tiempo y ver qué pasa. Dicen que aún no saben si van a divorciarse o no.

Le froto la espalda con la palma de la mano.

—Lo siento, tía. A lo mejor es verdad y se habían acomodado demasiado... Puede que un tiempo separados les haga darse cuenta de que se echan de menos.

—No, qué va. Todo el mundo sabe que cuando alguien te pide un tiempo es porque te quiere dejar para siempre pero no se atreve a decirlo claro. Y ellos no se atreven a decírnoslo claro, pero se acabarán divorciando. ¿Y cómo serán las cosas entonces? ¿Qué hago si vengo un fin de semana desde Dartmouth: tengo que decidir si quiero pasarlo con mi padre o con mi madre? Esto es una mierda.

—Lo sé —suspiro, aunque, en realidad, no lo sé.

Pero ella no me echa eso en cara, ni me dice que no tengo ni idea. Apoya la cabeza en mi hombro y deja que la achuche.

—Gracias por venir, tía —dice, en un murmullo.

—¿Qué dices? ¿Cómo no iba a venir? No seas tonta.

Nos quedamos en silencio contemplando las casas justo al otro lado de la calle. Este es uno de nuestros lugares favoritos de la ciudad y siempre hemos venido para tener nuestras charlas más profundas.

Y hay otro sitio cerca que también nos encanta.

—Oye, he venido corriendo y ni he desayunado; ¿nos tomamos un café y unos buenos pedazos de tarta de chocolate en The Mill?

—Sabía que por algo te había llamado a ti la primera.

Me levanto y le tiendo la mano, para ayudarla a hacer lo mismo y, en cuanto está de pie, enlazo mi brazo con el suyo y empezamos a cruzar el parque hacia nuestro destino.

—Estoy aquí.

Me incorporo en la cama con el teléfono pegado a la oreja y miro alrededor, confusa. Daryl ni siquiera ha dicho «Hola» cuando he descolgado la llamada.

—¿Aquí? ¿Dónde?

—Aquí, en Oakland, delante de tu casa. Necesitaba verte —se justifica, como si eso tuviera todo el sentido del mundo.

—Pero es... ¿Estás loco? Es plena madrugada. Mis padres y mi hermano están en casa, ¿qué pretendes que...?

—Lo sé, es tarde, y es una locura, pero es que no aguantaba una semana sin verte y me he dado cuenta de que no tenía por qué esperar.

—¿Tal vez porque es una locura presentarte aquí así?

—Deja de hacer preguntas estúpidas.

Abro la ventana lo más sigilosamente posible y le doy indicaciones en susurros. Enseguida lo veo saltar la verja y caminar hacia mí, mucho más despreocupado que yo. Espero que no sea porque está acostumbrado a los allanamientos de morada. Y rezo porque *Ron* no se ponga a ladrar.

Entra por el hueco de la ventana, ágil, apoyándose sobre la superficie de mi escritorio antes de poner los pies en el suelo, sigiloso. Pone las manos en mis mejillas y me besa impaciente.

Luego se aleja de mí y se quita las botas para no hacer ruido mientras se pasea de un lado a otro.

Primero coge un libro pequeño que hay sobre mi mesa. Es uno de los regalos de Navidad de este año. Un libro titulado *Cómo pensar como un perro*, lleno de fotos ridículas de perros con frases de pensamientos muy estúpidos al lado. Lo mira y me mira a mí alzando una ceja.

—En mi familia todos los años tienes que hacerle un regalo tonto a la persona que te toque y decimos que es de parte de *Ron*. Así que esto es lo que me ha regalado mi perro este año —le explico.

Lo deja sobre la mesa de nuevo.

—Me parece una gilipollez.

No digo nada. Supongo que a él todas esas cosas que se hacen en familia le parecen una gilipollez, solo porque nunca ha podido hacerlas.

Mira la decoración de las paredes. Y especialmente mi corcho, lleno de fotos.

—¿Quiénes son?

Me acerco para darle las explicaciones pertinentes: sobre todo salen Hannah y Simon, pero también tengo alguna con los chicos del equipo de fútbol del instituto, y esas no parecen gustarle tanto. Me alegro de haber quitado las que tenía con Jake en cuanto corté con él. Eso podría habernos arruinado esta noche.

—¿Ya te has cansado de curiosear?

—No, ahora quiero curiosear qué hay debajo de tu pijama.

—Creo que nada que no hayas visto antes —me burlo.

—Pues quiero verlo otra vez.

—Estamos en casa de mis padres. —Sujeto sus manos cuando intentan colarse bajo mi camiseta.

—Entonces no hagas ruido.

Nos tendemos sobre el colchón y se coloca encima de mí, besando mi cuello sin atender a mis preocupaciones. Me muero porque siga haciendo justamente eso. Pero si nos oye alguien me da algo.

—¿Qué ha pasado con nuestra semana para pensar?

Se lo pedí ayer. No han pasado ni veinticuatro horas.

—No quiero que pienses —responde, y me muerde el hombro.

Cojo su cara entre las manos y lo aparto para repeler su ataque caníbal. Me mira y sus ojos grises hacen que se me olvide lo que estaba a punto de decir. Tenía algo importante en la punta de lengua, pero ya no está. Se ha evaporado de mi cerebro. Se me han muerto otro par de neuronas por culpa de sus ojos, de sus labios y de todo el resto de su cuerpo. Si no quiere que piense, creo que ya sabe bien cómo conseguirlo.

—No me dejes marcas, mi madre es detective profesional.

No responde con palabras. Me baja los pantalones de un tirón y se deshace de ellos enseguida antes de meter la cabeza entre mis piernas.

Me muerdo la mano como método de contención.

Sé que hace tan solo un par de minutos no quería que esto llegara tan lejos, pero ya no puedo pararlo. Pronto estamos los dos desnudos y tocándonos sin control mientras nos susurramos cosas que terminan por perderse a medio camino sin que seamos capaces de entenderlas. Hay una que tengo que repetir un par de veces, para conseguir que conteste:

—¿Tienes un condón?

—¿Qué? No, no tengo un condón. ¿No tienes tú?

—¿Crees que tengo cajas de condones en casa de mis padres?

—Da igual. Venga, nena, no vas a pedirme que pare ahora, ¿verdad que no? Tendré cuidado, no voy a correrme dentro. Eso prefiero hacerlo en tu boquita —añade, en un susurro pícaro en mi oído, mientras su pulgar me abre la boca para colarse dentro.

Le lamo el dedo, por pura costumbre, pero empujo sus caderas para alejarlo.

—No íbamos a volver a hacerlo sin condón —le recuerdo.

—Nena, he conducido cinco malditas horas para venir hasta aquí.

Suena como si pensara que se lo ha ganado. Y yo no estoy muy segura de que sea justo decirle que no ahora. Hemos llegado hasta este punto, él ha venido a verme desde Los

Ángeles, y lo último que quiero es que piense que no ha merecido la pena.

—Vale, pero solo un poco —negocio, como si eso significara algo en realidad—. Y no hagas ruido.

¿Fue ayer mismo cuando mi madre estuvo a punto de darme otra charla sobre sexo seguro? *Lo siento, mamá.*

Me sujeta por las caderas y me obliga a girarme para penetrarme desde atrás. Entierro la cara en la almohada para no gemir cuando lo siento abriéndose paso en mi interior.

—Mírate —susurra en mi oído, y aumenta el ritmo de sus embestidas—, eres una chica muy mala, Haley Parker. ¿Qué diría tu papá si supiera que te están follando así de sucio bajo su techo?

Me muerdo el labio con tanta fuerza para no hacer ruido que creo que me hago sangre, pero no importa.

—No creo que quieras que se lo preguntemos —murmuro en respuesta.

Suelta una risa queda en mi oído y me pone toda la piel de gallina.

Creo nunca he sido tan silenciosa teniendo un orgasmo.

Nos miramos a los ojos tumbados de medio lado, enfrentados sobre las sábanas. Seguimos desnudos, pero no tengo frío. Las yemas de sus dedos me acarician el costado rítmicamente y me siento bien. De repente deja de hacerlo y, antes de que me dé cuenta, veo que acaba de quitarse los brazaletes de las muñecas. Dirijo mi mirada hacia esa parte de su cuerpo. Lo agarro con delicadeza y acerco las cicatrices a mis labios para besarlas con dulzura.

No dice nada, pero lo veo cerrar los ojos y relaja la expresión.

—Soy tuyo —susurra—. Tuyo, Haley, con todas mis sombras y toda mi mierda. Con todo lo que soy. Soy todo tuyo.

Muevo la cabeza sobre la almohada para poder fundir mi boca con la suya.

—Puedes hablar conmigo de lo que quieras.

—Lo sé. Algún día, ¿vale?

Va a tener que bastarme con eso. Entrelazo nuestros dedos.

—¿Aún lo haces? —pregunto, porque eso es algo que necesito saber.

—No, ya no. A pesar de todo esto... ¿me quieres?

Sonrío sobre sus labios.

—Claro que sí.

27

Hannah me lanza una mirada de desaprobación a través del espejo de cuerpo entero de su cuarto, mientras termina de aplicarse el *eyeliner*. Estamos las dos solas en su casa preparándonos para salir a celebrar la llegada del nuevo año con algunos amigos del instituto.

Lleva mirándome así desde ayer por la tarde cuando le pedí que me acompañara a una farmacia para comprar la píldora del día después. Tuve que contarle que Daryl había estado aquí, y ella está más enfadada y decepcionada conmigo de lo que lo estaría mi madre si lo supiera.

—Deja el móvil de una vez y coge esto, anda. —Me tiende el *eyeliner*—. Llevas un ojo más perfilado que el otro.

—¿Qué dices? —me indigno ante la acusación.

Me acerco y la aparto de un golpe de cadera para poder mirarme y comprobar la falsedad de sus palabras envenenadas. No es del todo cierto, aunque no puedo negar que no están los dos exactamente iguales.

—Me preocupa tu adicción a ese cacharro esta noche.

—Cállate, ni siquiera estoy hablando con él.

—Te das cuenta de lo que hace, ¿no? —dice de pronto, y deja todo para girarse hacia mí y buscar mis ojos.

Oh, oh. Esto se pone serio.

—¿Qué hace quién?

—Haley, se presentó en tu casa sin avisar porque le habías pedido tiempo para pensar. Aparece y te enreda: te enreda para que no pienses, para que hagas lo que él quiere que hagas y llevarte por donde quiere que vayas, y hasta te enreda para follar sin condón. ¿Es que no ves lo manipulador que es?

Dejo el *eyeliner* sobre la mesa, con un golpe seco. La miro echando chispas por los ojos.

—No soy idiota, ¿vale, Hannah? Y lo único que pasa es que tú no tienes ni idea de cómo es él o de lo que hay entre nosotros. Vino porque necesitaba verme. Tampoco es tan retorcido. Estaba jodido y quería estar conmigo. Eso pasa cuando quieres a alguien.

—No hace ni dos meses que ha decidido que no eres solo un trozo de carne, ¿y ya resulta que te quiere y que eres el amor de su vida? Las cosas no pasan así de rápido, tía.

Niego con la cabeza, porque sé que Daryl tiene razón: es inútil que intente explicarlo. Ni siquiera Hannah lo va a entender.

—Las cosas no te pasan así de rápido a ti porque tienes el corazón de hojalata.

Suelta un bufido indignado y me empuja. Le devuelvo el empujón.

—¿De verdad voy a tener que callarme lo que pienso para que no te cabrees?

Me deshincho enseguida. La miro a los ojos y niego con la cabeza.

—No. Solo quiero que intentes filtrar y entender lo que hay antes de soltar lo primero que piensas.

—No quiero pelearme contigo, Haley.

Sonrío levemente y solo entonces ella lo hace también.

—No me pelearé contigo si me prestas ese pintalabios.

—Vale —concede, y me lo alcanza—. Y no hablaremos de novios, ni de padres, ni de divorcios esta noche.

—Perfecto. Que así sea.

Terminamos de arreglarnos, pero aún tardamos en salir porque, obviamente, tenemos que hacer una sesión de fotos en el espejo para las redes sociales antes de abandonar la casa.

La mayoría de los chicos del equipo ya están allí cuando llegamos. Holden se acerca enseguida a Hannah y yo solo espero que mi amiga se acuerde de que existe Logan y no se deje llevar por la promesa del buen sexo —que parece que con Logan no tiene— para olvidarse de todo lo que está pasando en su casa. El corredor sigue interesado en ella y eso resulta bastante evidente.

—Parker, estás impresionante —alaba uno de los defensas.

Nos pasamos cuatro años de instituto llevándonos muy bien y nunca tuvimos interés sexual el uno en el otro, por muy borrachos que estuviéramos. Creo que a eso se le puede llamar amistad.

—¿Sí? Gracias. Me ha parecido que la madrugada del uno de enero era el mejor momento para lucir un vestido mínimo que no resguarde en absoluto del frío —bromeo.

—Para estar guapa hay que sufrir —recita con una risita—. ¿Quieres tomar algo mientras Hannah y Holden se comen con los ojos?

Le sonrío y entrelazo el brazo con el suyo. Voy a dejar que mi amiga haga lo que quiera hacer..., incluso si pienso que se va a equivocar. No estaría de más que ella hiciera lo mismo por mí.

Bebo y bailo con los chicos, pasándomelo en grande. Y, un rato después, veo aparecer a mi exnovio con una chica cogida de la mano. Los miro con curiosidad y él enseguida encuentra mi mirada. Me sonríe y yo le devuelvo la sonrisa. Me alegro de verlo bien.

No tarda nada en acercarse a saludar.

—Hola, Haley. Oye, estás muy guapa.

Lo dice tan sincero y con tan buen rollo que inmediatamente me entran ganas de abrazarlo. Así que eso es lo que hago. Nos abrazamos por un segundo escaso y luego me separo para mirarlo otra vez.

—Tú te has puesto muy elegante. ¿Cómo estás?

—Muy bien —responde, sin dudar—. ¿Y tú? ¿Cómo va todo en Los Ángeles?

—Bien. Va muy bien. Oye, ten cuidado —advierto cuando veo a algunos de nuestros viejos amigos revolotear alrededor de su novia—, esos buitres no van a tener piedad. Has traído aquí a una chica demasiado guapa.

Se ríe ante mi broma y niega con la cabeza.

—Sabe mantener a los carroñeros a raya —me sigue el juego—. Y ya sabes que no soy celoso. Volverá a mí cuando descubra que soy el tío que merece más la pena de todos estos perdedores.

Asiento, riendo. Sí, eso es quizá lo único que me gustaría recuperar de Jake y cambiar en mi relación con Styles: los celos absurdos. Jake nunca torció el gesto porque un chico me mirara.

—Me alegro de verte tan bien —digo, sincera.

—Y yo me alegro de verte. Ven, te la presento, ¿vale?

Accedo a eso sin dudar. Es simpática y, aunque parece saber perfectamente quién soy, no me mira mal ni por un solo segundo.

Hacía mucho que no estaba en una fiesta en la que pudiera pasármelo bien sin preocuparme de cuándo se torcerá la cosa. Pero enseguida me regaño a mí misma por pensar así, porque no quiero ser injusta con Daryl.

Tengo que hacer una pausa de tanto bailar y cantar demasiado alto, para recuperar el aliento. No veo a Hannah por aquí cerca, pero Holden está hablando con Jake así que al menos sé que no ha sucumbido a sus encantos. Seguramente alguien la habrá convencido para salir a fumar. Mi amiga no fuma habitualmente, pero a veces comparte algún cigarrillo con los chicos en las fiestas.

Miro el móvil, por si me ha mandado algún mensaje para decirme adónde ha ido. No hay mensaje de Hannah, pero tengo una notificación de mensaje privado en una de mis redes sociales. Es una respuesta a una foto que he colgado de entre todas las que nos hemos hecho Hannah y yo frente al espejo. Es de Daryl.

¿Me estás vacilando? Borra eso YA. Hay veinte tíos haciéndose una paja en su casa ahora mismo con esta mierda.

Me quedo parada en medio de la pista de baile donde todos siguen pasándolo en grande. Leo el mensaje una y otra vez.

—Haley, ¿estás bien?

Levanto la vista hacia los ojos del chico que acaba de preguntármelo. Asiento al instante y fuerzo una sonrisa.

—Sí, claro. Ahora vengo, salgo un momento a tomar el aire.

Me escabullo antes de que nadie tenga tiempo de ofrecerse a acompañarme. Salgo y me siento en el borde de la acera. Miro la foto de la discordia.

No lo entiendo. Solo somos Hannah y yo, frente al espejo, posando como auténticas divas. Vale, las dos llevamos vestidos cortos y sexis, pero no se ve nada escandaloso. No debería mandarme ese mensaje ni aunque así fuera, mi cuerpo es mío y yo decido qué enseñar, ¿verdad? Aun así, a él le molesta. ¿Debo respetarlo? Si sé que algo no le gusta..., ¿tengo que adaptarme y dejar de hacerlo solo porque él me lo pida? Las relaciones van de ceder, supongo. Y a lo mejor yo tengo que ceder y no hacer cosas que le molesten a él si él cede y deja de hacer cosas que me molestan a mí, como agredir a cualquiera que me roce, por ejemplo.

No quiero borrar la foto, pero eso de que hay veinte tíos haciéndose una paja con mi imagen se repite en mi mente sin parar y me da asco. Así que la borro.

No sé cuánto tiempo estoy aquí sentada, sintiéndome mal y pasando frío, hasta que Hannah aparece y se sienta a mi lado.

—Oye, ¿qué haces aquí? Estaba fumando detrás con Howie. ¿Cuánto tiempo llevas aquí sola? ¿Y por qué no has cogido la chaqueta?

Me frota el brazo. Niega con la cabeza y se quita el abrigo para echármelo por los hombros.

—Solo he salido a tomar el aire. Estoy bien —miento.

—¿No te habrás puesto celosa al ver a Jake con su nueva novia? —bromea, en un tono que deja claro que sabe que no.

—Claro que no.

—Yo le he dicho a Holden que tengo una especie de novio, para que no haya tentaciones, deberías estar orgullosa de mí —alardea. No digo nada, así que ella sigue hablando—: No me parecía justo, ¿sabes? El pobre Logan no para de poner corazones en todas mis fotos.

Saca el móvil, para entrar en su perfil de redes sociales y mostrarme cómo Logan ha indicado que le gustan todas y cada una de las fotos que ella ha colgado esta noche. Pero no llega a jactarse demasiado de lo coladito que está por ella porque antes de poder hacerlo se da cuenta de otra cosa.

—Haley, ¿por qué has borrado la foto?

Mierda.

—No me gustaba cómo salía.

—¿No te gustaba a ti? ¿O a quién no le gustaba cómo salías?

Esquivo su mirada todo lo que puedo.

—No digas tonterías. Era una mierda de foto.

Le devuelvo su abrigo antes de levantarme dispuesta a volver al interior.

—Nadie puede controlar lo que haces, lo que dices, cómo te vistes o lo que piensas, aunque vaya por ahí diciendo que te quiere, Haley —dice mi amiga a mi espalda.

—Pues entonces deja de intentar hacerlo tú —advierto, y le lanzo una mirada por encima del hombro.

Entro en el local y la dejo sola. Y, aunque las dos hemos dicho que no queríamos pelearnos hoy, no volvemos a hablarnos en toda la noche.

28

Cojo el regalo de entre las manos de Jayden cuando me lo tiende. Llevo ya un rato en casa de los Sparks abriendo regalos —Sue me ha regalado una cámara de fotos genial— y el de Jay es el último que queda para mí. Es una caja cuadrada y tiene un lazo. Dentro hay un pequeño peluche de un koala y, al lado, una tarjeta que dice que hay una cría de koala huérfana en Australia a la que he apadrinado y han puesto mi nombre, y hay un enlace web para poder ver su evolución hasta que pueda volver a su hábitat natural.

—¡¿Cómo?! —exclamo—. ¿Va en serio? ¡No! ¿De verdad? ¿Has salvado la vida de un minikoala en mi nombre?

—Su vida estaba a salvo, creo, pero cubres parte de los gastos de sacarla adelante en el centro de rescate. Se me ocurrió que podía invertir el dinero que iba a gastarme en un regalo material para ti en esto y que te gustaría más que cualquier cosa que pudiera comprar. Bueno, eso y que no tenía ni idea de qué regalarte.

—Nunca creí que diría esto, pero pensaste muy bien —lo pico, y él suelta un par de carcajadas en respuesta a mi pulla—. ¿Puedo verla? ¿Solo con meterme en el enlace?

Se mueve para sentarse en el suelo a mi lado y pone el móvil ante nosotros.

—Sí, mira, yo la tengo aquí.

Me asomo para poder ver bien su pantalla. Hay una bolsa mullida y que lleva bordado el nombre de *Haley*. Se ve abultada y, por un segundo, algo se mueve en el interior.

—Está durmiendo —me informa Jay.

—¿De verdad les ponen una bolsita para que duerman dentro? Es lo más adorable que he visto en mi vida —aseguro, mientras estrujo el peluche que me ha regalado.

Vuelvo la cara hacia él cuando noto sus ojos fijos en la mía. Y podría decir —pero no lo diré— que la sonrisa con la que me está mirando ahora mismo es también una de las cosas más adorables que he visto en la vida.

—Ya no puedes decir que no eres un bebé koala.

Esta vez soy yo la que clava el dedo en su costado para hacerlo saltar, como él hace muchas veces conmigo. Su reacción es mucho más exagerada y salta apartándose a un lado. Vaya, vaya. Así que el punto débil de Jayden Sparks son las cosquillas, ¿eh? Es bueno saberlo, por si necesitara usarlo en su contra.

—Gracias por el regalo.

—¿Te ha gustado?

—Me encanta. Para el próximo regalo que te haga intentaré ponerle tu nombre a un orangután.

Hace una mueca, pero en el fondo le ha hecho gracia.

No sé dónde se mete Jayden después, cuando yo paso un rato bastante largo con Sue aprendiendo a utilizar la cámara a nivel principiante torpe.

Lo encuentro en el porche de atrás. Me siento a su lado y le enseño el móvil.

—¡Mira! ¡Le están dando el biberón! —señalo, y él suelta una risita ante mi entusiasmo—. Es superpequeña. Pobrecita.

—Sí, superpequeña —repite—. Ha salido a ti.

Le pego en el brazo con el dorso de la mano, pero solo se ríe.

—Venía a decirte que me voy ya para la residencia.

Asiente.

—No sabía si te quedarías aquí esta noche. Tracy no viene hasta mañana, ¿no?

Me sorprende que sepa más que yo de los planes de mis amigos, pero asumo que habla bastante con Mark últimamente y, obviamente, pasa mucho tiempo con Britt.

—Ya. No, ella no viene hasta mañana, pero quiero dejar mis cosas y estar un poco tranquila.

No digo nada sobre Daryl, claro. Pero la verdad es que también influye que quiero verlo a él en la decisión de no quedarme hoy a dormir con los Sparks.

—Oye, Haley...

—¿Qué? —lo invito a hablar, al ver que duda.

—No quiero que te cabrees conmigo... otra vez —dice, y aunque le da un tono de broma percibo que está más bien resignado—, pero tengo que preguntarte si va todo bien.

Creo que es la pregunta que más veces me repite últimamente y también sé que cuando dice «todo» en realidad se refiere a algo muy concreto.

—Claro que va todo bien. Y no sé por qué tienes la necesidad de asegurarte tan a menudo.

Intento no gruñir al decir la última frase. Él también gira el cuerpo hacia mí y me clava los ojos de manera intensa.

—Tengo la necesidad de asegurarme porque igual ya no te acuerdas de lo que pasó en la fiesta del campus, pero yo me acuerdo muy bien de lo que me contó Mark. Y también porque hace unas semanas parecías tener bastante prisa por alejarte de Styles y él parecía no tener ninguna intención de dejarte marchar. Y, de verdad, esto no va de que él me parezca problemático. Esto va de que me preocupa que no sepas dónde te estás metiendo.

Aparto la mirada y aprieto los labios, para no soltarle lo primero que se me pase por la mente. Sé que no tiene mala intención, pero no hay cosa que me moleste más que el hecho de que Jayden Sparks se ponga paternalista conmigo.

—No deberíais meteros en esto si no tenéis ni idea de cómo es él o de cómo son las cosas entre nosotros.

—Tengo una cierta idea de cómo es él —lo oigo decir entre dientes.

Vuelvo a buscar sus ojos. Se ven un poco más oscuros ahora que empieza a escasear la luz del día, y se parecen más a los de su padre y su hermano.

—Me contó lo que pasó con Sarah.

Aparta la mirada y gira la cara, como si le hubiera dado un bofetón.

—Ah, ¿sí? —dice, irónico y sin mirarme—. ¿También te contó cómo la dejó tirada? ¿Cómo se desentendió del todo después de haberla dejado hecha una mierda?

—Me contó que ella le dijo que estaba embarazada..., pero nunca ha llegado a saber si era verdad.

Jayden lanza una especie de bufido, tan alto que me sobresalta.

—No sabe si era verdad, ¿no? ¿Sabes por qué no lo sabe, Haley? No lo sabe porque tuve que ser yo el que estaba con ella cuando el test dio positivo y se pasó la noche llorando. Porque no fue él sino yo el que le prestó dinero y la acompañó a una clínica a abortar. Por eso puede ir por ahí tan tranquilo diciendo que no lo sabe. Después de todo lo que la llevó a hacer, de alejarla de todo su mundo y dejarla sola..., después aún tuvo los cojones de decirle que no contara con él si no había tenido cuidado en la cama, y que, si tenía un problema, se encargara ella misma de solucionarlo.

Me duele ver cómo le está doliendo esto a él. Tiene la mandíbula apretada y la vista clavada en el frente. Pero entiendo que él solo conoce una mitad de toda esa historia. Y la otra la conozco yo.

—Daryl no tuvo la culpa de lo que le pasó a Sarah.

—Ya. No la mató él, si es eso a lo que te refieres —admite, con la mirada perdida—. Directamente, no.

—Fue un accidente, ¿no?

—Los accidentes ocurren, Haley, pero en ellos influyen multitud de factores que son responsabilidad de alguien. Ella nunca se habría metido en el agua con la tabla en un día como aquel, pero es que la chica de ese día ya no era ella.

Un escalofrío me recorre la columna cuando lo oigo murmurar eso y sus ojos vuelven a encontrar los míos. Puedo ver a través de sus pupilas, y me desgarra lo que encuentro al otro lado.

—Yo no sé lo que pasó entre ellos y creo que tú tampoco. Pero él no la obligó a nada, ¿no? Ella tomó sus propias decisiones.

—¿No crees que cuando alguien te quiere adquieres cierta responsabilidad? Hay que saber estar a la altura cuando alguien está dispuesto a dejarlo todo por ti.

—No puedes obligar a nadie a que corresponda tu amor, por mucho que lo quieras.

—Claro que no. Y no se trata de eso. Él no tenía que quererla, pero tenía que respetarla. Considerarla una persona que sentía y no un puto juguete que tirar a la basura cuando te aburres. —Baja la mirada y cambia totalmente el tono cuando vuelve a hablar, mucho más suave—. Sarah era la chica más dulce que he conocido. Tenía una sonrisa para cualquiera que se cruzara en su camino. Era demasiado buena. Pero luego..., estaba..., ya no era así, ya no era *ella*. Y no, *tu Daryl* no la obligó a enamorarse de él, supongo, pero jugó con ella hasta el límite. Como cuando tiras de una goma elástica para ver hasta dónde puede llegar. Y la rompió.

—Eso no es muy justo.

—No quiero que te rompa a ti también.

Levanto la mirada hacia sus ojos al tiempo que él hace lo mismo hacia los míos. Se me forma un nudo en la garganta cuando veo la forma en que me mira. Como si quisiera poder cuidarme. Como si supiera que salvar el mundo está casi al alcance de su mano, pero estuviera seguro de que lo máximo a lo que podría llegar sería a rozarlo con los dedos.

Me muerdo el labio y pienso solo por un segundo antes de hablar:

—¿Me parezco a ella?

Estira levemente la comisura de la boca.

—Para nada.

No voy a tenerle en cuenta que solo ha dicho cosas maravillosas de Sarah y eso no me deja en muy buen lugar, creo.

—Voy a estar bien —prometo.

Asiente, pero me da la impresión de que no termina de creérselo.

—Tengo que irme.

—Sí. Claro. Nos vemos algún día de esta semana, ¿vale?

—Vale. Hasta luego, Jay.

Me levanto y le doy la espalda. Apenas oigo su respuesta mientras me alejo de él:

—Cuídate, Haley.

29

Daryl está sentado en la escalera de entrada a la residencia. Se levanta en cuanto ve mi coche. Habíamos quedado en que lo llamaría, pero me alegro demasiado de verlo como para preocuparme por su evidente impaciencia.

—Hola. ¿Cuánto tiempo llevas aquí?

Ha abierto la puerta del coche para mí, sin darme tiempo a parar el motor. No responde. Pone las manos en mis caderas en cuanto estoy de pie frente a él, me acerca a su cuerpo hasta que resulta imposible estar más pegados, y luego me besa.

—No podía esperar para verte. Has tardado mucho y ya me faltaba el aire.

Suelto una risita ante su exageración y lo beso de nuevo.

—Yo también tenía muchas ganas de verte.

Sonríe, y solo ver ese gesto, tan difícil de arrancarle normalmente, me calienta el corazón. Acaricio su mejilla con el pulgar y él gira la cara de inmediato para poder besar la palma de mi mano.

Carga con mi maleta. Me trago la sonrisa porque, si ve que me ha gustado el gesto, puede que empiece a mostrarse más distante solo para compensar y quiero tener una noche a la altura de nuestro reencuentro y no discutir. Hacemos todo el camino hasta mi habitación en silencio.

—Deja eso para luego, ¿vale?

Daryl susurra en mi oído en cuanto estamos dentro del cuarto y ve que tengo intención de abrir la maleta. Deposita besos suaves y juguetones a lo largo de mi cuello.

—Espera, tengo que llamar a mis padres.

Si no les digo que ya he llegado a mi residencia sana y salva llamarán ellos en cualquier momento, así que es mejor dejar atrás cuanto antes ese trámite para poder centrarme en Daryl y solo en Daryl.

—Ya los llamarás luego.

Me zafo de su agarre.

—Es un minuto, luego soy toda tuya.

—Eres toda mía siempre, nena. Tienes una relación demasiado dependiente con tus padres, ¿sabes? Ya eres mayorcita para hablar tanto con ellos y darles tantas explicaciones.

Se tira de espaldas sobre la cama, sin quitarse las botas, y se zafa de la cazadora con un par de movimientos rápidos, para luego poner los brazos detrás de la cabeza y observarme.

Me pongo un dedo sobre los labios para indicarle que guarde silencio cuando ya oigo los tonos al otro lado.

—Hola, Haley, ¿ya has llegado? —pregunta mamá nada más descolgar.

—Sí, ya estoy en la residencia así que podéis respirar tranquilos.

—Menos mal —me sigue el juego—. ¿Qué tal en casa de Tyler y Sue? ¿Cómo estaban?

Miro de reojo a Daryl y veo que sigue con la vista clavada en mí, muy pendiente de cada cosa que digo. No quiero nombrar a nadie relacionado con Jayden porque sé que eso le va a molestar. Pero me temo que no voy a poder esquivar esta bala.

—Están todos bien. Sue y Tyler me han regalado una cámara de fotos. Y Sue ha prometido enseñarme a usarla. ¿Crees que a *Ron* le importará hacerme de modelo la próxima vez que vaya a casa?

—Sue no sabe dónde se está metiendo, eres una alumna demasiado aplicada —me acusa, divertida—. Y si *Ron* se cansa de las fotos no te preocupes, que tenemos en casa un vanidoso de dieciséis años al que le gusta mucho plasmar su imagen para que su belleza no caiga en el olvido.

Me río cuando lo oigo protestar cerca de mi madre. Llevamos un par de días ya molestando a mi hermano por las últimas fotos que ha compartido en las redes sociales. Y mi madre tiene razón: a Liam no le falta autoestima y ve una necesidad en eso de que la gente pueda disfrutar de sus mejores posados.

Hablo con ella solo unos segundos más y cuando cuelgo mi mirada encuentra la de Daryl. No ha cambiado de postura, pero ha endurecido la expresión. Allá vamos otra vez...

—¿Has estado en casa de los padres del puto Sparks?

Pongo los ojos en blanco mientras me quito las botas.

—He pasado un momento para darles unos regalos.

—¿Estaba allí?

—No, no estaba —miento.

No tengo otra alternativa. Sé adónde va a llevarnos que yo le cuente que he visto a Jay esta tarde. Y de verdad no quiero ir ahí otra vez.

—Haley. —Suena a advertencia. Un poco como «dime la verdad o será aún peor» en forma de nombre propio.

Me lanzo sobre su cuerpo en la cama y se encoge al recibir el impacto. Le beso la barbilla y muerdo suavemente la línea de su mandíbula antes de separarme y mirarlo directamente a los ojos. Un poco de distracción mezclada con una buena dosis de mi talento para la interpretación.

—No estaba allí —repito sin dudar.

No me siento mal por mentirle. Sé que, con todas sus inseguridades y esa absurda manía que le tiene a mi amigo, es lo único que puedo hacer.

—No entiendo por qué tienes que ver tanto a esa gente. No es normal.

—Daryl, ya te lo he explicado. Sue me cae muy bien, y me gusta pasar el rato con ella. No tiene nada de malo. Y, además, va a enseñarme fotografía, así que no te queda más remedio que aceptarlo. Te dije que es importante para mí. No tiene nada que ver con quién sea su hijo, ¿está bien?

Aparta la mirada, pero al menos no protesta.

—Siento decirte que no tienes pinta de llegar a ser una fotógrafa con talento algún día, nena.

Beso sus labios con fuerza, para que se calle.

—Eso ya lo veremos —murmuro, cerca de su boca.

Pone las manos en mi culo y me aprieta contra su cuerpo enseguida. Bueno, no ha ido tan mal como pensaba. Ya noto cómo se va relajando.

Mantenemos una especie de lucha por el control del ritmo y la intensidad de los preliminares pero, como casi siempre, acaba ganando él. Me muerdo el labio y arqueo la espalda cuando me penetra con los dedos. Se me escapa un gemido demasiado alto y ni siquiera me preocupa lo que puedan pensar los vecinos.

—¿Verdad que ese puto gilipollas no te haría gemir así? —pregunta con los labios contra mi oreja. Y no hace falta que especifique a quién se refiere.

Endurece sus movimientos tras esas palabras y estoy a punto de protestar y pedirle que no sea tan brusco. Pero sé qué es exactamente lo que necesita, así que muevo la cabeza para poder morder su oreja y susurro en su oído:

—¿A quién le importa? Yo solo quiero que me hagas gemir tú.

Deja lo que estaba haciendo y se aparta para poder mirarme a los ojos. Veo cómo se difuminan las sombras y creo que por fin he conseguido vencer parte de toda esa inseguridad. Me besa intensamente, pero con dulzura.

—Mierda, te quiero —murmura sobre mis labios—. Te quiero, nena, y necesito follarte ya.

Me estiro para alcanzar la caja de condones. Hace una mueca de fastidio cuando le planto el envoltorio en la mano, pero se lo pone sin protestar.

Le cedo por completo el control durante el sexo. Sé que eso le hace sentir mejor. Tener el control, aunque solo sea mientras follamos, aplaca bastante su parte difícil.

—Tengo un regalo para ti.

Me mira y alza las cejas, relajado tras el orgasmo.

—¿Qué?

Levanta la cabeza para mirar cómo me muevo desnuda por la habitación. No tardo nada en volver a la cama con un paquete envuelto en las manos.

El corazón me golpea el pecho sin ningún cuidado mientras observo su reacción. ¿Le gusta? ¿No le gusta? Por su cara es imposible saberlo. Creí que iba a acertar seguro, porque le había oído quejarse más de una vez de que la grabación de sonido de su cámara no estaba a la altura. Así que compré un micrófono compatible.

Clava sus ojos en los míos antes de estrellar nuestras bocas.

Se me escapa la sonrisa en cuanto se aparta.

—¿Te gusta?

—Joder, nena, ¿por qué me haces esto? Es un regalo perfecto, y yo no te he comprado nada. Soy lo peor.

Ensancho mi sonrisa y recorro su cara con las yemas de los dedos.

—No tenías que comprarme nada. No hacía falta. No me

preguntes por qué, pero tengo la ligera sospecha de que la Navidad no es tu época favorita del año —bromeo—. ¿De verdad te ha gustado?

Se le escapa una sonrisa de medio lado y me la contagia enseguida.

—No tanto como me gustas tú. Pero es que eso era ponerle el listón demasiado alto.

Atrapa mi sonrisa con los labios y le devuelvo el beso con un montón de mariposas revoloteándome por todo el cuerpo.

—Te quiero, Daryl Styles. Y no te preocupes por no haberme comprado nada. *Todo lo que yo quería por Navidad eres tú* —recito, parafraseando la famosa canción con un tono burlón.

Me inclino hacia él y atrapo su labio inferior con los míos. Por un momento tengo la absoluta certeza de que todo va a ir bien y me siento mejor que nunca.

Tan bien que podría explotar de felicidad.

Apoyo la cabeza en su pecho, para escuchar los latidos de su corazón. Quiero contar sus latidos toda la noche.

—Me he comprado un piso.

Me cuesta unos segundos procesar lo que acaba de decir.

Me aparto para alzar la mirada hasta encontrar su cara.

—¿Qué?

—He comprado un piso, cerca de la playa de Santa Mónica.

Lo vuelve a repetir con algo más de información, pero creo que sigo sin entenderlo.

—¿Por qué?

—No sé. Porque podía, supongo. Tenía dinero y un conocido me dijo que un familiar suyo vendía un piso a buen precio. No es muy grande y necesita reformas, pero pensé que estaría bien. Ya sabes, nos vendría bien tener un sitio, ¿no?

Frunzo el ceño mientras estudio sus ojos.

—¿Nos? ¿A quiénes?

—A ti y a mí, nena —aclara, y entonces sí me clava la mirada—. ¿No estaría bien tener un sitio donde estar solos y tranquilos? Donde nadie nos vaya a molestar. Un sitio donde nadie nos pueda encontrar.

—Creía que te gustaba vivir en la fraternidad.

—Ya. No está mal, supongo —dice, de mala gana—. Y tu residencia tampoco está mal para ti de momento, ¿no? Pero no es algo permanente. Bueno, aún tardará un tiempo en estar listo para poder vivir allí, pero luego... Parece que no te gusta la idea.

Estoy bastante confusa porque no sé si está queriendo decir lo que yo estoy entendiendo. Se ha vuelto loco.

—Me has pillado por sorpresa. No me habías dicho que quisieras comprar un piso. ¿Por qué no me contaste que lo estabas mirando?

—Te lo estoy contando ahora —responde, a la defensiva. Acaricio su ceño fruncido con el pulgar y sonrío para tranquilizarlo—. Podemos ir mañana y te lo enseño, si quieres.

Asiento. No pasa nada por dar una vuelta por allí y verlo. Además, tengo curiosidad.

—Vale, vamos mañana.

—No tengo prisa, Haley —dice de pronto, como si estuviera leyendo mi pensamiento—. No pretendo que dejes todo y vengas a vivir conmigo mañana. Solo tenía dinero y era una buena oportunidad y... si algún día decidiéramos hacerlo... no es un mal sitio para empezar. Solo eso. No quiero asustarte —bromea, pero suena inseguro.

Lo beso.

—No me asustas. Vamos paso a paso y a ver dónde llegamos. Estará bien tener un sitio un poco más privado, creo. Así no tendría la sensación de que tus colegas van a aporrear la puerta de un momento a otro mientras follamos.

—Sí. Eso estaría bien, ¿eh?

Su tono burlón me hace sonreír. Responde a mi sonrisa con otra parecida. Tantas sonrisas de Daryl en una noche suponen un nuevo récord. Me besa el hombro cuando acaricio su pelo y luego se tumba sobre el colchón acomodando su postura.

Dibujo el contorno del enorme tatuaje de su espalda, con cuidado, mientras lo veo esbozar sonrisas perezosas con los ojos cerrados.

—Después de la muerte de mi madre tuve claro que si existiera un puto dios y dejara que pasaran cosas así, yo no querría estar de su lado. Eso es lo que significa ese tatuaje.

El tono amargo de su voz me está dejando claro que, en realidad, este tatuaje significa dolor, y que él no tiene otra forma de expresarlo que con una buena cantidad de tinta en la piel.

Me inclino para besar los trazos negros de las alas.

—Creía que era porque habías elegido la lujuria.

Solo entonces abre los ojos para poder mirarme de reojo.

—No te expliqué toda la historia, Haley. No todos se rebelaron por elegir la lujuria. La verdad es que algunos eligieron el amor.

—¿Qué elegirías tú?

—Yo te elegiría a ti. Cada una de las jodidas veces.

Me recibe con una sonrisa, apoyado en el umbral de la puerta abierta del piso que ha comprado. Está muy guapo y me da un salto el corazón al verlo tan contento. Sonriendo. Me encanta verlo así.

—Hola. —Me acerco hasta él, que no me deja pasar hasta que le doy un beso en los labios—. Estás en primera línea de playa, ¿eh? ¿Hay vistas al mar?

Esboza una sonrisa de medio lado.

—Compruébalo tú misma.

Me adentro en el piso atenta a todos los detalles. Daryl tenía razón en algo: hay que pintar y hacer unos cuantos arreglos. La puerta principal da directamente al salón comedor, la mesa de madera es lo primero que se ve desde el rellano y la zona de salón está a la derecha. En la pared de la izquierda hay dos puertas y en la de la derecha otras dos. Frente a mí un ventanal deja ver las palmeras del paseo y el azul del océano un poco más allá.

La primera puerta a mi izquierda da paso a la cocina. La otra es un baño, no muy grande pero completo. Las de enfrente son dos habitaciones, la más grande tiene vistas a la playa; la otra, a la calle por la que he venido.

El nuevo propietario no deja de seguirme por todos lados en silencio mientras yo cotilleo cada rincón.

—¿Te gusta?

Suena inseguro, como si mi respuesta fuera lo más determinante del mundo.

—Las vistas son increíbles.

—Quiero que te guste, nena. Es importante.

Jugueteo con sus brazaletes, antes de contestar:

—Me gusta mucho, amor, de verdad. ¿Cuándo vas a empezar la reforma?

Tiene una expresión traviesa en la cara mientras se acerca a una bolsa que hay junto al viejo sofá y saca un par de herramientas del interior.

—¿Qué te parece ahora?

Dar mazazos a una pared es de las cosas más liberadoras que he hecho. Y lo mejor es estar haciendo esto con él. Hacer bromas. Reírnos. Como una pareja normal. Por un momento me olvido de que una relación con Daryl Styles es cualquier cosa menos fácil.

Me pasa una botella de agua después de hacer unos

cuantos agujeros en la pared que hasta ahora separaba la cocina.

—Tengo algo para ti —dice de pronto.

Dejo la botella a un lado.

—¿Un mazo más grande?

Se traga la sonrisa. Va hasta la silla sobre la que ha dejado la cazadora y busca en los bolsillos. Cuando vuelve a acercarse está muy serio. Parece nervioso. Trae un paquete pequeño entre los dedos.

—¿Un regalo?

—Te debía un regalo de Navidad.

Niego con la cabeza, con media sonrisa incrédula.

—Tú odias la Navidad.

—Pero tú no.

Le doy un par de vueltas en las manos.

—Ábrelo —pide, impaciente.

Es de una joyería del centro. Lo miro a él por un segundo, antes de levantar la tapa. Dentro hay una cadena de plata con unas alas de ángel replegadas.

—Daryl...

—No te gusta, ¿verdad? Es... Quería que significara...

Doy un paso hacia él y estampo mis labios en los suyos, para que no pueda decir ni una palabra más. Sé lo que quería que significara. Sé lo que significa esto para él. *Te elegiría a ti, cada una de las jodidas veces.*

—Me encanta. Gracias, amor. Significa mucho para mí que me hayas comprado un regalo con lo que odias todo esto.

Me acaricia el pelo despacio, con el gris de sus ojos perdiéndose en los míos.

—¿Quieres que te lo ponga?

Asiento. Me aparto el pelo, para dejar el cuello expuesto. Suelta el cierre del colgante que hasta ahora llevaba. Uno con una placa en la que pone «Princesa» que mi padre regaló a mi madre cuando empezaron a salir. Hace unos años que pasó a ser mío.

—Ya no hace falta que te pongas este —dice, al tiempo que lo retira de mi cuello—. Ya no eres la princesita de papá, Haley.

No digo nada. Extiendo la palma de la mano para que me devuelva mi colgante. Me da la impresión de que duda por un segundo, pero enseguida lo deja justo ahí y yo cierro el puño en torno a la cadena, aferrándome a ella.

Me pone el nuevo colgante y luego se inclina para besar mi hombro.

—Eres mi ángel.

Me giro para quedar de frente a él. No me da tiempo a decir nada antes de que pegue su boca a la mía con ímpetu. Con necesidad. Me dejo arrastrar por sus besos y los susurros en mis oídos, hasta que no existe nada en el mundo que no seamos él y yo.

Y creo que yo también lo elegiría a él.

Cada una de las jodidas veces.

30

Tracy está rara. Estaba rara el domingo cuando volvió de las vacaciones, pero me dijo que no pasaba nada y que todo iba bien. Estaba rara ayer cuando pasé por la residencia por la tarde y le avisé de que me quedaría a dormir con Styles, pero volvió a negar la evidencia y no parecía muy dispuesta a compartir sus pensamientos conmigo. Y creo que sigue estando muy rara este martes por la mañana, pero ya estamos próximos a desentrañar el misterio, porque anoche, casi de madrugada, mandó un mensaje al grupo que compartimos con Mark y Britt para citarnos a los tres en el desayuno.

Mis tres amigos ya están sentados en nuestra mesa habitual cuando llego y tienen cuatro vasos de café y algo de comer que parece recubierto de chocolate en el centro de la mesa.

—Lo siento. No ha sonado mi despertador.

—Sí, y el perro se ha comido mis deberes —ironiza Mark—. Sabéis que diez minutos más de sueño me dan la vida, y hoy me la estáis arrebatando, así que al grano: Tracy, ya estamos todos aquí, incluso la impuntual de Haley, ¿cuál es el motivo de esta reunión?

Está tardando demasiado en empezar a hablar y eso me preocupa un poco.

—Oye, Tracy... —Brittany es la primera en intentar decir algo después de intercambiar una mirada preocupada con Mark y conmigo.

—Lo he dejado con Aaron.

Se hace el silencio por unos largos segundos.

—Mierda, lo siento. —Britt estira el brazo para poder cogerle la mano por encima de la mesa.

Tracy esboza una sonrisa triste en respuesta.

—Pero ¿qué...? Oye, ¿cómo...? ¿Qué ha pasado? —pregunto.

Sacude la cabeza y va a contestar, pero Mark habla antes:

—Es una putada. Pero tampoco tenía mucho sentido alargarlo si el resultado iba a ser el mismo, chica.

Eso me hace fruncir el ceño, porque no entiendo de qué diablos habla mi amigo.

—No, ya lo sé, tienes razón —le responde mi compañera de cuarto—. Los dos estuvimos de acuerdo en que es mejor así, y hemos quedado como amigos, si es que eso significa algo.

Tanto Mark como Britt asienten comprensivos. Yo me dedico a mirar sus caras alternativamente, como si eso me fuera a dar más pistas de algo que todos ellos saben, pero yo no.

—¿Cómo te sientes ahora? —se interesa la rubia.

—No lo sé. No tengo ni idea. Es muy raro. Estoy triste, claro, o eso creo. Los dos lloramos al decir que se acabó. Pero es que ahora lo que más siento es... No sé, siento que estoy sola, ¿sabéis? Llevaba tanto tiempo con él que ahora no sé muy bien cómo se hace esto sin que esté.

—Supongo que es normal —reconoce Britt.

—No estás sola, Tracy, eso sí que no —asegura Mark—. ¿Verdad que no, chicas?

Respondo automáticamente al mismo tiempo que lo hace Britt. Pero la que se siente bastante sola soy yo. Aquí estamos los cuatro y yo he sido convocada a esta reunión de primera hora de la mañana exactamente igual que el resto, pero me siento fuera de lugar. Entiendo que no he sido la mejor amiga del mundo en el último par de meses. Pero creía que las cosas habían mejorado. Yo no hablo de Daryl, por razones obvias, pero no entiendo por qué ella no ha podido hablarme sobre Aaron.

Desvío la mirada hacia la barra, donde Ronda y otro chico se afanan en preparar y servir bebidas, y veo que Daryl aún está aquí. Curva los labios en casi una sonrisa cuando nuestros ojos se encuentran, y una sensación cálida me inunda el pecho al instante. Tengo ganas de ir y abrazarme a él hasta que me envuelva por completo y me aísle del resto del mundo. Sé que diría que no importa que mis amigos no me cuenten ciertas cosas y que no los necesito; que siempre lo tendré a él. Y eso me hace sentir mejor.

Por lo menos sé que él seguirá aquí, aunque todos los demás se hayan ido.

En menos de media hora ya estoy caminando hacia mi facultad al lado de Mark, justo tras pasar el punto en que nuestros caminos se separan del de Tracy.

—¿Y a ti qué te pasa?

Levanto la vista para mirar a mi amigo. ¿Que qué me pasa a mí? Creo que la pregunta más adecuada sería qué les pasa a ellos conmigo, pero me muerdo la lengua, porque prefiero no escuchar la respuesta.

—Estoy un poco confusa, nada más, pensaba que Tracy y Aaron no estaban tan mal.

—A lo mejor no estaban tan mal, pero hay veces que no hace falta dejar de querer a alguien para que las cosas no funcionen.

Me encojo de hombros. Tampoco voy a empezar a suplicar que me cuenten las cosas. No estoy dispuesta a pedir a nadie que me quiera. Tengo demasiado orgullo para eso.

—Aunque a ti te da lo mismo, ¿no? Ha sido como si ni siquiera estuvieras en esa mesa con nosotros. Tracy necesita que la apoyemos ahora, ¿sabes?

—Ya. Parecía que todos sabíais de qué iba la movida menos yo, ¿no? Así que he pensado que no os interesaba mucho mi opinión.

Mark suelta un gruñido y alarga sus zancadas.

—Pregúntate por qué parece que te has perdido cosas de las que han pasado en las últimas semanas, Haley.

Me callo, porque no estoy segura de que Mark no tenga razón, en realidad. Puede que yo haya estado metida en mis propios dramas, pero también puede que ellos me hayan dejado de lado por eso demasiado rápido.

Tengo una hora libre a media mañana y Mark decide pasarla tomando un café con Matt en mitad del campus en vez de hacerme compañía. Estoy camino de la biblioteca con auténtica desgana cuando decido que sentarme delante de unos apuntes va a resultar totalmente inútil. Es lo que debería hacer porque los exámenes del primer semestre están a la vuelta de la esquina y he estudiado mucho menos de lo que debería, pero es que no paro de darle vueltas a los secretos que me guardan mis amigos y a lo mal que eso me está haciendo sentir. Y algo me está instando a asegurarme de que no pierdo más amigos por el camino. Así que le escribo un mensaje a Jayden:

¿Tienes un rato para un café?

Acabo de meterme en el laboratorio y hay un par de cosas que tengo que terminar. Pásate por aquí si quieres.

Siento cierta curiosidad por conocer ese laboratorio de materiales que absorbe todos sus minutos fuera del horario lectivo, así que me encamino hacia allí sin contestar a su mensaje.

Jayden está solo aquí dentro. No pega para nada el modo en el que suele vestir con esa bata blanca de laboratorio. Se gira para mirarme en cuanto me oye pasar y me lanza una sonrisa antes de volver a centrarse en teclear rápido en un ordenador que parece estar conectado a una máquina muy grande y muy complicada. Pero en ese breve intercambio de miradas me ha dado tiempo a ver su cara y... ¿eso que lleva son unas gafas?

Me muevo rápidamente para ponerme a su altura y poder echarle un buen vistazo. Está concentrado en su tarea, pero sí, lleva unas gafas con una montura de pasta negra que podrían darme muchísima munición para lanzarle unas cuantas pullas, pero lo cierto es que le sientan tan bien y lo hacen tan atractivo que los chistes se me funden con las neuronas en un momento.

—Dame solo un segundo para terminar de meter los parámetros y dejamos que la máquina haga el resto.

—Vale —me limito a responder, inquieta por mi falta de comentarios mordaces.

Me doy una vuelta por todo el laboratorio, con las manos a la espalda, para no tocar nada y romperlo sin querer. Las señales de peligro y frágil me quedan bastante claras.

—¡Cuidado! ¡No toques eso!

Doy un respingo. Luego sus carcajadas inundan toda la estancia y me vuelvo hacia él con cara de pocos amigos y la mano sobre el corazón.

—Podría haber roto algo por el susto —protesto—. ¿No te molesto?

Niega con la cabeza enseguida.

—No molestas. Hay que dejar trabajar a la tecnología, que lo hace bastante mejor que yo, solo tengo que estar aquí un rato por si pita y hay que ajustar algún parámetro.

Se sienta en una banqueta y señala otra frente a él para invitarme a hacer lo mismo.

—¿Debería llevar una bata?

—Haré la vista gorda si no rompes nada —bromea.

Me siento.

—¿Sabes que llevas gafas?

Suelta una carcajada.

—Me he dado cuenta cuando me las he puesto, sí.

Sonrío de medio lado, aunque luche para controlarlo.

—No sabía que necesitaras gafas. ¿Que condujeras la moto sin ellas llevándome a mí de paquete no supuso un riesgo para mi integridad física?

—¿Cómo puedes creerme capaz a mí de poner en riesgo, aunque sea mínimamente, tu integridad física? Yo, que prometí a tu padre que cuidaría de ti —dice, travieso, y me guiña un ojo solo para molestarme. Marca mucho su hoyuelo cuando me oye soltar un gruñido en respuesta—. Solo las necesito para leer y también para el ordenador. A veces, también para ver la televisión cuando ya tengo la vista cansada. Vas a empezar a llamarme cuatro ojos, ¿verdad?

Esta vez soy yo la que suelta una carcajada, al oír su tono resignado.

—No. Me revienta tener que decir esto, pero te quedan bastante bien.

Alza las cejas hasta conseguir una expresión pícara.

—¿Ha sido eso un piropo, Parker? ¿Uno de ti hacia mí? Espera, déjame que saboree por un par de segundos este momento único en la vida. Ha sido totalmente inesperado. De haber tenido la más mínima sospecha de que esto podría suceder lo habría inmortalizado en audio.

—Para ya.

—Nadie me creerá cuando lo cuente. Es como ver un fantasma o el aterrizaje de un OVNI, y no he podido obtener ni una prueba.

—Jayden, cállate, eres muy tonto.

—No se volverá a repetir ni en un millón de años y me ha pillado tan de sorpresa que no lo he disfrutado lo suficiente. ¿Te importaría mucho decírmelo otra vez?

Me levanto de la banqueta y me acerco hasta él, para poder taparle la boca con una mano. Estoy segura de que no existe otra manera en el mundo de conseguir hacerlo callar. Pero se mueve a un lado y a otro, forcejeando conmigo suavemente, para evitar que pueda hacerlo.

—Voy en serio, eres muy pesado.

—Esta sí es la Haley que yo conozco. ¿Sabes?, me habían dicho que operarme era una opción, pero ahora que sé que estas gafas son lo que me hace parecer aún más irresistible, creo que voy a dejar tranquilo mi problemilla visual.

Por fin consigo taparle la boca y un cosquilleo me recorre en la zona de contacto, mientras Jay clava sus ojos en los míos. Tengo sus labios pegados a la piel, cálidos y suaves.

—Insufrible —murmuro.

Siento cómo se le forma la sonrisa, y el cosquilleo se extiende más allá de mi mano para llegar a otras zonas del cuerpo. Bajo el brazo lentamente para romper el contacto. No debería estar sintiendo esto. Aunque no sé muy bien por qué.

Jayden no se mueve, pero borra la sonrisa en cuanto sus labios quedan libres y me clava la mirada de una manera mucho más intensa. De golpe, soy consciente de que estoy prácticamente sentada en su regazo y que estamos mucho más cerca de lo que deberíamos. Y mis ojos han dejado los suyos para recorrer la forma de sus labios.

El pitido de una máquina me sobresalta. Me apoyo en su

pecho para poder separarme de él. Siento latir su corazón acelerado contra la palma de la mano, y por eso la retiro bruscamente en cuanto puedo.

Esto no puede pasar. Jayden Sparks no quiere nada conmigo y yo ya no quiero nada con él. Estoy enamorada de otra persona. Y me siento culpable en cuanto veo en mi mente la mirada insegura de Daryl cada vez que se menciona a mi amigo. ¿Y si tiene razón al estar celoso? ¿Cómo puedo pedirle que no lo esté?

Jay se levanta para ir hasta la máquina y corregir lo que el ordenador pide. No le cuesta ni medio minuto solucionarlo y, cuando se vuelve hacia mí, yo ya estoy sentada de nuevo en mi sitio, como si nada hubiera pasado y esquivando su mirada. Se apoya sobre la encimera y me observa desde lejos.

Su lenguaje corporal me está diciendo que entiende que lo mejor es hacer como si aquí no pasara nada y, por esta vez, estoy de acuerdo con él.

Así que empiezo a hablar. Le cuento lo que ha ocurrido con Tracy y los demás, y él me aconseja que no me ponga a la defensiva y hable con ella para solucionarlo. Y, mientras me quedo aquí charlando con él, el tiempo que me queda antes de tener que volver a clase, creo que me siento mejor de como me he sentido en todo el día.

—¿Dónde vas a ir? ¿Y con quién? —pregunta por enésima vez.

Pongo los ojos en blanco y me levanto de los pies de la cama, donde estaba sentada a su lado, para ponerme a pasear por la habitación. Está agotando mi paciencia. Me mira mientras doy pasos rápidos a un lado y a otro.

—Ya te lo he dicho: vamos a ir a casa de Mark a cenar y a empezar la fiesta y luego iremos a algún sitio a bailar.

—La gente no sale por ahí a bailar, Haley, la gente sale por ahí a ligar.

Suelto un bufido, desesperada, y me acerco para plantarme ante él y poder mirarlo a los ojos.

—¿Cuál es el problema en realidad, Daryl? ¿Qué quieres que haga mañana por la noche?

—Que te quedes conmigo —responde al instante.

—Seguro que tú tienes aquí una fiesta a la que ir.

Niega con la cabeza repetidamente.

—No voy a ir a ninguna fiesta. Voy a quedarme aquí, yo solo, pensando en lo que estarás haciendo durante toda la noche.

—No me suena a un plan muy divertido. —Frunce el ceño y me mira con esa cara de cachorro abandonado que es experto en poner—. Amor, mañana por la noche voy a salir con mis amigos, te pongas como te pongas, voy a cenar con ellos y voy a ir a bailar por ahí. No voy a ligar con nadie, no voy a hacer ninguna tontería y no tienes que preocuparte por nada, ¿vale? Solo voy a divertirme, no tiene nada de malo. Puedes aceptar eso o puedes pasarte tres días cabreado, tú eliges.

Se apoya en los brazos, recostado sobre el colchón, y me observa de arriba abajo con cara de no estar convencido.

—¿Qué te vas a poner?

—Venga ya, Daryl, eres imposible.

—¿Yo? Eres tú la que quiere irse por ahí a bailar para que la miren todos los tíos.

Me doy media vuelta y me acerco a recoger mis cosas, en silencio, hasta que lo oigo preguntar qué es lo que estoy haciendo.

—Hoy tienes ganas de discutir por cualquier cosa. Es mejor que me vaya y que hablemos en otro momento.

Se levanta y se pone frente a la puerta, cortándome el paso.

—No te vas a ir ahora así y mañana irte de fiesta por ahí como si nada.

Suspiro y me cruzo de brazos.

—Si quieres cabrearte, cabréate. Dijiste que ibas a controlar esta parte de ti, pero ya veo que los buenos propósitos no te han durado nada.

—¡No seas injusta conmigo!

—No seas tú injusto conmigo. Tienes que confiar en mí, y si no lo haces esto no va a funcionar, te lo aviso desde ya.

Parece que se queda sin nada que decir por unos cuantos segundos, pero enseguida vuelve a levantar la cabeza, decidido, y clava sus ojos en los míos.

—Muy bien, pero prométeme que solo vais a ser vosotros cuatro —exige—. Nada de Sparks ni sus putos amigos.

—Nada de Sparks ni sus putos amigos —repito sus palabras.

Doy un paso más al frente, hasta él, y estrello mis labios contra los suyos por un momento fugaz. Luego lo empujo con la cadera para echarlo a un lado y poder salir. Para mi sorpresa cede enseguida y se aparta.

—Llámame cuando se te haya pasado el berrinche y hablamos, si quieres —digo, antes de marcharme.

No he llegado a la residencia cuando una llamada entrante hace vibrar el teléfono.

Es Styles.

—Lo siento —dice, en cuanto descuelgo.

—Vale —respondo automáticamente.

—Confío en ti, ¿vale? Mañana por la noche me quedaré montando la primera parte de mi proyecto y, si te aburres, puedes venir cuando quieras. Y, si no te aburres, solo mándame un mensaje de vez en cuando mientras bailas por ahí y no bailes lento con nadie que no sea yo.

Suelto una risita.

—Ya no se baila lento, amor. Sabía que nuestra diferencia de edad empezaría a notarse en cualquier momento —bromeo.

—Te quiero. Pásalo bien mañana, aunque yo sea un cascarrabias.

—Te quiero. Y mientras esté bailando por ahí, pensaré en ti cada segundo.

31

Mierda, me he olvidado de Daryl. Mientras estoy haciendo equilibrios para poder hacer pis en el baño de un bar me doy cuenta de que no he respondido a su último mensaje. Y puede que lo haya leído hace solo diez minutos... o más bien puede que haya sido hace una hora. He perdido la noción del tiempo. Estaba a punto de responder cuando Mark me ha pasado un chupito y he tenido que guardar el teléfono en el bolso para atender al brindis que proponía mi amigo en honor a Tracy. Y después..., bueno, simplemente estaba pasándolo demasiado bien para pensar en algo más allá de la contagiosa risa tonta de mis amigos y mi vaso de bebida.

Tengo una llamada perdida. Y algunos mensajes.

¿Qué haces?

¿Estás bien?

¿Dónde estás?

¿Por qué no me contestas?

—¡Haley, vamos, me estoy meando!

La voz de Britt desde el otro lado de la puerta me impide seguir leyendo, aunque aún hay unos cuantos más.

—¡Chicos, venga, nos vamos! —anuncia Tracy, cuando volvemos con ellos—. Estoy pidiendo un Uber, ¿cómo se llama esta calle?

—¿Adónde vamos? —pregunta Britt.

—Una compañera de clase acaba de invitarnos a una fiesta. Hay bebida gratis.

—¡Vendido! Llévame allí —pide Mark.

En apenas unos minutos mis dos amigas y yo nos apretujamos en la parte trasera del vehículo, mientras Mark trata de hacerse el sobrio charlando con el conductor en el asiento del copiloto.

Aprovecho para escribir a Daryl:

> Hemos salido del bar, nos vamos a una fiesta.
> ¿Y tú? ¿Sigues con el proyecto o has salido?

—¿Dónde es la fiesta?

Me suena mucho el nombre de la hermandad que pronuncia mi amiga, pero no sé de qué.

—¡Oh, no! —exclama Britt—. ¿En serio? Niall está en esa fiesta. Ahora se va a creer que no sé vivir sin él.

Mark se vuelve en el asiento, para mirarla con una ceja alzada y expresión burlona.

—No sabes vivir sin él.

—Ya, pero él no necesita saberlo así de claro.

Tal vez debería preocuparme la seguridad de que, si Niall está allí, Jayden también estará. Le prometí a Styles que no iba a ver a Jayden esta noche, pero lo cierto es que me da bastante igual. Lo estoy pasando muy bien; sé que con Niall, Jay, probablemente Cole, y quizá también Tanya, lo podremos pasar igual de bien e incluso mejor. Y yo hoy quiero divertirme y reírme con mis amigos hasta que me duela la barriga y hacer que Tracy se olvide de que está triste por lo de Aaron. Así de simple.

Llegamos a la hermandad enseguida. Estamos a punto de entrar cuando siento vibrar el móvil. Es Styles.

> No he salido. Estoy en la fraternidad, aún con el proyecto, me queda bastante trabajo por delante. Pero me he tomado un café y tampoco iba a poder dormir hasta que estés en tu maldita cama, así que puede que lo acabe hoy.

Creo que intenta hacerme sentir culpable, pero no lo consigue. De hecho, su mensaje me deja más tranquila porque, si él está encerrado pegado a la pantalla del ordenador, nunca se enterará de si veo o no a Jayden en esta fiesta.

Tracy llama a su amiga antes de entrar, para decirle que acabamos de llegar. En cuanto la veo aparecer ya sé de qué me sonaba el nombre de esta hermandad. Es una de las chicas que estaba en la «sala vip» a la que me llevó Sean en la fraternidad de Styles. Tracy la saluda con un abrazo. Por lo que nos ha dicho por el camino es una chica que está en segundo curso, pero coinciden en un par de asignaturas optativas. Nos la presenta como Hope. Y Hope me mira de arriba abajo.

—Haley —repite cuando Tracy le revela nuestros nombres—, eres esa chica que tenía un rollo con Styles, ¿no?

Tracy pone cara de estar muy sorprendida de que su amiga conozca a un tipo como Styles. Y a mí me chirría eso de «un rollo» y también que utilice el pasado como tiempo verbal. Estoy a punto de replicar que en realidad *yo era y sigo siendo la novia* de Styles, pero mi compañera de cuarto no me da tiempo antes de hablar ella, entre dientes:

—Ya. Ojalá fuera solo eso.

Mark me rodea los hombros con el brazo y me empuja hacia el gentío que invade la sala, sin dejarme protestar por el comentario.

Lo primero que hacemos es asegurarnos de tener una bebida en la mano, para no desentonar. Tracy desaparece con su amiga. Y pronto alguien irrumpe en nuestro pequeño círculo, coge a Brittany por la cintura y la abraza por la espalda.

—Oye, guapa, ¿qué tal si nos enrollamos un poco en la pista de baile? Tu novio no tiene por qué enterarse.

Britt sonríe y se gira para encarar a Niall, que le dedica un guiño pícaro.

—Tonto —murmura con cariño, antes de estirarse para besarlo en la boca.

Mark se acerca más a mí.

—La hemos perdido a ella también. Ahora solo quedamos tú y yo, Haley.

Creo que se da cuenta de que no le estoy haciendo demasiado caso y puede que siga el curso de mi mirada y vea qué es lo que está distrayendo mi atención, porque dice:

—Oh, mierda.

Ahí está Jayden, con su mirada conectada con la mía y bebiendo de un vaso solo para poder disimular su sonrisa.

—Eh —saluda—, no esperaba veros aquí.

—Yo tampoco esperaba vernos aquí. Pero es la noche de Tracy y la han invitado, así que...

Sacude la cabeza como si necesitara concentrarse para prestarme atención y se inclina un poco más hacia mí.

—¿Qué? Perdona, no te estaba haciendo caso. Estás arrebatadoramente bella con ese vestido.

—¿Me estás vacilando?

Suelta una carcajada.

—Te estaba devolviendo el piropo del otro día, para que estemos en paz.

—Tú siempre tan caballero y tan correcto.

—Me esfuerzo para ello, sí. —Se queda serio cuando nuestras miradas se encuentran—. Lo he dicho en broma, pero no lo es: estás muy guapa, de verdad.

Aparto la mirada al instante y noto cómo se me sube el rubor a las mejillas. He elegido un vestido bastante sexi para esta noche. Ceñido y con el escote pronunciado. Y no me lo he puesto para que nadie me piropeara, pero creo que no me disgusta oírlo.

Tracy aparece de la nada, se planta a nuestro lado y me da un toque en el hombro.

—¿Qué pasa?

—Tu novio está aquí.

Le pido que me lo repita, porque creo que no la he entendido bien. Pero ella vuelve a decir lo mismo y yo frunzo el ceño y niego con la cabeza.

—No. Te habrás confundido, Tracy, él no está aquí. No ha salido esta noche, se ha quedado trabajando en un proyecto.

No dice nada. Se limita a mirarme durante unos cuantos segundos. Al ver que no cambio mi expresión, hace amago de poner los ojos en blanco y tira de mi mano para arrastrarme con ella entre la gente.

—Lo he tenido a dos metros. Está ahí, con las amigas de Hope y con un par de tíos. Creo que no me ha visto —me va contando mientras avanzamos. Luego para de golpe y señala al frente—. ¿Es él o no?

Me gustaría poder decir que no, que se ha equivocado, a lo mejor que se parece, vale, se da un aire, pero no es él. Pero no. Qué va. Es él. Sin ninguna duda. Él con su *piercing* en la ceja. Él con sus ojos grises y su ceño fruncido. Él con los tatuajes de sus brazos y su ropa negra. Sí, él. El que me ha mandado un mensaje hace menos de media hora diciendo que estaba en su habitación enfrente del ordenador. Y no parece que acabe de llegar.

Se me ha evaporado el alcohol de las venas y se me ha pasado la borrachera en un segundo. ¿Por qué demonios me ha mentido?

Ahí están Sean y Trevor, este último metiéndole la mano bajo la falda a una de las chicas. Y entonces veo aparecer a esa chica de la última vez. Maddie. Se acerca directa hacia él y se estira para decirle algo al oído y, a continuación, pegar los labios a su cuello. Siento como si me apuñalaran el corazón. Doy un paso atrás y me tambaleo.

Recupero el móvil del bolso.

—¿Qué haces? —pregunta Tracy.

No contesto. No tengo ninguna notificación nueva. Tecleo:

Ya en la fiesta. No hay tanto ambiente como pensábamos, creo que nos iremos pronto. ¿Qué haces? ¿Aún sigues trabajando? Deberías descansar un poco. Vete a dormir. Te avisaré cuando esté en casa, no hace falta que esperes despierto.

Lo envío y espero. Porque no quiero terminar de creerme que sea capaz de mentir así como si nada. Quiero verlo con mis propios ojos. No lo entiendo. Podría haberme dicho que iba a una fiesta. Yo no soy como él. Yo no iba a ponerme paranoica ni a exigirle que me mandara mensajes cada media hora para asegurarme de que no se ha llevado a otra a la cama. Esto no tiene sentido.

Lee mi mensaje mientras tiene a otra chica restregándole

las tetas en la espalda y besándole la nuca. Y luego empieza a escribir con una sola mano al tiempo que con la otra se lleva un vaso a los labios.

Me sobresalto cuando el teléfono me vibra en la mano.

> Ya he descansado, he parado diez minutos para fumar un cigarrillo en la azotea. No pienso dormir hasta que me mandes una foto en pijama y en tu cama.

—Vámonos.

Doy media vuelta para volver con mis amigos y Tracy me sigue acelerada.

—¿Qué? Espera, ¿no vas a decirle nada?

—Discutir con él va a arruinarme la noche. Y también a vosotros, por solidaridad. Vamos a seguir bailando, y aquí no habrá pasado nada hasta mañana, ¿entendido?

Tiro de su mano, y la oigo decir «vale, lo que tú quieras».

—¡Oye! ¿Dónde os habíais metido? —pregunta Mark.

Cole y Tanya están aquí con los demás.

—Tú consígueme algo muy cargado de vodka y no hagas preguntas —pido.

Un vaso aparece al instante en mi campo visual y mi mirada recorre ese brazo hasta encontrarse con uno de los guiños marca Sparks.

—Cargado de vodka.

Cojo el vaso y quiero agradecerle el gesto con una sonrisa, pero no me sale.

—Venga, vamos a bailar —anima Tracy.

Quiero bailar y volver a reírme de tonterías y recuperar el punto en el que estaba antes de ver a Daryl aquí, pero me está costando mucho desprenderme de la imagen de esa chica con los labios resbalando por su piel, mientras él no hacía nada por impedirlo. Y duele, a pesar de todo el esfuerzo que estoy poniendo en fingir que me da igual.

Jayden se inclina para poder hablarme al oído.

—¿Qué pasa? ¿Estás bien?

—Necesito otra.

Me abro paso entre la gente hasta una de las mesas repletas de botellas. Jay me sigue, pegado a mi espalda. Contra todo pronóstico, se ahorra cualquier comentario y se limita a pasarme una botella de refresco cuando terminar todo lo que queda de la de vodka no consigue llenar el vaso hasta el borde.

—Eh, afloja un poco, ¿vale? —me frena cuando bebo tres tragos.

Pone la mano sobre la mía para obligarme a bajar el vaso.

—Estamos aquí para animar a Tracy y necesito más alcohol para no joderle la noche. No vuelvas a preguntar. No estoy bien, pero no quiero hablar, Jay. Quiero beber y que me deje de importar.

Para mi sorpresa, él levanta las manos y me deja más espacio.

—Vale.

Se estira para alcanzar un botellín de agua y me mira como si ya pudiéramos irnos a donde yo decida.

—¿Qué haces?

—Tú vas a beber hasta perder el sentido, así que yo voy a dejar de beber para poder sujetarte el pelo cuando lo vomites todo —aclara, como si fuera obvio.

—No tienes que cuidar de mí.

—No, no tengo que hacerlo. Pero lo haré si lo necesitas.

El vodka funciona durante un rato. No mucho. Acabo por cansarme de bailar como si nada y de forzar la sonrisa, así que me escabullo a un lado para poder consultar el móvil.

No hay mensajes nuevos de Styles.

Britt viene a buscarme para que sea su pareja en un ping-pong de borrachos que se está disputando al fondo de la sala, mientras nuestros amigos nos animan a gritos y apuestan cosas estúpidas por nuestra victoria como el calzoncillo de la suerte de Mark, las zapatillas de estar por casa de Tracy —esas que tienen un ridículo pompón rosa en la punta—, o el imán-sacacorchos que Niall compró en un viaje a Vancouver. Menos mal que nadie quiere nada de eso porque somos humillantemente derrotadas enseguida. Culpo al alcohol, que merma mis habilidades, y eso es lo que Britt le está intentado explicar a Jayden, que se ríe con ella a carcajadas.

—Oye, Haley, me parece que tu novio te está buscando.

La voz de Cole, recién aparecido a mi lado, me corta la risa de golpe. Creo que Britt y Jayden lo han oído también, porque dejan de bromear para prestar atención.

—Habéis perdido, pero para mí siempre seréis ganadoras —nos anima Niall al acercarse con una cerveza para su novia. Se queda parado cuando ve que estamos todos serios y nos mira a los cuatro alternativamente—. ¿Qué pasa?

—¿Qué? —le pido a Cole que lo repita, esta noche estoy lenta de reflejos.

—Acabo de ver a Styles y me ha preguntado por ti, dice que te está buscando.

Se me revuelve el estómago y vuelvo a sentir ese mazazo que me ha provocado verlo aquí. El corazón se me acelera aún más cuando consigo coger el móvil del bolso, que Jay me estaba sujetando mientras jugaba, y veo la cantidad de notificaciones. Cinco llamadas perdidas en menos de veinte minutos. Y también hay mensajes.

¿Dónde estás?

¿Estás en la fiesta de las Kappa?

Hope dice que te ha visto.

Haley, cógeme el puto teléfono.

Y sigue con por lo menos quince mensajes más. No creo que sea difícil encontrarme entre la gente, si de verdad quisiera hacerlo. Seguro que aún mantiene la esperanza de que yo no me haya enterado de que está aquí.

Tanya llega hasta nosotros.

—Haley, ¿es tu novio el idiota que está vendiendo marihuana en la puerta trasera?

Levanto la vista. ¿De verdad está pasando esto aquí y ahora? A la mierda mi borrachera divertida.

—Claro que no —lo defiendo al instante.

Tanya levanta las manos y esconde la cara en la espalda de Cole, como si mi mirada acabara de lanzarle un cuchillo.

—Haley —me llama Jayden. Me está empezando a resonar mi nombre en los oídos, parece que todo el maldito mundo está pendiente de mí. *Haley, Haley, Haley*. Uf—. ¿Quieres que nos vayamos?

—¿Qué? No, claro que no. —Me acerco más a él y me estiro para hablarle al oído—. No me voy a ninguna parte, pero creo que a lo mejor ya es hora de que me serene un poco.

Se aparta para cruzar una mirada conmigo y asiente.

—Voy a buscarte un poco de agua, ¿vale?

Perfecto. Con Jayden fuera de escena me resulta más fácil pensar en lo que debería hacer. No estoy en las mejores condiciones para blandir unos argumentos sólidos en una discusión, y no me siento con fuerzas para enfrentarme a esto ahora. Pero sé que dejarlo pasar tampoco es una opción.

Me doy media vuelta y me alejo hacia donde he visto a Daryl por última vez, sin decirle nada a nadie. Me parece oír la voz de Britt llamándome a mi espalda, pero no me sigue y yo tampoco me vuelvo a mirarla. Me cuesta menos de tres minutos encontrarlo. Me acerco por su espalda, mientras habla con un chico que no conozco. Veo a Trevor darle una palmada en el hombro para llamar su atención cuando me ve llegar.

Daryl se gira al instante y sus ojos grises se clavan en los míos, fríos y oscurecidos, a juego con su expresión.

—Creo que me estabas buscando —digo, con la cabeza alta.

Da dos pasos, me clava los dedos en la carne del brazo, y me arrastra con él hacia un lugar a salvo de los oídos del resto. Protesto enérgicamente y sigo su ritmo como puedo, mientras tropiezo con los tacones.

—¡Suéltame! —grito, cuando al fin para la marcha y se gira para enfrentarme—. Me haces daño.

Me suelta, pero no suaviza su expresión.

—¿Qué estás haciendo aquí? ¿Y por qué cojones has estado ignorando mis llamadas?

Suelto un bufido. Qué ironía.

—¿Qué estoy haciendo *yo* aquí? Yo no he sido la que ha mentido diciendo que no salía cuando en realidad estaba en una fiesta; te he dicho que venía. ¿Qué haces tú aquí, Daryl? Aparte de dejarte manosear, claro.

—No seas estúpida. He venido a última hora, y no sabía que estabas aquí.

—Eso está claro. ¿Por qué me has mentido? ¿Para poder enrollarte con esa tía? ¿Para venir a una fiesta a pasar droga? ¿Por qué? Te juro que no lo entiendo.

—¡No me estoy enrollando con nadie! —eleva la voz, a la defensiva—. Si te llego a decir que estaba en una fiesta, habrías pensado que estaba tan entretenido que no iba a pensar en ti y no me habrías escrito en toda la noche.

Cierro los ojos por un segundo.

—¿Me estás queriendo decir que me has mentido para que me sintiera culpable por estar por ahí con mis amigos mientras tú te pasabas la noche pensando en lo que estaría haciendo? ¿Tienes idea de lo rastrero y lo manipulador que es eso?

—¡Pues a lo mejor es la única manera de asegurarme de que no te vas por ahí y te olvidas de mí! —grita—. Por Dios, mírate, Haley: ese tío de ahí está babeando ahora mismo, y tú... ¿cuánto has bebido? Podrían violarte en un callejón y ni siquiera te resistirías.

Es como si me pegara un puñetazo en pleno estómago, aunque ni siquiera me roce. Me bulle la sangre en las venas y siento las mejillas ardiendo de rabia. Está borracho, sí, pero lo que acaba de decir no tiene justificación.

—Mira, se acabó. Estoy harta, Daryl. Yo no estoy haciendo nada malo. Y tú eres un puto misógino y no tengo por qué aguantarlo más, porque tus promesas de cambiar no valen una mierda. Eres tú el que ha mentido, el que ni siquiera le para los pies a otra tía cuando le mete mano y el que ha venido a una fiesta a hacer quién sabe qué maldita ilegalidad. Paso de tus movidas, en serio. Haz lo que te dé la gana.

Se planta delante cuando doy un paso a un lado para poder irme.

—Por lo menos yo he venido a la fiesta vestido —insinúa.

—Vete a la mierda. Tus amigas van menos vestidas que yo.

Me arrepiento de decirlo en cuanto lo suelto, porque lo cierto es que ellas no tienen la culpa de nada, y que esos vestidos les sientan estupendamente, pero es que estoy muy cabreada y ya no me controlo.

—Los vestidos así de cortos y ceñidos les sientan bien a las chicas delgadas como ellas. Tú estás ridícula —me lanza en forma de dardo envenenado.

Aparto la mirada e intento avanzar de nuevo, sin responder. No es justo que esto me haga sentir insegura. No tengo las medidas imposibles que se suponen las «perfectas», pero no creía que me quedara mal este vestido, de verdad. Creía que me sentaba bien.

Styles pone una mano ante mí, para retenerme cuando hago un nuevo intento de pasar por su lado y dejarlo atrás.

Una de las chicas que los acompañaban aparece de pronto y nos mira, curiosa.

—Deberías bajarle los humos a esta, Styles. Va por ahí creyéndose que es tu novia.

Ni la miro. Tampoco a él. Solo quiero irme de una vez.

—Cada uno puede tener las fantasías que prefiera, Brooke —responde burlón.

Entonces sí levanto la mirada hasta sus ojos.

—Que te jodan —pronuncio, alto y claro, antes de empujarlo y pasar por fin.

No aprendo. Siento que repito los mismos errores una y otra vez. Avanzo entre la gente dándome toquecitos bajo los ojos con las yemas de los dedos para no arruinar mi maquillaje. Estamos en una fiesta y no podía esperarme un Styles diferente al de cualquiera de las fiestas anteriores. Ya sé lo que pasa. Ya sé cómo es. Y peor que él soy yo, por haber creído que esto podría cambiar.

Que lo jodan. Sí. Que lo jodan a él y a sus mentiras y a sus comentarios hirientes y a su manipulación y a su manera de dejar que le besen el cuello y a sus trapicheos.

Se acabó.

Jayden es el primero con el que cruzo la mirada cuando llego hasta ellos. No parece muy contento conmigo. Se acerca y me pone un botellín en la mano, con mala leche.

—Tu agua. Invéntate algo mejor para librarte de mí la próxima vez que quieras ir detrás de ese capullo.

—No necesito inventarme nada y no tengo que darte ninguna explicación —gruño.

—Desde luego que no. Ahórratelas.

Me da la espalda y se va a un lado a hablar con Mark.

Yo me acerco a Tracy y a Britt que me están mirando como si fuera una bomba a punto de explotar.

—Chicas, me voy. Lo siento. Por favor, quedaos y pasadlo bien, ¿vale?

—Haley, espera —pide Tracy.

Echo a andar hacia la salida y enseguida noto que alguien viene detrás de mí.

—Oye, espera. —Oigo la voz de Jay cuando llega a mi altura—. ¿Necesitas que te acompañe?

Me vuelvo a mirarlo. No me da tiempo a decir nada, porque entonces se monta mucho alboroto cuando un chico vestido por completo de negro se abre paso entre la gente a empujones.

De repente, tengo a Styles delante, más cabreado si cabe, y ni siquiera le da un empujón a Jayden, como es su estilo, sino que me aparta a un lado a mí de malas maneras.

—Eres una puta mentirosa —me acusa con rabia.

—¡¿Yo soy una puta mentirosa?! —grito, irónica.

Jayden se mete en medio y lo empuja hacia atrás para apartarlo de mí. Se interpone como un muro entre los dos.

—Ni se te ocurra tocarla.

—Tú mejor apártate de mi vista —responde el otro—. ¿Aún no te has dado cuenta de que no tienes nada que hacer con ella, perdedor? Nena, vámonos.

No me muevo. No tengo ninguna intención de ir con él. En realidad, no tengo intención de ir a ningún sitio con nadie. Yo me voy sola a mi residencia. Ya estoy harta.

—No voy a apartarme —se planta Jayden, que echa un brazo atrás para asegurarse de que me protege con su cuerpo—. El que va a largarse eres tú.

—Jayden, para —pido, a media voz, pero no sé si me oyen.

—No me toques los cojones, Sparks. Te apartas o te aparto.

En cuanto dice eso, Cole, Mark y Niall se unen a Jay.

—Anda, lárgate, Styles —intenta disuadirlo Niall.

Daryl me mira a mí, ahí, parada detrás de mis amigos.

Veo cómo la inseguridad le va ganando terreno una vez más. Lo siento derrotado y perdido, buscando algo en mí que le dé la más mínima esperanza, como un niño abandonado. Me rompe el corazón. Me duele porque sé, siento en mí, lo mucho que a él le está doliendo. *Yo* estoy rompiendo su corazón quedándome del lado de Jayden. *Yo* lo estoy destrozando y alimentando su inseguridad, que terminará por acabar con él. *Yo* le prometí que no vería a Jayden esta noche, y aquí estamos. Así que puede que yo también sea una puta mentirosa. Justo igual que él. A lo mejor estamos empatados. A lo mejor ninguno de los dos sabe hacer esto bien. Y ninguno de los dos es mejor que el otro.

Me desgarra el alma verlo bajar la mirada y apartarse a un lado. No puedo verlo sufrir. No quiero ser la culpable de su sufrimiento. De pronto, nada tiene importancia excepto el dolor en sus ojos. Ese dolor que solo me deja ver *a mí* y a nadie más. Soy la única persona en la que ha confiado así. Y acabo de cargarme esa confianza yo solita.

—¡Daryl, espera! —lo llamo cuando se aleja a grandes zancadas.

Intento ir tras él, pero un brazo en mi cintura me retiene.

—Haley, por favor —suplica Jayden en mi oído.

Me libro de él y lo empujo hacia atrás.

—¡No! —le grito—. Joder, para, Jayden. Lo estás complicando todo.

Doy otro paso atrás y veo que ya no va a intentar detenerme. Se queda ahí, con los hombros hundidos, mirándome impotente.

Y yo me voy corriendo detrás de Daryl.

Lo veo ya fuera de la casa, tras salir por la puerta de atrás. Lo llamo, pero no se detiene, y tengo que correr para alcanzarlo. Lo abrazo por detrás, pego el cuerpo a su espalda y lo obligo a frenar la marcha. No se vuelve ni dice nada, pero el movimiento agitado de su pecho no deja lugar a dudas: está llorando.

—Daryl...

—¿Por qué me haces esto, Haley? ¿Por qué me haces daño a propósito? ¿Por qué no dejas de correr hacia él cada vez? —me acusa con la voz temblorosa.

Me muevo para mirarlo de frente. Tiene lágrimas surcándole las mejillas, pero se las seca bruscamente con las palmas de las manos y mira alrededor, para asegurarse de que nadie que lo conozca lo está viendo llorar.

—No estaba con él. No pensaba verlo esta noche, te lo juro. Ha sido casualidad que nos encontráramos aquí.

—Me lo prometiste —recuerda.

—Ya lo sé —me veo obligada a reconocer.

—Me mata verte cerca de él. Te juro que me supera, y a ti te importa una mierda. Te da igual hacerme daño.

—Eso no es verdad. Te prometo que no es así.

—¿Me lo prometes? ¿Es que tus promesas valen algo?

Me siento fatal por hacerle sentir así. Me siento la peor persona del mundo. Se supone que yo era la que debía ayudarlo, sostenerlo, cuidar de él y traerlo de vuelta del infierno; no la que lo arrastraría hasta lo más profundo sin querer.

—Los dos hemos mentido esta noche —admito mi parte de culpa.

Niega con la cabeza.

—Pero yo lo he hecho porque me muero sin ti, Haley, porque necesito saber dónde estás y que estás bien a cada segundo. Tú mientes para irte con el puto Sparks.

—¿Qué puedo hacer para que confíes en mí? ¿Para que no me mientas? ¿Para que tengamos una relación normal en la que los dos nos sintamos seguros? Por favor, dímelo, amor —suplico—. Dímelo porque así no podemos seguir.

—Sabes lo que tienes que hacer. Pero no estás dispuesta, Haley.

Se encoge de hombros, resignado. Y triste, muy triste. Se da la vuelta, cabizbajo, y empieza a alejarse de nuevo, con las manos en los bolsillos y arrastrando los pies.

Miro su espalda y siento cómo cada paso que da me desgarra y se lleva con él una parte de mí. Sé lo que necesita. Y lo único que nos separa es la duda de si soy capaz de dárselo.

Da otro paso más y algo se derrumba en mi interior. No puedo dejarlo marchar. No así.

Así que lo digo y eso es lo único que lo hace parar y volver hasta mí. Lo único que consigue que baje ese escudo y me deje abrazarle el cuerpo y el alma. Volver a sujetar su corazón entre las manos.

—No volveré a ver a Jayden. No lo volveré a ver, Daryl. Te lo juro.

32

—¿Hoy tampoco vas a dormir aquí? —pregunta Tracy, sentada sobre su cama, mientras me observa meter una muda de ropa limpia en la mochila.

Dejo lo que estoy haciendo y me siento al borde del colchón.

—Le he dicho a Styles que iba, pero me quedo si te apetece tener compañía.

Niega con la cabeza.

—Estoy bien. No tienes que quedarte por mí. Solo pregunto porque llevas toda la semana sin dormir en tu cama. ¿Te has mudado y soy la última en enterarme?

—Styles y yo estamos... intentando trabajar en algunas cosas de nuestra relación, porque es obvio que hace falta —le cuento, con una mueca—. Por eso he estado desaparecida, necesito poner orden en esa parte de mi vida. Pero, tía, sigo estando aquí si me necesitas. Me quedo contigo cuando quieras, ¿vale? No quiero que intentar arreglar esto con él lo vuelva a fastidiar todo con vosotros.

Tracy no parece demasiado convencida de que sea del todo sincera, pero asiente.

—Nosotros ya hemos aceptado que esto es lo que hay,

Haley. No vamos a discutir por tu relación, eso no nos funciona ni a ti ni a nosotros. Es suficiente con que sepas que estamos aquí cuando quieras venir, pero también tienes que tener claro que la culpa no es nuestra si cuando decidas aparecer te has perdido cosas.

Se encoge de hombros. Entiendo lo que dice. Y, aunque me moleste, parece justo.

—Ya lo sé. No voy a desaparecer tanto, ¿vale? Solo necesito tiempo para hacerle ver que no estar todo el día pegados no significa que me importe menos, y entonces podré volver a tener una vida normal sin que eso mande a la mierda mi relación.

—Si quieres empezar a demostrar eso de que podéis estar separados, este fin de semana nos vamos de excursión. Niall nos lleva a acampar y a enseñarnos unas pocas cosas sobre el espacio exterior la noche del sábado. Vente. No será lo mismo sin ti.

Suena bien. Pero no puedo, dadas las circunstancias. Se supone que no puedo ver a Jayden, así que mejor dejo lo de ir de excursión con mis amigos para otra ocasión.

—No creo que pueda.

Tracy pone los ojos en blanco y se deja caer boca arriba sobre el colchón, derrotada.

—Pues vale —suspira.

Me levanto y termino de recoger mis cosas para poder irme de nuevo con Daryl. No me gusta esta situación, pero no será por mucho tiempo. Lo sé. La cosa está mejorando. Daryl está más abierto, más confiado y mucho más dispuesto a ceder de lo que lo ha estado nunca antes. Estamos haciendo progresos. Y no puedo parar ahora.

—Oye, Haley —me llama mi amiga cuando estoy a punto de salir—. Está bien que luches por tu relación, pero asegúrate de que tú estás bien antes de centrar tus esfuerzos en que lo esté cualquier otra cosa.

—Yo estoy bien —dejo claro, demasiado rápido y a la defensiva.

Bueno, estoy cansada, claro. Pero es normal, ¿verdad? Y no importa mientras aún me queden fuerzas para luchar por lo que quiero.

—Vale —cede ella, demasiado rápido también.

—Te veo mañana.

Conduzco hasta el aparcamiento de la fraternidad de Styles. Este será el último fin de semana que pasemos aquí, porque la reforma del baño ya está casi a punto y el lunes le llevan al piso su cama nueva. Estará bien no tener a Sean y a Trevor buscándolo a todas horas. Y no oír a este último llamarme «la niña bien» cada vez que me ve.

El móvil empieza a sonar justo cuando he parado el motor y lo saco segura de que será Styles para preguntar por qué tardo tanto. Me sorprende ver el nombre de Hannah. Hace dos semanas que no hablamos por teléfono y nos hemos limitado a intercambiar algún que otro mensaje bastante frío. También hace días que cambié el fondo de pantalla y quité nuestra foto, sustituyéndola por una con Daryl.

—Hola.

—Hola —saluda ella también—. ¿Qué tal estás?

Me muerdo el pulgar, incómoda como nunca creí que me sentiría hablando con Hannah. He pensado en llamarla muchas veces y ahora me arrepiento de no haberlo hecho.

—Bien. Estoy bien. ¿Cómo estás tú? ¿Qué tal lo llevas?

—Estoy bien.

Es justo de esa manera en la que respondes a personas con las que no tienes mucha confianza cuando preguntan cómo estás: «estoy bien», para no tener que dar explicaciones por mucho que no lo estés.

—¿Y tus padres? —pregunto, cauta.

—Cada uno por su lado. Supongo que estarán bien, ya

que se supone que se separan porque juntos no lo estaban, pero no hablo mucho con ellos estos días.

Tengo ganas de decir que la echo de menos, pero no lo hago.

—Ya. ¿Y Logan cómo está?

Se hace un silencio al otro lado de la línea.

—Le he pedido un poco de tiempo —admite al final.

—Hannah...

Me corta enseguida. Sé que, si le ha pedido un tiempo a Logan, es por lo que ha pasado con sus padres. Porque está pensando que las relaciones no funcionan y que no merece la pena encariñarse. Eso suena muy a Hannah.

—Te llamo porque Jayden me ha mandado un mensaje para preguntarme si sé si te pasa algo. —Va al grano—. Y no sé si te pasa algo, así que he pensado que era mejor dejarnos de tonterías y llamarte para preguntártelo. ¿De verdad estás bien, Haley?

Suelto un suspiro molesto. No con ella, sino con Jayden. Aunque admito que no le he dejado ninguna otra opción. No he contestado a ninguna de sus llamadas, y he respondido con evasivas a sus mensajes. Debería ser valiente y explicarle directamente lo que hay, pero la verdad es que me sentiría ridícula diciéndole que ya no podemos vernos ni hablar porque Styles está celoso. Suena absurdo planteado así.

—Jayden se ha pasado de cotilla y no debería haberte metido en esto, lo siento.

—No te he preguntado eso. Está preocupado y me está preocupando a mí. ¿Qué pasa contigo últimamente?

—Estoy bien.

—Como creo que las cosas no pueden estar mucho peor entre nosotras, te lo voy a decir claro, Haley: ese Styles te está alejando de todo el mundo que te quiere y deberías darte cuenta de que eso no es amor.

Aprieto los dientes, cabreada. ¿Ella qué sabe de Styles y de mí? Pero me trago el enfado porque no creo que tenga razón en algo: estoy convencida de que sí que podemos estar peor ella y yo.

—Hannah, no me hagas elegir entre estar bien contigo o estar con él, ¿vale?

—No soy yo la que te está haciendo elegir, Haley. Y, de todos modos, me parece que ya tienes bastante clara tu decisión.

—Hannah...

—Ten cuidado, ¿vale? —pide en un tono mucho más dulce.

Cuelgo el teléfono sin contestar.

No quería que esto fuera así, ni sentir que ya no tengo a mi mejor amiga conmigo, aunque sea al otro lado del país a través de una conexión telefónica.

Pero ahora no tengo tiempo para esto. Arreglaré las cosas con Hannah más adelante, cuando mi relación con Daryl esté bien por fin y yo pueda demostrar a todos que estaban equivocados. Ahora tengo que centrar mis energías en nosotros; no necesito voces diciéndome que no vale la pena o instándome a tirar la toalla.

Estoy esperando a que Daryl se duche cuando me escribe mi primo para ver si tengo tiempo para hablar. Le sonrío en cuanto su imagen aparece en la pantalla del portátil. No responde igual y sé enseguida que le pasa algo.

«¿Qué pasa?», pregunto preocupada.

«La he encontrado.»

Me quedo parada y él también, sosteniéndonos la mirada mientras proceso la información. Él tampoco parece haberla digerido del todo. No me hace falta preguntar a quién. Su madre biológica.

«¿Cómo se llama?»

«Karen Moore.»

«¿Dónde vive?»

«Está en Fresno.»

Está muy cerca. A menos de tres horas de él. Ahí ha estado toda la vida. A menos de tres horas.

«¿Y él?», me intereso por la otra parte de la dotación genética.

«Aún no sé quién es.»

Noto que le tiemblan las manos. Parece perdido. No me gusta verlo así. Tengo ganas de coger el coche y conducir hasta Sacramento para poder abrazarlo.

«¿Cómo te sientes?»

Se encoge de hombros.

«¿Qué vas a hacer?»

«No lo sé.»

«No tienes que decidirlo ya mismo.»

«Si decido ir a conocerla, ¿vas a venir conmigo, por favor?»

Asiento varias veces con la cabeza. Sabe que no necesita preguntar.

«Quiero ir y darte un abrazo», digo, y hago pucheros.

Sonríe por fin.

Daryl entra en el cuarto y frunce el ceño.

—¿Qué haces?

—Estoy hablando con mi primo. —Luego vuelvo a mirar la pantalla y sigo, sin hablar en voz alta—: «Styles acaba de entrar».

«Colgamos si quieres.»

«No pasa nada, aún tiene que cambiarse de ropa.»

«No lo enfoques, por favor.»

Suelto una risita y Daryl se gira al instante para mirarme, desde delante de las puertas abiertas de su armario.

—¿Qué tiene tanta gracia?

—Nada —le respondo, sin apartar la vista de lo que dice mi primo.

Veo de reojo cómo se pone unos pantalones y rebusca entre sus camisetas. No sé por qué se esfuerza tanto: son todas iguales.

—Me pone nervioso que estés ahí gesticulando y descojonándote cuando no sé qué estáis diciendo.

—No te preocupes, ombligo del mundo, no estamos hablando de ti.

Y sigo bromeando con mi primo, que parece más relajado con el cambio de tema.

Daryl da un paso hacia mí y baja la tapa de mi portátil de golpe, acabando con nuestra conversación.

—¿Qué haces? —protesto.

—Es de mala educación hablar así delante de alguien que no lo entiende. Dile a tu primo que ya hablaréis otro día y vámonos a cenar.

Me llega un mensaje al móvil.

¿Qué ha pasado?

Perdona, se ha cortado.

Da igual, hablamos otro rato cuando no estés ocupada.

Ni siquiera empiezo una discusión con Daryl. Estoy cansada. Me quedo en silencio mientras él termina de vestirse. Y, cuando me mete prisa para que salgamos, cojo la chaqueta y camino a su lado sin decir una palabra.

—¿Dónde cenamos? —me pregunta, cuando ya caminamos por la calle.

—Me da lo mismo. Decídelo tú —delego.

Estamos ya sentados a la mesa de un local, esperando a que nos traigan los platos que hemos pedido, cuando Daryl se estira y coge mi mano entre las suyas por encima del mantel.

—Siento lo de antes. No debería haber cortado así tu conversación con tu primo. Me he portado como un idiota, pero es que me estabas ignorando y pensaba que os estabais riendo de mí.

Siempre tiene algún argumento que blandir en su defensa. Siempre alguna excusa. Y normalmente esos argumentos tienen que ver con que sus reacciones son una respuesta a *mis* acciones. Así que en el fondo parece que la culpa siempre es mía.

Asiento.

—Ya. Vale.

Discutir no nos va a llevar a ninguna parte. No quiero echar a perder los avances de la última semana.

—Haley, ¿qué te pasa, nena? Llevas días rara. ¿Es...? Da igual, ya sé lo que es. Siento lo que dije en esa fiesta. Fue... Estaba borracho, y cabreado, y me puse a la defensiva. No lo pienso de verdad. Tienes que olvidarlo, ¿vale?

—No pasa nada. Ya está olvidado —digo automáticamente.

Digo que ya está olvidado, pero la realidad es que esta noche estoy muerta de hambre y me he pedido una ensalada para cenar. Que hace días que no me pongo nada ceñido y que procuro mirarme lo mínimo al espejo porque, cada vez que lo hago, me pregunto cuántas de las cosas que veo debería cambiar para gustarle más a mi novio. Y sé que esto no está bien, pero no puedo evitarlo.

—¿Qué quieres que hagamos el fin de semana? Hacemos lo que tú quieras, nena.

Y el resto de la noche es tan atento, tierno y cariñoso conmigo que consigue volver a hacerme pensar que a partir de ahora todo puede llegar a ser perfecto. Sabe hacerlo cuando le conviene.

—Aún estás a tiempo de venir. Última oferta, no pienso repetirla —dice Mark.

Sigue insistiendo con la excursión para desentrañar misterios del universo. Está convencido de que va a descubrir una constelación desconocida, el pobre ingenuo.

—Os agradezco mucho la invitación, pero este fin de semana no puedo. Prometo unirme al plan del fin de semana después de los exámenes sea cual sea —ofrezco a cambio.

Estoy bastante segura de que para entonces las cosas con Daryl irán mejor. No habrá problema para pasar tiempo con mis amigos. A lo mejor hasta acaba siendo un novio normal y se apunta alguna vez. Eso me encantaría, de verdad.

Nos encontramos a Jayden frente a la puerta, esperando. ¿Qué hace él aquí? Rezo para que Daryl no haya decidido saltarse la última hora y venir a buscarme a la salida. Si viera que Jayden está aquí eso podría arruinar todo lo que hemos avanzado de un solo plumazo. Mark se apresura a poner una excusa y despedirse cuando el ambiente se tensa tanto que un solo pinchazo podría hacerlo explotar como una pompa de jabón.

El silencio nos envuelve por dos segundos muy largos hasta que él lo rompe.

—Hola —dice conciliador—. ¿Cómo estás? —Hace una pausa, pero sigue al ver que no contesto—: Sé que parece que te persigo, pero en mi defensa diré que soy perfectamente capaz de aceptar la indiferencia. Solo he decidido dar el beneficio de la duda a esta amistad y asegurarme de que de verdad estás pasando de mí y no es que algo te impida coger las llamadas. Veo que tienes los dedos intactos para poder deslizarlos sobre el teclado del móvil; aún oyes, por lo que parece... ¿sigues teniendo voz?

—Jayden...

—Sí que sigues teniendo voz —me corta, irónico—. Haley, ¿qué pasa? Si has decidido que no quieres saber nada de mí por alguna razón en concreto, me gustaría saberlo. Y, si es algo que yo pueda solucionar, me gustaría poder hacerlo.

Bajo la mirada y niego con la cabeza. Estoy siendo muy injusta con él, solo porque realmente no quiero tener que decirle esto. Lo mínimo que se merece Jayden de mí es que sea capaz de decirle las cosas a la cara.

—No. No es por ti. Tampoco es por mí. No es por nosotros, no es por esto, es por...

—Es por Styles —completa él por mí.

Levanto de nuevo la mirada para enfrentarme a sus ojos.

—Necesito que dejemos de vernos por un tiempo —le pido, sin desmentir su afirmación—. No va a ser para siempre. Esto no significa que ya no vayamos a ser amigos o que yo quiera que dejemos de serlo. Necesito tiempo para arreglar algunas cosas.

Se cruza de brazos, con cara de no entenderlo y de no querer entenderlo, tampoco.

—Dijiste que lo que tuvieras con él no tenía nada que ver con tu amistad conmigo.

Me siento presa de mis propias palabras. Me condeno yo sola cada vez que digo algo. *Prometiste, dijiste...* Empiezo a estar harta de esa yo que dice tantas cosas que luego no es capaz de cumplir.

—Lo siento, Jay.

—¿Que lo sientes? —repite, incrédulo—. No hagas esto, Haley, por favor. ¿No te das cuenta de que te está apartando de cualquiera que pueda decirte algo malo sobre él?

Niego con la cabeza. Si la cosa fuera así no podría relacionarme con nadie, al parecer todos mis amigos tienen mucho que decir sobre mi novio.

—No es eso. Necesito demostrarle que estoy aquí para él y que no tiene por qué sentirse inseguro. No espero que lo entiendas, pero espero que aceptes que esto es lo que creo que tengo que hacer y me des el espacio que te pido.

—Me estás pidiendo que haga como si no nos conociéramos de nada, ¿es eso? ¿Todo porque tu novio tiene un berrinche? ¿Qué problema tiene?

—Está celoso —suelto, sin ni siquiera pensarlo.

El silencio se tensa entre los dos. Da un paso al frente y nuestros pechos casi se rozan mientras nuestras pupilas brillan reflejando las del otro.

—¿Tiene motivos para estar celoso?

La pregunta de Jayden me convierte en la perdedora de nuestro particular reto de miradas, porque me obliga a apartar la mía, antes de ser capaz de responder:

—Pues claro que no.

Doy dos pasos, alejándome de él.

—Haley...

—No podemos volver a vernos, Jayden.

Lo digo sin atreverme a mirarlo de nuevo. Y luego aprieto el paso para alejarme de él antes de que pueda encontrar un buen argumento para convencerme de lo contrario.

33

Acabo de vestirme y me estoy secando el pelo cuando llaman a la puerta. Daryl está al otro lado, jugueteando con las llaves de su coche entre los dedos, con media sonrisa traviesa en los labios.

—Coge lo que necesites para un par de días, nena. Nos vamos de fin de semana.

En media hora estoy en el asiento de copiloto de su coche, rumbo al norte, sin parar de hacer preguntas que él responde con evasivas o con medias sonrisas enigmáticas para no desvelar demasiado pronto dónde me lleva y cuáles son sus planes. Pone música para hacerme callar, buscando picarme, y yo bajo la ventanilla para poder asomar la cabeza como si fuera *Ron* y disfrutar del viento frío en la cara. Me siento bien. Ahora mismo da igual cualquier cosa que me haya preocupado en los últimos días. Él y yo solos, de fin de semana donde tenga planeado llevarme, es todo lo que necesito para ser feliz.

Daryl me coge la mano y se la lleva a los labios para besarla dulcemente, sin apartar la vista de la carretera. Y yo vuelvo a olvidarme por completo del paisaje para admirar su cara, que me gusta mucho más.

—¿Estás contenta? ¿Te hace ilusión el fin de semana?

—Muchísimo.

Sonríe. A veces no lo entiendo ni yo, pero lo quiero tantísimo que podría explotar de amor. La gente no para de pedir explicaciones sobre qué veo en él o qué puede ser lo que me hace quererlo, pero es que no hay explicación: lo quiero y punto. Intenso, cegador, devastador. Arrasando con todo para construirnos a los dos un mundo completamente nuevo. Lo amo tanto que no necesito ni una sola razón para amarlo. Es irracional, y es lo más real que me ha pasado en la vida.

—Podemos ser solo tú y yo, nena. Nada más durante todo el fin de semana, ¿quieres? Vamos a apagar los móviles y a aislarnos del resto del mundo.

Es la mejor idea que he oído jamás.

Llamo a mi madre y le cuento una media verdad: que me voy el fin de semana de acampada con mis amigos y que lo más probable es que no tenga cobertura, que no se preocupen, y que ya los llamaré el domingo cuando esté de vuelta.

Apago el móvil.

Y empieza el mejor fin de semana de mi vida.

Conducimos hasta Santa Bárbara, donde Daryl ha alquilado un pequeño apartamento frente a la playa hasta el domingo. A mitad de enero es temporada baja y este fin de semana el pronóstico del tiempo da cielos despejados, pero temperaturas frías, así que no se espera demasiada afluencia turística en las zonas costeras. La cama es enorme y muy cómoda, como descubro saltando sobre ella en cuanto entramos, y eso es lo más importante. Además, hay una terraza de buen tamaño.

—No te muevas de ahí —me advierte mi chico.

Me da la espalda para revolver en esa desordenada bolsa que ha traído con sus cosas, saca una caja de preservativos y la lanza sobre la mesilla de su lado de la cama. Luego levanta el móvil para enseñarme cómo lo apaga, al igual que he hecho yo, y lo entierra en lo más profundo de la maraña de ropa negra que conforma su equipaje.

Pone cara de pocos amigos cuando ve que lo enfoco con mi cámara de fotos nueva. Y, aun así, aprieto el botón para captar su imagen. Un fin de semana de escapada es el momento perfecto para empezar a practicar con mi nuevo juguete. Se lanza sobre mí en la cama, para intentar arrebatármela. Me río a carcajadas y me siento mejor que nunca. El forcejeo nos lleva a acariciarnos y besarnos. Y acariciarnos y besarnos nos lleva a desprendernos de toda esta ropa y enredar nuestros cuerpos, incendiando el colchón con esas chispas que saltan por todas partes cada vez que Daryl Styles y yo nos rozamos.

Para cuando conseguimos salir de la cama está empezando a atardecer y desde la terraza se ve la unión del cielo y el océano teñida de un color rojizo mágico.

—¡Vamos a la playa!

Paso a su lado al lanzar esa exclamación entusiasmada. Cojo la cámara de fotos y la cazadora antes de que tenga tiempo de protestar. Y no le queda más remedio que seguirme.

Me quito las botas y corro descalza por la playa desierta, con la correa de la cámara de fotos colgada de mi hombro. Pronto empiezo a hacer algunas pruebas con ella, para captar la mejor instantánea de la puesta de sol.

Dejo eso y hago una mueca cuando veo que Daryl, a mi lado, sigue calzado.

—Tienes que quitarte esas botas y disfrutar del tacto de la arena, amor. Está fría, pero es agradable. ¡Venga! —insisto, al ver que no parece muy convencido—. Es lo que hace la gente normal.

—Tú no eres normal —me acusa, con una sonrisa.

—*Tú* no eres normal. A veces hay que hacerse pasar por uno de ellos.

Sonríe más, al tiempo que niega con la cabeza.

—Estás loca.

Pero me hace caso y se quita las botas. Hunde los pies en la arena.

—Agradable, ¿verdad? —presiono, en tono altanero—. Deberías hacerme caso siempre, yo sé lo que es mejor para ti.

Me coge por la cintura y me levanta en el aire, haciéndome reír. Jugueteamos, nos besamos y nos perseguimos corriendo por la arena. Acaba rindiéndose él, y se deja caer tumbado, con los ojos cerrados, más relajado y en paz de lo que lo he visto nunca. Me siento a su lado y lo observo. Abre un solo ojo y sonríe.

—No pensaba que pudiera sentirme así, nena.

—Así, ¿cómo?

Se incorpora para sentarse y mirarme a los ojos.

—No pensaba que yo pudiera ser feliz.

Me rompe el corazón oír eso, pero la expresión apacible de su cara me calienta y serena el alma. La palma de su mano me acuna la mejilla y la yema del pulgar me acaricia lenta y tiernamente, hasta perfilar la forma del labio inferior, con sus ojos clavados en los míos.

—Tú me haces feliz, Haley.

Me acerco despacio hasta poder besarlo con dulzura, sin prisas. Su forma de responder a mi contacto me deja muy claro lo que siente por mí y despeja cualquier duda que pudiera haber existido alguna vez. Vuelvo a conectar nuestras miradas cuando nos separamos solo unos milímetros.

—En este momento soy más feliz de lo que lo he sido nunca —digo en un susurro—. Te amo, Daryl.

Acaricia mi nariz con la suya y luego se levanta de un salto.

—¡Te amo, Haley Parker! —grita con todas sus fuerzas hacia el rugido del océano—. ¡Quiero que lo sepa todo el puto mundo! ¡Te quiero!

Sujeto su mano para ayudarme a levantarme y no la suelto cuando yo también me enfrento al batir de las olas.

—¡Te quiero, Daryl Styles! ¡Eres lo mejor que me ha pasado en la vida!

También lo peor, aunque eso no lo diga. Solo lo completa. Eso solo lo convierte a él en absolutamente todo. *El yin y el yang*. El paquete completo.

Pone las manos en mi cintura y baja la cabeza para mirarme a los ojos.

—Te prometo que nunca nada va a separarte de mí.

—Te prometo que nunca voy a querer a nadie así. —Algo que sí estoy segura de ser capaz de cumplir.

Me besa. Y ese beso termina de sellar nuestras promesas.

La noche nos pilla enredados entre las sábanas de nuevo.

—Me quedaría así contigo para siempre —susurra en mi oído. Sonrío con los ojos cerrados, feliz.

—Yo también.

—Va a ser siempre así a partir de ahora. Lo único que me hace falta es tenerte conmigo, nena.

—Me tienes —me apresuro a decir, porque quiero que lo tenga claro—. Estoy aquí. No me voy a ninguna parte.

—Eres mía —susurra de nuevo, con los labios pegados a mi oído.

—Soy tuya.

Sonríe. Me acaricia la mejilla con el dorso de la mano.

—Si siempre lo tuviera tan claro como lo tengo ahora no habría un puto demonio que pueda conmigo —murmura, y suena aliviado, como si acabara de encontrar la salvación, y triste a la misma vez.

—Me encargaré de recordártelo cada día —prometo.

Pone la mano en mi nuca y me acerca a sus labios de un tirón, brusco, para besarme con fuerza y con necesidad, mordiendo mi boca. Y yo respondo del mismo modo y me pego tanto como puedo a su cuerpo. Los dos necesitamos sentirnos. Tenernos. Soy suya y él es mío. Por completo y para siempre. Sentirlo dentro de mí es todo lo que necesito. Hasta el aire nos sobra cuando somos solo él y yo.

Llama a su tatuador en cuanto estamos de vuelta en la ciudad el domingo.

Señalo el tipo de letra cuando me muestra las posibilidades en el catálogo.

—Esta —decido, y miro a Daryl de reojo.

—Esto es una mariconada —protesta.

Doy un paso atrás y me bajo la cinturilla del pantalón para señalar la zona de piel en la parte más baja del abdomen, junto a la cadera, que quiero marcar.

—Lo quiero aquí.

Daryl pone una mano sobre el hombro del tatuador y advierte, no del todo en broma:

—Cuidado con cuánto tocas.

Alzo una ceja al mirarlo, mientras espero a que decida dónde va a tatuarse. Tiene los ojos oscurecidos y cargados de deseo. No tengo duda de que le ha gustado mi elección de zona.

—Yo lo quiero aquí.

Señala la muñeca justo en la unión con la mano, al borde de su brazalete, donde todo el mundo podrá verlo, pero con un significado que solo nosotros entendemos.

Y dejamos que el artista trabaje en nuestra piel. Pronto tenemos escrito algo, los dos lo mismo, cada uno en el lugar que ha elegido: *yours*.

Tuya.

Tuyo.

Y así me aseguro de que lo tenga claro y pueda recordarlo cada día del resto de nuestras vidas.

34

Muerdo el bolígrafo con ansiedad mientras releo por cuarta vez las preguntas de mi último examen, a ver si han cambiado en los últimos treinta segundos. No hay suerte. Se suponía que esta asignatura la llevaba casi bien.

Me levanto y recojo mis cosas, frustrada. Entrego el examen en blanco. Conecto la mirada con Mark, que está sentado en primera fila. Lo veo apretar los labios y negar con la cabeza, como si le decepcionara mucho que abandone y me largue así. Luego devuelve la vista a sus folios y sigue escribiendo.

Camino con la mochila al hombro hacia casa de Styles.

Voy a suspender más de la mitad de las asignaturas del semestre. Voy a suspender porque no he estudiado, simple y llanamente. ¿Qué les voy a decir a mis padres? Que he dedicado todo este tiempo a salir con un chico tatuado que arrastra unos cuantos problemas emocionales que me han tenido bastante distraída. «Lo siento, mamá. Lo siento, papá. Lo he hecho por amor.» Van a cabrearse y con razón. Porque no es que me haya esforzado y no haya llegado; no es que alguna de las asignaturas se me haya atragantado. Es que no me he sentado delante de un libro ni cuatro horas en total en el último mes, eso es lo que pasa.

He tenido que dejar muchas cosas de lado para centrarme en Daryl. Y hay algunos momentos en los que me pregunto si todo lo que estoy haciendo por él..., *por nosotros*, servirá de algo. Y luego hay otros momentos en los que todo encaja y vuelve a tener sentido y pienso que nunca nada podría merecer más la pena que estar con él por muchas cosas que pueda perder por el camino.

Veo de nuevo en mi mente la mirada de Mark. Me da la impresión de que hace siglos que no hablo con él. Me refiero a hablar *hablar*. En estas dos semanas de exámenes nos hemos saludado y nos hemos preguntado qué tal, cómo lo llevas, y esas típicas cosas que haces con tus compañeros de clase. Pero ya no hablamos como amigos. También hace tres semanas que no desayuno con las chicas. Y por eso creo que ese es el tiempo que hace desde que no veo a Britt. Con Tracy es diferente porque comparto cuarto con ella, aunque haga tiempo que no paso allí más de una noche a la semana.

A veces voy y me quedo en mi residencia, sobre todo cuando Styles tiene días de mierda: cuando se emborracha —o peor, cuando desaparece durante horas y termina volviendo a casa tan colocado que ni puede hablar—, cuando grita, cuando rompe cosas, o cuando los dos gritamos y rompemos cosas en plena discusión. Empiezo a perder la cuenta de cuántas veces le he dicho que no puedo más, que se acabó. Pero siempre vuelvo. Porque no puedo soportar pensar en lo perdido que está sin mí. Porque yo tampoco sé muy bien cómo estar sin él. Porque lo amo más que a nada. Y sé que él siente lo mismo por mí. Aunque sea difícil a veces.

Y luego está Hannah, con la que hablo de vez en cuando creo que solo por inercia. A lo mejor porque ninguna de las dos queremos admitir que ahora son más cosas las que nos separan que las que nos unen. No hablamos de mi relación, y tampoco hablamos de la que podría haber sido la suya pero dejó escapar. Hablamos de los estudios, de sus padres, de los míos. Lo único de lo que podemos hablar sin que salga a la luz la distancia emocional entre las dos, que supera con creces la física.

Para añadir a mi creciente mala conciencia, hablo con mi primo Simon mucho menos de lo que debería. Sobre todo, porque sé que me necesita, aunque no lo diga. Y cuando nos llamamos nunca tengo tiempo para alargar la conversación. No se queja, pero sé que le duele. Y todos los días me digo que al día siguiente lo llamaré y le dedicaré todo el día si él quiere, pero al final nunca encuentro el momento para eso. Ayer me dijo que está planeando ir con su hermana a conocer a esa mujer que lo dio en adopción hace dieciocho años. Irán en coche a Fresno la semana que viene. No me pidió que los acompañara, pero le dije que iría.

Y por lo demás... Bueno, no sé nada de Jayden desde que le dije que ya no podíamos vernos. Al menos lo ha respetado, aunque en ese momento no me pareció que estuviera muy de acuerdo. Es mejor así. No añadir el factor Sparks a mis discusiones con Daryl es un problema menos, sinceramente.

Podría decirse que Daryl Styles ha conseguido lo que todo el mundo le acusaba de querer conseguir: ahora estoy sola. En su defensa, diré que la culpa no es suya, aparte de Jayden él no me ha prohibido ver a nadie ni nada parecido. Las decisiones las he tomado yo. Llegó un punto en que tuve que elegir. No me arrepiento de haberlo elegido a él; al menos, no la mayor parte del tiempo.

Cuando por fin llego a su piso me duelen los pies. Hace más de dos semanas que se ha mudado aquí desde la fraternidad, aunque aún mantiene su habitación allí para el resto del curso. Y yo prácticamente vivo aquí también. Tengo más ropa en su armario que en la residencia. La casa no está reformada del todo, aún hay que cambiar por completo la cocina, pero nos apañamos porque lo cierto es que no cocinamos mucho. Daryl aún no ha vuelto de la facultad. Tenía que presentar uno de sus documentales delante de un tribunal para que valoraran la primera parte de su proyecto. Me he pasado la última semana ayudándolo con eso y dándole mi opinión sobre un montón de secuencias y montajes, en vez de estudiar para mis exámenes. Así que espero que la presentación vaya bien. Tengo que admitir que el trabajo es bueno, aunque es necesario poner una advertencia para los posibles espectadores: drogas y violencia. Probablemente también un no recomendado, como mínimo, para menores de dieciséis.

Me he quedado dormida en el sofá, pero me levanto de un salto y me planto ante él en cuanto lo oigo entrar.

—¿Y bien?

—Y bien, ¿qué?

—¡El proyecto! Ha ido bien, ¿verdad?

Sonríe y yo salto sobre él para abrazarlo y rodeo su cintura con las piernas. Se ríe y me abraza antes de empezar a contarme los detalles del éxito de su presentación. Lo escucho atentamente hasta que agotamos el tema. Luego anuncia que va a darse una ducha antes de que pidamos algo para comer, y yo tengo que volverme y hablarle a su espalda mientras ya camina hacia el baño.

—Hoy he tenido mi último examen.

Se vuelve para mirarme de nuevo.

—¿Cómo ha ido?

A veces me duele que no pregunte por cosas como esta. Es como si casi todo en nuestra relación girara en torno a él: *sus* problemas, *sus* estudios, *sus* planes. No me importa apartarme a un segundo plano, de verdad que no, pero a veces me gustaría sentirme igual de importante, para variar.

—Lo he entregado en blanco, no tenía ni idea.

Hace una mueca.

—No tenías ni idea de ninguno de tus exámenes, por lo que parece. Nena, ponte las pilas. Es primero de Biología, no física cuántica. No soy uno de esos tíos que prefieren que su mujer no trabaje, así que, si no puedes con eso, mejor búscate algo más sencillo..., un cursillo de algo, a lo mejor se te da bien.

Eso último lo dice en tono de broma, pero a mí no me hace gracia. Se me forma un nudo de rabia en la garganta. No quiero llorar delante de él por una tontería, así que me voy en silencio hacia el cuarto y cierro la puerta para dejarlo fuera.

—Haley —lo oigo llamarme desde el otro lado—. No te enfades, nena, era broma.

Podría entrar si quisiera, porque esta puerta no tiene cerrojo, pero no lo hace. Suelta un suspiro muy alto, como si tuviera que tener mucha paciencia conmigo, y anuncia que se va a la ducha.

Me froto los ojos. Me cabrea ser de lágrima fácil. Con Daryl me es imposible discutir sin llorar y eso lo lleva a la conclusión de que soy «dramática», según sus propias palabras. ¿Piensa de verdad que no soy inteligente? ¿También voy a tener que añadir eso a mi lista de defectos? *Eres demasiado dramática, no eres lo suficientemente delgada, eres demasiado sensible, no eres lo suficientemente fuerte, eres demasiado preguntona, no eres lo suficientemente inteligente.* La semana pasada pasé una sola noche en mi residencia y la razón de que me fuera allí fue que estropeé sin querer una de sus hojas de apuntes para su presentación con una mancha de tinta mientras lo ayudaba a corregirla. Él ni siquiera se agobió, ni gritó, pero me lanzó la mirada más fría que le había visto nunca y dijo: «¿Eres tonta, Haley?». Y me digo a mí misma que sí que lo debo de ser porque esa tontería me haya afectado tanto, pero sigo oyendo el tono exacto que utilizó. Era puro desprecio y me dolió más que cualquier insulto ofensivo que pudiera haber llegado a decir. Y ahora estamos con eso otra vez... *¿Eres tonta, Haley?*

Respiro hondo y me sereno. Me acerco a la puerta del baño para preguntarle a través de ella qué es lo que quiere que pida para comer.

—¿Quieres que hagamos algo especial esta noche para celebrar lo de la presentación de tu proyecto? —pregunto mientras comemos frente al televisor.

—He quedado con Trevor en que pasaría por allí para celebrarlo con ellos.

—Ah.

Había rechazado unirme a la cena que han organizado los de mi clase por el fin de los exámenes porque pensé que yo no tendría nada que celebrar y que seguramente Daryl querría que hoy estuviera con él, pasara lo que pasara con su proyecto. Me siento estúpida por mis expectativas tan poco realistas.

—¿Qué vas a hacer tú? ¿Me esperarás aquí? —pregunta pasado un rato.

—No lo sé, a lo mejor voy a cenar con la gente de clase.

Se vuelve para mirarme por fin.

—¿A cenar? ¿Solo una cena? No vas a ir a beber ni de fiesta por ahí, ¿no?

—No tengo ganas de fiestas, amor —digo entre dientes.

Me estiro y recupero el móvil para escribir en el chat de clase.

¿Aún estoy a tiempo de apuntarme a la cena?

Mark ha llegado tarde al restaurante, así que acabamos cada uno en una punta de la mesa. Me hubiera gustado sentarnos juntos, ya que con nadie en clase tengo demasiada confianza, pero supongo que no importa porque, tal y como están las cosas, tampoco la tengo con él.

Me paso toda la cena escuchando las conversaciones a mi alrededor e interviniendo más bien poco. En otras circunstancias habría hablado hasta por los codos con cualquiera de estas personas, pero hoy siento que no tengo nada interesante que decir.

Mark me ignora también en el bar al que vamos después. Y, tras un par de copas, aprovecho que lo veo salir del local para ir tras él, fingiendo que es pura casualidad que los dos necesitáramos aire fresco en el mismo momento.

—Hola. —Me siento en el borde de la acera a su lado.

No ha parado de hablar, bromear y bailar en toda la noche, pero cuando creía estar solo le ha cambiado la expresión. Puede que ya no seamos tan amigos como antes, pero conozco a Mark. Y creo que ha hablado, bromeado y bailado con tantas ganas porque estaba huyendo de cómo se siente en realidad. Lo que no sé es qué le pasa.

—Hola, Haley.

Me alegro de haberme puesto pantalones y no un vestido, porque el borde de la acera está demasiado bajo para sentarte en él con dignidad. De todas maneras, creo que no he vuelto a ponerme un vestido desde la fiesta de las Kappa. Vaqueros y un jersey suelto disimulan mejor mi *no suficientemente delgado* cuerpo, ¿no?

—¿Te pasa algo?

Se encoge de hombros. No responde, pero me mira de reojo, de arriba abajo.

—Misma pregunta.

—Voy a suspender por lo menos... cuatro —recuento.

—Hasta antes de Navidad lo llevabas bastante bien. No tienes menos de un notable en ninguno de los trabajos ni en las prácticas.

Y no dice a qué cree que se debe que mi rendimiento haya caído en picado, pero va implícito en su tono.

—Se me han complicado los últimos dos meses.

Sé que se está mordiendo la lengua para no soltar lo que piensa. Es mejor que aleje el tema de conversación de mí y mis circunstancias si no quiero salir peor parada.

—Ya han acabado los exámenes, así que, ¿algún gran plan para celebrar la libertad? ¿Una escapada romántica con Matt?

Mark hace una mueca y gira el torso para mirarme.

—Claro, no te has enterado. Matt y yo lo dejamos el día antes del primer examen. Me ponía los cuernos con un compañero del equipo de baloncesto desde Año Nuevo.

—¿Qué? Perdona, no sabía nada. ¿Por qué no me lo habías dicho?

Alza las cejas, como si no pudiera creerse que acabe de hacerle esa pregunta. Me dedica una sonrisa irónica que duele, antes de hablar:

—¿Decírselo a quién? ¿A esa sombra errante que se pasea por ahí con tu cara? Joder, tía, echo de menos a Haley.

—Sigo siendo Haley, creo.

Niega con la cabeza.

—No, me refiero a la Haley de antes. Has cambiado. Ya no eres la misma.

No sé qué decir. Hemos estado alejados estas últimas semanas, vale. Y ha sido porque yo he necesitado invertir todo de mí en Daryl, y entiendo que eso no guste a mis amigos. Pero, precisamente por eso, Mark no puede saber si soy o no la misma. Y ellos tampoco han intentado acceder a mí con demasiado ahínco. Cada uno hemos hecho nuestra parte.

—¿Y cómo soy ahora?

Vuelve a mirarme, con los ojos tristes.

—Cuando te conocí eras como todos los colores juntos.

Me encantó tu rollo al segundo de verte por primera vez. Eras toda vida, toda curiosidad y toda ganas. Querías hacerlo todo, no perderte ni un plan y era como si corrieras siempre de un lado para otro para poder absorberlo todo. Como una estrella fugaz. —Sonríe de medio lado, pero enseguida vuelve a quedarse serio y sacude la cabeza—. Ya no brillas, Haley.

Me impacta oírlo decir eso. *Ya no brillas.*

—Tengo unas cuantas cosas un poco torcidas ahora mismo —digo a media voz.

Tampoco es justo, ¿no? Puede que últimamente no haya estado en mi mejor momento porque es difícil llevar todo lo que tengo encima yo sola, a veces.

—Tienes que darte cuenta de que, desde que estás con él, has dejado de ser tú.

Me pongo en pie sin responder. Al final siempre encuentran la manera de echarle la culpa de todo a Styles. Da igual lo que pase, mis amigos ya lo han etiquetado como el malo y no van a replantearse las cosas.

—Haley...

—Daryl no es el monstruo que vosotros pintáis. Y ni siquiera lo intentáis entender. Lo habéis crucificado ya, y a mí con él. Pero, tranquilo, ya sé que no puedo pediros más. Tampoco hace falta; ya puedo sola —suelto amargamente. Creo que voy a tomarme otra copa más antes de irme a casa.

—Queremos ayudarte, pero tú no nos dejas.

No respondo. Dejo su voz extinguiéndose en el frío de la noche.

No volvemos a hablar, a pesar de estar en el mismo grupo reducido de gente. Yo tengo la garganta demasiado ocupada quemándose con alcohol de dudosa calidad.

Llega un punto de la noche en que me encuentro sola en la calle, apoyada en la pared. No sé cómo ni cuándo he salido. Sé que he vomitado en el baño y que, después, aún he seguido bebiendo. La cabeza me da vueltas. Y no es una de esas borracheras de subidón. Nunca se debería beber si estás hundida; solo lo empeora todo.

Un sonido lejano me zumba en el oído y me resulta familiar. Me cuesta darme cuenta de que es el tono de llamada del móvil.

—¿Hola?

—Haley, joder, ¿dónde estás? Se supone que me mandabas un mensaje cuando te fueras a casa. —Es Styles, y por su tono de voz, cabreado, puedo estar segura de que llevo bastante tiempo sin contestar a sus mensajes.

—Es que no me he ido a casa.

—¿Estás borracha?

—Estoy...

—¿Haley?

Noto lágrimas cayendo por las mejillas, aunque no sé muy bien de dónde salen.

—Daryl, me siento sola. —Dejo resbalar la espalda por la pared hasta sentarme en el suelo—. Me siento muy sola.

Se hace un silencio largo al otro lado de la línea y luego lo oigo gruñir.

—Mándame tu ubicación ahora mismo, nena. Voy a buscarte.

No sé cuánto tiempo paso aquí, en el suelo, sin que nadie se acerque a hablarme o se preocupe por mí. Solo sé que tengo frío y que estoy muy triste. Tengo la mente sumida en la niebla y empiezan a pesarme demasiado los párpados cuando una mano cerrándose con firmeza en torno al brazo me sobresalta de pronto.

Styles me pone en pie a la fuerza, mientras yo intento ayudarlo a incorporarme con poco éxito, mi cuerpo no responde tan rápido como debería. Lo oigo gruñir mientras me empuja para que camine por la acera hacia el final de la calle.

—No me puedo creer que seas tan estúpida, Haley. —Es lo que dice, con esa voz ronca que tanto me ha gustado siempre en ese tono duro que nunca me ha gustado.

—Estoy bien. —Me cuesta despegar la lengua del paladar—. Estoy muy borracha, amor.

Dejo que mi cuerpo gravite hacia el suyo, para apoyarme en su costado. Necesito el calor y también el contacto. Necesito saber que él está aquí y va a seguir estándolo. Pero me aparta, como si le diera asco que lo roce, y sigue arrastrándome, firmemente sujeta del brazo, hasta la carretera principal.

En menos de dos minutos está metiéndome en la parte trasera de un taxi, y luego se monta a mi lado. Me pone el cinturón y le da la dirección de su casa al conductor. Apoyo la cabeza en el respaldo y cierro los ojos. Estoy cansada. Sobre todo, de sentirme así.

Giro la cara y entreabro los ojos para poder mirar a Daryl. Está ahí quieto, con la mandíbula tan apretada que casi puedo oír rechinar sus dientes. Está guapo. Y yo siento pánico. Un golpe de terror irracional me golpea cuando veo lo infeliz que parece.

Tú me haces feliz, Haley.

Eres mía; si siempre lo tuviera así de claro no habría un puto demonio que pueda conmigo.

Pero veo sus demonios tan claros que creo que el alcohol me ha otorgado una especie de clarividencia transitoria. Están por todas partes. Y se supone que yo debía espantarlos, no sacarlos a bailar.

No parece feliz y cuando Daryl no está feliz no se quiere. No, más bien se odia. Y, de rebote, también me odia un poco a mí, aunque no lo diga. Tengo miedo de que llegue a decirlo. Tengo miedo de que se aleje. Mucho miedo de que se dé cuenta de que no soy lo que él pensaba, de que no soy esa persona en la que él creía haber encontrado la salvación. ¿Y si no soy yo? ¿Y si no consigo ser lo que él necesita? ¿Y si hay alguien por ahí que sepa hacerlo mejor? ¿Qué pasa si la encuentra? Alguien con quien sí pueda tener todas las cosas que yo sueño que tengamos. Una menos dramática, más fuerte, menos preguntona, más delgada, menos estúpida chica perfecta para él. ¿Qué pasa si se da cuenta de que no soy lo que necesita? ¿Y si me deja? ¿Y si me quedo sola?

—¿Estás enfadado? —pregunto con un hilo de voz y un nudo en la garganta.

—Cállate.

No puedo dejar de mirarlo y él finge que no se da cuenta, mientras siento lágrimas cálidas y silenciosas deslizarse por mis mejillas.

Paga al taxista y me ayuda a apearme. Sujeta la puerta del portal para que pueda pasar, pero luego sube las escaleras sin esperarme y sin volver la vista atrás. Tengo que agarrarme a la barandilla y hacer un gran esfuerzo de concentración para subir un escalón tras otro sin tropezar.

Encuentro la puerta abierta. Está frente a la cristalera, con las ventanas abiertas, y acaba de encenderse un cigarrillo. Me mira de arriba abajo, sin cambiar la expresión. Parece decepcionado y eso me duele más que si dijera que está enfadado conmigo.

—Vete a dormir, anda. Ya hablaremos por la mañana.

Me estremezco. ¿Será mañana cuando me diga que no soy suficiente? ¿Que quiere que me vaya y no volver a verme?

—¿Qué te pasa? ¿Por qué estás tan enfadado?

—No me vaciles, nena —advierte, más con la mirada que con el tono de su voz—. Joder, deja de llorar, estás horrible.

Me paso el dorso de las manos por debajo de los ojos, pero no consigo demasiado.

—No me encuentro bien. —Camino hacia el baño tan rápido como puedo—. Tengo que vomitar.

Consigo llegar a tiempo hasta la taza del inodoro. Luego intento lavarme los dientes, y voy dando tumbos hasta la habitación.

Daryl me sigue. Tiene que sujetarme cuando pierdo el equilibrio y me ayuda a desvestirme.

—Esto te pasa por no hacerme caso, ¿sabes? Te dije que nada de fiestas ni de beber. Y también te he dicho muchas veces que te maquillas demasiado, y más si vas a llorar por cualquier cosa. Mira cómo has acabado. Estás que das pena.

Me encojo bajo el edredón, como si adoptar la posición fetal pudiera protegerme de los golpes emocionales al mismo tiempo que pone a cubierto mis órganos vitales.

—Para —le pido en voz baja—. ¿Por qué me tratas así?

Se limita a negar con la cabeza y da media vuelta, dispuesto a salir del cuarto.

—Daryl —lo llamo, temblorosa—, ¿ya no me quieres?

Debo de sonar patética, pero así es justo como me siento. *Patética.*

Me lanza una última mirada fría.

—Así no.

Sale, cierra la puerta de golpe y me deja sola.

Y yo lloro hasta que en algún momento se agotan las lágrimas y me quedo dormida.

35

El sol entra a raudales por la ventana. Me duelen la cabeza y el estómago, y el lado de la cama de Daryl está casi perfectamente hecho lo que me deja claro que no ha dormido aquí. No me siento con fuerzas para levantarme, pero mi vejiga me está diciendo a gritos que no da mucho más de sí. Me levanto y salgo del cuarto arrastrando los pies, vestida solo con la ropa interior que llevaba anoche. El salón está vacío, y no hay muchos más rincones en esta casa donde alguien se pueda esconder.

—¿Daryl?

Me aclaro la garganta con un par de carraspeos. No contesta. No está en casa. Me meto en el baño y hago pis antes de enfrentarme al espejo. Lo de anoche me ha pasado factura y ha dejado sus secuelas. El maquillaje hecho un desastre, el rímel corrido dejando manchas negras, y el pelo... no hablemos del pelo, por favor. Tengo una marca en el brazo derecho. En un *flashback* veo a Daryl agarrándome del brazo y arrastrándome por la calle para coger un taxi. No lo culpo por eso: tuvo que sujetarme fuerte porque casi ni me sostenía en pie. Es culpa mía, en realidad.

Intento adecentar mi aspecto y me doy una ducha, porque no puedo tener esta pinta cuando él vuelva. Me siento algo mejor después de eso y de haberme tomado un analgésico. Vuelvo al cuarto y me visto con unos *leggins* y un jersey largo y ancho, calentito y cómodo. Luego abro la ventana para poder ventilar. Odio el olor que impregna la habitación en una mañana de mala resaca.

Llamo a Daryl al móvil, pero no contesta.

Aparece una hora más tarde. Deja una bolsa con comida sobre la mesa y me mira desde su altura.

—¿Qué? ¿Has dormido bien? ¿Te has levantado contenta y orgullosa?

—¿Se puede saber qué te pasa? —pregunto, con el corazón estrujado por su manera de hablarme—. ¿Por qué estás cabreado? ¿Porque bebí anoche?

—Estabas tirada en medio de la calle y no sabías ni dónde. Se supone que tenías que cenar y no beber. Tuve que dejarlo todo para ir a buscarte y me jodiste la fiesta, nena.

—No haber venido —murmuro.

Me da rabia que se me esté subiendo el llanto a la garganta otra vez. No quiero que tenga más razones para acusarme de sensible y de dramática.

—Si no llego a ir a saber dónde estarías ahora. Con quién te habrías encontrado o a quién te habrías follado.

Lo observo por unos segundos, mientras espero a que se dé cuenta de que no puede hablarme así. Pero no lo hace, claro.

—Deja de tratarme así.

—Deja tú de hacer estupideces como la de anoche. Tienes que madurar un poco, joder.

Me levanto del sofá y voy hacia la puerta. Me calzo unas zapatillas y salgo, solo con el móvil en la mano y nada más.

—¿Dónde crees que vas?

—Voy a tomar el aire.

Cierro de un portazo.

Bajo a la calle y cruzo hasta la playa. Me descalzo y camino por la arena. Pienso en aquel fin de semana en Santa Bárbara y en Daryl mirándome con esa sonrisa, diciéndome que yo lo hacía feliz. Todo eso no puede haberse perdido. Tiene que haber algo que lo esté haciendo echar marcha atrás en todo lo que habíamos avanzado juntos. No es que no me quiera, ni que quiera tratarme mal. Estoy segura de que hay algo doliéndole por dentro y vuelve a sacarlo de la única forma que sabe. El problema es que ahora soy yo la que está en la línea de tiro.

Tengo ganas de llorar y me gustaría poder lamentarme y desahogarme, pero al desbloquear el teléfono me doy cuenta de que no puedo llamar a nadie.

No tengo a nadie.

Paso tanto tiempo en la playa que cuando me levanto dispuesta a marcharme el cielo ya está empezando a teñirse de rojo. Camino hasta la acera y, antes de cruzar la calle, me ataca la repentina certeza de que no quiero volver a subir ahí con él.

Solo cuando estoy frente a la puerta de la residencia recuerdo que no tengo las llaves de la habitación. Espero que Tracy esté aquí. Subo y, cuando me acerco, oigo voces dentro. La que está hablando es Britt y las oigo reír a las dos. Llamo con los nudillos, insegura. Hace mucho que no veo a Brittany y no sé muy bien qué decir.

Tracy abre enseguida y parece muy sorprendida al ver que soy yo.

—Eh —dice, y me mira detenidamente—. ¿Qué pasa? ¿Y tus llaves?

Intento sonreír, pero no consigo nada más allá de una mueca. *Ya no brillas, Haley.*

—Me las he dejado. Hola, Britt.

—Haley, ¿qué tal? ¿Estás bien?

Murmuro un «claro» y me siento en la cama, con la espalda contra el cabecero. Tracy se planta delante y pone los brazos en jarras mientras me observa con una ceja alzada.

—¿Y ahora qué? ¿Qué ha pasado esta vez?

—Nada. Voy a dormir aquí esta noche, si no te importa.

—Es tu cuarto también.

Brittany se acerca y se sienta al borde del colchón, a una distancia prudencial.

—Hacía mucho que no te veía —dice, dulce como siempre—. ¿Va todo bien? ¿Por qué no te vienes? Vamos a cenar a casa de Mark.

—Gracias, pero la verdad es que estoy cansada.

—Déjala, Britt —la corta Tracy. Mete unas cuantas cosas en su bolso y ni siquiera me mira—. Es inútil y solo vas a conseguir llevarte un disgusto otra vez. Como Mark anoche.

La miro con cara de pocos amigos, pero creo que no se da cuenta.

—Ahora resulta que vosotros sois los que más sufrís —suelto a la defensiva.

—Haley, no estás bien y es bastante obvio —habla Britt, con una seguridad que ya me hace temer lo que vaya a decir—. Y queremos ayudarte, pero tienes que entender que tampoco es fácil para nosotros. No es fácil ver cómo alguien a quien quieres se está haciendo daño y no puedes hacer nada por frenarlo. Me duele no poder ayudarte porque tú eliges volver a hacerte daño una y otra vez.

¿Cómo puede decir que no sé lo que es sufrir por alguien a quien quieres? ¿Que no sé lo que se siente cuando esa persona se hace daño y te sientes impotente? Eso es lo que pasa aquí. Que yo veo cómo Daryl se hace daño haciéndome daño a mí una y otra vez. Y me duele no poder frenarlo. Pero, a diferencia de ellas, yo elijo quedarme y luchar por él.

—No podemos ayudarte a salir de las arenas movedizas si tú te empeñas en meterte justo en el centro. Al final acabaremos todos hasta el cuello y no es justo —apunta Tracy—. Intentaremos hacerte abrir los ojos y te dejaré llorar en mi hombro, y entonces vendrá a buscarte y volverás a lanzarte a sus brazos e irte con él. Es todas las veces lo mismo. Y yo ya no tengo corazón para ver eso más, Haley. Así que quédate, sí, pero no me esperes despierta. Me quedo a dormir en casa de Mark esta noche.

Abre la puerta y sale al pasillo.

Britt me mira con ojos tristes y se muerde el labio.

—Puedes llamarme si me necesitas, ¿vale? —dice, a media voz.

Luego se levanta y se va detrás de mi compañera de cuarto sin esperar mi respuesta.

Y vuelvo a quedarme sola una vez más.

36

Me despiertan unos golpes fuertes. En un primer momento no sé dónde estoy. Me cuesta unos cuantos segundos recordar lo que ha pasado esta tarde y que he venido a la residencia. Me he quedado dormida sin darme cuenta, con la luz de la mesilla encendida, y sin ni siquiera cambiarme de ropa.

—¡Haley! ¡Nena, vamos, sé que estás aquí!

Se me desboca el corazón y no sé muy bien si es porque no quiero verlo o porque me muero de ganas. ¿Por qué todo con él tiene que ser tan complicado? Me planteo no abrir, fingir que no estoy, pero entonces vuelve a golpear con fuerza y tengo miedo de que acabe por romper la cerradura o de que alguien llame a la policía.

Nos miramos a los ojos en cuanto estamos frente a frente. Unas ojeras oscuras y marcadas parecen hundir sus ojos. Me mira como lo haría a través de un espejo retrovisor si lo dejara tirado en medio de la carretera. Abre la boca, pero no encuentra las palabras.

Me duele verlo así. Tan atormentado.

Doy un paso al frente y le echo los brazos al cuello. No me doy tiempo a pensar, y hago esfuerzos por borrar de mi mente todo lo que me ha traído aquí esta noche, porque yo también necesito mucho un abrazo. Daryl tarda un segundo entero en reaccionar y aferrarse a mí como si fuera un madero en medio de un naufragio. Tiembla.

—Daryl.

—Nena, por favor, vuelve a casa conmigo. No puedo estar sin ti. No sé. No quiero.

Se arrodilla en el suelo y hunde la cara en mi jersey. Pongo las manos en su pelo y lo acaricio despacio. A lo mejor Tracy tenía razón y yo iba a lanzarme a sus brazos en cuanto él apareciera. Es justo lo que estoy haciendo, ¿no? Pero es que ellas no saben lo que es querer así. Y sí, duele ver a alguien a quien quieres de la manera en que él está sufriendo ahora. Puedes salir corriendo si no tienes agallas para enfrentarte a eso. Pero yo siempre voy a elegir luchar por él.

—Mírame, sin ti soy un desastre. Sin ti no sé hacer nada, ni a dónde ir, ni siquiera sé quién soy —sigue hablando, con la voz rota—. No te merezco. Mereces algo mejor. Alguien que no arrastre tanta mierda y que no te arrastre a ti con él. Soy un egoísta, pero no puedo dejarte marchar. Te necesito demasiado. Por favor, tienes que ayudarme... Tienes que enseñarme qué tengo que hacer para merecerte. Te juro que voy a hacerlo, que voy a ser todo lo que tú necesitas. Voy a morirme si me dejas.

Me arrodillo en el suelo, despacio, para ponerme a su altura.

—Vamos a tener que hacerlo mejor, amor.

Pone una mano en mi nuca y me pega a sus labios con necesidad. Me aparto lentamente, porque esta conversación no puede acabarse aquí. Esta vez no. No puede ser tan fácil y creo que los dos sabemos que muchas cosas tienen que cambiar. Y entonces algo llama mi atención, cuando aparta el brazo que me retenía contra él. A la altura de la muñeca, justo donde acaba su brazalete.

—Daryl, estás sangrando.

Niega con la cabeza, mientras yo hago fuerza para evitar que aparte la muñeca y me peleo con su brazalete hasta quitárselo.

—No es nada, nena. Estoy bien.

Me llevo una mano a la boca, con la otra temblorosa aún sosteniendo su muñeca, cuando veo los cortes. Algunos sobre cicatrices antiguas, otros en puntos nuevos. Ninguno es muy profundo ni muy grande, pero me impresiona igual verlos. Se me llenan los ojos de lágrimas.

—Amor —murmuro, afectada.

Me doy prisa en comprobar su otra muñeca con ansiedad. Parece estar bien y paso las yemas de los dedos suavemente por su tatuaje más reciente. Ese *yours* igual al mío que él lleva en un lugar más visible.

—No, ahí no. Eso es lo único que no quiero destrozar.

Mi cuerpo reacciona de golpe y se pone en marcha. Me levanto y tiro de su mano para que haga lo mismo y me siga al baño. Lo obligo a sentarse sobre la tapa del retrete, mientras rebusco en el pequeño botiquín que Tracy y yo tenemos ahí y cojo unas gasas y alcohol para limpiarle las heridas. Bajo la luz del baño soy consciente de que me he manchado el jersey de sangre, pero no importa.

—¿Por qué te has hecho esto? Dijiste que ya no lo hacías.

—No. Ya no lo hacía.

No añade nada más y mantiene la vista clavada en el suelo. Me agacho delante de él para conectar nuestras miradas.

—¿Por qué lo has hecho ahora?

—No lo sé —murmura.

Se queda en silencio hasta que he terminado de curarlo y le envuelvo la muñeca con una gasa para evitar que vuelva a sangrar.

—Mi abuela quiere que vaya a casa —dice, cuando ya ni

me esperaba volver a oír su voz—. El sábado que viene es el cumpleaños de mi madre. Dice que quiere hacerle un *homenaje*.

Dice la última palabra con tanto desprecio que me estremece, y, aun así, suena más triste y perdido que nunca. Sabía que le pasaba algo; que algo había desencadenado su actitud de los últimos días. ¿Cómo puedo culparlo cuando sé que no conoce otra forma de lidiar con el dolor? No es justo que yo pretenda que eso vaya a aprenderlo tan rápido. Necesitamos tiempo para que aprenda a quererse.

—¿Vas a ir? —pregunto, prudente.

—No.

Asiento. No voy a llevarle la contraria ahora. Tampoco sé si no ir es mejor o peor para él, la verdad. Tira de mi brazo hasta conseguir sentarme en su regazo. Luego sujeta mi cara con una mano y me besa. Enredo los brazos en su cuello y respondo como sé que necesita ahora.

No volvemos a hablar. Enseguida estamos en la cama y él no deja de temblar en todo el tiempo que está dentro de mí. Solo cuando estamos acurrucados desnudos bajo la sábana tras hacer el amor siento cómo se relaja.

—Gracias por quererme, nena. —Acaricia una y otra vez bajo la sábana la zona donde tengo su tatuaje—. No sé por qué lo haces, pero, por favor, no dejes de hacerlo. Aunque no lo merezca.

—Deja de decir eso. Mereces que te quieran, Daryl. Y te dije que yo no voy a dejar de hacerlo, ¿verdad?

—Verdad —confirma, y me mira con tanto amor que me abruma.

Está a punto de decir algo más cuando su móvil empieza a sonar. Gruñe, y se mueve para estirarse y poder cogerlo. Es más de medianoche, nadie debería estar interrumpiendo nuestro momento. Cuelga la llamada, pero luego pasa unos segundos revisando sus mensajes.

—Mierda. Tengo que irme, nena.

—¿Qué?

—Es Trevor. Tengo algo suyo en el coche y tengo que ir a llevárselo.

—¿Qué es lo que tienes en el coche?

No es que no lo sospeche, sinceramente. Me mira de reojo y suspira.

—Una bolsa de maría.

—Joder, Daryl.

Escondo la cara entre las manos, exasperada. No salimos de una y ya estamos metidos de lleno en otra.

—No es mía. Solo tengo que llevársela a Trevor a la fraternidad. Va a costarme menos de media hora y luego vengo a buscarte para llevarte a casa.

Ya se está poniendo en marcha, sin esperar a ver qué me parece a mí esa propuesta. Lo primero que se pone al vestirse son los brazaletes.

—De eso nada. Voy contigo.

Me pongo en pie y camino por la habitación para poder recuperar mi ropa.

—Claro que no.

—Claro que sí. Dejas la bolsa y nos vamos.

No parece nada convencido y me mira con ese ceño fruncido y la expresión que siempre augura una discusión. Parece pensárselo mejor y se traga lo que fuera a decir.

—Vale. Está bien.

No puedo volver a ponerme el jersey porque tiene un par de manchas de sangre. Lo dejo en el cesto de la ropa sucia y busco otra prenda en el armario. Es chocante abrirlo y encontrarlo casi vacío. Me he ido llevando cosas a casa de Daryl cada vez que pasaba por aquí. Solo queda eso que hace tiempo que no me pongo: unos cuantos vestidos que antes me encantaban. Por suerte, encuentro uno más o menos holgado que puedo ponerme encima de los *leggins*. Styles me mira con cara de no estar muy convencido, pero, para variar, no parece tener ganas de discutir.

Tengo que coger el último bolso que dejé olvidado aquí para poder meter el móvil y la llave de repuesto del cuarto, que tenía guardada en un cajón.

Vamos hasta la fraternidad en su coche y aparca en la calle, cerca de la entrada. Hay luces de colores demasiado brillantes saliendo por las ventanas y la música y el barullo de la gente debe de oírse en todas las manzanas de aquí a Santa Mónica. Daryl me mira mientras me suelto el cinturón, sin apearse.

—Tú no vienes —deja claro en un tono que no admite discusión.

—¿Perdona?

—Va a ser un minuto, Haley. Entro, le doy eso a Trevor y vuelvo. Un minuto, ¿vale?

Aprieto los labios, contrariada, pero finalmente asiento. Me besa en la boca de manera firme.

—Ahora vuelvo.

Ha dejado las llaves puestas y yo me dedico a cambiar la emisora de la radio. Pasa una canción y luego otra. Y, después, otra más. Miro el reloj, impaciente, pero me obligo a seguir esperando. Hasta que han pasado veinticinco minutos y me harto de esperar.

La fiesta es como cualquier otra de los viernes noche. No está en ningún sitio a la vista. Deben de estar metidos en esa sala vip. Llamo con el puño, con fuerza, para hacerme oír.

Es Sean quien abre.

—Eh, Haley.

En cuanto dice mi nombre se gira, para mirar a alguien, mientras me bloquea la entrada. Es cuestión de solo tres segundos que Styles se me plante delante.

—Nena, espérame en el coche.

—¿Y duermo allí?

Mira hacia atrás, impaciente, y luego vuelve a clavar sus ojos en mí.

—Dame diez minutos.

—Bien. Te espero en la fiesta.

Sus ojos echan chipas cuando disputamos un pulso de miradas, pero no dice nada. Creo que hasta se está mordiendo la lengua.

Sean le pone una mano en el hombro, acudiendo al rescate.

—Te invito a una copa en la cocina, Haley.

Sé que solo hace esto para que Styles pueda centrarse en sus cosas sabiendo que uno de sus secuaces me tiene bien vigilada.

Giro la cabeza una sola vez mientras nos marchamos, para mirar a Daryl. Sigue observándome unos segundos más antes de darse la vuelta y cerrar la puerta.

Paso bastante más de diez minutos con Sean, pero mi chico no viene a buscarme. Al menos, Sean es bastante más agradable que Trevor... también probablemente más agradable que Styles muchas veces. Al final acabo librándome de mi guardaespaldas con la excusa de ir al baño. Y, en vez de eso, me dedico a pasearme por la fiesta, para ver si descubro lo que está haciendo mi novio.

No se ha limitado a darle la bolsa a Trevor, como ha prometido que haría. Por supuesto, está vendiéndola él. Lanzo una maldición entre dientes. Me encamino hacia el lado opuesto de la fiesta, porque sea lo que sea lo que está haciendo no quiero verlo, y mucho menos involucrarme. Estoy avanzando hacia la puerta lateral, la salida que da al jardín, cuando alguien me toca el hombro para llamar mi atención. Es un chico que no conozco.

—Perdona, ¿te conozco de algo?

—No, pero deberías.

Pongo los ojos en blanco y me doy media vuelta. Viene detrás hasta el jardín, siguiéndome entre la gente.

—Oye, espera, ni me has dejado presentarme. Sé amable, tía.

Me coge por la muñeca y tira de mí para arrastrarme hasta pegarnos al muro que separa este espacio de la calle.

—Suéltame.

No me suelta.

—En esta casa todos dicen que si Styles te conserva es porque eres una auténtica guarra en la cama. Me han llegado rumores de lo que les ha contado a sus amigos de ti y, joder, tía.

Intento zafarme de su agarre para largarme de aquí, pero se mueve rápido y mete una rodilla entre mis piernas, atrapando mi cuerpo contra el muro.

—Déjame.

La música está tan alta que nadie me oirá por mucho que grite.

—Estate quieta —ordena.

Y en un solo segundo estoy sola, con la espalda pegada al muro, y hay un escándalo imposible de pasar por alto a mi alrededor. Styles está en el suelo encima de ese tío, pegándole puñetazos como si estuviera poseído. Totalmente fuera de control.

—Haley, ¿estás bien? —Sean me pone una mano en el brazo, suave y prudente.

—Sí.

Trevor y otro chico intentan separarlos, pero Daryl se libra de ellos con excesiva facilidad, de una forma bastante agresiva. Me da miedo verlo así.

—¡Styles, para, hostia! ¡Déjalo! ¡Lo vas a matar! —oigo gritar a alguien.

Intento acercarme, pero Sean me retiene. Consiguen sujetar a Daryl por los brazos. Al otro tienen que ayudarlo a sostenerse en pie; está todo manchado de sangre.

—¿Qué cojones te pasa, tío? —dice, como puede—. ¿Es que te has vuelto loco?

La multitud se amontona alrededor y alguien ha apagado la música. Y entonces Styles se libra de sus colegas y vuelve a lanzarse contra él. Dudo que se me oiga mientras le suplico una y otra vez que pare. Para cuando consiguen separarlos de nuevo, el otro está inconsciente. A mi chico lo arrastran lejos de aquí. Es imposible avanzar entre la gente. Su mirada encuentra la mía, a distancia, y redoblo los esfuerzos por alcanzarlo.

No me ha dado tiempo a hacerlo cuando llega la policía. Todo sucede demasiado rápido. Unas cuantas personas lo señalan y dos agentes uniformados, un hombre y una mujer, se acercan hasta él y lo ponen de cara a la pared, con las manos en alto, para cachearlo.

—¡No! ¡Un momento! ¡Esto no es justo! —Trato de hacerme oír por los policías, mientras busco algún hueco por el que poder interponerme entre ellos y Daryl—. ¡No es culpa suya!

La agente me clava una mirada dura y de advertencia.

—¿Quieres venirte esposada tú también?

Eso me calla y doy un paso atrás, porque la verdad es que no quiero.

El otro policía saca algo de un bolsillo de Styles y lo levanta para enseñárselo a su compañera. Es una bolsa... llena de marihuana. Lo esposan mientras le leen sus derechos y yo intento protestar de nuevo y los sigo apresuradamente en el camino que hacen hacia la salida empujando a mi chico de muy malas maneras. Daryl vuelve la cabeza solo un segundo para lanzarme una mirada que me deja clavada en el sitio.

—Haley, cállate la puta boca de una vez.

El agente le retuerce el brazo un poco más, haciéndole soltar un gruñido de dolor, y le advierte que el que tiene que callarse la puta boca de una vez es él.

Lo meten en el coche patrulla y yo me doy prisa en recuperar las llaves del suyo, montarme al volante y ajustar el asiento para poder seguirlos hasta la comisaría.

Por supuesto, no me dejan pasar de la entrada. Y llevo como tres cuartos de hora sentada en una incómoda silla de plástico, mordiéndome los dedos y agitando las piernas, preguntándome qué estará pasando y cuándo van a dejarlo salir.

Me pongo en pie en cuanto veo que la policía que lo ha detenido sale por una puerta y se acerca a una máquina de café. Me mira cuando empiezo a caminar hacia ella y parece muy sorprendida de verme aquí.

—¿Qué haces esperando aquí, niña? Anda, mejor vete a casa.

—¿Dónde está? ¿Qué va a pasarle? ¿Cuándo va a poder salir?

La mujer sonríe de medio lado, como si le conmoviera en cierto modo mi inocencia.

—Aquí no va a salir nadie hasta mañana —me desilusiona—. Una noche en el calabozo es lo que necesitan algunos tipejos estúpidos. Tú márchate.

—¿Puedo verlo?

Hace una mueca. Creo que le doy pena. Alza una ceja, con un gesto burlón.

—¿Eres familia?

—Soy su novia.

—Pues no deberías.

Estoy a punto de responder, porque me da rabia que diga algo así sin conocerlo. Ella no tiene ni idea de quién es Styles, o de su historia, o de lo que siente. Pero me trago mi respuesta fruto del cabreo porque me parece que es mejor no pasarme de respondona con una agente de la autoridad.

—Anda, solo un minuto, pero no se lo digas a nadie —cede, con una mirada compasiva, al ver lo desesperada que parezco.

Hace un movimiento con la cabeza, para invitarme a seguirla. Lo hago en silencio, hasta el fondo de un pasillo y luego bajando unas escaleras. Abre una puerta y me deja pasar primero. Hay dos celdas separadas. Veo a Daryl al otro lado de las rejas, sentado en un banco. También hay un hombre mayor durmiendo en el suelo. Mi chico se pone en pie, pero no parece muy contento de verme.

Me acerco despacio e insegura hasta que estamos los dos prácticamente pegados a los barrotes. Intento cogerle la mano a través de ellos, pero la aparta enseguida, como si mi contacto le quemara.

—¿Estás bien?

—¿Qué cojones haces aquí, Haley? —sisea—. Lárgate. No quiero verte. Ni ahora, ni luego, ni mañana cuando salga.

Doy un paso atrás, encajando el impacto.

—¿Por qué la pagas conmigo?

—Te he dicho que no vinieras; que te quedaras fuera; que me esperaras en el maldito coche. Pero tú nunca haces ni puto caso a nada de lo que te digo, y mira lo que has conseguido. Esto es culpa tuya.

Me duele el pecho. Siento que no puedo respirar.

—Daryl...

Se da media vuelta y se aleja.

—He dicho que te vayas.

Y, por una vez, hago lo que me pide. Salgo apresuradamente por la puerta, secando las lágrimas una a una de inmediato cada vez que osan rodar por mis mejillas. La policía me sigue y, cuando estamos en la puerta de salida, me pone una mano en el brazo.

—¿Estás bien? —No digo nada, pero la respuesta es obvia—. Escucha, el momento de salir de esto es ahora. Hazlo si aún puedes. No lo excuses y pienses que no puede ir peor pero sí mejor. Cuando vengas a poner la denuncia ya será tarde.

No me molesto en contestar. Me alejo de ella sin decir adiós, con su advertencia chirriándome en los oídos.

¿Qué clase de chica se ha creído que soy?

37

La has jodido, Haley.

Mi mente no para de repetirme eso. Ha sido así durante toda la noche. Él me ha dicho muchas veces que soy lo único capaz de aplacar sus demonios. Y ni siquiera eso sé hacerlo bien, por mucho que me esfuerce.

Estoy agotada de rememorar cada cosa que hice o dije anoche, tratando de encontrar el momento exacto en el que todo empezó a torcerse otra vez. Es ya media tarde y Daryl no parece querer volver a casa. Tampoco coge el teléfono.

Me siento tan sucia que me arrastro hasta el baño para darme una ducha. Necesito lavarme por dentro. Borrar todo eso que vuelve a mí una y otra vez y que nunca deja de doler, con la misma intensidad en cada golpe.

Ya no brillas, Haley.

Una auténtica guarra en la cama.

Esto es culpa tuya.

Vuelvo a vestirme con los pantalones de pijama y una camiseta ancha. Cualquier cosa que me tape lo suficiente. Porque ahora mismo no quiero verme.

Daryl entra en casa a las siete. Sigo sentada en el suelo, desde donde llevo horas mirando la maldita puerta, y no me he acordado de comer hoy. Me pongo de pie cuando oigo la llave en la cerradura. Sus ojos grises me recorren, pero no paran en los míos.

—¿Qué haces aquí?

Avanza hacia la habitación. Lo sigo, con los ojos fijos en su espalda.

—¿Estás bien? Llevo llamándote todo el día. Estaba preocupada. ¿Dónde estabas? Podrías haberme mandado un mensaje. Yo...

—Nena, por favor, para de lloriquear. Me das dolor de cabeza.

Me acerco hasta él y lo cojo del brazo.

—Daryl, ayer perdiste por completo el control. Eso no puede pasar, no está bien. Eso no es normal.

Me lanza una mirada fría, y veo que acaba de levantar su muro de protección. Está totalmente a la defensiva.

—Solo venía a darme una ducha y cambiarme de ropa, pero, ya que hoy estás en este plan, mejor me ducho en la fraternidad y ya está.

Coge ropa limpia y vuelve al salón a grandes zancadas.

—¿Dónde vas? ¿Vas en serio?

—No te he pedido que me esperaras. Tampoco sé qué haces aquí. Joder, Haley, antes hacías cosas, tenías vida, no estabas todo el día taladrándome.

Doy un paso atrás, pero mantengo la cabeza alta.

—No puedes hablar en serio. No vas en serio, ¿no, Daryl? Porque resulta que me estoy dejando la vida por ti, ¿sabes? He aparcado un montón de cosas para conseguir que esto funcione y que tú seas feliz. ¡Tengo aquí toda mi ropa mientras hago creer a mis padres que duermo cada noche en mi residencia! —grito exasperada—. ¡Estoy poniendo todo para que las cosas funcionen contigo! ¡Y tú no paras de joderlo una y otra vez! ¡Pasas noches enteras fuera, y te metes mierda y la vendes, y pegas a la gente sin ningún control, y rompes muebles y espejos y hasta las paredes y me rompes a mí el corazón!

Ahora sí me está mirando. Sus ojos recorren mi cara con ansiedad como si lo asustara verme en este estado y no supiera cómo actuar. Pero solo es una décima de segundo lo que me parece ver al Daryl del que yo estoy enamorada detrás de esas pupilas. Luego vuelve a endurecer la expresión y habla, en un tono tan relajado que se me clava como un puñal:

—Si el problema es que tienes demasiadas cosas aquí, llévatelas, nena. Llévate tus camisetas y tus pijamas y tu cepillo de dientes, si quieres. Y no te olvides de llevarte esa puta chaqueta de béisbol de tu hermano.

Le pego en el pecho, pero no se mueve y se limita a esbozar una sonrisa de medio lado, como si le resultara divertido ver mi desesperación.

—No puedo hacer esto yo sola —me rindo—. Podría esperarte días y tú no vas a aparecer. No quieres que esto funcione. No paras de pedirme ayuda, pero no quieres que te ayuden. Ya no sé qué quieres de mí, Daryl.

—Nena. —Se acerca para abrazarme por la espalda y pegarme a su pecho—. Lo que quiero es que no seas siempre tan dramática, ¿vale? Le das la vuelta a todo y haces una montaña de un grano de arena. Solo voy a irme a tomar algo con unos colegas. Haz lo mismo, ve a ver a tus amigas.

Me revuelvo para librarme de él y me aparto para mirarlo enfadada.

—¿Mis amigas? ¿Qué amigas? —escupo, con el corazón encogido—. Ya ni siquiera tengo amigas porque no dejo de seguirte a ti a todas partes como una idiota.

Frunce el ceño. Me mira muy serio y parece más desdichado que nunca.

—Si tan mal te va aquí conmigo, lárgate. Si tan infeliz te hago, mejor que no vuelvas a verme, Haley.

Coge las llaves antes de que me dé tiempo a reaccionar y sale de casa.

—Daryl.

Me arrepiento de haberle dicho todo eso. A veces nos enfadamos y decimos cosas que pueden herir al otro sin pensar en las consecuencias, ¿no? Pero las consecuencias con Daryl siempre son peores que con cualquier otra persona. Porque Daryl es frágil. Y cuando algo es frágil hay que tener un especial cuidado para no lastimarlo.

Salgo corriendo detrás de él. Ignora mis llamadas y mis súplicas hasta que se monta en el coche y se aleja, dejándome plantada en la calle, en pijama y descalza.

Vuelvo a subir a casa, descorazonada. Sé que es inútil llamarlo porque no va a contestar. *La has jodido, Haley*. Odio esa voz en mi cabeza, pero no paro de repetírmelo. Toda esta semana Daryl ha sido como una bomba a punto de estallar. Y tengo miedo de haber sido yo la que acaba de encender la mecha. Ahora la culpa vuelve a ser mía.

Las horas pasan y él no aparece. ¿Y si por mi culpa ha empezado a beber y ha acabado tirado en cualquier calle? ¿Y si ha pillado cocaína por ahí? ¿Y si se ha pasado? ¿Dónde puede estar? ¿Qué le habrá pasado?

Son ya más de las seis de la mañana cuando por fin responde al teléfono.

—¿Daryl?

Solo oigo ruido y risas amortiguadas al otro lado. Una femenina suena muy clara.

Oigo la voz de Daryl, más lejos.

—Maddie, deja eso y ven aquí.

Siento como si se me congelara el corazón. Como si se quedara helado y se parara de golpe, y el frío se va extendiendo poco a poco desde ese punto a cada parte de mi torso.

Suena ido, como si ya estuviera bastante colocado. Y entonces se corta la llamada.

Se me cae el teléfono al suelo. No sé cuánto tiempo me cuesta ser capaz de reaccionar. Y, cuando por fin lo hago, me seco las lágrimas y voy directa a la habitación. Saco toda mi ropa del armario y los cajones y la lanzo sobre la cama. Me cambio y luego intento encajar todas mis pertenencias en la única maleta que tengo aquí, y, lo que no cabe, lo meto en bolsas de basura.

Antes de salir dejo mi copia de las llaves en la entrada.

Y si Daryl tenía razón al decir que nunca hago caso, a lo mejor es el momento de cambiar, ¿no? A lo mejor tengo que hacer lo que dice: largarme y no volver a verlo más.

No subo mis cosas conmigo. Quiero ver primero si está Tracy. La encuentro organizando un montón de papeles que tiene por todas partes, incluso encima de mi cama.

—Ah, Haley, hola. Perdona, no esperaba que vinieras.

—Da igual, no te preocupes.

—¿Qué ha pasado?

Esa pregunta corta nuestro intento de conversación anterior. Me ha visto la cara y ahora me está mirando como si tuviera pinta de ir a romperme. Estoy a punto de decir que todo va bien, pero cuando abro la boca lo que escapa de mi garganta es un sollozo.

—Haley...

Me aparto antes de que llegue a abrazarme y me meto en el baño.

Salgo en unos minutos. Tracy está escribiendo en el móvil, pero lo deja enseguida sobre la mesa de estudio en cuanto me oye volver. Creo que necesito dormir y todo irá mejor. Llevo demasiadas horas despierta y así es imposible pensar con claridad. Es justo lo que estoy a punto de decirle a Tracy cuando alguien llama a la puerta del cuarto.

—Tracy, ¿has sido tú la que ha metido una *pizza* en el horno? Porque empieza a oler un poco a quemado.

Es una de nuestras vecinas y ella sale corriendo en cuanto oye eso.

—¡Mierda! —La oigo gritar mientras se aleja por el pasillo.

Su móvil emite un sonido y veo que la pantalla sigue iluminada y desbloqueada en el escritorio. Tiene un chat de grupo abierto y de verdad que no quiero leerlo, pero mi nombre está ahí escrito y eso me llama la atención.

Haley está aquí. Acaba de venir con cara de no haber dormido y una pinta que da pena. Es la tercera vez que viene llorando en una semana. Chicos, ¿qué hago?

MARK:
Sal de ahí y vente a casa. Por lo menos que no te pille en medio otra vez cuando vaya a buscarla.

No lo sé. Está llorando mucho, a lo mejor han cortado de verdad.

MARK:
No nos des falsas esperanzas, anda. Ella no va a dejarlo. Y cuanto antes lo aceptemos todos, mejor. Y, sí, eso lo digo por ti, Britt. Y también por ti, Jay.

MARK:
Vente a casa si quieres, en serio. Mañana cuando vuelvas ya se habrá ido.

Toco la pantalla para poder ver quiénes son los integrantes del grupo. Tracy, Mark, Britt, Niall y Jayden. Hace mucho que el chat que tenía con mis tres amigos está parado. Pero, aunque no debería sorprenderme, me duele ver que han creado otro con Jayden y Niall. Yo era el nexo de unión en ese grupo de gente variopinta. Y ahora estoy fuera.

No quiero quedarme aquí.

Bajo la escalera tan rápido como puedo y vuelvo a meterme en el coche. Me esfuerzo en serenarme y ser capaz de fingir normalidad antes de llamar a Sue.

—Haley. ¿Qué pasa? ¿Qué tal estás?

—Bien. He terminado los exámenes y no empiezo las clases otra vez hasta el miércoles y, como hace tanto que no voy por allí, me preguntaba si podía ir a pasar un par de días con vosotros.

Estar con Tyler y Sue es lo más parecido a estar en casa. Necesito sentirme en casa.

—Pues claro que sí —dice ella enseguida—. Ya sabes que aquí tienes tu habitación. No hace falta que preguntes. Puedes ir y venir siempre que quieras.

Conduzco despacio, dándome tiempo para ir desprendiéndome de la amargura que llevo un par de días arrastrando. No quiero que Sue me vea y se dé cuenta de lo que pasa y que luego llame a mis padres para contárselo. No, eso es lo último que necesito. Hago una parada estratégica antes de llegar y recupero mi maquillaje y un par de prendas de ropa para que parezca que he cogido algo para pasar un par de días allí, pero no vean que llevo toda mi vida a cuestas en el maletero. Me pinto una buena fachada.

—Qué bien que hayas venido. —Sue me recibe con una

sonrisa—. ¿Cómo estás? Parece que hace meses que no te veo. Estás más delgada, ¿es que has dejado de comer? Menos mal que Tyler hace hoy la cena y nos vamos a poner las botas.

Entrelaza su brazo con el mío mientras me guía hacia el interior sin parar de hablar. Las dos intentamos mantener una conversación lo más normal posible, pero sé que se ha dado cuenta de que pasa algo y ella tampoco puede disimularlo mucho.

—¿Qué te pasa, Haley? ¿Va todo bien?

Fuerzo una sonrisa, para tratar de quitarle importancia.

—No es nada. Una pelea estúpida con mi novio.

Asiente como si lo entendiera.

—¿Solo eso?

—Sí, es algo complicado, pero estoy bien.

—Vale. Aunque te digo algo, Haley: a tu edad, si es complicado... búscate otra cosa más fácil.

Lo dice de broma, pero duele un poco. No es como si no lo hubiera oído antes, pero es la primera vez que me pregunto en serio si no tendrán razón... y eso hace que me sienta culpable, como si solo por pensarlo traicionara a Daryl.

Me estoy secando el pelo con la toalla cuando lo oigo. Es el motor de una moto en la entrada de la casa. No tardo en oír la puerta y un montón de jaleo en la planta baja.

—¿Qué pasa? —pregunta Sue.

—¿Está aquí? Está aquí, ¿no? —Es la voz de Jayden y suena bastante brusco.

—Pero, Jayden, ¿qué...?

—¡Haley! —grita.

Salgo al pasillo, descalza y en pijama. Hace más de un mes que no veo a Jayden. Y no sé por qué se está presentando aquí así. Nos sostenemos la mirada en la distancia.

—¿Qué te ha hecho? —pregunta.

No respondo.

—¿Qué te ha hecho ahora? —insiste.

—Eh, vale, colega —interviene Tyler—. Vamos un momento fuera a que te relajes.

Lo obliga a salir al porche y cierra la puerta. Y yo cruzo solo una mirada con Sue, que parece preocupada, antes de darme la vuelta y volver a encerrarme en la habitación.

Me quedo sentada en la cama, con el pelo mojado, viendo la imagen imponente de Jayden hecho una furia hace solo unos segundos pasándose por mi mente una y otra vez.

Y en solo unos minutos vuelvo a oír el motor de su moto, alejándose esta vez.

38

Duermo toda la noche de un tirón. El agotamiento ha vencido a esa espiral de pensamientos que no dejaba de zumbarme en la cabeza. Me siento algo mejor al despertar. Estiro el brazo para acariciar a *Piezas*, que ha pasado la noche conmigo. Ronronea y se acomoda bajo mis caricias sin abrir los ojos.

Oigo a Luke en el piso de abajo, metiendo prisa a su padre y quejándose porque va a llegar tarde al instituto. A lo mejor es hora de levantarme.

Voy al baño y me lavo la cara. Bajo en pijama. Tyler está saliendo de la cocina apresuradamente, con media tostada sujeta entre los dientes, coge una bandolera que parece pesar bastante de encima de la mesa de comedor, y se la cuelga al hombro. Luego recupera la tostada con una mano, tras un gran mordisco, y coge las llaves del coche del mueble de la entrada.

—¡Vamos, Luke, que al final vas a llegar tarde al instituto!

Su hijo protesta en voz muy alta desde el garaje, pero Tyler solo se ríe, antes de besar a Sue, que está frente al ordenador sentada a la mesa. Siempre parece muy alegre y enérgico en las mañanas que he pasado aquí, como si le apasionara ir a ese centro a trabajar con adolescentes rebeldes por muy duras que sean sus historias. Eso me lleva automáticamente a pensar en Daryl. En cómo podría haber sido su vida si sus abuelos no estuvieran y en si habría tenido la suerte de encontrar a alguien como Tyler en su camino.

—Hasta luego, nena.

—Date prisa, que ya te vale —lo regaña ella, pero veo cómo se le escapa la sonrisa.

—¡Buenos días, Haley! —exclama el amigo de mis padres alegremente, y me guiña un ojo antes de irse.

—Todos los días igual —suspira Sue—. Buenos días —habla conmigo—. Hay café recién hecho en la cocina, ¿te apetece una taza?

Se levanta y camina hacia allí. Le sigo los pasos de cerca.

—No te preocupes, Sue, no quiero entretenerte. Estabas ocupada, no hace falta que me hagas compañía.

Hace un gesto con la mano para callarme, mientras sirve dos tazas de café. Mueve una de las banquetas para sentarse frente a mí en la isla.

—Solo estaba retocando algunas fotos, no hay prisa con eso. Tenía una reunión más tarde con unos clientes, pero la he aplazado porque la verdad es que me ha parecido que iba a necesitar la mañana libre para charlar contigo.

Su mirada me lo está diciendo todo. Anoche, después de oír la moto de Jayden marchándose de aquí, esperaba que Sue apareciera para interrogarme, pero no lo hizo. Debí imaginarme que la cosa no iba a quedar así.

—Creo que a Jayden no le cae muy bien tu novio, ¿eh?

—Eso parece, pero la verdad es que no lo conoce.

—Por eso quería hablar contigo y oír tu versión, porque, si me quedo solo con la suya, debería estar llamando a tus padres ya y poniéndolos al día de todo esto.

Levanto la mirada para clavarla en sus ojos, alarmada. No

puede llamar a mis padres. He puesto demasiado esfuerzo en que supieran lo mínimo posible de mi relación, porque no creo que el resto de la historia vaya a gustarles demasiado. Vale, Daryl no es el tipo de chico que los padres quieren para sus hijas, no hay duda. Pero eso es ahora. Eso era al principio. Se suponía que iba a cambiar por mí y a ser la clase de chico que podría llevar a cenar a casa en Acción de Gracias. A mi padre no iban a gustarle tantos tatuajes, eso por descontado, pero ver la manera en que me mira y el modo en que resultaría obvio que lo nuestro es amor verdadero podría compensar lo de su aspecto de chico problemático y cualquier cosa que haya hecho en el pasado. Eso era lo que se suponía que tenía que ser. Pero, de todas maneras, eso ya no va a pasar, ¿verdad?

Se me llenan los ojos de lágrimas, y por eso aparto la mirada.

—No sé lo que os ha contado Jayden, pero no todo es como parece desde fuera. Es muy fácil juzgar cuando solo sabes una parte de la historia.

Sue suaviza la mirada y busca la mía de nuevo, para hablar en un tono más dulce:

—Si tienes que justificarlo así, es que ya hay un problema, Haley. Me costó un buen rato convencer a Tyler de que no llamara a tu padre en cuanto Jayden se fue de aquí. No hagas que me arrepienta, ¿vale? Dime que no es verdad que hace semanas que estás desaparecida y que no hablas con tus amigos y que ni siquiera duermes en tu residencia.

No digo nada, porque no sé muy bien cómo rebatirlo.

—Oye, tienes dieciocho años y lo entiendo, ¿sabes? Entiendo que a tu edad todo es muy intenso y todo es blanco o negro y más en el amor, pero ni a tu edad ni a ninguna otra es normal tener que dejar todo lo que hay en tu vida por nada ni por nadie. El amor no va de eso, Haley. Y menos cuando no recibes lo mismo desde el otro lado.

Echo atrás la banqueta y endurezco mi expresión, desafiante. Porque oír eso hace que me hierva la sangre. ¿Qué sabe Jayden de lo que yo recibo a cambio de mi amor por Styles? ¿Cómo puede atreverse a decir a sus padres que él no me corresponde de la misma manera? No conoce en absoluto a Daryl y nunca lo hará. Soy la única que lo conoce de verdad, tal y como es.

—¿Por qué dais por supuesto que él no está igual de implicado que yo? Jayden no conoce a Daryl. No lo conoce en absoluto. Se ha cruzado con él en cuatro fiestas y le han contado solo una versión de cierta historia, pero no sabe nada. No es fácil, pero eso no significa que no valga la pena.

—No puedes poner las necesidades de nadie por encima de las tuyas.

Me quedo callada. Estaba empezando a sacar la armadura y la espada otra vez, dispuesta a arrasar en todos los campos de batalla que hiciera falta, luchando por él y por nosotros. Pero cuando oigo a Sue decir eso me asalta una duda repentina: ¿cuáles son mis necesidades? Tengo muy claro qué es lo que necesita Daryl, sé qué es lo que pide una y otra vez, y soy consciente del esfuerzo que he puesto para intentar estar a la altura. Pero hace tanto tiempo que no pienso en qué necesito yo aparte de estar con él que me da vértigo intentar encontrar una respuesta. Lo único que yo necesitaba era que él fuera feliz, eso era lo que conseguía poner todo en equilibrio y hacer mi mundo perfecto. Pero ahora he cogido todas mis cosas y me he largado de su casa y se supone que no voy a volver a verlo nunca. Y no sé qué necesito yo.

—Ya da igual. Lo hemos dejado, así que ya no hace falta que os preocupéis. Dile a Jayden que se calme y que se meta en sus asuntos.

Se hace el silencio en la cocina y yo doy un sorbo largo al

café, para tragarme las emociones con él. No quiero ponerme a llorar.

—Dijiste que habíais tenido una pelea estúpida.

—No quería hablar de ello.

—¿Y ahora? ¿Quieres hablar?

Sacudo la cabeza hacia los lados.

—Es complicado. Pero tienes razón. Tengo que pensar en mis necesidades y no en las suyas.

La veo esbozar una sonrisa de medio lado, satisfecha.

—Claro que sí. Y si me prometes que vas a pensar en ti antes que en nadie, yo te prometo que ni Tyler ni yo le diremos nada a tus padres. Pero tienes que asegurarme que no voy a volver a oír a Jayden decir que está preocupado por ti, ¿trato hecho?

Me tiende la mano, como forma de sellar el pacto. ¿Jayden ha dicho eso? ¿Con esas mismas palabras? *Preocupado*. Él mismo dijo que Sarah y yo no nos parecíamos en nada, pero me da la impresión de que no deja de ver la historia de su amiga reflejada en la mía. Lo que sea que hubo alguna vez entre Sarah y Styles no tiene nada que ver con nosotros. Conmigo ha sido diferente. Conmigo ha sido *él* de verdad. Lo nuestro ha sido especial. Y duele saber que hasta lo más especial que puedas encontrar en la vida tiene fecha de caducidad. Estrecho la mano de Sue, no me deja ninguna otra opción. Pase lo que pase no quiero que mis padres oigan ni una palabra sobre Daryl Styles.

Después de cenar, Luke y yo nos encerramos en su habitación a jugar a la Play. Siento sus ojos fijos en mi cara y tengo que dejar el mando a un lado y girarme para mirarlo de frente, en espera de lo que tenga que decir.

—¿Qué pasa?

—¿Por qué ya nunca vienes?

Me recuesto contra la pared y me pongo seria. Ojalá tuviera una respuesta para eso que pudiera satisfacernos a los dos.

—He estado dedicando demasiado tiempo a algo que creía que merecía la pena.

Estudia mis ojos antes de responder a mi ataque de melancolía:

—Pues si tu novio no sabe apreciar eso es que es muy gilipollas.

Sonrío de medio lado.

—Ya no es mi novio.

—Oí a mi hermano anoche. Y ese chico no te merece, Haley.

En su última frase suena avergonzado y hasta esconde la mirada.

—No lo sé.

—¿Estás triste?

Me paso un dedo por el borde del ojo para evitar soltar una lágrima despistada.

—Un poquito.

Luke niega con la cabeza y me sonríe como si supiera algo que yo no y que puede cambiar mi estado de ánimo por completo.

—Seguro que hay un millón de chicos deseando tratarte mucho mejor que él.

Suelto una risita ante la exageración.

—Un millón es una cifra un pelín optimista. Pero, en fin, si se te ocurre alguno ya me pasarás la lista.

—Pues sí que se me ocurre..., pero ya te lo diré otro día —suelta tan tranquilo, y con una sonrisa enigmática.

Hago amago de poner los ojos en blanco. Nos quedamos en silencio por unos segundos.

—Haley, ¿puedo contarte algo?

Luke vuelve a conseguir toda mi atención y me doy prisa en asentir con la cabeza.

—Claro.

—Es que... tengo una especie de problema. —Se mira las manos en vez de mirarme a mí.

—Puedes contarme lo que sea, Luke. Te guardo el secreto.

Levanta la mirada y sonríe levemente cuando nuestros ojos se encuentran.

—Me gusta alguien —dice, en voz baja, como si temiera que alguno de sus padres esté con la oreja pegada a la puerta.

—Eso no es un problema. Es bonito. Es normal.

—Ya, pero es que... es mi mejor amigo —suspira al fin.

Se me escapa una sonrisa de medio lado y espero que no la haya visto, porque no quiero que piense que me está haciendo gracia algo que a él lo tiene así de preocupado.

—Ya veo. Es complicado mezclar el amor y la amistad, ¿no? Da un poco de miedo pensar que puedes perder a alguien importante porque tú quieras algo más que lo que tenéis —expreso lo que creo que él está pensando—. Pero es bonito, Luke, y dicen que la mejor base para una relación es una buena amistad, así que...

—¿Has oído que he dicho *amigo*? —repite, remarcando el masculino de la palabra.

—Te he oído perfectamente. —Me trago la sonrisa—. ¿Cómo se llama? ¿Hace cuánto que sois amigos?

Se recuesta contra la pared.

—Alexander. Nos conocimos hace tres años, en el equipo de fútbol. Vamos juntos al instituto.

—¿Y crees que hay alguna posibilidad de que a él también le gustes tú?

Hace una mueca al tiempo que niega con la cabeza. Me da la impresión de que llevaba tiempo refrenando la necesidad de compartir esto con alguien y me hace sentir especial que me haya elegido a mí para desahogarse. Ya no está tan inseguro ni avergonzado, como cualquier otro chico o chica de catorce años que siente algo romántico por alguien por primera vez, parece estar deseando hablar del chico que le gusta.

—Una entre un millón. Le gusta una chica que se llama Amanda.

—Eso sí que suena como un problema —empatizo, en su mismo tono cargado de resignación, y él asiente, dándome la razón—. Pero, ¿sabes qué?, una posibilidad entre un millón sigue siendo una posibilidad.

—Nunca lo sabremos. No se lo pienso decir jamás.

Estoy a punto de protestar y hacerle ver que esa puede no ser la manera más adecuada de proceder en todo este asunto cuando unos toques firmes en la puerta nos sobresaltan a los dos e interrumpen nuestra conversación.

—¡Niños! ¡A la cama!

Es Tyler, con un tono tan severo que no deja de ser burlón. Luke y yo nos sonreímos.

—Seguimos hablando de esto mañana.

—No se lo puedes decir a nadie en todo el planeta Tierra, ¿vale, Haley?

—A nadie. —Le tiendo el meñique para un juramento—. Aunque sabes que puedes decírselo tú a quien quieras cuando quieras y que no pasa nada por ello, ¿verdad?

No dice nada para demostrar que esté convencido de eso, pero se inclina y me da un abrazo. Se lo devuelvo y creo que el contacto me reconforta más a mí que a él.

—Gracias —murmura, con la cabeza en mi hombro.

—¿Por qué?

—Por ser como eres.

Me voy a mi cuarto prestado con el corazón calentito.

Hacía mucho tiempo que no sentía que nadie pudiera agradecerme el ser como soy. De hecho, hace mucho que ni siquiera yo estoy segura de ser nada que merezca la pena.

Termino por estirarme para coger el móvil de la mesilla y encenderlo. Lleva horas apagado, y siento la necesidad de saber si el mundo exterior se acuerda de mí o no.

STYLES:
¿Dónde estás?

STYLES:
Nena, tenemos que hablar. Llámame, por favor. ¿Por qué tienes el móvil apagado? Necesito hablar contigo.

STYLES:
¿DÓNDE COÑO ESTÁN TODAS TUS COSAS?

STYLES:
Haley, no me hagas esto. Por favor, no me hagas esto. Llámame, nena.

STYLES:
Me estoy volviendo loco. ¿Podemos hablar? Tenemos que hablar.

STYLES:
No puedes desaparecer.

STYLES:
LLÁMAME.

STYLES:
¿Por qué están aquí tus llaves? No hace falta montar todo este drama. Te estás comportando como una niñata. ¿No podemos hablar de esto en vez de largarte así?

STYLES:
Ven a casa, por favor.

Tengo el dedo sobre el icono de llamada y estoy a punto de pulsarlo cuando me lo pienso mejor y bloqueo la pantalla, rápido, para evitar tentaciones.

No sé si me merezco esto. Pero sé que no puedo soportarlo más. No es lo que quiero. No de esta manera. Vuelvo a apagar el teléfono, porque sé que, si me llama, a pesar de todo, no tendré la fuerza de voluntad suficiente para no coger la llamada.

El viernes por la noche estoy sola en la residencia. Tracy se ha ido a Bakersfield por la tarde. Y cuando oigo cómo alguien llama a la puerta con los nudillos no tengo ni una sola duda de que es él.

Me mira con su cara más lograda de cachorro abandonado, con los ojos inundados de tristeza y de arrepentimiento. No es una novedad. Ha tenido que mirarme así tantas veces que ya he perdido la cuenta.

—Ya me has castigado bastante, nena. Te juro que me estoy volviendo loco de no tenerte. No lo puedo soportar. No sé estar sin ti. Tienes que volver conmigo.

No puedo tener esta discusión en la puerta. No quiero dejarlo entrar. Y si lo dejo fuera sé perfectamente lo que pasará.

—Vamos a dar una vuelta.

Me sigue como un perrito, manso y dócil.

Veo su coche en el aparcamiento. No quiero alejarme. Así que me vuelvo hacia él y me enfrento a su expresión desolada de chico perdido, y tiro de toda mi fuerza de voluntad para que esta vez no sea capaz de ablandarme solo con eso.

—Lo siento —dice, antes de que yo tenga tiempo de abrir la boca—. Joder, lo siento, sabes que lo siento, nena. ¿Qué tengo que hacer? ¿Qué puedo hacer para que vuelvas a casa conmigo?

Sacudo la cabeza tristemente.

—No puedo volver, Daryl. No dejas de hacerme daño.

—No hablas en serio. No puedes hacer eso. Porque sabes que te quiero y que tú me quieres a mí. Así que eso no tiene sentido. Sabes que, aunque sea un jodido capullo, te quiero más de lo que he querido a nadie en mi vida. Y también sabes que si me dejas voy a morirme. Así que no lo estás diciendo de verdad.

—Nadie se muere por algo como esto.

—Claro que sí. Tienes que volver a casa conmigo, nena, porque si no te juro que no voy a seguir viviendo.

Está apretando los puños. Su cuerpo tiembla y sus ojos están oscurecidos y se clavan en los míos amenazantes.

—No digas tonterías —suspiro.

—Cogeré un puto cuchillo y me cortaré las venas, Haley.

Me da un escalofrío y se me encoge el alma.

—No vas a hacer eso.

—No vas a dejarme.

—¡Deja de hacerte tanto la víctima! —Pierdo los nervios—. He estado contigo, he intentado darte todo lo que tenía. Y lo único que tú has hecho ha sido tratarme como una mierda y utilizarme para descargar todas tus frustraciones. No quiero eso. No puedo más. Me estás rompiendo el corazón tantas veces que dentro de poco no va a quedar nada con lo que quererte. ¿Es que no lo ves?

—Pero me quieres.

Hay un destello de esperanza en su mirada. Lo afirma, pero creo que es una pregunta, en realidad.

—¡Claro que te quiero! Y lo peor de todo es que lo sigas dudando. Debería ser al revés, Daryl. Porque yo no paro de estrellarme contra una pared por quererte, pero lo que no está tan claro es que tú me quieras a mí.

Da otro paso al frente, rápido, y pone las manos en mis hombros para que no pueda alejarme de él. Me clava los dedos con tanta fuerza que me encojo ante el contacto.

—¿Me estás vacilando? Eres lo único que quiero. Te quiero tanto que duele y me he vuelto un jodido peluche de los cojones por ti. Te quiero, joder. Eres lo único que veo.

—¡Pues deja de hacerme daño! —grito de nuevo. Me da rabia estar llorando por esto otra vez—. No te importa en absoluto quién soy, o lo que quiero, lo que necesito o cómo me siento. No te importa una mierda porque, si no, no te habrías largado el sábado y desaparecido durante días. No te habrías pasado la noche bebiendo y drogándote y follándote a Maddie.

Se gira y le pega una patada a una farola, con la planta del pie. Tan fuerte, que el poste oscila un poco, haciendo temblar el haz de luz que nos ilumina.

—¡Joder! ¡Estás loca, nena! No me follé a Maddie. Estaba cabreado contigo. Tú me dijiste que no eras feliz en casa conmigo. Pensaba que estarías mejor sin mí y lo intenté... Intenté alejarme de ti y alejarte de mí, pero es que no puedo.

—Yo no dije eso —murmuro, en voz mucho más baja.

—Me haces actuar como un demente, porque si tú no me quieres mi vida no tiene ningún sentido —sigue, como si ni siquiera me hubiera escuchado—. Y quería follarme a Maddie, porque necesitaba no ser tu puto perrito, pero ni siquiera... No paraba de pensar en ti. No quiero estar con nadie que no seas tú. No puedo.

—Lo habrías hecho, querías hacerlo solo para hacerme daño. ¿Es que no ves lo mal que está todo esto?

—¡Sí! Está mal porque cada vez que hay una piedra en el camino tú sales corriendo y me abandonas. Lo estoy intentado, ¿sabes? Pero siento que nunca soy suficiente. Necesito saber que vas a quedarte.

Me seco las lágrimas con el dorso de las manos. No. Él siempre consigue darle la vuelta a todo. Él siempre consigue ser la víctima.

Niego con la cabeza.

—No. No voy a quedarme, amor. Hemos terminado.

Me agarra la mano cuando intento pasar a su lado.

—No puedes dejarme. Eres mía y yo soy tuyo. Esto no va a pasar, nena. Y si quieres tener una pataleta, vale, puedes tenerla. Tenla la semana que viene. Ahora no, por favor. Te necesito esta noche. Te necesito mañana. Te necesito para sobrevivir a esto. Va muy en serio. Quédate conmigo esta noche.

Nuestros ojos se encuentran y los suyos están llenos de lágrimas, como los míos. Me estruja el corazón ver su desesperación y entender que la siente de verdad. Mañana habría sido el cumpleaños de su madre, así que sé que me necesita esta noche, sí. Pero no puedo poner las necesidades de nadie por delante de las mías. Y no sé exactamente lo que necesito, pero sé lo que no necesito.

No necesito pasar por esto otra vez.

—No puedo hacer esto, Daryl. No voy a hacerlo. Lo he dejado todo por ti y no puedo seguir haciéndolo más. Mañana tengo que ir a Fresno para estar con mi primo. Te lo dije. Sé que a ti te da igual porque no crees que exista nada para mí fuera de nosotros, pero no puedo seguir dándole la espalda a mi vida. Yo también necesito cosas.

—No vayas. No puedo pasar esto sin ti.

—Sí que puedes.

—No vas a ir. No voy a dejar que vayas.

Aún sostiene mi mano, y ahora me molesta el contacto.

—Le prometí a Simon que estaría allí.

Me suelta y da un paso atrás. Dolido. Furioso.

—Siempre tienes algo que va antes que yo. Pues que te jodan, Haley. Te vas a arrepentir de esto.

Se monta en el coche y cierra de un portazo. Arranca y se va.

Y, sea como sea, creo que esto es un punto y final.

Me despierta la vibración del móvil y me siento tan cansada como si no hubiera dormido nada. Los dígitos luminosos del despertador de Tracy marcan más de las cinco y media de la mañana.

Me despejo por completo y de un solo golpe, como si acabaran de echarme un jarro de agua fría por encima, cuando veo que es Trevor.

—Haley —dice en cuanto descuelgo—, estoy en urgencias del Marina del Rey. Styles se ha metido un montón de mierda y lo hemos encontrado inconsciente. Acaban de traerlo en ambulancia.

—¿Qué? —consigo decir, con el corazón pesándome más en cada latido—. ¿Qué se ha metido, Trevor? ¿Dónde estabais? ¿Está bien? ¿Te han dicho algo?

Lo oigo gruñir al otro lado como si le estuviera resultando todo un incordio por preguntar.

—Estaba en una fiesta de la fraternidad con cara de amargado y luego ya no estaba, y después ha aparecido tirado en un rincón. ¿Quién sabe lo que ha tomado? Un cóctel de todo, seguramente. Se lo han llevado y aquí no salen a decir nada.

Siento que todo da vueltas.

Tienes que venir a casa conmigo porque si no te juro que no voy a seguir viviendo.

—Oye, tía, ¿vas a venir o no? No quiero pasarme la noche metido en una sala de hospital.

No contesto, pero ya me estoy vistiendo.

39

Me duele todo el cuerpo de tenerlo entumecido por la postura en la que llevo horas, encogida, encajando en la incómoda silla de plástico de una sala de hospital. Tengo frío, así que me he echado la cazadora por encima y he intentado acurrucarme para que me cubriera lo máximo posible. Debo de llevar aquí unas cuatro horas, creo.

Trevor se ha largado en cuanto me ha visto aparecer. Casi ni me ha saludado. Tenía mucha prisa y ni siquiera me ha pedido que lo llame si hay alguna novedad. Supongo que no le importa.

Un enfermero se ha apiadado de mí y ha venido a decirme que, si preguntaba por el chico que ha llegado con sobredosis de madrugada, podía decirme que le han hecho un lavado de estómago y que lo han estabilizado. Es así como me entero de lo que ha tomado Daryl esta noche además de cantidades ingentes de alcohol: un montón de pastillas.

No puedes dejarme.

Voy a morirme sin ti.

Te juro que cogeré un cuchillo y me cortaré las venas.

No es eso lo que ha hecho. No exactamente. Pero el resultado es básicamente el mismo.

Son casi las diez de la mañana cuando por fin soy capaz de razonar lo suficiente como para recordar que tengo que avisar a Simon y Alice de que no estoy camino de Fresno. Ellos deben de llevar ya más de la mitad del viaje. Se me rompe el corazón al imaginar lo que va a sentir mi primo cuando se entere de que no voy. Se lo he prometido tantas veces... No tiene sentido que pase por esto sin mí. No estar con Simon hoy es lo peor que he hecho. Y sé que para él también lo va a ser.

No soy capaz de encontrar la manera de decirle esto a mi primo en un mensaje. No puedo. Y tampoco voy a ser capaz de explicárselo mirando su cara. Así que sigo mi estela de chica cobarde y llamo al móvil de mi prima, para que ella le transmita la noticia.

El enfermero que se ha preocupado de hablar conmigo antes vuelve a acercarse al acabar su turno, y me dedica una sonrisa cálida.

—Lo han pasado a planta. Siento decirte que aún no te van a dejar verlo, de momento solo familia.

—No tiene familia... aquí —añado la última palabra, porque, de lo contrario, el comentario suena mucho más triste de lo que lo hacía en mi cabeza.

—Han llamado a su persona de contacto en caso de emergencia. Creo que es su abuelo.

Asiento una sola vez con la cabeza. Sí. Claro. Seguro que es su abuelo.

—Muchas gracias —digo, y él dibuja una sonrisa compasiva de medio lado.

—No hay de qué. Sé lo que es estar a este lado de las puertas.

Vuelvo a sentarme cuando se va y busco el móvil por el asiento.

> PRIMA ALICE:
> Simon se ha rajado. Dice que no puede hacer esto hoy. Así que vamos a comer algo aquí y nos volvemos a Sacramento.

PRIMA ALICE:
¿Cómo va todo por ahí?

Cierro los ojos y lanzo un suspiro, para ver si así se alivia la tensión que tengo en la boca del estómago. Lo único que consigo es que el hombre del final de la fila de asientos me mire mal. No puedo estar del todo segura de si la cosa habría sido diferente de estar yo allí con él, pero sospecho que sí y eso me hace sentir aún peor. A Simon le ha costado mucho tomar la decisión de ir a conocer a su madre. Y por mi culpa acaba de perder la entereza cuando estaba en el umbral de su puerta. Le mando un mensaje:

Lo siento muchísimo.

¿Cómo estás?

Iremos los dos cuando estés preparado, ¿vale?

Veo que se conecta a la conversación. Lee mis mensajes. No responde.

Fuera de estas cuatro paredes está ya cayendo el sol cuando veo a una pareja mayor salir de la zona de hospitalización y cruzar la sala de espera. Están discutiendo.

—No podemos hacer nada. Y me niego a quedarme aquí cuando él está tan empeñado en autodestruirse y en destruir a todo el que se interponga en su camino con él.

—No lo vamos a abandonar, Alfred. Deberíamos llevarlo a casa con nosotros.

—No, de eso nada —se planta ante la sugerencia de la mujer—. ¿Cuánto más tienes que pasar para darte cuenta? ¿Cuánto más vamos a sufrir? Yo me voy a volver a casa ahora mismo. Tú verás si quieres venirte conmigo o no, Edna.

Ella gira la cabeza y me mira. Nuestros ojos se encuentran por una milésima de segundo antes de que yo los aparte avergonzada por espiar su conversación.

—Eres Haley, ¿verdad?

Me sorprende tenerla ya delante, con la curiosidad centelleando en unos ojos azules que me observan detenidamente. Me pongo de pie frente a ella, insegura.

—Sí, soy yo.

Me abraza. No me lo esperaba para nada, así que me quedo parada sin saber cómo reaccionar. No parece que eso le preocupe mucho cuando se aparta solo lo suficiente para poder estudiar bien mi cara. Esboza un amago de sonrisa que le queda demasiado triste.

—Cariño, él me dijo que eras muy guapa, pero lo eres más de lo que imaginaba. ¿Cómo estás? ¿Estás bien? ¿Has pasado a verlo?

Niego con la cabeza, con los ojos humedecidos. No sé por qué me emociona tanto que una señora desconocida me diga que soy guapa. Supongo que lo que me está poniendo las emociones a flor de piel es saber que Daryl le ha hablado a su abuela de mí.

—No me han dejado.

—Ven conmigo. Eso es absurdo. Malditos hospitales. Necesita verte.

Me coge de la mano y me guía hasta atravesar las puertas y por un pasillo, como si fuera la dueña del hospital. Nadie nos dice nada ni nos pregunta adónde vamos.

Para de pronto y se gira hacia mí, para mirarme con los ojos llenos de lágrimas.

—Haley, necesito pedirte un favor. Tienes que prometerme que cuidarás de él. Es un chico muy especial y, créeme, sé que es difícil a veces, pero tienes que tener paciencia con él. Tiene buen fondo, es un buen niño, y es muy dulce, aunque parezca duro por fuera. Si hay alguien que pueda ayudarlo, eres tú. Por favor, tienes que cuidar de él, ¿lo harás?

Siento esas palabras como tentáculos que me enredan y me aprisionan. ¿Cómo puedo alejarme ahora? ¿Cómo puedo decir que no? Daryl nunca ha tenido a nadie, y ahora me tiene a mí. Su abuela tiene razón: es un buen chico. Solo está asustado, solo es que no sabe cómo enfrentarse a la vida que le ha tocado vivir.

Asiento con la cabeza.

Me abraza otra vez, y esta vez yo le devuelvo un abrazo que también me hace falta.

Luego me lleva hasta una puerta y la abre sin llamar.

—Cielo...

—¿No os habíais ido ya? —oigo gruñir a Daryl, afónico.

—Sí, yo me voy ya. Pero te he traído a alguien primero.

Tira de mi mano y me hace pasar. Me besa en la mejilla y se da prisa en desaparecer.

Ahí está Daryl, tumbado en una cama de hospital, con uno de esos camisones puestos, pero con los brazaletes en las muñecas, a pesar de todo. Se me hace muy raro verlo con ese color azulado sobre el cuerpo, en vez del negro que siempre viste. No tiene buen aspecto. Las ojeras parecen querer engullir sus ojos y se ve frágil bajo esa sábana con el logo hospitalario.

—Haley —murmura.

Me acerco despacio, prudente, y finalmente me siento en el borde del colchón y me abrazo a su torso sin decir ni una sola palabra.

—Lo siento, nena —dice, tan bajito que casi no lo entiendo.

—¿Por qué has hecho esto? —sollozo.

No responde y tengo que incorporarme para poder mirarlo. Está llorando y me parte el corazón en dos ver esas lágrimas silenciosas.

—Lo siento.

—Amor, por favor, necesitas ayuda. Yo no puedo. Tienes que hablar con alguien.

—Ya he hablado con el psicólogo. He tenido que comprometerme a ir a unas sesiones para que me firmen el alta.

Un soplo de esperanza pone en marcha mi corazón de nuevo, cosiendo de alguna burda manera sus pedazos. Si ha aceptado ir a terapia eso significa que está dispuesto a solucionar sus problemas. Eso significa que puede estar mejor. Y, a lo mejor, hasta esto tiene un futuro si él está dispuesto a esforzarse por ello.

—Tienes que prometerme que vas a ir a esas sesiones, ¿vale?

Asiente, pero no dice nada.

—Prométemelo —insisto.

—Te lo prometo, si tú me prometes que vas a estar conmigo.

Le cojo la mano.

—No voy a dejarte solo, Daryl. Pero..., en cuanto a nuestra relación, necesito que la dejemos en pausa.

No llega a decir nada, porque justo entonces entra una mujer con una bata blanca y me dice que no debería estar aquí y que tengo que salir y esperar afuera.

—¿Vas a esperarme? —pregunta Daryl, con los ojos suplicantes y llenos de dudas.

¿Y qué otra cosa podría hacer?

—Sí. Te espero y te llevo a casa.

Es raro estar aquí después de haberme llevado todas mis cosas pensando que no volvería. Mis llaves siguen donde las dejé. Pero el resto del sitio está hecho un desastre. Recojo algo de ropa negra que él tiene tirada por ahí y la llevo al cesto de la ropa sucia. Daryl ya está tirado sobre la cama de la habitación cuando me asomo.

—Deberías descansar, seguro que estás hecho polvo. Yo dormiré en el otro cuarto, avísame si necesitas algo.

—Necesito que duermas aquí conmigo.

—He dicho que no voy a dejarte solo, pero que necesito parar lo nuestro por el momento, ¿me has escuchado?

Hace una mueca. Finalmente, asiente, resignado.

—Vale. Haley —me llama en cuanto me doy la vuelta—, te llevaste tus pijamas. Puedes coger alguna de mis camisetas para dormir.

Dudo, porque no sé si es muy buena idea irme a dormir vestida con su ropa y envuelta con su olor. Pero, al final, me llevo conmigo una de sus camisetas negras.

Dejo su puerta entreabierta, para poder oírlo si necesita algo.

La cama del cuarto de invitados es pequeña y me cuesta encontrar la postura. Y, además, se me hace difícil conciliar el sueño cuando mi cuerpo siente la presencia de Daryl al otro lado de la pared e intenta tirar de mí y echar por tierra mi fortaleza mental, tentándome con acostarme a su lado. Cuando consigo dormir tampoco puedo hacerlo mucho. Daryl tiene pesadillas esta noche. Constantes. Y yo me levanto cada vez que lo oigo despertarse sobresaltado para acercarme hasta allí y tranquilizarlo. Al final, me llevo la almohada y termino durmiendo en el suelo junto a su cama.

Vuelvo al otro cuarto cuando ya asoman los primeros rayos de sol. Aún no me ha dado tiempo a conciliar el sueño cuando su figura aparece en la puerta. La tenue luz que se cuela por el ventanal del salón recorta su silueta, apoyado con un hombro en el marco. No digo nada. Se acerca despacio y se tumba en la cama, sin rozarme, pero aun así demasiado cerca. Esta cama es muy pequeña para los dos.

—Daryl —digo en voz baja a modo de protesta.

—¿Puedo quedarme solo cinco minutos? —pide en un susurro.

Lanzo un suspiro cansado, pero no digo que no.

Nuestras cabezas están enfrentadas en la almohada. No me hace falta ver sus ojos con toda claridad para saber de qué modo están escrutando los míos. Y luego mueve la mano, despacio, y la cuela bajo la sábana para ponérmela en el muslo. No soy capaz de articular palabra, y mi respiración se acelera y se vuelve un poco más pesada cuando sus dedos acarician con mimo la piel desde la rodilla y en sentido ascendente, parando en el borde de su camiseta y desandando el camino solo para volver a empezar.

—Te has puesto mi camiseta —susurra.

Mi corazón se ha acelerado demasiado y el bombeo de sangre me está nublando el juicio así que acerco la cabeza hasta rozar sus labios de manera suave. Se mueve cuando empiezo a apartarme y estrella nuestras bocas con mucha más seguridad, haciéndome entreabrir los labios y barriendo toda mi cordura con el paso de su lengua. Mis manos recorren su pecho y se aferran a sus hombros y las suyas pelean con la sábana hasta conseguir destaparme y pegar las palmas a mis nalgas apretando mi cuerpo contra el suyo.

—No deberíamos hacer esto, amor.

Pero la verdad es que no quiero parar.

—Te echo de menos —murmura.

Me deja sin argumentos. Ahora mismo da igual. No me había dado tiempo a encontrar otra cosa que pueda competir con el subidón de estar enredados entre las sábanas. Y sus dedos y sus labios están consiguiendo engancharme a la mejor droga que he probado nunca, otra vez.

A lo mejor esta vez funciona.

Después de todo, tiene que ser distinto esta vez.

40

El jueves por la tarde entro en el apartamento de Daryl con mis llaves. No está aquí y un pequeño nudo de nervios me cierra el estómago. Me recuerdo que tengo que confiar en él si quiero que esto funcione.

Estoy recogiendo el desastre que dejamos anoche en la cocina cuando oigo el tono de su teléfono. Sigo el sonido hasta encontrarlo bajo un montón de ropa que hay tirada sobre la cama. Es un número largo y parece de algún sitio serio, así que decido contestar, solo por si acaso es importante y es mejor que coja el recado.

—¿Sí?

—Buenas tardes, estoy buscando a Daryl Styles, ¿es este el número?

—Sí, es este. Ahora no está, ¿puedo darle algún recado?

—Sí. Lo llamo de la consulta de psicología del hospital Marina del Rey. No se ha presentado a la cita. Tiene que pedir otra o, si no se presenta de nuevo, lo sacaremos de la lista de pacientes. ¿Podrá decirle que nos llame sin falta mañana por la mañana?

Me siento en la cama, con el teléfono pegado a la oreja, pero apenas prestando atención. Me siento estúpida. Porque lo creí cuando prometió que iba a intentarlo. Lo creí cuando dijo que iba a buscar la ayuda que necesita para resolver todo ese montón de problemas que ya no solo le afectan a él. Lo creí cuando dijo que iba a hacer esto por mí.

Aseguro que transmitiré el mensaje y luego cuelgo.

Cojo la chaqueta, el móvil y las llaves de casa y bajo a la playa. Paseo un rato, mientras intento pensar. Luego me siento cerca de la orilla y me dedico a observar el vaivén de las olas y los colores de los que se tiñe el horizonte, aun cubierto de nubes oscuras, mientras el sol desciende cada vez más, cediendo el turno a la luna para intentar brillar entre el gris de los nubarrones, ahí en lo alto.

Intento llamar a Simon, pero otra vez ignora mis intentos por ponerme en contacto con él. Ya van seis días. Nunca habíamos estado tanto tiempo sin hablar. Y ahora no encuentro más que silencio al otro lado. Lo peor es que sé que me lo merezco. Como me merezco llevar tiempo sin noticias de Hannah.

Daryl me llama cuando el sol ha descendido del todo.

—Nena, ¿dónde estás? —pregunta, en cuanto descuelgo.

—En la playa.

—Me había dejado el móvil. ¿Subes ya?

—No. Voy a quedarme un rato.

Pierdo la vista allí donde el cielo y el océano se unen.

—Vale. Bajo yo.

No me da tiempo a decir nada antes de colgar el teléfono. Guardo el mío en el bolsillo de la cazadora y jugueteo con la arena entre los dedos de las manos. No sé qué voy a decirle. ¿Debería decirle que sé que no ha ido a la consulta? ¿Será capaz de mentirme como si nada?

En solo unos cuantos minutos se sienta a mi lado y coge mi cara con una mano para girarla hacia él y poder besarme. Le devuelvo el beso sin mucho entusiasmo, pero no parece darse cuenta. Sabe mucho a tabaco, pero no a alcohol. Hace un par de días que me juró que no iba a volver a beber y vació todas las botellas que había en el apartamento. Me lo quise creer, esa es la verdad. Pero también me he creído otras cosas que han acabado por no ser ciertas.

—¿Qué haces aquí? Va a caer una buena tormenta en cualquier momento.

Un trueno suena en algún punto en la lejanía, y temo que la tormenta que anuncia no vaya a ser solo meteorológica.

—Estaba pensando —respondo a media voz.

—¿En qué?

Vuelvo a perder la mirada en las olas del mar.

—Te han llamado de la consulta del psicólogo —suelto, sin poder reprimirlo más.

Abandona inmediatamente el camino de caricias en mi cuello que estaban recorriendo sus dedos. Hasta se mueve para alejarse.

—¿Has contestado a mi teléfono?

—Era importante.

—No me hace falta un puto loquero, Haley —gruñe.

—Me prometiste que ibas a intentarlo. Y me has mentido.

Me intimida el modo en que cuadra los hombros y parece que aumenta su tamaño.

—Siempre estás buscando algo que echarme en cara. Y no paras hasta que consigues encontrar cualquier fallo. ¿Qué tengo que hacer, nena? Haga lo que haga siempre lo hago mal.

—Yo no he dicho eso.

—Iré al puto loquero, ¿vale? Iré... iré otro día.

—Esto no funciona así. ¿Qué has estado haciendo toda la tarde?

—¿Por qué cojones me estás interrogando?

Suspiro, derrotada, y escondo la cabeza entre los brazos.

Es como volver atrás. Es como si la última semana no hubiera existido. En el fondo no ha cambiado nada, por mucho que yo haya querido creer que sí.

—No vuelvas a esto otra vez, amor, por favor —suplico.

Me coge los brazos y me obliga a moverme hasta mirarlo de frente.

—No se te ocurra ponerte a llorar —advierte, cuando nuestros ojos se encuentran—. No he hecho nada, Haley. Me estoy portando bien, joder. ¿Qué más quieres que haga? ¿Qué hago? Da igual porque siempre acabas dándole la vuelta a todo y lloriqueando como si te estuviera amargando la vida. ¿De qué sirve que me esfuerce tanto?

Niego con la cabeza tristemente. Me muevo para liberarme.

—Esto no va a funcionar si no solucionas tus problemas, amor. No va a funcionar ni conmigo ni con nadie si no luchas por ti mismo.

—¡Esto no va a funcionar porque tú no paras de buscar putos problemas! —me grita, tan alto que hace que me encoja de la impresión.

Su tono de voz contrasta enormemente con el que estaba tratando de mantener yo. Lo que él hace es gritar y echarme la culpa de todo a mí.

Como siempre.

No ha cambiado. No va a cambiar.

Algo se me rompe dentro cuando lo veo tan claro. Está delante de mis ojos. Él no quiere que nada cambie. No quiere luchar por sí mismo. No quiere luchar por nosotros. Y, desde luego, no quiere luchar por mí.

Me pongo de pie y me sacudo la arena de los pantalones, dispuesta a marcharme.

—¿Dónde vas? —Se levanta y se planta en mi camino—. No te vas a ir así ahora. No vas a hacer lo mismo que haces siempre. Te largas llorando como si fueras una víctima, como si yo siempre tuviera la culpa de todo.

—No quiero discutir contigo. Hoy necesito un poco de espacio, ¿vale?

Intento pasar por un lado y por otro, pero se mueve a la vez que yo, reteniéndome.

—Déjame pasar, por favor, no quiero que empeoremos más las cosas.

—Vale, pues si no quieres empeorar las cosas, vamos a solucionarlas, ¿eh?

Coge mi cara entre las manos y me besa. Me sujeta con más fuerza cuando intento apartarme y sigue mordisqueando mis labios, incluso cuando trato de protestar y le pego en el pecho para que pare.

Me doy la vuelta y me alejo paralela a la orilla cuando consigo librarme de él, pero vuelve a perseguirme y atrapa mi cuerpo entre los brazos, pegando mi espalda a su pecho.

—Vamos, nena, no empieces una pelea que no puedes ganar. Eres una jodida fiera, pero sé cómo domarte, y lo sabes perfectamente.

Pone la mano sobre uno de mis pechos y lo aprieta, como demostración de lo que sabe que necesita para tenerme donde quiere. El sexo. Justo lo que nos llevó a quedarnos atrapados juntos cuando todo esto empezó. Lo que nos enredó el uno al otro y lio unas cadenas que ahora somos incapaces de soltar. Le pego un codazo en el abdomen, fuerte, para que me libere. Retira la mano de mi pecho, pero me mantiene envuelta en su abrazo.

Lo peor de todo es que tiene razón. Que, hasta él, con todas sus malditas inseguridades, se ha dado cuenta de que puede hacer lo que quiera conmigo.

—Quiero irme. Suéltame.

—No sabes lo que quieres. Quieres irte y luego vuelves

cada vez porque en realidad quieres quedarte. ¿Dónde crees que vas a ir? ¿Cómo de lejos vas a llegar? Iré detrás de ti, nena, y acabarás aquí otra vez. ¿Quieres irte? ¡Vamos! ¡Vete! —grita, y abre los brazos para darme la libertad de hacerlo—. ¿Y luego qué?

Me giro para encararlo. Sé que tengo que estar roja de rabia, y la rabia siempre acaba haciéndome llorar.

—Ya no estaría aquí si tú no te empeñaras en perseguirme. —Aprieto los dientes para controlar el llanto—. No dejas que me vaya, aunque quiera hacerlo.

Suelto lo primero que la rabia me alienta a decir, pero, en realidad, no estoy del todo segura de que alguna vez haya querido hacerlo de verdad. Sí, una parte de mí me advertía que tenía que alejarme de él, pero otra tiraba de mi cuerpo y mi alma para poder volver a reunirse con la suya.

—Nunca voy a dejar de perseguirte. Y siempre voy a encontrarte —promete, con esa expresión amenazante que oscurece el gris de sus ojos—. ¡Vete! ¡Corre! Te apuesto a que en tres días estás aquí otra vez.

—Te importa una mierda cómo me haces sentir. Y a pesar de todo lo que hemos pasado sigues tratándome así. Vas demasiado lejos, Daryl. Y en el momento en que termines de romper la parte de mí que te pertenece, ya nunca podrás volver a tenerme.

No digo que terminar de romper esa parte sería acabar del todo conmigo, pero lo siento así. Me siento tan hueca como si él se hubiera dedicado a vaciarme poco a poco, llevándose partes de mí a pequeñas cucharadas para devorarlas y quedárselas todas. ¿Qué va a quedar de mí si no me marcho ahora? ¿Qué va a quedarme a mí?

—Te irás llorando. Y maldecirás mi nombre y jurarás que ya no me quieres y que nunca quieres volver a verme. Pero siempre vas a volver. Porque este es tu lugar, nena. Porque me perteneces entera. Y, si te empeñas en hacerte la dura, me tomaré un jodido bote de pastillas una noche y estarás aquí de vuelta por la mañana.

Siento cómo se me congela la sangre en las venas. Me flaquean las piernas y me tiemblan los brazos. Me siguen resbalando las lágrimas por las mejillas. Y me siento estúpida, manipulada, utilizada, como una de esas muñecas que bailan al son de quien mueve los hilos. Mis hilos están completamente enredados entre sus dedos.

—Que te den, Styles —sollozo.

Una vez se ganó la confianza suficiente para que lo llamara Daryl. Pero esa confianza la hemos perdido.

Me alejo a grandes zancadas por la arena de la orilla, mientras empiezan a caer las primeras gotas de lluvia. Quiero echar a correr. Quiero marcharme de aquí. Quiero llegar tan lejos que ni mis emociones puedan seguirme.

Me alcanza enseguida. Se planta delante, con las manos en mi cintura.

—Me vuelves loco, nena. Sabes que me encanta cuando te cabreas así, que me dan ganas de morderte la boca y perder los papeles y follarte muy duro. Vamos a dejar de pelear y vamos a arreglarlo. Se nos da mejor follar que hablar, ¿no crees?

—Ese es el problema, que se nos da mejor follar que querer.

Niega con la cabeza, con media sonrisa de esas que él se dedica a esconder tan bien.

—Te quiero más de lo que te deseo. Y te deseo tanto que te juro que quema por dentro. Nena... —Juguetea con la cremallera de mi chaqueta y la baja lentamente—. Vamos a arreglar esto aquí y ahora.

Noto gotas de lluvia resbalar por mi cuello y colarse en mi escote.

—No. Apártate —ordeno con voz firme.

Pero él ya no me está escuchando. Ha visto la cadena que llevo colgada al cuello y sus ojos vuelven a los míos, tan confusos y dolidos como cada vez que no consigue de mí justo lo que quiere.

—¿Por qué no llevas mi colgante?

No respondo. Doy un paso atrás, y busco otro camino para la retirada. Su humor ha cambiado radicalmente y ahora que acaba de meterse de lleno en el papel de víctima dolida e insegura no se va a atrever a retenerme. Estira la mano, agarra la cadena que llevo al cuello y la arranca de un tirón. Siento como si me hubiera arrebatado un trozo de pulmón, cuando veo que se lleva en su puño esa placa con la palabra «princesa».

—¿Sabes qué, niña de papá? ¡Ya no eres esto! ¡No eres una jodida princesa!

Da un paso más hacia el océano antes de echar el brazo hacia atrás para tomar impulso y lanzar la cadena lo más lejos de que es capaz.

—¡No! —grito—. ¡No! ¿Qué haces? ¡Eres un capullo!

Me lanzo hacia delante. Sé que es imposible, claro, no volveré a ver ese colgante especial nunca más.

—¿Qué haces? ¿Estás loca?

Me para cuando estoy a punto de adentrarme en el agua, envuelta en llanto y con el corazón destrozado. Me coge por la cintura, me levanta en el aire y me aleja de las olas que lamen la arena. Me revuelvo con furia hasta que se ve obligado a soltarme.

—¡Vete a la mierda! ¡Se acabó! No pienso seguir aquí contigo, entregándolo todo para que tú juegues a que me quieres. No me quieres, Daryl. Dices que me quieres, pero actúas como si me odiaras —grito, deshecha en sollozos—. No puedo más. Quédate con tus altibajos y tus malos rollos y ese infierno del que no quieres salir. Ya no lo aguanto. No puedo seguir dando tumbos entre el cielo y el infierno como una montaña rusa.

—¡Pues supéralo, nena! No puedes tener la parte buena si no estás dispuesta a pasar por la mala —le grita a mi espalda mientras yo camino por la arena, cada vez más lejos de él. Estoy empapada y la lluvia no deja de caer—. ¡No existen esas putas historias que se creen las niñatas como tú! ¡Esto es el mundo real! Altos y bajos, lo mejor y lo peor, pelear y follar. ¡Así es el amor!

Me giro de golpe para mirarlo. Está quieto junto a la orilla. No me va a seguir. Mis lágrimas se confunden con la lluvia. Una bola de rabia en el pecho me hace difícil respirar.

—¡Esto no es amor! —grito tan fuerte como puedo—. ¡No es amor! ¡El amor no es así! ¡No tiene que ser así!

Nos sostenemos la mirada en silencio, a distancia, durante los segundos exactos que tarda en extinguirse el eco de mi voz.

Luego me doy la vuelta y sigo caminando bajo la lluvia alejándome más y más, sin saber adónde me llevan los pasos. No puedo parar de avanzar. Sé que no debo hacerlo.

No sé cuánto llevo andando, qué hora es, ni dónde estoy, cuando el frío me hace temblar, calada hasta los huesos, y me trae de vuelta a la realidad. Hay un cartel iluminado de una cafetería abierta. Ha dejado de llover y la temperatura ha bajado lo suficiente para que tema acabar con una neumonía si no procuro entrar en calor. Busco en los bolsillos hasta encontrar unos cuántos dólares. Y luego entro en la cafetería, me pido un café descafeinado calentito, y me refugio en la mesa más escondida que encuentro.

Creo que son cerca de las once de la noche cuando la camarera se acerca para decirme que van a cerrar en cinco minutos.

—¿Tienes a alguien a quien llamar para que venga a buscarte? —Debo de parecer una niña perdida si tiene que preguntarme eso.

Asiento con la cabeza y saco el móvil, para entrar en la agenda de contactos. Y, una vez ahí, ya no sé qué hacer. ¿A quién puedo llamar? No puedo volver así a la residencia. Además, ese es el primer sitio en el que Styles me buscará, y ni quiero ni puedo verlo otra vez esta noche. No puedo implicar a Britt. Mark me odia. Y Tyler y Sue llamarían a mis padres sin perder un solo segundo si me ven así.

Intento pensar cuándo fue la última vez que me sentí bien de verdad conmigo misma.

Y llamo a la única persona que sé que, a pesar de todo, no dudará en responder. Pulso sobre el nombre de Jayden y espero a que suenen los tonos.

Y, en cuanto oigo su voz al otro lado, el mundo se hace un poco menos oscuro.

41

—Haley —dice mi nombre en cuanto descuelga, como si le costara creer que de verdad soy yo y que lo estoy llamado—. ¿Qué pasa?

El corazón me golpea las costillas con furia cuatro veces antes de poder hablar.

—Hola. —La voz me rasca la garganta—. Siento llamarte, no sabía a quién...

—Está bien —me corta dulcemente—. Me alegro de oírte. ¿Estás bien? ¿Qué ha pasado?

Trago saliva con dificultad, mientras pienso cómo puedo tener la poca vergüenza de pedirle un favor después de haberlo dejado de lado y tratarlo como lo he hecho. Pero si venzo la mala conciencia es porque lo necesito. No tengo ningún otro sitio donde ir.

—¿Puedo quedarme en tu casa esta noche?

Debo de sonar como una niña que se ha escapado de casa de sus padres. Me siento bastante ridícula. Jay no me da mucho tiempo a regodearme en mi propia autocrítica.

—Dime dónde estás y me acerco a buscarte.

—No hace falta.

—Es tarde, Haley. Voy a por ti con la moto, no me cuesta nada.

La camarera ya está girando la llave y poniendo el cartel de cerrado tras echarme a la calle. Hace frío y tengo los pies doloridos. Así que le digo a Jayden el nombre de la cafetería y el de la calle.

—Estoy ahí en quince minutos.

Apenas hay ya gente. Me abrazo a mí misma mientras espero.

Suena el móvil. Cuelgo al ver el nombre de Styles en la pantalla y lo desconecto para evitar más llamadas o mensajes suyos esta noche. Lo último que necesito es eso.

Jayden ha dicho quince minutos, pero no pasan de diez cuando veo su moto acercarse desde el final de la calle. Para delante de mí, pegado a la acera, pone la patilla y se quita el casco. Baja y se acerca hasta donde estoy.

—Eh —saluda, prudente—, ¿cómo estás? Hace frío, ¿no? —sigue al ver que no contesto—. Vamos, se estará mejor a cubierto esta noche.

Doy un par de pasos hacia la moto. Noto su mano en la espalda, acompañándome hasta la carretera.

—Gracias por venir.

—Estás empapada —dice casi a la vez que yo, dejando mi agradecimiento en un nada digno segundo plano—. ¿Es que has estado toda la noche bajo la lluvia? Estás temblando.

Se quita la cazadora abrigada que lleva y me la echa sobre los hombros.

—Ponte esto. Vamos a casa para que puedas darte una ducha caliente, ¿vale?

Cuelo los brazos en las mangas y él se encarga de cerrarme la cremallera hasta arriba. Me queda enorme, pero está calentita y huele a él, así que no digo nada. Me tiende el casco y me observa mientras me lo pongo, como si tuviera que asegurarse de que me lo ajusto bien.

No vuelve a preguntar qué ha pasado, ni me pide una sola explicación. Se monta en la moto y espera a que me acomode y esté amarrada a su cintura antes de arrancar y conducir de vuelta a su piso.

Tiene que estar pasando frío, con solo una camiseta y los brazos al aire, enfrentándose al viento que nos azota más y más a medida que aumenta la velocidad, pero sé que no va a quejarse.

Por suerte, llegamos enseguida al garaje. Lo sigo en silencio hacia la puerta que debe de dar a la escalera interior del edificio. Los dos llevamos el casco colgando del brazo derecho, y creo que ya no soy la única que está helada. Se gira hacia mí antes de hacer siquiera amago de abrir la puerta. Coge mi cara entre las manos, con ternura, y me hace levantar la vista hasta encontrar sus ojos.

—¿Estás bien?

Pongo las manos en sus muñecas y cierro los ojos, agradecida por el contacto.

—Voy a estar bien.

Es todo lo que puedo decir ahora. Utilizar el presente sería una mentira demasiado evidente. Y la verdad es que no sé si voy a estar bien algún día, pero mostrarme segura al respecto es el último cartucho que me queda.

Asiente, como si eso le bastara por el momento, pero veo en sus ojos que no. Eso no le basta. Pero tiene la delicadeza de no decirlo.

—Vamos.

En cuanto abre la puerta de su casa, Brittany aparece en la entrada. Parece estar más preocupada de lo que yo la he visto nunca y por un momento me pregunto qué es lo que le habrá pasado. Luego me doy cuenta de que es por mí.

—Haley, ¿estás bien?

Se acerca y me abraza, sin que me dé tiempo a reaccionar. Niall me mira con una expresión parecida.

—A lo mejor Haley quiere darse una ducha caliente y ponerse ropa seca —interviene Jayden por mí.

Britt se aparta y asiente.

—Voy a buscarte algo que te sirva de pijama.

Le devuelvo a Jayden su chaqueta y él me sonríe con los labios sellados al cogerla.

—Ven, te dejo una toalla limpia.

Lo sigo en silencio hasta su habitación, pero paro en el umbral de la puerta y espero hasta que me tiende la toalla prometida. Le doy las gracias en apenas un murmullo y, sin darme tiempo a decir nada más, Britt aparece a mi lado para ofrecerme algunas prendas de ropa cómoda. Pone un pequeño estuche con varias braguitas perfectamente dobladas encima del montón que ya tengo en los brazos.

—Son nuevas, no las he estrenado. Quédate la que más te guste.

Me siento peor aún al oír la ternura con la que me habla. Tracy y Mark tienen buenas razones para odiarme, y Britt debería pensar igual que ellos. Pero ella es demasiado dulce para poder odiar a nadie, claro. Me muerdo la lengua para no decir que es absurdo que yo intente meter mi culo en ropa de su talla. Me obligo a sonreírle y a darle las gracias.

Luego me encierro en el baño y me meto en la ducha. El primer contacto con el agua caliente es como un remedio de acción inmediata para el entumecimiento de los músculos y la congelación de la piel. Me quedo debajo del chorro de agua caliente mucho más tiempo del que debería, teniendo en cuenta que no es mi casa ni mi agua caliente. Estoy terminando de secarme cuando oigo la voz de mi amiga al otro lado de la puerta.

—Hay un secador de pelo en el segundo cajón, Haley.

Hasta mi ropa interior está demasiado mojada para poder volver a utilizarla y tengo que aprovecharme de la bondad infinita de Britt y escoger de entre la que me ha ofrecido ella. Me sorprende que no me tape solo medio culo. Tengo que pasar la toalla por el espejo para desempañarlo y poder echarme un vistazo. No sé cuánto hace que no me miraba desnuda en uno. Pensé que Sue estaba exagerando, y mucho, cuando me acusó de haber perdido peso. Y no me gusta mi cuerpo más ahora de lo que me gustaba antes. Mi reflejo parece enfermo. Me pongo unos *leggins* grises y una camiseta ancha de algodón.

Los tres están hablando entre ellos en voz baja en el salón cuando aparezco con toda mi ropa mojada entre las manos. Niall se da prisa en venir hacia mí y encargarse del montón de prendas.

—Vamos a meter esto en la secadora, estará como nueva dentro de un rato.

—Son las once y media, los vecinos os van a matar —advierte Britt.

—Cosas peores han aguantado los vecinos.

Jayden se acerca hasta mí y me sonríe levemente.

—Oye, si tienes frío puedes coger una sudadera de mi armario, ¿vale?

—Te he preparado un vaso de leche caliente con galletas —dice Britt casi a la vez—. Estos chicos no tienen nada mucho más decente.

—Da igual. Gracias, Britt. No tengo hambre.

—Pero si estás famélica... —empieza ella, pero se calla al instante cuando Jay le dedica una mirada de advertencia.

No tengo frío, pero de repente quiero esconder mejor mi cuerpo, así que acepto el ofrecimiento de Jayden y voy a su cuarto a robarle una sudadera.

Como alguna galleta y me bebo la leche, solo para que no me juzguen por no hacerlo. Niall y Britt empiezan tímidamente a hacer preguntas sobre lo que me ha pasado y cómo estoy. Y a mí lo último que me apetece es hablar. Jayden los corta enseguida.

—¿Ponemos una peli? —propone.

Me guiña un ojo cuando lo miro agradecida.

Intento protestar cuando la película acaba y Jay me ofrece su cama y dormir él en el sofá.

—Aún tengo que terminar algunas cosas con el ordenador. Vas a molestarme más si quieres quedarte en el salón —zanja la discusión.

La secadora hace tiempo que ha terminado y yo puedo recoger mi ropa seca y doblarla a los pies de la cama, para ponérmela de nuevo cuando la necesite. Decido dormir con la ropa prestada de Britt, porque estoy mucho más cómoda.

Jayden se asoma cuando ya me estoy colando entre las sábanas.

—Estoy ahí mismo si necesitas algo, ¿vale? —se asegura de que lo tengo claro—. Buenas noches.

—Jay —lo llamo antes de que pueda cerrar la puerta y marcharse. Me mira atento, con la mano en el pomo—. Gracias por venir a por mí, y por dejar que me quede y por prestarme la cama.

—Tranquila, para eso estamos. —Me dedica una sonrisa tierna—. Duerme bien, Haley.

Le doy las buenas noches y me recuesto en el enorme colchón encontrando su inconfundible olor en la almohada. La suavidad de las sábanas, el agradable calor del edredón y el olor de Jayden me envuelven para llevarme hacia el sueño enseguida.

No habré dormido más de una hora cuando me despierto sobresaltada por unos golpes fuertes. Se repiten de nuevo, furiosos. Están llamando a la puerta principal, o quizá intentan echarla abajo. No me hace falta oírlo gritar mi nombre para saber que es él. No entiendo cómo me ha encontrado aquí. Me levanto de un salto y me cambio de ropa para volver a ponerme la mía, a toda velocidad.

—Tienes dos segundos para dar media vuelta y largarte de aquí, Styles. —Oigo la voz de Jayden proveniente de la entrada. Su tono es duro, pero mantiene el volumen admirablemente moderado para la rabia que está empapando sus palabras.

—¿Dónde está? —Es la única respuesta que obtiene a su advertencia. Y la voz ronca de Styles destila bastante más descontrol y desesperación—. ¡Haley!

Salgo del cuarto justo a la vez que Niall y Britt. Mi amiga parece desorientada y asustada ante la escena.

—¿No me has oído? —vuelve a hablar Jay—. Aquí no se te ha perdido nada.

Doblo la esquina y los veo. Daryl tiene todo el cuerpo en tensión, la mirada desquiciada y pinta de ir a prender fuego al mundo en cualquier momento. Y Jayden, de espaldas a mí, bloqueando la entrada, no se queda atrás en su lenguaje corporal.

Y entonces él me ve. Se le desencaja el gesto como si, a pesar de todo, no esperara en realidad encontrarme aquí. Porque encontrarme aquí, en casa de Jayden, es la peor traición que podría hacerle sufrir. Sus ojos grises echan chispas cuando se clavan en los míos. Por un momento tengo miedo de lo que pueda llegar a hacer.

—¿Qué cojones haces aquí? ¡Me estás vacilando, Haley! ¿Vas en serio? ¿Esto es lo que te dedicas a hacer cada vez que te largas? ¿Sabes cómo se llama a las tías que van de una cama a otra con esa facilidad? Vas a volver a casa conmigo ahora mismo.

Da un paso al frente, pero Jayden se interpone.

—Nadie se va contigo a ninguna parte.

Daryl arremete contra él agarrándolo por el cuello de la camiseta y estampa su espalda contra la pared. El golpe suena fuerte y sordo, pero Jayden no tarda en recuperarse y contraatacar con la misma rabia, arrincona a su rival contra la pared opuesta, y le oprime la garganta con el antebrazo.

—¡Vale ya!

Niall me frena, y es él quien se mete en medio y ayuda a su amigo a controlar a Styles. Lo empujan hasta hacerlo dar dos pasos atrás en el rellano de la escalera.

—Daryl, vete, por favor —suplico.

—¿De verdad te crees que puedes hacerme esto? Sabes perfectamente que no voy a marcharme de aquí sin ti.

Y sí, lo sé. Lo tengo muy claro. Y sé que si no quiero provocar una pelea de nefastas consecuencias entre ellos tengo que salir de aquí y alejarlo de esta casa. Sé que soy la única que puede evitar un desastre.

—Ha dicho que te vayas, ¿es que no oyes, gilipollas? —dice Jayden

—¡Tú cállate la puta boca! —le grita Styles a la cara.

—Britt, llama a la policía —pide Niall, sin apartarse de la puerta tampoco.

Me asusta mucho más esa posibilidad que cualquier otra cosa que pueda pasar esta noche. Solo hace un par de semanas que lo detuvieron, y estoy segura de que no era la primera vez que pasaba una noche en el calabozo. No puedo dejar que la policía se lo lleve otra vez, acabará metiéndose en un lío aún mayor si sigue sumando antecedentes.

—¡No! —exclamo—. No llames a nadie, Britt. No hace falta. No pasa nada.

Los tres empiezan a decir algo a la vez, pero no les hago

caso. Me centro en sostener la mirada de Daryl, cuyos ojos brillan inseguros y expectantes.

—Haley, deberías volver dentro —oigo decir a Britt a mi espalda, en un hilo de voz, cuando doy un paso hacia la salida.

—¿Vas a dejar de comportarte como un loco si me voy contigo? —pregunto.

Hace una inclinación de cabeza, que supongo que debo tomar como un «sí».

Jayden se gira al instante para quedar de frente a mí, alarmado, y se interpone en mi camino y me mira como si pensara que me he dado un golpe en la cabeza y he empezado a delirar.

—No voy a dejar que hagas esto, Haley.

Subo la mirada para enfrentarme a sus ojos, y levanto la barbilla con aire desafiante.

—No es tu decisión.

Me sostiene la mirada un poco más. Veo cómo duda. Y también veo que le encantaría poder cargarme sobre su hombro, meterme en casa a la fuerza, y encerrarme bajo unos cuantos candados y tras varias puertas blindadas para asegurarse de que Styles no pueda llegar hasta mí. Pero sabe que no puede hacerlo. Aparta la vista y da un paso a un lado, lo que deja un pasillo entre su cuerpo y el de Niall que me proporciona el hueco suficiente para llegar hasta donde está Daryl. Todo en Jayden emana una inconfundible sensación de impotencia. Tanta impotencia que duele.

Daryl me coge la mano en cuanto estoy a su alcance y tira de mí bruscamente, arrastrándome con él hacia las escaleras. Oigo tras nosotros las voces de quienes me han dado cobijo esta noche, pero ya no escucho nada de lo que dicen.

No me suelta hasta que estamos delante del Camaro, aparcado de cualquier manera a la entrada del bloque de pisos.

—Sube al coche —masculla, cabreado.

—No me hables así, como si pudieras darme órdenes —advierto en el mismo tono rudo.

—¡Sube al puto coche, Haley, joder!

Abro la puerta y ocupo el asiento del copiloto. Cierro de un sonoro portazo. Él se monta enseguida a mi lado. Nos quedamos quietos y en silencio por unos pocos segundos. Luego golpea el volante con las manos, varias veces, con tanta fuerza que me sobresalta.

—¡Me cago en la puta! —grita.

Me encojo hacia el lado de la puerta y me llevo las manos a los oídos, como acto reflejo. Él ni siquiera me mira. Está muy nervioso y temblando de rabia cuando pone el coche en marcha y conduce, sin ponerse el cinturón de seguridad.

Se desvía del camino a casa para parar en el aparcamiento desierto de un centro comercial. Vuelve a golpear el volante, rabioso, en cuanto para el motor. Luego se golpea la cabeza contra él. Estiro el brazo para intentar interponer mi mano y evitar que siga haciéndose daño, pero no llego a tocarlo porque me arrepiento antes. Me doy cuenta enseguida de que ha roto a llorar.

—Me juraste que no ibas a volver a ver a ese hijo de puta.

Aprieto los dientes y los puños.

—¿Quieres que hagamos una lista de las cosas que has jurado tú y no has cumplido?

Levanta la cabeza para mirarme. Parece sorprendido por mi respuesta.

—Esto es mucho peor.

—¡Y una mierda! Si me he ido a casa de Jayden es porque no me has dejado otra opción. ¿Es que ya no te acuerdas de lo que ha pasado esta noche? ¿O de lo de la semana pasada? ¿O de la anterior? Yo quería quedarme a tu lado, Daryl, y habría dado cualquier cosa por ti. Habría hecho cualquier cosa que me pidieras. Pero no paras de alejarme todo el tiempo. Tienes que resolver tus problemas, porque yo no voy a seguir aguantando esto.

—¡No vuelvas a echarme la culpa a mí! Yo te he dejado entrar, Haley, te he enseñado todo de mí, y tú has utilizado eso para poder darme donde más duele. Tenemos una pelea estúpida y lo primero que haces es ir corriendo a follarte al puto Sparks.

Me suelto el cinturón con movimientos bruscos.

—¡Yo no me he follado a nadie! —grito también—. Estás mal de la cabeza y estoy harta de siempre sentirme culpable por todo lo que tú haces. Yo he intentado quererte lo mejor que sé. Nunca he buscado hacerte daño. No soy perfecta, pero eso no significa que puedas castigarme por cada pequeña cosa que no te gusta.

—¿Llamas pequeña cosa a buscar al tío con el que sabes que no soporto verte y meterte en su cama?

Lanzo un gruñido de frustración y tiro de la manilla. Me sujeta firmemente por la muñeca antes de que pueda llegar a abrir la puerta.

—No. Tú no te vas a ningún lado. Te estás olvidando de cómo somos, nena. Tú y yo. No voy a perderte, ¿me oyes? No vas a volver a ver nunca a ese capullo. Nunca. Ódiame y grita y patalea todo lo que quieras. Pero tienes que quedarte conmigo. Tiene que ser así de intenso. Tiene que doler para que merezca la pena.

—No tiene que doler tanto —rebato a media voz—. Me estás ahogando, Daryl.

Enreda una mano en mi pelo y me acerca para apoyar la frente sobre la mía, con la respiración agitada.

—Eres lo único que tengo. Y no me importa que me odies o me quieras mientras sientas cosas solo por mí y te quedes a mi lado.

—Pues estás de enhorabuena porque ahora mismo te odio mucho.

Pone una mano en mi cuello, que aprieta ligeramente, mientras la otra me sujeta firmemente el pelo.

—Dímelo más alto —pide, con los labios a escasos milímetros de los míos.

Me arden las mejillas y noto el calor que emana de mi cuerpo, como si estuviera a punto de entrar en erupción. Le pego con las manos abiertas, con fuerza, sin preocuparme de si los golpes caen en sus brazos, su torso o su cara.

—¡Te odio! —le grito.

Choca sus labios con los míos, brusco, ansioso y exigente. Y mi cuerpo se enciende en una cascada que arrasa con todo. Mi mente se colapsa. Ya no sé ni quién soy. Una parte muy primitiva de mí tiene todo el control y funde todo lo demás. Enredo las manos en su pelo y tiro de sus mechones sin cuidado. Le muerdo el labio hasta saborear su sangre. Él engancha los brazos a mi cintura y me acerca más. Los dos jadeamos y gruñimos sin decir nada con sentido. Me suelta el botón de los pantalones y me baja la cinturilla de un tirón para colar la mano en mi ropa interior. Su pulgar acaricia mi tatuaje y con la otra mano vuelve a tirarme del pelo y me obliga a bajar la cabeza y mirar. Ver su brazalete y adivinar su mano perdiéndose en mi parte más íntima me excita y me avergüenza a partes iguales.

—Mira esto. —Señala el tatuaje que me marca como algo de su propiedad—. ¿Lo ves? Mía, nena. Eres mía.

Vuelve a besarme y entierra más la mano entre mis piernas hasta poder tocarme de la manera en que sabe que puede volverme loca. Me corro en menos de un minuto.

—Voy a llevarte a casa —dice.

No contesto.

No sé muy bien cómo hemos acabado en su casa, en su

cama, después de todo lo que ha pasado esta noche. Es como si no pudiéramos hacer otra cosa que acabar enganchados el uno al otro, una y otra vez. Como si no pudiéramos decidir. Como si el destino tuviera sus propios planes. Siento que no tengo el control de mí misma. Que solo puedo dejarme arrastrar con la corriente. Volver a él es la única posibilidad. Daryl es el lugar hacia el que todo mi mundo confluye. Es inevitable.

Me folla duro y rápido, desahogando todas sus frustraciones con cada golpe de cadera. Hay algún momento en que me hace daño, pero no me quejo. Sale de mí antes de que yo alcance el orgasmo y se pone de pie a mi lado. Se masturba hasta eyacular sobre mi pecho y mi abdomen. Estira la mano para extender el semen por mi piel, cubriendo los pechos. Marcándome.

—No puedes ser de nadie más —murmura.

Me pasa la mano por la cara antes de salir del cuarto, creo que para ir al baño.

Me quedo ahí tendida, quieta y en silencio. Humillada. Ese sentimiento me invade por completo hasta cerrarme la garganta con un nudo apretado. Pero yo lo he besado con rabia en su coche. Yo he dejado que me follara con los dedos y me ha gustado. Y yo me he quitado la ropa y me he abierto de piernas para él en su cama. Estaba cabreado, justo igual que yo, y correrse ahora sobre mí para demostrar algo y marcarme de esta manera es lo que le hace sentir que tiene el control. Me siento pequeña e indefensa. Pero sabía perfectamente cómo es el sexo cuando está tan enfadado. Así que es mi culpa; no puedo hacerme la indignada ahora. No puedo echarle en cara nada; no puedo volver a joderlo todo por una tontería como esta.

Me muevo para alcanzar su camiseta del suelo y limpiarme con ella. Luego me cuelo bajo las sábanas y me acurruco hecha un ovillo. Daryl vuelve enseguida, pero no dice nada y ni siquiera me mira. Se acuesta en su lado, sin tocarme, y no tardo mucho en oír cómo su respiración se hace más profunda, revelando que se ha quedado dormido.

Me quedo aquí, con los ojos abiertos y la vista perdida en la penumbra de la habitación. Estoy así hasta que sale el sol y la claridad va ganando terreno a las sombras. Entonces me levanto y me visto en silencio.

Cojo las llaves del coche y me voy.

42

Espero en el aparcamiento hasta que veo a Tracy salir para ir a clase. Solo entonces me atrevo a subir. Me doy una ducha y me meto en la cama. Duermo un sueño ligero e intermitente en el que no descanso.

Mi compañera de cuarto no viene a la hora de comer. Para mí es solo una hora más. No tengo hambre. Me visto y me peino solo porque me obligo a hacerlo.

A primera hora de la tarde suenan los golpes suaves de unos nudillos contra la puerta. Está otra vez aquí. Y sé que no abrirle es inútil. Así que abro.

—¿Por qué no dejas de irte? —pregunta, con los hombros caídos y la mirada atormentada.

—¿Por qué no dejas que me vaya?

Da un paso al frente y me hace retroceder para poder colarse en el cuarto y cerrar la puerta.

—No quieres irte.

Lo dice tan convencido que lo creo. Me parece que es verdad. No paro de correr en círculos, volviendo al punto de partida. Y verlo desolado por mi manera de actuar me machaca el corazón.

—Ya no sé lo que quiero.

Se acerca más y me rodea la cintura con los brazos para acercarme a él. Me besa el pelo, tierno. Y yo cierro los ojos y me imagino que todo está bien, que estamos en la playa de Santa Bárbara y que los dos somos siempre igual de felices que entonces.

—Te quiero —dice.

Me separo de su pecho para alzar la vista y mirar sus ojos y pongo las manos en sus hombros. Sus ojos recorren mis facciones y parece algo ansioso, como si no pudiera esperar ni un segundo más para escucharme decir lo mismo.

—Necesito que esto cambie —suplico—. Necesito que quieras estar bien y que esto funcione.

Asiente con la cabeza varias veces. Cierra los ojos cuando acaricio su ceja y su frente, como si llevara años necesitando una caricia como esta.

—Voy a arreglarlo, Haley. Te lo prometo. Por favor, confía en mí. Dame tiempo para demostrártelo. Déjame compensarte por toda la mierda que te he hecho pasar.

Se me escapan las primeras lágrimas silenciosas, mientras me siento al mismo tiempo esperanzada, abrumada y confusa. Esto me supera.

—Necesito espacio. No puedo con más drama del nuestro ahora. Dame unos días.

—Sí —concede al instante.

Pero no se va. Pone una mano bajo mi barbilla y me levanta la cara hacia él para poder besarme. Mi cuerpo responde mientras mi mente sigue envuelta en una nebulosa cegadora. Avanza llevándome hasta el borde del escritorio y me atrapa contra él.

—Espera. Daryl, para.

Me mira, pero sus manos siguen. Se cuelan bajo la ropa y acarician la piel. Lo empujo para alejarlo de mí cuando me quita la camiseta, e intento taparme de nuevo.

—No. Para. No quiero hacer esto ahora.

—Vale. —Da un paso atrás—. Perdona.

Y entonces los dos oímos cómo llaman a la puerta. Nos miramos a los ojos. Su mirada pregunta quién demonios viene a verme, y la mía le responde que no tengo ni idea.

—No abras.

No quiero ver a nadie, así que no me parece tan mala idea.

Vuelven a llamar. Insistentemente. Pero no hago caso.

—¿Haley?

Es mi padre.

¿Qué hace mi padre aquí?

Miro a Daryl y lo empujo apartándolo de mí, alarmada.

—Es mi padre —susurro.

—Pues que lo jodan.

Me lo quito de encima y miro alrededor pensando qué puedo hacer ahora. Tengo que ponerme una camiseta, eso para empezar.

—Tienes que esconderte en algún sitio. —Trato de empujarlo hacia el baño.

—De eso nada. No vas a abrir.

Me atrapa contra la pared y vuelvo a empujarlo. Se lo toma como un juego, pero a mí no me hace gracia. Nos movemos peleando por la habitación, hasta que chocamos con la mesa y tiramos todo lo que hay encima, con un ruido de lo más estridente e inoportuno. Me he golpeado el costado y estoy viendo las malditas estrellas.

—¿Estás bien? Espera, déjame ver —se preocupa Daryl.

—¡Haley! ¡Haley, abre la puerta!

Mi padre está gritando en el pasillo y vuelve a golpear la madera. Intento apartarme de Daryl para ponerme algo de ropa y abrir, pero él me retiene mientras examina el lugar donde me he golpeado.

—Espera —pide en un murmullo.

—¡Suéltame!

No me ha dado tiempo a librarme de sus manos cuando un ruido fuerte nos sobresalta a los dos. No me lo puedo creer. Mi padre acaba de abrir la puerta de un empujón. Nos miramos a la cara por un momento. Y me imagino lo que tiene que parecer esto: yo en sujetador, mis mejillas aún mojadas por las lágrimas, Daryl con las manos en mi cintura y todo el maldito ruido que hemos hecho.

No dice nada. No hace falta. Con sus acciones ya vale, la verdad. Da dos zancadas furiosas, cruzando todo el cuarto, y coge a Daryl por la parte trasera de la camiseta y lo aparta de mí de un solo tirón, interponiendo su cuerpo entre los nuestros.

—¡Eh! —protesta mi chico.

Se encara con él, y yo le suplico con la mirada que no monte una escena ahora. No puede buscar pelea también con mi padre. Pero no me mira, así que no se entera de que le estoy pidiendo calma.

Mi padre sí que no está calmado. Da un paso hacia Styles, amenazante, y si yo fuera él y viera a Cameron Parker midiéndose conmigo así, me cagaría de miedo.

—¡Sal de aquí! —ruge.

Pega un portazo cuando consigue sacarlo al pasillo. Me sorprende que la puerta aún sea capaz de permanecer cerrada. Ha saltado parte de la madera justo en la zona del picaporte.

—Papá, no...

—¿Estás bien? —Recorre mis facciones con la mirada una y otra vez como si así pudiera asegurarse de que sigo de una pieza.

Coge una sudadera del armario y me la tiende antes de que me dé tiempo a contestar. Me la pongo en silencio y luego me limpio bien las mejillas, para presentar mejor aspecto, si es que sirve de algo ya.

—Papá, ¿qué haces aquí?

Lanza un gruñido. Está muy cabreado.

—Que qué hago aquí —masculla—. Coge tus cosas. Te vienes a casa conmigo.

Frunzo el ceño y luego niego con la cabeza vehementemente.

—¿Qué? No. No voy a casa. ¿Qué dices? ¿Por qué? No pienso moverme de aquí.

—Muy bien. Pues no cojas tus cosas. —Pierde la paciencia enseguida, y coge mi bolso, como si eso fuera todo lo que voy a necesitar—. Venga. Nos vamos.

—¡Que no me voy!

Me lanza una mirada de advertencia que me cierra la boca enseguida. Señala la puerta con un dedo, para indicarme que quiere verme caminar delante de él.

—No me toques los cojones, Haley. Andando.

Me sorprende mucho oírlo soltar eso. Papá casi nunca habla así delante de nosotros. Solo por eso ya sé que está más cabreado de lo que lo he visto en mucho tiempo. No me parece justo para nada. Y, desde luego, no me parece que esté siendo racional. ¿Cómo puede presentarse aquí así, hecho un basilisco, y darme órdenes sin ni una sola explicación? No tengo muchas opciones aparte de obedecer, sinceramente, pero le dejo bien claro con mi actitud y mi lenguaje corporal que yo también estoy cabreada.

Nada más salir al pasillo veo a Tracy. Pone cara de susto cuando ve que está aquí mi padre.

—¿Cómo estás, Tracy? —saluda mi padre, mucho más agradable con ella que conmigo—. Si la puerta te da problemas y tienen que venir los de mantenimiento diles que me lo cobren a mí, ¿de acuerdo?

La oigo murmurar algo, pero no entiendo lo que dice.

Styles está en el aparcamiento, fumando un cigarrillo apoyado sobre la chapa de su coche. Se yergue al verme, pero no se mueve. El coche de mi padre está frente a la escalinata y él me adelanta y me abre la puerta del copiloto, como si tuviera que asegurarse de que voy a meterme dentro. Lo hago y estoy a punto de cerrar de un portazo cuando él lo hace por mí. Se monta tras el volante y tira mi bolso al asiento de atrás.

—Ponte el cinturón —gruñe.

Lo hago cuando ya está incorporándose a la carretera.

Circulamos los dos callados y enfadados hasta que entramos en la interestatal y Los Ángeles va quedando atrás.

—Espero que le hayas dicho todo lo que tuvieras que decirle a ese macarra porque no vas a volver a verlo.

—¿Qué? ¿Estás de coña?

—No. Claro que no estoy «de coña» —repite mi expresión, irritado.

—¿Por qué has venido?

—¿Qué se supone que tenía que hacer? ¿Qué tengo que hacer si tiene que llamarme Jayden para decirme que estás saliendo con un hijo de puta y has perdido totalmente el control?

Voy a matar a Jayden. O mejor: nunca más voy a volver a hablarle a Jayden. No me puedo creer que haya hecho esto. No puedo creer que le haya ido con el cuento a mi padre como un chivato.

—¿Qué te ha hecho ese malnacido? ¿Te ha puesto la mano encima?

—¡Pues claro que no! —salto como un resorte.

Esto demuestra que no tienen ni idea de lo que pasa entre nosotros en realidad. Esto me deja claro, si no lo tenía ya lo suficiente, que no conocen a Daryl ni un poco.

—Si intenta volver a ponerse en contacto contigo puedes decirle de mi parte que, si me entero de que vuelve a acercarse a menos de cien metros de ti, voy a partirle un par de huesos.

—¡Papá! —grito, exasperada—. ¡Estás siendo un capullo!

—¿Yo soy un capullo? —repite incrédulo.

—¡Pues sí! —sigo sin relajar el tono—. E irracional. Vienes aquí y me obligas a montarme en el coche para volver a casa contigo como si tuviera cinco años, pero, ¿sabes qué?, ¡ya no los tengo! Lo siento si no te has dado cuenta, pero ya no soy una cría. Y, en vez de preguntar antes de actuar, has aparecido como un pirado a sacarme a rastras de la residencia. Te crees cualquier cosa que te diga Jayden y ni siquiera te has interesado por mi versión.

Vuelve a gruñir, pero no aparta la vista de la carretera.

—Ya me sé tu versión. Tu versión es que has suspendido la mitad de las asignaturas del semestre y no sabes bien qué ha pasado. Tu versión es que te ibas de acampada, al cine, a una fiesta o a un concierto con tus amigos, cuando Jayden me ha dicho que hace meses que ni te hablas con ellos. ¡Meses, Haley! ¿En qué demonios estás pensando?

Estoy a punto de gritar que no estoy pensando. Menos mal que me muerdo la lengua a tiempo. Porque es verdad: no estoy pensando. Lo que siento por Daryl no me permite hacerlo más de la mitad del tiempo. Pero sé que eso solo va a servir para dar más la razón a mi padre, así que me callo.

El silencio se impone entre los dos. Papá toca un icono de la pantalla del coche.

—Llama a Ashley —dice alto y claro.

—*Llamando a Ashley* —responde el vehículo.

Pierdo la vista por la ventanilla mientras oigo los tonos a través de los altavoces.

—Cariño —responde mamá. Suena intranquila—. ¿Dónde estás? ¿La has encontrado?

—La tengo aquí. Acabamos de coger la interestatal.

—¿Cómo está? ¿Está bien?

—Pregúntaselo tú misma.

Cojo aire. No quiero que mamá me eche la charla por teléfono también.

—Haley —me llama.

—Estoy bien, mamá —gruño—. Aunque estaría bastante mejor si tu marido no fuera un bruto y un dictador.

—Ya. Hablamos cuando estés en casa —decide al notar que no estoy del mejor humor.

—Lo estoy deseando —suelto, irónica.

Los oigo despedirse, con la frente apoyada contra la ventanilla. Mamá insiste mucho en que tenemos que parar para que papá coma algo, pero no tengo muy claro si él va a hacerle caso.

Me siento culpable cuando pienso que papá ha conducido cinco horas para venir a Los Ángeles a buscarme y ni siquiera ha comido. Me imagino que después de esa maldita llamada de Jayden habrá venido tan rápido como ha podido sin hacer ni una parada. Tengo el móvil apagado desde anoche. Pero la mala conciencia se me pasa enseguida cuando me acuerdo de cómo ha tratado a Daryl y cómo me ha tratado a mí.

—¿Vas a secuestrarme mucho tiempo? ¿O crees que podré volver a Los Ángeles a tiempo para los próximos exámenes?

—Esto no es una maldita broma, Haley —advierte.

Si tiene que utilizar tanto mi nombre, y con ese tono duro en que lo está haciendo, es que sigue muy cabreado. Normalmente siempre me llama *pequeña* y hoy no lo ha hecho ni una sola vez. Pero mejor. Porque tiene que empezar a darse cuenta de que ya no soy pequeña.

—No me digas, no me había dado cuenta —digo entre dientes.

—Y no vas a volver a Los Ángeles hasta que entres en razón. Y, aun en ese caso, ya veremos.

—¡En razón! A lo mejor sois vosotros los que tenéis que entrar en razón. Llevarme a casa a la fuerza no va a servir de nada. ¿Qué vas a hacer? ¿Me vas a encerrar en una torre? ¿Me vas a recluir en un convento? Tengo dieciocho años, ya no soy una niña y no podéis decidir por mí. No puedes darme órdenes ni prohibirme cosas como si fuera un bebé.

—¿Que no? —acepta el reto—. Mira como sí: te prohíbo que vuelvas a ver a ese chico. ¿Qué te ha parecido? ¿He podido o no?

—Ni siquiera lo conoces. No sabes nada de él. Y parece que tampoco me conoces a mí. Haré lo que me dé la gana —me envalentono.

—¡Ya vale! —grita—. Quiero que cierres la boca hasta que lleguemos a casa. ¿Te ha quedado suficientemente claro?

Suelto un chillido frustrado, me cruzo de brazos y me giro en el asiento todo lo que me permite el cinturón de seguridad, para poder darle la espalda.

Sí, voy a cerrar la boca hasta que lleguemos a casa. Y una vez allí pienso seguir igual. No voy a volver a hablarle a mi padre nunca más.

Para cuando llegamos llevo horas manteniendo esa promesa que me he hecho a mí misma. Incluso cuando hemos parado para repostar, ir al baño y que papá comiera algo me he mantenido con la boca cerrada y el ceño fruncido y con cara de cabreada. Ahora ya estamos en la entrada del garaje en Oakland y yo me bajo del coche de un salto, mientras estamos parados esperando a que se abra la puerta. Recupero el bolso del asiento trasero y, cuando levanto la vista, veo a mamá parada en el porche, con los brazos cruzados y mirándome muy seria.

Mi padre se baja también.

—Haley —dice a mi espalda.

Lo ignoro como si no lo hubiera oído.

Ron acude corriendo a saludarme y mueve la cola alegremente, dándome toques continuos con el hocico, pero ni para eso estoy de humor. Lo único que quiero hacer es encerrarme en mi cuarto dando un portazo que haga temblar los cimientos de la casa.

—Veo que no vienes de muy buen humor —observa mi madre con una ceja alzada—. ¿Se puede saber qué pasa? ¿Vas a contarnos por lo que estás pasando últimamente?

Avanzo por su lado sin ni siquiera mirarla.

—No tengo nada que deciros a ninguno de los dos.

—¿Te crees que estás en posición de venir aquí haciéndote la chulita?

No respondo. Veo a Liam en la puerta del salón, mirándome. Tiene cara de estar preocupado. Y de no saber qué hacer, eso también.

—Eh —dice en un tono bastante conciliador.

Pero no contesto. Voy directa a mi habitación.

—¡Haley, te estoy hablando! —grita mamá.

Me meto en mi cuarto sin pronunciar ni una sola palabra más.

Y doy un portazo que lo dice todo por mí.

43

Me he pasado las últimas veinticuatro horas encerrada en mi cuarto, durmiendo casi todo el tiempo. La verdad es que estaba agotada. Sobre todo, emocionalmente.

Mi madre ha venido a mediodía para preguntarme si no quería comer nada. Le he gruñido y me ha dejado tranquila otra vez. Y ahora es casi la hora de cenar, pero aún nadie ha venido a decirme que no puedo quedarme encerrada para siempre.

Oigo unos toques suaves en la puerta. Seguro que es mamá que viene a insistir en que saque mi culo de aquí y me alimente.

—¡Déjame!

La puerta se abre igualmente. Sin embargo, no es mi madre la que espera al otro lado. Mi hermano pasa detrás de *Ron* que se le adelanta por mucho y me lame la mano buscando mimos.

—Así que «déjame» es el nuevo «pasa» en jerga angelina. No hay quién entienda a los sureños —bromea, con una sonrisa burlona—. Este perro lleva todo el día olisqueando tu puerta y tumbándose a mirarla con cara de depresivo. Y mamá dice que tienes que comer algo.

Levanta la mano para que pueda ver el plato que trae. Cierra la puerta a su espalda y se acerca para dejarlo sobre el escritorio. Luego se sienta a los pies de mi cama sin pedir permiso.

—Vaya familia de dramáticos.

Lo veo sonreír en respuesta. Pero enseguida se queda serio otra vez.

—¿Estás bien?

Asiento con la cabeza, a pesar de no estar del todo segura de que sea verdad.

—Están exagerando las cosas. Y papá es un bárbaro estrecho de miras, no me extraña que fuera un gran jugador de fútbol —mascullo molesta.

Mi hermano hace una mueca, como si le hiciera gracia pero le pareciera políticamente incorrecta mi crítica hacia el fútbol americano en general.

—Yo no creo que estén exagerando. Estás distinta, Haley. Mira ese bracito de palo, parece que te vayas a romper en cualquier momento. Y odias a papá. Además, hace ya tiempo que siempre tienes un mal día, o cualquier excusa absurda para no estar como siempre cuando hablas por teléfono, o para colgar cuanto antes. No estás bien. Y ningún tío se merece que no priorices estar bien, por muy enamorada que estés.

Aparto la mirada y aprieto los labios. No quiero pensar que tiene razón, aunque una parte de mí encuentra sentido en lo que dice. Pero eso significaría que he invertido mucho tiempo, esfuerzo y una parte importantísima de mí en algo que no merece la pena. Que me lo he jugado todo por solo un pequeño montón de humo y castillos en el aire. Y no quiero ser esa chica estúpida que se perdió por un chico, por algo que ni siquiera era amor.

—Cállate si no sabes ni la mitad de la historia.

—Cuéntamela. Tengo un montón de tiempo y bastante curiosidad.

—Es sábado por la noche. Tú sí que estás distinto si hoy no tienes nada que hacer.

Se encoge de hombros.

—Había quedado con Rachel. Pero le he dicho que estabas en casa y me quedaba aquí hoy, y ella ha tardado como dos segundos en tener una fiesta a la que ir.

No parece que le moleste que su novia desde hace tres meses vaya de fiesta sin él.

—¿Y no te preocupa que haya algún chico guapo?

Alza una ceja y dibuja su mejor sonrisa canalla.

—Haley, Haley, Haley, ¿tú crees que hay un solo chico más guapo que tu hermano en todo el condado? —Suelta una carcajada bajita cuando hago una mueca—. Ninguno está a su altura, por eso hacemos tan buena pareja.

—Eres un engreído. ¿Tienes alguna foto suya por ahí?

Saca el móvil del bolsillo.

—Me ha mandado esta hace un rato.

Es una *selfie* en el espejo. Lleva un vestido rojo bastante corto, tacones y el maquillaje perfecto.

—Está guapa, ¿eh? —la piropea.

Sonrío de medio lado. Está pillado por esta chica. Pulso el botón de retroceso para dejarle la pantalla principal, y lo que veo es la conversación posterior. Intento no cotillear, pero puedo ver los emoticonos que ha mandado mi hermano: un corazón enorme, un poco de fuego y unas cuantas caras babeantes. Luego ha dicho «estás increíble» y «pásalo bien en la fiesta». Me estruja el corazón. ¿Por qué Daryl no puede ser así conmigo?

—Deberías haber ido con ella. Yo no tengo muchas ganas de hablar.

Se encoge de hombros. No insiste. Pero antes de marcharse y dejarme sola me mira a los ojos y se pone serio.

—Si te entran las ganas en cualquier momento, ¿te acordarás de que estoy en el cuarto de al lado?

No sabía el hambre que tenía hasta que he probado el primer bocado del plato que mi hermano ha dejado aquí para mí. Es una de mis recetas favoritas. Echaba de menos la comida de papá, aunque ahora esté tan cabreada con él que no vaya a admitirlo en voz alta. Y sé que él también sigue cabreado, pero, aun así, ha preparado algo que sabe que me encanta para cenar.

—Hola —saluda mi madre, prudente, al entrar en mi cuarto—. Creo que es hora de que hablemos, ¿no?

Me encojo de hombros, indiferente, y me doy una vuelta completa en la silla de estudio, donde llevo un rato acomodada. Se sienta a los pies de la cama, pasando por encima de *Ron* que está tumbado en la alfombra. Es domingo y los chicos se han ido a ver un partido. Estamos solas.

—Tú dirás.

—¿Por qué has dejado de comer? —Es su primera pregunta, y no me esperaba que este fuera a ser el tema.

—No he dejado de comer.

—Entonces vamos al médico mañana a que te haga unas analíticas, porque has perdido demasiado peso desde Navidad para que sea normal.

—Mamá, estoy bien —suspiro—. No necesito ir al médico.

—No, no estás bien —contradice en un tono mucho más preocupado que el mío—. ¿Qué pasó el viernes cuando tu padre fue a buscarte? ¿Quieres explicarme la situación en la que te encontró?

—Tu marido es un neandertal.

—Según lo que me contó, no era precisamente él el que estaba actuando como un neandertal.

Escondo la mirada.

—No era lo que parecía.

—¿Y qué parecía?

No contesto. Total, ¿para qué? No se van a creer nada de lo que diga.

—Jayden ha llamado a tu padre unas doscientas veces para saber cómo estás. —La miro con cara de pocos amigos—. No tiene ni una sola cosa buena que decir de tu novio y, por lo que parece, ninguno de tus amigos piensa distinto a como lo hace él. Haley, entiendo lo que es tener dieciocho años y enamorarte como nunca antes. Pero no es ahí donde tienes que estar si amar te hace más mal que bien. Te prometo que no tiene que doler tanto.

—Jayden no sabe nada así que haría mejor en cerrar su bocaza —mascullo, irritada—. Ni siquiera lo conocéis. Y Daryl no es fácil, pero es muy distinto a como se cree todo el mundo. Él no me hace daño a propósito. Tiene algunos problemas, como todo el maldito mundo, pero no por eso hay que crucificarlo, ¿o sí?

Mamá me está mirando como si tuviera que hacer un esfuerzo enorme para intentar entenderme. Pero es que me da igual que lo entienda o no. No necesito que me psicoanalice nadie.

—Probablemente un león tampoco te hará daño a propósito, pero no te metes en una jaula con él, Haley.

—Déjalo. Tú tampoco lo quieres entender.

—En eso te equivocas. Explícamelo. Quiero saber lo que sientes tú.

Vuelvo a girarme bruscamente para enfrentarme a su mirada.

—Siento que no me entendéis ni intentáis entenderme. Ni siquiera nadie se molesta en preguntar —exploto—. Papá no me dio ni opción a réplica antes de obligarme a meterme en el coche y traerme hasta aquí. Mamá, mi novio no es perfecto y yo tampoco. Y cada uno tenemos nuestras cosas, pero no voy a dejarlo tirado porque sus cosas sean un poco más oscuras que las mías, ¿no? ¿Qué se supone que hay que hacer si alguien a quien quieres se está quemando? ¿Te largas de ahí y lo dejas arder? Eso es lo que todo el mundo espera que haga yo y no es justo.

—Claro que no —me sorprende mamá—. Si quieres a alguien haces todo lo que está en tu mano por ayudarlo. Pero no puedes hacerlo todo tú. Y si alguien se está quemando no te metes en el fuego sin un equipo de protección, Haley. Tienes que llamar a los bomberos para no acabar ardiendo los dos. ¿Entiendes eso?

Lo peor de todo es que lo entiendo. Pero hasta hace poco no me he dado cuenta de que Daryl necesitaba a los bomberos. Pensaba que podía yo. Me creí eso que me dijo de que era la única capaz de aplacar sus demonios.

—¿Y tú entiendes que no podéis retenerme aquí eternamente?

Niega con la cabeza.

—Estás en casa, no en la cárcel. Y somos tus padres y necesitamos asegurarnos de que estás bien antes de dejarte marchar. Tienes que recuperarte un poco, estás hecha polvo, cariño.

—Estoy bien —insisto, a la defensiva.

—Necesitas darte unos días para recuperar fuerzas. Luego tal vez veas las cosas diferentes.

Así que es eso. Mamá está intentando hacerme creer que está de mi lado, pero en realidad está esperando a que cambie de idea, igual que todos los demás.

—Sé que os jode, pero tengo las cosas bastante claras.

—¿Sí? Pues si tan claro lo tienes, deja de pelear con el mundo. Muy pocas veces es cierto eso de que todo está en tu contra, ¿sabes? Suele ser más bien que tú eres la que está en contra de todo. Y sé que estás muy enfadada con tu padre, pero él ha actuado así porque te quiere y porque quiere protegerte y cuidarte y asegurarse de que estás bien y nadie te hace daño. Vas a tener que hablar con él tarde o temprano, ¿sabes?

Endurezco mi expresión otra vez, para que algo quede claro en todo este asunto:

—Nunca pienso volver a hablar con ese señor. Todo esto es injusto, a mí me echáis la charla, pero parece que la relación de Liam no os molesta tanto.

Dibuja media sonrisa de suficiencia.

—A lo mejor te resulta difícil ver las diferencias que hay entre la relación de tu hermano y la tuya. Tranquila, yo te lo explico si quieres: a Liam esa relación le suma cosas a su vida en vez de restarlas. Sale con Rachel, pero sigue saliendo con sus amigos, sigue estudiando, sigue jugando al béisbol. Dime, ¿qué sigues haciendo tú en tu vida aparte de estar con un chico que no te merece?

Intento buscar algo realmente bueno con lo que contestar a eso, pero no lo encuentro. Hay muchas cosas que ya no hago, es verdad. No estudio. No salgo con mis amigos. No tengo amigos, en realidad.

—Es que no sabéis nada de lo que hay entre Daryl y yo. No lo entienden y no lo van a entender.

—Cuéntamelo. Empieza por el principio.

Niego con la cabeza y hago una mueca de desesperación.

—Mamá, no espero que lo entendáis o que estéis de acuerdo, pero vais a tener que aceptar que lo quiero. Lo quiero de verdad.

—No dudo de que lo quieras, cariño. Estoy segura de que es así. Pero no puedes querer tantísimo a alguien que te olvides de quererte a ti. Y dirás que es amor y puede que sea verdad, pero no debería ser así. Eso nunca acaba bien.

—Daryl también me quiere. De eso no tengo ninguna duda. Me quiere. Claro que sí. A su manera. Todo lo que puede querer. O todo lo que sabe querer. ¿O es que el amor solo vale si es de la manera en que alguien ha decidido que debería ser? Cada uno tiene su forma de amar. Y no puedes exigir a alguien que te quiera más cuando lo hace con todo su corazón de la mejor manera que sabe.

—Ya. La cuestión es que hay que quererse bien además de quererse mucho, Haley.

Una hora después, Liam y mi padre vuelven a casa. Luego oigo a mis padres discutiendo en su habitación. Y discuten tanto y tan alto que se los escucha desde la mía incluso con las puertas cerradas. No entiendo lo que dicen, pero no tengo ninguna duda de que no es bonito. Y tampoco de que el principal punto de discordia entre los dos soy yo. Me siento culpable. No es que mis padres nunca se hayan peleado en los dieciocho años que hace que convivo con ellos, pero creo que nunca los había oído así.

Suenan unos toques rápidos en mi puerta y luego Liam entra sin esperar a que le dé permiso. Seguramente porque se imagina que iba a decirle que se largue, como he hecho todas las veces anteriores. Cierra la puerta, apoya la espalda en ella y me mira con expresión grave.

—Ya está bien, Haley. Tienes que dejar de comportarte así —advierte, como si se creyera que es él el hermano mayor y puede darme lecciones.

—Así ¿cómo?

—¿Es que te parece normal lo que está pasando? ¿De verdad no ves que no tienes razón al hacerte tanto la ofendida? ¿Es que no oyes a mamá y a papá discutiendo todo el día por tu culpa?

Aparto la mirada. Sí, claro que los oigo. Hay veces en que es difícil no hacerlo. Y esto debe de estar afectándoles muchísimo porque, aunque hayan discutido otras veces antes, siempre han procurado asegurarse de que nosotros no los oíamos.

—Eso no es problema mío. No tienen que discutir en absoluto porque lo que yo haga o no haga es cosa mía. No es su decisión.

Liam niega con la cabeza.

—Pues me parece que sí que necesitas que alguien decida por ti. Porque tú sola tomas decisiones de mierda.

—Que te den —digo entre dientes—. Lárgate de mi cuarto.

—Espabila de una vez. Mira quién se está preocupando por ti y quién te quiere de verdad. No conozco a tu novio, pero, por lo que sé, no le importas una mierda, Haley. Mírate. Alguien que te quiere y se preocupa por ti no deja que llegues a este estado. Unos cuantos kilos no es lo único que has perdido en estos meses. Si tienes que dejar de ser tú para que alguien quiera estar contigo, eso es que ese alguien no quiere estar *contigo*.

Me trago el nudo de la garganta mientras mi mente se esfuerza en rechazar sus palabras y no procesarlas.

Ya no brillas, Haley.

Le tiro la almohada a la cara, con rabia.

—¡Sal de mi habitación!

Liam me la devuelve de las mismas malas formas.

—Si no quieres acabar destrozando esta familia igual que estás haciendo contigo misma, deberías cambiar de actitud —dice antes de salir.

Cojo lo primero que tengo a mano, un plato decorativo de cerámica que hay sobre la mesilla, y se lo lanzo con toda la fuerza que soy capaz de reunir. Mi hermano ya ha cerrado la puerta cuando el objeto impacta en el lugar en el que antes estaba él y se hace mil pedazos contra la madera.

Recupero el móvil del cajón. Necesito hablar con Daryl. Necesito que me dé un buen motivo para seguir luchando por nosotros. Porque ahora mismo solo yo estoy luchando por defender lo que siento, por justificar lo que he hecho, en una relación que ni siquiera sé si quiero o puedo mantener en pie.

Hay mensajes suyos.

La foto de una hoja con el membrete de una consulta de psicología y una lista de próximas citas apuntadas. La primera era esta tarde y tiene un sello estampado encima.

He estado hablando con el psicólogo. Dice que tengo remedio, pero no sé si me lo creo mucho o si solo quiere sacarme la pasta. Ha aceptado verme hoy solamente porque así me cobraba una tarifa de urgencia, el muy cabrón.

Voy a ir cada semana, nena, ¿ves las citas?

Voy a hacerlo, Haley. Voy a hacer esto bien por ti, te lo prometo.

Llámame cuando te hayas tomado el tiempo que necesitas. Te espero todo lo que haga falta.

Te quiero muchísimo.

Releo los mensajes una y otra vez, y vuelvo a abrir la foto para ver las citas con el psicólogo. Va a hacerlo, ¿verdad? Va a hacer esto por mí. Y me esperará todo lo que yo necesite. Y me quiere.

Establezco la llamada con él tan rápido como puedo. Contesta al segundo tono.

—Nena —dice, y suena bastante ansioso, como si llevara semanas necesitando oír mi voz.

—Hola —respondo en voz baja—. ¿Cómo estás?

—Mejor ahora que estoy hablando contigo —responde en un tono muy tierno—. ¿Y tú? ¿Cómo estás tú?

—He estado mejor —admito, sincera—. ¿Qué tal ha ido la sesión con el psicólogo?

—Es gilipollas, pero tendré que creerme que sabe lo que dice —gruñe, y yo sonrío—. Y dice que no soy un despojo de la sociedad sin remedio, así que parece que todavía hay esperanza.

—Claro que la hay. Daryl, no sé...

Me corta antes de que pueda decir nada más. Antes de que pueda explicarle cómo me ha hecho sentir todo lo que ha hecho o dicho últimamente. Antes de que pueda decir que no estoy segura de poder seguir adelante con él o con todo esto.

—Nena, sé que he sido el peor novio del mundo. Lo sé. No tengo excusa. Me he portado fatal contigo. No sabía cómo hacerlo de otra manera. Pero te quiero mucho más de lo que puedas llegar a imaginar. Quiero pasar mi vida contigo. Quiero ser feliz a tu lado y quiero hacerte muy feliz a ti. Quiero que a partir de ahora solo llores de felicidad. Y sé que no es un camino fácil, pero te prometo que será así. Voy a ser alguien que te merezca, te lo juro. He contratado a alguien para que haga la reforma de la cocina en casa, ¿sabes? Así que me vuelvo a la fraternidad durante algunas semanas y he pensado que tal vez tú y yo podríamos empezar de cero, ¿qué te parece? Lo he hecho todo tan mal contigo que quiero empezar desde el principio y poder hacerlo bien esta vez. Cuando vuelvas podemos empezar como cualquier pareja normal, ¿eh? Quedar a tomar algo, ir al cine, salir a cenar. Quiero darte un beso de buenas noches en la puerta de tu residencia y pasarme la noche pensando en si tú tendrás tantas ganas como yo de volver a repetirlo. Quiero que construyamos una relación nueva, una buena esta vez. ¿Qué te parece? ¿Te apetece intentarlo? ¿Quieres empezar desde cero conmigo?

Suena como si temiera que la respuesta fuera a ser negativa. Muy vulnerable, pero a la vez esperanzado. Ilusionado. Suena mucho a ese Daryl que me gusta.

—Daryl...

—¿Sí?

—¿Puedes venir a buscarme?

Son pasadas las dos de la madrugada cuando me manda un mensaje para decirme que está aparcado frente a la puerta. Cojo el bolso, que es lo único que mi padre cogió por mí el día que me sacó a rastras de la residencia. No necesito llevarme nada más. Avanzo hacia la entrada con las zapatillas en la mano y de puntillas. Y ni siquiera he llegado a cruzar por delante de la puerta de la cocina cuando *Ron* se pone a ladrar.

Maldito chivato.

—Haley.

La luz se enciende a mi espalda. Es mi padre. No parece contento. Me giro a mirarlo.

Mamá aparece a su lado enseguida.

Abro la puerta y pongo un pie en la calle.

—Lo siento, mamá.

Cierro y corro hasta el lugar donde Daryl me espera con el motor en marcha.

—¡Haley, vuelve aquí!

La voz de mamá se amortigua en cuanto estoy en el asiento del copiloto con la puerta cerrada y le pido a Daryl que acelere y me lleve lejos.

44

Llevo una semana de vuelta en Los Ángeles y sin apenas hablar con nadie de mi familia cuando Daryl confiesa que se ha saltado la consulta con el psicólogo. Me callo. No quiero discutir ahora. Pero me acuerdo de las palabras de mamá, de eso de llamar a los bomberos, de eso sobre no meterme en el fuego sin un equipo de protección. ¿Qué debo hacer ahora? ¿Y si se vuelve a avivar el fuego? ¿Y si los demonios lo vuelven a arrastrar al infierno? Sé que tengo un problema porque, si lo veo quemarse, no me lo voy a pensar dos veces antes de lanzarme a las llamas.

Soy consciente de que en los últimos días estoy todo el tiempo alerta, atenta a cualquier gesto o palabra por parte de Daryl que indique que va a desencadenarse otra tormenta. Vuelvo a tener esa desagradable sensación de que tenemos que ir con el máximo cuidado, todo el tiempo andando de puntillas para no reventar por los aires la frágil burbuja que nos empeñamos en construirnos una y otra vez. Me da miedo decir algo que deshinche la ilusión; me da miedo hacer cualquier cosa que lo provoque. Es como caminar todo el tiempo por la cuerda floja. Y no paro de esforzarme para ser capaz esta vez de mantenernos en equilibrio.

Tengo la cabeza hecha un lío. No sé qué es verdad y qué no lo es. No sé lo que hago aquí, pero tampoco tengo claro si podría estar en algún otro lugar. ¿No es este mi sitio? ¿No es con él? Necesito irme y necesito quedarme, a partes iguales. Y siento el cuerpo tan cansado como si no pudiera dar ni un solo paso más.

Busco esa parte de mí que siempre está dispuesta a luchar por él con todo lo que tengo, pero no encuentro nada. No es que no encuentre a la Haley de Styles, la que daría su vida entera por él. No es solo eso. Es que no encuentro *nada*. Me siento como un cascarón vacío. Perdida dentro de mí misma. Deslizándome en una espiral que me arrastra hacia un fondo que ni siquiera puedo llegar a ver. Perdiendo partículas aspiradas por la atracción de un enorme agujero negro.

No sé dónde voy. No sé cómo ir. No sé quién soy.

45

El viernes por la mañana mi despertador no suena. Sé que ha sido él quien apagó la alarma anoche, a pesar de que yo le pedí específicamente que no lo hiciera. No importa. No puedo enfadarme con él por eso. Me necesitaba acurrucada contra su cuerpo mucho más de lo que yo necesitaba ir a clase, si lo piensas bien. Y estoy tan cansada que me ha venido bien dormir un poco más.

No he querido pasar por la residencia hoy, así que he tenido que tomar prestada una sudadera negra de Daryl para salir a comprar algo de comer. Es bastante entrada la tarde cuando vuelvo con la comida hasta la puerta de la fraternidad, pero es que no nos hemos acordado antes de que hace falta alimentarse para seguir viviendo.

—Haley.

Paro en seco, de golpe, cuando reconozco esa voz. Por un momento estoy casi segura de que lo he imaginado. Pero me giro lentamente y la veo.

Hannah.

Nos sostenemos la mirada a unos cuantos metros de distancia durante tres o cuatro segundos, sin decir nada. Estoy confundida. Un poco perdida. No sé qué hace aquí o si esto de verdad es real. Hace tiempo que ni hablamos. Los mensajes se fueron espaciando hasta dejar de llegar. Casi ni me di cuenta de que ya no estaba. Y al verla ahora, aquí delante, es cuando esa parte de mí que es su hermana se despierta y duele y me grita cuánto la echo de menos. Me falta el aire como si uno de mis pulmones viviera en ella y me hubiera pasado todo este tiempo malviviendo, solo con la mitad de oxígeno.

Está radiante. Con ese estilo tan suyo: joven, fresca, divertida. Pero su mirada dice todo lo contrario, a lo mejor porque refleja la mía. Y yo soy un maldito desastre.

—¿Qué haces aquí?

—¿Qué haces tú aquí? —responde con la misma pregunta—. El domingo es el cumpleaños de mi padre y voy a San Francisco a pasarlo con él. Me llamó tu madre y cambié el billete para venir a verte antes.

Claro. Es el cumpleaños de su padre. No sé ni en qué día vivo. Pero no puedo pensar en eso porque su última frase enciende de golpe mi rabia. ¿Mi madre la ha llamado?

Estoy a punto de gruñir algo, cualquier cosa, cuando la forma en que me mira me hace mantener la boca cerrada. Creo que nunca había visto a Hannah tan sombría. Parece tan agotada y apagada como yo.

—Haley, ¿qué haces aquí? —vuelve a preguntar—. Dejaste tirado a Simon, te has escapado de casa de madrugada, no te hablas con tu padre. ¿Qué estás haciendo?

Niego con la cabeza y doy un paso atrás. No necesito esto. No necesito que también ella venga a echarme en cara la mala persona que soy. No viene a ayudar, solo a poner más piedras en el camino.

—¿Cómo me has encontrado?

—He ido a tu residencia y Tracy me ha dicho que estarías aquí. ¿Ya ni te hablas con tu compañera de cuarto? ¿Cómo has llegado hasta esto? No lo entiendo.

—No hace falta que entiendas nada —respondo, a la defensiva.

—¿Quién eres? ¿Dónde está Haley? Tía, has salido a comprar con una sudadera enorme y sin un pegote de rímel. Ni siquiera pareces tú.

—No es delito salir a la calle con la cara lavada, ¿sabes?

—Eso díselo a mi amiga Haley —responde al instante, como si su amiga Haley y yo fuéramos personas totalmente diferentes. Supongo que sí lo somos ya.

—¿A qué has venido, Hannah?

Cierra la boca y me mira con los ojos inundados de pena. Sé que está a punto de decir algo muy hiriente, porque la conozco, pero alguien nos interrumpe antes de que llegue a hacerlo.

—Eh, nena, me ha parecido oír tu voz. —Daryl se asoma a la entrada—. ¿Por qué has tardado tanto? —Luego mira a Hannah y otra vez a mí—. ¿Qué pasa?

Hannah lo está examinado de arriba abajo como si fuera un bicho al que le estuviera resultando bastante difícil catalogar.

—Tú debes de ser Styles —murmura de mala gana.

—¿Quién eres?

Hannah me mira, incrédula, y levanta una ceja antes de volver a centrarse en él.

—Soy su mejor amiga, y si no lo sabes es que no te has interesado mucho por ella.

Daryl da un paso al frente, altivo.

—¿De qué cojones...?

Le pongo una mano en el pecho, para calmarlo. Le doy la bolsa de la comida y lo miro suplicante.

—Lleva esto arriba, anda. Voy enseguida.

Duda unas décimas de segundo, pero cede. Me besa en los labios y desaparece.

Me giro hacia Hannah, fulminándola con la mirada.

—¿Qué haces?

—¿Qué haces tú? Tía, espabila de una vez. No voy a decir que ese tío es un problema porque vas a decir que no lo conozco y puede que sea verdad, pero esta relación que tienes con él no está bien. No es sana. Es lo más tóxico que he visto nunca.

—¿Y tú qué sabes? No sabes apenas nada de lo que ha pasado entre nosotros.

—¡Lo sé porque te conozco! —grita—. Y esta no eres tú. Ya no. Te has perdido, Haley, ¿dónde estás? No lo hagas por tus padres, ni lo hagas por Simon ni por mí, si no quieres, pero tienes que hacer algo por ti. ¿Cómo puedes pensar que él te quiere si no te quieres ni tú misma?

Eso duele. Se me clava como si acabara de convertirse en una lanzadora de cuchillos y me hubiera acertado en pleno pulmón. En el único que tengo. Me cuesta respirar. Me pican los ojos y me niego a llorar, así que aprieto los dientes y me enfrento a su mirada echando chispas.

—Si has terminado puedes irte —escupo con rabia.

—No he terminado. Ven conmigo, Haley. Ven conmigo, tía, por favor. Sé que hace tiempo que no hablamos, pero eso no significa que ya no me importes, ¿sabes? Y quiero creer que yo tampoco he dejado de importarte. No quiero ir a San Francisco y quedarme en el piso nuevo de mi padre y hacer como si diera igual que él y mi madre ya ni se hablen, y no poder hablar de esto contigo. No sé si puedo hacerlo sola. El Uber me está esperando justo allí, ¿lo ves? —Señala un coche oscuro—. Ven a San Francisco, te conseguiremos un billete de avión, aunque tengamos que fundir la tarjeta de mi padre, ¿eh? No hace falta que vayas a tu casa ni que hables con nadie de tu familia, puedes quedarte conmigo. Solo un par de días.

Me duele oírla así. Sé que lo está pasando mal y que este fin de semana es un mundo entero para ella. Pero es que Daryl no está bien. Lleva todo el día escondido entre las sábanas, refugiándose en mi cuerpo, y sé que no puedo dejarlo solo. Eso podría ser desastroso.

—No puedo irme ahora. No puedo, Han, Daryl me necesita.

Me mira dolida. Le tiembla el labio inferior. Veo las lágrimas brillar en sus ojos y eso hace que los míos se humedezcan también.

—¡Yo te necesito! —grita con la voz rota—. Te necesito ahora, Haley. Te he necesitado más que nunca estos meses y tú lo has puesto a él primero. ¿Por qué no puedes ponerme primero a mí por esta vez?

Una lágrima se le desliza por la mejilla y me desgarra el alma. Siento su dolor y el mío confundiéndose y multiplicándose mientras mantenemos este duelo de miradas.

—Hannah...

—Solo te estoy pidiendo dos días. Por favor. Eres mi mejor amiga, eres más mi hermana que mi hermana, y no puedo hacer esto sin ti. Te echo de menos. Elígeme a mí ahora. Solo tienes que montarte en ese coche conmigo para ir al aeropuerto. No diré una palabra sobre él, si no quieres hablar de eso. Solo necesito que estés conmigo.

Me trago el nudo de la garganta mientras mi corazón, partido en dos, tira de mí en direcciones opuestas. A lo mejor puedo ir con ella, ¿no? No puedo dejarla así. Lo poco que queda en mí de la antigua Haley va a morirse si dejo que mi mejor amiga se vaya sola ahora. Lo sé. No es que tenga la fuerza suficiente para sobrevivir a esto. Pero si me marcho será Daryl el que se quede solo, el que se sienta abandonado. Y Daryl es un peligro para sí mismo cuando se siente así. Hannah es más fuerte que él, no tengo ninguna duda.

—¿Puedes esperar? —pido tiempo—. Necesito hablar con Daryl un momento.

—Si hablas con él no vas a venir conmigo —adivina ella, y parece totalmente convencida de que él tiene el poder de persuasión suficiente para no dejarme marchar.

—No puedo irme sin decirle nada.

Se encoge de hombros, con un gesto triste que se me clava.

—A él lo elegiste sin decirme nada a mí.

—No es justo. Dame un segundo. Me estás poniendo entre la espada y la pared.

—Nunca he sido yo la que te ha obligado a elegir. Pero ahora sí. Ahora te pido que elijas subirte a ese coche conmigo, Haley. Y si no vienes... —Se le quiebra la voz, pero aprieta los labios y sigue, sacando fuerzas—: Si no vienes, borra mi número, ya que hace tiempo que no lo utilizas, y olvídate de mí.

—Hannah...

—¿Vienes o no? —presiona, con apenas un hilo de voz.

Sigo dudando. Quiero ir, pero no sé si puedo. No sé si debo. Estoy a punto de dar un paso hacia ella y entonces la veo sacudir la cabeza, decepcionada. Esa decepción se me mete dentro y me ahoga, me asfixia. No puedo moverme. Y ella se da la vuelta y camina hacia el Uber rápidamente, cabizbaja.

Ninguna de las dos llegamos a decir adiós. Y el «te echo de menos» que he tenido en la garganta desde el momento en que la he visto muere poco a poco dejando solo su eco golpeando contra mis cuerdas vocales.

Entro en la fraternidad dando rienda suelta a las lágrimas. Daryl está sentado en un peldaño de las escaleras, aún con la bolsa de la comida en la mano. Se pone en pie al verme entrar.

—Nena, ¿qué pasa?

Paso a su lado sin contestar y subo hasta su habitación. Viene detrás, inquieto.

—¿Estás bien? Haley... Nena, dime qué pasa.

Me giro hacia él cuando estoy en la puerta.

—Por favor, déjame un rato a solas, ¿vale?

No espero su respuesta antes de cerrar. Me apoyo en la madera y dejo resbalar la espalda por ella hasta quedar sentada en el suelo, llorando contra las palmas de las manos.

Sé que sigue al otro lado, en el pasillo, pero no intenta entrar, ni tampoco dice nada. Simplemente espera ahí, en silencio.

En cuanto he conseguido serenarme cojo el móvil y busco el contacto de mi madre. No es difícil de encontrar, aparte de Daryl es la única persona que me llama desde hace tiempo.

Entiendo a Styles: estoy tan cabreada que sería capaz de romper el espejo a puñetazos.

—Haley —contesta por fin—, ¿qué pasa?

Pregunta eso como si no lo supiera. Como si le extrañara que llame. Como si estuviera preocupada por mí. ¡Qué falsa!

—¿Por qué has llamado a Hannah? —pregunto furiosa, sin andarme con rodeos.

—¿Has hablado con ella?

Suena esperanzada y eso me da más rabia.

—¡No tenías ningún derecho a llamarla, mamá! —grito—. ¿De qué vas?

—Baja ese tono conmigo —advierte—. Pensé que al menos a ella la escucharías, pero ya veo que ni por tu mejor amiga vas a abrir los ojos. Hannah lo está pasando muy mal, Haley, y tú llevas meses sin ni siquiera preguntarle cómo está.

—¡Pues dile a Vanessa que no se divorcie! ¡Yo no tengo la culpa! ¿Por qué te metes así en mi vida?

—¿Qué vida? —replica ella, al mismo volumen que yo—. ¡Dime de qué vida estás hablando, Haley! ¡Ya no tienes vida! ¡Solo te dedicas a vivir la vida de tu novio y has dejado de lado todo lo demás! ¿Hace cuánto que no hablas con tu primo? ¿Hace cuánto que no hablabas con Hannah? ¿Hace cuánto que ni te preocupas por ti misma?

—¡No tienes ni idea y actúas como si lo supieras todo! ¡Eres peor que papá!

Tengo la respiración agitada y aún no han dejado de caer las lágrimas.

—Estás muy equivocada con esto, cariño.

—¿Quién te crees que eres para decir eso?

—¡Soy tu madre! ¡Y no puedo quedarme callada y de brazos cruzados mientras te destrozas la vida! Dime tú qué quieres que haga, Haley, dime qué debería hacer.

—¡Deberías meterte en tus propios asuntos!

—¡Tú y tu hermano sois mis propios asuntos! ¿O es que no lo ves?

—Pues por mí deja de preocuparte ya. Tienes un asunto menos. Y puedes decirle lo mismo a papá.

—Haley...

—Voy a colgar, mamá.

—¡No se te ocurra colgarme! ¿Me oyes? ¡Haley!

Su manera de gritar mi nombre, desesperada, es lo último que oigo antes de cortar la comunicación. Y después me doy prisa en bloquear su contacto, para que no vuelva a intentar hablar conmigo. Me siento peor que nunca cuando tiro el teléfono sobre la cama, con rabia. Ahora mismo los odio.

Estoy sola. Estoy perdida. Y siento que nadie me está buscando. Sí, algunos han intentado acercarse, pero solo para decirme lo que tengo que hacer. Solo para echarme en cara cuánto me estoy equivocando. Solo para intentar que haga lo que ellos quieren que haga. No han intentado entenderme. No han querido escucharme.

Oigo unos toques tímidos en la puerta y enseguida Daryl asoma la cabeza a pesar de que no le he dado permiso para pasar. Me mira prudente y avanza despacio hacia mí, como si yo fuera un gato asustado.

—Eso no ha sonado muy bonito.

Me encojo de hombros. Y luego un sollozo los sacude y todo mi cuerpo se pone a temblar.

—Nena... —murmura, tierno. Me envuelve entre sus brazos—. Venga, está bien, no pasa nada. Yo estoy aquí. Yo voy a estar siempre aquí, ¿lo sabes?

Escondo la cara entre los pliegues de su camiseta y aspiro el olor de tabaco mezclado con su colonia. Me calma un poco. Me reconforta.

Yo cuido de él y él cuida de mí.

46

—En serio, tengo que irme, amor —digo, por enésima vez. Y, por enésima vez, él aprieta más la sujeción de los brazos en torno a mi cintura y esconde la cara en mi cuello, mimoso.

Tengo que irme, pero la verdad es que no quiero hacerlo. Me encanta cuando está en este plan: de buen humor, cariñoso, divertido. Me quedaría en su cama otras veinticuatro horas más, porque las primeras no han sido suficientes. Además, no quiero salir de aquí y abandonar la burbuja... porque no sé exactamente cuándo va a volver a repetirse. Tantos minutos de paz seguidos no son normales para nosotros dos. Ojalá lo fueran. Ojalá no tuviera que temer el momento de marcharme por si al volver a verlo no lo encuentro igual. Pero supongo que esto compensa lo demás.

—No. Puedes quedarte. Y deberías hacerlo.

—Tengo que ir al seminario de esta tarde. Va a caer en el examen seguro. Y ya me he perdido todas las clases de esta mañana.

—Que te pasen los apuntes —da la solución más obvia.

Me muerdo la lengua antes de llegar a decir que no tengo a nadie que me pase los apuntes. No quiero que piense que se lo echo en cara. A veces me resulta difícil saber qué es lo que puede sentarle mal o lo que se tomará como un ataque. Lo entiendo y sé que él sufre con eso más que yo, pero al final voy a tener la lengua llena de cicatrices, de tanto tener que mordérmela.

Por suerte, Daryl distrae mi mente de ponerme a pensar en Mark y en el tiempo que hace que él y yo no hablamos de verdad más allá de algunas palabras cordiales. Y creo que lo echo de menos, pero él tampoco me ha puesto las cosas fáciles, si somos justos.

—Quédate —susurra en mi oído, y deja resbalar los labios por mi cuello.

—Daryl —lo regaño, pero creo que no sueno demasiado convencida en mi queja.

—Dime, nena. —Se aparta lo suficiente para que pueda ver su expresión pícara.

Lo beso fugazmente en los labios.

—Tengo que irme.

Se le frunce el ceño. No quiero que ponga esa expresión desgarradora de perro abandonado, pero no me queda más remedio que mostrarme firme. Bastantes problemas tengo ya con mis padres para suspender una maldita asignatura más.

—¿Vas a volver luego?

Suena a súplica. Estiro su ceño fruncido con el pulgar. Me rompe el corazón cuando deja asomar a ese niño perdido que lleva dentro y esconde tras su coraza de chico duro.

—Si tú quieres, sí.

—Pues quiero que no te vayas. —Lo intenta una vez más.

—Seguro que tú también tienes algo que hacer esta tarde.

Le beso la punta de la nariz y luego me deshago de sus brazos para poder ponerme en pie. Daryl no ha contestado a mi último comentario y su mirada atormentada me sigue de un lado a otro sin perderse ni uno solo de mis movimientos.

—¿Has visto mi móvil?

No sé qué he hecho con él. Me había olvidado de que existía. Desde que bloqueé a mi madre no lo he mirado mucho. Ayer lo dejé cargando, creo. Cuando volví del baño antes de irnos a dormir me pareció ver que él acababa de desenchufarlo. No debe de estar muy lejos.

—Aquí.

Me giro a mirarlo y ahí está, tendiéndomelo, apoyado sobre un codo. Está tan guapo que vuelvo a tener tentaciones de mandarlo todo a la mierda y quedarme. ¿A quién le importa la ingeniería genética teniéndolo a él delante? Aparta la mano hacia atrás cuando me inclino para cogerlo y, cuando me acerco más, aprovecha para atrapar mis labios con los suyos y hacer flaquear mi fuerza de voluntad. Tengo que tirar de toda mi parte racional para quitarle el móvil y apartarme, lamiéndome el labio y con media sonrisa.

—Te llamo cuando acabe el seminario, ¿vale?

—Ven directamente, voy a estar esperándote justo aquí.

Se me ensancha la sonrisa sin que pueda contenerla.

—Haley —me llama cuando ya tengo la mano en el pomo de la puerta. Vuelvo la cara para conectar nuestras miradas—. Te quiero.

Me tiemblan las piernas, pero mantengo la compostura. Sonrío.

—Yo también te quiero. Luego te veo.

Su media sonrisa perezosa hace aletear mi corazón.

—Hasta luego, *amor* —dice, burlón al usar el apodo.

—Hasta luego, amor —repito.

El seminario ya ha empezado cuando empujo la enorme puerta de madera y me cuelo en el auditorio. Me siento en el primer asiento vacío que encuentro en la última fila. Busco el móvil para ponerlo en silencio. Está activado el modo avión, aunque no recuerdo haber hecho eso. Lo cambio y me aseguro de que está en silencio antes de lanzarlo al fondo del bolso y atender al ponente.

Tropiezo con la mirada de Mark. Está tres filas por delante, junto al pasillo. Frunce mucho el ceño cuando ve que he reparado en él y hace un gesto con los hombros que yo interpreto como un «¿Qué haces aquí?», pero supongo que no lo he entendido bien porque debía ser bastante obvio para él, incluso aunque haga semanas que no hablamos, que yo iba a venir al seminario. Intenta decirme algo moviendo los labios, pero vocalizar no es lo suyo, y niego con la cabeza para indicar que no lo entiendo.

Consulto el móvil, por mera costumbre, cuando acaba la charla. Hay un par de notificaciones: un mensaje de llamadas perdidas, del tiempo que ha estado en modo avión, y un único mensaje: «¿Dónde estás?». Todo es de Britt.

—Oye, ¿qué haces aquí? —Mark se materializa a mi lado y me sobresalta.

—La última vez que consulté mi matrícula aún estudiaba esta carrera —respondo en broma—. Sé que esta mañana no he venido a clase, pero eso no significa que haya abandonado todavía. ¿Qué pasa? ¿Por qué no tendría que haber venido?

—Pensaba que estarías con Jayden —murmura sin dejar de caminar.

Me apresuro a seguirle el paso.

—¿Con Jayden? ¿Por qué iba a estar con Jayden?

No se me ocurre una persona con la que quisiera estar menos, la verdad.

Mark frena la marcha de golpe y se gira a mirarme con cara de estar medio en *shock*. Como si le acabaran de decir que quien creía que era su amiga es un monstruo sin sentimientos.

—¿Estás de broma? Espera, ven conmigo un momento, he quedado con Britt.

No me queda más remedio que seguirlo, confusa.

—Haley, ¿qué haces aquí?

Brittany avanza hacia mí con ansiedad antes de parar y retorcerse las manos.

—¿Qué pasa? ¿Dónde queréis que esté?

—¿Es que no leíste los mensajes de Jayden?

—Jayden no me ha mandado ningún mensaje —aclaro, para frenar la locura en la que están inmersos.

—Claro que sí, lo hizo delante de mí —responde ella.

Saco el móvil y busco la conversación. Hace más de dos semanas que no hay novedades. El último mensaje es mío y lo dice absolutamente todo.

No vuelvas a hablarme en tu vida.

Bueno, no sé por qué tendría que haberlo hecho después de un mensaje tan directo y exento de toda ambigüedad.

—Te juro que te escribió ayer.

—¿Qué pasa?

Tienen cara de que ha pasado algo. Y tengo miedo, porque parece serio.

—Es su madre —dice Britt tristemente—. Le han detectado un tumor en el pecho. Jay se fue anoche a casa de sus padres, y ni siquiera ha vuelto a cogerle el teléfono a Niall...

Siento como si el suelo empezara a girar bajo mis pies. Tengo la cabeza embotada. Britt sigue hablando, pero me pitan los oídos. Hace tiempo que no voy a casa de Tyler y Sue. Hace tiempo que no paso tiempo con ella o que ni siquiera contesto a sus llamadas. Más o menos desde que corté cualquier contacto con Jayden otra vez. Más o menos desde que me cabreé con mis padres. Pero es que...

Soy solo medio consciente de lo que hago mientras corro hacia la plaza de aparcamiento donde he dejado el coche.

—¡Haley!

Oigo a Britt y a Mark llamarme al unísono a mi espalda, pero no me detengo. Tengo que ir allí. Tengo que ir a verla.

Las ganas de llorar me golpean con fuerza mientras conduzco por la interestatal. Dejo que los sollozos me colapsen la garganta y agarro con fuerza el volante para no perder el control mientras las lágrimas me nublan la vista. No puede pasarle nada malo a Sue. Ella no se lo merece. Su familia no se merece esto. Esto no debería estar pasando. Rezo todo lo que sé para que todo sea un malentendido, para que sea un mal sueño y despertar de un momento a otro, pero no sucede. Ya debería estar allí. Aunque no pueda hacer nada por ellos. Aunque solo pueda coger a Sue de la mano y decir que todo saldrá bien, como una niña que cree que puede vencer a un gigante. Debe de estar muy asustada. Y Tyler. Y Luke... no me quiero ni imaginar lo que está sufriendo. Y Jayden...

Estoy segura de que voy a tener que pagar al menos una multa por exceso de velocidad cuando por fin llego a la entrada de la casa de los Sparks. Contengo las ganas de correr al interior, porque tengo que adecentar mi aspecto y no darles la impresión de que yo creo que se acaba el mundo. Tengo que mostrarme fuerte, aunque esté muerta de miedo. Me seco las lágrimas, me limpio la nariz y saco el poco maquillaje que llevo en el bolso para intentar pintarme la mejor cara posible.

Es Tyler quien abre cuando llamo al timbre. Tiene los ojos cansados, rojos y apagados, y los hombros caídos. Fuerza una sonrisa cuando encuentra los míos, y yo no le doy tiempo a decir nada antes de echarle los brazos al cuello, de puntillas, y abrazarlo con fuerza.

—Acabo de enterarme —digo, en cuanto noto sus brazos

envolverme con delicadeza—. He venido lo más rápido que he podido.

—Haley, me alegro de que estés aquí. ¿Cómo estás?

—Bien —respondo automáticamente—. ¿Cómo estáis vosotros?

—Intentando ser optimistas —suspira, y se nota mucho que le cuesta—. Luke está en su cuarto y Sue está aquí en el salón. Pasa, hace tiempo que ella tenía ganas de verte.

No lo dice como un reproche, pero me siento culpable. Porque Sue y yo habíamos conectado muy bien y hace tiempo que he estado rehuyéndola porque estaba demasiado inmersa en una burbuja de dos en donde no cabe nadie más.

Me sonríe en cuanto me ve. No le doy tiempo a levantarse del sofá, me planto a su lado y la abrazo con fuerza.

—Oye, que estoy bien —dice, en un tono que intenta ser burlón. Me acaricia el pelo mientras me mece con su cuerpo—. No hacía falta que vinieras hasta aquí, cielo.

—¿Cómo estás?

Sonríe.

—Bien —repite.

Y creo que las dos queremos convencernos de que eso es verdad.

—Os dejo un momento —anuncia Tyler desde la puerta—. Pégame un grito si necesitas algo.

Sue pone los ojos en blanco y niega con la cabeza.

—Vete, pesado.

Tyler le guiña un ojo antes de desaparecer y dejarnos solas.

Nos miramos en silencio por unos segundos y luego Sue vuelve a abrazarme y deja que apoye la cabeza en su hombro y me frota la espalda, como si fuera yo la que necesita más consuelo de las dos.

—¿Quién te lo ha dicho?

—Britt. Creo que Jayden me mandó un mensaje, pero no lo recibí. ¿No está aquí?

—Sí. Lo he echado —me cuenta en tono jocoso—. Se estaba poniendo muy pesado y me ponía nerviosa. Ha quedado con Asher un rato para tomar algo. Y espero que se distraiga un poco y que vuelva tarde.

No digo nada. Que yo sepa, hacía mucho tiempo que Jayden y Asher no se veían. Creo que a los dos les dolía demasiado. Espero que a partir de ahora el recuerdo de Sarah pueda unirlos en vez de alejarlos. Porque estoy bastante segura de que Jay necesita a toda la gente a la que quiere ahora mismo, y no hay duda de que eso incluye a su amigo.

—¿Qué ha dicho el médico?

—Tengo que volver mañana, para que me hagan unas cuantas pruebas y puedan decidir mejor qué es lo que hay que hacer. No te preocupes, Haley —se apresura a decir al ver mi expresión—. Dijeron que está localizado. Puede operarse. Solo que seguramente van a tener que darme un poco de quimio para reducirlo antes de la intervención. Esa es la parte que no me suena divertida —bromea—. El médico parecía optimista, así que no hay ninguna razón para que nosotros no lo seamos también.

—Sí. Sí, todo va a salir bien. Seguro.

—Muy bien —dice, como si me felicitara por haberme aprendido bien la lección—. Por favor, no les digas nada a tus padres, ¿vale? No quiero preocupar a todo el mundo. Al menos hasta que nos digan algo más y sepamos cómo vamos a enfrentarnos a esto.

Asiento. Hace días que no hablo con mis padres, pero ahora, de pronto, tengo muchas ganas de hacerlo. Quiero contarle todo esto a mamá y que ella me diga que todo va a ir bien, porque, por alguna extraña razón, siempre consigue que la crea.

Es casi la hora de cenar y Luke ni siquiera ha salido de su cuarto. El tiempo se me ha pasado volando charlando con Sue y ahora pienso que debería haber ido antes a ver a su hijo pequeño. No creo que esté llevando esto demasiado bien.

Llamo a la puerta cerrada con los nudillos un par de veces sin obtener respuesta. Y luego decido ser maleducada y abro y paso igual. Luke está sentado sobre la cama, moviendo un ratón de juguete atado a una cuerda de un lado a otro mientras *Piezas* se dedica a saltar sobre el colchón para cazarlo.

—Hola —saludo, a media voz, cuando clava sus ojos avellana en mí.

Cierro la puerta para darnos intimidad y me acerco para sentarme en el borde del colchón. *Piezas* enseguida se acerca para frotarse contra mi brazo.

—¿Cómo estás? —Luke se encoge de hombros y no dice nada—. Oye, esto es una mierda. Así que tienes derecho a estar cabreado. Y triste. Y preocupado. Lo que sea.

—Haley, tú no puedes mentirme. —Me clava la mirada como si pudiera ver lo que estoy pensando. Le tiembla la voz cuando vuelve a hablar—: ¿Se va a morir?

Siento una aguja atravesándome el pecho. Me deja sin aire. Si es duro para mí oírlo así, tan claro, no quiero ni imaginarme cómo es para él pensarlo. Llevar haciéndose esa pregunta desde ayer, una y otra vez.

—No, no va a morirse —me planto, con firmeza—. No va a morirse, Luke. Va a ser una mierda y lo va a pasar mal. Vamos a pasarlo mal todos. Y va a ser muy duro. Pero no va a morirse, ¿me oyes?

No cambia la expresión. Niega con la cabeza lentamente cuando se extingue el sonido de mi voz, como si no se creyera ni una palabra.

—¿Me lo puedes prometer?

Estoy a punto de decir que sí, solo por inercia. Pero la verdad es que no puedo. Es mi turno de negar.

—No, no puedo prometerlo. Pero estoy segura de que al final todo irá bien.

—Eso dicen todos. Pero no se lo creen. Y por eso papá dice que tenemos que ser fuertes por mamá, pero se va al porche de atrás y ni siquiera fuma, solo sale a llorar allí para que no lo veamos. Y por eso Jayden me promete que todo va a ir bien, pero anoche lo oí llorar en su cuarto. Porque no se lo creen ni ellos. Solo me mienten para ver si yo sí me lo creo.

Le cojo una mano.

—Es normal que estén tristes y que estén asustados y preocupados. Y también es normal que lo estés tú. Y yo también lo estoy. Pero los médicos saben lo que hacen. Solo tenemos que ayudarla a aguantar, aunque dé miedo.

Me sorprende cuando inclina el torso hacia delante y se abraza a mí. Correspondo a su abrazo y los dos nos quedamos en silencio mientras nos reconfortamos el uno al otro.

Tyler nos llama con un grito desde el pie de la escalera para avisarnos de que la cena está lista. Supongo que esto significa que no esperamos a Jayden.

Paso por mi cuarto antes. Sue ha insistido en que me quede a dormir y he aceptado porque no quiero estar lejos de ellos ahora mismo. No me dejan sentirme como una intrusa porque los tres se portan como si fuera parte de la familia. El problema es que no sé si a Jayden también le parecerá bien.

Saco el móvil y mi corazón sufre una taquicardia inmediata en cuanto veo las notificaciones. Veintitrés llamadas perdidas. Todas de Daryl. Me había olvidado de que aún tenía el teléfono en silencio. Hay mensajes también. Pregunta dónde estoy. Pide que lo llame. Exige que le coja el teléfono. Cada vez más cabreado. Cada vez subiendo más de tono. Pulso para devolver la llamada y me muerdo el labio.

—¡¿Dónde cojones estás?! —grita, nada más descolgar.

—Lo siento. Tenía el móvil en silencio y no me he dado...

—¿Dónde estás, Haley? —insiste sin relajar el tono.

—Oye, cálmate, y deja de hablarme así. Ha pasado algo y no puedo ir, pero estoy bien. ¿Podemos hablar mañana? Ahora no...

—Dime dónde estás y paso a por ti.

No es para nada un ofrecimiento. Es una orden muy clara y yo frunzo el ceño al escuchar otra vez ese tono que me juró que nunca volvería a utilizar conmigo.

—Ni necesito ni quiero que pases a por mí. Hablamos mañana. No te preocupes —digo, aunque sé que la preocupación no tiene nada que ver en esto.

—¡No me jodas, Haley! —grita de nuevo y oigo un estruendo al otro lado de la línea que me da a entender que acaba de romper algo.

Prefiero no preguntar.

—No vuelvas a llamarme hasta que te relajes.

—Estás con él, ¿verdad que sí? Con el puto Sparks. ¡Joder, Haley! No tenías que verlo más. Pues, ¿sabes qué?, vas a obligarme a pegarle una paliza. A lo mejor cuando le parta la cara ya no te quedan tantas ganas de zorrear con él.

—Vete a la mierda —siseo, con las mejillas ardiendo y los ojos llenos de lágrimas.

—Sé que estás con él. He estado en tu residencia y la estirada que vive en tu cuarto dice que hace días que no te ve. Pero en su casa no hay nadie, así que, ¿dónde estáis? Te llora un poco y ya vas detrás de él como una puta perrita.

Cierro los ojos cuando lo oigo. No voy a llorar esta vez. Por esto no. Hoy tengo cosas más importantes en las que invertir lágrimas. Pienso en los mensajes perdidos de Jayden. Y la imagen de ayer por la noche, cuando volví al cuarto de Daryl y me pareció verlo dejar mi móvil cuando entré. No quiero creerme que esto sea cierto, pero...

—Cállate —me planto, firme—. Voy a preguntarte algo, Daryl, y quiero que me contestes sí o no.

—Ahora no estás en posición de...

—¡Cállate! —grito esta vez—. Viste unos mensajes de Jayden Sparks en mi móvil y los borraste, ¿sí o no?

—No voy a jugar a esto contigo. Dime dónde estás o te juro que tiro abajo cada puta puerta de la ciudad hasta que te encuentre.

—Viste unos mensajes de Jayden Sparks en mi móvil y los borraste, ¿sí o no?

—Que lo jodan a ese cabrón, deberías haberlo bloqueado tú.

—Adiós, Daryl.

Lo oigo gritar, pero cuelgo de todas maneras. Y al que bloqueo por el momento es a él, porque no necesito esto ahora. ¿Cómo ha podido hacer esto? No puedo creerme que me cogiera el móvil, para empezar. Y no puedo creerme que leyera algo como «mi madre tiene cáncer» y borrara el mensaje para que no lo viera. ¿Qué clase de persona hace eso?

Respiro hondo para no dejarme arrastrar por lo que esto me hace sentir. Tengo que bajar a cenar con los Sparks y tengo que poner buena cara y apoyar a Sue, tranquilizar a Luke y animar a Tyler. Ahora no puedo dejar que Daryl me arrastre a su infierno. Hoy no. Pero, mientras bajo las escaleras en dirección a la cocina, siento la decepción extendiéndose por cada una de mis venas y volviendo piedra mi corazón. Hace solo unas horas todo era perfecto. Hace solo unas horas era la chica más afortunada del mundo. Ahora ya no. Debería estar acostumbrada. Nunca cambia, aunque prometa que lo hará. Al final siempre lo vencen los demonios. Debería tener el paracaídas listo. Pero siempre pienso que ya no lo necesito. Y la caída es más dura cada vez.

Finjo mi mejor sonrisa mientras cenamos los cuatro juntos. Sigue sin haber ni rastro de Jayden y parece que eso no preocupa a sus padres.

Todos se van a la cama y Jay sigue sin estar aquí. Y yo no paro de dar vueltas por la planta baja, con *Piezas* persiguiéndome, mientras intento calmar la ansiedad. Estoy nerviosa por lo que puedan decirle a Sue mañana. Estoy nerviosa por volver a ver a Jayden. Y, aunque no quiera pensar en ello ahora, tengo el corazón hecho añicos por lo que ha pasado con Daryl. No puedo dejarlo pasar. Ojalá pudiera. Borrarlo de mi mente igual que él borró esos mensajes. Pensar que puedo confiar en él.

Acabo sentada en el suelo de la cocina. Y entonces me doy cuenta de que lo único que quiero ahora es estar en casa. Lo único que quiero es abrazar a mi madre. Eso me haría sentir mejor.

Busco su contacto y deshago el bloqueo que le impuse hace unos días. Sé que es tarde, pero no dudo.

Contesta al segundo tono.

—Hola, cariño.

Solo oír su voz tira abajo todos los diques que me estaban manteniendo entera y las lágrimas empiezan a rodar. No me molesto en pararlas. El tono tierno que ha utilizado me hace sentir una niña de nuevo. Como si no hubiéramos discutido a gritos hace solo unos días, como si no supiera que la he tenido bloqueada desde entonces.

—Hola, mamá.

—¿Estás bien?

Cierro los ojos a pesar de que eso no impide que las lágrimas sigan fluyendo. Sorbo por la nariz y asiento, aunque ella no pueda verme.

—Sí —digo en voz alta—. Lo siento.

La disculpa me rasca la garganta, porque son palabras difíciles de decir y mucho más con las personas que más quieres.

—Yo también lo siento.

—¿Papá está muy enfadado? —Tanteo el terreno.

—Siempre parece que está muy enfadado cuando en realidad está muerto de preocupación. ¿De verdad estás bien?

Me seco las lágrimas con la manga de la chaqueta, como si eso fuera a mejorar mi estado de ánimo. Pero creo que solo empeora mi aspecto y la tela se llena de rímel.

—Estoy bien. Dile a papá que no se preocupe.

—Díselo tú. ¿Es que no piensas volver a hablar con él?

—Sí. No. Claro que volveré a hablar con él..., supongo.

Mamá suelta una risita y mis labios se curvan involuntariamente en una sonrisa leve.

—Haley, intento entender cómo te sientes, de verdad, y creo que lo entiendo en parte, pero... Estoy segura de que en el fondo sabes que nosotros no estamos en tu contra. Nosotros queremos más que nada en el mundo que seas feliz. Que estés bien. Y que no te hagan daño.

Estoy a punto de replicar e iniciar una nueva discusión como la que tuvimos hace tres días. Pero no puedo. Porque cuando estoy a punto de pronunciar la primera palabra, me doy cuenta de que no tengo argumentos para rebatir eso. No puedo decir que Daryl no me hace daño. Porque me lo hace. Acaba de hacérmelo al gritarme por teléfono. Lo ha hecho al no preguntar si me pasa algo o si estoy bien. Solo le interesaba que volviera con él y me olvidara de todo lo demás. Como si no debiera pensar o sentir nada que no tenga que ver con él. Y eso me hace daño. Me ha hecho daño borrando esos mensajes y silenciando mi móvil para que yo no me enterara de lo que estaba pasando con Sue. Me hace daño cuando bebe y grita y se odia y rompe cosas. Me hace daño cuando me dice cosas hirientes para alejarme de él. Cuando les dice a sus amigos que lo que siente por mí tampoco es para tanto. Y, sobre todo, me hace daño cuando me deja ver al Daryl de verdad, cuando es vulnerable y encantador y me quiere y deja que yo lo quiera a él. Me hace mucho daño porque siempre acaba cargándose todo eso, y solo le basta un segundo para hacerlo. Así que no puedo decirle a mi madre que está equivocada en eso.

—Ya lo sé. —Es lo que digo, en un suspiro.

—Vale. Necesito que lo tengas claro.

—Mamá..., ¿tú crees que alguien que te quiere de verdad te ocultaría algo que sabe que puede ser muy importante para ti solo porque tiene miedo de perderte?

Me muerdo el labio, porque seguro que ahora mi madre empieza a preguntar y no quiero tener que contarle nada de lo que ha pasado. Soy consciente de repente, de golpe, de que desde que estoy con Daryl no hago más que contar cosas a medias y suavizar algunos aspectos y ocultar información. Porque sé lo que opinaría yo si alguien me contara las cosas que callo.

—Yo creo que cuando alguien te quiere de verdad no decide por ti, cariño —responde mamá—. Y cuando se quiere a alguien de verdad prefieres perderlo a que sea infeliz a tu lado.

Entiendo lo que dice. Creo que yo siento algo así. Me parece que he puesto las necesidades de Daryl por delante de las mías durante demasiado tiempo, pero él no ha hecho lo mismo al otro lado.

—Ya. Tiene lógica. Creo que me voy a dormir —miento, porque no quiero terminar hablando de más y necesito pensar.

—Vale. Hablamos mañana, ¿eh?

Noto duda en su voz. Tampoco es de extrañar. La he tenido bloqueada varios días.

—Sí —digo para que se quede tranquila—. Dale un beso a *Ron*.

—Haley —me llama antes de que pueda colgar—, como vuelvas a bloquearme iré hasta allí y te dejaré en ridículo delante de todos tus conocidos, ¿me has entendido?

—Sí, mamá —cedo, y tengo que tragarme la sonrisa.

—Buenas noches. Te quiero.

—Y yo —respondo con un nudo en la garganta—. Buenas noches, mamá.

Cuelgo el teléfono y miro el fondo de pantalla por unos segundos antes de bloquearlo para que la fotografía desaparezca de mi vista. Es la única que tengo en la que Daryl parece feliz y relajado. Su barbilla en mi hombro mientras me abraza por detrás y casi una sonrisa en sus labios. Es mi foto favorita de los dos, aunque yo no salga especialmente bien.

Me pongo en pie de un salto y me meto el móvil en el bolsillo cuando oigo cerrarse la puerta principal. Ese debe de ser Jayden. Y mi corazón se pone a latir como loco y mi interior tiembla por los nervios, porque hace mucho que no nos vemos y ni siquiera sé qué es lo que debería decir. Oigo sus pasos acercarse hacia la cocina.

Frena de golpe en cuanto su figura se materializa en el marco de la puerta y me ve. Se queda paralizado, con sus ojos en los míos, y su expresión me deja claro que no esperaba para nada verme aquí. No sé qué decir y parece que él tampoco. Pero mi cuerpo toma el control y dejo de pensar y doy unos pasos mucho más decididos de lo que podría esperarse hasta donde él está y le echo los brazos al cuello, de puntillas y aun estirándome un poco más, y le doy un abrazo que estoy segura de que los dos necesitamos. Y da igual que no hayamos hablado de verdad en meses. Todo eso parece una tontería ahora.

—Lo siento —murmuro, con la boca pegada al hombro de su jersey—. No recibí tus mensajes.

No reacciona por un espacio de tiempo que a mí se me

hace demasiado largo y estoy a punto de apartarme y disculparme por la efusividad cuando por fin siento cómo me envuelve con todo su cuerpo y me pega a su pecho. Su cuerpo tiembla, pegado al mío, y cierro los ojos con fuerza y lo aprieto aún un poco más cuando lo escucho soltar un sollozo mal contenido. Pongo una mano en su nuca y susurro en su oído:

—Tranquilo. Todo va a ir bien. Todo saldrá bien, ya lo verás.

Se aferra más fuerte antes de soltarme de golpe y dar un paso atrás, pasándose el dorso de las manos bajo los ojos.

—Perdona —murmura, y se agacha para coger a *Piezas*.

—No tienes que disculparte por llorar.

Achucha a la gata y vuelve a hablar:

—No pensaba que fueras a venir.

No suena a reproche. Es solo un comentario. Pero me duele oírlo. ¿En quién me he convertido en los últimos meses? ¿Es esto lo que soy ahora, una chica egoísta con la que ya nadie puede contar?

—He venido en cuanto me he enterado. No recibí tus mensajes —insisto.

—No quería decírtelo por mensaje —sigue, como si ni siquiera me hubiera escuchado—. Rechazaste mi llamada y pensé que no querías hablar conmigo, y está bien, pero supuse que sí querrías saber esto.

—Yo no...

Empiezo de nuevo, pero me callo enseguida. Porque yo no rechacé ninguna llamada suya. Pero está claro que Daryl lo hizo por mí.

—Me alegro de que hayas venido. Mi madre no ha parado de preguntarme por ti.

Deja a *Piezas* de nuevo en el suelo y parece dispuesto a dar media vuelta y salir de la cocina en cualquier momento.

—¿Has cenado? ¿Te apetece un poco de helado?

Niega con la cabeza, más como si le molestara mi actitud que como si realmente no le apeteciera mi propuesta.

—No quieres que vuelva a hablarte en el resto de mi vida —recita mi mensaje con amargura—. Mejor me voy a la cama.

Sé que la razón está de su lado. Vuelvo a hablar antes de que le dé tiempo a marcharse.

—Espera, Jay. Nos vendría bien una tregua. Yo la necesito. ¿Quieres sentarte y hablamos un rato?

Se gira para mirarme de nuevo y sus ojos parecen de un dorado oscuro por el juego de luces y sombras que proyectan los focos del techo. Dibuja una sonrisa irónica.

—No sé, Haley. Cada vez que me acerco a ti acabas más cabreada conmigo, a lo mejor la próxima vez terminas por darme una hostia —imagina, burlón.

Hago una mueca. Señalo un taburete de los que hay en torno a la isla.

—Siéntate —ordeno en un tono que no admite discusión.

Lo hace en silencio, mientras yo voy hasta el congelador y saco el bote de helado del que Sue me ha dado permiso para comer esta tarde, y cojo un par de cucharillas de un cajón, en mi camino de vuelta hasta sentarme a su lado. Le tiendo una y la coge con cuidado de que nuestras pieles no se rocen. Destapo el helado y él enseguida intenta clavar el cubierto en la superficie de chocolate.

—Tienes que esperar a que se caliente un poco. Si no le das algo de tiempo está demasiado duro —alecciono.

—Fíjate, justo como tú.

Le pego en el brazo con el puño cerrado, pero sin fuerza, y lo oigo soltar una risa baja.

—Cállate.

—Has dicho que querías hablar. ¿En qué quedamos? —Vuelve a intentar hundir la cuchara y suelta un gracioso sonido de frustración—. ¿Por qué me pones el helado delante si todavía no puedo comer? No me gusta esperar.

—Eres muy pesado.

—Te he echado de menos.

Me calla de golpe cuando dice eso y al alzar la vista hacia su cara me tropiezo con sus ojos y los dos nos quedamos en silencio por unos segundos, sosteniéndonos la mirada.

—Lo siento. —Me muerdo el labio para que no me tiemble.

Pensaba que ellos estaban equivocados con todo esto y que ninguno había intentado ponerse en mi lugar, pero a lo mejor yo tampoco me he esforzado por ponerme en el suyo. Y creo que echo de menos a Britt, a Mark, a Tracy... y hasta al insufrible de Jayden.

—Siento haber llamado a tu padre —dice, en apenas un hilo de voz—. No sabía qué hacer y pensaba... quería... protegerte. Pero no tenía derecho a...

—Creo que entiendo por qué lo hiciste. Y supongo que yo también estaba equivocada en muchas cosas.

Pone dos dedos bajo mi barbilla y tira de ella para obligarme a alzar la mirada y encontrar sus ojos de nuevo.

—¿Estás bien?

Suelto un suspiro e intento sonreír, pero eso no termina de salirme demasiado bien.

—No lo sé. De repente se han juntado tantas cosas hoy y... —Me callo y niego con la cabeza—. ¿Y tú cómo estás?

Me acaricia la barbilla con el pulgar antes de apartar la mano y dejarla sobre la encimera. Parece pensarlo por un momento antes de poder ofrecerme una respuesta.

—Estoy asustado.

Me pellizca el corazón el modo en que lo dice, abierto en canal ante mí y con las emociones a plena vista, y sin despegar los ojos de los míos. Suena muy sincero y desgarrador.

Siento el impulso de volver a decir que todo va a ir bien, pero creo que a lo mejor no es eso lo que necesita escuchar. Nadie sabe si todo va a ir bien. No puedo prometérselo a Luke, y tampoco puedo prometérselo a Jayden, aunque vendería mi alma por poder hacerlo. A lo mejor en este momento lo que él necesita es saber que no es el único. Que no tiene que hacerlo solo. Pongo la palma de la mano sobre el dorso de la suya.

—Yo también. —Es lo que digo.

Gira la mano y pone nuestras palmas en contacto, atrapando la mía, que parece diminuta entre sus dedos, y me da un suave apretón.

—¿Ya podemos comer helado? —pregunta cambiando completamente el tono.

Se me escapa la sonrisa.

—Sí. Creo que sí.

47

Me siento agotada cuando me cuelo entre las sábanas. Me sobresalta la vibración del móvil, que anuncia la llegada de un mensaje y, por un momento, mi corazón se revoluciona pensando que será Daryl. Luego recuerdo que lo he bloqueado.

> BRITT:
> Haley, espero que estés bien, ¿lo estás? Tu novio acaba de presentarse en casa de los chicos, buscándote. Ha pegado a Niall, hemos tenido que llamar a la policía. No quiero problemas contigo, de verdad, pero quiero avisarte de que vamos a poner una denuncia. Lo siento. Por favor, ten cuidado. No le hemos dicho dónde estás, estaba fuera de sí.

Me incorporo en la cama y vuelvo a leer su mensaje hasta tres veces. ¿Que Daryl ha hecho qué? No puedo creérmelo... Bueno, sí, lo peor es que *sí* puedo creérmelo. Pulso la pantalla con dedos temblorosos hasta conseguir establecer la llamada. Brittany contesta al tercer tono.

—Haley —dice.

—Britt —hablo en voz baja—, ¿qué ha pasado? ¿Qué...? ¿Niall está bien?

Supongo que sueno bastante ansiosa porque así es como me siento.

—Está... está bien. O eso dice él, que está bien y que no necesita ir al hospital —murmura, con un tono de reproche que creo que va bastante más dirigido hacia su novio que hacia mí—. ¿Y tú? ¿Estás bien?

—¿Yo? Sí, claro. Yo no... Lo siento mucho. Lo siento, de verdad. No sé por qué ha hecho eso. No sé...

Pero sí que lo sé. Ha ido hasta allí y ha pegado al novio de mi amiga porque yo no le he dicho dónde estoy y porque le he colgado el teléfono y lo he bloqueado para que no pudiera ponerse en contacto conmigo. Así que sí que sé por qué.

—Ya. Pues yo tampoco tengo ni idea de por qué lo habrá hecho, si es que tiene alguna maldita razón —dice Britt en un tono enfadado muy poco habitual en ella—. Pero, ¿sabes?, no creo que tenga ni una sola razón de peso para hacer todas las cosas que hace. Ninguna razón, Haley. Deja de buscarle justificación a aquello que no la tiene.

Me quedo sin palabras y ni un solo argumento con el que responder, pero tampoco me hace falta porque oigo a Niall susurrar algo al otro lado de la línea y enseguida es él quien me habla.

—Haley, haznos un favor y ten cuidado, ¿quieres? Ha venido como un loco, buscándote por toda la casa, aunque le hemos dicho que no estabas aquí. Puede que estuviera drogado. Me ha pegado porque no he querido decirle dónde estás tú o dónde está Jayden. Mira, estoy bastante seguro de que no sabe cuál es la casa de los padres de Jayden, pero sabe dónde vivían los de Sarah, así que no me extrañaría que fuera hasta allí. Cuando ha llegado la policía él ya se había ido.

—Daryl no va a hacerme daño —lo interrumpo al ver dónde le está llevando todo ese discurso—. Oye, Niall, de verdad, lo siento. Tengo que colgar, ¿vale?

Creo que protesta, pero ya no lo estaba escuchando. Cuelgo la llamada apresuradamente y trasteo con el móvil, poniéndome nerviosa con mi propia torpeza, hasta que consigo desbloquear el contacto de Daryl.

Enseguida me llegan un montón de mensajes y notificaciones de llamadas perdidas de Styles.

Haley, esto no tiene ni puta gracia.

Llámame.

Tienes que estar vacilándome.

Deja de jugar a esta mierda, sabes que al final voy a encontrarte.

Estás siendo una puta niñata.
Llámame YA.

Como estés con ese gilipollas te juro que voy a matarlo.

¿Te lo estás follando? Joder, no puedo creer que me estés haciendo esto. Eres una puta como todas las demás.

HALEY, CONTESTA A TU PUTO TELÉFONO.

Vas a arrepentirte de esto.

¿Sabes qué? Vete a la mierda. Que te jodan. No eres especial. Eres igual que todas. Lo he sabido desde el principio. No te molestes en llamarme.

Nena, por favor, no me hagas esto. Por favor, llámame. Necesito hablar contigo. Por favor.

Dime que no has follado con él.

Dijiste que no follarías con nadie más que conmigo.

Haley, ¿dónde estás?

LLÁMAME.

Voy a buscarte.

Su último mensaje es de hace una hora. El mensaje de llamadas perdidas de números no deseados dice que ha bloqueado cincuenta y siete llamadas desde su número. Me imagino lo cabreado que estará. Cabreado y dolido. Desesperado.

Pulso enseguida sobre su contacto para llamar. Da tono, pero no lo coge.

¿Dónde estará? ¿Estará bien? ¿Y si Niall tiene razón y ha decidido venir hasta Calabasas para intentar encontrarme? ¿Y si es verdad que se ha metido cualquier mierda y ha cogido el coche? ¿Y si está tirado en un portal drogado o borracho? ¿Y si ha hecho alguna tontería? Ha podido pasarle cualquier cosa. Porque yo he sido una niñata y lo he bloqueado en vez de enfrentarme a él y dejar las cosas claras. Por favor, que no le haya pasado nada...

Le envío un mensaje a Trevor y otro a Sean. No se me ocurre nadie más que pueda saber algo de él. Tengo que contener el impulso de llamarlos porque son más de las dos de la madrugada y seguramente estén durmiendo, sin tener ni idea de lo que hace o no hace Daryl.

Trevor contesta a los diez minutos. Los diez minutos más largos de mi vida.

¿Qué has hecho ahora? Ha estado aquí esta tarde, pero se ha largado hace horas con cara de muerto en vida. Así que si tú no sabes dónde está, habrá ido a pillar algo de mierda buena. No sufras, señorita bien. Seguro que estará ahora mismo por encima del bien y del mal.

Por favor, Trevor, ¿puedes intentar hablar con alguien por si lo han visto? Seguro que tú sabes dónde ha podido ir.

Joder. Si me entero de algo te aviso.

Gracias, gracias, gracias.

Ya no contesta. Y yo me levanto de la cama y me dedico a dar vueltas por la habitación hasta que ya no puedo más y me siento a los pies de la cama. Y luego me vuelvo a levantar para repetir el proceso.

Cuando Trevor llama son las cuatro de la madrugada.

—Lo han detenido hace como una hora —dice, sin saludar y con voz hastiada—. Está en comisaría, dales las gracias a tus amigos. Si no presentan cargos podrá salir por la mañana, y, si los presentan, probablemente la cosa se complique bastante, porque no es la primera vez que lo detienen por agresión. Buenas noches, Haley, y, si vuelves a tener algún problema, haz el jodido favor de no llamarme.

Cuelga antes de que pueda darle las gracias. No es que Trevor sea el tío más simpático del mundo, eso salta a la vista, pero estoy agradecida a pesar de su brusquedad. Puedo volver a respirar. Al menos, por el momento. Y puede que debiera preocuparme que Daryl esté detenido, pero lo cierto es que ahora eso solo me genera alivio. Mientras esté allí encerrado no puede vagar por las calles, ni coger el coche bajo los efectos de las drogas, ni hacer ninguna otra tontería. Y, si no presentan cargos contra él, podrá irse por la mañana.

Ni siquiera pienso en la hora que es antes de buscar el contacto de Niall y llamarlo.

—Haley, ¿qué pasa? ¿Estás bien? —Suena preocupado, pero no parece que estuviera dormido, por lo menos.

—Lo han detenido.

—Lo sé. Nos han llamado desde comisaría. Tenemos que ir mañana a declarar para el informe.

Lo dice en un tono muy frío e indiferente, como si le diera igual lo que pueda pasarle a Daryl cuando ellos hagan esa declaración. Supongo que es normal. Pero a mí sí que me importa.

—Niall, siento muchísimo lo que ha pasado, de verdad. Lo siento. Pero, por favor, no presentes cargos contra él. Por favor. Podría ir a la cárcel. Sé que no tengo derecho a pedirte esto...

—¿De verdad? ¿Tú lo sientes? Haley, estamos ahora mismo volviendo del hospital porque Britt está histérica y no me dejaba irme a dormir si no me hacían quinientos escáneres cerebrales, ¿vale? El puto Styles se ha presentado en mi casa, ha entrado a la fuerza, ha revisado todas las habitaciones, nos ha amenazado a mi novia y a mí y me ha dado de hostias sin ningún motivo para hacerlo. ¿Y dices que *tú* lo sientes y que no presente cargos? ¿Vas en serio? Porque tienes que estar tomándome el pelo.

Me seco un par de lágrimas de puro agobio, y trato de que mi voz suene firme cuando vuelvo a hablar:

—¿Estás bien? ¿Qué te han dicho en el hospital?

—Estoy bien. Solo me han dado tres puntos y nada más.

Cierro los ojos y me muerdo el labio. ¿Puntos? Ni siquiera había pensado que pudiera haber sido para tanto.

—Lo siento. Lo siento mucho, de verdad. Siento que haya hecho esto.

—Deja de hacer eso, ¿quieres? —me corta Niall, seco—. Deja de disculparte por él, Haley. Tú no eres responsable de lo que hace. No es culpa tuya. Para de una vez de pedir disculpas en su nombre, de echarte sus errores sobre los hombros y de buscar excusas para cada una de sus cagadas.

—No es... —Intento justificarme, pero no se me ocurre qué puedo decir. Probablemente, Niall tiene razón. No paro de disculparlo ante el mundo y ante mí misma, haga lo que haga—. Siento que esto os haya afectado a vosotros y no sería así de no ser por mí. Así que siento mucho que haya pasado esto. No quería que os vierais implicados.

—Vale, pues quédate tranquila. Nosotros no pensamos que tengas la culpa.

—Niall...

—No vuelvas a pedírmelo.

Me dejo caer de espaldas sobre el colchón y miro el juego de luces y sombras que recorre el techo cada vez que los faros de algún coche barren la calle vecina.

—Te juro que esto nunca volverá a pasar. Voy a arreglarlo. No tienes que presentar cargos ni hacer que Daryl vaya a la cárcel, ¿vale? Yo me encargo, te prometo que lo puedo solucionar.

—Creo que solo tienes una manera de solucionarlo y, sinceramente, a estas alturas ya dudo de que eso vayas a hacerlo alguna vez.

—Por favor —insisto.

—Lo pensaré —murmura por fin, sin ceder del todo—. Tú cuídate.

Oigo la voz de Britt pedirme que le dé un beso a Jayden, antes de colgar.

Aún tardo en poder dormirme, aunque creo que voy a necesitar todas las horas de sueño que pueda conseguir: mañana va a ser un día muy largo.

48

—No vais a dejarme aquí. Voy contigo.

Oigo la voz de Jayden en la cocina. He dormido poco, pero la ansiedad me ha despertado hace un rato, avisándome de que hoy tengo algún que otro marrón que solucionar y recordándome que Sue tiene cita con el médico esta mañana.

—Mira, ya he tenido bastante con tu hermano —dice Sue—. No ha habido manera de mandarlo al instituto y no pienso dejar que también venga al hospital donde no podéis hacer absolutamente nada. Y no quiero que se quede en casa solo, así que, por favor, Jay, quédate con él. Papá viene conmigo, no necesito dos guardaespaldas.

—¿Y si no le dejan pasar? ¿Y si a papá no le quieren decir nada mientras espera?

A continuación, es la voz de Tyler la que oigo, cuando estoy llegando a la puerta de la cocina:

—A lo mejor tiene razón. Si se ponen gilipollas pueden dejarme fuera.

Tyler y Sue nunca llegaron a casarse. Puede que, dadas las circunstancias, Jayden tenga razón. Sin papeles de por medio no hay muchos derechos.

—Vale. No... Tú tienes que venir. Necesito que vengas conmigo.

—Por supuesto que voy a ir contigo.

—Pero ¿qué hacemos con Luke? No quiero que venga. No quiero que se quede aquí solo.

Es el momento de mi entrada.

—Yo me quedo con Luke.

Los tres me miran a la vez, sorprendidos.

—No, cariño —rechaza Sue—. Tú tienes que ir a clase y tendrás cosas que hacer.

—No pasa nada si no voy a clase esta mañana. Y no tengo nada más importante que hacer. Me quedaré con él y lo mantendré distraído. Supongo que a mí también me irá bien. No iba a concentrarme, de todas maneras.

Es lo menos que puedo hacer. Además, yo tampoco quiero que Luke esté solo.

—Gracias. —Sue me pasa un brazo por los hombros y me acerca a ella, cariñosa.

Sabe que no tiene por qué darlas.

Luke entra en la cocina y va pasando su mirada de una a otra de nuestras caras.

—¿Qué pasa?

Doy un paso hacia él y sonrío.

—Oye, tú, ¿echamos un torneo de Play esta mañana?

A veces me paso de ingenua. Como cuando me he apostado veinte pavos con Luke a que era capaz de ganar al menos una partida de tres de su juego favorito. En mi defensa debo decir que él practica muchas más horas que yo. Agradezco que este pique con Luke me mantenga entretenida, pero aun así no me he separado del móvil. Sigo sin noticias de Daryl. Niall me ha mandado un mensaje a primera hora para decirme que ha rechazado presentar cargos contra él, como yo le pedí. Ya debería de estar de vuelta en su fraternidad, pero ha rechazado mi llamada cuando he intentado establecer contacto. Debe de estar muy cabreado. Y yo estoy cada vez más nerviosa.

Luke y yo nos ponemos en pie de un salto, a la vez, en cuanto oímos el ruido de una llave en la cerradura. En solo unos segundos los otros tres miembros de la familia ya están frente a nosotros. Me retuerzo las manos mientras escudriño la expresión de Sue. Parece tranquila, pero se nota que ha llorado. Y Tyler y Jayden la flanquean, uno por cada lado, y están serios y cabizbajos. Creo que se me va a parar el corazón.

—¿Qué te han dicho? —pregunto, sin poder aguantarme.

Me da un apretón suave en la muñeca antes de dar otro paso hasta Luke y abrazarlo. Se mueve con él para sentarse en el sofá. Luego me mira a mí.

—Ven, Haley. —Señala el asiento a su lado.

Obedezco rápido. Me puede la impaciencia. Por favor, que diga algo de una vez.

—Mamá... —Parece que a Luke le pasa lo mismo.

—Dentro de lo malo, son buenas noticias. —Fuerza una sonrisa—. El bulto es un tumor y el tumor es maligno, pero el médico dice que está localizado y que se puede operar. Tendrán que darme algunas sesiones de quimioterapia, aún no es seguro cuánto tiempo. Luego me operan. Y luego tendré que pasar por radioterapia para asegurarnos de que nos hemos librado de todo y no va a reproducirse, ¿vale? Todo va a ir bien. —Acaricia la mejilla de Luke—. Tengo que ir al hospital para las sesiones, y puede que me sienta mal durante algunas horas después, pero voy a estar en casa todos los días y puedo hacer todo lo que me apetezca. A lo mejor me tengo que comprar un par de pelucas...

Me abrazo a ella y apoyo la cabeza en su hombro en cuanto la oigo decir eso. Me rompe el corazón que esté pasando esto. Me rodea con un brazo y me achucha.

—Va a ir todo bien —doy ánimos—. Creo que te quedaría bien el *look* afro.

Suelta una risita y me clava un dedo en el costado para hacerme cosquillas.

—Yo tengo un montón de viseras, si quieres ir más molona —interviene Luke, y esta vez su madre suelta una carcajada y lo abraza.

—¿Y tú qué crees, nene? —le pregunta a Tyler.

Me fijo en él. Tiene los hombros caídos y los ojos llenos de sombras. Pero sonríe en cuanto cruzan la mirada.

—Creo que tienes un cráneo muy atractivo. Estarás preciosa de cualquier manera.

Me dan ganas de llorar cuando oigo la ternura con la que lo dice.

Me levanto y salgo del salón siguiendo los pasos de Jayden cuando lo veo escabullirse. Voy detrás de él hasta la cocina, y no soy la única, *Piezas* aparece de la nada para caminar a mi lado detrás de su humano. Creo que no es consciente de que no está solo cuando apoya las dos manos sobre la encimera y baja la cabeza.

—Eh.

Se da la vuelta despacio. Tiene los ojos llenos de lágrimas, pero aún no ha llegado a derramar ninguna. Avanzo hasta él, rodeo su cintura con los brazos y apoyo la cabeza en su pecho. Me abraza al instante y descansa la mejilla sobre mi coronilla.

—Mi madre tiene razón, ¿sabes? El médico dice que el pronóstico es bueno si no surge ninguna complicación. Pero es que no quiero que tenga que pasar por todo eso —murmura con la voz rota.

—Te entiendo. Yo tampoco. Solo puedes estar con ella para intentar que esto sea lo menos duro posible.

—Lo sé. Y lo odio. Ojalá pudiera hacer más. Me cambiaría por ella si pudiera.

Me aparto despacio y alzo la cara para mirarlo. Baja la vista hasta que se encuentra con mis ojos.

—Sé que lo harías. Pero ella lo pasaría mil veces peor si fueras tú.

Asiente. Y luego baja la cabeza y apoya la frente sobre la mía y cierra los ojos.

—Gracias por estar aquí, enana.

Yo también cierro los ojos en cuanto oigo ese apodo susurrado en un tono dulce. Nos quedamos así unos cuantos segundos, rompiendo el silencio solo con el sonido de nuestras respiraciones acompasadas. Se aparta cuando *Piezas* suelta un maullido que nos sobresalta a los dos. Creo que está pidiendo su dosis de atención, también ella. Jayden da un paso atrás, se agacha y coge a la gata para ponerla sobre su hombro.

—Te he mandado un mensaje desde el hospital —habla conmigo—. Creo que no te ha llegado, así que he intentado llamarte... Me tienes en la lista negra, ¿verdad?

Lo dice en un tono burlón, y hasta parece divertido.

—¿Qué? No. Qué raro.

Recupero el móvil y busco su contacto para poder comprobar qué es lo que pasa. Y ahí está. Bloqueado. Solo que no lo he bloqueado yo.

—No recibiste mis mensajes. Los borró Styles sin que tú los vieras, ¿no? ¿Es que también te controla el móvil?

Alzo la vista hacia él. «*También* te controla el móvil.» Eso quiere decir que piensa que Daryl controla muchas más cosas en mi vida que solo eso. Y puede que sea verdad. Lo hace y yo dejo que lo haga. Porque no hay más ciego que el que no quiere ver.

—Tengo que irme. Llámame si hay alguna novedad o para lo que sea. Ya no estás bloqueado —informo tras deshacerlo.

—¿Adónde vas?

—Hay algo que tengo que hacer.

Sí. Creo que hay algo que tengo que hacer.

49

Me tiemblan las piernas cuando atravieso las puertas abiertas que dan acceso al enorme piso inferior de su fraternidad. Hace horas que me he ido de casa de Tyler y Sue, pero he necesitado cada una de ellas para reunir el valor de venir hasta aquí. He comido sola en una cafetería del campus, aunque he dejado la comida a medias porque tenía el estómago cerrado. Al menos, eso me ha dado tiempo para intentar ordenar mis ideas y pensar.

Una gran parte de mí ha luchado con uñas y dientes para intentar convencerme de que esto no es para tanto, de que aún podemos solucionarlo, de que la única opción posible es luchar por el amor de mi vida. Pero no paro de oír una voz en mi cabeza, que suena bastante parecida a la de Hannah, que repite una y otra vez que el amor de mi vida soy yo. Y, si tengo que luchar por mí, me parece que está bastante claro quién es el enemigo. Aunque esté perdidamente enamorada de él.

He perdonado cosas peores; me he convencido una y otra vez de que yo siempre estaría de su lado, incluso cuando él no pudiera estarlo. Me juré a mí misma que conseguiría salvarlo..., pero ¿quién me salva a mí ahora que estoy con el agua hasta el cuello? Es la regla más importante de la cadena de socorro: hay que protegerse antes de ayudar. Y eso se me olvidó. Ya no queda mucho de mí que pueda seguir tirando de los dos. Y, sí, nos he sacado de abismos más profundos, pero esta es la gota que colma el vaso. Esta es probablemente la bocanada que termina por consumir el oxígeno. Y necesito salir de aquí antes de ahogarme.

—Vaya descaro el tuyo apareciendo ahora como si nada.

La voz de Trevor me hace frenar la marcha hacia las escaleras y ser consciente de lo que hay a mi alrededor. Hay varios chicos reunidos aquí, en torno a una mesa. Trevor y Sean están entre ellos. Me enfrento a la mirada acusadora del primero, pero no respondo a su provocación.

—¿Está aquí?

—Probablemente arriba —responde Sean sin mucho interés.

Sigo mi camino y, con cada peldaño que subo, siento que pierdo un gramo más de entereza, hasta que pesa tan poco que cualquier pequeño movimiento de aire podría llegar a barrerla. No he intentado volver a llamarlo. Y él tampoco ha dado señales de vida.

Llamo a su puerta con los nudillos. No hay respuesta, pero oigo ruido en el interior. Respiro hondo y giro la manilla y empujo, de todas maneras. Por una décima de segundo rezo para que esté cerrada con llave, pero no lo está. Enseguida estoy dentro. Ahí está Daryl, terminando de ponerse unos pantalones de espaldas a mí. Contemplo las líneas de su tatuaje. Me lo sé de memoria. Podría recorrer cada trazo con los dedos sin salirme del dibujo aun en plena oscuridad.

—Mira quién aparece. La doncella perdida —escupe, sin ni siquiera hacer amago de darse la vuelta para mirarme—. ¿Se te ha perdido algo, *princesa*?

Me duele cómo me habla y el modo en que pronuncia la

última palabra, con tanto desprecio que asusta. Sé que lo hace para que me duela, está claro. Solo para recordarme el colgante que él hizo desaparecer. Solo para que me acuerde de que puede hacerme mucho daño si él considera que me lo merezco.

La habitación está hecha un desastre, no como estaba ayer cuando yo me fui de aquí a mi seminario. Recordar cómo estábamos ayer —joder, ayer mismo—, me duele muchísimo más que nada que él pueda hacer o decir ahora, por mucho que se esfuerce. Hay cosas tiradas por todas partes, jirones de ropa, cristales del espejo que antes colgaba de la pared. Es como si hubiera pasado un huracán.

—Esta vez has ido demasiado lejos, Daryl.

Se gira de golpe y me taladra con la mirada, con los ojos fríos y oscurecidos.

—¿Yo? ¿Yo he ido demasiado lejos? Estás de coña, Haley. Me he pasado toda la noche en el calabozo por tu culpa.

—No. Yo no tengo la culpa de nada. Porque yo te dije que no te preocuparas y que hablaríamos hoy. Yo no te dije que salieras a buscarme. No te dije que te metieras nada. Y no te dije que pegaras a nadie, tampoco. ¿Lo hice?

Le da una patada fuerte a la cómoda, con el pie descalzo, y el estruendo que produce me hace retroceder y pegar la espalda a la puerta.

—No. ¡No! —grita mientras da dos zancadas largas hacia mí—. Lo que tú hiciste fue desaparecer e ignorarme, sabiendo que me volvería loco. Lo que tú hiciste fue largarte con el puto Sparks como terminas haciendo siempre.

Para a corta distancia de mi cuerpo. Noto el calor que emana del suyo y el temblor que la rabia imprime a sus músculos.

—Deberías saber que no hay nada entre Jayden y yo. Pero a ti te da igual la realidad mientras puedas hacerte la víctima, ¿verdad? Sé que sabes que su madre está enferma, porque lo leíste y lo borraste para que yo no lo leyera. También sabes que a mí me importa mucho Sue... Pero a ti te da igual lo que me importa. Preocuparme por alguien más que no seas tú y apoyar a Jayden cuando lo está pasando mal no me convierte en una puta.

—Las putas follan por dinero y tú, por pena —masculla, con la mandíbula apretada—. Eso te hace aún peor.

Siento las lágrimas agolparse y un nudo me sube por la garganta. Sé que no me merezco esto. Sé que no debería dejar que me afectara que me hable así. Pero llevo tanto tiempo necesitando que él me quiera, que oírle decir eso me desgarra de lado a lado.

—No me lo he follado. Y si no lo sabes es que no me conoces en absoluto. Pero ¿sabes qué?, que creo que yo tampoco me conozco desde que estoy contigo.

—¡Has pasado la puta noche con él!

—Su madre está enferma.

—La mía está muerta. Si quieres follarte a alguien por compasión, creo que tengo más puntos.

Aparto la mirada y lanzo un suspiro cansado. Es imposible intentar razonar con él.

—Estás siendo irracional, como siempre. Y yo ya no voy a discutir más contigo.

Aprieta tanto la mandíbula que puedo oír el rechinar de sus dientes. Y luego levanta el puño y lo estrella con fuerza en la madera de la puerta, junto a mi cabeza.

—¡Tú me haces actuar así! ¡No me hables como si fuera un crío!

Empujo su pecho para apartarlo y darme más espacio. Opone resistencia, pero termina dando dos pasos atrás.

—No me das miedo, Daryl. Eres solo un niño asustado, eso es lo que eres. Y lo siento. Lo he intentado, de verdad que sí, y te juro que seguiría intentándolo, aunque eso me matara, si pensara que va a servir de algo. Pero no lo creo. Tú no quieres que te ayude. No quieres salir de esto. No quieres luchar. Ni siquiera por una vida conmigo. Ni siquiera por mí. Y yo no puedo hacerlo sola. Estoy harta. Estoy cansada. No puedo más.

Hace una mueca y me da la espalda. Se pasea por la habitación como si no acabara de exponer mis sentimientos al completo ante él. Como si ni siquiera me escuchara.

—Muy bien, nena. Ahora resulta que la que está enfadada eres tú. Hay que joderse. Pues vale. Llora y grita y lárgate dando un portazo como haces siempre, pero no me taladres la cabeza. Al final, vas a volver a mi cama y lo sabemos los dos. Dale la vuelta y créete que el malo soy yo, otra vez. Ya me estoy aburriendo de tanto drama.

Me llevo una mano al pecho cuando siento cómo una mano invisible me aprieta con fuerza y me corta la respiración. Tengo el corazón hecho pedazos y él ni siquiera quiere escuchar cómo me siento.

—Esta vez no estoy gritando. No voy a dar un portazo —digo, a media voz—. No puedo más. Y llevo diciéndotelo mucho tiempo y a ti te da igual. No quieres cambiar nada.

—He cambiado —me interrumpe—. Pero para ti nada es suficiente. Nunca voy a ser suficiente para ti. Y lo que ves es lo que hay, nena. Yo no doy más de mí.

Su mirada es desafiante. Como si lo estuviera atacando. Supongo que siempre ha sido así cuando he intentado hablar con él de lo que sentía. Siempre se pone a la defensiva. Le gusto más cuando no tengo emociones que gestionar. Eso no se le da muy bien.

Cierro los ojos y sacudo la cabeza suavemente. Cuando los vuelvo a abrir, inundados de lágrimas, los clavo en los suyos.

—Se acabó. No puedo seguir con esto. Nos estamos destrozando. No puedo quedarme a ver cómo te hundes y no poder hacer nada aparte de hundirme contigo.

Frunce mucho el ceño, y hasta ladea la cabeza, dándome más razones para comparar su expresión con un perro abandonado. Pero no puedo dejarme engañar. Esto es algo que él hace una y otra vez.

—No —dice, con un amago de sonrisa de medio lado—. Sabes que no vas a hacerlo.

Me muerdo el labio y doy media vuelta, porque alargar esto va a terminar de desgarrarme el corazón. Tengo que irme. Se pega a mi espalda y golpea la puerta con la mano para evitar que pueda abrirla.

—No vas a dejarme —murmura cerca de mi oído—. Sabes que no puedes. Porque somos tú y yo, Haley. Aunque duela. Eso es bueno, eso es lo que nos hace sentir tanto. Porque si tengo que morirme por ti, no quiero que sea por no tenerte. Eres mía. Ni de él, ni de ningún otro. Siempre vas a serlo. Mía y solo mía. Yo soy tuyo. Eso no puede cambiar. Sabes que estamos unidos para siempre. Y puedes salir de aquí y echarte todos los faroles que quieras. Amenázame con que no vas a volver. Los dos sabemos que vas a hacerlo. Como siempre. Que en dos días vas a estar desnuda en mi cama, porque tú no puedes vivir sin mí y yo no puedo vivir sin ti. No me hagas ir a buscarte esta vez, nena. Sabes que lo haré. Sabes que siempre te voy a encontrar. Deja de engañarte. Deja de luchar. Tú sola no puedes. Me necesitas como yo te necesito a ti. Me quieres.

Su aliento cálido contra el cuello me hace flaquear mientras no para de soltar sus argumentos..., *nuestros* argumentos. Y yo sigo sintiendo lo mismo por él. Probablemente nunca dejaré de sentirlo. Arrollador, intenso, cegador. Pero tengo que alejarme mientras aún esté a tiempo de suturar las heridas, aunque las cicatrices no vayan a borrarse nunca. Antes de que el fuego de su infierno me consuma entera y ya no quede nada de mí.

—Te quiero. —Me vuelvo para encararlo—. Te quiero mucho más que a mí misma, amor. Mucho más. Y eso no es sostenible. Necesito volver a encontrarme.

—Estás aquí. Yo sé quién eres.

Cabeceo mientras acaricio su mejilla con una mano temblorosa.

—No, no lo sabes. Tú sabes quién quieres que sea. Pero creo que hace tiempo que esta no soy yo del todo.

—Vas a volver —insiste, sobradamente convencido.

Me estiro para unir nuestros labios por última vez.

—Por favor, cuídate.

Luego me aparto y abro la puerta de un tirón para salir antes de cambiar de idea. No me fío mucho de mí misma últimamente.

La verdad es que me sorprende que no me siga. Que no grite. Que no monte un espectáculo. Pero supongo que es mejor así. No me echo a llorar hasta que estoy en el coche, con el motor apagado y sin saber adónde ir. Entonces lloro por mí, por él, por nosotros. Por todo aquello que soñé que podríamos llegar a ser. Y todo lo que se quedó por el camino. Y me temo que lo peor de todo no sea perderlo a él. Me temo que lo peor de todo va a ser no volver a encontrarme a mí misma.

50

Intento poner buena cara y hasta forzar una sonrisa y le aseguro a Sue que estoy bien, una vez que he llegado a casa de la familia Sparks. Pero todo eso solo me dura hasta que me encierro en mi cuarto y me quedo sola. Entonces todo el peso de lo que ha pasado hoy me cae de golpe sobre los hombros y me siento pequeña..., diminuta. Y frágil. Y muy insignificante. Doy un par de pasos hacia la cama, pero ni siquiera llego a alcanzarla. Las piernas me flaquean antes y me dejo caer sentada en el suelo. Rota. Oigo la voz de Jayden en mi cabeza diciendo aquello de «No quiero que te rompa a ti también», y recuerdo lo mal que me sentó y cómo pensé que no tenía ni idea y que esto era muy diferente. Pero aquí estoy. Y Daryl me ha roto. Lo peor de todo es que, a pesar de todo lo que ha pasado, de todo lo que me ha hecho, lo que más me duele ahora es saber que al final no ha sido diferente, que no he sido especial; que me ha roto exactamente igual que ya hizo en el pasado.

Tanto esfuerzo, tanto dolor, tanto *amor* y no ha servido para nada. No he podido salvarlo. Y lo he perdido todo intentándolo. Lo que más rabia me da es que siento, por mucho que me empeñe en luchar contra ello, que si volviera atrás en el tiempo volvería a repetirlo. Que en el fondo nunca terminaré de darlo por perdido. Porque no lo dejo porque crea que no merece ser amado; lo dejo porque si yo desaparezco del todo ya no habrá nadie que lo quiera así. Porque tengo que salvarme a mí. Y porque tengo que sobrevivir.

El mundo es un lugar oscuro y lleno de ruido blanco. Delante no hay nada, atrás solo hay sombras que me acechan y alrededor un vacío que grita. Me abrazo y meto la cabeza entre las rodillas. Sé que no puedo quedarme quieta. Si no me esfuerzo por avanzar, echaré raíces en este mundo de tinieblas y quedaré atrapada para siempre. Ya noto cómo empieza a volverse piedra mi corazón. Me sigo perdiendo. Quizá ya nunca vuelva a encontrarme.

Y llevo mucho tiempo pensando que no necesito a nadie, y que era suficientemente fuerte para hacerlo sola. Pero ahora ya no lo soy. Necesito a alguien que me ayude. Necesito que alguien me diga por dónde debo avanzar para encontrar la luz que rezo para que exista al final de este túnel.

Y ni siquiera pienso, porque no puedo, cuando cojo el móvil y llamo a mamá.

—Hola —responde enseguida.

—Mamá —digo, con la voz rota y una bola tan grande de ansiedad en el pecho que no me deja respirar y me cierra la garganta.

—Cariño, ¿qué pasa? ¿Qué ha pasado? —Intento contestar y me cuesta demasiado—. Haley, por favor, no me asustes. ¿Qué pasa? ¿Estás bien?

Hace solo un par de días creía que los odiaba a ellos, pero acabo de darme cuenta de que a quien estoy odiando de verdad es a mí. Y ahora más aún, porque debería ser lo bastante fuerte para no sentir que se acaba el mundo, pero no lo soy.

—Estoy bien —me fuerzo a decir, solo porque saber que están tan preocupados me hace sentir todavía peor.

Es del todo imposible que se lo crea, ni siquiera yo me reconozco en esta chica destrozada.

—¿Dónde estás?

—No te preocupes. Estoy en casa de Tyler y Sue.

La oigo soltar un suspiro aliviado, como si saber que estoy con ellos fuera lo único que le impide coger el coche y venir a buscarme.

—Mamá, he roto con Daryl.

Me duele físicamente pronunciar esas palabras. Me duele el pecho, se me revuelve el estómago, me pesan las extremidades.

—Lo siento, cielo.

Dice que lo siente con ese tono tan dulce que me traslada rápido a mi infancia, a cuando yo me hacía daño y ella me curaba, a cuando me peleaba con Hannah o con Simon y ella me consolaba. Y sé que no siente que lo haya dejado con Daryl, pero sí que esto me esté doliendo así.

—A lo mejor teníais razón —consigo decir entre sollozos.

—¿Qué ha pasado, cariño? ¿Te ha hecho algo? ¿Te ha hecho daño?

Suena alarmada. Y siempre he actuado a la defensiva cuando alguien insinuaba que él podría hacerme daño físico, pero entiendo que lo teman, aunque yo sé que sería incapaz.

—No, no me ha hecho nada. Estoy bien. No es por él, mamá, es por mí. Porque no me reconozco. Porque no sé dónde estoy. Necesito alejarme...

No puedo decir más porque se me cierra la garganta.

—Tranquila, todo va a ir bien. —Me acuna con su voz a través del teléfono—. ¿Quieres venir a casa? Dínoslo y vamos a buscarte.

Niego con la cabeza, aunque ella no pueda verme. Suena muy tentador. Tanto que me gustaría estar ya allí, acurrucada en el sofá con la cabeza en el regazo de mamá mientras ella me acaricia el pelo como cuando era una niña. Pero quiero ser fuerte. No quiero huir. Quiero enfrentarme a esto y vencer.

—No os preocupéis —digo, con una voz que no suena demasiado como la mía—. Voy a estar bien. Me quedo aquí con Sue un par de días.

—Vale —cede, sin parecer convencida del todo—. Puedes llamarnos a cualquier hora del día y de la noche, estaremos allí enseguida si nos necesitas.

—Lo sé.

—Haley, no es fácil terminar con una relación y menos cuando has estado y sigues estando tan implicada en ella. Pero te prometo que poco a poco dejará de doler, ¿vale? Te prometo que vas a estar bien y que todo mejorará. Paso a paso, ¿eh?

—Sí.

—Eres muy valiente. Y eres más fuerte de lo que te sientes ahora. Date tiempo para curar esas heridas. Piensa en ti. Busca las cosas y la gente que te hagan sentir bien, ¿lo harás?

—Vale. Te llamo mañana, ¿vale, mamá?

En realidad, no sé si quiero colgar. Bueno, lo que quiero es que ella esté aquí. Pero mi voz se niega a seguir colaborando, así que creo que necesito tumbarme en la cama y llorar a solas hasta terminar con las lágrimas.

—Llámame siempre que quieras. Para lo que sea, ¿vale? Haley —me llama antes de que pueda colgar—, te queremos muchísimo. Y sabemos unas cuantas cosas sobre ti, si alguna vez necesitas escuchar alguna y recordar quién eres.

—Yo también os quiero —sollozo.

—Ya lo sabemos —asegura, tierna—. Hasta luego, cariño.

Cuelgo y aún me quedo un par de minutos en el suelo, hasta que consigo arrastrar el cuerpo hasta la cama y me hago un ovillo sobre el edredón. Me duelen todos los músculos. No paro de temblar. Y supongo que es así como una se siente cuando maltrata hasta el extremo su alma. A lo mejor es así como se siente cuando te rompen de verdad el corazón.

No dejo de darle vueltas a lo último que ha dicho mi madre. A eso de que ellos saben cosas sobre mí y pueden recordarme quién soy. Me asusta nunca más ser esa persona. Me da pánico tener que decirles a mis padres que esa hija a la que conocían ha dejado de existir, pero siento que es así. Todo el mundo lleva tiempo diciéndome que ya no soy yo, y, al parecer, les gustaría que volviera a serlo. A Mark, a Hannah, a mi madre... ¿Y si ya nunca más vuelvo a ser así? ¿Y si sigo siendo Haley, pero una Haley diferente? ¿Los voy a decepcionar? ¿Querrán a la persona en la que esto me ha convertido? ¿O se pasarán toda la vida intentando recordarme cómo era?

Hace un rato que he dejado de llorar y tengo la vista clavada en el techo, cuando oigo unos toques suaves en la puerta. Me incorporo y me abrazo las rodillas, antes de dar permiso para pasar.

Jayden abre la puerta solo lo suficiente para poder asomarse por el hueco y se apoya en el marco, mirándome desde ahí.

—Hola —dice suavemente—. Mi madre me ha dicho que has venido fingiendo estar bien y diciendo que estabas bien, pero que obviamente no lo estabas. ¿Tiene razón? ¿Qué ha pasado?

Aparto la mirada y me encojo de hombros.

—He cortado con Styles.

Se hace el silencio por unos segundos larguísimos mientras intento con todas mis fuerzas no ponerme a moquear delante de Jayden.

—Supongo que en estas circunstancias la gente dice «lo siento» —habla al fin, sin cambiar para nada el tono ni el volumen de su voz—. Pero la verdad es que no lo siento.

Vuelvo a mirarlo, molesta ante ese innecesario ataque de sinceridad.

—Mejor no digas nada y ya está.

—Siento no sentirlo, si eso sirve de algo.

—Cállate.

—También siento que te duela. —Suena muy sincero—. Y siento no poder hacer nada para que te sientas mejor. Pero si se te ocurre algo no dejes de decírmelo, ¿vale?

Le sostengo la mirada por un segundo escaso y me encoge el corazón la manera en que me mira. Como si estuviera dispuesto a hacer cualquier locura que se me ocurriera con tal de hacerme sonreír. Me enternece y me duele a partes iguales ver que la gente a la que peor he tratado este tiempo aún está aquí dispuesta a hacer lo que sea para hacerme sentir mejor.

—Gracias —digo con un hilo de voz.

—Me imagino que quieres estar sola. Voy a estar en casa si necesitas algo, o si solo quieres hablar, o si no quieres hablar, pero tampoco quieres estar sola. Bueno, eso, ya sabes.

Me limito a asentir con la cabeza y él me guiña un ojo antes de cerrar la puerta y desaparecer.

Un rato después, Sue viene a mi habitación. Trae un bol en la mano y, cuando se acerca hasta la cama, saca unas cuantas chocolatinas del bolsillo de la sudadera.

—He oído lo que ha pasado —me pone al día, sin especificar si se lo ha chivado Jayden o mi madre, aunque cualquiera de los dos es igual de sospechoso—. No creo que te apetezca bajar a cenar con esos chicos pesados, así que te he traído algo. ¿Te importa si lo compartimos y me quedo un rato contigo?

Me muevo para hacerle sitio en el colchón. Se sienta a mi lado y enciende el televisor que hay en la pared, frente a la cama, y que yo nunca he conectado desde que me quedo aquí esporádicamente. Creo que busca el programa más absurdo de todos los que ponen en esta franja horaria. Me viene perfecto para no pensar. Luego me tiende un tenedor, de los que traía en el bol, y pone el recipiente entre las dos.

Me gusta que esté a mi lado en silencio, solo estando conmigo. Me siento mejor. De vez en cuando comentamos algo del programa que estamos viendo. Nos comemos todas las chocolatinas. Y después me deja acurrucarme contra ella y apoyar la cabeza en su hombro y se dedica a acariciarme el pelo. No sé si debería ser yo la que se hiciera la fuerte ahora en vez de dejarme consolar como si mis problemas fueran peores que los suyos, pero me da la impresión de que Sue no es una mujer a la que le guste dejarse mimar demasiado. Ella es mucho más dura que yo, eso está claro. Y creo que también le está viniendo bien ser la que consuela en vez de la víctima de la situación.

Tyler viene a llamar a mi puerta para decirle a ella que se va a la cama y recordarle que duerme mejor cuando está a su lado. Lo dice en tono de broma, pero me parece que va bastante en serio. Ahora se necesitan más que nunca, seguro. A mí solo me sonríe y me guiña un ojo, con uno de esos guiños que su hijo ha heredado de él y que llevan la marca Sparks, y me da las buenas noches. Antes de que pueda irse, Luke asoma la cabeza, a su lado.

—Me voy a la cama. Siento que estés triste, Haley, pero me alegro de que hayas dejado a ese gilipollas.

—¡Luke! —exclama Sue.

—¿Qué? Es verdad. Haley merece algo mejor. Te pasaré la lista —dice luego, pícaro.

—Venga, a la cama todo el mundo —pone orden Tyler.

Le doy un abrazo a Sue antes de dejarla ir de mi lado.

Apago el televisor y recupero el móvil. Hace un rato he cortado una llamada de mi padre. Después de todo lo que ha pasado entre él y yo, no estoy muy segura de qué debería decirle. No sé si una disculpa vale entre los dos o si será suficiente. Y ahora mismo me siento demasiado frágil y vulnerable para ser capaz de enfrentarme a eso.

Veo que mi hermano me ha mandado unos cuantos mensajes.

No te llamo porque me imagino que no tienes ganas de hablar, pero llámame tú cuando quieras, ¿vale?

[Selfie con *Ron*]

Para *Ron* y para mí sigues siendo una de nuestras personas favoritas. Para él un poco más, siempre que le des galletas.

Se me escapa una sonrisa leve al leerlo. Y también se me llenan los ojos de lágrimas, otra vez. Le contesto solo con un emoticono de un corazón.

Voy al baño y me lavo la cara y los dientes. Luego me cambio al pijama, cojo un cómic que Luke me prestó y me cuelo bajo el edredón. No creo que vaya a concentrarme en la lectura, siendo sincera, pero tampoco voy a poder dormir y pasarme las horas mirando el techo no me va a ayudar.

Me sobresalta la vibración del móvil en la mesilla y cuando veo el nombre de Styles en la pantalla el corazón me da un vuelco y la ansiedad aumenta de nuevo exponencialmente. Cuelgo la llamada y apago el teléfono. Sé que debería bloquearlo y luego borrar su contacto. Sé que debería deshacerme de todas nuestras fotos y de nuestros mensajes. Cortar por lo sano es la única manera y lo sé. Pero aún no siento que tenga la fuerza necesaria para hacerlo.

Intento leer, pero mi mente no para de perderse en otras muchas direcciones. Pasan los minutos y luego hasta un par de horas y yo sigo con el cómic en el regazo y con la espalda apoyada en el cabecero de la cama, pero hace rato que ya ni intento concentrarme.

Me sobresaltan unos golpes muy tenues en la puerta. Me incorporo un poco más.

—Pasa.

Jay asoma la cabeza y me dedica una sonrisa tímida de medio lado.

—Hola. He visto luz por debajo de tu puerta. Iba a salir a dar una vuelta porque creo que necesito despejarme y quería estar lejos y solo. Pero he pensado que a lo mejor, si tú quieres venir conmigo, eso es un poco mejor que estar solo.

Esconde la mirada tras decir eso, como si le diera vergüenza. Y yo pienso que quedarme en la cama sin poder dormir y sin poder leer no va a ayudarme más que despejarme dando una vuelta. Y que puede que estar con él sea un poco mejor que estar sola, también.

—Sí. Deja que me cambie y voy.

Ensancha la sonrisa y asiente.

—Te espero abajo.

Salimos de casa sigilosos, por la puerta de la cocina. Jay camina en silencio, con las manos en los bolsillos de los vaqueros, y yo también me mantengo callada a su lado, con el cuello de la cazadora bien ajustado y las mangas estiradas hasta cubrirme las manos y protegerlas del frío. Pronto llegará la primavera, pero aún hace temperatura de invierno y agradezco que el frío me permita pensar que es por eso y no por mi corazón roto por lo que tiemblo y parece que la sangre no termine de llegar a todos los rincones del cuerpo.

—Mira, esa es la casa de los padres de Niall. —Señala Jayden—. Vamos al final de esa calle, quiero enseñarte algo.

Lo sigo en silencio. No me apetece hablar, pero me está sentando bien dar un paseo, que me dé el aire, y caminar a su lado.

Lo veo sacar un paquete de tabaco. Da un par de golpes a la base para conseguir sacar un cigarrillo, pero cuando tiene los dedos sobre el filtro y está a punto de tirar para extraerlo parece arrepentirse y vuelve a empujarlo con el índice. Luego aplasta el paquete y da dos zancadas decididas hasta tirarlo a una papelera.

—¿Por qué te enfadas así con tus cigarrillos?

Vuelve a meterse las manos en los bolsillos y encoge los hombros.

—No sé si lo de mi madre es en parte culpa del tabaco o no, pero voy a dejarlo igualmente. Es una mierda —murmura, con la vista clavada en el suelo—. Además, ahora ella no necesita preocuparse por nada más, y si me viera fumar se preocuparía. Son un par de hipócritas: han fumado siempre, pero no veas la charla que me llevé cuando me pillaron un paquete de tabaco en mi cuarto a los dieciséis.

El cariño empapa cada palabra y la preocupación por su madre es muy evidente.

—Me parece una buena decisión. Además de para tu madre, es la opción más acertada para tus pulmones.

Me lanza una mirada de refilón y me parece verlo sonreír.

—Ven. Es aquí detrás.

Avanzamos por un camino entre dos casas y llegamos a un parque que se extiende alrededor de una masa de agua embalsada.

—Vaya, un lago artificial. Sabía que erais un barrio de pijos, pero no tanto.

—Oye, no te metas con nuestro lago artificial. Es por el *feng shui*.

Casi consigue hacerme soltar una risita.

Me hace una seña para que lo siga y me lleva hasta un pequeño puente de madera que cruza sobre un riachuelo. Se sienta ahí, con las piernas colgando, y se apoya en un travesaño que le queda a la altura del pecho. Yo hago lo mismo a su lado, aunque a mí el travesaño me permite apoyar la barbilla cómodamente. Balanceo las piernas sobre el rumor suave de las aguas.

—Me gusta el sitio —digo, con la mirada perdida en los reflejos de la luna—. ¿Venías mucho por aquí de pequeño?

—Un montón —responde y, aunque no lo miro, puedo adivinar la sonrisa en su tono de voz—. Mira.

Me estiro para poder ver lo que alumbra con la linterna del móvil. Hay algo grabado en la superficie. Estiro la mano para tocar las marcas. *Jayden y Sarah*. Y una fecha. Debían de tener alrededor de once años.

—Eso es vandalismo. Y estoy bastante segura de que no es bueno para el *feng shui*.

Lo oigo soltar una risa suave y vuelvo la cabeza para mirarlo. Vuelve a quedarse serio en cuanto nuestros ojos se encuentran.

—Me he pasado demasiado tiempo evitando venir, ¿sabes? Aquí es donde quedábamos cuando teníamos que tener una charla seria. Aquí le conté con pelos y señales mi primer beso. Aquí me confesó que estaba loca por Asher, como si yo no me hubiera dado cuenta ya. Aquí me dijo que había cortado con él, también. No sé, son demasiados recuerdos. Pero es que me he pasado tanto tiempo huyendo para no enfrentarme a ellos que he dejado escapar muchas otras cosas también. Tú tenías razón aquel día cuando me dijiste que venía poco a casa de mis padres —suspira, con la cabeza gacha—. Dejé de venir a menudo porque me dolía que todo me recordara a Sarah y ahora... Ahora de repente me dicen que mi madre está enferma y lo único que pienso es en todos los momentos que he dejado pasar sin estar con ella por ser un cobarde que huía del dolor. Y me gustaría echar el calendario atrás y poder recuperar este tiempo, ¿sabes?

Veo una lágrima deslizarse desde la comisura de su ojo derecho, pero se la seca con un dedo inmediatamente.

Me muevo para quedar más cerca de él.

—Estás aquí ahora, Jay. Y vas a tener tiempo para recuperar esos momentos con ella, ¿vale? Creo que es normal intentar evitar el dolor, es una cuestión de supervivencia.

Se mueve para empujarme levemente.

—¿Te digo un secreto? Huir del dolor no sirve de nada. Eso no hace que desaparezca. Te está esperando cuando dejas de correr.

—Pues entonces supongo que lo más inteligente es dejar de correr y enfrentarte a él —opino, con el corazón encogido.

Eso es lo que yo tengo que hacer ahora. No puedo correr a casa ni refugiarme en la de los Sparks eternamente. Tarde o temprano voy a tener que enfrentarme a esto.

—Yo te guardo las espaldas con el tuyo si tú me guardas las espaldas con el mío —propone Jayden en un tono muy tierno.

Daryl no puede sostenerse ni a sí mismo, pero estoy segura al cien por cien de que Jay jamás me dejaría caer.

—Trato hecho —acepto en apenas un susurro.

—Sé que ahora no quieres hablar, Haley. Sé que necesitas tiempo y espacio y todo eso. No voy a agobiarte, ni a preguntarte cada cinco minutos si estás bien o necesitas algo, pero sí quiero que sepas que estoy aquí. Para lo que sea. Si quieres hablar, te prometo que no voy a juzgar. Puedo escuchar en silencio, también. O podemos sentarnos aquí y no hablar hasta que se nos congelen los dedos de los pies.

Estiro la comisura de la boca en una sonrisa perezosa, pero, antes de que llegue a formarse del todo, se tuerce en una mueca y se me escapa un sollozo. Ni siquiera sé de dónde sale. Solo sé que vuelvo a tener unas ganas enormes de llorar.

Jayden promete no juzgar, pero ¿qué espera encontrarse volviendo a retomar su amistad conmigo? ¿Querrá seguir escuchando sin juzgar cuando se dé cuenta de que ya no soy la misma que era antes?

—Eh —murmura, y me aparta el pelo de la cara para mirarme—, todo va a ir bien, ¿vale?

Niego con la cabeza. Porque sé que es lo que él piensa, sé que es lo que todo el mundo va a decirme y lo que creen que quiero o debo escuchar. Pero yo no sé si todo va a ir bien. Y al igual que yo no puedo prometerle a él que todo va a ir bien con su madre, él no puede prometer que yo volveré a estar bien de verdad algún día.

—Es que... estoy..., me siento... —Intento explicarme inútilmente. No me salen las palabras—. Creo que ya no soy como era antes. Siento que ha muerto una parte de mí.

Giro la cara para mirarlo. Está muy atento a mí y a mis palabras, con sus ojos color miel acariciándome como si fueran las yemas de sus dedos. Clava los ojos en los míos y yo los aparto y me muerdo el labio para contener las lágrimas.

—No sé quién soy ahora, Jay —suelto por fin, en un susurro.

Siento un dedo acariciar la línea de mi mandíbula. Luego pone las manos sobre mis mejillas de manera delicada y me guía hasta que encuentro sus ojos de nuevo.

—Oye, no pasa nada, enana. Ya lo iremos descubriendo, ¿vale?

Me muevo brusca para abrazarme a su torso.

Me envuelve con los brazos y me frota la espalda suavemente, sin soltarme para nada. Me deja llorar durante un montón de rato. Y no me juzga por ello.

51

Daryl me está esperando el viernes a la salida de clase. De pie, de frente a mí, con sus ojos grises clavados en los míos y un cigarrillo entre los labios. Freno en seco y alguien que camina detrás choca conmigo. No sé si protesta o me ofrece una disculpa, pero yo no soy capaz de hacer ninguna de las dos cosas. Me palpita tan fuerte el corazón que me duele el pecho y se me revuelve el estómago. No quiero enfrentarme a esto, pero sé que tampoco puedo salir huyendo. Eso solo va a conseguir activar su instinto de caza. Y ya he sido su presa durante demasiado tiempo.

Intento controlar el temblor mientras me acerco hasta donde está. Solo quiero irme a casa de los Sparks y ver una peli con Sue. Esconderme del mundo un par de días más. Mark ni me ha mirado en toda la mañana y necesito estar en algún sitio donde no me sienta una apestada. Sé que hablar con Daryl solo va a empeorarlo. Pero tampoco puedo echar a correr.

Me planto delante y alzo la barbilla intentando mostrar una entereza que en realidad no poseo. Coge el cigarrillo con el índice y el pulgar y expulsa el humo lentamente.

—No sé a qué cojones te crees que estás jugando, nena.

—No estoy jugando, Daryl. Creo que te dije las cosas bastante claras el otro día. No deberías estar aquí.

—¿Por qué tienes el móvil todo el puto día apagado?

—Porque no quiero hablar contigo.

—¡No me jodas! —exclama, y da un paso hacia mí. Retrocedo al instante—. Haley, no alargues esto más, no te merece la pena tanto esfuerzo. Vuelve conmigo ya. ¿Dónde te estás quedando? Anoche pasé por tu residencia y no había nadie. Te esperé sentado en el coche en el aparcamiento toda la noche y solo apareció esa tía que vive en tu cuarto. ¿Dónde has estado?

Niego con la cabeza.

—Eso no es asunto tuyo.

—¡Claro que es asunto mío! —Mira alrededor y baja la voz—: No me hagas esto, nena. Tienes que volver.

—No, no tengo que hacer nada. Se ha acabado. Ya no quiero estar contigo —me obligo a decir a pesar de que cada palabra me desgarra por dentro—. Me haces daño, Daryl. Me ahogas. Me apagas. Necesito salir de esto.

Se me llenan los ojos de lágrimas.

—Me necesitas a mí. Y yo te necesito a ti, nena. ¿Qué hay de mí? Sabes que no valgo una mierda sin ti. No puedes dejarme.

—¿Y qué hay de mí? Mientras yo me ocupo de ti y de toda tu mierda y me desgasto y me destrozo para intentar hacerte feliz, ¿quién se ocupa de mí? No puedo hacerlo más, amor. No tengo más que dar, me has malgastado entera.

Tira la colilla al suelo e intenta acercarse de nuevo. Vuelvo a retroceder.

—No hagas como si fuera a romperte solo por tocarte, Haley —gruñe, con el ceño muy fruncido—. No actúes ahora como si no pudieras soportar ni que te roce. Vamos, sabes que te quiero. Sabes que yo voy a cuidar de ti y que no vas a necesitar nada más para ser feliz. Lo sabes.

Pone una mano en mi cintura y me arde la piel en ese punto, bajo el jersey.

—¡No! —grito al apartarme—. No me haces feliz. Y te da igual que lo sea o no. Lo único que yo necesito es alejarme de ti. Necesito alejarme, Daryl. Y si de verdad me quieres y quieres que esté bien, entenderás eso y dejarás que me vaya. Deja que me vaya, por favor.

Pone los dedos en torno a mi muñeca y me agarra y aprieta, firme.

—No voy a dejar que te vayas. Claro que no. Nunca. ¿Por qué no lo entiendes? ¿Por qué te empeñas en huir todo el tiempo y en convencerte de que no quieres estar aquí? Te conozco, nena. Sé que quieres lo mismo que yo.

Niego con la cabeza.

—No me conoces. No sabes ni quién soy.

—Eres mi chica —responde al instante—. ¿Me oyes? Eres mía. No vas a irte.

—Ya me he ido.

Cierra el puño con más fuerza, y suelto un quejido.

—Me haces daño.

—Tú me haces daño —me la devuelve, con los ojos tan llenos de sombras que me da un escalofrío—. Pero puedes parar de hacerme daño ahora mismo, nena. No puedes escapar de esto.

—Suéltame —exijo con un hilo de voz.

—Te quiero.

Lo dice con mucho sentimiento y acerca la cabeza a la mía.

—Eso no es querer. Esto no es amor.

—No lo dices de verdad. Es nuestro amor. Es así. Te lo doy todo. ¿Qué cojones más puedes querer de mí? Te doy todo lo que tengo, soy todo tuyo, nena.

Me trago las lágrimas cuando veo que él también se esfuerza por no llorar.

—No lo quiero —murmuro, sin ser capaz de elevar la

voz—. No es esto lo que quiero. No es lo que necesito. No es esto lo que me merezco.

Me suelta la muñeca, de golpe. Hunde los hombros. Da un paso atrás.

—¿Qué necesitas? —pregunta por primera vez.

—Necesito no verte más —consigo decir con la voz rota y temblorosa.

Da un paso a un lado, con la cabeza baja y la vista clavada en el suelo. Derrotado y vulnerable. Como si solo le quedara esperar la estocada final. Mi cuerpo tira de mí hacia él. Mi corazón protesta tan alto que siento que va a salir del pecho y saltar directo a sus manos. Quiero abrazarlo. Quiero consolarlo. Quiero decirle que vamos a hacerlo bien esta vez, que juntos podemos conseguir cualquier cosa. Quiero besarlo y dejar de sentir esta sed, apagar el dolor y encajar las piezas como solo encajan sus labios y los míos, como lo hacen nuestros cuerpos. Estar los dos enteros y completándonos, y no en cachitos que sangran y gritan de dolor.

Quiero apagarlo todo.

Quiero dar sentido al tiempo que hemos dado vueltas entre el cielo y el infierno.

Quiero abrazarlo tanto y con tanta fuerza que siento que voy a morirme.

Pero no lo hago.

Me obligo a dar un paso al frente. Y luego otro más. Cada milímetro que me separa de él arranca y se lleva una parte de mí. Pero sigo caminando. Sé que si me quedo esta relación va a acabar por matar lo que soy. Va a terminar de convertirme en una sombra. Y puede que marcharme vaya a matarme también, pero tengo que aferrarme a esa pequeña oportunidad de sobrevivir que existe al otro lado. Tengo que bracear hacia la superficie, aunque eso consuma todas mis fuerzas, porque aquí abajo ya no queda oxígeno.

Estoy llegando al coche, con un pitido dolorosamente alto

sonando en los oídos, con la cabeza pesada y obnubilada, cuando siento que una mano sujeta mi codo de forma gentil. Me muevo sobresaltada, y otro brazo me sujeta por la cintura antes de que pueda perder el equilibrio y caer hacia atrás.

—Haley. Eh. —Es Jayden, que pasa los ojos de una a otra de mis pupilas como si intentara descubrir si aún sigo ahí—. ¿Qué pasa? ¿Estás bien?

Niego con la cabeza. Estoy segura de que no ha podido pasar por alto el temblor de mi cuerpo.

—Necesito irme de aquí —murmuro.

—Claro. ¿Quieres que conduzca yo?

Saco las llaves del coche y se las doy. Me abre la puerta y se asegura de que me acomodo antes de cerrarla y rodear el coche para ponerse al volante.

Miro hacia el lugar donde he dejado a Daryl mientras Jay ajusta el asiento y coloca los retrovisores. Está ahí y mira hacia aquí. Su expresión al verme con mi amigo se me clava muy adentro. Lo último que veo de él, antes de que Jayden arranque y nos saque del aparcamiento, es cómo aprieta la mandíbula y los puños. Y la mirada que me persigue y se queda en mi mente incluso cuando ya no puedo verlo es todo lo contrario al amor.

No consigo nada más allá de un duermevela inquieto e interrumpido durante un par de horas. No he llegado a descansar lo más mínimo cuando lo oigo. Debajo de mi ventana. ¿Cómo ha venido hasta aquí? ¿Cómo me ha encontrado otra vez?

Siempre voy a encontrarte.

No puedes escapar de esto.

—¡Haley! ¡Sé que estás aquí, estoy viendo tu puto coche! ¡Haley! ¡Sal aquí! ¡Sal! ¡Tengo que hablar contigo!

Llama al timbre insistentemente, y luego aporrea la puerta.

Piezas ha saltado de la cama y no sé dónde se ha metido. Tengo el corazón a mil por hora. ¿Por qué está haciendo esto? ¿Qué van a pensar Tyler y Sue? ¿Qué cree que hace presentándose aquí de esta manera?

Cuando salgo al rellano de la escalera, ya se me ha adelantado alguien. Jayden baja a toda prisa, destilando rabia por cada poro de su piel, y Tyler le sigue los pasos de cerca.

Sue me coge del brazo cuando estoy a punto de empezar el descenso yo también.

—Haley, quédate aquí.

Me zafo de su agarre y bajo tan rápido como puedo. Justo a tiempo para ver a Jayden agarrar a Styles del cuello de la cazadora de cuero y empujarlo para alejarlo de aquí.

—Ni lo pienses. —Lo oigo decir—. Si intentas acercarte a ella una vez más voy a darte una paliza.

—¿Por qué cojones tienes que estar tú en todas partes? —grita Daryl, que lo empuja a su vez—. Ella es mía, gilipollas.

—¡Ella no es de nadie! —le grita Jay de vuelta—. Deja de creerte que es tu puto juguete.

—Quítate. He venido a por ella. Y me la voy a llevar.

Jayden se cuadra ante él.

—No. Esta vez no.

Esquiva el golpe que le lanza Styles con una facilidad admirable y le lanza un puñetazo que alcanza al otro en plena mandíbula.

—¡Jayden! —grito.

—Jayden —interviene Tyler, que se mete en medio—. Entra en casa.

—Papá...

—¡Entra en casa!

Pero Jay no le hace caso y retrocede solo un par de pasos. Tyler planta cara a Daryl.

—Y tú, niñato, date media vuelta y vete por donde has venido antes de que cuente hasta tres y llame a la policía, ¿lo has entendido?

Daryl desvía la mirada de él para clavarla en mí. Tengo a Sue a un lado y a Luke a otro, y cada uno me sujeta de un brazo, como si temieran que si no lo hacen ese tipo que acaba de presentarse en su casa vaya a llevarme con él.

—Haley, ¿qué estás haciendo? —pregunta, como si la que estuviera complicando las cosas de esta manera fuera yo—. Ven conmigo ya. Deja de joderme así.

—No voy a ir contigo a ningún sitio, Daryl —consigo encontrar mi voz—. Tienes que irte. Tienes que dejarme en paz.

—Tengo que... ¡Una mierda! —Intenta dar un paso hacia mí, pero tanto Jayden como su padre están plantados en medio de su camino—. Si no vienes conmigo, sabes lo que va a pasar. Te juro que esta vez no me encuentran a tiempo. O voy a estrellar el puto coche. ¡O me voy a tirar a las jodidas vías delante de un tren! ¿Me oyes, nena?

—Vete, por favor —suplico en un sollozo.

Da un paso atrás y levanta las manos cuando tanto Tyler como Jayden avanzan hacia él y me parece oír decir al amigo de mi padre que si no me ha oído o si hace falta que se lo deje más claro. Pero él me sigue mirando a mí.

—Tenías que venir aquí. No tenías otro sitio, ¿verdad? Mírate. Y yo pensaba que eras diferente. Haciéndome creer que eras *especial* —escupe la última palabra con toneladas de desprecio—. Tranquila, *princesa*, que ahora sí que te conozco. Ahora veo muy claro lo que eres.

Jayden se lanza contra él, le retuerce un brazo a la espalda y lo empuja más lejos.

—¡Jayden! —Tyler lo aparta enseguida—. A casa —le repite alto y claro.

Toma el relevo a su hijo e inmoviliza a Styles. Acerca la cabeza a la de él para decirle algo en voz baja. Adivino el tono, que suena bastante a amenaza, pero no puedo llegar a entender lo que le dice.

Sea lo que sea, Styles se larga de la propiedad de los Sparks en cuanto Tyler lo suelta.

Sue me arrastra dentro de casa y solo me da tiempo a ver cómo Tyler hace lo mismo con Jayden, poniéndole una mano en la nuca.

—Luke, vete a la cama —ordena, en un tono que no admite discusión. Aun así, el pequeño de la familia intenta discutirlo—. ¡Vamos, a tu cuarto! ¿Es que no me has oído?

Luke se va, aunque no parece muy de acuerdo con que se lo excluya así.

Sue me rodea con los brazos, sentadas en el sofá, mientras yo intento dejar de llorar. Jayden da vueltas de un lado a otro, y pisa tan fuerte que terminará por dejar marcas en el suelo.

—¿De verdad? ¿En serio ese es el chico con el que «ya no pasa nada»? ¿En serio lo de que lo has dejado y ya está? —sigue Tyler, alterado—. Ni hablar, Haley. Esta vez no voy a no llamar a tu padre, tenlo claro. Y mañana a primera hora vamos a ir tú y yo a la comisaría y vamos a poner una denuncia.

—¿Qué? No hace falta ninguna denuncia. No ha hecho nada. Vale, grita mucho y dice muchas gilipolleces, pero es inofensivo. Mañana estará arrepentido de esto. No ha sido para tanto. No me ha hecho nada —razono.

—¡Que no es para tanto! —exclama Tyler, incrédulo. Oigo a Jayden gruñir algo, también—. ¡No te ha hecho nada *todavía*! Pero ya te aseguro que no te lo va a hacer mientras yo tenga algo que decir. ¡Y tú! —redirige la bronca a su hijo—.

¿De verdad no se te ha ocurrido decirnos que ese chico es así de violento?

—¡No es así! —intervengo para defender a Daryl.

Pero esta vez es Sue la que me manda callar en un tono muy firme.

—No vas a tomarte la justicia por tu mano. No vas a hacerte el héroe. Y, desde luego, no vas a darle una paliza a nadie, ¿está claro? —sigue Tyler con Jay—. No quiero que ninguno de los dos vuelva a estar cerca de ese chico nunca más.

Intento protestar otra vez. A lo mejor debería aprender de Jayden, que no dice nada. Pero, claro, es que soy la única aquí que puede aportar algo contra las palabras de Tyler.

Sue no me deja hablar.

—Cariño —llama a Tyler, en un tono suave que parece aplacarlo al instante—, ¿podemos hablar de todo esto por la mañana?

Él asiente, dócilmente. Me lanza una última mirada antes de acercarse a la puerta y asegurarse de que la alarma está conectada. Y luego dice que va a llamar a la policía, solo por si acaso, y nos manda a todos los demás al piso de arriba.

Jayden da un portazo cuando entra en su habitación.

Sue viene a mi cuarto, se tiende conmigo en la cama y se queda a mi lado en silencio durante las largas horas de la noche en las que apenas dormimos.

La discusión continúa por la mañana. Después del desayuno Tyler y Sue nos sientan a Jay y a mí frente a ellos, mientras Luke se queda a un lado, resistiéndose a perderse esto, como un fiel espectador. He dormido poco y mal, pero, aun así, saco la fuerza suficiente para discutirle a Tyler esa loca idea de acompañarme a poner una denuncia. Yo no voy a denunciar a nadie. No hace falta. Es absurdo. Daryl es como uno de esos perros que ladran mucho, pero a la hora de la verdad nunca llegaría a morder. Soy la única que lo conoce, así que no hay nada que puedan decir para hacerme cambiar de idea.

—Haley, si te está persiguiendo y acosando, incluso cuando tú le has dicho explícitamente que quieres que te deje en paz, eso ya es una razón suficiente para poner una denuncia —razona Sue—. Si te amenaza...

—No va a hacer nada. Pronto se cansará y ya está. De verdad. Os juro que, si me siento amenazada o la cosa no cambia pronto, me lo plantearé. Veré lo que tengo que hacer. Pero ahora es desproporcionado. Estoy bien. Nunca me ha hecho nada.

Es verdad, pero a la vez es mentira. Mentira porque puede que nunca me haya hecho daño físico, pero cuanto más tiempo paso alejada de él, más soy capaz de ver todas esas heridas emocionales con las que me ha marcado. Ya no soy la misma. Así que sí que me ha hecho algo. Pero no toda la culpa es suya, yo he dejado que lo hiciera. Yo he expuesto mis partes más vulnerables y lo he invitado a destrozarlas, no es justo que ahora me haga la víctima inocente y le cause más problemas de los que ya tiene.

—Voy a contarles todo esto a tus padres —interviene Tyler, mucho más serio de lo que es habitual en él.

Me encojo de hombros. No puedo hacer nada para convencerlo de que no lo haga. Y tampoco es que ellos puedan hacer mucho, dadas las circunstancias. Mamá me llamará y me pedirá que vaya a casa, pero ha quedado claro que no pueden encerrarme en una urna de cristal. Y, al final, tengo que salir de esto yo sola.

—Vas a quedarte aquí —habla Sue otra vez—. No el fin de semana, y no durante unos días. Vas a quedarte aquí de forma permanente hasta que nos aseguremos de que las cosas se han calmado.

No me da tiempo a decir nada porque Jayden se adelanta:

—No me parece bien.

—¿Qué? —inquiere su madre.

—Estoy de acuerdo en que Haley no debería volver a su residencia. —Hablan de mí como si yo no estuviera delante—. Pero tampoco puede quedarse aquí. Lo último que necesitas tú ahora es esto, mamá. Vosotros tenéis que estar tranquilos, que ya tenéis bastante.

No levanto la vista de las manos, entrelazadas en mi regazo. Soy una carga para todo el mundo, y, aunque me duele oírlo hablar así, sé que Jayden está en lo cierto. No puedo quedarme con ellos, Sue necesita paz y tranquilidad y no el caos que yo arrastro conmigo a todas partes.

—¿Crees que voy a estar menos preocupada si está en cualquier otro sitio?

—Puede quedarse en mi casa —ofrece Jay la solución—. Y puedes estar tranquila, no voy a dejar que le pase nada.

Tyler niega con la cabeza, para nada de acuerdo.

—Ya sabemos todos cómo puede acabar eso, y lo que te dije iba muy en serio: tú no vas a pegarle una paliza a nadie. Además, ¿quién sabe lo que puede hacer ahora? No vas a enfrentarte a él, Jayden, y no hay más que hablar.

—No voy a ir a buscarlo, papá, aunque no te creas que me faltan ganas —gruñe entre dientes—. Pero Haley estará a salvo en mi casa.

Creo que es el momento de intervenir. Tendré algo que opinar en este futuro que todos me están planeando sin preguntarme primero, ¿no?

—No voy a quedarme en tu casa. Voy a estar bien. De verdad que estáis exagerando.

—¿Exagerando? —repite Jayden—. He hablado con Niall, Haley, así que no me digas que estoy exagerando. Tú quieres darle tiempo para que se calme, y no podemos hacer nada para convencerte de que deberías hacer algo más drástico, pues vale, está bien. Pero hasta que se calme, si es que lo hace, no vas a quedarte en tu residencia, donde va a ir a buscarte cada maldito día como siempre. Y Tracy tampoco debería.

¿Qué piensa que es Daryl? Es solo un niño asustado con una rabieta, es totalmente inofensivo. En realidad, si es peligroso para alguien es solo para sí mismo.

—Ni te molestes en discutir, Haley —advierte Tyler, como si él fuera mi padre—. O te quedas aquí o te vas a Oakland con tus padres. Es lo que hay.

Me pongo de pie, con las mejillas encendidas.

—A ver, no tengo tres años. Sé cuidar de mí misma. Y conozco a Daryl, no va a pasar nada. He roto con mi novio y lo último que necesito es meterme en una cueva y que me tengáis encerrada hasta que me pudra, quiero recuperar mi vida.

Jay me toca el brazo.

—Si quieres recuperar tu vida, tienes que estar lejos de él. Y sabes que en tu residencia no vas a poder hacer eso.

Tiene razón. Sé que Daryl va a aparecer por allí a menudo, cuando decida que quiere tenerme, o peor, cuando esté borracho y no le importe en absoluto montar un espectáculo. No puedo hacer pasar por eso a Tracy. Y al final van a echarme si tengo un ex que no para de venir de madrugada a despertar a todo el mundo con sus gritos y sus golpes.

—Niall también vive en tu casa y no voy a quedarme ahí, no es justo para él. Y tampoco para Britt.

—¿Se lo preguntamos?

Pone el móvil sobre la mesa y abre ese chat que tienen todos sin mí. Lo deja entre los dos, para que yo pueda verlo.

Haley está en casa de mis padres. Ha dejado a Styles y él no para de acosarla. No puede quedarse en su residencia, necesita un sitio. ¿Puede quedarse en casa, Niall?

La familia Sparks sigue discutiendo mi situación sin tenerme demasiado en cuenta. Alguien tiene que cargar conmigo y siento que estoy poniendo a todos en un compromiso solo por querer alejarme de Styles. No tendría que haber buscado refugio en ellos. No tendría que haberlos hecho tan partícipes de mi situación. Tendría que haberme enfrentado a esto sola, sin meter a nadie en mis problemas. No les presto mucha atención porque estoy más atenta a lo que sucede en el chat que a cualquier otra cosa.

NIALL:
Claro que puede quedarse, pero me temo que este es uno de los primeros sitios donde la va a buscar.

BRITT:
Puede quedarse conmigo en mi residencia, él no sabe dónde es.

NIALL:
Ni de broma.

TRACY:
Ayer cuando me fui su coche estaba en el aparcamiento otra vez.

NIALL:
Tú deberías irte con Britt un tiempo, Tracy, hasta que el idiota ese deje de aparecer por allí.

TRACY:
Estoy bien. ¿Qué hacemos con Haley?

Y entonces es cuando leo lo que menos podría esperarme en esa conversación. No habría apostado por ello ni en un millón de años y tampoco estoy segura de que sea la mejor idea del mundo, dado cómo están las cosas entre nosotros desde hace tiempo.

MARK:
Puede quedarse en mi casa.

52

El domingo por la tarde, la moto de Jayden me sigue todo el camino desde casa de sus padres hasta la residencia. Aparca detrás de mi coche y se baja y me acompaña en silencio, para que pueda coger algunas cosas.

Ayer me pasé el día entero discutiendo con todo el mundo. Con Sue. Con Tyler. Con mi madre..., sobre todo con mi madre. Agotamos la batería del móvil de Tyler, ya que el mío sigue apagado. Creo que no les convencí del todo de que voy a estar bien, pero al menos no me han atado a la cama mientras dormía para que no pueda escapar.

Voy a quedarme algunos días en casa de Mark y contra eso no he podido discutir. Tampoco he querido poner muchas pegas porque quedarme en mi residencia no es muy buena idea por el momento.

Cuando llegamos a la habitación y abro la puerta, veo que Tracy no está sola. Brittany y Niall están aquí con ella y los tres se ponen de pie enseguida en cuanto nos ven aparecer. La rubia se da mucha prisa en envolverme en un abrazo. Se lo devuelvo por pura inercia. Debería estar cabreada conmigo, especialmente después de lo que le pasó a su novio por mi culpa. Pero no parece que me guarde tanto rencor como yo creía.

—Tienes que salir de esto de una vez, Haley, por favor —murmura.

Asiento con la cabeza.

—Sí, ya lo sé.

Tracy da unos pasos perezosos, como si dudara sobre si acercarse o no, pero finalmente se une al abrazo. Se me llenan los ojos de lágrimas y los cierro con fuerza mientras me mantienen bien protegida.

Antes de que termine de recoger las cosas que necesito, unos toques en la puerta indican la llegada de alguien más.

Mark para en el umbral y me mira. Está muy serio y no parece tener intención de decir nada. Tengo que ser yo la que se acerca, tímidamente, y cuando estoy cerca me coge del brazo y tira de mí hacia su cuerpo. Choco contra su pecho y escondo la cara en su chaqueta. Me abraza con fuerza, pero no protesto por la efusividad... todo lo contrario.

—Lo siento —murmuro como puedo.

—Ya lo sé.

Me seco los ojos cuando por fin nos apartamos y sigo con mi equipaje para disimular las emociones.

Se me hace difícil separarme de Jayden, y me siento perdida cuando él se aleja en la moto después de despedirse de mí con un abrazo apretado y haciéndome prometer que lo llamaré para cualquier cosa que necesite.

Cuando ya estoy en casa de Mark, mi amigo me observa sentado sobre su cama, que vamos a compartir los próximos días. Me acerco para sentarme a su lado y poder hablar con él.

—Gracias por dejar que me quede aquí. He sido una mierda de amiga, y lo siento. No tengo ninguna buena excusa aparte de que he estado bastante ciega.

—De eso ya me había dado cuenta.

—¿Por qué te has ofrecido a acogerme? Sé que ya no soy exactamente esa Haley que te caía bien.

Me mira y veo mi reflejo en el azul de su mirada. Parezco oscura y apagada, especialmente a través de sus ojos.

—Me acuerdo de quién eras, Haley. Y esa tú habría hecho lo mismo por mí.

—Quiero volver a ser así —confieso a media voz.

—Con que vuelvas a *ser* me vale. —Se inclina y me besa la frente—. ¿Qué te apetece cenar?

Sus compañeras de piso parecen vivir encerradas en sus habitaciones, así que cenamos solos en la cocina. La interacción entre nosotros está muy lejos de ser lo que fue en el pasado, eso por descontado, pero me gusta poder estar sentados a la misma mesa y compartir comida y conversación, aunque no sea demasiado profunda o personal.

Tengo que volver a encender el móvil tras la cena porque he prometido a mamá que la llamaría. Lleva varios días apagado y las notificaciones llegan en cascada. Me abruma la cantidad, la barra de notificaciones no es capaz de mostrarlas todas.

Y todas son de Daryl.

Abro el chat con él, solo para poder borrar los mensajes porque sé que es mejor no leerlos. Pero no puedo evitar ver algunas cosas. Mucha súplica, mucha rabia y muchos insultos. Demasiados. Su último mensaje, de ayer por la noche, es una foto. Se muere algo en mi pecho y siento que se derrumba una parte de mí, colapsando mis sistemas vitales sin compasión. Se me revuelve el estómago y tengo que ir corriendo al baño para acabar vomitando parte de la cena. Es su muñeca izquierda... llena de cortes, tantos que su piel pálida apenas se ve entre el rojo de la sangre. Y sobre todo ello, ese tatuaje de tinta aún negra y reciente que dice que es mío. Aunque, en realidad, nunca lo fue.

—Haley —me llama Mark, en un tono muy preocupado, al otro lado de la puerta del baño—. ¿Estás bien?

Tardo un rato en salir. Me está esperando apoyado en la pared. Estira el brazo y me pasa el pulgar bajo el ojo derecho, recogiendo la humedad.

—¿Qué ha pasado?

—¿Crees que ha jugado conmigo todo el tiempo?

Mark hace una mueca como si le costara decidir si debe decir lo que piensa o no. Pero, claro, si no fuera brutalmente sincero cuando la ocasión lo requiere no sería Mark.

—Lo siento, pero sí.

Vuelvo a su cuarto y me siento en el suelo, con la espalda contra el borde de la cama. Busco en la agenda hasta pulsar sobre su nombre: *Styles*.

Añadir a la lista negra.

¿Desea borrar este contacto?

Pulso sí, y tengo que sujetar el móvil con las dos manos porque se mueve demasiado de lo que me tiemblan.

Luego entro en el chat de nuevo. Lo selecciono. Y lo hago desaparecer todo.

Siento cómo algunas piezas se desencajan y chocan entre ellas y laceran y erosionan mi alma ya herida, dentro de mí. Pero tengo que salir de esto. Y él no va a dejar que lo haga.

Lo bloqueo en todas mis redes sociales, también.

Ahora es el momento de elegirme a mí.

53

Hace ya una semana y media desde que corté con Daryl, y una semana entera desde la última vez que lo vi. A ratos lo siento como si hubieran sido años y otros, como si hubiera sido ayer. No es que no haya cambiado nada, al menos estoy recuperando poco a poco la vida que tenía antes: voy a clase e intento estudiar, estoy retomando esas viejas amistades que tanta falta me hacen ahora, y me siento más libre, en cierto modo. Pero tampoco es que haya avanzado demasiado: sigo teniendo ansiedad cada día, y la mitad de las noches me duermo llorando en silencio para que Mark no me oiga. Una parte de mí solo quiere ir a buscarlo y terminar con esta tortura, pero la otra parte, la Haley racional, sabe que allí la tortura es más placentera pero también mucho más dañina. Sé que no quiero volver a eso. Y aún pienso que él me quiere, a su manera, pero no me quiere bien. Alguien que te quiere bien no te machaca, ni te humilla, ni te insulta. Alguien que te quiere como se quiere de verdad no decide por ti, ni te controla, ni busca hacerte sentir pequeñita para crecerse con tu inseguridad. Eso no se hace a alguien a quien quieres.

He perdido la cuenta de la cantidad de números de teléfono que he tenido que bloquear. No sé cómo consigue móviles nuevos desde los que llamarme o mandarme mensajes a ese ritmo. Delante de mis amigos trato de hacer como si no estuviera sucediendo nada, pero sé que Mark ha podido darse cuenta. Paso encerrada en su cuarto tanto tiempo como puedo. Y él no para de decir que no debo dejar que nadie me condicione la vida de esta manera.

Ayer Jayden me llevó a achuchar unos cachorros, de la camada que ha tenido la perra de Ronda. Cuando me dejó en casa de Mark recibí un mensaje de un número oculto que me advertía de lo fácil que es tener un accidente de moto.

Hoy las ruedas de mi coche estaban pinchadas cuando hemos salido de cenar todos juntos en casa de Jayden y Niall.

—Esto tiene que acabarse, Haley. Tenemos que hacer algo.

Esas palabras de Mark se quedan dando vueltas en mi cabeza durante toda la noche.

Esto tiene que acabarse, Haley.

Ya no brillas.

No puede condicionarte la vida.

Pero no sé qué hacer. No sé cómo hacerlo. No sé cómo salir, ni cómo alejarme. Lo intento con todas mis fuerzas y siento como si estuviera enganchada a él con una cinta elástica. La estoy estirando hasta el extremo, pero en cualquier momento la tensión será demasiada y, cuando no pueda tensarse más, me mandará de regreso a su lado. De golpe. Y va a doler.

El martes por la mañana las chicas me convencen para desayunar en la cafetería antes de clase, como en los viejos tiempos. Mark se queda durmiendo una hora más, porque es un perezoso, así que acudo sola a la cita. Las dos están ahí cuando llego. Han pedido por mí y mi café favorito está esperándome encima de la mesa. Al menos en eso no he cambiado.

Me acerco y me siento con ellas; me dan los buenos días al unísono. Intento aparentar que esto no me afecta en absoluto. No quiero que sepan la verdad. Pongo todo mi esfuerzo para que no noten que me da una taquicardia cada vez que alguien abre la puerta de entrada, o que mi mirada se escapa sin permiso una y otra vez hacia la zona de pedidos como si esperara verlo ahí en cualquier momento, con sus ojos grises y su aire de misterio, con sus sonrisas perezosas de medio lado como respuesta a mis preguntas más estúpidas. Pidiendo siempre café solo.

Creía que habrías leído mi vaso.

¿De dónde has salido tú, Haley Parker?

No me puedo creer que todo haya acabado así. Vuelvo a tener ganas de llorar. Pero me las trago con el café y me muevo para dar la espalda a la puerta y al mostrador y mirar solo a las dos chicas con las que estoy.

—¿Qué tal fue el fin de semana con Aaron? No has dado detalles —cotillea Britt.

—Muy bien, viene él el fin de semana que viene. Estamos arreglando las cosas poco a poco. Aún tenemos mucho que discutir para aclarar cómo va ser esto a partir de ahora, pero creo que va a salir bien.

A Tracy le brillan los ojos cuando habla de su novio (parece que vuelve a serlo), y yo no puedo evitar sentir envidia. Me he convertido en una mierda de persona. Antes me alegraba por cada cosa buena que les pasaba. Y ahora me muero de envidia cada vez que veo cómo son sus relaciones y me gustaría tener para mí lo que ellas tienen. No me alegro por ellas, siento lástima por mí. Y no quiero ser así.

—Haley —me llama Tracy—. No ha aparecido por la residencia ni un solo día desde que te fuiste a casa de Mark. Pero el domingo cuando volví encontré esto, lo habían metido por debajo de la puerta.

Saca un sobre del tamaño de medio folio y me lo tiende. Empiezan a temblarme las manos en cuanto lo rozo. Está cerrado y pone «Haley» escrito con su letra. Acaricio las letras despacio, antes de darle la vuelta y abrirlo. Las chicas me miran atentas mientras descubro lo que esconde. Son fotografías. Yo sonriendo, con el pelo revuelto, debajo de sus sábanas. Yo con su pulgar sobre los labios. Yo, yo, yo. Siempre en su cama.

Oigo a mis amigas hablar a mi alrededor, pero no entiendo lo que dicen. Guardo el sobre en mi mochila, me disculpo con ellas y me voy a clase.

Mark me pregunta cinco veces si me pasa algo hasta que se cansa de no obtener respuesta.

A media mañana descubro que tengo un mensaje nuevo.

> NÚMERO OCULTO:
> ¿Por qué me obligas a hacer esto? ¿Hasta dónde tengo que llegar para que hables conmigo? Iré a buscarte. Deja de escapar.

Salgo de clase a toda prisa antes de que llegue el profesor de la siguiente hora. Creo que Mark dice algo a mi espalda, pero me he ido antes de que pueda hacer nada.

Todos tienen razón: esto se tiene que acabar. No voy a dejar que condicione mi vida. Para empezar, esta noche pienso volver a la residencia. Pero hay algo que tengo que hacer antes.

Tengo que cruzar todo el campus para llegar a su facultad. Ni siquiera sé si estará aquí. Piso fuerte por los pasillos mientras lo busco. Y entonces lo encuentro. Puedo ver a través del cristal del aula que está hablando con un par de profesores. Parece relacionado con su proyecto final de carrera.

Pero me da igual. Porque si él se cree que puede condicionar mi vida, yo también puedo condicionar la suya.

Abro sin llamar y entro. Daryl se queda blanco cuando me ve. Saco el sobre con las fotografías de la mochila y se lo tiro a la cara, con toda la rabia que siento.

—¡¿Qué es lo que no has entendido?! —le grito—. ¡Déjame en paz! No quiero que me llames ni que me escribas. No quiero hablar contigo. No quiero saber nada de ti. ¡Quiero que desaparezcas! ¿Me oyes, Daryl Styles? ¡Desaparece de una vez! Aléjate de mí. Deja de joderme la vida.

—Nena...

—No quiero volver a verte —digo, pausada y firme.

Los profesores se han puesto en pie. Deben de estar pensando que estoy loca. Me da lo mismo. No voy a quedarme. Doy media vuelta y salgo, igual de acelerada que he entrado. Veo de reojo cómo Daryl se agacha para recoger el sobre y luego sale corriendo detrás de mí.

—¡Haley, por favor! —Se me planta delante en cuanto me alcanza, para cortarme el paso—. Ya has llevado esto demasiado lejos. Deja de torturarme. Estoy dispuesto a hacer lo que haga falta para que vuelvas. Pon tú las condiciones.

—¡La única condición es que te olvides de mí! No voy a volver, Daryl. No voy a volver, hagas lo que hagas. Se ha terminado. Deja de perseguirme, deja de buscarme. No vuelvas a amenazarme a mí o a mis amigos. ¿De qué te crees que sirve? ¿Por qué me haces esto? ¿Por qué no paras de hacerme esto?

Hay una batalla campal en mi interior. Mucho ruido y tanta confusión que no hay manera de saber qué bando es el bueno y cuál el malo. Hasta me sorprende haber dicho eso, cuando una parte de mí está gritando muy alto en mi pecho suplicándole que me dé un buen motivo para quedarme a su lado, que vuelva a ser el Daryl del que yo me enamoré.

—¡Joder, nena, estoy desesperado! ¿Es que no me ves? ¿Es que no ves que no puedo vivir sin ti? ¡Te necesito! Tienes que volver.

Vuelvo a atar y amordazar esa parte de mí que se pierde en sus ojos y que está desesperada por creer en sus palabras. Me desgarra en dos, pero le sostengo la mirada.

—No.

Me niego a seguir dando explicaciones. Esquivo su cuerpo y sigo andando, alejándome.

Tiemblo como una hoja cuando me escabullo por un pasillo lateral y me encierro en el primer baño que encuentro. Las piernas apenas me sostienen. No estoy segura de cómo he conseguido no romperme delante de él. Pero ahora ya no puedo contenerme. ¿Cómo voy a hacer esto? ¿Hasta dónde voy a ser capaz de llegar? ¿Cómo voy a lograr salir de aquí algún día?

54

Me despierta un ruido vibrante, rítmico, como si siguiera algún tipo de melodía.

Hace solo unos días que volví a la residencia. Aaron ha venido este fin de semana y Tracy ha salido con él a cenar, así que estoy sola.

Cojo el móvil y trato de enfocar la pantalla. Hay una llamada entrante de Trevor. El despertador de Tracy marca la una y media. Dudo mirando fijamente ese nombre que parpadea. ¿Será *él*? Seguro que es *él*. Y sé que no debo contestar. Sé que no tengo que dejar que se cuele en mi vida, ni tan solo una gota más. Pero cada vez que Trevor o Sean me han llamado ha sido porque a Daryl le pasaba algo. Hace muchos días que no sé nada de él y es experto en hacer tonterías cuando estamos lejos, y a lo mejor... ¿Y si le ha pasado algo? Si no descuelgo se cortará la llamada y nunca lo sabré.

—¿Hola?

—Joder, pensaba que no ibas a contestar.

Es Trevor, no Daryl. Es Trevor y eso hace que se me encoja el corazón y se me escape todo el aire que guardaban mis pulmones. ¿Qué ha sido esta vez? ¿Qué le habrá pasado? Intento preguntar, pero no me sale la voz. Sigue hablando:

—Mira, no sé qué pasa contigo o qué pasa con él, pero, hostia, Haley, tienes que hacer algo con este cabrón. Estábamos en una fiesta en la playa y se ha pasado colocándose, y te juro que se ha vuelto loco, está por ahí lloriqueando y haciendo estupideces por las que va a acabar con unos cuantos huesos rotos o algo peor, y diciendo que tiene que desaparecer. Que tiene que desaparecer de una vez porque eso es lo único que tú le has pedido que haga. Está claro que no va a parar hasta acabar en el hospital. Oye, no te pido que te encargues de su mierda, ¿vale? No tienes que quedarte con él. Solo ven, por favor, y convéncelo de que se vaya a dormir la mona. Nosotros nos encargamos de subirlo a su casa y atarlo a la cama si hace falta, estamos casi enfrente del portal, pero tal y como está ahora es imposible, no escucha a nadie, ya le ha partido la cara a Sean y no quiero ser el siguiente. A ti va a escucharte, niña bien. ¿Vienes?

Mi mente echa humo, mientras mi cuerpo y mi corazón ponen todas las trabas posibles para que no piense. No voy a quedarme con él, ni siquiera voy a estar a solas con él en ningún momento. No creo ni que esté en condiciones de intentar enredarme otra vez. Solo tengo que ir y hacerlo reaccionar. Puedo hacer eso, ¿no? No puedo dejar que se haga daño cuando sé que Trevor tiene razón: que es a mí a la única a la que va a escuchar. Además, está claro que esto es culpa mía. Fui yo la que le dijo que quería que desapareciera. Aunque no me refería exactamente a esto.

—¿Haley?

—No voy a quedarme, ni voy a hacerme cargo de él. No voy a estar con él ni un minuto a solas. Sean y tú tenéis que estar ahí conmigo, ¿está bien?

Y no es solo que no me fíe de Styles. Es que tampoco me fío de mí si llego allí y lo veo destrozado y asustado. Si lo veo tan vulnerable. No me fío de que mi parte emocional no vuelva a ganar la batalla y me obligue a bajar hasta el infierno otra vez, solo para intentar rescatarlo de las llamas.

—Claro que sí, nosotros nos encargamos en cuanto lo hagas razonar un poco, te lo prometo. Sean te esperará en la entrada de la playa.

Vale. Creo que puedo fiarme de Sean. Trevor se largará a la primera de cambio, pero estoy bastante segura de que Sean se quedará si se lo pido. Además, es una fiesta en la playa, va a estar lleno de gente, ¿verdad? Se oye mucho barullo de fondo al otro lado de la línea.

—Está bien. Voy para allá.

—Gracias, Haley. Tranquila, lo mantendremos con vida todo lo que podamos —asegura en tono burlón.

Cuelgo el teléfono sin decir adiós, me levanto de la cama y me visto. Pienso en dejarle una nota a Tracy, pero creo que no va a volver a dormir. Y a mí esto no va a llevarme mucho tiempo. Solo asegurarme de que sus colegas lo llevan a casa y ya está.

Conduzco más rápido de lo que debería hacia la playa. Evidentemente, hay una fiesta aquí. La música y el barullo llegan hasta mí antes de que haga el giro con el coche y el océano quede a la vista. Tengo la suerte de encontrar un sitio para aparcar cerca del portal de Daryl. Se me hace raro estar aquí. Es bastante duro. Unos cuantos mazazos para lo que queda de mi alma. Salgo del coche y estiro el cuello para intentar localizar a Sean. No veo a nadie. Mi bolso aún sigue en el asiento de copiloto, con el móvil dentro. Voy a tener que cogerlo para llamar a Sean y decirle que estoy aquí. Entonces veo a Trevor en la acera de enfrente, cierro el coche y doy un par de zancadas hacia el paso de peatones más cercano, para poder cruzar.

No llego hasta allí.

Una sombra se despega de la pared y se lanza sobre mí

por la espalda, sigilosa. Un brazo cubierto de tinta negra me rodea el torso y una mano me cubre la boca.

Siento sus labios pegados a la oreja, cuando me habla en un susurro:

—Hola, nena —dice, y no suena destrozado, ni drogado, ni desesperado. Suena inquietantemente tranquilo—. Gracias por venir.

55

Me arrastra al interior del portal mientras pataleo y me revuelvo. Es inútil. Es mucho más fuerte que yo. La puerta se cierra con un ruido seco que me resuena en los oídos. La música suena más alta aquí que en la calle, y me cuesta un poco darme cuenta de que es porque alguien está haciendo otra fiesta en casa.

—Oye, ¿quieres parar? Sabes que me encanta cuando te pones en plan fiera, pero ahora no es el momento, espera a que lleguemos arriba.

La voz de Daryl, ronca y burlona, pegada a mi oído, me hace sentir náuseas. Intento liberarme de nuevo y él aprieta su agarre todavía más, cortándome la respiración. Pero eso lo lleva a mover la otra mano, que me cubre la boca, y yo sacudo la cabeza hasta encontrar el ángulo perfecto, y la muerdo con todas mis fuerzas.

Me suelta y da un paso atrás.

—¡Hija de puta!

No me da tiempo a correr. No me da tiempo a buscar la salida. En un solo segundo mi espalda está contra la pared y su cuerpo pegado al mío, nuestros pechos moviéndose al mismo ritmo, con las respiraciones agitadas. No me molesto en gritar, sé que no va a servir de nada. Sus ojos grises se me clavan. He visto muchas emociones pasar por ellos, pero lo que reflejan esta noche es nuevo para mí. Es solo vacío.

—¿De verdad tengo que hacer todo esto para poder verte? ¿Tengo que llegar a esto para que vengas a mí?

—¿Qué estás haciendo, Daryl? —pregunto con voz temblorosa—. ¿Qué vas a hacer? ¿Vas a retenerme, a encerrarme, a atarme a tu cama? Esto no funciona así. No tiene que ser de esta forma. Deja que me vaya. No quieres que acabe así.

Pega un golpe fuerte en la pared junto a mi cabeza que me hace dar un respingo.

—Yo no quiero que acabe, Haley. Y tú tampoco. Pero ¿por qué no lo ves? Los has escuchado, te han comido la cabeza, nena. Claro que esto no tiene que ser así. Tú tienes que estar aquí conmigo. Tú y yo, ¿no te acuerdas? Solo quiero que te acuerdes. Tengo que hacer esto para que te acuerdes.

—Me acuerdo. Y me acuerdo de todo lo demás también. Me acuerdo de las mentiras y me acuerdo de las lágrimas y me acuerdo de todas las veces que me has hecho sentir una mierda. Me acuerdo. Y sé que tú también. Todo tiene un límite, amor. Y tú y yo lo pasamos hace tiempo.

—¡No me llames amor! —me grita a la cara, y yo me encojo tanto como puedo—. No me lo llames así. Así no. Tú eres la que ha pasado el límite. Lo has dejado muy atrás. Me has abandonado, Haley. Me habías prometido que nunca harías eso.

—Lo siento. Pero ya me he ido, Daryl, y no puedes obligar a nadie a quedarse a tu lado cuando ha decidido marcharse.

Aprieta la mandíbula.

—Es que aún no te has dado cuenta de que estás equivocada.

Me sujeta los brazos con fuerza.

—Me haces daño. Por favor, suéltame. Deja que me vaya.

Frunce el ceño con los ojos clavados en los míos y niega con la cabeza mirándome como si me viera por primera vez, como si fuera una criatura extraña para él y no pudiera entender mi idioma.

—Solo quiero hablar.

—Podemos hablar otro día, en otro sitio.

Suelta todo el aire de golpe, como si acabara de perder la paciencia. Me suelta un brazo, pero me mantiene sujeta por el otro mientras me empuja hacia las escaleras.

—¡Eres una puta mentirosa! ¡Cállate! ¡No haces más que mentir y mentir y mentir, nena! Vas a venir conmigo. Vamos a arreglar esto. No me importa cuánto tiempo nos lleve, ¿me oyes?, me da igual. Todo el tiempo que necesites para entrar en razón.

—¡Suéltame!

Me agarro a la barandilla mientras él me arrastra hacia arriba, escalón tras escalón.

Vuelve a ponerme una mano en la boca, para hacerme callar.

—No querrás molestar a los vecinos, ¿no? Da igual, tampoco van a oírte. Están todos en la fiesta del tercero. Muy oportunos. Se les ha olvidado invitarme, eso sí.

Cuanto más intento escapar, más fuerza pierdo, y, además, no paro de hacerme daño: en las manos con la barandilla, en las rodillas cada vez que tropiezo y caigo sobre los escalones. Cuando pasamos el segundo piso dejo de pelear.

Me empuja dentro de su apartamento. Caigo de rodillas al suelo y apoyo las palmas de las manos en la madera, mientras trato de respirar y no ahogarme en la ansiedad.

Lo oigo dar dos vueltas de llave en la cerradura. Cuando consigo girarme y mirarlo veo cómo las guarda en el bolsillo.

Aquí estamos, él y yo. Solos. Encerrados. Enfrentados.

Y sin escapatoria. Como siempre. En el fondo es así como llevamos desde el principio. Y no me sorprende, porque desde entonces sé que no hay salida.

—Ahora podemos hablar tranquilos, ¿vale? —dice. Camina a mi alrededor lentamente, como hace un depredador que tiene acorralada a su presa—. Perdona que haya tenido que hacer esto así, nena, no quería asustarte.

Se agacha frente a mí y yo me muevo para retroceder hasta que choco contra el sofá. La cocina aún no está terminada y hay polvo por todas partes. Se acerca despacio.

—No quería hacerte daño. —Pone las yemas de los dedos sobre mi mejilla. Aparto la cara de golpe para que deje de tocarme—. Estás bien, ¿verdad? No te he hecho daño, ¿no, cariño? Joder, tienes que entenderlo, ¿verdad que sí? Tenía que hacer algo, Haley. No puedo dejar que te vayas así, como si nada, sin luchar por nosotros. No puedo dejar que ese puto Sparks se piense que puede tenerte, cuando tú eres mía y solo mía.

—Para —pido en un sollozo cuando pone la mano en mi cuello, inmovilizándome, y acaricia la línea de mi yugular con el pulgar—. Para, por favor, tú no quieres que esto sea así. No puedes querer que sea así.

Se levanta de golpe. Pasea por la estancia muy nervioso, se mesa el pelo y tira de los mechones mientras parece estar hablando consigo mismo en un murmullo.

Sé que no puedo hacer nada. No puedo salir de aquí. Es la primera vez que siento miedo de verdad de Daryl. Nunca lo había visto de esta manera. Tan infeliz. Tan desquiciado. Tan desesperado.

—Voy a darte unos minutos para que te tranquilices, ¿vale, nena? —propone de pronto, como si acabara de tener la mejor idea de la noche—. Sí, eso es. Necesitas un par de minutos para poder respirar hondo y pensar, ¿verdad?

No digo nada. Veo su imagen borrosa entre las lágrimas. Está delante, de pie, y yo, sentada en el suelo, encogida contra el sofá, parezco diminuta en comparación. Es mucho más grande, más fuerte, y tiene todo el control. No voy a poder salir de aquí.

No vas a salir viva de aquí, Haley.

Eso es lo que murmura una voz en mi cabeza. No paro de escucharla. Una y otra vez. No voy a salir viva de aquí.

Recuerdo cada una de las veces en que he dicho o pensado que él no era así. Que lo conocía mejor que nadie. Pero el chico que tengo delante es un completo desconocido.

Daryl no va a hacerme daño.

Quizá fuera así. Daryl nunca me haría daño, pero, de golpe, tengo una nueva certeza: Styles va a matarme.

Se aleja hacia el baño y pega un portazo cuando se mete dentro. Oigo el agua correr, y solo puedo imaginar que estará lavándose la cara, tratando de serenarse. Me abrazo las rodillas y me hago aún más pequeña. Daryl, *mi* Daryl, no está aquí esta noche. Quien me retiene es otra persona. Es el resultado de su infancia, de sus traumas, de sus inseguridades y su miedo. Es el resultado de mi rechazo. Y no puedo hacer nada más que esperar el resultado final.

No vas a salir viva de aquí, Haley.

Algo en mi interior se calienta y burbujea y empieza a extenderse desde el centro hacia cada rincón de mi cuerpo. Un nuevo soplo, un nuevo instinto, unas nuevas ganas de luchar. Lo poco que queda en mí de la vieja Haley aún tiene algo que decir. Y lo dice en mi cabeza muy alto y muy claro, respondiendo a mis pensamientos intrusivos: *¡y una mierda!*

No voy a morir aquí esta noche. No voy a rendirme sin luchar.

Me pongo en pie y me muevo rápido hacia la puerta. Abro los cajones del mueble de la entrada para buscar una copia de las llaves. Tiene que haber alguna en algún sitio. Mis llaves tienen que estar aún en algún lugar. Corro hasta la habitación y revuelvo los cajones de la que era mi mesilla. Nada. Miro por cada ventana, valorando mis posibilidades, pero es imposible salir por ahí, estoy en un cuarto piso. Me muevo hasta la cocina, para revisar cualquier cosa que pueda encontrar y que pueda servirme. Los trabajadores que la están reformando tienen que usar herramientas, ¿verdad que sí? A lo mejor hay algo que me sirva para...

—¿Dónde crees que vas?

Me giro para encararlo cuando su voz a mi espalda me frena en seco. Sé que se crece con mi inseguridad. Sé que se cree más grande cuanto más pequeña me hace. Y no pienso ser más la víctima. Doy dos pasos hacia él, levanto la barbilla y trato de mostrarme firme, aunque siga temblando por dentro.

—Estás perdiendo el tiempo, Daryl. Esto se ha acabado y lo único que puedes hacer es aceptarlo. Tienes que dejarme marchar.

Ladea la cabeza, como hace *Ron* cuando oye un sonido muy agudo, y me mira como si no me reconociera.

—Pero tú no quieres irte, nena —decide por mí, con una sonrisa de medio lado que no termina de formar del todo—. Quieres estar aquí. No paras de decir que te vas y que no quieres verme más y que se ha acabado. Pero sabes tan bien como yo que es mentira.

Camina hacia mí, y yo retrocedo a medida que avanza.

—Vamos, vamos. No tienes que ponerte a la defensiva, Haley. No tienes que luchar contra mí. Estamos juntos. Somos tú y yo contra el resto.

Llego hasta la puerta principal y luego sigo moviéndome, rodeo la mesa y vuelvo hacia el ventanal. Termino por apoyar la espalda contra el cristal. Me pregunto si alguien podrá verme desde la playa, y si a alguien le importará. Llega hasta mí y se planta delante.

—Sabía que nada de lo que estabas diciendo últimamente era verdad —sigue en un tono mucho más dulce—. Dijiste que querías que desapareciera, ¿te acuerdas? Eso es lo que le he dicho a Trevor que tenía que decirte, nena, porque necesitaba saber si lo decías de verdad. Pero, mírate, estás aquí. —Esboza una sonrisa y estira la mano para acariciarme la mejilla. Aparto la cara hacia un lado, pero insiste y se acerca más, y yo acabo deslizando mi espalda por el cristal hasta acabar sentada en el suelo. Se agacha, pero no me toca—. Has venido, nena. Y eso significa que no lo decías de verdad. No quieres que desaparezca, ¿lo ves? Sí que te importa.

—Claro que me importa —sollozo—. No quiero que desaparezcas del mundo, amor. No quiero que te hagas daño. Quiero que seas feliz. Pero quiero que lo seas sin mí. Necesito que desaparezcas de mi mundo. Tengo que seguir adelante, o seré yo la que termine por desaparecer.

Niega con la cabeza.

—No, yo no voy a dejar que eso pase. Tienes que entrar en razón de una vez. Vamos. Tú y yo. Podemos ser tú y yo y nada más, como aquel fin de semana, ¿te acuerdas? Yo tuyo. Y tú mía.

Estira el brazo de nuevo y pasa dos dedos por mi cuello, donde mi pulso late furioso. Luego acaricia mi clavícula y, después, mi escote.

Me da asco que me toque. Me produce un rechazo visceral. Y un escalofrío me recorre de arriba abajo.

En mi memoria se arremolinan un montón de recuerdos que ahora asoman a través de un prisma diferente. Como si lo viera desde fuera. Y desde aquí se ve completamente distinto a como lo viví. Las imágenes se suceden sin descanso y es como si fuera otra persona la que estaba allí con él. Su forma de tocarme. El sexo duro para desahogar sus frustraciones. Follar sin condón. Su manera de eyacular sobre mí, marcándome.

Me aparto bruscamente cuando mi cuerpo no puede tolerar su contacto.

—No quiero que me toques —digo, mucho más firme de lo que creía posible.

Frunce el ceño. Parece confundido. No sé lo que ve en mis ojos, pero, sea lo que sea, hace que cambie su actitud. Se pone en pie de golpe y camina hacia el baño a grandes zancadas. Vuelve enseguida, con unas tijeras en la mano. Las lleva abiertas, y aprieta tanto los dedos en torno al filo que puedo ver alguna gota de sangre resbalar hasta la madera del suelo. Levanta el brazo y pone la punta afilada contra su cuello.

—¡¿Es esto lo que quieres?! —pregunta a gritos—. ¿Esto es lo que quieres que pase conmigo, Haley? ¡Pues es lo que me obligas a hacer! ¡Esto es lo que pasa si tú me dejas! Dijiste que te importaba. Dijiste que a ti te importaría si me pasaba algo —llora.

Yo también estoy llorando. Siento lágrimas gruesas rodar por las mejillas y mis manos no paran de temblar.

—¡Para! —grito con todas mis fuerzas cuando veo el rojo de la sangre brotar en su cuello—. ¡Para ya, por favor!

Se deja caer de rodillas en el suelo, sollozando. La tijera cae de su mano al suelo. Yo no me muevo.

—Tienes que volver a quererme, nena. —Lo oigo decir, con la cabeza escondida entre los brazos—. Tienes que quedarte conmigo.

—Ya no puedo —respondo, en un tono de voz mucho más bajo.

No sé si me ha oído o no. Pasa un buen rato ahí, encogido, llorando.

Se mueve lentamente cuando parece que se le acaban las lágrimas. Arrastra las rodillas por el suelo hasta mí.

—Tiene que haber una manera. Tiene que haber algo que pueda hacer. Siempre vuelves, nena, y esta vez tienes que volver también. —Va diciendo, y siento que está hablando más consigo mismo que conmigo—. Ya sé cómo puedes recordar quiénes somos... Ya lo sé...

Se acerca lo suficiente para sujetar mi cara entre las manos y pega su boca a la mía con fuerza. Intento apartarme y le pego con los puños en los hombros y en el pecho, pero no se mueve ni un milímetro.

—Vamos, nena. Sabes que así es como funcionamos tú y yo.

Intento escabullirme del peso de su cuerpo y deslizarme hacia un lado, pero intercepta enseguida mi movimiento y me tumba en el suelo para ponerse encima. Me separa las piernas, se cuela entre ellas. Se mueve sobre mí mientras intenta besarme.

—No, Daryl, no. Para, por favor —suplico.

Luchar no sirve de nada. Mueve las caderas sobre mí y yo tengo ganas de vomitar, y las lágrimas y los sollozos se me atascan en la garganta.

—No pasa nada, nena. Ya lo verás. Solo quiero recordarte que eres mía. Vamos.

Le muerdo el labio con fuerza cuando vuelve a besarme. Aparta la cabeza con un gruñido de dolor y aprovecho para luchar con más fuerza hasta conseguir clavar la rodilla en su abdomen. Se quita de encima quejándose, y deja que su cuerpo ruede por el suelo. Y yo me arrastro todo lo lejos que puedo, pero solo llego hasta la pared que separa esta estancia del baño y me quedo allí acurrucada, abrazándome.

—Joder —lo oigo quejarse.

Se incorpora poco a poco y me mira con rabia.

—Deja que me vaya —pido, una vez más.

—Joder. ¡Joder! —Se pone en pie y camina por el salón—. Mierda, nena, ¿por qué me haces esto? ¿Por qué estás haciendo esto?

—¡No! ¿Por qué haces tú esto?

Le pega una patada al sofá y luego vuelca la mesa de centro y rompe el cristal. Empieza destrozar todo sin control. Tira el televisor. Lanza los cajones por los aires. Estrella la lámpara contra la pared.

Me encojo, me tapo los oídos y escondo la cara entre las rodillas. Le lleva un rato calmar su ataque de ira. Levanto la vista prudente cuando dejo de oír los golpes. Se está acercando hacia mí, gateando por el suelo, sin importar la cantidad de cristales rotos que ahora hay por todas partes. Intento echarme atrás, pero ya estoy completamente pegada a la pared, y cruzo los brazos delante del torso y la cara, para protegerme.

—Nena —dice, en un tono tan calmado y dulce que me estremece aún más—, ¿qué te pasa? ¿Por qué actúas como si te diera miedo? No me tienes miedo, ¿verdad que no? No tienes que tenerme miedo. Yo nunca te haría daño, Haley. Nunca. Te lo juro. No hagas esto, por favor, me rompes el corazón.

Me cuesta hablar. Tengo un nudo enorme en la garganta. Y miedo. Sí. Tengo mucho miedo. Como nunca pensé que pudiera sentir estando a su lado.

—Ya no lo sé —sollozo—. Ya no sé quién eres, Daryl. Pero no hagas esto más. No lo hagas. Dijiste que no querías ser como tu padre.

Se le cambia la cara en cuanto digo eso. Se le desencaja el gesto. Niega con la cabeza, vehementemente, mientras retrocede.

—No, Haley, no. Yo nunca te haría daño. Así no. Haría

cualquier cosa por ti, por protegerte. Te quiero, nena. Te juro que hago cualquier cosa que me pidas para demostrártelo. Cualquier cosa que me pidas.

—Solo te pido una cosa, y tú no eres capaz de dármela.

Lo sabe. Sabe de qué hablo. Sabe que lo único que le pido es que me deje ir, que me deje libre, que me deje volver a ser yo, volver a vivir, volver a respirar.

Se sienta en el suelo frente a mí, a distancia. En la misma postura, con las rodillas contra el pecho, abrazándolas, y escondiendo la cara entre ellas. Los dos lloramos. Cada uno por nuestros propios motivos, pero puede que en el fondo los dos por lo mismo.

No sé cuánto tiempo pasamos así, en silencio. No lo sé. Puede que sean minutos que a mí me parecen horas o puede que sean horas que no soy capaz de contar.

Su voz acaba con el silencio entre los dos, baja, ronca y rota.

—Ya no puedes quererme, ¿verdad? No lo merezco.

Levanto la vista, pero él no me está mirando. Está con la barbilla apoyada en una rodilla y los ojos clavados en los cristales del suelo que lo rodean.

—Mereces que te quieran, amor —susurro, con la garganta tan irritada que me cuesta sacar las palabras—. Pero yo también merezco quererme. Y no puedo hacer las dos cosas a la vez.

Se me escapa una única lágrima, cuando ya había acabado con toda la reserva de esta noche, y rueda lentamente por mi mejilla.

Alza la vista y nuestras miradas conectan por un par de segundos eternos.

Cambia de postura sin moverse del sitio. Saca las llaves del bolsillo y las lanza en mi dirección. Resbalan por el suelo hasta quedar justo ante mí, al alcance de mi mano.

56

Me cuesta casi un segundo entero respirar y ser capaz de alargar la mano para coger las llaves. En cuanto cierro el puño en torno a ellas me levanto tan rápido como puedo y corro hacia la puerta, sin mirar atrás.

Él no se mueve.

Salgo del piso y me abalanzo hacia las escaleras, sin molestarme en cerrar la puerta detrás de mí. Empiezo a bajar a toda velocidad, hiperventilando, sin saber ni cómo logro mantenerme en pie.

Me enfrento al último tramo de escalera cuando choco con alguien, que sube a la misma velocidad que yo bajo. Creo que pego un grito, no lo sé. Y la persona que tengo enfrente me sujeta entre sus brazos, me separa para mirarme bien, pone las manos en mis mejillas mientras me habla. Yo no soy capaz de escuchar.

—Haley. Haley. Joder, ¿estás bien? ¿Estás bien?

Jayden está mirándome tan preocupado como no lo había visto jamás. En cuanto logro enfocar su cara mis piernas se tornan débiles de golpe. Tiene que sujetarme fuerte entre los brazos, para que no me caiga al suelo. Así, pegados, puedo notar que él está temblando tanto como yo.

—¿Estás bien? —repite.

Me aferro a su cintura y escondo la cara en su pecho, buscando refugio. Su corazón late tan acelerado y tan fuerte que lo oigo como si fuera el mío, dentro de mi cabeza.

—¿Qué te ha hecho? ¿Dónde está ese hijo de puta? ¿Está ahí arriba?

Se separa de mí y pone un pie en el siguiente peldaño, dispuesto a subir a buscar a Daryl. Me agarro fuerte a su brazo, incapaz de dejarlo marchar.

—No, por favor. Por favor, sácame de aquí —suplico con la poca voz que me queda.

Creo que duda por un segundo, pero enseguida vuelve a sujetarme, con un brazo en mi cintura, y me aprieta contra su costado para llevarme escaleras abajo hasta el portal.

En ese momento Cole entra acelerado, llamando a Jayden a gritos. Nos ve en cuanto encaramos la puerta y suelta un suspiro aliviado.

—Haley, ¿estás bien?

No contesto.

La puerta del portal no cierra. Alguien ha reventado la cerradura. No sé cómo, pero sé que pongo las llaves del coche en la mano de Jayden y él no me suelta ni un segundo mientras me lleva hasta allí. Oigo que le dice algo a Cole, no sé muy bien qué, y su amigo se marcha y nos quedamos solos. Me abre la puerta del copiloto y me ayuda a subir. Y yo me encojo en el asiento sin parar de llorar y tiemblo más que antes. Jay tiene que abrocharme el cinturón cuando se sienta tras el volante. Hace amago de ponerse el suyo, pero antes de hacerlo se gira hacia mí de nuevo y me abraza con fuerza contra su pecho.

—Ya está, vamos, ya está —me arrulla. Pero él también sigue alterado. Se aparta para poder mirarme a la cara. Pone una mano sobre mi mejilla y me acaricia muy tiernamente con el pulgar—. ¿Qué te ha hecho, Haley?

Niego con la cabeza y cierro los ojos.

—No me ha hecho nada. No ha llegado a hacerme nada —consigo decir a duras penas. Aunque no es exactamente así como yo lo siento—. Estoy bien.

Se estira para besarme la frente.

—Estás bien —repite como si no pudiera creerlo.

—Jay —lo llamo cuando se aparta. Me mira y yo bajo la mirada al instante antes de hacer mi petición—: ¿Puedes llevarme a la comisaría?

Su pulso no es en absoluto firme cuando pone el coche en marcha y sujeta el volante, pero consigue manejarse lo suficientemente bien para conducir por las calles de la ciudad hasta el destino que le he indicado.

Me acompaña dentro y sujeta mi mano en silencio. Lo suelto cuando doy el último paso hacia el mostrador de recepción y un chico joven con el uniforme de policía pregunta en qué puede ayudarme.

—Quiero poner una denuncia.

La persona que está tras él, organizando unos papeles, se gira a mirarme. La reconozco enseguida, es aquella policía que detuvo a Daryl y me advirtió sobre él. Veo en sus ojos que ella también se acuerda de mí.

—Ven, cariño —habla—. Ven conmigo.

Me giro a mirar a Jayden. Él asiente con la cabeza, dándome ánimos.

—Voy a estar esperándote aquí —promete.

Acompaño a la policía hasta una sala llena de mesas y me siento frente a ella. Y hablo. No sé cómo soy capaz de relatar toda la historia sin romperme. Le cuento lo que ha pasado desde que dejé a Daryl: las llamadas y los mensajes, las amenazas, las ruedas de mi coche, el sobre con las fotografías. Todo. Y todo lo que ha pasado esta noche.

—¿Es tarde? —pregunto al recordar lo que ella me dijo aquella vez.

Extiende la mano y la posa delicada sobre la mía por encima de la mesa.

—Es tarde para no salir herida. Es tarde para no sufrir secuelas. Es tarde para olvidar —dice tristemente. Me da un leve apretón en la mano que hace que fije mis ojos en los suyos y su mirada me transmite fuerza—. Pero no es tarde para sobrevivir.

Jayden está hablando por teléfono cuando salgo. Cuelga en cuanto me ve. Miro el reloj tras el mostrador de recepción. Son las cuatro de la madrugada.

—¿Con quién hablas?

Me rodea los hombros con un brazo y me acerca a su pecho.

—Con Mark. Ellos también estaban preocupados, buscándote por todas partes.

Me aparto, pero solo lo justo para alzar la mirada y buscar sus ojos.

—¿Cómo me has encontrado?

—Tracy me ha llamado cuando ha vuelto a la residencia y ha visto que no estabas. He ido a su fraternidad, y Cole ha hablado con un tal Sean, que nos ha dicho dónde estaba el apartamento. Cole ha insistido en venir conmigo, creo que solo porque quería quedarse mi moto —trata de bromear.

No tengo ganas ni de forzar una sonrisa. Si Sean estaba en la fraternidad, eso significa que probablemente nunca ha llegado a estar en esa fiesta de la playa, ¿no? Y yo he caído en la trampa como una tonta.

—Me he acojonado mucho —confiesa, con el gesto serio.

—Sí, yo también.

Apoya la frente sobre la mía.

—Lo siento. He sido una estúpida. Ha sido culpa mía...

—No. No, de eso nada. —Pone una mano bajo mi barbilla para que no aparte la cara—. Tú no tienes la culpa, Haley,

¿me oyes? Ha sido culpa suya. Tranquila, ya ha pasado, ¿vale? Todo va a ir bien. Vas a estar bien.

Vuelvo a esconderme en su pecho, con un nuevo ataque de llanto. Él me sostiene. Sé que me cubre las espaldas con mi dolor, justo como prometió que haría.

—Quiero irme a casa —sollozo, y no estoy muy segura de si puede oírme o no.

Pero lo hace. Me acaricia el pelo lentamente y lo aparta de mi cara.

—Vale. Voy a llevarte a casa.

57

Viajo encogida en el asiento de copiloto, tan acurrucada como me es posible con el cinturón de seguridad puesto. Jayden no protesta por tener que conducir durante horas, de madrugada y sin haber dormido esta noche. Se mantiene atento a la carretera, conduce suave y seguro, y de vez en cuando alarga el brazo para agarrarme la mano, dejando muy claro que está aquí conmigo y que no piensa dejarme sola.

Hará más o menos una hora desde el amanecer cuando paramos a repostar. Ni siquiera me siento capaz de ir hasta el baño yo sola, y Jay tiene que acompañarme y esperarme al otro lado de la puerta. Lo oigo llamar por teléfono justo antes de entrar en los lavabos de la gasolinera.

—Hola. Siento llamarte tan temprano, Cam. No, no te preocupes, está todo bien. Tengo a Haley aquí conmigo, la estoy llevando a casa. Estamos como a una hora de Oakland, más o menos.

Sé que le va a dar más detalles, para que estén prevenidos cuando me vean en este estado, pero no quiero oírlo. Dejo que la puerta se cierre detrás de mí y amortigüe el sonido de su voz. Esta noche he pensado en mi padre, mientras estaba en ese apartamento sentada en silencio frente a un Daryl desquiciado. He pensado mucho en él. En cómo lo pasaría si ya no volviera a verme, en qué pensaría, en cuál sería el recuerdo que guardaría de mí. En que no podía dejar de vivir estando así, sin hablarnos desde hace semanas. En si se pasaría el resto de su vida pensando que yo le odiaba. En que, si me dieran la oportunidad de volver a hablar con una sola persona en el mundo, sería él.

Solo quiero llegar a casa de una vez. Es lo único que necesito.

Los veo en cuanto Jayden enfila mi calle al volante del coche. Debe de estar agotado de conducir toda la madrugada, pero no se queja. Mis padres están en el jardín delantero, y mi hermano, sentado en el escalón del porche con *Ron* al lado. Jayden para junto a la acera. Es papá el primero que se acerca, muy rápido, y abre la puerta para que yo pueda salir. Mamá está solo un paso por detrás y, en cuanto la veo, se desata mi llanto una vez más. Me suelto el cinturón y me bajo para lanzarme hacia ella y poder abrazarla. Aprieta tan fuerte que en cualquier otra circunstancia protestaría, pero esta vez no lo hago. La oigo soltar un suspiro afectado en mi oído mientras me acuna. Siento la mano de papá acariciarme el pelo y sus labios en la coronilla, y quiero hacer algo para demostrarle que lo he notado y que también lo necesito a él, pero no puedo despegarme de mamá.

—Está bien, cariño, ya estás en casa —me dice ella al oído, y se mueve para llevarme al interior, sin soltarme para nada.

Oigo a papá hablar con Jayden, le da las gracias por traerme a casa, y creo que le está dando un abrazo. Suena bastante afligido. *Ron* da vueltas a mi alrededor, sin que yo pueda prestarle atención. Pero creo que encuentra a alguien que sí se digna a saludarlo.

—Eh, hola, colega —le dice Jayden—. No te preocupes, ella te achuchará y te besará un montón cuando esté un poco mejor, ya verás.

Liam cruza la mirada conmigo cuando mamá me lleva dentro. Intenta dedicarme una sonrisa, pero me percato de sus ojos llenos de lágrimas.

Mamá me lleva hasta mi cuarto y mi hermano nos sigue. Solo me quito las zapatillas antes de meterme en la cama y hacerme un ovillo bajo las sábanas. Ella me acaricia la cara, despacio y con mimo.

—Voy a prepararte un vaso de leche caliente y te traeré un ansiolítico, ¿vale?

Quiero protestar, porque no quiero que se vaya. Pero mi hermano repta por la cama hasta tumbarse a mi lado, sobre las sábanas, y ya no siento miedo por quedarme sola, porque sé que no se marchará. Me echa un brazo por encima y apoya la mejilla en mi espalda, reconfortándome, en cuanto mamá sale por la puerta.

—Me alegro de que estés en casa. —Es todo lo que dice, pero a mí no me hace falta oír nada más para entender todo lo que calla.

Ron se une enseguida a nosotros y me pisa y me lame la cara hasta que Liam consigue controlarlo y deja que se acomode a mis pies.

Oigo voces en la entrada. Mamá le está diciendo a Jayden que le han preparado una de las habitaciones de arriba, para que pueda dormir un rato. Papá le dice que se quede un par de días, y que él le pagará un billete de avión a Los Ángeles cuando tenga que volver. Y Jay dice que está bien, que no se preocupen, que dormirá más tarde cuando yo esté descansando y que va a llamar a sus padres para contarles que está aquí con nosotros. Luego mamá vuelve a aparecer con un vaso de leche y un par de pastillas. Sustituye a Liam, tumbada en la cama a mi lado, en cuanto me lo he tomado todo. Me ayuda a cambiarme y ponerme la ropa cómoda para estar en casa cuando nos quedamos solas con *Ron*, y creo que aprovecha para observar bien mi cuerpo en busca de marcas preocupantes. No sé si ve el tatuaje o si la ropa interior lo oculta lo suficiente. Sea como sea, no dice nada. Supongo que tengo algún que otro golpe que se pondrá morado con el paso de los días, pero nada grave. No físicamente.

Me relajo poco a poco a medida que las pastillas van haciendo efecto. Y el tacto y el olor de mamá me acompañan hasta el sueño igual que cuando era pequeña.

Cuando despierto está empezando a anochecer. He dormido todo el día. Mamá se ha ido, pero no estoy sola. *Ron* sigue conmigo y, en cuanto me estiro, empieza a mover la cola. Me incorporo y cambio la postura para poder abrazarlo. Responde delicado, dándome un lametón en la mejilla. Siento el cuerpo muy cansado, pero necesito levantarme, y también ir al baño.

Oigo voces que provienen de la parte delantera de la casa y me acerco despacio con el perro pegado a los talones. Creo que están todos en la cocina.

—Ya ha puesto la denuncia —dice Jayden.

Supongo que él también habrá dormido un rato hoy, en uno de los cuartos de invitados de arriba. Suena mucho más tranquilo que esta madrugada.

—Llamaré a mi abogado, a ver qué podemos hacer para asegurarnos de que ese hijo de puta se mantiene bien lejos de ella —gruñe mi padre.

—Vale —corta mamá enseguida—. Ahora la tenemos en casa y está a salvo y vamos a ocuparnos todos de que esté bien, ¿entendido?

Oigo a mi padre y mi hermano hacer un sonido afirmativo, aunque un poquito frustrado, al unísono.

—Yo supongo que volveré a casa mañana —planea Jay.

Se me hace un poquito más difícil respirar al oírlo. Jayden se ha convertido en algo así como un espacio seguro, libre de ansiedad y lleno de oxígeno para mí en las últimas dos semanas. Me gusta tenerlo cerca. Aunque entiendo que no puede quedarse mucho, claro. Es normal que tenga prisa por volver.

—Puedes quedarte aquí todo el tiempo que quieras —asegura mi madre, justo del mismo modo en que Sue hace conmigo siempre—. Ya lo sabes, ¿no?

—Ya, sí, gracias, pero la verdad es que también tengo que regresar.

Lo entiendo. Lo entiendo tanto que me duele sentir lo que él siente.

Todos se vuelven a mirarme en cuanto pongo un pie en la estancia y eso hace que frene en seco, abrumada. Mamá me sonríe, pero es la única que consigue hacerlo.

—Hola —saluda—. ¿Has dormido bien? ¿Cómo estás?

—Estoy... bien, creo —respondo, no del todo convencida.

—¿Tienes hambre?

—No mucha.

No dice nada. Tampoco pone mala cara. No es que no quiera comer, es que tengo el estómago cerrado con un nudo de los fuertes.

—Ese perro se tiene que estar haciendo pis —interviene mi hermano, que estira el brazo para darle a *Ron* una palmada en el lomo—. No ha querido salir a pasear.

—Sí, vamos a abrirle la puerta del jardín —sugiere mi padre.

—Ya lo hago yo —me ofrezco, en parte porque el perro no ha salido por quedarse conmigo y en parte porque no quiero quedarme aquí y ser el centro de todas las miradas por mucho más tiempo.

Me siento en el escalón del porche trasero, mientras *Ron* olisquea por ahí. No han pasado ni diez minutos cuando alguien aparece, prudente, y para a mi lado.

—¿Puedo sentarme?

Alzo la vista para mirar a Jayden y trato de esbozar una sonrisa. No sé si me sale muy bien.

—Claro.

Se sienta junto a mí y nuestras piernas se rozan por un segundo. Aparta la suya enseguida y se mueve para darme más espacio. *Ron* viene a pedir mimos y, cuando ve que Jay se los da, se atreve a ir un paso más allá y rescata una de sus pelotas del césped para traérsela. Jayden se la lanza lejos, así que me imagino que a mi perro le cae mi amigo mejor que yo, que no he tenido ganas de jugar con él hace un momento.

—Gracias por haberme traído hasta aquí —digo, antes de que le dé tiempo a decir nada—. Y por haber ido a buscarme.

Asiente con la cabeza, y vuelve a tirarle la pelota a *Ron*.

—¿Estás bien?

Estoy a punto de responder que sí, solo por inercia, pero me doy cuenta al instante de que con él no va a colar. Además, es Jayden y no mis padres, no tengo que mostrarme entera para evitar preocuparlo demasiado.

—La verdad es que no —respondo en un hilo de voz, sincera—. Pero lo estaré.

—Claro que lo estarás —asegura, tan firme como si entonara los principios de su religión—. Y, si no, ya sabes que puedes contar conmigo, ¿no?

Giro la cara para mirarlo a los ojos. Está prestándome toda su atención, y *Ron* se impacienta y suelta un ladrido un pelín lastimero, mirando la pelota que ha dejado a sus pies, pero ni siquiera eso hace que despeguemos nuestros ojos de los del otro.

—Ya lo sé. Tú me cubres las espaldas.

Veo su tímida sonrisa reflejarse en sus pupilas. Desaparece enseguida.

—Haley, te juro que no había estado tan asustado en mi vida. Si llega a pasarte algo...

Pongo una mano en su mejilla y cierra los ojos al sentir el contacto.

—Sigo entera.

Físicamente sí, aunque por dentro esté hecha pedazos. Eso no lo digo. Tampoco hace falta. Estoy segura de que ya lo sabe. Me rodea con un brazo y me acerca. Deja que apoye la cabeza en su hombro. Siento su mejilla amoldándose a mi pelo. Le lanza la pelota a *Ron* con la otra mano, para no soltarme.

Pasamos un rato aquí, en esta postura y en silencio.

El domingo despierto a media tarde, con una sensación de vacío y desasosiego de la que no consigo desprenderme. Jayden ha vuelto a Los Ángeles esta mañana, y yo he pasado el día durmiendo. Salgo de mi cuarto y camino por la casa, sintiéndome perdida. Mis padres están en el salón, y no tengo ni idea de dónde se ha metido mi hermano. Voy directa a mamá y me tumbo hecha un ovillo a su lado, con la cabeza en su regazo. Pone las manos en mi pelo y yo cierro los ojos, y me siento algo mejor.

—Os dejo solas, ¿vale? —Me parece que mi padre suena triste cuando dice eso y se hace a un lado.

Debería haber hablado con él ya. Lo sé, y no estoy orgullosa de no ser lo suficientemente fuerte para disculparme y arreglar las cosas. Ha intentado acercarse a mí más de una vez, pero yo sigo refugiándome en mamá y dejándolo de lado. No quiero que esto le duela. Pero ahora siento que necesito a mi madre más que a nadie. Es raro, porque siempre había sido al contrario: formar piña con papá y no buscarla a ella apenas.

Mi madre se inclina para poder besarme la sien con ternura.

—¿Cómo estás?

Me encojo de hombros, con los ojos húmedos.

—No puedo dejar de sentirme así. No me encuentro, mamá. Y lo peor es que, después de todo, sigo sintiendo que debería haber hecho más.

Sigue acariciando mi pelo.

—A veces querer no es suficiente porque no tiene que serlo. No puedes salvar a alguien del infierno ocupando su sitio entre las llamas.

Cierro los ojos, pero un par de lágrimas se escapan de todos modos.

—¿Cómo salgo de esto?

Me frota el brazo mientras me seca las lágrimas delicadamente.

—Día a día —murmura, dulce—. ¿Necesitas hablar con alguien?

Asiento con la cabeza, y me muerdo el labio para tragarme un sollozo.

—Sí, creo que sí.

—Muy bien. Te conseguiré una hora para la consulta, ¿vale? ¿Prefieres que sea con una mujer?

Asiento de nuevo. Sí siento que hay cosas que me resultará más fácil hablar con una mujer. Y supongo que es normal.

—Vas a estar bien, cariño. No te presiones, no tengas prisa. Tienes que curar esto bien. Y nosotros estamos aquí para ayudarte. Sabes que te quiero más que a nada, ¿verdad?

Me incorporo para abrazarla y ella me acuna. Quiero decir que yo también la quiero, pero no me sale la voz.

Creo que tiene razón. Tengo que curar esto bien, si es que

tiene cura. Paso a paso. Y sé que voy a necesitar tiempo para poder estar mejor.

Aun así, hay algo para lo que no quiero esperar más. Voy a buscar a papá. Está en la cocina y, en cuanto me ve, abre los brazos y deja que me refugie en su pecho.

—Papá... Lo siento.

Lo suelto así, de golpe, antes de que pueda pensármelo mejor y se me atasquen las palabras en la garganta. Sé que se merece algo más elaborado que eso, pero se me llenan los ojos de lágrimas y no estoy segura de poder hablar mucho más.

Me aparta con cuidado y niega con la cabeza suavemente sin dejar de mirarme con el mismo amor con el que me ha mirado siempre.

—No tienes que sentir nada, pequeña. —Me acaricia la mejilla con dos dedos—. Está todo bien. Yo siento haberme puesto así y no haber sabido hacerlo de otra forma contigo. Solo quiero que estés bien y que seas feliz.

Apoyo la cabeza en su hombro y dejo que las lágrimas salgan libremente, porque no tengo que hacerme la fuerte con papá. Sé que él va a cuidar de mí. Sé que va a estar para ayudarme en cada paso del camino, pase lo que pase.

—No me siento muy capaz de nada, ahora mismo.

Me besa el pelo con delicadeza mientras me acaricia la espalda.

—Está bien. No pasa nada. Estas cosas llevan su tiempo, Haley. Eres mucho más fuerte de lo que te sientes en este momento, eso te lo prometo. Y, si alguna vez se te hace demasiado difícil avanzar, nosotros estaremos aquí para darte impulso. Siempre.

Oírlo solo me hace llorar más. Él me deja hacerlo. No me juzga por haber sido una niñata caprichosa. No me rechaza por haberlo tratado mal, ni por haberme enamorado de un chico problemático. No me condena por no ser ya la misma persona que se fue de casa hace siete meses. No. Él me quiere igual. Igual que antes. Tanto como siempre.

—Te quiero, papá —digo en un susurro. Necesito que él también lo sepa.

Me abraza con más fuerza.

—Sabes cómo ablandarme, ¿eh? —protesta, todo lo burlón que puede sonar—. Yo te quiero a ti más de lo que te puedas llegar a imaginar, y eso no va a cambiar nunca, Haley.

Necesitaba de verdad oír algo como eso. Es bueno saber que existen constantes como esta en mi vida.

No sé cuánto tiempo me llevará o si alguna vez me sentiré de verdad preparada para volver a retomar mi vida donde la dejé antes de Daryl. Solo sé que, de momento, lo que necesito y lo que quiero es quedarme aquí. En casa.

58

Una semana entera. Ese es el tiempo que ha pasado desde que Jayden me trajo a casa conduciendo en la madrugada. Es el tiempo que llevo refugiada aquí. Y ese era el tiempo exacto que hacía desde la última vez que supe algo de Daryl.

Pero hoy ha llamado. Otra vez. Número desconocido cerca de las cuatro de la mañana. No he contestado. He cortado la llamada. He apagado el móvil. Y, por supuesto, ya no he podido volver a dormir.

Estoy pasando el peor día de la semana, creo. No le he dicho nada a nadie de la llamada. No, porque no quiero que se preocupen más. No, porque en realidad es solo una llamada de teléfono y puede que ya ni siquiera vuelva a intentarlo, ¿no? A lo mejor no era él. Pero vuelvo a sentirme pequeña. Frágil. Vulnerable. Perdida. Y rota.

Ya está anocheciendo y estoy en mi cuarto, con *Ron* haciéndome compañía, pero, aun así, con la puerta abierta, para no sentirme aislada. Trato de plasmar cómo me siento en ese diario que empecé hace dos días por recomendación de la psicóloga. Me está costando bastante.

Hoy es el primer día de las vacaciones de primavera. Y Jay se queda en casa de sus padres, haciéndose el fuerte para que su madre no sepa lo preocupado que está en realidad. Me gustaría poder hacer algo más por él que escucharlo cada noche al otro lado del teléfono. Y me imagino que él siente lo mismo. A los dos nos vendría bien un abrazo cuando finalizamos nuestras charlas, pero, en cambio, lo que hacemos es pasar unos cuantos segundos en silencio pegados al teléfono escuchándonos respirar y dar las buenas noches con la voz lo suficientemente aterciopelada como para que eso resulte un torpe intento de abrazo a distancia. Nos cubrimos las espaldas. Pero yo tengo que estar donde necesito estar, y él tiene que hacer lo mismo.

Dejo el bolígrafo sobre el papel con un golpe seco, y veo de reojo cómo *Ron* mueve una oreja, captando mi frustración. Si ni siquiera yo soy capaz de expresar cómo me siento, ¿cómo va a poder entenderme alguien?

Oigo sonar el timbre de la puerta principal. Repetidas veces. Insistentemente. Con mucha prisa y mucha energía. Mi perro y yo volvemos la cabeza hacia la fuente del sonido a la vez. Y él suelta un solo ladrido y luego salta de la cama, meneando la cola como si fuera un ventilador, y camina ligero hacia la entrada. Lo sigo, con el corazón encogido, y el pulso latiéndome en las sienes, debilitando mi fachada de chica dura del día de hoy. Porque *Ron* sabe quién llama así al timbre cada vez que viene a esta casa... y yo también.

Abre mi madre. Yo solo he llegado a poner un pie fuera de la habitación y encarar la entrada cuando me llama.

—¡Haley!

No contesto, porque no me sale la voz. Mamá se aparta a un lado enseguida, soltando el abrazo que le estaba dando a la persona que está al otro lado. Y entonces ella también me ve. Nos sostenemos la mirada por poco más de un segundo. Y después avanzamos a la vez para encontrarnos a mitad de camino y fundirnos en un abrazo que llevamos ya meses debiéndonos.

Todo lo que no sabía cómo sentir hoy se desborda y me abre en canal, en cuanto me aferro a ella. Hannah me abraza con la misma fuerza.

—Lo siento.

—Más te vale sentirlo —replica—. ¿Estás bien? Voy a matar a ese cabrón, tía.

Oigo la voz de Vanessa.

—Hannah quería pasar a veros. He pensado que si venía con ella podíais invitarme a cenar.

—Claro, ya que has venido sin preguntar —bromea mamá en respuesta.

—¿Puedo saludarla yo también?

Esta vez Vanessa está hablando con Hannah. Mi amiga se aparta enseguida y siento que tras ese abrazo tan sentido el aire que se cuela entre las dos se está volviendo gélido por momentos. Sé que no he hecho nada bien con ella en los últimos meses. Y también sé que Hannah no es de las que perdonan tan fácilmente, sobre todo si le han hecho daño de verdad. Y yo se lo he hecho. Recuerdo la última mirada que me dedicó tras pedirme que fuera con ella. Dijo que si no me iba con ella a San Francisco podía borrar su número y olvidarla. Pero aquí está, y me gustaría pensar que al menos va a darme una oportunidad para pedir perdón.

Su madre me abraza con mimo.

—Cariño. —Hundo la nariz en la tela de su blusa y aspiro su perfume—. No sabes cómo me alegro de que estés bien y de que estés en casa. Tus padres no me han dejado venir antes para no agobiarte porque son muy pesados y sobreprotectores —acusa en un tono burlón. Luego se aparta y me seca las lágrimas de las mejillas—. ¿Cómo lo llevas?

Encojo un hombro al tiempo que intento sonreír.

—Voy tirando —respondo, sincera.

Me sonríe con los labios sellados y me da un beso en la mejilla para, a continuación, frotar con el pulgar la marca que me ha dejado su pintalabios. Sé que ha dicho en serio que mis padres no le han dejado venir. Igual que no han dejado venir a mis tíos. Me estaban garantizando un poco de espacio y la verdad es que lo agradezco.

—Mamá..., ¿te importa?

Hannah se mete en medio y tira de mi mano para llevarme de vuelta a mi cuarto y que podamos tener intimidad.

Mi hermano sale de su habitación en dirección al baño, va todo bien vestido y arreglado para salir por ahí hoy.

—Hola, Hannah —saluda desinteresadamente.

—Hola y adiós, Liam —responde ella, que a veces actúa más como su hermana que yo.

Entramos a la habitación y solo me suelta la mano cuando nos miramos, frente a frente. Soy yo la primera que aparta la mirada, cohibida. Está demasiado seria para que esta visita signifique que está dispuesta a hacer borrón y cuenta nueva. Ha venido hasta aquí a darme un abrazo, porque ella nunca sería capaz de negarme algo que necesito tanto, pero nada más va a cambiar entre nosotras. He roto algo que no sabía que podía romperse y lo que más me duele es saber que he fallado a la persona a la que juré que siempre estaría, pasara lo que pasara.

—Lo siento tanto... —repito—. Tenía que haberme ido contigo. Tenía que haberte escuchado y no haberte apartado y...

—Y ya vale —me corta. Su tono es sorprendentemente firme para todas esas lágrimas que veo agolparse en sus ojos claros—. Eso da igual ahora. Ya hablaremos de eso en otro momento, ¿vale?

Me muerdo el labio, porque esto significa que no está dispuesta a olvidarlo como si nada. Por supuesto que no. Conozco a Hannah y sé que no es tan fácil.

—¿Vas a poder perdonarme?

—No voy a hablar de esto contigo ahora, porque sabes que a mí me gusta que me repliques bien alto cuando te grito y no estás para eso.

Sé que no lo dice para nada en broma, en realidad.

—¿Y para qué estoy?

—Para que te diga que vas a salir de esto, Haley. Y yo necesitaba venir para ver si estás bien. Pero la verdad es que no quiero tus disculpas.

—Vale. Solo... ¿puedes esperar a odiarme unos cuantos días más?

Niega con la cabeza, sin siquiera un amago de sonrisa.

—No te odio. Te reservo el odio aquí en una esquinita tranquila de mi alma hasta que sea el momento, no te preocupes —dice en tono burlón—. Haley, necesito que estés bien. No puedo verte así.

Me seco las lágrimas con las dos manos para mejorar mi aspecto. Aunque, sinceramente, dudo que lo consiga.

—Te echo mucho de menos.

Da un paso atrás y cruza los brazos sobre el pecho. Está imponiendo una barrera infranqueable entre las dos y eso me duele mucho más de lo soy capaz de expresar.

—No puedo hacer esto —se lamenta, a media voz—. Sé que ahora mismo necesitas todo el apoyo del mundo y sé que, en el fondo, parte de la culpa de lo que ha pasado entre nosotras también ha sido mía, pero no puedo hacer como si no pasara nada, ¿sabes? Y yo no tenía que haberme callado, aunque te cabrearan las cosas que te decía, no tenía que haber dejado de insistir. Debería haber ido hasta Los Ángeles a intentar hacerte reaccionar antes de que fuera demasiado tarde. O a lo mejor tenía que haberte secuestrado y haberte llevado a Dartmouth conmigo para alejarte de ese tío, no lo sé. Estoy segura de que podría y debería haber hecho mucho más de lo que hice en su momento. Y lo siento por la parte que me toca. Pero la verdad es que fuiste tú la que te alejaste y desapareciste. Fuiste tú la que me dejó tirada, como si te hubieras olvidado de que existía. Éramos hermanas, ¿no? Y de repente me dejaste sola y ya no encontraba nada al otro lado. Y te juro que intento entenderlo. Sé que él te ha manipulado desde el principio, sé que te perdiste, que dejaste de ser tú, y, en el fondo, la culpa de eso no es tuya. Pero es que intento ponerme en tu lugar y no lo consigo, Haley. Porque yo podría enamorarme del tío más gilipollas del universo y pelearme con el mundo por él, pero a ti nunca te abandonaría. Nunca.

Se seca una lágrima con el pulgar. Y yo tengo que morderme el labio para contener un sollozo.

Tiene razón.

—Dime qué más puedo hacer aparte de decir que lo siento —suplico—. Ya no sé ni quién soy, Hannah, pero sí que sé que quiero volver a ser lo que éramos.

Cierra los ojos y respira, antes de volver a hablar:

—Después de todo, no puedes pretender volver a casa, decir lo siento y que las cosas vuelvan a ser como eran antes de que te largaras. Esto no funciona así. Mi madre no ha parado de decir que me necesitas, desde que he llegado a casa, pero es que ¿sabes qué?: que yo también te he necesitado, Haley. Así que, ¿qué hay de mí? ¿Por qué de repente parece como si la única víctima aquí fueras tú? ¿Como si tuviéramos que justificártelo todo? ¿Como si fueras tú la única que está hecha una mierda?

Se calla y se gira hacia el escritorio cuando unos toques en la puerta cortan su discurso. Me enjugo las lágrimas lo mejor que puedo antes de que mi padre se asome.

—Chicas, ¿todo bien? Vamos a salir a cenar algo por ahí. Me imagino que vosotras queréis quedaros aquí y que os dejemos en paz.

—Bueno —murmura Hannah, aunque no demasiado entusiasmada.

Nos quedamos solas en casa, con la única compañía de *Ron*.

—Me parece justo que estés enfadada y dolida. Lo entiendo —digo, en cuanto retomamos las expresiones graves que requiere ahora hablar de nosotras—. Me lo merezco. No voy a pedirte otra vez que me perdones, ni voy a pretender que esto sea como antes. Puedes poner la tele e ignorarme o lo que sea. Aunque, si quieres que pidamos algo de cenar y la veamos juntas en vez de estar en habitaciones distintas, eso estaría bien.

Me mira en silencio, como si tuviera que sopesar la oferta. Finalmente asiente con una inclinación de cabeza.

Esperamos en silencio a que llegue la comida, y es bastante raro y un poco incómodo estar con Hannah sin oír su continuo parloteo y contagiarme de su energía. Ahora parece como si tuviera las pilas bastante menos cargadas. Odio verla así. Y odio sentirla tan lejos. Así que, de nuevo, vuelvo a odiarme bastante a mí.

—¿Te quedas con tu madre todas las vacaciones? —pregunto, para romper el hielo, una vez que ha llegado la cena y la compartimos sentadas en el suelo delante de la mesa baja del salón, y con *Ron* mirándonos anhelante desde el otro lado.

—No sé. Supongo que pasaré algunos días con mi padre —dice, sin mirarme—. A mi madre no le hago falta, está estupendamente bien.

—Y tú, ¿cómo estás?

—Estoy bien.

—Hannah...

—Estoy bien. Bien, en serio. Vale... regular. —Hace una mueca—. Mi madre está saliendo con alguien.

Alzo las cejas.

—¿En serio? ¿Cómo lo sabes?

Encoge un solo hombro.

—Esas cosas se notan. Está demasiado contenta, se echa litros de perfume, se maquilla más... Y hace unas semanas, cuando vine por el cumpleaños de mi padre, fui a casa a comer con ella antes de volverme a Dartmouth y había unas flores en la mesa y dos copas en el escurreplatos, de la cena de la noche anterior.

—¿Lo sabe tu padre?

Sacude la cabeza.

—No creo.

—¿Necesitas que lo espantemos? Los hombres huyen de las hijas adolescentes problemáticas y yo he estado haciendo puntos últimamente —trato de bromear.

Suelta una risita y mi día empieza a ser un poco menos oscuro. Pero enseguida se vuelve a quedar seria y niega con la cabeza.

—No, qué va. Que cada uno haga lo que le dé la gana.

Terminamos de cenar en silencio y vemos un rato uno de esos programas absurdos que no requieren pensar.

Así nos encuentran nuestros padres cuando vuelven de su cena.

—Bueno, ¿qué? Yo me vuelvo a casa —avisa Vanessa a su hija—. ¿Te vas a quedar a dormir aquí?

Parece convencida de que la respuesta va a ser afirmativa. Supongo que era lo normal con nosotras dos. Ahora todo eso ha cambiado. Hannah se pone de pie y camina hacia la puerta, y yo me pongo en pie también y doy dos pasos detrás de ella, pero no llego más allá.

—No —dice, y veo la sorpresa reflejada en la cara de su madre. La mía frunce el ceño, pero al menos no dicen nada—. No, me voy a casa contigo.

Vuelve la cabeza solo un breve instante para mirarme antes de salir. Sus ojos dicen que le duele irse dejando las cosas así entre nosotras de la misma manera que me está doliendo a mí, pero enseguida esconde la mirada y se marcha sin decir adiós.

59

—Haley, ¿vienes a darle una vuelta a *Ron*?

Papá me pasa un brazo por los hombros y me besa la frente cuando asiento y me acerco a él. Hoy es miércoles y es su cumpleaños. Tampoco es que yo sea la más indicada para alegrar el cumpleaños de nadie, pero estoy intentando mantener el ánimo alto por él.

Mamá ha dicho que se encarga de la cena, lo que no es probablemente la mejor idea del mundo, si lo piensas bien. A no ser que pida algo. Puede que ese sea su plan y, en ese caso, no tengo nada que objetar. Que traigan la cena del restaurante favorito de papá sería lo más adecuado, y supongo que ella es lo bastante lista para darse cuenta también.

Paseo un rato con mi padre siguiendo los pasos de *Ron*, en un silencio cómodo. Sé que está deseando preguntarme si he recibido alguna otra llamada de acoso hoy, pero se está conteniendo. El sábado fue la primera y yo no quise decir nada. Pero al final tuve que acabar confesando ayer mismo, cuando me cambió la cara delante de Liam al recibir una. Ha empezado a llamar a todas horas, cambiando los números como si así pensara de verdad que en algún momento voy a contestar. Tengo más números en la lista negra que en la agenda, creo. Y hoy he recibido un mensaje:

> NÚMERO OCULTO:
> Solo necesito hablar contigo cinco minutos, por favor. Te juro que serán cinco minutos y nunca volveré a molestarte.

Por supuesto, lo he borrado enseguida y no he hecho caso a lo que pedía. Llevo ya la mitad del día con el móvil apagado.

Voy pensando en eso, con las manos en los bolsillos.

—Siento estar aguándote el día.

Noto la mirada de papá fija en mi cara.

—¿Por qué dices eso?

Me encojo de hombros.

—Es tu cumpleaños y yo ni siquiera te he comprado un regalo.

Se acerca y me achucha contra su costado.

—Que estés aquí ahora es el mejor regalo que podrías haberme hecho, pequeña.

—Me lo podías haber dicho el año pasado para no gastarme la pasta en ese reloj carísimo y superfuncional —bromeo.

Suelta una risita y aprieta un poco más su abrazo.

—Entiende que no puedo decir en voz alta que lo único que necesito por mis cumpleaños es que vosotros estéis bien y seáis felices, Liam se aprovecharía de ello para el resto de mi vida.

—No tengas dudas.

Muevo el torso para poder abrazarlo, sin dejar de caminar. Y él me besa el pelo.

—Oye, sabes que el plan es ir a Sacramento el fin de semana, pero si prefieres quedarte no hay problema, ¿vale?

Me lo pienso por un par de segundos. En Sacramento también me siento en casa, pero la verdad es que no me creo muy capaz de poner cara de que no pasa nada delante de las abuelas. Y, además, está Simon. Aún no me he atrevido a llamarlo. Sobre todo, después de cómo salió el encuentro con Hannah. Con ella ni siquiera he vuelto a hablar. Y, si pasa lo mismo con Simon, no sé cómo voy a poder llevarlo.

—Me parece bien, papá —me obligo a decir. No puedo condicionar la vida de toda la familia solo porque tenga miedo de enfrentarme a mis propias cagadas—. Estaré bien en Sacramento, igual que aquí.

—No pasa nada si no lo estás.

No paran de recordarme eso últimamente. Tanto mis padres como Jayden. Es su nueva frase favorita. Entiendo por qué lo dicen: no puedo obligarme a dejar de sentir lo que siento y no puedo machacarme por no ser capaz de salir de esto en un par de semanas. Me hace falta tiempo. Y tengo que pasar por ello. El dolor te está esperando cuando dejas de correr, ¿no?

—Sí, ya lo sé. No quiero que estéis tan preocupados por mi culpa.

—Estamos preocupados por ti, no por tu culpa —corrige—. Y, sinceramente, ahora mismo estoy bastante más preocupado por la cena de tu madre.

Consigue hacerme reír un poco. Me siento bien estando con papá. Segura y protegida.

Por suerte, mamá ha pedido la comida al restaurante favorito de papá, como yo rezaba para que sucediera, así que cenamos de maravilla a pesar de las dudas que hemos tenido. Hasta hay tarta y velas, y consigo relajarme y disfrutar de este rato en familia.

Es tarde cuando terminamos de recoger, pero, aun así, decidimos poner una peli antes de irnos a dormir. Total, papá es el único que no está de vacaciones, los demás podemos permitirnos trasnochar. Mamá nos pide a Liam y a mí que vayamos eligiendo peli, y creo que solo es una manera sutil de echarnos para quedarse a solas con papá.

—Vamos a ver una de acción porque es el cumpleaños de papá, y él tiene buen gusto en cine, no como tú —dice mi hermano.

Le doy un empujón para apartarlo a un lado y llegar antes a coger el mando.

—De eso nada. Vamos a ver un *thriller* porque acaban de estrenar uno que tiene buena pinta.

Me devuelve el empujón, y empezamos a pelearnos como cuando éramos pequeños.

Me llama la atención oír gruñir a *Ron* junto a la ventana. Me acerco y lo acaricio para calmar su rabieta. No sé qué habrá visto. Escudriño lo que ilumina la escasa luz de las farolas y lo veo yo también. Se me hiela la sangre y me quedo paralizada. Es el Camaro negro de Styles. Justo delante de mi puerta.

—¡Papá! —llamo, y no sé si consigo elevar la voz lo suficiente o si se pierde en el camino por mi garganta.

De repente estoy helada, tiemblo y me cuesta respirar con normalidad mientras la ansiedad se apodera de mí. No tenía claro qué es lo que sentiría si alguna vez volvía a encontrármelo. No sabía cómo reaccionaría si, al volver a Los Ángeles, me lo encontraba en algún lugar. Ahora lo sé. Y lo único que siento es miedo.

—¿Qué pasa?

Mi padre aparece corriendo, y Liam ya está a mi lado, así que supongo que mi grito de socorro ha sonado mucho más alto y angustiado de lo que creía.

—Está ahí —consigo decir, no sé ni cómo—. Es su coche.

Papá se da la vuelta y sale del salón a toda prisa, emanando furia por cada poro de su piel. Ni siquiera dice nada. Y yo siento más miedo. No quiero que salga. No quiero que se enfrente a él. ¿Y si hace daño a mi padre? Me asusto todavía más cuando veo que Liam va detrás, dispuesto a prestarle apoyo.

—¡Papá! —Corro tras él hasta la puerta—. Papá, no vayas, por favor.

—Llama a la policía. Liam, quédate aquí.

Mi hermano no le hace ni caso.

Mamá ya tiene el teléfono en la mano y está llamando, mientras me rodea con un brazo y me protege con su cuerpo, sin apartarnos de la puerta.

El coche se pone en marcha y se aleja a toda velocidad en cuanto mi padre y mi hermano ponen un pie en la acera. Y yo suelto el aire que estaba conteniendo, brevemente aliviada, al tiempo que mamá pide al teléfono que manden una patrulla.

Para cuando llegan los agentes, aún no he conseguido calmarme. Mi hermano está sentado a mi lado, cogiéndome la mano, mientras mi madre intenta rebajar la tensión hablando suave, y mi padre no para de dar vueltas de un lado a otro del salón, vigilando el exterior de la casa cada vez que se acerca a la ventana. *Ron* está tumbado sobre el sofá pegado a mi pierna.

Los policías que entran, dando las buenas noches, cuando mi padre les abre la puerta, son dos hombres. Uno es algo mayor que mis padres y el otro bastante joven. Papá les pone al día de la situación, les explica lo que ha pasado. El más mayor me mira cuando les dice que ya hay una denuncia interpuesta contra Styles.

—¿Tienes esa denuncia?

Asiento y me levanto para ir a buscarla. La copia que me dio la agente de Los Ángeles sigue en mi bolso, no he querido volver a verla.

Mis padres se callan en cuanto pongo de nuevo un pie en el salón y eso no me gusta. No puedo evitar preguntarme qué clase de cosas están diciendo sobre mí que no quieren que oiga. Le tiendo el papel al policía y él lo coge. Lo lee con detenimiento, mientras el más joven sigue haciendo a mis padres unas preguntas que suenan bastante aburridas y rutinarias.

Liam me pone una mano en la rodilla y me la aprieta brevemente, cuando vuelvo a sentarme a su lado. No digo nada, pero me aseguro de que nuestros brazos se toquen, y eso me transmite algo de la seguridad que tanto me falta ahora.

El agente deja la hoja de la denuncia sobre la mesa y anota algo en la libreta que tiene entre las manos. Me pone nerviosa que pase tanto tiempo con eso y en silencio, hasta que finalmente levanta la vista y la clava en mí.

—Así que es tu exnovio —recapitula. Asiento con la cabeza—. ¿Y eso ya se lo has dejado claro a él? ¿Que ya no estáis juntos?

Creo que se me frunce el ceño cuando lo oigo, sobre todo por el tono que usa.

—Sí. Muy claro.

—¿Y hace cuánto que ya no estáis juntos?

—Unas semanas. ¿No lo pone en la denuncia?

Me sostiene la mirada. Tiene cara de pensar que soy una niña insolente.

—Unas semanas —repite—. A ver si lo tengo todo claro: se acaba la relación, le dejas claro que ya no quieres estar con él, o crees que se lo has dejado claro, y él no para de llamar, escribir, aparecer en los sitios donde sabe que estás... Diría que suena a exnovio que quiere una segunda oportunidad. ¿Puedes contarme qué pasó entonces?

Miro a mi madre y ella aprieta los labios como si tuviera

que contenerse para no sacar las uñas, pero hace un leve asentimiento con la cabeza para darme ánimos.

—Creo que lo pone todo ahí.

No quiero tener que narrar todo esto delante de mis padres y mi hermano. Sí, saben muchas de las cosas: las llamadas, los mensajes e, inevitablemente, lo que pasó la noche que Jayden me trajo hasta aquí. Pero hay algunas otras que no.

—Bueno, cuéntamelo otra vez —pide el policía, sin darme tregua.

Me mordisqueo el labio mientras pienso cómo hacer esto. Es la tercera vez que me veo obligada a ordenar las ideas para contarlo de la mejor manera posible y sacar fuerzas de donde creo que ya no quedan para volver a revivir toda la historia. Cojo aire antes de empezar a hablar. Y empiezo por el principio. No quiero ni mirar a mis padres mientras relato algunas de las cosas que ellos aún no habían escuchado. Mantengo la vista clavada en las manos, que retuerzo en mi regazo. Puedo notar cómo mi hermano se tensa más y más a medida que doy todos los detalles, crudos.

—Hay algo que no entiendo —dice el agente, cuando he terminado de hablar y siento que me quedo sin voz—. Si habías roto con él y todo estaba tan claro y, supuestamente, había estado persiguiéndote y... *acosándote* —elige la palabra tras consultar por encima lo que pone en la denuncia—. ¿Por qué fuiste a esa fiesta a buscarlo?

Abro la boca para intentar decir algo, pero no me sale la voz. Me siento estúpida. Y me sentiré más estúpida todavía si digo en voz alta, y delante de mi familia, que fui hasta allí porque, a pesar de todo, aún lo quería y me mataba pensar que pudiera hacerse daño.

—¿No hay que pasar un psicotécnico para acceder al cuerpo de policía? —suelta Liam a mi lado, en tensión y con la voz ronca, como si le costara mantener la rabia dentro—. ¿O le dan la placa a cualquiera?

El agente pasa la mirada de mi cara a la suya y esboza una mueca burlona, como si le hiciera gracia ver a mi hermanito así de molesto.

—Liam —regaña papá, con una de sus más intimidantes miradas de advertencia. Pero veo en sus ojos que no piensa muy diferente a como lo hace mi hermano.

—No, papá —sigue él—. Es que, joder, luego la gente se pregunta por qué las mujeres tienen tanto miedo a denunciar. No me extraña nada si no paran de hacerles creer que las cosas que les pasan han sido culpa suya. ¿Qué importa por qué fue hasta allí? Hasta donde yo sé mi hermana puede ir a donde le dé la gana cuando le dé la gana sin que eso le dé derecho a nadie a secuestrarla o amenazarla. ¿O es que me he perdido algo?

—Liam, cállate —dice esta vez mamá.

—Joder —gruñe él, y agita la pierna sin parar, como si necesitara liberar la tensión.

Le pongo una mano en el brazo, para que lo deje de una vez. Me seco una nueva lágrima que resbala rápido por mi mejilla.

—Bien. Olvida la pregunta —cede el agente—. Después de eso fuiste a poner esta denuncia, ¿no habías vuelto a verlo? —Niego con la cabeza—. ¿Habías vuelto a hablar con él? —Niego de nuevo—. ¿No habías vuelto a saber nada?

—Bueno, sí..., me ha estado llamando y hoy mismo mandó un mensaje. Pero no he contestado, y tampoco he cogido ninguna de las llamadas. Llama con número oculto y va cambiando cada vez que bloqueo uno.

Asiente y anota algo más en la libreta.

—¿Lo habías dejado alguna vez antes? ¿Alguna gran pelea?

—Unas cuantas —admito.

—Y todas esas veces volviste con él.

Esta vez es papá y no Liam el que interrumpe. Y su voz suena tan dura y al límite de su paciencia que casi me hace estremecer hasta a mí:

—¿Qué importancia tiene eso?

—Solo intento tener claros todos los datos —se justifica el agente, sin apartar la vista de mí—. ¿Crees que él ha podido interpretar algo como una posibilidad de que esta vez sea como las anteriores? ¿Le has dado, quizá sin querer, alguna clase de esperanza?

Mi padre se pone de pie, mientras oigo a mamá protestar. Pero la voz de papá no deja que la de ella se oiga apenas.

—Se acabó —corta el interrogatorio—. Ya es suficiente.

Los dos agentes se ponen en pie también, en perfecta calma, como si acabáramos de mantener una charla amistosa.

—Solo intentamos hacer nuestro trabajo.

—Pues con mi hija ya han terminado de hablar —zanja—. ¿Van a hacer algo o no?

El agente más joven hace una inclinación de cabeza, antes de tomar la palabra:

—Mandaremos una patrulla para que se quede frente a la casa esta noche. A partir de ahí... no hay mucho que podamos hacer. Si lo ven merodear por aquí de nuevo, llámennos.

—Y ustedes volverán a no poder hacer nada —suelta mamá, airosa. Les hace un gesto para que la sigan a la puerta—. Gracias por venir —dice en un tono que deja bastante claro que es más un «gracias por nada» que uno sincero.

Aparto la mirada cuando mis ojos se cruzan con los de papá. Él se acerca y se agacha delante, con las manos en mis rodillas.

—¿Estás bien? Siento que hayas tenido que pasar por esto, pequeña.

Asiento con la cabeza, pero no me siento capaz de hablar sin ponerme a llorar.

Mamá vuelve y le pega una colleja suave a Liam, que lo hace protestar.

—Tú deja de vacilar a la policía.

—¡Pero si han empezado ellos a vacilar! —acusa de mal genio—. Hay que joderse.

—Deja de decir palabrotas.

—¡Joder, mamá!

—¡Liam!

En otras circunstancias me haría gracia esa discusión entre los dos. Pero ahora mismo no. Dejo que papá me acaricie las mejillas.

—Olvídate de ese policía idiota —dice—. Nada de esto ha sido culpa tuya, ¿lo tienes claro?

Asiento, más que nada porque si no lo hago sé que puede pasarse toda la noche intentando convencerme de sus palabras. La verdad es que me siento culpable. Y estúpida. Y siento que no tengo derecho a quejarme de nada porque todo esto, en el fondo, me lo he buscado yo solita.

—Voy a prepararte una valeriana —ofrece mamá.

No digo nada.

Me bebo la infusión a pequeños sorbos cuando me la trae. Al final, ni siquiera vemos una película.

Ya es muy tarde cuando me meto en la cama. Noto el cuerpo más relajado, pero no he conseguido sentirme ni medio bien. Mis padres dejan que *Ron* duerma conmigo, después de que papá lo saque a dar una vuelta corta. Estoy bastante segura de que lo hacen porque no tienen dudas de que, si algo o alguien se acerca en algún momento a mi ventana, el perro va a ponerse a ladrar como un loco. Y yo me siento mejor teniéndolo aquí.

Me cuesta mucho dormir. No paro de repasar todos los

últimos encuentros con Daryl, para asegurarme de que no dije nada que le diera a entender que esto no era el adiós definitivo. Es verdad que hemos vuelto demasiadas veces antes. Puede que sea culpa mía que él piense que esta vez voy a volver, como en cada una de las ocasiones anteriores. Si yo no hubiera hecho... si yo no hubiera dicho... si yo no le hubiera jurado un para siempre... si no me hubiera hecho ese maldito tatuaje...

Si, si, si...

Debería haber hecho muchas cosas de manera diferente. A lo mejor, en el fondo, es verdad eso que no para de repetir de que termina por hacer las cosas que yo lo obligo a hacer. Yo lo impliqué en esto conmigo, prácticamente lo obligué a quitarse la coraza, yo nos llevé a los dos a creer que podría sacarnos de las tinieblas.

La culpa es mía.

Pero, aunque así fuera, tengo que aprender a aceptar mi parte de culpa y seguir adelante, aunque tenga que cargarla en la espalda. Puede que sea culpable de muchas cosas, pero no me merezco morir por ello.

Finalmente me duermo oyendo las voces de mis padres, a un volumen bajito, hablando en su cuarto.

Papá viene temprano a sacar a *Ron*. Llevo despierta un buen rato, así que me incorporo para que sepa que no duermo.

—Buenos días. ¿Has dormido?

El que no añada «bien» al final de la pregunta ya me da una idea del aspecto que debía de presentar anoche. Y, sí, puede que tuviera pinta de no ir a pegar ojo.

—Un poco —contesto con la voz ronca.

No digo que ese poco ha estado plagado de pesadillas. Con esa respuesta ya vale.

—Escucha, quería hablar contigo de algo. —Se acerca y se sienta a los pies de la cama—. Mamá y yo estuvimos hablando anoche, y hemos pensado que a lo mejor sería bueno que te alejases de esto unos días. Solo hasta que estés más tranquila y nos aseguremos de que él no va a volver a rondar por aquí. Mamá tiene vacaciones toda la semana. Os podéis ir las dos, con *Ron*, y tomaros un tiempo lejos. ¿Qué te parece?

No especifica dónde ha pensado que podemos ir. Creo que es porque están un poco paranoicos y no quieren revelar mi destino en voz alta, por si es verdad eso de que las paredes oyen. Pero no hace falta que lo diga porque yo lo entiendo al instante: hablan de irnos unos cuantos días a la casa del lago Tahoe, mamá y yo. No es que quiera seguir huyendo, pero la verdad es que ese respiro me vendría bien ahora mismo.

—Sí —digo a media voz—. Sí, vale. Creo que me irá bien.

Me mantiene firmemente abrazada unos minutos, hasta que vuelve a hablar:

—Hablaré con la compañía de teléfono y te conseguiremos otro número, ¿vale?

Nos vamos en el coche de mamá. Durante los primeros kilómetros del trayecto me dedico a mirar ansiosamente hacia atrás y por todos los retrovisores, para asegurarme de que no nos sigue ningún Camaro negro. No hay ni rastro, así que quizá ni siquiera estuviera ya en Oakland, no lo sé. Cada vez que me vuelvo me encuentro la cabezota de *Ron* en mi campo de visión, asomado desde la zona del maletero.

Siento las rodillas de mantequilla cuando atravesamos Sacramento y mi madre para el coche frente a la casa de mis tíos. Supongo que la idea de que mi tío Zack y mi primo vengan con nosotras les pareció muy buena a mis padres, pero no sé cómo vamos a reaccionar ni Simon ni yo cuando nos tengamos enfrente. Sé que yo me muero por abrazarlo, pero no sé si voy a atreverme a intentarlo aun a riesgo de jugarme un rechazo.

Veo a Simon cuando ya le he dicho a mi tío tres veces que estoy bien, intentando convencerme a mí tanto como a él de que esa es toda la verdad. Mi primo me mira desde la entrada de la casa. Levanta la mano a modo de saludo, cuando ve que he reparado en él. Me acerco despacio y él hace lo mismo hasta encontrarnos a mitad de camino. Me abraza antes de que pueda decirle nada. Y yo me aferro a él y escondo la cara en su hombro, con unas ganas enormes de llorar de alivio. Con el resto de la gente no me había dado cuenta de cuánto los echaba de menos hasta que los tuve delante, pero con Simon es distinto. Era muy consciente de lo que lo echaba de menos desde hace tiempo ya.

«Lo siento.»

Es lo primero que tengo que transmitirle, cuando soy capaz de apartarme y signar.

«Da igual. Lo importante es que ahora estés bien», dice, con los ojos inundados de preocupación.

«Estaré mejor si no me odias.»

«No te odio, tonta. Quiero que estés bien y que olvidemos eso. Ya hablaremos de todo durante estos días.»

Vuelvo a dejar que me abrace.

Necesito estos días lejos de todo más que respirar.

Es el tercer día en el lago. Me siento mejor de lo que he llegado a sentirme en mucho tiempo, estando aquí. El primer día a Simon y a mí nos costó conseguir dejar atrás las disculpas y las explicaciones y empezar a recuperar la relación de amigos, más que primos, que teníamos antes. En la era preDaryl. Tengo más claro que nunca que su aparición en mi vida ha marcado un evidente antes y un después. Solo tengo que adaptarme a ese «después» que aún estoy explorando.

Está anocheciendo y estoy mirando cómo se oculta el sol tras las aguas del lago, con los perros como toda compañía. He salido bien abrigada para poder hablar por teléfono con Jayden. Así que he pasado pegada al móvil de mi madre más de media hora y acabo de colgar. Lleva dos días quejándose de que recibe más llamadas para mí que para ella, porque papá y Liam siempre piden que me ponga, aunque sea solo por unos minutos, y Sue también quiere hablar conmigo cada vez que llama o la llamamos. Y luego está Jayden, que me llama cada día, sin falta, y con el que no agoto la batería solo porque es el móvil de mamá y no el mío. Sé que Hannah también ha llamado cada día desde que estamos aquí, pero no ha pedido hablar conmigo ni una sola vez.

—¿Ya puedo recuperar mi teléfono?

La voz de mamá me hace levantar la vista y estiro la mano para tenderle el aparato. Lo coge y se sienta a mi lado.

—Hace frío, iba a entrar ya —digo, para que no se acomode demasiado.

—Hablas mucho con Jayden, ¿no? —deja caer como quien no quiere la cosa.

Me encojo de hombros. Me duele bastante no poder estar para Sue, aunque solo fuera para sentarme con ella como estoy sentada en este momento con mamá. Sé que lo está pasando mal, porque Jayden habla conmigo de ello todos los días, aunque su madre se empeñe en hacernos creer que está bien y que todo va de maravilla. La quimio no le está sentando bien. Después de la pasada sesión se pasó dos días enteros en la cama, incapaz de hacer apenas nada. Y, aunque intento no ser dura conmigo misma, me duele no estar allí por mi debilidad. Porque no soy lo bastante fuerte para volver a Los Ángeles y enfrentarme a mi vida allí.

Me da pánico volver. La ansiedad se dispara solo con pensarlo.

—Mamá. —Rescato mi voz—. Debería volver a Los Ángeles cuando acaben las vacaciones de primavera, ¿no? No puedo perderme las prácticas, el curso ya...

Me estoy agobiando tanto que mi madre tiene que coger mi cara entre las manos y obligarme a respirar despacio como hace ella.

—No tienes que hacer nada, ni ir a ningún sitio. Tienes que pensar en ti y en tu salud mental y cuidarte, Haley. Esa es tu única obligación. Así que vas a quedarte en casa, hasta que quieras o hasta que necesites alejarte de nosotros —bromea—. No hay prisa y no hay presión. Date tiempo, ¿eh?

—No puedo dejarlo todo, ¿no? Voy a perder el curso entero.

Mamá me clava firme la mirada y me acaricia las mejillas, antes de decir algo que me devuelve un soplo de oxígeno a los pulmones.

—Cielo, el curso es lo de menos. Ahora lo único que importa eres tú.

Aún me cuesta convencerme a mí misma de que eso es cierto. De que importo. De que tengo que importarme; que tengo que quererme de nuevo. Y tengo que cuidarme. No solo por mí, sino porque si no lo hago tampoco voy a poder arreglar las cosas con Hannah y estar ahí para ella, ni estar ahí para Jayden, ni para Sue.

Me lo repito hasta que casi estoy convencida de que es verdad: ahora lo único que importa soy yo.

60

Tengo unas ganas enormes de llegar y a la vez estoy nerviosa, mientras nos acercamos con el coche al barrio de mis abuelos maternos. Hoy es el primer día de verano. Y toda la familia hemos venido a pasar un par de semanas en Sacramento. No somos los únicos. Ahora mismo no vamos a ver a mis abuelos, en realidad, sino a la casa de al lado. Los Sparks también están aquí. Operan a Sue a principios del mes que viene y la madre de Tyler —que es médica, aunque ya esté jubilada— se ha encargado de que lleve a cabo la operación el mejor cirujano que conoce. Ahora tienen que verla y hacerle pruebas y controlarla antes de la operación en el hospital de aquí, así que los cuatro han venido y se han instalado en Sacramento para las próximas semanas. Estoy bastante segura de que a Sue quizá no le apetece tanto recibir a gente, pero ya debía saber que sus amigos son muy pesados y no iban a dejar pasar la ocasión de hacerle una visita.

Hace ya casi tres meses desde que dejé Los Ángeles, y no he vuelto. Solo volví por unos cuantos días hace un par de semanas, con mamá, para hacer los exámenes finales. Hay asignaturas con las que sé que no hay nada que hacer, porque me he perdido todas las prácticas, pero otras aún pueden salvarse. Mark me ha estado mandando los apuntes y dándome unas clases bastante mediocres por teléfono durante este tiempo. No sé si hemos aprendido con ellas ninguno de los dos, aunque me he reído muchísimo con él. De alguna extraña manera, siento que hemos vuelto a conectar y que ahora estamos más unidos, estando separados, que el tiempo que pasé allí antes de tener que huir de vuelta a casa de mis padres. Los días que fui a hacer los exámenes, mamá y yo nos quedamos en un hotel, a pesar de lo mucho que se enfadó Sue porque que no nos quedáramos en su casa, aunque lo cierto es que no tenía suficientes fuerzas para discutir. Pasamos muchos ratos con ella y con su familia, eso sí. También pude ver a mis amigos... y a Jayden. Aproveché para terminar de recoger mis cosas de la residencia, Tracy ya me había enviado un par de cajas antes. Y ahora el curso ha acabado y me alegro de tener aún todo el verano por delante antes de volver a retomar mi vida de verdad y la universidad, porque lo cierto es que siento que estoy muy lejos de recuperarme del todo.

Lo último que supe de Daryl, hace un par de meses ya, fue una nota que dejó en el parabrisas de mi coche mientras mamá y yo estábamos en el lago Tahoe. Papá volvió a llamar a la policía, claro, pero, a pesar de todo, guardó el sobre —cerrado y sin leerlo— para que fuera yo quien decidiera si quería ver su contenido o no. Me costó tres semanas enteras tener el valor de abrirlo. Dentro había una nota breve, en la que decía que sentía muchísimo todo el daño que me había hecho y que me había querido con toda su alma. Después de eso no ha vuelto a dar señales de vida.

Estos meses he recuperado muchas cosas que me hacían falta: he recuperado la risa y el sentido del humor, he recuperado peso, he recuperado a mis padres y mi hermano, a mi primo, a Britt, a Tracy, a Mark... Pero aún no me he recuperado a mí misma. He seguido viviendo, sí. He reído y llorado. He estudiado y me he desesperado. He seguido yendo a la psicóloga cada dos semanas. Pero sigo sintiendo que algo no termina de encajar dentro de mí, y no sé si alguna vez esta sensación me abandonará. Si desaparecerá el miedo y la ansiedad. Si volveré a estar cómoda dentro de mi propia piel.

Y tampoco he recuperado a Hannah.

No sé qué me tiene más nerviosa, si ver con mis propios ojos cómo está Sue tras la última sesión de quimio —cuando estuve con ella en Los Ángeles su aspecto impresionaba muchísimo—, o ver a Hannah otra vez. No es que no haya vuelto a hablar con ella. Nos hemos mandado mensajes de vez en cuando, y el mes pasado la llamé por su cumpleaños. Hablamos mucho ese día. Pero tampoco sé en qué lugar nos deja eso.

Creo que somos los últimos en llegar. Al primero que veo es a Jayden. Y ya no veo nada más, porque de repente tengo tantas ganas de acercarme y darle un abrazo que se me acelera el cuerpo. Me dedica una sonrisa cálida. Y yo aprieto el paso hasta llegar a su altura y anclo los brazos a su cintura. Me abraza al instante.

—¿Qué pasa? ¿Me has echado de menos?

Me aparto con una sonrisa tirando de los labios. Tengo ganas de decirle que es un maldito engreído insufrible, pero también me parece justo decir la verdad.

—Un poquito.

Sonríe más y me contagia enseguida.

Papá aparece a nuestro lado para saludar a Jayden y darle un abrazo. Y yo me escabullo para ir a abrazar y besar a Sue con cuidado. Está sentada en una hamaca, y lleva un vestido largo que disimula su delgadez y un pañuelo de calaveras en la cabeza. Le aseguro que me encanta el *look* y ella bromea conmigo. Luego sigo pasando de unos brazos a otros, hasta que he saludado a todo el mundo excepto a Hannah. Está un poco apartada, centrada en la pantalla del móvil. Me acerco despacio, insegura.

—Eh —saludo. Levanta la vista para mirarme a los ojos y me dedica una sonrisa leve de cordialidad. Pero cordialidad es la última cosa que yo quiero tener con mi mejor amiga—. ¿Qué tal?

—Bien. ¿Y tú?

—Bien.

Doy un paso más hacia ella y la abrazo, sin poder contenerme. Se queda parada un segundo entero, pero luego me devuelve el abrazo y suspira.

—Me alegro de verte —confiesa en voz baja.

Me aparto para poder mirarla.

—¿Sí? Oye..., ¿vas a estar unos días en Sacramento o te vuelves a San Francisco después del fin de semana?

Hace menos de una semana que volvió de su lejana universidad para pasar el verano en casa. Pero no tengo ni idea de sus planes.

—Creo que me quedo toda la semana.

Vanessa nos interrumpe para preguntarme alguna tontería y Hannah se va tan lejos como puede. Y a mí me vuelve a doler el corazón.

—Deberías ir a hablar con ella —dice Jay, cuando llevamos un rato sentados juntos en el porche. Supongo que ha podido darse perfecta cuenta de que la vista no para de escapárseme hasta donde está Hannah, al borde de la piscina, con los pies en el agua.

Lo miro y aprieto los labios.

—No sé...

Me empuja suavemente hasta casi tirarme del escalón.

—Vamos, ve —insiste cuando protesto.

Me pone las manos en los hombros y me obliga a ponerme de pie.

—Jay...

—Ve.

Doy un par de pasos en esa dirección y luego me vuelvo a mirarlo de nuevo. Me hace gestos con la mano, como si me espantara, y vocaliza un «Ve» que no dice en voz alta. Le enseño el dedo medio de la mano y lo veo esbozar una sonrisa divertida.

Cuanto más me acerco, más lentos se vuelven mis pasos. Me retuerzo las manos cuando me planto a su lado y ella levanta la vista para ver quién le está tapando el sol.

—¿Puedo sentarme?

La verdad es que ya he perdido la cuenta de cuántas veces le he pedido perdón en este tiempo. Pero, al final, las palabras no arreglan lo que ya has roto.

—Vale.

Me siento y dejo las sandalias a un lado para meter los pies al agua como ella.

—Llevas todo el rato apartada y pegada a tu teléfono. ¿Va todo bien?

—No ha venido Seth y ya sabes que es mi favorito —bromea—. Estoy bien. Un poco rayada. Ayer tuve bronca con mi madre.

—¿Quieres hablar?

—No, es... Da igual.

—Hannah, sé que las cosas entre nosotras no se solucionan con pedir perdón, pero la verdad es que ya no puedo hacer mucho más que eso —suelto de carrerilla—. No quiero que esto sea así contigo siempre de ahora en adelante: no quiero mensajes de cortesía, ni quiero llamar solo en las fechas señaladas. Quiero volver a ser tu mejor amiga, como antes. Vale, quizá no pueda ser exactamente como antes, pero... ¿podemos vernos alguna vez esta semana? Puedes odiarme todo lo que necesites si es la manera de arreglar esto, puede que aún no me sienta del todo yo misma, pero te aseguro que estoy lista para replicarte bien alto cuando me grites —recuerdo las palabras que ella me dijo hace meses—. Te echo mucho de menos.

Esconde la mirada y luego vuelve a levantarla, lentamente, hasta encontrarse con mis ojos. Se muerde el labio antes de hablar, a media voz:

—Yo también te echo de menos.

Solo oírla decir eso me calienta el pecho rápido y se me humedecen los ojos.

—Grítame todo lo que quieras, la verdad es que me lo merezco —le doy permiso.

Sonríe de medio lado, con los ojos brillantes, justo igual que yo. Mi sonrisa se forma sola, reflejando la suya, un poco triste y tímida.

—A lo mejor otro día, ¿vale? —propone un aplazamiento.

—Cualquier momento será perfecto para que me eches la bronca —medio bromeo—. ¿Qué ha pasado con tu madre?

Suspira y niega con la cabeza, como si eso fuera casi lo que menos le preocupa.

—La verdad es que no estoy así hoy solo por lo de mi madre. La semana pasada me encontré a Logan —me cuenta. Espera mi reacción y solo sigue cuando me ve alzar las cejas y observarla interesada—. Tía, lo dejé yo y además hace mucho tiempo ya, pero lo vi con una chica y nunca pensé que eso fuera a joderme tanto.

—Ya —empatizo con su situación—. Es una mierda.

—A las dos nos ha ido muy mal no haciendo caso de los consejos de la otra, ¿no crees? —opina con un tono un poco burlón.

—Como el culo. —La oigo soltar una risita y sonrío también—. Creo que nos iría mejor si volviéramos a querernos, Han.

Sonríe y me sostiene la mirada.

—Yo no he dejado de quererte.

Me acerco y apoyo la cabeza en su hombro.

—Yo tampoco dejé de quererte a ti. A la que dejé de querer era a mí.

Apoya la mejilla en mi pelo.

—Han pasado meses, Haley —dice, compasiva—. ¿Por qué no has vuelto a quererte ya? Quiero verte bien.

—Estoy en ello.

—Vale. Puedo echarte una mano, si quieres.

Pasamos un buen rato juntas, al borde de la piscina. No hablamos mucho, pero disfruto del silencio a su lado.

Jayden se despide de mí con un abrazo y me guiña un ojo cuando oye a Hannah decir que quiere venir a mi casa a cenar conmigo.

Ni siquiera encendemos el televisor mientras cenamos. No nos hace falta. Hannah no para de hablar todo el tiempo y, poco a poco, yo empiezo a contagiarme de ese espíritu relajado y hago lo mismo. Estar así con ella me traslada a tiempos anteriores, cuando yo aún era yo y entre nosotras nunca había habido un enfado que durara más allá de un par de días.

Me meto entre las sábanas de la cama y apoyo la cabeza en la almohada, enfrentada a la de mi amiga, que ocupa el otro lado del colchón. Nos miramos en silencio y luego ella estira la mano y coge la mía, dándome un apretón.

—No vuelvas a alejarte nunca así, Haley, ni me hagas nada parecido nunca más, por favor. Tienes que volver, tía. No sé qué hizo ese imbécil contigo, pero tú no eres así.

—Ya lo sé. Me da miedo no encontrarme otra vez.

Se acerca más y apoya su frente contra la mía.

—Eh, ¿sabes qué? —habla en susurros—, está bien. Yo te ayudo a buscar. Y, mientras tú no puedas o no sepas quererte, ya te querré yo por las dos, ¿vale?

Cierro los ojos y aprieto su mano.

—¿Y qué pasa si no encontramos lo que estamos buscando? ¿Y si esto me ha cambiado tanto que nunca vuelvo a ser yo?

Me suelta la mano para acariciarme el pelo delicadamente.

—Creo que seré capaz de aprender a quererte con alguna nueva rareza más.

Suelto aire por la nariz en forma de risa leve y ella se ríe a mi lado.

—Hannah, ¿te acuerdas del verano pasado cuando estuviste tonteando a saco con ese tatuador colega de Seth?

—Sí, claro.

—¿Aún tienes su número?

El lunes nos presentamos juntas en el estudio de tatuajes. En cuanto ponemos un pie dentro, mi estado de ánimo decae unos cuantos puntos. Hannah no me ha dejado pararme a pensar en todo el día. Me ha hecho cantar nuestras canciones favoritas a pleno pulmón en el coche, en nuestro camino hacia aquí. Aprieto los dientes y me obligo a dar dos pasos más, hasta el lugar donde el tatuador (demasiado mayor para Hannah) ya sonríe seductoramente a mi amiga. Tengo que esperar a que terminen con el tonteo para poder explicarle lo que quiero. Sencillo y rápido. Solo una palabra. Solo un «no».

—Solo para eso no te vale la pena ni lo que cuesta abrir las agujas, ¿no quieres hacerte algo más? —pregunta el hombre.

—No, no sé. No había pensado en nada más...

—No vale la pena abrir las agujas solo para eso, Haley —dice Hannah, en un tono un poco impertinente, como si ahora fuera una experta en tatuajes, ella también—. Sé exactamente lo que deberías hacerte, tía. ¿Confías en mí?

Me arrepiento muy pronto de haber dicho que sí. Tan pronto como cuando los veo cuchicheando, con las cabezas juntas y bien lejos de mí, para que yo no me entere, mientras mi amiga le explica lo que quiere y él dibuja el boceto.

—¡Va a ser perfecto! —se emociona dando saltitos hasta mí—. ¿Dónde lo quieres?

—Ni siquiera sé lo que es.

Me levanta la camiseta por el costado izquierdo, sin mi permiso, y yo me revuelvo.

—Aquí. Aquí es el lugar ideal —decide, rozando mis costillas con las yemas de los dedos, justo bajo el borde del sujetador.

—¿No dicen que ahí es donde más duele? —pongo pegas.

—Haley, ¿tú me vienes hablando de dolor? —finge indignarse, con los brazos en jarras—. Piensa en todo lo que has pasado. Ahora eres invencible, tía.

No me lo creo del todo, pero cedo. Es una locura hacerle caso a Hannah, lo mires por donde lo mires, pero me apetece un poco de locura así en mi vida ahora.

Mi amiga permanece todo el rato a mi lado, sin dejar de hablar, mientras el tatuador trabaja en mi piel. Menos de una hora después ya está hecho.

Me pesa el corazón en el pecho cuando me pongo frente al espejo para ver el resultado. Me duele ver el cambio y todo lo que ello significa, pero a la vez me siento orgullosa de haberlo hecho. Porque una sola palabra cambia del todo y para siempre el significado. Un «no» delante de ese *tuya* que un día me marqué en la piel.

Not yours.

No lo soy. Nunca más lo seré. De nadie más que de mí, desde ahora y para siempre.

Y luego veo el dibujo que Hannah ha encargado para mí,

sobre mis costillas. Es precioso. Una jaula de pájaros realmente hermosa con la puerta abierta y un pajarillo pequeño y negro volando fuera de ella, alejándose hacia mi espalda.

Y se me clava muy adentro lo que significa.

—Me encanta —digo, sin ser capaz de elevar el tono de voz.

Hannah se pone a mi lado y sonríe a mi reflejo en el espejo.

—Entonces te encantas, Haley. Porque ese pajarito eres tú.

61

—Oye, Haley... —Mi madre entra en mi cuarto sin llamar—. Quería saber si quieres hacer algo en especial mañana.

Mañana es mi cumpleaños. No creía que fuéramos a hacer nada para celebrarlo aparte de unas felicitaciones y unas velas en la tarta; primero, porque mañana también es el día en que Sue tiene que ir al hospital a hacerse todas las pruebas del preoperatorio y estamos todos bastante preocupados, y, segundo, porque este año no me lo merezco.

—No lo sé. He suspendido la mitad de las asignaturas, debería estar castigada.

—Ah, ¿sí? Pues, ¡mira qué sorpresa!, no lo estás —dice, en tono burlón—. Tus abuelas quieren hacer una comida, pero si quieres podemos pasar de eso e irnos los cuatro al italiano del centro que te gusta. Prometo dejarte la tarde libre para la locura que Hannah haya planeado este año.

—Me da lo mismo. Me parece bien ir a comer a casa de la abuela.

Me interrumpe el sonido del timbre, pero ninguna de las dos nos movemos porque al ladrido de *Ron* le siguen los pasos de mi hermano en dirección a la puerta. Seguro que ya vienen a buscarlo para algún plan al que no puede faltar.

—A ti nunca te da lo mismo. ¿Dónde está mi hija Haley la inconformista?

—Este año no me apetece hacer nada especial.

Estudia mi cara por unos segundos que terminan haciéndolo incómodo.

—Cariño...

—¡Haley! ¡Jayden te busca! —Mi hermano me llama a gritos desde el salón.

¿Jayden? Debería estar con su madre, seguro que está muy nerviosa por lo de mañana. ¿Y si ha pasado algo? Salgo del cuarto con mamá pisándome los talones. Ahí está él, charlando con mi hermano y jugueteando con *Ron* mientras el perro menea la cola felizmente y le golpea las piernas con ella una y otra vez. Parece bastante relajado.

—Eh —saludo extrañada—, ¿qué pasa? ¿Qué haces aquí?

Levanta la mirada en cuanto oye mi voz y me sonríe.

—Venía a ver si tenías un rato.

—¿Te importa si salimos a darle una vuelta a *Ron*? —propongo.

—Genial. Me parece perfecto.

Caminamos en silencio hasta que nos hemos alejado lo suficiente, rumbo al parque más cercano. Y, luego, de repente, hablamos los dos a la vez:

—¿Cómo lo lleváis?

—¿Qué tal estás?

Nos miramos y nos sonreímos, mientras hacemos gestos que dan pie al otro a ser el primero en hablar. *Ron* me pega un tirón para acercarse a olisquear un arbusto y eso hace que desconectemos la mirada y dejemos de actuar como un par de tontos.

—Yo estoy bien —hablo en primer lugar—. Bueno, ya sabes, harta de unos padres preocupados, fracasada en mi primer curso de universidad, y tratando de no matar a nadie cada vez que me dicen eso de «todos hemos tenido rupturas malas alguna vez», pero bien.

—Vaya, suena divertido —responde, burlón—. Nosotros lo estamos llevando lo mejor que podemos. Luke lleva días leyendo un libro rarísimo sobre viajes astrales y le ha pedido a mi madre que en cuanto despierte de la anestesia apunte todo lo que haya vivido en un cuaderno, pero es a mí al que han echado de casa por pesado, ¿sabes?

Suelto una risita al escucharlo.

—No quiero ni saber lo que estarías diciendo tú.

—¡Eh! Solo le he preguntado que si necesitaba que le ahuecara los cojines.

—Sí, eres muy pesado. Pobre Sue.

Seguimos bromeando hasta que llegamos al parque y puedo soltar a *Ron*. Enseguida empieza a corretear saludando a otros perros con entusiasmo. Guío a Jayden hasta un pequeño montículo de tierra que hay a un lado, desde donde podemos sentarnos y tener una buena visión de toda la extensión de césped para controlar a *Ron*.

—He venido a verte porque mañana es tu cumpleaños —suelta mi acompañante de pronto, sin añadir nada más.

—Ya sabía yo que la fecha me sonaba.

—Qué graciosa —murmura, sin hacer el esfuerzo de reírse—. Quería darte algo.

Despego la vista del juego canino del que estaba siendo testigo y me giro hacia él.

—¿Un regalo?

Aparta la mirada, como si le diera vergüenza. Mete la mano en una bolsa con la que ha estado cargando todo el tiempo, aunque yo acabo de reparar en ella, y me tiende una caja cuadrada, no muy grande, envuelta con un lazo rojo.

—No tenías que regalarme nada.

—Ya, bueno —murmura y, si no lo conociera tan bien,

diría que hasta parece haberse vuelto tímido de repente—. Es que mañana no sé cuánto tiempo estaremos en el hospital con lo del preoperatorio, o si nos podremos pasar a verte para felicitarte después, según cómo esté mi madre. Y, además, mañana tú estarás superocupada y tendrás un montón de regalos geniales que harán a este parecer una basura, así que me ha parecido una mejor estrategia adelantarme.

—Es una mierda de estrategia, pero dámelo de todas formas —bromeo.

Sonríe de medio lado y me entrega por fin el regalo. Deshago el lazo con cuidado, y quito la tapa. Es una figurita. Se parece a mí. Un poco más desproporcionada y caricaturizada, de esa manera que hace este tipo de réplicas adorable, pero muy parecida a mí. Hasta lleva mis pantalones favoritos, con el roto en el mismo sitio, y mi camiseta de *Beware of the girl* y la chaqueta de béisbol del equipo de mi hermano.

—¿Soy yo?

—Incluso más pequeña.

Hago una mueca, pero no protesto.

—Pero ¿qué...?

—Es el primer objeto con forma definida que se imprime con el nuevo material que hemos sintetizado en el laboratorio. Tuve que decidir qué era lo que quería crear y la verdad es que no podía pensar en nada más adecuado.

Busco sus ojos, pero los tiene clavados en la hierba mientras juguetea con unas briznas entre los dedos.

—¿Yo soy adecuada para ser la primera cosa que se imprime con tu nuevo material?

Alza la mirada solo por una décima de segundo para luego volverla a esconder y la comisura izquierda de la boca se estira perezosa empezando a dibujar su hoyuelo.

—Sí, es que, verás, el nuevo material se parece mucho a ti. Supongo que suena absurdo, pero tuve que hacer un informe larguísimo sobre todas sus cualidades y me di cuenta de que me recordaban bastante a alguien que conozco. En fin, es bastante duro, pero maleable si sabes cómo tratarlo; se adapta muy bien a casi todas las situaciones, incluso a las extremas; es capaz de doblarse y moldearse antes que romperse; y lo mejor de todo es que, aunque pierda algo de forma con tensiones prolongadas, al final es capaz de volver a su forma original. Sé que últimamente no estás bien, Haley, y sé que crees que has perdido tu forma. Pero yo sé que eres como este material, ¿sabes? Estoy seguro de que pronto sentirás que vuelves a ser tú. Es solo cuestión de tiempo.

Me trago el nudo que se me ha formado en la garganta, con los ojos fijos en esa pequeña muñeca, que es igual a mí.

Es solo cuestión de tiempo.

—Jay, es... Ha tenido que costarte muchísimo hacer esto. No tenías que haber...

—En realidad, tampoco tanto, yo metí los parámetros y la impresora 3D hizo todo el resto del trabajo por mí. Y luego solo lo pinté.

Solo, dice. Que *solo* lo pintó. Tiene los colores reales de mi ropa, el tono exacto de mi pelo, con la melena por los hombros y las ondas rebeldes que parecen ir a moverse en cualquier momento, y los ojos... Creo que esa es la parte que más me gusta: los ojos. Enormes, expresivos... *vivos*. Parece que brillan como ya hace tiempo que no lo hacen los míos.

—Tiene la cabeza enorme y el cuerpo superpequeño —protesto en tono de broma.

—Así es como te veo yo —me la devuelve.

Le pego en el brazo con el puño cerrado y lo oigo soltar una risita divertida.

—Me encanta, de verdad. Muchas gracias.

—Tengo otra cosita para ti.

—¡Cállate! —exclamo, y él suelta un par de carcajadas—. Estás de broma.

Me tiende otra caja un poco más pequeña. Cuando la abro suelto un grito que espero que no atraiga hacia nosotros todas las miradas. A él lo hago reír y ya está.

—Sentía que a la pequeña Haley le faltaba algo para ser ella por completo.

—¡Es *Ron*!

Saco el muñeco, a perfecta escala para que encaje con el otro. Es igual que mi perro, esta vez sin rasgos exagerados para hacerlo adorable, porque es que a él no le hace falta. Mi perro, el de verdad, se acerca hasta nosotros meneando la cola, seguramente porque acaba de oírme gritar su nombre emocionada.

—Mírate, chico —le digo, pero enseguida lo pongo lejos de su alcance, para que no lo muerda. Jayden se encarga de acariciarlo y entretenerlo para que yo pueda poner todas mis cosas a salvo de babas de perro.

Me abalanzo sobre él y le echo los brazos al cuello con efusividad, haciéndonos caer a los dos de costado en el césped. Lo achucho con fuerza mientras ríe.

—¡Muchas gracias! Me encanta, de verdad.

Creo que intenta decir un «de nada», pero mis brazos apretando su tráquea y *Ron* pisándonos y tratando de lamer nuestras caras no se lo están poniendo nada fácil. Entre risas, conseguimos librarnos del perro y volver a sentarnos, esta vez frente a frente. Tengo una sonrisa de la que me está resultando muy difícil librarme y los ojos llenos de lágrimas.

—Me alegro de que te haya gustado. Pero este regalo no es del todo altruista.

Frunzo el ceño, aún sin dejar por completo de sonreír.

—¿Y qué quieres a cambio?

—Que hagas como el material y luches por volver a ser tú.

Me muerdo el labio para que no me tiemble y asiento con la cabeza, comprometiéndome sin palabras. Si digo algo voy a llorar, seguro. Se inclina hacia mí y me besa la frente, despacio.

—Jay —digo en un susurro, que es todo lo alto que puedo hablar sin que se rompa el dique—, ¿podrías acompañarme esta noche a hacer una cosa?

—Claro, ¿qué...?

—Pásate por mi casa a las once.

Me doy toques con los dedos bajo los ojos para no estropearme el maquillaje y respiro hondo. Ya me he pasado buena parte de la noche llorando, desde que me he encerrado en mi cuarto tras la cena. Y ahora Jayden debe de estar a punto de llegar y no puedo permitirme arreglar un desastre con el rímel desde el principio. Doblo en cuatro el folio donde ha quedado plasmado todo lo que necesitaba sacarme de dentro, con mi escritura especialmente desordenada y temblorosa, y lo meto en el bolsillo trasero de los vaqueros. Es mejor que salga y espere a mi amigo en el salón, donde mi hermano está viendo una película de acción a un volumen que yo detesto. Allí con él no podré volver a dejarme llevar por las lágrimas y la autocompasión. A partir de hoy, ya no más.

—¿Me haces un hueco?

Liam encoge las piernas con desgana y me siento. Vuelve a estirarse en cuanto me he acomodado y me planta un pie descalzo delante de la cara. Le pego en la pierna con la palma abierta y el muy tonto se ríe a carcajadas. Aun así, no me deja tranquila. Pone sus piernas en mi regazo, acomodándose aún más.

—Mira que el sofá es grande —protesto entre dientes.

—Haberte sentado en el otro lado —da la solución más obvia—. Y calla, que no me dejas escuchar la película.

Miro el otro lado del sofá, pero no me arrepiento de mi decisión, porque ese lo está ocupando *Ron*, acomodado y roncando suavemente.

—Debes de estar sordo. La están escuchando hasta los vecinos del final de la calle.

—Cállate.

Le hago cosquillas en la planta de un pie y encoge las dos piernas de golpe, tan brusco, que hasta despierta al pobre *Ron*. Me río con la reacción que estaba segura de que conseguiría. Cambia la postura para sentarse y me lanza un cojín. Lo freno a tiempo.

—¿Estás bien? —pregunta de pronto—. Has dicho que no querías ver la peli y que tenías cosas más importantes que hacer que escuchar mis estúpidos comentarios cinematográficos durante dos horas. ¿Has cambiado de idea o te pasa algo?

Niego con la cabeza y le devuelvo el cojín de las mismas malas formas.

—No, nada. Estoy haciendo tiempo mientras espero a que venga Jayden. He quedado con él para salir a dar una vuelta.

—Vale —acepta, aunque en realidad no parece del todo satisfecho con la respuesta—. Oye, Jayden y tú...

—Ni se te ocurra —advierto antes de que pueda terminar de formular esa frase.

Lo veo dibujar su estúpida sonrisa canalla.

—A nadie le parecería mal, ¿sabes? —suelta, y trata de imprimir un tono pícaro a sus palabras, pero adivino la ternura y la preocupación por mí que subyace tras todo eso y me estruja un poco el corazón.

Entiendo lo que quiere decir. No hay que llevar el luto por una relación eternamente. Nadie va a juzgarme si me he equivocado pensando que alguien era el amor de mi vida y eso ha salido mal. Puedo salir con todos los tíos que me dé la gana y hasta hacer el idiota por alguno y eso no va a cambiar nada.

—En serio, para. —Aprieto los labios—. Jay y yo somos amigos. Y ahora mismo no estoy para pensar en eso, tampoco.

—Te mereces algo mejor —murmura.

Suena el timbre y me levanto de un salto del sofá. Una charla profunda con mi hermano sin duda echaría a perder mi maquillaje otra vez. Pero cómo quiero a este idiota.

Jayden hace un gesto para que salga a la calle en cuanto abro la puerta principal, y me pone una mano en la espalda.

—Pasadlo bien. —Oigo la voz de mi hermano detrás de nosotros.

Giro la cara para fulminarlo con la mirada. Y él se limita a guiñarme un ojo.

—¿Has venido con la moto vieja de tu padre? —Me acerco rápido sin esperar la respuesta y paso la mano por el depósito de gasolina, admirándola—. Es una pasada. ¿Te importa que vayamos en mi coche? Aunque otro día tienes que darme una vuelta.

—Eso está hecho. ¿Puedo meter los cascos en tu asiento de atrás?

—Claro.

Se asegura de que la moto está bien sujeta y que no va a sufrir ningún daño en su ausencia y coge los cascos que estaban sobre el asiento antes de seguirme hasta el coche.

—¿Dónde vamos?

—Es un sitio secreto.

Arranco el motor mientras él murmura algo sobre que soy una flipada y una teatrera. En cuanto me incorporo a la carretera empiezan a sonar los primeros acordes de *I will survive* y puedo notar los ojos de Jayden taladrándome.

—Estás a la última en éxitos musicales —se mete conmigo.

—Mi madre me ha hecho un «disco de ruptura». —Hago el gesto de las comillas con la mano e imito el tono de mamá.

—¿Va en serio? —pregunta mientras se parte de risa—. Adoro a tu madre.

—Llévatela unos días si quieres.

Aún se ríe más y no me queda más remedio que reírme con él. Nos pasamos todo el trayecto bromeando a cuenta de las canciones que se suceden.

Me quedo seria de golpe cuando por fin paro el motor en el aparcamiento del enorme parque al sur del río de los Americanos y recuerdo qué es lo que hemos venido a hacer aquí. Qué es lo que *he* venido a hacer aquí. Me bajo sin dar ni una sola explicación y él se apresura a seguirme sin pedirlas.

—Vas a necesitar la linterna del móvil —advierto mientras caminamos el uno junto al otro por el camino de peatones y ciclistas y nos adentramos poco a poco en la oscuridad.

—¿Vas a matarme? —bromea.

—Sí, alumbra bien para que pueda asegurarme de que dejas de respirar.

—¿Dónde demonios me estás llevando?

—Hay que andar un poco.

Aparto algunas ramas para poder acceder desde el camino a la orilla del río. El pequeño claro está iluminado por la luz de la luna llena que decora el cielo esta noche. Se refleja sobre las aguas que bajan tranquilas y silenciosas. Sí. Es el lugar perfecto.

Se pone a mi altura y noto que me mira insistentemente de reojo mientras espera a que me decida a decir algo. Pero tiene que ser él quien meta un poco de presión:

—No es que no me flipe el sitio ni nada, pero ¿qué hemos venido a hacer? Me da la impresión de que tenías todo un plan y casi puedo oírte pensar desde aquí.

Tiene razón, claro. Miro el reloj. Ya es casi medianoche. Saco el folio doblado del bolsillo y le doy un par de vueltas entre los dedos, con el corazón tan pesado que me duele cada latido. Desvío la mirada para poder encontrar sus ojos y él los tiene clavados en mí, esperando una respuesta.

—Mi madre dice que hay que despedirse del pasado para poder seguir adelante —hablo con un hilo de voz—. Así que me he despedido, o algo así.

Levanto la mano con el papel entre los dedos y Jayden asiente.

—¿Y funciona? ¿Te sientes mejor?

—No —reconozco, con media sonrisa irónica—, pero puede que me sienta mejor cuando lo haga desaparecer y quede en el pasado. ¿Tienes un mechero?

—Eh..., sí. —Me tiende uno enseguida.

Lo cojo rozando nuestros dedos. Yo había traído uno, por si acaso. Pero me gusta la idea de que el mechero sea suyo. Sigue llevando uno en el bolsillo habitualmente, aunque ya no fume. Supongo que hay ciertos hábitos que son difíciles de cambiar.

—A ti también podría irte bien —comento.

—Sí. Tal vez —murmura. Suena un poco melancólico, como cada vez que piensa en Sarah—. Aunque puede que me cueste un poco despedirme todavía. Hemos venido para que tú hagas lo que tienes que hacer. Dime cómo puedo ayudarte con eso.

—Solo tienes que estar aquí.

—Vale. Eso puedo hacerlo.

—Calladito —añado.

—Te encanta pedirme imposibles.

Me trago la sonrisa solo por no darle esa satisfacción. Levanta las manos en son de paz y da dos pasos atrás para darme un poco más de intimidad.

Creo que ya es mi cumpleaños. Y es el momento de hacer esto de una vez.

—Estaré aquí —dice a mi espalda, en un tono dulce—. Todo lo calladito que pueda.

Pongo los ojos en blanco, aunque no puede verme situado a mi espalda. Me adentro sobre el río, por las piedras planas que sobresalen en la superficie y extiendo el folio para pasear los ojos sobre las líneas a la luz de la luna. Recuerdo cada palabra que he escrito.

Es la última vez que te escribo. Ni siquiera sé dónde estás, qué haces, o qué es lo que estás pensando. No lo sé, pero sé que no debería querer saberlo, así que me esforzaré hasta conseguirlo. Pondré todo de mi parte hasta que tú me des completamente igual. Hasta que ya no te piense más.

Vaya desastre somos tú y yo, ¿no? Ni siquiera en este momento quiero aligerar mi parte de culpa. Sé que la tengo. Me dejé enredar en tu hilo hasta que me tejiste una camisa de fuerza. Me lie en tu telaraña hasta que llegaste y me devoraste entera. Podría haber salido de ahí desde el principio. Podría haber huido la primera vez que se activaron las sirenas. Sí. Eso lo sé. Y por eso, al final, la culpa ha sido mía. Porque me anclé a tu cuerpo y me aseguré muy bien de que tú tampoco pudieras soltarme.

¿Y cómo no hacerlo si contigo todo se siente tan intenso que era imposible no volverse adicta? Adicta a tus besos, a tus dedos y a tu lengua. Adicta a tu ceño fruncido desde por la mañana y a tus sonrisas perezosas de medianoche. Adicta a tus luces, a tus sombras y a tus demonios. Puede que lo sea para siempre. Dicen que quien ha sido un adicto una vez es un adicto toda la vida. Por eso espero que no nos volvamos a encontrar.

¿Te acuerdas de aquel atardecer en Santa Bárbara? Así de feliz deberías ser siempre, amor. Con el viento despeinándote y llevando tu risa a todas partes. Con tus manos en mi cintura y tus labios en mi

cuello. Con nuestras voces gritándole al océano que nos amamos más allá de lo posible y que por eso siempre podremos con todo.
Contigo he volado tan alto como nunca creí posible, y he descendido a los infiernos tantas veces que ya he memorizado el número de escalones hasta el punto más bajo. Dicen que el amor saca lo mejor y lo peor de nosotros.
Quizá por eso, a pesar de todo, yo siempre te llamaré amor.

Enciendo el mechero y lo acerco a uno de los bordes inferiores. Prende enseguida y la llama empieza a consumir rápidamente todos los trazos de mi letra, llevándose las palabras y deshaciéndose en cenizas que vuelan arrastradas por la brisa.

Siempre.

Aún dejo transcurrir unos segundos cuando ya he dejado ir el último resquicio de papel quemado. Cierro los ojos y respiro.

Es hora de caminar hacia el futuro.

Agradecimientos

No os voy a mentir, esta novela fue complicada. Ponerme en la piel de Haley y hacer este viaje con ella fue duro, pero estoy orgullosa de la protagonista que hay entre estas páginas: de sus tropiezos, su fuerza y, sobre todo, de su esperanza. Gracias, Haley, por enseñarme tanto por el camino.

Quiero agradecer muy especialmente a esa pequeña familia de Wattpad que se quedó durante toda la versión larga de esta historia, sufriendo con nosotras y empatizando con la situación. Sabéis que tuve que tomarme mi tiempo y, sin vuestro apoyo, no habría llegado a terminar este libro.

A Ángela, mi querida prima y lectora cero, por tomar esta historia y convertirla en su favorita.

A Crossbooks y todo el equipo que hay detrás de este gran sello, por seguir confiando en mí y en mis historias. En especial, muchas gracias a Irene, mi editora, que odió a Haley pero creyó en mí desde el principio. A Miriam, por poner tanto cariño siempre en todo lo que haces. Y a Aurora, por encontrar siempre la mejor imagen para presentar mis novelas al mundo.

A mi familia, por querer leerme siempre y apoyarme en cada paso de este camino literario. Recuerda, hermana, la cantidad de veces que te he dicho que leyeras esta primera parte, y eso es porque tu opinión es importante.

Y a ti, que has dado una oportunidad a este libro, gracias por seguir aquí y crecer conmigo.